KB236114

근대적 글쓰기의 형성 과정 연구

근대적 글쓰기의 형성 과정 연구

지은이 **배수찬**(裵秀燦, Bae, Su-chan)은 1974년에 출생하였다. 서울대학교 인문대학 국어국문학과와 같은 대학원 석사과정을 졸업하였다. 「김만중 문학의 이중성에 대한 연구」로 석사학위(문학)를 받았으며, 이후 국어교육으로 전공을 바꾸어 1999년 같은 대학교 사범대학원 국어교육과 석사과정에 재입학하였다. 2001년 「고전 국문소설의 서술 원리 연구」로 석사학위를 다시 받았다(교육학). 2001년 인천 인명여자고등학교에서 1년간 교사로 근무하였으며, 2006년 「근대적 글쓰기의 형성 과정 연구」로 교육학박사학위를 받았다. 현재 울산대학교 국어국문학과에 재직하고 있다. 주요 관심 분야는 세계의 언어교육사, 동서양 고전을 활용한 글쓰기 장기 프로그램 개발, 일제 강점기 및 근대 초기의 언어 및 국어교육에 대한 자료 수집 및 현상학적 탐구, 영미 언어교육이 현행 국어교육에 미친 영향, 국어교육과 국어교육 아닌 것의 경계를 허물고 재미있게 국어교육 하는 방법 등이다.

근대적 글쓰기의 형성 과정 연구
논설문의 성립 환경과 문장 모델을 중심으로

2008년 12월 10일 1판 1쇄 인쇄
2008년 12월 15일 1판 1쇄 발행

지은이 _ 배수찬
펴낸이 _ 박성모
펴낸곳 _ 소명출판
등록 _ 제13-522호
주소 _ 137-878 서울시 서초구 서초동 1621-18 (란빌딩 1층)
대표전화 _ (02) 585-7840
팩시밀리 _ (02) 585-7848

somyong@korea.com | www.somyong.co.kr
ⓒ 2008, 배수찬
값 25,000원
ISBN 978-89-5626-347-2 93810

이 책은 한국학술진흥재단 박사학위논문 출판지원사업의 연구비 지원을 받아 출판되었음
(과제번호 KRF-2007-814-A00237)

근대적 글쓰기의 형성 과정 연구

논설문의 성립 환경과 문장 모델을 중심으로

A Study on Burgeoning of the Modern Writings in Korea

배수찬

A Study on Burgeoning of the Modern Writings in Korea

　이 책은 2006년 8월에 제출된 필자의 교육학박사학위논문을 손질한 것이다. 학위를 받을 때의 논문 제목은 '근대적 글쓰기의 형성 과정 연구'였는데 그대로 책의 제목으로 삼았다. 책으로 내는 마당에 좀 멋진 제목을 붙여 보면 어떨까 하는 생각도 들었지만, '연구'라는 말을 빼서는 안 될 것 같아 그대로 두었다. 흔히 '○○○ 연구'라는 제목의 학술 논문은 딱딱한 느낌이 들고 재미가 없게 느껴지기 쉬운데, 그럼에도 '연구'라는 말을 그대로 두고자 한 것은 말 그대로 이 책이 글쓰기의 근대화를 다룬 하나의 '연구'일 뿐이기 때문이다. 글쓰기의 근대화를 다룰 수 있는 시각은 다양할 수 있고, 보는 국면에 따라 연구 결과가 달라질 수 있다. '진리는 없고 해석만 있다'고 니체가 말했다던가? 그런 생각을 적용해 보자면 글쓰기 근대화에 대한 연구는 있어도 글쓰기의 근대화 자체를 영원히 밝힐 수는 없다고 말할 수도 있겠다.

　어쨌거나 책 한 권을 만들어 내는 마당에 가급적이면 관심있는 분 한 사람이라도 더 읽어주셨으면 하는 마음이 드는 것이 사실이다. 관련된 자료 사진도 좀 넣고, 읽기 쉽게 편집했어야 마땅하다. 그러나 전혀 그렇게 하지 못했다. 기껏해야 오탈자와 성급한 문장을 고치고, 무모하게 과감했던 표현들을 다듬었으며, 2006년 하반기 이후의 연구 성과를 일부 반영하는 정도에 그쳤다. 학위를 받은 지 2년이 지난 터라 필자의 생각에도 약간의 변화가 있었고, 발전이라면 발전이랄 수 있는 공부도 조금이나마 쌓였다. 그 결과를 어느 정도 반영하여 논문을 고쳐 쓰고 싶은 마음도 있었으나, 게으른 탓에 그렇게 하지 못하였다. 그래서 2008년 8월에 한 학술지에 게재한 논문 '쓰기 교육의 기원과 발달에 대한 연구'를, <보론>이라는 애매한 형태로 책 끝에 끼워넣기로 하였다. 읽으시는 분들께 조금이나마 도움이 되었으면 하는 마음이다.

책을 만들게 됐으니 한 마디 말이 없을 수 없다. 본문에서 자세히 언급하겠지만 우리 선조들은 글쓰기에서 관습적 양식을 중요시하였고, 문집을 편집한 뒤에는 서(序)를 남겨 기념하였다. 이 책은 어차피 전문 학술서적이므로 관심 있는 분들만 찾으실 책이고, 따로 책을 활용하는 방식을 설명해 봤자 군말이 되기 십상일 것 같다. 또한 책의 내용을 미리 설명하자니 너무 복잡해서 책을 읽는 것보다 더 길어질 것도 같다. 그냥 차라리 이 책이 나오게 된 역사를 간략하게 이야기하는 것이 독자분들에게 쓸모가 있지 않을까 생각해서 그렇게 하려고 한다.

지금으로부터 15년 전, 국문과 3학년 때부터 토요일 오후 한문학 연구반 선배님들이 주관하시던 한문 스터디를 띄엄띄엄 나갔는데, 거기서 처음으로 『맹자(孟子)』와 『고문진보(古文眞寶)』의 원전(原典)을 접하였다. 오늘날과 다른 옛글의, 말로 표현하기 힘든 독특한 질서에 깊은 인상을 받았고, 사유의 폭과 깊이, 때로는 표현법의 아름다움에서 감명을 받았다. 그런데 필자는 무척 성격이 산만한 관계로, 한문학을 깊이 파고들 성격이 되지 못했던 듯하다. '이런 품위있고 아름다우며 삶을 윤택하게 하는 좋은 글쓰기가 오늘날에는 왜 계승되지 못하고 있을까?' 하는, 어쩌면 바보같은 의문이 들었고, 한문의 정신이 오늘날 우리에게 남아 있을 수는 없을까 하는 아쉬움도 느껴졌다. 또한 한문 글쓰기가 오늘날의 글쓰기로 전환하기까지 일어난 일들을 차근차근 따져 보고 싶은 마음이 어렴풋이 생겨나기 시작했다.

천성이 둔재인 탓에 이런 고민을 학문적 질문으로 바꾸는 데도 많은 세월이 흘러야만 했다. 국문과 대학원에 잠시 적을 둔 적이 있었는데, 그때 지도교수이셨던 조동일 교수님께 최재학의 『실지응용작문법』이란 책의 존재를 배웠고, 글쓰기에 대한 관심을 구체화해 갔다. 그러나 솔직히 그때는 학문을 하는 것 자체보다 학문을 하면서 '살아가는 것' 자체가 더 힘든 시절이었다. 흔히들 IMF 시절이라고 하는 그때, 학문을 하는 데 여러 가지가 필요하지만 매우 중요한 것 중 하나가 '흔들리지 않는 의지'라는 것을 배웠다. 공부하며 철도 든 셈이니 지금 생각하면 후회는 없으나, 소모적인 면도 없지 않았고, 그

와중에 공부를 잠시 중단하고 고등학교에서 1년간 교편을 잡기도 했다.

교직 이수를 위해 사범대학으로 적을 옮겼는데, 박사과정에서도 명목상으로는 국어교육을 전공하게 되었다. 다행히 국어교육과에도 고전에 대한 해박한 지식을 갖고 계신 김종철 교수님이 계셨고, 모자라는 제자를 넓은 품으로 맞이해 주셨다. 국어교육과에 있으면서 필자가 얻은 가장 큰 수확의 하나를 들자면, 글쓰기의 근대화를 바라볼 수 있는 도구를 얻었다는 점이다. 그것은 '국어교육사'였다. 그리고 운명적으로 『'국어'라는 사상(國語という思想)』을 만났다.

필자가 이 책을 쓸 수 있게 된 계기는 여럿이 있었겠으나, 『'국어'라는 사상』을 만나지 못했다면 아마 이런 책의 모양이 나오기는 어려웠을지도 모르겠다. 저자이신 히토츠바시 대학 이연숙 교수님께서 말씀하셨듯이, '국어'는 근대에 형성된 개념이자 이데올로기이다. 즉 '국어' 교과는 자국어교육을 공식화하는 일종의 제도적 장치이므로, 한문 글쓰기를 몰아내는 계기가 될 수 있었을 거라는 생각이 구체화되었다. 지금은 『'국어'라는 사상』이 소명출판에서 깔끔하게 우리말로 번역되어 나왔지만, 필자가 이 책을 처음 접했을 때는 번역서가 없었다. 벌써 10년이 다 되어 가지만, 대학 도서관에서 『'국어'라는 사상』의 일본어 원서를 발견하여, 일본어학원을 다니며 쌓은 어설픈 일어 실력으로 더듬더듬 읽으며, 이런 훌륭한 책을 쓰신 분은 대체 누구일까 궁금해 했던 기억이 새롭다(그 책은 내가 일본어 교재 이외에 일본어로 읽은 첫 책이기도 했다).

물론 글쓰기의 역사를 국어교육의 관점에서 보는 것만으로 글쓰기 근대화의 실상이 곧바로 드러나는 것은 아니었다. 그저 문제를 보는 하나의 시각을 마련한 것일 뿐이다. 국어교육 이전의 글쓰기와 글쓰기 교육, 근대 이전의 사람들이 글을 썼던 과정과 질서를 밝히는 것은 참으로 뛰어난 역량을 가진 연구자가 아니면 불가능한 과업이다. 필자와 같은 초심자가 욕심을 낸다고 해서 해낼 수 있는 일이 아니었다. 근대 이전의 글쓰기와 그 교육을 살피기 위해서는 한문에 대한 해박한 지식과 충분한 자료 검토가 선행되어야 하고, 이를 현재의 자국어교육과 연결할 수 있는 좀 더 정교한 인식틀이 필요했다.

그러나 불우하게도 필자는 둔재였다. 한문에 대한 해박한 지식도 없었고, 충분한 자료 검토도 하지 못했다. 한문을 몰랐으니 자료의 대표성을 판별할 수도 없었고, 정교한 인식틀 따위도 있을 수가 없었다. 한문이라도 좀 열심히 공부해 둘 걸 하는 후회를 한 적이 한두 번이 아니었다. 그러나 한문의 난관 때문에 연구를 중단하고 있을 수만은 없었다. 모자라는 공부는 그때그때 보충해 가면서 연구를 진행하는 것이 필요했다. 그래서 필자로서는 약간의 편법을 쓸 수밖에 없었다. 실제로 한문 글쓰기를 하다가 자국어 글쓰기로 전향한 사람들의 자료를 모으고 검토하는 방식을 택한 것이다.

그런데 우리 선조들 가운데 한문 글쓰기를 하다가 자국어 글쓰기로 전향하면서 풍성한 자료를 남긴 사람은 그다지 많지 않았다. 그래서 필자는 자연스럽게 일본의 사정을 검토하게 되었다. 일본은 전통적으로 우리에 못지않은 한학의 전통을 지니고 있었고, 한문을 일찍이 해체했으며, 우리에게 타율적 근대화를 강요한 장본인들이므로, 이데올로기를 떠나 일본을 참고하는 것은 당연한 귀결이었다. 그들이 서구식 근대화에 적응하여 자국문을 형성해 가는 과정은 필자에게 큰 참고가 되었다. 예컨대 후쿠자와 유키치는 전통 교육을 받은 유년기와 서양학 연구에 골몰한 청년기 이후의 분열된 자신의 삶을 '일신이생(一身二生)'이라고 표현한 적이 있다. 실제로 후쿠자와뿐 아니라 메이지[明治] 시대의 많은 일본인들이 한문 글쓰기에서 자국어 글쓰기로 나아가는 다양한 실험을 하였고, 그 결과가 오늘날의 언문일치 구어문체 글쓰기로 정착하였다는 것은 이 책에서 자세히 설명한 대로이다. 이 책이 참조한 1차 자료의 많은 부분이 일본어로 된 것일 수밖에 없었던 이유도 여기에 있다.

일본인들은 이미 근대 이전부터 한문을 자기들 방식대로 해체해서 읽고 있었으므로, 실사(實辭)를 해치지 않는 범위 내에서 자유롭게 어순을 풀고 어미를 실험하는 등 다양한 장치를 통해 '듣기 쉽고 읽기 쉬운 문장체'를 만들어 내었다. 이러한 일본식 언문일치 구어문체의 영향은, 1900년경 이후의 식민화로 인해 우리식의 한문 개혁 운동과 운명적으로 결합하게 되었고, 1910년 이후에는—최소한 논설문 쓰기의 경우—압도적인 것으로 되고 말았다는 것이 필자의 주요 논지이다. 신문 논설문 글쓰기의 원형은 이때 형성되었고, 이 원형은 '의론'이라는 고차원적 담화 양식의 틀로서 오늘날까지 사설, 논설, 논문 등의 내용 구성 및 문체에 영향을 미치고 있다는 것이 필자의 생각이다.

글쓰기에도 식민사관이냐고 비판하실 분들이 혹시나 있을까 싶어 미리 분명히 해 두고자 한다. 필자는 여기서 이데올로기를 논하는 것이 아니라, 글쓰기 근대화가 일어났다고 여겨지는 시기(구체적으로 1880년대~1920년대)에 일어난 일들을 가능한 한 '구체적이고 자세하게 드러내는 것'을 목표로 했다. 이를 '영혼이 없는' 실증사학과 혼동해서는 안 된다. 글쓰기의 근대화가 일어난 1880~1920년대는 사학계에서 흔히 말하는 애국계몽기와 일제 강점 초기에 해당한다. 이때에 우리 선조들은 과거제도 폐지(이는 한문이 제도적으로 무용함을 선언하는 것이었다), 근대적 국어교육의 실시, 일본어교육의 공식화, 서양 외국어의 본격적 도입, 주시경의 '국어' 연구, 음성중심적 언어관에 입각한 우리말 사전 편찬 등 엄청난 문화사적 격변을 체험하여야 했다. 필자는 이 모든 사건들을 객관적이고 과학적인 시각에서 무미건조하게 나열하려 한 것이 아니라, 이러한 격변들의 배후에 놓인 전체적인 말과 글의 질서와 내적 구성요소의 변동을 논설문을 중심으로 밝히고자 한 것이다. 물론 필자의 의도가 얼마나 달성되었는지에 대해서는 학계와 뜻있는 독자들께서 판단해 주실 것으로 믿으며, 모자라는 부분은 앞으로도 보충할 생각이다.

책머리가 너무나 길어지는 듯하여, 감사의 말을 쓰고 마무리를 해야 할 듯하다. 먼저 이 보잘것없는 책을 고(故) 이오덕 선생님의 영전에 드리고 싶다. 1925년생인 이오덕 선생님은 일본어 글쓰기에 젖어 있던 당신의 인생을 우리말 글쓰기로 전환한, 시대의 위인이셨다. 필자의 연구에 직접적으로 반영되어 있지는 않지만, 그분이 필자에게 가르쳐 주신 말글에 대한 엄격한 태도와 우리말에 대한 분별심을 배우는 행운을 갖지 못했더라면, 이 논문의 한 줄 한 줄은 아마 써지지 않았을 것이다. 필자는 IMF 시절 때 이오덕 선생님의 『우리글 바로쓰기』를 읽으며 밤을 지샜고, 덧없고 척박한 식민지의 삶을 떳떳하게 살아가는 법을 배웠다. 일제 강점기에 국어교사로서 일제의 앞잡이 노릇을 했음을 고백하신 이오덕 선생님은, 나머지 인생을 우리말 공부로 바치셨고, 거기서 얻으신 당신의 깨달음을 못난 필자와 많은 후배들에게 남기신 채, 5년 전에 우리 곁을 떠나셨다. 독자들에게 간곡히 말씀드리건대, 이 책에서 이오덕 선생님이 인용된 부분을 꼼꼼히 읽어 주시고 많은 관심을 가져 주시기 부탁드린다.

다음으로 시사일본어학원에서 만난 전길수 선생님께 깊은 감사 말씀을 올린다. 필자가 이 책에 나오는 메이지 시대의 일본어 자료를 독해할 수 있게 된 것은 오직 전길수 선생님의 지도 덕분이었다. 필자가 나온 대학은 일문과가 없었던 관계로 필자는 개인적으로 호주머니를 털어 학교 바깥에서 일본어를 배울 수밖에 없었다. 선생은 많으나 스승은 부족한 일어학원에서 전길수 선생님은 진정으로 뛰어난 스승이셨다. 일본 최고의 사학인 게이오 출신이시며 코이즈미 전 일본 총리의 대학 선배이신 선생님께서 한국으로 건너와 일어를 가르치시고, 필자가 그분의 강의를 거의 개인교습 받듯 들을 수 있었던 것은 지금 생각해 보아도 거의 기적과 같은 행운이었다. 학원 교재 말고도 츠보우치 쇼요의 『당세서생기질』 같은 이상한 일어 자료를 들고 가서 선생님을 무척이나 괴롭혀 드렸는데, 그때마다 선생님께서는 귀찮아하지 않으시고 성심성의껏 가르쳐 주셨다. 만약 선생님을 만나지 못했다면, 필자는 이 책에서 다룬 일어 자료의 상당 부분을 읽지 못하게 되었을 것이고, 이 책의 논의는 매우 빈약한 것이 될 수밖에 없었을 것이다. 지금은 필자가 서울을 떠나 사는 관계로 자주 뵐 수는 없게 되었으나, 선생님께서 이 책의 출간을 기뻐해 주신다면 그것이야말로 필자에게 큰 기쁨이 될 것이다.

다음으로 도올 김용옥 선생님께 존경과 감사의 말씀을 드린다. 그분은 한 번도 뵌 적이 없고 책으로만 만난 스승이지만, 한문을 우리 현대인들이 받아들여야 하는지 하는 문제에 대해 너무나 적실한 가르침을 주신 분이다. 그분의 책을 읽으며 일본의 학문에 접할 때 유의해야 할 점도 아주 구체적으로 세세하게 배울 수 있었다. 직접 배우지 못했음이 아쉬울 뿐이다. 필자는 몰지각한 일부 세인들이 지껄이는 그릇된 풍문 탓에, 나이 서른이 되어서야 『동양학 어떻게 할 것인가』를 손에 쥐고 완독할 수 있었다. 그리고 이렇게 훌륭한 책을 이제야 읽게 되었다니 하는 느낌에 기쁨과 탄식을 함께 내뱉었다. 이 땅에서 동양학을 연구하고 한문을 공부한다는 것이 결코 문명의 주변부에서 헛되이 시간을 보내는 것이 아님을 깨우쳐 주신 선생님께 감사드리며, 보잘 것 없는 이 책을 바치고자 한다. 선생님께서 이 책을 보시고 후배의 노력을 가상히 여겨 주신다면, 이는 필자에게 더없는 영광이 될 것이다.

관심이 산만한 데다 세상 걱정이 많은 필자가 특정 분야를 깊이 연구하여 박사학위를 받은 것 자체가 기적에 가깝다. 여러 선생님들의 격려와 애정이 없었으면 결코 일어날 수 없는 일이었다. 특히 말썽 많은 제자를 끝까지 챙겨 주신 지도교수 김종철 선생님께 면목이 없다. 논문심사를 위해 몸소 왕림해 주신 고려대학교 심경호 선생님께도 감사드린다. 논문 쓰는 과정에서 심경호 선생님의 따끔한 지도도 받았지만, 선생님의 격려가 필자에게는 무엇보다 큰 힘이 되었다. 모자라는 연구물에 대해 지나치게 칭찬을 해 주신 것이 격려임을 알고 더 분발해야겠다.

이 하찮은 책 한 권을 만들기 위해 없어져 간 세상 모든 것들을 위해 경건한 마음으로 감사를 드리며, 나머지 생에서 빚을 갚고 싶다. 대학 나온 사람 하나 없는 집안에서 태어나 아무도 가지 않은 대학원이라는 낯선 외길을 갔던 막내를 묵묵히 지켜보아 주신 가족들에게도 감사드린다. 또한 이 책에서도 인용한 일본인 연구자 스가야 히로미 선생의 말대로, 필자가 이 책을 쓸 수 있는 평화를 허락해 준 지구상의 모든 이들에게 감사한다. 아마 이 감사의 인사는 내가 믿지 않는 신에게도 해야 하리라. 그밖에 일일이 열거하지 못한 동료님들, 선후배님들, 좋은 친구들, 삶 속에서 글쓰기를 실천하여 이 책의 재료를 제공해 주시고, 필자의 삶과 연구에 발판을 마련해 주신 모든 이들에게 감사의 뜻을 전한다. 게으름 부리는 필자를 기다려 주신 소명출판 관계자 여러분들, 출판비를 지원해 준 이 나라에도 인간의 도리로서 인사를 하지 않을 수 없다.

마지막으로, 이 어렵고 재미없는 책의 교정지를 두 번이나 처음부터 끝까지 다 읽어주고 고쳐 준, 사랑하는 사람 이은미에게 감사의 뜻을 전한다. 필자가 은미의 나이일 때에는 이런 논문에 관심조차 두지 않았는데, 은미는 어린 나이에 이 길고 재미없는 논문을 처음부터 끝까지 두 번이나 읽게 됐으니 새삼 미안해진다. 은미가 없었다면 이 책의 오탈자와 엉터리 문장은 지금의 수 배 수천 배가 되었을 것이다. 전에 다니던 직장의 연구실에서 함께 앉아 선철 막차가 끊어질 때까지 함께 교정을 보고, 자정이 넘어서야 집에 들어가게 했던 일이 이제 모두 옛 추억이 되었다.

2008년 11월
울산대학교 연구실에서
필자

●차례●

제1장
서론

1. 연구의 목적

본 연구는 근대적 글쓰기의 양식과 내용 형성 과정을 한문의 해체라는 관점에서 살펴보고, 그 과정에서 특히 19세기 말~20세기 초에 논설문 갈래가 새로운 글쓰기 양식으로 정립하는 과정을 밝히는 것을 주 목적으로 한다. 또한 그 결과를 바탕으로 하여 오늘날의 국어과 교육과정에서 주장하는 글쓰기의 교육 내용을 심화하는 것을 이차적 목적으로 한다. 즉 본 연구에서 글쓰기 양식의 근대화와 논설문 갈래의 형성을 연구하는 것은 문화사적 사실에 대한 탐구와 이를 바탕으로 한 국어교육 활동의 심화라는 두 가지 목표를 가지고 있다.

오늘날의 글쓰기 교육의 기반은 대부분 서구 이론의 영향을 강하게 받고 있어서, 글쓰기의 한국적 전개를 교육 내용에 제대로 받아들이지 못하고 있다. 물론 최근의 글쓰기 이론은 형식주의 이론·구성주의 이론1)을 비롯해 과정 중심2) · 장르 중심 글쓰기 이론까지 다양한 발전을 보여주고 있다. 그러나 이러한 이론은 모두 서구적 기원의, 일반인이 행하는 '표현(表現)' 행위로서 글쓰기를 보고 있으며,3) 동일한 조건에 놓여 있는 표현 주체를 전제로 한다는 한계를 지닌다.4) 따라서 그것이 실제로 어느 시점의 어떤 학생들에게 적용되어야 하는지에 대해서는 구체적으로 적시하기 어려우며, 실제로 구체적인 상황에서 글을 쓰는 데에 필요한 지침을 제시하기도 쉽지 않다.5)

본 연구는 다음과 같은 사실을 주목하고자 한다. 한국의 상황에서 이루어지는 글쓰기는 한국적 맥락을 벗어날 수 없으며, 21세기 초 한국의 글쓰기와 관련된 조건을 검토하기 위해서는 그 매체인 한국의 언어가 지닌 역사적 특성 문제를 검토하여야 한다는 것이다. 글쓰기는 사고를 통한 의미 구성의 과정임이 분명하지만, 궁극적으로 보아 그러한 의미

---

1) 형식주의와 구성주의, 사회구성주의 작문 이론의 이념적 차이는 박영목(2005 : 18~21)에 명료하게 요약되어 있다.
2) 과정 중심의 글쓰기 이론에 대해서는 최현섭 외(2005 : 377~379) 참조. 쓰기는 단순한 사고의 드러냄이 아니라 역동적인 의미 구성 과정이라고 보는 것이 과정 중심 글쓰기 이론의 핵심이다. 글쓰기의 단계가 고정된 순서를 가지는 것이 아니라는 점에서 보면 전통적인 글쓰기에 대한 관점과 맥락을 같이하지만, 쓰기가 목표 지향적이고 문제 해결적이라고 보는 점에서는 근대적 쓰기 모델의 일반적 특성을 공유하고 있다. 과정 중심 글쓰기 이론의 심화된 연구로는 이재승(1999), 이수진(2001) 등이 있다.
3) 예컨대 '작문'은 '언어 표현 현상'의 하위 단계로 설정되고 있다. 박영목 외(2003 : 143).
4) 이러한 관점은 교육과정에서도 그대로 드러나고 있다. 7차 교육과정의 국어과 내용 체계에 의하면, 말하기의 원리와 쓰기의 원리에 공통적으로 '내용 생성 ─ 내용 조직 ─ 표현'이 포함되어 있다. 교육부(2000 : 455~456) 참조. 말하기와 쓰기를 공통적으로 표현 행위로 보고, 내용 생성과 조직을 중시하는 관점은 '근대적 보통인'을 전제로 하지 않고서는 성립하기 어렵다. 쓰기를 말하기와 공통된 원리에 입각해서 본다는 것은 '문자가 음성의 기록에 지나지 않는다'는 근대적 언어관을 반영한 것이기 때문이다. 그러나 근대 이전의 글쓰기 활동은 음성 언어와는 사뭇 다른 근거에 의해 성립하고 있는 것이다.
5) 조희정은 오늘날의 쓰기 이론 현황을 개관한 뒤, 글쓰기의 사회적 성격을 강조하는 이론들조차 서구에서 수입해 온 결과 그러한 쓰기 이론이 한국 사회의 성격에 대한 고려를 하지 못하고 있음을 지적하고 있다. 본 연구도 이러한 문제 의식을 공유한다. 조희정(2002 : 5) 참조

구성도 문화적 배경·습득된 지식의 결과물일 수밖에 없다. 오늘날의 학습자들이 글쓰기에서 어려움을 겪는다면, 그 이유는 교육 내용의 질적 특성과 배경 지식의 한계, 나아가서는 글쓰기와 관련된 사회 풍토의 문제가 그 원인일 수밖에 없는 것이다.

이 글은 근대적 글쓰기의 형성이라는 관점에서 논설문 양식을 봄으로써, 쓰기가 역사적·상황적 조건의 산물이라는 점을 구체적으로 드러내고자 한다. 근대적 국문 글쓰기 능력의 궁극적인 완성은 순국문을 활용해 추상어 글쓰기를 해 낼 수 있는 것일 것이다. 현대 작문 교육과정에서도 작문 능력을 논리적이고 창의적인 사고력, 합리적인 의사 결정력과 문제 해결력을 필요로 하는 고등 정신 능력이라고 규정하고 있다.6) 즉 생활문이나 문학과 같은 구체어 글쓰기는 작문교육의 궁극적인 목표가 아니다. 추상어를 활용하여 삼라만상의 현상이나 개념에 대한 자신의 생각을 조리있게 풀어 나가는 논설문 양식이 글쓰기의 가장 고차원적인 단계라고 볼 수 있다.

전통적으로 논설문 양식은 '론(論)'이라고 하는 '고차원적 문장 양식'으로서 대접받았으며, 현대에서도 '개성적 주체'의 근본적 자기 표현 행위인 '설득'을 위한 글쓰기로서 교육과정의 본질적 부분을 차지하고 있다. 물론 근대 이전의 글쓰기와 오늘날의 글쓰기 사이에는 불연속적인 부분도 있으며, 이 점을 밝혀 글쓰기의 부수 조건을 구체적으로 드러내고, 거기에서 오늘날의 글쓰기 교육이 관여하지 못하고 있는 지점을 지적하여 개선하는 것이 본 연구의 궁극적인 목적이다.

글쓰기의 근대화는 매체의 측면에서 볼 때 한문체가 해체되고 국한문체를 거쳤다가 순국문체로 발달하는 과정을 가리킨다.7) 글쓰기의 근

---

6) 이는 7차 교육과정 '작문' 교과에서 규정하고 있는 작문 능력에 대한 설명에서 참조한 것이다. 서구적인 요인들을 많이 감안한 규정이지만, 글쓰기의 궁극적인 단계가 추상어를 활용해 자기를 주장하는 것이라는 점을 지적하는 데에는 충분하다. 이 점은 동서고금을 막론하고 공통적이다. 교육부(2001 : 223) 참조

7) 민현식(1994ㄱ)과 민현식(1994ㄴ)에 국한문체와 국문체에 대한 자세한 논의가 있다.

대화는 문장에 대한 관념의 변화, 문장의 외형적 모델 차원의 변화, 문장 분류론 차원의 변화, 쓰기 이론 차원의 변화를 포함한다. 그리고 그러한 변화의 바탕에는 교육에 사용된 주요 문헌 텍스트의 변화가 자리잡고 있는데, 그러한 문헌 텍스트의 변화는 세계관의 변화를 반영하며, 궁극적으로는 정치적 힘의 논리에 좌우되기도 한다.[8] 궁극적으로 근대적 글쓰기의 내용과 형식, 그리고 쓰기 방법은 근대적 세계관 및 제도의 형성과 밀접하게 연관되어 있는 것이다.

오늘날의 글쓰기 교육에 대한 연구 성과들은 쓰기의 양상을 사후(事後) 기술식으로 설명하거나,[9] 쓰기 활동과 관련된 다양한 요소들을 교육학적으로 검토하는 단계를 벗어나 한 단계 더 도약할 필요가 있다. 그러기 위해서는 실제 역사적으로 행해졌던 글쓰기 양상과 문장 자체에 대한 자료에 입각한 연구가 필요한 과제로 부각된다. 본 연구에서 19세기 말~20세기 초 근대 전환기의 글쓰기 상황에 관심을 갖는 것은, 오늘날 국문 글쓰기에 적용되는 각종 장치와 실제 문장 모델들이 이 시기에 형성되었다고 여겨지기 때문이다.[10] 특히 논설문 양식의 형성과

임형택(2002ㄱ)과 임형택(2002ㄴ)으로 이어지는 연속 연구에서도 국한문체의 성립과 발전을 문학사적 안목에서 다루었다. 국한문체를 국민 형성의 관점에서 바라본 최근의 논의로는 권보드래의 논의가 있다. 권보드래(2000 : 131~144) 참조.

8) 예컨대 19세기 말~20세기에 걸쳐 국어 교과가 독립하기 이전의 상황, 교과로서 독립한 뒤 한문과 결합되었다가 분리되는 상황, 나아가 일제 강점기에 '국어(國語)'가 '조선어(朝鮮語)'로 강등되었다가 해방 후 진정한 국민국가의 공식어에 대한 교과로 자리잡는 상황 등은 정치적 격변과 무관하다고 볼 수 없다. 이 시기의 국어교육 변천에 대한 포괄적인 검토는 박붕배(1987)를 참조할 것.

9) 현대 작문 이론이 쓰기 능력의 개념을 제안하고 그것을 여러 개의 구성 요소로 나누어 보는 것이 사후적인 이론의 대표적인 사례일 것이다. 이는 최현섭 외(2005 : 363~364)에 따르면 '쓰기 능력'이고, 이삼형 외(2000)에 따르면 '표현 능력'인데, 모두 쓰기의 실제 사례를 역사적으로 검토한 결과가 아니라 보통인의 쓰기 활동에 대한 연역적인 관념을 나열한 것이다. 언어의 취급 능력, 관습이나 문체를 고려하는 능력, 청자나 독자를 고려하는 능력, 사회적 가치나 문화적 배경을 고려하는 능력, 지식·기억·연상 등의 기본 사고 능력, 분석·조직·통찰·창조 등의 고등 사고 능력이 그것이다.

10) 문장 모델은 '한 편의 글이 표준으로 삼는 문장의 외양적 형태'로서, 이 논문의 핵심

 근대적 글쓰기의 형성 과정 연구

관련하여 그것의 성립에 영향을 준 요인들을 역사적·실증적 방법으로 검토하고, 실제 논설문 양식의 성립과 발전 양상을 문장과 내용 구성의 두 측면에서 추적해 볼 것이다.

본 연구에서 글쓰기의 근대화 과정과 그 성립 조건을 탐구하려는 것은 글쓰기의 시대적 효용성과 가능성을 강조하고 명확히 하기 위함이다. 다양한 문화 요소의 중층적 결합으로 이루어지는 글쓰기는 단순히 개인의 창작도 아니며, 사회의 산물이기만 한 것도 아니다. 그것은 문체의 변화, 글쓰기 장치의 도입과 발전, 글쓰기에 대한 생각과 논의의 발생 및 변화와 밀접한 관계를 맺고 있다. 따라서 본 연구에서는 주장하는 글쓰기의 상위 분야로서 추상어 글쓰기의 근대화에 기여한 실제적 요소의 탐구를 중시한다. 이는 글쓰기의 문화 요소에 대한 이해를 심화시키는 동시에, 글쓰기 활동의 실제 지침을 마련하는 데도 도움을 줄 수 있을 것으로 기대된다.

적 개념이다. 한 편의 글은 그것이 모범으로 삼는 문장의 외적 형태가 있으며, 이것은 교육을 통해 습득되는 것이라고 본다. 이것이 문장 모델이다. 개인적 경험을 들어 말하자면, 필자는 아직도 초등학교(당시 국민학교) 1학년 때(1980년) 교과서에서 처음으로 '철수야 놀자' '영이야 놀자'류의 문장을 보았을 때의 충격을 잊을 수가 없으며, 이후 중등교육 기간 내내 순국문 언문일치 구어문체가 유일한 문장 모델인 것처럼 학습받아 왔다. 대학교육을 통해 한문체의 실상과 외국문체의 형성 배경을 접한 후로 순국문체의 한계가 이와 관련이 있는 것이 아닐까 하는 의구심이 들기 시작하였다. 본 연구는 그러한 의구심을 해결하기 위한 하나의 작은 결산이다. 본 연구에서는 19세기 중엽 이전의 주요 문장 모델이었던 순한문체가 20세기 초반에 이르러 순국문 언문일치 구어문체 문장 모델로 바뀌는 과정을 살펴볼 것이며, 그러한 변화의 배경을 외국의 영향을 포함해서 세밀하게 고찰하고자 한다.

2. 연구사

1) 연구 대상 선정

본 연구에서는 신문 수록 논설문을 주된 연구 대상으로 한다. 그 이유는 다음과 같다. 첫째, 신문 자료에 수록된 논설문은 신문 자료라는 특성상 자료의 등질성(等質性)·연속성(連續性)을 보장할 뿐 아니라, 필자에 대한 대략적인 추정이 가능해 쓰기 주체와 쓰기 내용의 상호 관련 양상을 파악하는 데에 용이하기 때문이다. 여기서 '자료의 등질성'이란 분량이나 주제 등에서 동일하지는 않지만 그 틀 자체는 비교 가능할 정도로 유사함을 의미한다. 신문 수록 논설문 자료는 당대의 지성인들이 자기의 역량을 최대한으로 발휘하여 쓴 글이기도 하므로, 거기에는 시대의 특성이 충분히 반영되어 있다. 따라서 이들 자료를 연구하면 각 시대와 그 시대의 글쓰기가 갖는 대표성을 어느 정도 확보할 수 있을 것이다.

둘째, '주장하는 글쓰기'는 국민 공통 교육과정의 국어과 쓰기 영역 내용 체계에서 실제 항목의 주요 구성 요소일 뿐만 아니라, 논설문 양식은 오늘날의 작문 교육 내용 가운데 가장 고급의 활동인 '추상어로 글쓰기'의 완성 단계이기 때문이다.[11] 구체어 중심의 생활문 쓰기는 주

---

11) '추상어 / 구체어'의 용어 사용은 7차 교육과정 작문 과목의 내용 체계에서 '작문의 이론'의 하위 항목인 '작문의 원리' 내의 '작문 내용 표현'의 첫 번째 문건인 '표현하고자 하는 내용에 적합한 어휘를 선택한다'에 대한 해설에서 찾아볼 수 있다. 일부를 인용하면 다음과 같다. "단어를 효과적으로 사용할 수 있는 능력을 기르기 위해서는 단어의 여러 가지 특성을 바르게 인식해야 한다. 단어의 특성과 관련되는 요인들로서는, 단어의 지시적 의미와 함축적 의미, 구체어와 추상어, 일반어와 특수어, 비유적 의미와 관용적 의미 등을 들 수 있다."(교육부, 앞의 책, 2001, 250면 참조) 작문 교과서에 제시된 구체어와 추상어의 개념은 다음과 같다. "우리가 감각 기관을 통하여 실제로 경험할 수 있는 대상을 가리키는 '단어는' 모두 구체어이다. 추상어는 어떤 대상의 특성이나 대상들 사이의 관계나 생각들을 나타내는 단어이다." 박영목 외(2003 : 79).

로 저학년에서 다루어질 뿐만 아니라, 시대의 변화에 따른 영향을 받지 않는다. 반면에 추상어를 활용하는 교술적(敎述的) 글쓰기는 구성 요소나 구성 방법, 내용의 측면에서 시대적으로 큰 변화를 겪어 왔다. 근대 문학의 형성 과정에 관해서는 문학 갈래별로 상당한 연구 업적이 축적되어 있는 반면, 비문학 산문의 경우에는 그 갈래별로 그 근대화 양상을 추적한 연구물을 찾기 어려운 실정이다. 따라서 논설문 갈래의 역사적 성격을 탐구하는 본 연구는 실질적 의의를 가질 것으로 기대된다.

본 연구는 논설문 양식의 성립을 주로 다루지만, 그 성립사와 관련해서 '논설(論說)'·'연설(演說)'·'논문(論文)' 등 인접 갈래에 대한 포괄적인 검토를 요망한다.12) 특히 주장하는 글쓰기의 대표적인 양식으로서 신문 사설 중심의 논설문 갈래 이외에도 '논문(論文)'이라는 학술적인 글쓰기 갈래는 주목할 필요가 있다. 우리나라에서 최초로 학술적인 논문을 수록한 제도적 장으로는 애국계몽기에 나왔던 학술지들을 들 수 있으며, 그 가운데서도 1906년 7월의 『대한자강회월보(大韓自强會月報)』를 효시로 본다. 여기에 수록된 여러 글들은 주제가 다양할 뿐만 아니라 구성 단위도 정제되어 있어 논설문(論說文)의 전형으로 볼 수 있는 경우가 많다. 그러나 논의의 범위를 지나치게 확대하지 않기 위해, 일단 본 연구에서는 대상을 신문(新聞) 자료(資料)로 한정하고자 한다.

문체의 관점에서 볼 때, 신문 중심의 논설문 양식은 본질적으로 한문체에서 출발하여 언문일치 자국문체로 바뀌었다. 따라서 논설문 양식의 변화는 근대 전환기 한문의 해체와 국문 글쓰기의 형성이라는 전체적인 틀 속에서 조명할 필요가 있다. 따라서 본 연구는 논설문 양식을 주된 연구 대상으로 보면서도, 전체적으로 글쓰기의 근대화라는 전체적인 흐름을 놓치지 않기 위해 주의하고자 한다.

---

12) 19세기 말 배재학당의 학생 조직이었던 협성회를 중심으로 최초의 근대 연설과 토론이 도입되었으며, 이는 논설이라는 글쓰기 양식의 성립에 큰 영향을 미쳤다. 전영우(1998 : 271~312)에서 연설·토론·논설의 상호 관련성에 대한 시사점을 얻을 수 있다.

2) 연구사 정리

근대 전환기 글쓰기 이해의 변화를 살피고 논설문 양식을 중심으로 실제 양상을 추적해 보고자 하는 본 연구는 다양한 측면에서 연구사를 바라볼 수 있다. 본 연구는 19세기 이후의 한문(漢文)·국한문(國漢文)·국문(國文)으로 된 쓰기 자료를 살피고 오늘날의 쓰기 교육에 대한 반성과 설계를 시도할 것이다. 그러므로 본 연구사는 크게 두 가지 방향으로 살펴보고자 한다. 하나는 19세기 이후의 문체사(文體史)·문학사 및 언어학사 등의 관련 연구 고찰이고, 다른 하나는 19세기 말 이후부터 행해져 왔던 쓰기 교육 연구의 개관이 될 것이다. 그 밖에도 문장의 형성이나 한문 해체라는 전문적인 주제는 표기 매체(媒體)의 특성과 관련되므로, 한문 번역의 문제에 관한 선행 연구도 참고하여야 한다.

본 연구는 단순히 국어국문학적인 자료에 대한 관심에서 출발한 것도 아니고, 국어교육의 이론적 측면만을 천착한 것도 아니다. 최근 국어교육 내에서 생활인의 문화 활동을 주목하는 흐름이 있는데, 이를 역사적으로 국어생활사 내지 어문생활사라는 관점에서 체계화하고 있는 연구들이 속속 나오고 있다. 그 성과는 7차 교육과정에서 '국어 생활'이라는 과목을 신설하게끔 하였고, 부분적이긴 하지만 전통 문화를 생활 속의 국어 활동으로 체득할 수 있게끔 조직하는 데에까지 이르렀다. 본 연구는 이러한 커다란 흐름의 연장선상에 놓여 있는 셈이다. 민현식(2003)은 기존의 국어사를 이러한 문화의 관점에서 포괄적으로 체계화한 '국어문화사(國語文化史)'를 제안하였는데, 본 연구는 국어문화사의 하위 분야인 '국어작문문화사'라는 학적 영역에 소속되게 될 것이다.[13]

---

13) 민현식은 '국어문화사' 가운데서도 세 가지 영역을 제시하였다. 이 가운데에서 본 연구는 '제한 관점의 국어문화사'를 수용한다. 이는 '국어지식, 문학, 독서, 화법, 작문의 역사를 전통 가치와 생활 현상이라는 문화적 요소의 관점으로 기술한 것'이며, '국어사, 문학사, 작문사, 독서사, 화법사'가 먼저 기술된 뒤 이 토대 위에서 문화 요인인 전통 가치와 생활 현상의 기술이라는 방법론 측면에서 접근한 기술을 새로 하면 '국

　먼저 문체사와 관련해서, 민현식(1994ㄱ, 1994ㄴ)은 19세기 말~20세기 초에 이르는 이른바 개화기의 국문체에 대한 종합적 연구를 행한 바 있다. 민현식은 본 연구에서 19세기 말 이후 한국의 문장 발달이 국한문체에서 국문체로 바뀌었음을 밝히고, 국한문체의 양상을 실제 자료에 바탕을 두고 어절 현토식 국한문체와 구절 현토식 국한문체로 나누는 등 실질적인 성과를 보여주었다. 그리고 그러한 문체의 발달은 단순히 문장 내부만의 변화가 아니라 언어관 전체의 변화였던 만큼, 그러한 변화의 배경에 대해서도 설명하고 있다. 그리고 이러한 언어관의 변화에 대해서는 이미 문법사(文法史)나 문장사(文章史)의 관점에서 많은 성과가 나와 있다.14)

　그런데 선행 연구들은 이러한 근대적 변화를 국내에 한정해서만 논하고 있어, 한문 문체 변화에 대한 정당한 자리매김을 하지 못하는 등 여러 가지 문제점을 드러내고 있다. 19세기 말의 국문 근대화 운동이나 언문일치 문체 운동은 한국 내에서만 일어난 것이 아니라 동아시아 전체의 전반적인 흐름이었다.15) 상형문자 위주인 한문문화권에서 음성문자 위주의 서양 문명을 흡수하는 과정에서 자국문(自國文)이 형성되고 이 과정에서 근대 이전 한문체가 해체되는 것은 한(韓) · 중(中) · 일(日) 3

　어독서문화사, 국어작문문화사, 국어화법문화사, 국어문학문화사' 등이 성립할 수 있다고 하였다. 민현식(2003 : 201~217) 참조

14) 여러 가지가 있지만 대표적으로 이응호(1975), 이기문(1982), 김완진(1983), 고영근(1998) 등을 들 수 있다. 또한 문학사의 관점에서 문필가들의 세계관과 문체 선택의 관계를 개괄적으로 살핀 연구로는 권오만(1991)이 있다. 그러나 권오만의 연구는 한문과 국한문을 외형적으로만 구별하고 문필 계층을 지나치게 도식적으로 분류한 문제점이 있다고 생각된다.

15) 여기서 '동아시아'는 한문문명권이었던 한국 · 중국 · 일본을 가리킨다. 이들 국가들은 근대 이전에 공식적인 문자 활동을 고전 한문으로 행하다가, 근대 이후 문장 개량이나 문체 운동을 통해 자국어 내지 음성 언어의 기록으로 공식적 문자 활동을 하게 되는 공통점을 갖는다. 문명권의 개념에 대해서는 조동일(2005) 참조. 중국의 경우 한자 자체는 그대로 유지되지만, 고문(古文) 대신 백화(白話)를 쓰게 된다. '동아시아'라는 용어는 '동양(東洋)'에 비해 서구 편향적인 어감이 적은 중립적인 용어로, 학계 일부에서 선호되기도 한다.

국의 공통된 흐름이었던 것이다. 그리고 그 과정에서 실제 문필(文筆)에 종사했던 지식인들은 자신들이 받은 교육과 새 시대의 문장이 나아가야 할 방향의 괴리(乖離)를 나름의 방식으로 해결하고자 하였다. 이러한 문제는 일종의 어문교육사(語文敎育史) 내지 자국어교육사의 시각에서 다룰 필요가 있다.16)

다음으로 쓰기 교육 연구의 측면이다. 쓰기 교육에 대한 연구는 1990년대 이후 국어교육학이 체계를 잡으면서부터 연구 성과가 축적되고 있다. 현재까지 쓰기 교육 연구에 대한 사적 정리만도 여러 차례 이루어진 형편이다.17) 전통적으로 쓰기 교육 연구는 해방 이후의 국어교육을 이전의 교육과 단절하여 파악하는 분위기의 영향을 받아 서구(西歐) 편향적(偏向的)으로 이루어져 왔다. '투명한'18) 주체가, 도구인 언어를 활용해, 문제 상황에 입각해서, 적절한 전략을 구사하면서 글을 쓴다는 이념은 제도적 국어교육 내의 쓰기 교육 연구가 전제하는 바이다. 최근의 연구에서 쓰기 주체의 지위와 쓰기 과정에서 일어나는 현상을 고찰

---

16) 이러한 부문에 대한 연구가 풍성하지 못했던 데에는 외국의 연구 성과에 대한 접근이 어려웠던 한계도 작용했을 것이다. 다행히 미주 등지의 일본학 연구 등이 국역되어 이러한 문제가 어느 정도는 해소될 수 있다. 예컨대 마리우스 B.잰슨(2006 : 734~735)에서는 간단하게나마 일본어 문장의 근대화와 그에 따른 표기법의 제도적 변천을 고찰하였다. 그러나 본격적인 자료 연구를 위해서는 이러한 이차 자료를 넘어서지 않을 수 없다.

17) 문학교육 연구자들의 쓰기 교육 연구는 '표현 교육'이라는 이름 하에 연구사 검토가 주로 행해졌다. 주요한 것은 다음과 같다. 염은열(2000), 최미숙(2002). 이들은 국어교육의 정체성이라 할 수 있는 언어 기능에 대한 전통적인 고려 하에서 나온 업적이지만, 다른 시각에서 보면 이러한 경향은 말하기와 쓰기를 동일 선상에서 보는 근대적 시각, 근대 국어교육의 전제를 반영하는 것이기도 하다. 물론 염은열의 경우는 표현교육의 서구추수적 경향을 비판하고 있지만, 근본적으로 '표현'이라는 용어가 지닌 서구적 함의 자체를 비판하고 있지는 않다. 염은열(2000 : 227~230) 참조.

18) 여기서 '투명한 주체'란 데카르트와 로크의 자아 개념에 따른 것이다. 데카르트는 중세의 신학에 반기를 들고 주체의 독립성을 강조하였으며, 로크는 그러한 주체의 정신이 태어날 때에는 '백지'라고 설명하였다. 즉 '투명한 주체'란 서양철학에서 대상을 인식하는 주체의 특성으로 강조한 것이다. 오늘날에는 이에 대해 많은 비판이 제기되고 있으나, 기본적으로 서구 편향적인 이론에서는 쓰기와 관련하여 암암리에 이러한 주체를 상정하고 있다.

하고 글쓰기의 사회적 조건에 대해 관심을 갖는 이론적 발달이 상당히 이루어졌으나, 이 또한 한국적 상황의 특수성이나 문화 요소에 대한 고려를 정당하게 하고 있지는 못하다.[19]

즉 쓰기 교육 연구는 어느 시대·어느 공간에나 학습자의 상태는 자명하게 같다고 상정한 채 이론적인 방향으로 치우치고 있는 느낌을 준다. 예컨대 미국의 글쓰기와 한국의 글쓰기는 다를 수 있고, 다른 부분이 있어야 한다는 기본적 생각이 공유되지 못하고 있는 것이다. 쓰기와 관련된 문화적 전통이나 사회적 상황에 대한 고려가 빈약한 것도 이 때문이다. 더구나 최근에는 쓰기 교육을 '표현' 교육의 하위 분야로 보아 표현 교육 연구를 통합적으로 보는 경향이 있는데, 이러한 이해의 틀은 '음성=문자=표현'이라는 등식이 성립하지 않는 고전 글쓰기의 문제를 감당하기에는 벅차다고 여겨진다. '쓰기 교육'을 '표현 교육'의 하위 분야로 보는 관점이 정설로 굳어지기 전에, 이에 대해 비판적으로 차근차근 따져 볼 필요가 있다.

그 밖의 연구사로서 쓰기 교육 연구와 변별되는 '쓰기 활동에 대한 연구'가 있다. 교육은 교사의 관점에서 행해지는 것이고, 활동은 학생의 관점에서 교육을 본 것이다.[20] 학생의 활동을 통해 교육이 실현되는 것

---

19) 쓰기 주체의 지위와 쓰기 과정에 대한 논의가 나타난 배경에는 과정 중심 작문 이론이 놓여 있다. 과정 중심 작문 이론의 핵심은 쓰기 결과가 아니라 쓰기 과정에서 주체에게 일어나는 현상을 주목한 데에 있었다. 린다 플라워, 원진숙 역(1998 : 23) 참조. 이러한 이론은 보편적인 대신 작문의 문화적 맥락에 대해 생각하지 못하게 한다는 단점이 있다. 한편 글쓰기의 사회적 조건과 맥락, 실제 글쓰기가 이루어지는 사회 및 텍스트와 작문 활동의 관계에 대한 탐구가 사회구성주의 작문 이론이나 장르 중심 작문 이론으로 결실을 맺었다. 장르 중심 이론을 교수·학습의 관점에서 검토한 연구로는 박태호(2000) 참조. 사회적 맥락의 관점에서 장르 중심 작문 교육을 확장하고자 한 성과로는 박태호(1999)를 들 수 있다. 장르 중심 작문 교육은 전통적인 한문학에서 쓰기의 관습적 양식을 강조하던 것과 형식적으로 유사한 점도 있으나, 쓰기를 과업 달성의 차원에서 보고 있어 그 지향이 전통적 한문학과 근본적으로 다르다. 결국 과정 중심 이론이든 장르 중심 이론이든 한국의 쓰기 문화 전통에 대한 적극적인 배려가 없어, 본 연구가 추구하는 '국어작문문화사'와는 상당히 거리가 멀다고 할 수 있다.
20) '국어교육학의 탐구 대상은 크게 보아 학생들의 국어생활과 이에 대한 교육적 노력

이기 때문에 활동 연구가 곧바로 국어교육 연구가 되는 것이다. 쓰기 활동에 대한 연구는 문학교육(文學敎育)과 관련해서도 일정한 성과를 거둔 바 있다.[21] 그러나 이들 연구는 특정한 작품의 표현 방식을 추출하고 그것에 의미 부여를 한 것이기 때문에 보편적으로 적용될 수 있는 고리를 발견하지 못하면 특수한 현상에 대한 설명에 그칠 우려가 있다. 고전문학(古典文學)을 활용하여 그 언어적 특성을 찾고 그것을 쓰기 활동이나 표현 활동으로 전환하고자 하는 실질적인 연구들이 최근에 나오고 있으나,[22] 교육 활동에 실제로 도움이 되는 쓰기 이론을 수립하기 위해서는 아직도 많은 노력이 필요한 실정이다.

쓰기와 관련해서 본 연구에서 구별해 두어야 할 용어의 문제가 있다. 그것은 다름아닌 '글쓰기'와 '작문(作文)'이라는 용어이다. '글쓰기'는 본래 초등 교육을 중심으로 한 쓰기 교육의 현장에서 '짓기'라는 용어가 지닌 부정적 어감을 극복하고 학습자들의 자유로운 활동을 강조하기 위해 채택된 용어였다.[23] 이후 인문학(人文學)이 위축되고 전통적 국어국문학의 영역에 대한 재편성이 시도되면서 어학과 문학의 교차점이자 국어국문학 실용화의 한 방향으로서 대학교육에서도 '글쓰기'가 제창되었으며, 이에 대한 학술적인 연구 성과도 어느 정도 축적되기에 이르렀다.[24] 그러나 '글쓰기'라는 용어는 지나치게 활동 중심적인 어감을 주

의 두 가지라고 할 수 있다.' 최현섭 외(2005 : 44).

21) 이지호(1997), 최미숙(1997), 유영희(1999), 염은열(1999), 배수찬(2001) 등을 들 수 있다.

22) 고광수(1999), 조하연(2000), 주재우(2004), 이영호(2005).

23) 이오덕은 '글짓기', '글쓰기', '작문'에 대한 시각을 일찍부터 마련하고 있었다. '글쓰기라면 국민학생이나 쓰는 정도가 낮은 것으로 알고, 작문은 글쓰기보다 고급의 글'이라고 보는 시각이 잘못된 것임을 지적하였고, '글쓰기'로서 작문과 문학을 아우를 수 있다고 했다. 또한 '글짓기'라는 말에는 '교사들이 어린이의 삶을 가꾸는 않고 작품을 만들어 상 타고 이름내기에 마음이 팔려 있는 상황'이 반영되어 있다고 비판하였다. 이오덕(1984 : 27~32) 참조 이오덕은 훨씬 앞 시기의 저술에서는 '글짓기'라는 용어를 쓰기도 했다. '글쓰기'라는 용어는 그의 교육적 반성의 산물인 것이다.

24) 조동일은 국어국문학계에서 이런 광의의 글쓰기관을 도입하고, '글쓰기'라는 용어가 읽기와 쓰기의 상관관계를 강조하여 학술 용어로 채택되는 데에 크게 기여하였다. 조동일(1996 : 433~434) 참조 또한 이러한 조동일의 관점을 받아들여 국어국문학 자료를

어 학계 일부에서는 선호되지 않기도 한다. 이에 '작문(作文)'이라는 용어가 필요해진다.

'작문(作文)'이라는 용어는 그 연원이 깊지만, 근대 이전에는 그다지 널리 쓰이던 용어가 아니었다. '술이부작(述而不作)'의 전통 때문에 '文을 作한다'는 것은 함부로 할 수 없는 일이었기 때문이다.[25] 청대(淸代) 이후부터 '作文'이라는 제목을 내건 저술들이 나타나기 시작한 것은 사실이지만, '作文'이라는 용어가 공식적으로 널리 쓰이게 된 것은 아무래도 서구의 '쓰기(writing)' 내지 '작문(composition)'[26] 개념이 도입된 뒤 그것에 대한 상응어로서 '作文'이라는 기표(記標, signifiant)가 재발견된 것과 관련이 깊을 것이다. 이러한 근대적 기표로서 '作文' 개념이 우리 나라에 도입된 최초의 사례는 아마도 1895년 7월 19일에 발효된 '소학교령(小學校令)'에서 "小學校 尋常科 敎科目은 修身 讀書 作文 習字 算術 體操로 홈"[27]이라고 한 규정이 최초일 것이다.

이 시기의 '작문(作文)' 개념에는 이미 독서(讀書), 습자(習字) 등 근대적 언어 기능의 하나로서 '작문'을 바라보는 시각이 깔려 있다. 따라서 '作文'이라는 용어는 한자(漢字)이지만 그 함의(含意)는 서양식 교육 이념에 따른 것일 수밖에 없다. 실제로 '작문' 교과가 '쓰기'나 '국어Ⅱ'의 하위 단위가 아니라 독립된 교과로 간주되는 4차 교육과정 이후의 '작문' 개

활용한 글쓰기 연구가 행해지기도 하였다. 정천구(1996), 최귀묵(1997) 등 참조. '글쓰기'야말로 오늘날 교육과 학술 양측에서 널리 대접받으며 쓰이는 얼마 안 되는 용어인 듯하다.

25) "君子作文, 爲賢者諱."(『漢書』「師丹傳」)

26) 서구(西歐) 이론(理論)에 따르면 쓰기는 '관용(usage)'과 '사용(use)'의 두 가지로 구분되고 있다. 관용으로서 쓰기는 'writing'이며, 이는 정확한 문장을 만드는 것으로 이해된다. 반면에 실용적인 목적의 쓰기는 'composition'이며, 논제를 전개하고 독자를 설득하는 목적을 가진 글쓰기이다. 'composition', 즉 '작문'은 글쓰는 사람이 자신의 생각을 어떻게 쓸 것인지 계획하고, 어떻게 쓰고 있으며, 앞으로 독자에게 어떻게 전달할 것인가에 대해 마음 속으로 평가해 가며 쓰는, 행위 전략을 전제로 하는 개념이다. Widdowson(1978) 참조.

27) 박붕배(1987 : 17)에서 재인용.

넘은 서구식의 '쓰기'와 크게 다르지 않다.[28] 따라서 현대 국어교육 제도의 시각에서 본다면 '쓰기'와 '작문'은 동의어라고 보아도 크게 틀리지 않을 것이다. 따라서 본 연구에서도 '작문'이라고 하는 데에는 근대적 교과라는 시각이 깔려 있다는 점을 밝혀 둔다.

그러나 쓰기의 역사적 변천 과정에 관심을 갖는 본 연구는 '작문'이라는 관념의 형성에 역사성이 작용했다는 것 또한 밝혀 두고자 한다. 1895년 '작문(作文)'이 근대적 국어교육 활동으로 인정되기 이전의 '作文'을 오늘날의 '작문' 개념과 동일시할 수는 없는 일이기 때문이다. 근대적 작문의 성립은 '작문법(作文法)'의 형성과 밀접하게 관련되어 있다. '作文法'이라는 기표는 근대 이전에 '한문 글쓰기의 수사법'이라는 의미를 띠고 있었으나 소학교령 이후 근대적 작문교육이 행해지면서 '근대적 단어의 결합에 의한 문장의 구성 방법'이라는 의미로 바뀌게 되었다. 본 연구는 통시적 성격을 띠기 때문에 '작문(作文)'이라는 용어를 문맥에 따라 전자의 의미로도 후자의 의미로도 사용하게 될 수 있다는 점을 미리 밝혀 둔다.

마지막으로 본 연구가 지닌 특수성 때문에 참고해야 할 연구사가 있다. 그것은 다름아닌 번역(飜譯)과 표현 이론에 대한 연구사이다. 본 연구는 글쓰기 방법론의 근대화 과정을 다루고 있기 때문에 근대 이전의 글쓰기 양상과 방법론에 대한 어느 정도의 사전(事前) 이해(理解)가 필요하며, 그것이 국문으로 전환하는 과정에서 겪게 되는 매체 변환을 일종의 번역이라는 관점에서 보아야 하는 것이다. 앞에서도 잠깐 지적했듯이 근대의 자국어 글쓰기는 동아시아의 전반적인 흐름이었으며, 그것은 구체적으로 한문의 번역·서양어의 번역이라는 과업으로 나타나는 것

---

28) 5차 교육과정기의 국어과 교육과정에서 고등학교 해당 교과목은 '국어', '문학', '작문', '문법'의 넷이었고, 작문은 목표와 내용, 지도 및 평가상의 유의점을 독립적으로 설정하고 있다. 이는 4차 교육과정 '국어Ⅱ'가 '현대문학', '작문', '고전문학', '문법'으로 나뉘어 있었던 것을 발전적으로 계승한 것이다. 정준섭(1995 : 113~114) 참조.

이었다. 이러한 과정을 의미있고 체계적으로 분석하기 위해서는 적절한 방법이 필요한데, 이에 관해서는 어휘 번역론, 문장 번역론 등의 다양한 성과가 있어 참고할 수 있다.

어휘 번역론은 최근 학계 일부에서 연구사적 붐을 이루고 있기도 하다. 19세기 중엽 이후 서양어의 동아시아 유입과 그것의 한자어역(漢字語譯) 문제는 오늘날의 언어 생활에도 직접적으로 연결될 뿐 아니라, 그 자체로 흥미깊은 연구 주제이기도 하기 때문인 듯하다. 그러나 이와 관련된 국내의 연구 업적은 아직 미미한 편이며, 아직까지는 일본의 연구 성과를 크게 참고할 수밖에 없다. 먼저 국내에 소개된 것을 들면, 야나부 아키라[柳父章](2003)는 부족하나마 근대의 주요 추상(抽象) 개념어(槪念語)가 성립하게 된 과정을 언어학적으로 분석하고 있는 흥미로운 선행 연구이다. 최경옥(2003)은 개화기 소설을 주요 대상으로 하여 근대 외래 한자어의 수용을 실증적으로 연구하였다. 모리오카 켄지[森岡健二](1991) 는 서양어 번역으로 인한 근대 한자어휘(漢字語彙)의 성립에 대한 종합 적이고 방대한 연구이다. 카토 슈이치[加藤周一]·마루야마 마사오[丸山眞男] 교주(校註)(1991)에 수록된 카토 슈이치[加藤周一]의 논문 「메이지 초기의 번역(明治初期の飜譯)」도 이 문제를 깊이 있게 다루고 있다. 본 연구 는 이들의 성과를 발전적으로 수용하여 한국에서 추상어 글쓰기의 재료인 단어들이 어떻게 형성되어 갔는지를 탐구하는 절을 마련하였다.

문장 번역론과 관련한 선행 연구로는 김용옥의 업적이 독보적이다. 그의 이론에 따르면 번역이 지향해야 할 점은 '완전 번역(完全飜譯)'이다. 예를 들어 한문을 완전 번역한다는 것은 "한문을 비한문계 순수 옛 우리말로 바꾸는 것이 아니라 오늘날 통용되고 있는 일상 언어, 누구에게든지 의미 전달이 가능한 보편적 언어로 바꾸는 것"(김용옥, 1986 : 135)이다. 김용옥의 번역론은 성서 번역가인 나이다와 타버의 이론에 바탕을 두고 있다.29) 본 연구가 불가피하게 고전 한문에 대한 언급을 상당수 포함할 수밖에 없는 상황에서, 한문의 해석과 자국어화가 추구한 방향을 논할 때에 그의 번역 태도는 많은 시사점을 주고 있다. 특히 한문 해체와 자국어화의 정도 등을 측정하는 본문의 내용에서 그의 논의를 포함한 번역론의 다양한 성과들을 참고할 예정이다.

3. 연구 방법

　본 연구는 성격상 실제 글쓰기 자료에 대한 검토에 많은 부분을 할애하게 된다. 게다가 그러한 자료는 시간의 흐름에 따라 배치될 수 있는 역사성을 띤 자료들이다. 따라서 본 연구에서는 시기별 분석을 행하기로 한다. 먼저 분석 대상을 한문체·국한문체·순국문체로 나누어 본 선행 연구를 수용한다. 그러나 동시에 그러한 변화의 평면적 이해를 방지하기 위해 한국의 문장 모델 변화에 영향을 준 것으로 파악되는 중국·일본의 사례와 관련지어 이해하려고 한다. 문장 모델의 형성과 관련해서는 일본의 연구가 선구적일 뿐만 아니라, 일본의 문화적 환경이 한자문화권이면서도 표음문자를 자국문으로 채택한 공통점이 있는 만큼 한국에 끼친 영향이 크기 때문이다. 따라서 본 연구에서는 근대적 국문체의 형성과 쓰기 활동의 배경을 설명하기 위해 일본의 문장 이론을 원용하고자 한다.30)

---

29) 이들 이론에 관해서는 김용옥 편저(1994 : 232) 참조. 또한 이에 입각하여 근대 이전 한국의 인성론(人性論)에 대해 재검토한 성과로는 배수찬(2004ㄴ)을 참조.

30) 일본은 근대 문장의 형성 방향에 대한 논의가 우리보다 훨씬 앞서 1860년대 말부터 이미 시작되고 있었다. 일본은 한문체가 메이지 말기까지 널리 활용되는 한편으로 한문직역체, 보통문체 등 다양한 문체 실험이 있었다. 야마모토 마사히데[山本正秀](1965)에서는 종결형의 문제를 포함하여 문장 모델의 실제를 통사적으로 검토하였으며, 加藤周一·前田愛 校註(1989)에서는 다양한 문장 모델의 실제를 보여주고 있다. 19세기 말~20세기 초 일본의 문장 이론은 수사학·문법·문장 구성의 차원에서

또한 글쓰기의 방법에 대한 이론 가운데서도 문장 모델의 형성이라는 실제적인 차원을 다루는 이론들을 주로 활용하고자 한다. 쓰기 방법에 대한 이론으로는 브레인스토밍부터 장르에 대한 학습에 이르기까지 다양한 것들이 있지만, 이들은 추상적이고 실체적이지 않아서 피학습자의 성격이나 교육 여건에 따라서 보편적으로 적용되기 어려운 점이 있다. 그러나 문장의 형태는 어떠한 글쓰기에서도 벗어날 수 없는 근본적인 전제 조건이다. 따라서 문장 모델이라는 형식상의 특징을 분석의 기준으로 삼으면 분석의 결과가 곧바로 교육의 내용과 방법을 구안하는 데에 활용될 수 있는 이점이 있다.

19세기 중반 이후 동아시아에서 문장 모델의 형성에 작용한 요소는 주로 서양에서 비롯된 것들이다. 구체적으로는 표음문자 문장 모델과, 문장을 분석 대상으로 보는 단어·성분의 관념이 도입되었다. 이러한 모델과 언어관이 성립하기 위해서는 음성중심주의적 언어관과 근대적 표제어로 구성된 사전이 필요한데, 이 점을 분석하기 위해서 서양철학에 대한 비판적 관점[31]과 한자의 특성에 대한 지식이 원용될 것이다.[32] 문장 모델의 분석을 위해서는 동아시아의 한문 독해 방식에 대한 언어학적 지식이 원용될 것이다.

19세기 말~20세기 초까지 국문 글쓰기의 형성에 영향을 미쳤던 요소

오늘날의 언어교육과도 밀접하게 관련된 개념들을 생산해 냈다. 이들에 관해서는 본 연구의 3장에서 자세히 검토할 예정이다.

31) 김용옥(1986, 1994)에서 서양철학에 대한 비판적 개관을 찾아볼 수 있다. 또한 니체 이후의 흐름인 푸코의 계보학이나 데리다의 음성중심주의에 대한 비판적 관점은 포스트모더니즘이라는 거대한 흐름을 형성하고 있는데, 이는 동일성을 지닌 주체 개념을 비판하고 사물에 대한 상대적 이해를 지지한다. 이러한 점에서 포스트모더니즘은 불변성을 신뢰하지 않는 동아시아의 전통적 사유와 유사한 점이 많이 있으며, 이 점은 철학계에서도 관심의 대상이 되어 왔다.

32) 한자가 표음문자의 선조적·관념적 속성과 달리 확산적·구상적 세계관을 반영하고 있다는 것은 상식이지만, 좀더 적극적으로 한자의 이러한 속성을 근대적 쓰기 관념을 반성하는 데에 활용하는 것이 필요하다. 현상학적 관점에서 한자의 특성을 살피고 근대 어문교육의 전제를 비판한 연구로는 배수찬(2003)을 들 수 있다.

는 일본을 매개로 한 서양의 문헌에 대한 체험이었다. 반면에 부분적이긴 하지만 20세기 초부터는 중국의 영향도 나타난다. 특히 1900년대 초반은 『음빙실문집(飮氷室文集)』이 소개되어 양계초(梁啓超)의 근대 한문체가 어휘를 근대화하고 근대 한문을 현토식으로 개조(改造)하는 데 큰 영향을 미쳤다.33) 서양 문헌이든 양계초의 근대 한문이든 모두 추상어로 이루어진 글쓰기라는 점에서 국문체 발달의 최종 도달점을 점검하기 위한 자료로 활용될 수 있다. 마지막으로 이러한 쓰기를 위한 선행 텍스트가 아니라 쓰기 이론 자체도 1910년대 이후부터 본격적으로 이루어지기 시작하는데,34) 서양 문체의 직접 도입·일본(日本)의 언문일치체의 영향·중국의 백화문(白話文) 등이 동시에 영향을 미치면서 쓰기 이론 내지 작문 이론 자체를 풍성하게 하는 데에 기여하였다.

　본 연구는 논설문 텍스트 분석에서 크게 두 가지를 분석 기준으로 삼는다. 첫째는 문장 모델 및 문체의 특성이다. 각 텍스트가 어떤 문장 단위로 이루어져 있고, 그 문장 단위의 구성에 개입하는 질서가 무엇인지 밝히면 글쓰기 과정을 교육 활동으로 조직하는 데에 큰 도움을 받을 수 있다. 둘째는 내용의 구성과 전개 방식이다. 흔히 '서론-본론-결론'으로 조직되는 구성 요소의 문제나 본론 구성의 다양한 방식은 그 자체로 나열될 뿐 그것이 언제부터 시작되었는지 밝혀지지 않았고, 그것이 노린 효과도 분명하게 드러나지 않은 상태이다. 따라서 본 연구에서는 자료가 스스로 말하는 바에 입각하여 이러한 내용 구성 요소의 성립 과정

---

33) 1903년에 나온 양계초의 『음빙실문집』은 박은식·한용운·최남선 등 한학(漢學)에 익숙했던 근대 문인들에게 중요한 영향을 미쳤다. 한국의 양계초 수용은 주로 문학의 영역에서 이루어졌으나, 문체사·문장 형성사의 관점에서 본격적으로 연구할 필요가 절실한 분야이다. 한국문학(韓國文學)의 양계초 수용에 양상에 관한 연구로는 葉乾坤(1980), 牛林杰(2002) 참조.

34) 최재학(1909), 이각종(1911), 이종린(1913) 등이 쓰기 이론을 다룬 20세기 초의 대표적인 서적들이다. 이들은 전환기의 문장에 대한 관념을 보여주는 소중한 자료들이지만, 위기의 시대를 그대로 반영하여 급조(急造)된 양상이 짙다. 이밖에 몇몇 저술들이 더 있는데, 대부분 일본의 신식 작문법에 관한 서적들의 영향을 받았다. 구체적인 자료에 관해서는 3장에서 본격적으로 검토할 것이다.

과 요인, 나아가 그 효과를 밝혀 보고자 한다.

본 연구에서는 이러한 다양한 텍스트의 특성이 발현되는 이유를 궁극적으로 화자 내지 필자의 특성에서 찾고자 한다. 최근 국어교육학 연구에서는 '고전 표현론'이 활기를 띠고 있는데, 이는 고전문학 작품을 언어 자료로 보고 거기에 나타난 발화의 양상을 '표현'이라는 관점에서 이해하여, 오늘날의 글쓰기·말하기에 도움이 되는 원리를 추출하고자 하는 노력이다.[35] 본 연구에서도 역사적 사실 탐구 못지않게 오늘날의 표현 교육에 도움이 될 수 있는 지점을 찾는 것을 중요시한다. 따라서 모든 글쓰기 자료의 분석은 궁극적으로 화자 내지 필자의 특성과 관련하여 이해될 것이다.

그러나 본 연구에서는 '고전 표현론'이라고 하였을 때의 '표현'이라는 용어를 사용하는 데에는 주의하고자 한다. 애당초 '表現(표현)'이라는 용어는 근대 이후에 개인적 자아의 내면을 말소리로 외부에 드러내는 행위를 가리키는 것이었다.[36] 따라서 말소리를 매개로 하지 않는 한문 글쓰기를 곧바로 '표현'이라고 단정하고 연구할 경우, 음성중심주의적 언어관에 따른 선입견이 한문 글쓰기의 특성을 가려 버릴 수 있는 것이다.[37] 물론 '표현'이라는 용어를 근대적 자아의 개인적 발화 행위로 한

---

35) 고전 표현론은 김대행(1995)에 의해 제안되었다. 이와 관련한 대표적인 연구 성과는 기행가사(紀行歌辭)의 연구로 염은열(1999)을 들 수 있고, 판소리의 연구로 류수열(2001)이 있다.

36) 『大漢和辭典』에서 '表現'은 고전 한문의 인용례 없이 'あらわす(드러내다)', 'わからせる(알려주다)'로만 나온다. 범례에 고전 한문의 용례가 없는 경우는 인용례를 생략하다고 하였으므로, '표현'이라는 용어는 오늘날의 서양어 'expression'의 번역으로 만들어진 2음절 한자어임이 거의 확실하다. 비교적 서양어의 2음절 단어역이 정착된 『附音挿圖 和譯英字彙』(1888)에서도 'express'의 번역은 '表現'이 아니라 '搾出スル(뽑아내다), 挾出スル(짜내다), 感情ヲ表ハス(감정을 표하다)' 등으로 되어 있었던 만큼, '表現'이라는 2음절 단어의 정착은 상당히 늦게 일어난 것임을 알 수 있다.

37) 이와 관련하여 가라타니 코진[柄谷行人]은 중요한 언급을 하고 있다. 일본의 근대 소설가 구니키타 돗포[國木田獨步]의 소설에 대해 설명하면서 그는 다음과 같이 말했다. "돗포한테는 내면이란 '말(음성)'이었으며, 표현이란 그 음성을 외부화하는 일이었다. 사실은 이때 '표현'이라는 사고가 처음으로 존재할 수 있었던 것이다. 그 이전의

정하지 않고, 교육과정의 하위 영역인 말하기·쓰기를 포괄하는 개념으로서 이해할 수도 있다. 그러나 이러한 교육과정의 논리 전개는 말하기와 쓰기를 동질적인 것으로 바라보는 일종의 근대적 선입견을 전제로 하고 있다. 고전 글쓰기는 말하기와 근본적으로 다른 질서에 의해서 수립되고 운용된 문화 활동이며, 오늘날과 같은 글쓰기와 말하기의 동질적 이해는 근대화에 따른 변화의 결과인 것이다.

본 연구는 역사적으로 존재했던 글쓰기 자료의 외형과 구성 원리를 검토하여 그 쓰기 방법을 추출하는 작업을 위주로 하지만, 궁극적으로 그에 입각하여 오늘날의 쓰기 교육과 작문 교육 양상이 지니는 역사적 위상을 검토하는 것 또한 중요한 목표 가운데 하나이다. 국문을 활용해 구체어·추상어 글쓰기를 모두 잘 하게 된다는 것이 쉬운 일이 아니지만, 그것은 오늘날의 공식 교육이 내세우는 목표이기도 하다. 그러나 이러한 목표는 21세기 초의 공식 교육을 받는 학습자의 역사적 위상이 밝혀질 때에야 비로소 실질적으로 달성될 수 있을 것이다.

본 연구는 19세기 말~20세기 초의 신문 소재 논설문을 주 자료로 삼는다. 한국의 근대 신문은 서양의 영향에서 시작되었다고 보는 것이 정설(定說)이다.[38] 1876년 일본과 수호조약을 맺은 뒤 김기수 일행이 수신

문학을 표현이라는 관점에서 논하기는 불가능하다." 즉 가라타니에 따르면 '표현'이라는 관념은 근대 이후에 전통으로부터 단절되어 고독한 내면을 가진 인간이 발생한 이후에야 성립하는 것이다. 또한 그러한 '표현'을 제도적으로 보장해 주는 것이 말을 글로 옮기는 '언문일치'였다고 본다. 따라서 '표현'을 '말하기와 쓰기를 포괄하는 언어 기능'이 아닌 엄밀한 역사적 맥락에서 정의할 때 고전 표현론은 성립이 불가능할 수 있는 것이다. 가라타니 코진, 박유하 역(1997 : 56) 참조.

38) 정확히는 서양의 신문과 서양인이 중국 일본 등의 동아시아에 진출하여 현지에서 발행한 신문들이라고 하여야 할 것이다. 중국에서는 서양인들이 직접 발간한 신문과 잡지가 근대 언론의 효시였다고 한다. 1860년대에 홍콩, 상하이, 텐진 등지에서 발행되어 최고의 부수를 자랑했던 신문들도 대개는 외국인 선교사나 상인들이 시작했던 것이라고 한다. 중국 최초의 일간지인 『中外新報』(1858)는 홍콩의 '차이나메일(China Mail)'이 발행했고, 『申報』(1872)는 영국의 차(茶) 상인인 마지오르(F. Major)가 상하이에서, 『時報』(1886)은 텐진의 독일인 세무사 데트링(S. Derting)이 시작했다고 한다. 일본의 경우도 신문 발달은 서양의 영향을 크게 받았는데, 단 일본인 양학자들이 직접

사(修信使)로 일본을 방문한 뒤 일본의 인쇄 기술에 대한 견문을 소개하였고(김기수, 1962 : 198), 이후 1881년의 신사유람단, 1882년의 수신사 등이 연이어 일본을 방문하면서 신문에 대한 지식도 소개되기에 이르렀다. 특히 1882년에 수신사로 다녀온 박영효는 귀국 후 본격적으로 신문 발간 준비에 착수하게 되며, 이 노력을 관(官)에서 이어받아 창간된 것이 최초의 신문 『한성순보(漢城旬報)』(이하 '순보(旬報)'로 칭함)였던 것이다. 『순보』는 1883년 10월 31일(양력)에 창간호가 나왔는데, 이미 9월 11일의 기록에 외국 신문을 가져다가 초역을 하면서 신문 발간을 준비하고 있었다는 기록이 발견된다(정진석, 1990 : 42). 따라서 이들 신문이 내용의 측면은 물론이고 형식 내지 구성의 차원에서 서양 신문의 영향을 크게 받았을 것임은 분명하다.

사실 근대 이전에도 외국의 소식을 전하는 과업이 전혀 없었던 것은 아니다. 이는 역관(譯官)들이 하는 일이었는데, 그들은 신분상 그다지 높은 지위가 아니었다. 그러나 근대 이후 단순한 외국 소식이 아니라 일정한 수준을 지닌 매스 미디어 개념으로 도입되는 신문은 이들 역관의 지위를 향상시켰거나, 혹은 거꾸로 당대의 수준 높은 지식인들로 하여금 신문 제작에 뛰어들게 하였다.[39] 초기에 『순보』를 발간했던 기관을

시작한 경우가 있다는 점이 조금 달랐다. 1862년에 양학소(洋學所)에서 『官版新聞』을 냈는데, 이는 중국과 자바 등지에서 발행되던 서양인들의 신문을 번역한 것이라고 한다. 물론 1861년에 나온 일본 최초의 근대 신문인 『나가사키 해운 신문(*The Nagasaki Shipping and Advertiser*)』도 영국인인 한자드(A.W. Hansard)가 발행한 것이며, 일본어로 발행된 최초의 신문인 『海外新聞』(1865)조차도 일본계 미국인 조셉 헤코(Joseph Heco)가 일본인들의 협력을 얻어 발행한 것이라고 한다. 이상의 논의는 정진석(1990 : 141~144) 참조.

39) 예컨대 강위는 순보에 글을 써서 실었거나 제작에 직접 관여했다는 설이 있으며, 순보 제작의 기술적 실무를 담당했던 일본인 이노우에 카쿠고로(井上角五郎)에게 국한문 혼용기사를 만드는 문제에 대해 협의하였다는 기록이 남아 있다. 정진석(1990 : 55) 참조. 강위는 기자협회보 연재의 「한국의 기자상」이라는 글에서 근대 최초의 기자로 다루어지고 있기도 하다. 유광렬(1966) 참조. 또한 당대의 저명한 한학자 김윤식은 『漢城旬報』의 서문을 집필하기도 했다. 즉 근대 초기에 이르러 도입된 '신문'이라는 서구적 전달 매체는 단순히 외국 소식을 전하는 물건이 아니라 문화적 과업이라는 인식이

박문국(博文局)이라 했는데, 이곳에서 일하던 인물들은 대부분 역관 출신이었다. 『순보』나 그 이후에 나온 『한성주보(漢城週報)』가 주로 중국과 일본의 신문을 뉴스원으로 했기 때문에 역관 출신이 필요했던 것이다.

초기의 『순보』와 『주보』에서도 논설(論說)은 겉보기에 큰 비중을 차지하고 있었다. 『순보』는 '국내관보(國內官報)', '국내사보(國內私報)', '각국근사(各國近事)', '논설(論說)', '집록(集錄)'의 다섯 부류의 기사(記事)를 싣고 있었는데, 이러한 신문의 규례는 서양이나 중국의 것을 참조하였음을 밝히고 있다.40) 그런데 특이한 것은 『순보』의 경우 약 2년간에 걸쳐 발행되는 동안 논설란이 실린 경우가 6·8호의 두 번뿐이며, 그에 따라 기사의 총수에 비한 논설건수의 비율은 총 0.7%에 불과하다는 것이다. 실려 있는 논설의 내용을 확인해 보아도 실제로 신문의 주필(主筆)이나 기자(記者)가 있어서 시사 문제에 대해 직접 쓴 것이 아니라, 외국 신문의 논설을 옮겨 번역한 것이다. 그밖에 집록(集錄)에서 '―論', '―說' 내지는 '―를 논함(論―)'이라는 제목으로 된 글들을 여럿 찾아볼 수 있는데41), 이들은 평론이라 보기는 어렵고 설명적 텍스트로 보아야 할 것이다.

정치적 문제로 인한 『순보』의 정간(1884), 재정 문제로 인한 『주보』의 폐간(1888) 등은 아직까지 신문을 언론이라는 긍정적 매체로 완전히 신뢰하는 사회적 분위기가 미비했다는 증거로서 매우 애석한 일이다. 이후 한국에서는 우리나라 사람이 발행하는 신문이 없는 상태가 1896년까지 지속되었고, 따라서 당연히 근대적 의미의 논설적 글쓰기 양식도 존재할 수 없었다. 1896년 『독립신문』이 창간되고, 1898년 『협성회회보』와 『매일신문』, 『제국신문』, 『황성신문』이 연이어 자국인의 손으로

점차 확산되어 갔던 것이다.

40) 『漢城旬報』 5호, 1883.12.9(양력).

41) 그 일부를 구체적으로 들면 다음과 같다. 「지구론(地球論)」(1호), 「회사설(會社說)」(3호), 「전기를 논함(論電氣)」(4호), 「전보설(電報說)」(9호) 등이다. 순한문으로 된 교술적·설명적 텍스트로서 논과 설 사이에 큰 차이를 발견하기 어렵다.

창간됨으로써 비로소 본격적인 논설 양식의 성립 및 정착기에 들어서
게 된다.

본 연구에서 1896년부터 1924년경까지의 논설문 성립 양상을 살펴보
는 데에 의미있는 자료로 선택한 텍스트는 『독립신문』, 『매일신문』, 『제
국신문』, 『황성신문(皇城新聞)』, 『대한매일신보』, 『만세보(萬歲報)』, 『매일
신보』, 『조선일보』, 『동아일보』이다. 이들 자료는 어느 정도의 공통점과
함께 개별적 특색도 동시에 지니고 있다. 이들은 모두 국문 내지는 국한
문의 전형을 보여주고 있어 오늘날의 논설문 문체와 문장 모델의 형성
과정을 추적하는 자료가 될 수 있다. 즉 이들 자료는 오늘날의 인공적
구어문체 '-다' 체로 이루어지는 서론-본론-결론 구조의 논설문 형
성에 직접 영향을 미친 자료들인 것이다.[42]

대체로 『독립신문』의 순국문체가 『황성신문』 등의 국한문체와 공존
하다가 『조선일보』 등을 거치면서 근대적 언문일치로 전환하였다고 보
는 것이 통념인데, 이는 『독립신문』에 과도한 의미 부여를 하는 일일
뿐만 아니라 『황성신문』의 국한문체가 오늘날의 국한문 혼용 언문일치
체와 어떻게 다른지를 보지 못하게 할 위험성이 있다고 여겨진다. 실제
로 『독립신문』은 언문일치의 문제의식과 그에 합당한 제도가 성립하기
이전에 다소 성급하게 혁명적으로 단행된 순국문체였기 때문에, 그 내
용의 계몽성이나 시대적 유용성에도 불구하고 문체 발달이나 논설문
형식의 틀을 짜는 데에는 크게 기여하지 못했다고 보는 것이 정확하다.

『만세보』를 중심으로 한 일본 영향의 국한문 혼용체와 『황성신문』에
서 흔히 볼 수 있는 전통 한문의 현토체를 동일하게 '국한문체'로 규정

---

42) 예컨대 『漢城旬報』나 『漢城週報』의 경우는 그 내용의 근대성이 오늘날의 문장에
　　비해 손색이 없는 글들이 많이 포함되어 있다. 그러나 그것들은 국문체 혹은 국한문체
　　를 채택하지 않았기 때문에 본 연구에서 직접적으로 다루지 않는다. 『漢城週報』가 국
　　한문체를 채택했다는 통념이 있으나, 실제로 『주보』는 초기에 일부의 기사만 국한문으
　　로 쓰다가 사실상 순한문체로 퇴행했다. 『주보』는 총 99호까지 발행되었는데, 47호 이
　　후에는 단 한 건의 국한문 기사도 없고 모두 순한문체이다. 정진석(1990 : 67~68) 참조

하는 것도 더 이상의 연구를 진전시키기 어렵게 하는 기존 통념의 폐해 가운데 하나였다. 본 연구에서는 그러한 문제를 돌파하기 위해서 '국한 문 혼용체'라는 개념을 사실상 폐기(廢棄)하고, 한문체에서 국문체로 나 아가는 다양한 양상들을 그 내질(內質)에 입각해 새롭게 명명(命名)해 나 가면서 그 변화 과정을 꼼꼼히 추적해 나가려고 한다.

제2장
글쓰기의 본질과 환경

이 장에서는 근대적 글쓰기의 형성을 본격적으로 논하기에 앞서 본 연구에서 말하고자 하는 '글쓰기'란 무엇인지에 대해 언급해 두고자 한다. 글쓰기의 근대화는 그 자체로 국어국문학적 관점에서도 탐구할 가치가 있는 것이다. 그러나 그것이 단순히 사실에 대한 지적으로 머무르고 말아서는 안 된다. 글쓰기란 일종의 문화적 현상이며, 한 편의 글이 생성되기 위해서는 다양한 문화적 자양이 바탕이 되어 있어야 한다. 본 연구는 이러한 관점에 입각하여 글쓰기를 규정하고, 그것을 국어교육의 내용과 방법에 적극적으로 도입하기 위한 노력을 시도한다.

사실 근대화 이전의 글쓰기, 이른바 중세적 글쓰기의 특성은 국어교육 내에서 크게 중요시되지 못하고 있으며, 국어교육 연구의 측면에서도 변방에 머무르고 있는 느낌이다. 그러나 글쓰기의 근대화를 논의하기 위해서는 근대 이전의 글쓰기 양상에 대한 이해가 필수적이다. 근대 이전의 글쓰기가 국어교육에 적극적으로 도입되지 못한 이유는 그것이 오늘날의 쓰기와 내용 및 생성 방법의 측면에서 상당히 달라 학습자는 물론 교사에게도 낯설게 느껴졌기 때문이다. 그렇다고 우리의 전통 문화 유산인 중세적 글쓰기의 본질적 국면을 교육의 장에 도입하려는 노력조차 포기해서는 안 될 것이다.

여기서는 그간의 국어교육, 특히 글쓰기 교육에서 고전 자료가 차지하던 위상을 간단히 살펴보려고 한다. 오늘날 국어교육은 고전(古典)을 현대적 시각과 가치의 관점에서만 바라본 결과 고전 자체의 본질적 부분을 충분히 끌어내지 못하였다. 고전 글쓰기와 오늘날의 글쓰기는 '글을 쓴다'는 외형적 행위에서만 공통될 뿐 '글'이나 '쓰기' 양자를 바라보는 시각과 그것이 놓여 있는 지평 자체가 매우 달랐다. 그렇다고 이들을 오늘날 국어교육에서 그러하듯이 서로 분리해서 교육한다든가,[43] 현대적 시각으로 고전문학에서 유의미한 요소만을 추출하는 방향만 옳다고 보긴 어렵다.

오히려 더 큰 이론적 입각지를 마련하여 고전 글쓰기와 현대 글쓰기를 함께 일관하는 논리를 개발하는 것이 필요하다. 이 장에서 고전 자료가 쓰기 교육에서 차지하는 위상을 검토하는 작업은 상당한 비판적 논리를 가지고 전개될 것이다. 이렇게 함으로써 '글쓰기'가 무엇인가에 대한 본질적인 물음에 대한 상당히 구체적이면서도 시대적 포괄성을 지닌 해답을 얻을 수 있을 것으로 기대한다. 그렇게 되면 고전과 현대를 아우르는 글쓰기 환경의 구성 요소가 추출될 수 있을 것이고, 근대적 글쓰기의 형성 과정을 연구하기 위해 검토해야 할 지점들이 분명히 드러나게 될 것이다.

---

43) 과거 3차 교육과정의 '국어 Ⅱ' 과목의 하나였던 '고전 문학'이라는 과목이 그러했다.

1. 글쓰기 교육에서 고전 자료의 위상

근대적 글쓰기의 형성 과정을 통해 현대 작문 교육의 내용을 확충하고 고전 문장을 교육의 장에서 심도있게 활용하는 것은 본 연구의 중요한 목적이다. 그런데 최근의 쓰기 이론에서는 '창의적 주체'를 자명한 것으로 받아들이고 있고, 이러한 '글쓰기란 창의적 주체가 대상을 인식하여 표현하는 것'라는 관점이 대체로 수용되고 있다. 때로 이들이 처해 있는 맥락, 텍스트, 인지 등의 요소를 도입하여 쓰기 과정에 대한 모형의 이해를 심화한다고 해도,[44] 근본적으로 표현 주체가 대상 인식을 통해 표현 대상을 기술한다는 쓰기 이념은 변함이 없다.

이러한 구도는 자명한 것처럼 보이기 때문에 더 이상 의심의 여지가 없는 것 같기도 하다. 이로써 오늘날의 국어교육에서는 고전 자료에 대한 별도의 배려가 존재하지 않고 있다. 국어과 교재에 실리는 고전 문장 자료는 현대어로 국역되어 제시되고 있으며, 원문(原文)의 필요성에 대한 고려는 거의 드러나지 않는다. 서론에서 잠시 언급한 고전 표현론(古典表現論)의 논의들도, 고전 자료가 지닌 매체적 특성과 쓰기에 작용하는 내적 질서를 탐구하는 것이 아니라, 번역문에 나타난 텍스트 구성 원리의 차원에서 논의가 전개되고 있기 때문에 고전산문 장르의 내적 특질과 그것을 가르쳐야 할 필요성을 설득해 내지 못하고 있는 것처럼 보인다.

물론 부분적으로 고전 자료 자체의 특성을 활용해 쓰기 교육을 구안

---

44) 박태호는 작문교육 이론에 관한 저술에서 국어교육을 과정(교육)과 결과(국어)로 나누어 보는 이분법을 극복하고 국어교육 자체의 논리를 세우기 위해 노력하였다. 특히 그는 결과 중심의 전통적 관점, 과정 중심의 진보적 관점을 구분하고 두 관점의 문제점을 극복할 수 있는 방안으로 장르 중심의 접근법을 제안한 언어교육의 이론적 성과를 작문교육에 적용하였다. 또한 그러한 장르 중심 쓰기의 세 가지 구성 요인으로서 인지, 맥락, 텍스트를 들고 있다. 이들 중 어느 하나라도 부족하면 학습자의 작문 능력은 그만큼 떨어지기 때문이다. 박태호(2000 : 128~136) 참조.

하거나, 고전 자료에 나타난 쓰기의 양상을 현실에 즉(卽)해서 탐구한 사례들도 있다. 예컨대 김성룡(1997)은 치밀한 자료 검토를 통해 중세 문학교육의 본질적 국면이 전범(典範) 학습이었다는 점을 밝히고, 고전문학교육의 영역이 단순히 '고전문학의 교육'만이 아닌 '고전 시대의 문학교육'으로 확장되어야 한다는 점을 설득력 있게 제시하였다. 그의 논의는 산문문학에 관한 것이 아니고 문학교육에 한정된 것이어서 古典을 활용한 쓰기 교육이라는 문제의식에는 널리 적용되기 어려운 한계가 있지만, 고전문학 자체의 내적 본질을 손상시키지 않으면서 교육의 장에 끌어들일 수 있는 방안을 모색한 것이라는 점에서 소중한 의의가 있다.

조희정은 고전 자료의 내질로부터 쓰기 교육의 내용과 방법을 추출하고자 하는 문제의식을 가진 가장 독보적인 연구자로 볼 수 있다. 그의 연구에서 바탕이 되는 문제의식은 김성룡의 그것과 유사하다. 고전 자료의 내질을 과문(科文)이라는 특수하고 상황 맥락적인 갈래에서 추출하고, 그에 입각하여 문해력(文解力)이라는 현대적 교육 목표를 달성하고자 하는 그의 노력은 일반적인 '고전 표현론'과 어느 정도 거리를 두고 있는 것으로 이해된다. 그런데 조희정의 연구에도 고전 자료의 본질적 속성이 궁극적으로 무엇인가에 대한 명쾌한 해답은 나타나지 못하고 있는 듯하다.[45]

문제는 이렇게 요약될 수 있을 것 같다. 우리에게는 상당한 분량의 고전문학 유산이 있다. 그 가운데에는 운문(韻文)도 있지만 산문(散文) 유

---

45) 그는 지배적 문해력과 생성적 문해력을 고전에서 추출할 수 있는 두 개의 원리로 보았으나, 이 또한 '관습적 발상'과 '창의적 발상', '베껴 쓰기'와 '창조적으로 쓰기'의 구분에 맥이 닿고 있어 고전 자체의 고전성을 충분히 고려한 것처럼 보이지는 않는다. 조희정(2002) 참조. 그는 최근의 연구에서도 고전문학의 시공간적 거리감을 연구한다는 목표를 달성하기 위해 현대 학습자들의 고전에 대한 인식을 현상학적으로 검토하는 길을 택하지 않고 15세기 고전 시대의 인물들이 보는 고전관을 다루는 데 그쳤다. 조희정(2006) 참조

산도 상당하다. 그러나 그에 대한 현대적 해석과 그에 접근하기 위한 방법론은 충분하게 마련되어 있지 못하다. 가장 실용적이고 가장 현대적이며 가장 사회적인 행위이자 실천인 교육은 그러한 불안정한 지위의 고전 문장 자료를 끌어안기 어렵다. 고전 문장의 가치가 무엇인지 심도 있는 인식론적 토대에 입각한 해석이 이루어지지 못하였고, 그것이 현대의 술어로 풀이되지도 못하였을 뿐만 아니라, 그러한 해석에 대한 합의는 더더욱 이루어지지 못하였기 때문이다.

따라서 본 연구는 고전 문장이 글쓰기에 대한 현대의 환경과는 구별되는 어떤 인식론적 장에서 나왔다는 점을 전제로 하고, 그 인식론적 장의 실체를 구체적으로 밝히는 것을 목표로 한다. 또한 그러한 인식론적 장이 고전 글쓰기 자료에 어떠한 특성을 부여하였으며, 그러한 특성 가운데 교육적 가치가 있는 부분들이 무엇인지 구체적으로 드러내고자 한다. 그러기 위해서는 고전과 현대를 아우를 수 있는 글쓰기의 본질에 대한 본 연구의 이론적 이해 방식을 미리 제시해 둘 필요가 있다.

2. 글쓰기의 본질–문자 언어의 외현(外現)

1) 글쓰기 이해의 역사적 시각

본 연구에서는 '글쓰기'를 '쓰기 주체가 문자 언어의 문화적 습득을 통해 행하는 외현(外現)의 활동'이라고 정의하고자 한다. '전략'이나 '표현', '내용 생성' 등 글쓰기와 관련된 선행의 용어들을 가급적 배제한 것은, 글쓰기의 다양한 역사적 현상태(現象態)들을 포괄하기 위함이다. 글쓰기에 대한 논란은 많았지만 글쓰기가 무엇인지 명확히 규정하고 시작한 연구는 그렇게 많지 않았는데, 이는 그러한 개념 규정 자체가 오늘날의 역사적·문화적 상황 하에서는 자명(自明)한 것으로 느껴질 수도 있기 때문이다. 어쨌거나 많은 논자들이 개념 규정이 불필요하다고 느꼈던 것 같고, 때에 따라서는 국어국문학의 학적 체계 내부에서 다루기 어려운 대상 자료를 자기 입맛에 맞는 방식으로 설명하기 위해 '글쓰기'라는 개념을 명분으로 내건 경우도 있었다.

글쓰기의 이론적인 틀을 구축하고 쓰기 방법을 모색한 노력은 국어교육학의 공적으로 돌릴 수밖에 없을 듯하다. 문학교육의 영역에서도 다양한 실제 자료를 바탕으로 하여 쓰기 교육 내지 표현 교육의 개념을 설정하고 교육 내용을 설계하는 노력이 성과를 거두었다. 몇 가지 사례를 들자. 먼저 최미숙(1997)은 모더니즘 시를 대상으로 하여 글쓰기 방법을 추출하고, 이를 문학교육의 내용으로 재조직하는 노력을 하였다. 최미숙은 프랑스의 철학자 롤랑 바르트의 논의를 빌어 글쓰기 개념을 구조화하였다. 그에 따르면 글쓰기란 '언어', '문체' 등과 동렬(同列)에 놓이는 이질적(異質的) 개념이다. '언어'가 자연적 환경이고 '문체'가 쓰기 주체의 것인 반면, '글쓰기'는 '언어와 문체라는 두 차원 사이에서 자신의 처해 있는 사회적인 상황을 의식하고 자신의 언어를 선택하는 것'이라고 보았다(최미숙, 1997 : 13).

최미숙의 논의는 주 자료를 모더니즘 시에 두고 있는 만큼 논의의 방향이 상당히 서구(西歐) 편향적이다. 그는 '언어' 요소를 자연적 환경으로 보았지만, 쓰기 주체가 문체를 자유자재로 구성할 수 있는 상태의 언어라면 그것은 서구에서 18세기 이래의 속어혁명으로 발달시킨 음성언어와 그것을 기록하는 알파벳 표음문자일 것이다. 최미숙의 논의는 롤랑 바르트의 이론과 같은 서구 문화의 정신적 자산에 크게 의존하고 있다. 따라서 고립되고 전통으로부터 단절된 창의적 인간을 쓰기 주체로 전제하고 있으며, 이 때문에 내면 탐구나 창조적 언어 사용 등의 활동 덕목을 강조하게 된다. 그러나 그의 논의는 글쓰기의 관념을 단순한 내적 의식의 표현으로 보지 않고 언어의 선택을 아울러 강조함으로써, 글쓰기의 제도적·문화적 성격에 대한 고려를 보여주고 있다.

이지호(1997)는 연암(燕巖) 박지원(朴趾源)을 자료로 한 논문에서 글쓰기에 대한 이론적 논의를 폈다. 그도 글쓰기 자체를 명확히 규정하지는 않았으나, '글쓰기'라는 용어의 등장 배경을 살피는 등 비교적 근본적인 관심을 보여주었다. 그는 글쓰기를 '대상을 해석하여 의미화하고, 그렇게 형성된 의미를 전달하는 언어 행위'라고 이해한다(이지호, 1997 : 1~23). 그에 따르면 글쓰기는 '사유 단계'인 발상과 '실천 단계'인 표현으로 나누어지며, 발상은 대상 해석이라고 보았다. '발상'이라든지 '대상 해석'은 모두 사유 활동이고, 이러한 사유 활동은 근본적으로 고립된 개인적 주체의 행위이다.

즉 이지호의 논의는 대상의 의미 가능성을 실제 의미로 현현(顯現)시키는 것은 주체라고 봄으로써, 쓰기 원천으로서 '창의적 주체'를 강조하게 되었다. 이 점에서 그의 주장은 최미숙의 논의와 크게 다르지 않다. 이지호가 주요한 탐구의 목표로 설정한 '대상 해석'이란 정체성을 확보한 주체가 명료한 대상을 적절한 언어로 의미화하는 것이다.46) 즉 그의 글쓰기관을 떠받들고 있는 두 개의 중요한 개념은 '주체'와 '대상'이다. 그에 따르면 글쓰기의 대상은 주체의 글쓰기 이전에 이미 존재하고 있다고 한다. 그러나 이러한 주장은 '대상'의 존재를 자명한 것으로 받아들인다는 점에서 상당히 위험하거나 편향된 이론적 기반 위에 서 있다.47)

---

46) 이지호는 대상 해석의 관여 요소로서 주체의 정체성, 대상의 명료화, 언어의 적절성 셋을 들고 있다. 이지호(1997 : 28~91) 참조

47) 동양철학에서는 '대상'이라는 것의 존재 가능성을 부정하거나, '대상'이라는 용어 자체가 서양철학의 주객 이분법에서 비롯된 개념임을 주장하지만, 실제로 오늘날 '주체-대상'의 인식틀이 현실적으로 활용되고 있는 한 이러한 언급이 별 힘을 지니지 못할 것이라는 점을 잘 알고 있다. 국어교육이라는 근대적 활동의 장에서 그 근본에 놓여 있는 '주체-대상'의 이분법을 극복하라고 주장하는 것 자체가 무리일지도 모른다. 그러나 주객 이분법의 비판은 현대 문화의 문제점을 극복할 수 있는 대안으로서 결

이지호의 논의가 아쉬운 점은, 그것이 고전문학을 자료로 삼은 연구임에도 불구하고 '주체의 명료성'과 '대상의 실재성'을 지나치게 고집한다는 점이다. 이것은 아마도 고전문학이라는 자료보다 국어교육이라는 현실이 더 큰 압박으로 작용했기 때문일 것으로 보인다. 이러한 압박은 기행가사(紀行歌辭)를 대상으로 한 염은열의 유사한 연구에서도 엿보인다. 염은열(1999)은 '대상 해석'이 아닌 '대상 인식'이라는 용어를 설정하였지만, 쓰기의 요소로서 '대상'을 설정하는 것 자체는 자명한 것으로 보고 있다. 또한 염은열의 논의에서 특징적인 것은 '표현'이라는 용어의 잦은 사용이다. 그는 '쓰기 교육'보다는 '표현 교육'이라는 용어를 더욱 선호하고 있는데, 고전문학을 활용한 쓰기 교육 연구가 현대의 글쓰기 상황에서 설득력을 얻기 어렵기 때문에 '쓰기'가 아니라 '표현'이라는 좀 더 추상적인 단계를 다루는 것이 아닌가 여겨진다.

그러나 앞에서 지적했듯이 기행가사가 씌어지던 당대(當代)에는 '표현(表現)'이라는 용어가 성립해 있지 않았다. 따라서 기행가사를 오늘날의 표현 교육에서 곧바로 자료로 활용할 수 있을지 의문이다. 그것이 가능하다 할지라도 고전 나름의 인식론적 장에서 생산된 작품의 특질을 제거하고 그것을 오늘날의 관점에서만 본다면 굳이 고전을 거론할 필요가 없다는 반론에 부딪칠 수 있다. 염은열의 연구가 모국어교육으로서 국어교육의 표현 행위가 지니는 문화 계승과 창조성의 문제를 염두에 두고 기획되었음에도 불구하고, 그것이 밝혀낸 표현 원리로서 '관찰', '앎', '투사'와 같은 인지 전략만이 추출되었다는 것은 그의 시각이 갖는 근본적 한계라고 여겨진다.

이것은 애당초 고전문학을 대상으로 한 연구에서 '표현(表現)'이라는 개념을 고수한 데 따른 결과라고 생각된다. 물론 여기에 국어교육학자의 딜레마가 함축된 것도 사실이다. 염은열은 '표현'이라는 용어를 고수

코 무시할 수 없는 것이며, 이러한 노력을 위한 문화적 헤게모니 또한 국어교육에서 쥐는 것이 합당하다고 본다.

한 이유에 대해 '말하기와 쓰기의 구분이 본질적이지 않'고, '음성 매체와 문자 매체의 차이를 받아들여 영역 구분을 했을 때 그러한 구분이 교육적으로 유용하지 않'다는 사실을 지적하고 있는 것이다(염은열, 1999 : 8~10). 그러나 그렇게 하여 추출된 표현 교육의 내용이 고전(古典)만의 인식론적(認識論的) 장처(長處)를 충분히 살리기보다는, 기존의 표현교육을 문학의 속성 측면에서 확장하는 데에 그쳤다는 것은 매우 아쉬운 일이다. 이는 고전문학교육의 가치를 그 자체로서 정당화하기 어렵게 한다는 비판을 받을 수 있기 때문이다.

이상의 논의에서 보았을 때 글쓰기에 관한 국어교육학의 이론적 탐구는 아직도 일정한 합의에 이르지 못한 것처럼 보인다. 이지호와 염은열의 경우에서 보았듯이, 고전문학을 자료로 한 성실한 연구가 궁극적으로 현대적인 주관-객관 이원론에 입각한 대상 인식 유형을 지식 내용화하는 데 그치고 있다는 점은 문제이며, 고전의 교육적 가치를 설득해 내는 데 성공했다고 보기도 어렵다. 여기서 고전의 교육적 가치를 추출한다 함은, 고전에 대한 과목 이기주의에 입각한 정당화가 결코 아니다. 고전은 오늘날과 다른 삶과 인식의 가능성을 열어 주는 매체가 될 수 있으며, 이를 교육의 장(場)으로 이끌어 내는 것은 오늘날 인간의 삶이 가진 편향성을 극복하는 데 도움이 되는 일이기 때문이다.[48]

이런 의미에서 볼 때, 비록 모더니즘 시를 자료로 한 연구이지만 글쓰기를 '표현'이나 '의미 전달 행위'로 보지 않고 일종의 문화적 상황 내에서 '언어를 선택하는 것'이라고 본 최미숙의 연구가 시사하는 바는 매우 크다고 생각한다. 롤랑 바르트는 후기 구조주의의 영향을 받았기

---

[48] 사실 염은열은 동일한 논문의 결론에서 다음과 같이 자기 비판을 전개하고 있다. "우리는 우리 시대의 편견에 갇혀 사고하게 되는 바, 우리의 표현 행위에 전제되어 있는 표현관 또한 일종의 편견이라 할 수 있다." 또한 염은열은 이를 뒷받침하기 위해 가라타니 코진의 '근대적 시선'에 대한 논의를 인용하였다. 염은열(1999 : 169~170) 참조. 가라타니 코진 자신은 '표현'이라는 개념이 근대 이전의 문학에서 성립할 수 없다는 점을 논증하였던 것이다. 가라타니 코진(1997)의 제1장 참조.

때문에 주-객 이분법의 인식론을 기본적으로 신뢰하지 않았으며, 표현 주체의 존재 자체를 의심하였을 뿐 아니라, 글쓰기가 주체의 내적 선택 못지않게 외적 상황과 문화적 축적의 영향을 크게 받는다는 사실을 명민하게 감지하고 있었던 것이다. 바르트에게 필요했던 것은 그러한 주체의 소멸로 인한 자기 분열의 위기를 극복하는 방안이었을 터이나, 이 문제는 바르트 자신도 해결하지 못하였다.

주체의 소멸과 문화적 정체성의 위기는 오늘날 우리의 문화적 환경에서도 해결되지 못한 문제이다. 글쓰기의 근대화를 탐구하고자 하는 본 연구의 노력은 이러한 인식론적 과제를 바탕에 깔고 있는 것이다. 본 연구는 이 과제 해결의 기초를 마련하기 위해 '글쓰기'의 역사적 전개를 추적하고자 하는 것이며, 이러한 관점에서 볼 때 글쓰기의 개념을 새롭게 정립하려는 노력이 필수적으로 요청되는 것이다. 역사적으로 살폈을 때 글쓰기는 단순히 '내용 생성 활동의 결과'나 '의미의 표현'으로 축소될 수 없으며, 주체의 대상 인식에 종속되기만 하는 것도 아니다.

글쓰기는 확정적으로 규정되기 어렵지만, 그 역사적 다양성을 포괄하기 위해서는 '글쓴이가 문자 언어의 문화적 습득을 통해 행하는 외적 발현 활동'이라고 잠정적으로나마 규정해 둘 수밖에 없다. 이렇게 하지 않고 지금까지 그래 왔던 것처럼 '표현'이라거나 '주체의 대상 인식'이라는 측면만을 강조하게 되면, 대상의 자발적 인식이 아닌 모방적 글쓰기나, 대상의 존재를 넘어서는 하늘이나 우주의 뜻을 대필(代筆)하는 글쓰기, 학문의 축적 과정에서 자연스럽게 생산되는 훈고적 글쓰기 등의 존재를 설명하기 어렵게 된다. 이러한 글쓰기는 근대 이전에 얼마든지 있었기 때문에, 글쓰기에 대한 규정을 포괄적으로 하지 않으면 그만큼 위험해지는 것이다.

다음 절에서는 문자 언어의 외현으로서 글쓰기가 지녔던 다양한 편폭을 동·서양의 쓰기 관념을 비교함으로써 간단히 제시하고자 한다. '쓰기'는 자명한 행위처럼 보이지만 반드시 그러한 것은 아니다. '쓰기'

는 인간이 행하는 활동의 하나이며, 집단적 쓰기가 존재하기 어렵다는 점을 고려할 때 그것은 '고립된 개체의 활동'이라는 전제를 내포하고 있다. 오늘날에는 '쓰기'의 결과물로 여겨지는 것조차 과거에는 쓰기가 아니라 단순한 '외워서 옮겨적기'일 수도, '신탁(信託)의 자연적 발현(發現)'일 수도 있었던 것이다. 따라서 '쓰기'에 해당하는 행위와 결과물에 대한 원론적 검토가 반드시 필요한 것이다.

2) 동·서양의 쓰기 관념 비교

(1) 동아시아의 전통적 문장 관념

근대 이전의 동아시아에서 문장에 해당되는 말의 근원으로 '문(文)'이 있었다. 이 '文'이란 어떤 쓰기의 결과물이 아니라 '패턴 내지 질서있는 모양의 나타남'을 가리켰다.[49] 여기서 '文'은 '청각 정보의 표기'가 아니라 '본질부터 시각적인 것'이었다. 그리고 당대의 문자 매체인 한자(漢字)의 특성으로 말미암아 '文'은 근대적인 의미의 '言語'가 그러한 것처럼 일의적(一義的)인 지시(指示)에 국한되지 않고, 다양한 방향으로 의미(意味)가 확산된다.[50] 예컨대 '人文'이란 '인간사(人間事)에서 보이는 질서있는 현상의 나타남'으로 이해된다. 서양에서 그런 것처럼 '문자(文字)'가 '음성 언어의 표기 수단'이기만 한 것은 결코 아니었다. 게다가

---

49) '문장'이 오늘날의 '문자 언어'라는 의미로 쓰이기 위해서는 역사적인 변천을 겪어야 했다. 고대적 용법으로 '문장'은 '원리와 문채(文彩)가 질서있게 드러난 것'을 가리켰다(『論語』「泰伯篇」19장). 육조시대(六朝時代)에는 '글로 씌어진 문서로서 문학성(아름다움의 추구)을 띤 것'을 가리켰고, 송대(宋代)에는 시(詩)와 문(文)을 모두 포괄하는 관념으로 문자 표현 일반을 가리켰다(陳德秀, 『文章正宗』). 중국어에서 '문장' 개념의 역사적 변천에 대해서는 스즈키 사다미, 김채수 역(2001 : 99~111) 참조.

50) 한자의 특성 가운데 일자다의(一字多義) 현상은 이와 관련된다. 배수찬(2003 : 213~236) 참조.

흔히 재도론(載道論)이라 하여 '文'의 근원을 '도(道)', '원리', '세상의 질서' 등으로 파악하는 관점이 일찍부터 자리잡고 있었다.[51]

이러한 관점에 따르면 글(人文)이란 인간이 노력해서 쓰거나 짓는 것이 아니라 자연의 질서가 저절로 나타나는 것이다. 따라서 동아시아의 전통에서는 '作文'이라는 개념이 일찍이 성립하지 않았다. '述而不作'이라는 관념도 이와 관련된 것이다. 또한 문장을 언어적 단위로 독립시키거나 물리적 실체로 이해하는 관점은 크게 부각되지 않았다. 따라서 문장은 주체의 표현 의도에 따라 추상적으로 분류되는 것이 아니라 실제 인간의 행위 질서에 종속되며, 글이란 것은 제사[祭], 축원[祝], 찬송[頌], 공식적 명령[詔] 등 주요한 행위를 장식하거나 그러한 행위에서 나타낼 필요가 있는 내용을 싣기 위해 자연 발생적으로 생겨나게 된다.

여기서는 글쓰기에 대한 초기의 생각을 담고 있는 『문심조룡(文心雕龍)』의 논의를 중심으로 하여 전통적인 글쓰기의 내용에 대한 관념을 살펴보기로 한다. 앞서 지적했듯이 동아시아의 전통에서 글쓰기란 언어 활동이나 행위가 아니라 자연 질서의 외적 발현으로 이해되고 있었다. 육조시대의 문학가 유협(劉勰)은 『문심조룡』에서 글쓰기를 그 근원에서 '天地의 발현'이라고 보아 '道 → 天地 → 心 → 志 → 言 → 文'의 골격을 지닌 글쓰기 이론을 수립했다. 이를 표로 정리하면 다음과 같다.

---

51) 도학파(道學派)의 개념이 성립하기도 전인 육조시대의 유협(劉勰)도 '문(文)은 도(道)에 그 근원을 두고 있다[文本乎道, literature has its source in the Tao]'고 선언하였다. 劉勰, 施友忠 역(1975 : 4) 참조. 施友忠의 번역은 『문심조룡(文心雕龍)』의 영역(英譯)으로서 원서명은 『*The literary mind and the craving of dragons*』이다. 본 연구는 『문심조룡』을 인용할 때 이민수 역본과 최신호 역본, 그리고 영역본을 참조하기로 한다. 영역본을 제시하는 이유는 국역본(國譯本)이 한자를 풀이하지 않을 경우 그것이 완전 번역되지 않는 경우가 많기 때문이다. 인용한 부분은 『문심조룡』의 서두인 「序志」로서 이민수 역본과 최신호 역본에는 번역이 생략되어 있기도 하다.

〔표 1〕 동아시아의 전통적 글쓰기 모델과 주요 용어

개념	해설	원문의 설명
道	天과 地를 지배하는 원리	天之象, 地之形, 道之文
心	人(천지의 핵심)	人, 天地之心.
志	心이 가는 곳, 마음의 지향	志, 心之所之.
言	말의 표출. 志를 드러나게 하는 것	言以足志
文	言이 나타남에 따라 밝혀지는 패턴	言立而文明

유협(劉勰)의 글쓰기 모델은 추상의 수준이 너무 높다는 문제점이 있기는 하지만,52) 이후 오랫동안 동아시아에서 글쓰기의 이론적 전제로서 인정되고 있었다. 천지(天地)가 모습을 드러내는 것이 '文'인데, '천지(天地)의 핵심[天地之心]'이 곧 사람(人)이다. 그리고 이 때 '핵심[心]'이란 내적 속성을 지닌 것으로서, 천지가 내밀하게 움직이는 가장 긴요한 부분이 곧 사람이라는 것이다. 그리고 이 '天地之心'의 '心'은 중의적(重義的)으로 '사람의 마음'이라는 의미를 띠게 된다. 즉 '心'은 인간 자체로서 '천지의 핵심'이기도 하고, 동시에 인간의 속성으로서 오늘날의 흔히 말하는 '마음'도 되는 것이다.53)

마음[心]에 따라 말[言]이 저절로 나오고, 그에 따라 글[文]이 생겨난다는 것이다. 그리고 이때 마음이란 '사람의 마음'만이 아니라 '천지의 핵심[心]'이기도 하다. 현대 글쓰기 이론에서는 개인적 주체가 머릿속으로 쓸 거리를 구상(내용 생성)하여 그것을 말로 표현하거나 글로 옮긴다(표현)

---

52) 예컨대 언의 함의가 다의적이어서, '문장(文)은 말(言)의 기록'이라는 식의 이태준류의 근대적 문장관념으로 오해받을 수 있다. "문장이란 언어의 기록이다. 언어를 문자로 표현한 것이다. 언어, 즉 말을 빼여놓고 글을 쓸수 없다." 이태준(1949 : 2) 침조. 글쓰기의 이론을 역사적으로 연구하기 위해서는 단순히 이론가들의 문면만을 보아서는 안된다. 예컨대 유협의 시대에만 해도 '말하듯이 글을 쓸 수 있는' 환경이 아니었다. 종이도 부족했고, 교육제도가 보급되지 않아 말은 알아도 글은 모르는 사람들이 많았다. 이러한 모든 측면이 고려의 대상이 되어야 한다.

53) '心'에 해당하는 내용을 현대의 글쓰기 이론에서 굳이 찾자면 '쓰기 주체'나 '대상 인식의 주체', '의미 내용의 생성자'로밖에 풀이할 수 없다. 이는 중세적 개념을 옮기는 근대 언어의 한계로 볼 수 있다.

고 생각하지만, 동아시아의 전통에서는 '사람의 마음 = 천지(天地)의 핵심'이었으며, 이것이 발현되는 것은 인간의 활동인 '표현'이 아니라 '저절로 서고[立]', '저절로 밝아지는[明]' 자연적인 움직임이었다. 이렇게 되면 근대의 시각에서 볼 때 글쓰기의 소재로 여겨지는 천지(天地) 자체가 글쓰기의 주체가 되어 버리므로, 주-객 이분법이 자연스럽게 해소된다.

물론 이렇게 되면 오늘날의 관점에서 쓰기 이론은 될 수 있어도 쓰기 교육 이론은 되기 어려울 수도 있다. 주체와 소재를 나누어 명시적으로 단계별 언급을 하지 않는다면 쓰기 과정을 기술(記述)할 수도 없을 것이고, 쓰기 교육을 설명하기도 어려울 것이라고 느낄 수 있을 것이다. 그러나 동아시아는 쓰기 교육에 관한 명시적 이론이 없이도 그 어떤 다른 문명보다도 찬란한 글쓰기 문화를 일구어 왔다. 그 힘은 무엇일까? 동아시아인들은 그 힘의 원천을 육경(六經)이라고 믿었다. 동아시아의 전통에서는 글의 소재나 글감이 글 자체와 별도로 떨어져 있는 것으로 보지 않았으며, 글쓰기의 소재가 육경(六經)이라는 전범(典範)의 형태로 기원전부터 자리잡고 있었다.

육경(六經)은 동아시아에서 모든 글쓰기의 원천이었고, 글쓰기의 모범이었다. 동아시아인들은 육경이 모든 가능한 글의 모범을 보여준다고 믿었다. 그리고 거기에는 '가르침(敎)'과 같은 도덕적이고 효용적인 목적이 결부되어 있었다.54) 육경의 내용을 도식적으로 분류한 유협에 따르면, '경(經)'이란 '절대적인 도(道)이며, 변경할 수 없는 위대한 가르침'55)

---

54) 조선 전기 공론 논변에 대한 엄훈(2002)의 분석에 따르면, 당대 공론 영역에서 가장 선호되었을 뿐 아니라 권위 있는 것으로 인정되었던 전거(典據)는 고전에서 인용되는 하(夏)·은(殷)·주(周) 삼대(三代) 성인(聖人)들의 언행(言行)이었다. 그리고 이때 많이 인용된 것이 『서경(書經)』, 『주역(周易)』, 『춘추(春秋)』 등이라 하였는데, 이들은 모두 유교 경전인 오경(五經)의 하나이다. 엄훈(2002 : 177~178) 참조.

55) "經也者, 恒久之至道, 不刊之鴻敎也." 최신호의 번역은 다음과 같다. "經이라고 한 것은 恒久한 至道와 불멸의 위대한 가르침이다." 유협, 최신호 역(1975 : 14). 영역본에서는 '恒久之至道' 부분을 '도의 표현(expression of the …… Tao)'라고 하였는데, 이는 문제가 있는 번역이다. 표현은 개인주의적인 내적 자료의 외적 발현인데, 道는 그러한 것이 아니라 인간 외부의 자연이 저절로 '드러나는' 것이기 때문이다. 유협, 시우충 역

이다. 그리고 그에 따르면 오경(五經)의 내용은 다음의 표와 같이 정리된다. 물론 이러한 생각은 오경의 실제 내용을 반영하는 것이라기보다는 당대인의 일반적 관념으로 볼 수 있다.

〔표 2〕 五經에 따른 글의 분류 기준과 해당 글 양식

경(經)	(A) 분류의 기준	(B) 해당 원문	(C) 해당 글 양식
易	천도를 이야기함	易惟談天	論, 說, 辭, 序
書	말을 기록함	書實記言	詔, 策, 章, 奏
詩	마음의 지향을 말함	詩主言志	賦, 頌, 歌, 讚
禮	체(體)를 확립함	禮以立體	銘, 誄, 箴, 祝
春秋	이치를 판별함	春秋辨理	紀, 傳, 銘, 檄

『문심조룡』「종경(宗經)」편에 입각한 위의 표에 따르면 전통적인 글쓰기의 내용이 어느 정도 밝혀질 수 있을 것이다. 오늘날까지 부분적으로 전하고 있는 '기(記)', '전(傳)', '논(論)', '설(說)' 등의 기원을 설명한 이 부분은 당대의 글에 대한 관념이 오늘날까지 어떻게 변형되고 어떻게 보존되어 왔는지를 설명해 준다. 이 논의를 따른다면 동아시아에서 글쓰기의 내용을 분류하는 기준은 단일한 선험적 기준에 의해 주어지는 것이 아니라 '담천(談天)', '기언(記言)', '언지(言志)', '입체(立體)', '변리(辨理)' 등과 같은 실제적이고 상황 맥락적인 고대인의 활동에 의해 비(非)체계적으로, 자연적으로 분류된다.

『예기(禮記)』에 따르면 오경(五經)은 각각 글의 내용이 인격에 미치는 효과로 구별된다. 이른바 '가르침(敎)'의 관점에서 글을 분류하고 있는 것이다. 또한 『순자(荀子)』에서는 글쓰기의 분류 기준을 정사(政事)의 기록, 소리의 머무름, 법도(法度)의 분별 등으로 삼고 있어, 도덕적 교화는 물론이고 '기록'이라는 실질적 기능이 추가되고 있다. 즉 동아시아의 전

(1975 : 21) 참조.

통에서는, 굳이 현대 어휘로 옮기자면 '상황 맥락적인 활동'과 그것의 '효용'이 글쓰기를 분류하는 기준이 되고 있다. 관념적이고 연역적인 기준에 의해 실존하는 글쓰기를 분류하는 것이 아니라, 실존하는 글쓰기들을 그 양상과 쓸모에 따라서 자연 발생적으로 생겨난 분류의 구체적 양상인 경(經)에 배당시켜 설명한 것이다.[56]

[표 3] 『문심조룡』 이전의 글쓰기 분류 기준―『예기(禮記)』와 『순자(荀子)』

經	분류의 기준	해당 원문
禮記	온유하고 돈후함은 '詩'의 가르침이고, 정사에 통달해서 멀리까지 내다보는 것은 '書'의 가르침이며, 심성이 밝으면서 의리가 정미한 것은 '易'의 가르침이요, 공손하고 검소하며 엄숙하고 삼가는 것은 '禮'의 가르침이요, 같은 말이나 사물을 모아 비교하고 그 가치를 판단하는 것은 '春秋'의 가르침이다.[57]	溫柔敦厚 詩教, 疏通知遠 書教, 絜靜精微 易教, 恭儉莊敬 禮教, 屬辭比事 春秋教.[58]
荀子	'書'는 정사에 관한 기록이요, '詩'로 말하면 중화의 가락이 넘쳐 흐르며, '禮'는 사람으로서 마땅히 지켜야 할 법의 큰 근본이다.[59]	書者 政事之紀, 詩者 中聲之所止, 禮者 法之大分.[60]

오늘날의 쓰기 이론에서는 글쓰기를 그 목적에 따라 '정보 전달, 설득, 친교, 문학적 효과' 등으로 분류하여 인간 활동에 대한 관념론적 분류의 경향이 엿보인다.[61] 이는 마치 근대 초기에 인간의 정신이 작용하

---

56) 중국의 철학자 풍우란(馮友蘭)은 자신의 논문에서, 중국인들은 필요 없는 사상은 서술하지 않았고 지식을 위한 지식은 추구하지 않았다고 지적하였다. 이러한 관점에 따르면, 중국인들은 글이 잘 분류되어 있으면 그만이지 그러한 분류의 기준을 명확히 세울 필요가 있다고는 생각하지 않았을 것이라고 추측할 수 있다. 이 때문에 글쓰기 분류에서도 관념적이고 인위적인 기준을 설정하지 않은 것이다. 풍우란, 박성규 역(1999 : 9) 참조

57) 池載熙 解譯(2000 : 130) 참조.

58) 『禮記』「經解」.

59) 宋貞姬 譯(1972ㄱ : 32) 참조.

60) 『荀子』「勸學」.

61) 오늘날의 국어교육과정에 의거하면 근대의 글쓰기 분류는 글쓰기의 목적을 기준으로 행해진다. 7차 교육과정의 국어과 내용 체계에 의하면, '쓰기의 실제'에서 '정보를 전달하는 글쓰기', '설득하는 글쓰기', '정서 표현의 글쓰기', '친교의 글쓰기'로 쓰기 갈래를 분류하고 있다. 교육부(2000 : 455~456). 작문과 내용 체계에서는 '작문의 실제'

는 방면을 지성(知)·감성(情)·의지(意), 이 세 가지로 나눈 것과 같은 주체 중심적인 근대 철학의 정신이 반영된 것이다. 반면에 글을 분류하는 기준으로서 글의 효과나 감화력(感化力)을 제시하던 동아시아의 전통은 망각되고 말았다. 즉 오늘날 글을 분류하는 기준은 구체적 현실상의 필요와 관련되어 있는 것이 아니라, 근대 철학의 선험적 인간 이해를 반영하는 것이다.[62]

그런데 특징적인 것은 이러한 목적에 따른 분류가 관습적으로는 오경(五經)이란 제도로 존숭되었지만 글의 종류를 세분화하는 데에는 별 도움을 주지 않았다는 사실이다. 사실 [표 2]가 글의 분류 기준을 제시한다고는 하지만, 이것은 정확히 말하면 글쓰기의 분류 기준이 아니라 오경의 분류 기준일 따름이다. 물론 당시에는 오경이 글로서 대표성을 지니고 있었기 때문에, 이를 글쓰기의 분류 기준으로 간주할 수도 있다. 그러나 동아시아에서는 글쓰기 일반에 대한 개념화된 설명이 발달하지 않아 글을 분류하는 명료한 선험적 기준을 구비하지 않았던 것은 사실이다.

(2) 서양의 문장 관념과 글쓰기 이론

이제는 서양의 문장 관념을 살펴보고자 한다. 서구 사회의 원형으로

에서 '정보 전달을 위한 글쓰기, 설득을 위한 글쓰기, 정서 표현을 위한 글쓰기, 친교를 위한 글쓰기, 정보화 사회에서의 글쓰기'로 하위 항목을 나누어 목적에 따른 분류임을 명확히 보여주고 있다. 교육부(2000 : 563) 참조.
62) 독일의 관념론자 칸트(I. Kant)는 주체의 인식 능력을 통해서 객체(관념)을 구성할 수 있다고 보았다. 물론 관념의 세계가 아닌 물자체(物自體)는 알 수 없다고 보았지만, 이는 결국 인간이 인식할 수 있는 최상위 단계가 관념이라는 것을 고백한 것에 불과하다. 이러한 점에서 그의 이론은 영국 경험론자 로크(J. Locke)의 주장과 상통한다. 로크는 관념론자는 아니었지만, 인간은 경험을 통해 지식을 얻을 수 있다고 보았고, 그 지식의 내용은 실제가 아니라 관념이라고 여겼기 때문이다. 관념론과 경험론의 외면적 차이에도 불구하고, 양자는 근대 사유의 인식지평 위에 공통적으로 놓여 있는 것이다. 이 문제에 관해서는 김용옥(1986)의 논의가 친절하다.

생각되는 고대 그리스는 시기상 중국의 선진시대(先秦時代)와 겹친다. 서양은 동아시아와 달리 언어문화의 본령(本領)과 이상(理想)에 대한 모범적인 언급을 보여준 전문적 학자 그룹을 일찍부터 형성하고 있었고, 플라톤과 아리스토텔레스가 그러한 그룹을 대표하는 인물들이었다. 이들은 동아시아와 달리 '문장[文]'보다는 '언어(말하기)'를 중시하였고, 특히 플라톤은 언어 문화의 본질이 "윤리적인 행동의 재현(모방)"63)에 있다고 보았다. 그에 따르면 표현이란 행동이나 언어를 통해 위대한 객체를 닮거나, 혹은 스스로 위대한 객체가 되는 것이었다. 플라톤은 이에 따라 극(劇)이나 시(詩) 등 예술 표현의 가치를, 철인(哲人)이라는 이상에 근접한 정도에 따라 판단하여야 한다고 본 것이다.

플라톤은 후대에 음성중심주의자로 비판받을 만큼, 말을 글로 옮겨 적는 것 자체에 대해서조차 비판적인 시각을 갖고 있었다. 따라서 문장이 존재의 가치가 있다면 음성을 시각적으로 고정시켜서 그것을 보존하는 데 있을 따름이다. 플라톤은 『국가』에서 이야기꾼과 시인이 이야기를 통해 국가에 기여하는 방식에 대해 대화를 주고받는데, 거기에 따르면 이야기는 주체의 욕구에 따라 '모방적인 이야기 진행(mimesis)'과 '단순한 이야기 진행(diegesis)'으로 나누어진다. 전자는 표현 주체가 객체를 닮고자 하는 욕구이고, 후자는 주체의 언어적 재현에 대한 욕구이다. 그 중에서 플라톤은 전자를 더욱 가치 있는 것이라고 봄으로써, 언어 자체보다는 주체가 객체를 닮고자 하는 욕구를 중요시하였다.

플라톤에 따르면, 위대한 인간을 모방하고 실제로 위대하게 되어야 한다는 목표와 비교할 때 언어의 문제는 사소한 것에 지나지 않는다. 언어와 관련하여 플라톤이 관심을 기울인 부분은, '이상적 인간'64)을 만드는 데에 언어가 어떤 도움이 될 수 있을까 하는 정도일 것이다. 플

---

63) 플라톤, 박종현 역주(1997)의 제3장 참조.
64) 플라톤이 말하는 이상적 인간이란 '지혜, 용기, 절제, 정의를 지닌 이상 국가의 철인'
    이다.

 근대적 글쓰기의 형성 과정 연구

라톤이 언어 예술 가운데서도 극(劇)에 주목한 것도 그것의 교육적인 효과에 대한 기대 때문이었다. 특히 그가 칭송한 것은 고상한 극이었는데, 그것은 사회적이고 정치적이며 삶에 직접 관련된 인간의 행동과 실제를 그대로 모방하는 것이었기 때문이다.

그런데 플라톤이 보기에 별 가치는 없지만 극과 유사한 인간 행동이 있었으니, 그것이 이른바 '단순한 이야기 진행(diegesis)'이었다. 극의 예는 비극(悲劇)이나 희극(喜劇), 단순한 이야기 진행의 예는 송가(頌歌)나 서사시(敍事詩)에서 찾을 수 있다. 즉 플라톤은 이 둘을 구별하는 언급을 함으로써, 본의 아니게 서양에서 최초로 언어적 표현을 구별하는 이론을 수립한 셈이 되었다. 그리고 그 구별의 기준은 동아시아와는 달리 언어 내적 자질 즉 '말하기 내지 표현의 방식'인 것이다.

그런데 플라톤은 언어 분류 따위에는 애당초 큰 관심이 없었기 때문에, 양자의 우열을 판단하는 데에 과감하였고, 그 중에서 열등하다고 여겨진 것은 주저없이 버렸다. 즉 그는 표현 주체가 객체를 닮은 정도, 특히 훌륭한 객체를 닮은 정도에 따라 문학의 우열을 판단했다. 이렇듯 그의 이론을 따라가면 궁극적 목표는 문학이나 글쓰기가 아닌 '이상적 인간 되기'가 되어 버린다. 그의 이론이 문학 포기론 내지 시인 추방론으로 발전한 것도 이 때문이다. 그러나 이러한 과격성은 이후 아리스토텔레스에 의해 순화되었고, 플라톤 이론은 그 형이상학적 측면이 강조되어 언어의 측면에서는 영혼을 반영하는 음성중심의 사유로 발전하였다. 이는 서구 역사에서 표음문자 위주의 언어관을 지배적인 것으로 만들었으며, 헤겔 등의 편향적 세계관을 지닌 이들에게 동아시아의 한문 문화를 제멋대로 재단하는 그릇된 시각을 제공하기도 하였다.

아리스토텔레스는 동아시아의 시각에서 보자면 플라톤에 비해 크게 다를 것이 없는 인물이지만, 나름대로 큰 차이가 있었다. 그는 자신의 철학에 플라톤과 같은 이상주의적 실용관을 부여하지 않았다. 그는 다양한 학문 분야에 대한 지식 체계를 수립하였고, 문학이나 글쓰기의 분류에 관해서도 플라톤과 같이 실천을 염두에 두지 않고『시학』등의 저술을 통해 이론적 차원의 논의를 발전시켰다. 그는 플라톤이 제기한 '모방'의 개념을 확장하고, 오늘날의 관점에서 '문학'에 해당되는 당대의 표현 자료들을 폭넓게 연구하였다.

먼저 아리스토텔레스는 오늘날의 언어 예술 전반을 가리키는 용어인 '시(詩)'를 자신의 논의 대상에 포함시켰다. 그리고 플라톤처럼 시(詩)에 대해서 정치적 차원의 가치 판단을 내리는 것이 아니라, 그것의 존재를 기정 사실로 인정한 상태에서 그 본질을 파악하고자 하는 학자적 태도를 보였다. 즉 플라톤은 언어적 자질을 기준으로 한 문학 분류를 의도하지 않게 최초로 행했지만, 아리스토텔레스는 자각적으로 분업화된 문학론을 전개한 최초의 인물이라고 말할 수 있다.

아리스토텔레스의 이론은 시(문학)을 '모방 행위'로 본다는 점에서 플라톤을 계승하고 있다. 하지만 플라톤은 '모방'과 '재현'65)을 구별하고 모방만을 가치 있는 것으로 본 반면, 아리스토텔레스는 '모방'을 '표현'과 동의어로 보아 그것을 말하기 방식에 따라 분류하고 있다(이상섭, 2002 : 19). 아리스토텔레스에게 '모방'은 오늘날 '문학', '음악', '미술'과 같은 일종의 유(類) 개념이었던 것이다. 그는 모방 행위를 말하기 방식, 즉 언어 기능적 자질에 따라 ① 이야기와 극적 제시를 번갈아 하기, ② 처음부터 끝까지 한 목소리로 이야기하기, ③ 극적으로 제시하기의 셋으로 나누었다. 오늘날의 관점에서 보자면 ①은 서사의 일부(관찰자 시점과 전

---

65) 여기서 재현은 어떠한 매체를 가지고 특정한 사물이나 상황을 다시 나타내는 것을 의미한다. 모방(模倣)과 재현(再現)의 차이를 좀더 자세히 설명해 보자. 모방은 매체가 따로 없이 몸(body)이라는 원초적 매체만을 활용하는 반면(극), 재현은 소리나 색, 언어와 같은 중간 매체를 활용한다. 물론 춤과 같이 몸 자체를 또다른 매체로 활용하는 예술도 있으나, 이는 극의 경우와 구별된다. 몸을 매체로 보지 않는 고대 그리스의 사고 방식에서 또다른 인간중심주의를 엿볼 수 있는데, 고대는 그리스나 동아시아나 모두 자연의 질서와 합치하는 것을 위대한 것으로 보았다는 점에서 공통적이었다. 그러나 동아시아에서는 그러한 자연의 질서를 모방하는 것이 '몸'이 아니라 '문(文)'이라는 점을 생각하면, 서양의 인간중심주의는 더욱 분명하게 드러난다.

지적 시점이 혼합된 서사)를, ②는 서사의 다른 일부(전지적 시점의 서사)와 서정의 전부를, ③은 극을 가리킨다.

①과 ②는 플라톤이 이른바 '단순한 이야기 진행(diegesis)'이다. ③은 플라톤이 이른바 '모방적인 이야기 진행(mimesis)'이다. 그리고 ②에는 오늘날의 관점에서 보자면 서사의 일부와 서정이 섞여 있게 된다. 표현 행위를 '말하기 방식'이라는 관점에서만 보자면, '처음부터 끝까지 한 목소리만 이야기한다'는 기준에 입각해 볼 때 '서정'과 '전지적 시점의 서사'는 구별되지 않는 것이다. 이후 르네상스를 거치고 괴테(Goethe)에 이르러서야 쓰기로서 문학 개념이 정립되고 문학의 자연 형식으로서 서정(抒情)·서사(敍事)·극(劇)의 3분법이 확립되지만, 서양의 '표현'에 대한 이해는 언제나 철저히 '인간 중심적'·'음성 중심적'이었다.

이론의 측면에서 보더라도, 서양에서는 동아시아와 달리 근대 이전부터 '언어'와 관련하여 다양한 학문적 분업화를 이루고 있었다. 서양의 기본적인 언어 모델은 플라톤에서도 엿볼 수 있듯이 '음성'을 통한 사상의 전달과 표현이었다. 따라서 음성이 의사를 소통할 수 있게끔 질서 있게 조직되는 문제를 일찍부터 고민하여야 했고, 그것이 이른바 '문법(文法, grammar)'이라는 지식 체계를 생성시켜 놓고 있었다. 그리고 이때 '문법'의 '문(文)'은 동아시아의 전통에서 말하는 '자연 질서의 발현'이 아니라 표음문자, 즉 '말소리(語)의 기록'에 지나지 않았다. 따라서 '문법'은 곧 '어법(語法)'이며, 이 때문에 '그래머(grammar)'는 동아시아에 수용될 초기에 '어법학(語法學)'으로 이해되기도 한 것이다.

게다가 서양은 르네상스 이후부터 표음문자를 통해 말소리를 적는 방식으로 글을 써야 한다는 생각을 발전시켰고,[66] 이것이 이른바 구어

---

66) 이를 '속어 혁명'이라고도 한다. 속어 혁명의 전개와 자국어(自國語)의 탄생은 밀접한 관계를 가지고 있으며, 이러한 변화는 자국어 문학의 탄생에 밑거름이 되며 근대의 지표로 작용하게 된다. 이 문제에 관해서 독일과 일본의 사례를 비교한 연구는 이연숙(イ・ヨンスク)(1996 : 96~117)이 있다.

문체를 낳아 글쓰기 장치로서 '언문일치 제도'를 확립하였다. 그러나 말소리를 단순히 적기만 하는 방식은 자칫 고차원적 추상(抽象) 개념(槪念)을 소화하지 못할 우려가 있다. 다행히 서양 고전어인 라틴어는 근대속어인 영어·프랑스어·독일어 등에 어원(語源)의 상태로 뿌리박혀 있었기 때문에 이 문제는 심각하지 않았다. 오히려 자국어로 된 추상어 어휘 중심의 저술들이 나오면서 자국어의 추상어화(抽象語化)가 가속화되었다. 예컨대, 독일어의 경우 칸트와 헤겔 등의 저술가들이 자국어를 추상어 내지 학술어로 발달시키는 데에 크게 기여하였다.[67]

오히려 서양의 글쓰기에서 새로 생긴 문제는 문장의 모범(模範)이 없다는 것이었다. 창의적이고 개성적인 개인 단위의 글쓰기라 할지라도 그것을 쓰는 절차나 틀은 마련해 둘 필요가 있었다. 특히 과학적 글쓰기가 아닌 문학적 글쓰기에서 그러한 갈망은 더욱 컸다. 동아시아의 경우는 상당한 모범문을 축적해 놓고 있었고 그것을 모방하여 글을 짓는 것이 올바른 학습 방법이라는 전제를 누구나 받아들이고 있었다. 그러나 서양의 경우는 개성적 표현을 강조하였을 뿐만 아니라 인간 인식의 '백지 상태'를 주장하는 경험론자들도 있었던 만큼 이러한 학습 방법을 받아들일 수 없었다. 서양에서는 이른바 모범문이 있다 하더라도 그것을 모방해서는 안 되는 것이었다.

이러한 상황에서 '수사학(修辭學)'의 강조는 불가피한 것이었다. 수사학이 전제로 하는 언어는 문자(文字)가 아닌 음성(音聲)이다. 이는 'rhetoric'의 어원인 그리스어 'λεω' 자체가 '(말의) 흐름'을 가리키는 것이었다는 것(島村瀧太郎, 1922 : 8), 수사학이 기원전 그리스 지역의 토지 분쟁에서 소유권 소송을 승리로 이끌기 위한 화술(話術)에서 시작되었다는

---

67) 칸트와 헤겔의 경우를 부연 설명하자면, 칸트는 처음에는 라틴어로 쓰다가 나중에는 독일어로, 헤겔은 시작단계에서만 라틴어로, 본격적인 활동을 하면서는 독일어로 저술하였다. 칸트는 독일어 글에서도 라틴어 용어를 많이 사용한 반면, 헤겔은 용어마저 독일어로 바꾸는 일을 크게 진척시켰다고 한다. 조동일(1997 : 449) 참조

것(김현 편, 1985 : 22~23) 등에서 충분히 알 수 있는 사실이다.[68] 따라서 수사학(修辭學)을 발달시킴으로써 말을 잘 할 수 있었고, 근대의 속어 혁명 이후에는 수사학이 자연스럽게 글쓰기의 방법론으로 발달하게 되었다. 즉, 서양적 개념의 '수사학(修辭學)'에서 '사(辭)'는 '인간의 사상을 소리 또는 글자로 표(標)하는 것'이 된다.[69] 이후 서양의 표현 이론은 사상(思想)의 분석과 활성화를 위한 각종 글쓰기 이론,[70] 성음(聲音)을 활용한 근대적 의사 소통 기술인 '연설법(演說法)'[71] 등으로 발전하게 된다.[72]

이상에서 살펴보았듯이 동아시아와 서양의 글쓰기관과 쓰기 방법에 대한 이론은 큰 대조를 이룬다. 동아시아의 글쓰기관에서는 개인적 주체의 자율적 활동을 발견하기 어렵고 자연적 질서와 관습이 강조된다. 그리고 음성보다는 문자가 강조되는데, 이는 동아시아가 한자(漢字)라는 표의문자 전통을 갖고 있었기 때문이기도 하지만, 더욱 근본적으로 보자면 자연적 질서의 발현 자체가 음성적인 형태에 국한되지 않기 때문이다. 이들의 글쓰기 방법론은 마음의 근원인 천지(天地)의 도리(道理)를 찾는 것이었고, 언어는 개인의 선택에 의해서 조절되는 것이 아니라 자연적 질서로 주어지는 것이었다.

이에 반해 서양은 개인적 주체의 활동으로서 표현의 개념을 비교적

일찍부터 명확히 하고 있었다. 서양은 글쓰기 이론에 앞서서 표현의 이론, 극(劇) 이론을 먼저 발달시켰는데, 이는 개인이 이상적인 세계에 도달하고자 한 모방의 욕구에서 비롯되는 것이었다. 인간이 행위를 통해 이상적 세계에 도달할 수 있다는 믿음이 이러한 표현 이론을 가능하게 했던 것이다. 이후 극이 언어 예술의 일부로 포섭되면서, 언어를 활용한 다양한 표현이 주체의 말하기 방식에 따라서 분류되었다. 그리고 이러한 '말하기'의 내재적 질서를 설명하는 지식 체계인 문법(어법)이 확립되었고, 다른 방향에서는 말과 글을 잘 꾸미는 기술로서 '수사학'이 수립된 것이다.

간단한 비교론적 논의였지만 이로써 다음 사실은 분명해졌다고 본다. 즉 '글쓰기란 창의적 주체가 대상을 인식하여 표현하는 것'이라는 명제가 자명(自明)하지 않다는 점이며, '말하기와 글쓰기를 표현으로 묶는 관행' 또한 표음문자 시대의 통념일 뿐이라는 것이다. 이는 현대의 글쓰기 교육이 바탕에 깔고 있는 전제에 대한 근본적인 비판이지만, 본 연구의 의도는 그러한 전제가 잘못되었음을 논증하려는 데 있지 않다. 다만 개인적 주체의 표현 위주의 글쓰기 관념이 보편적인 것이 아니라 역사적으로 발생한 것이라는 점, 그러한 글쓰기 관념만으로 교육을 구안할 때 심각한 편향과 문화적 공백이 발생할 수 있다는 점을 반성하고자 할 뿐이다.

본 연구에서 글쓰기를 '쓰기 주체가 문자 언어의 문화적 습득을 통해 행하는 외현의 활동'이라고 재정의(再定義)하는 이유도 여기에 있다. 역사적 관점을 견지할 때, 글쓰기에서 주체의 역할을 지나치게 강조하는 것은 문제가 있다. 주체는 내용 생성이나 의미 구성을 위해 적극적으로 노력하지 않을 수 있으며, 설령 노력한다 할지라도 그것은 개인의 창의라기보다 문화적 압력의 결과일 수 있는 것이다. '주체'는 쓰기 과정에서 잠시 머물러 가는 한 단계일 뿐이며, 그것의 위상은 유동적일 수밖에 없는 것이다. 글쓰기의 이론적 기반에 대한 선행 연구 업적들은 이러한 측면에 소홀하였다. 따라서 본 연구에서는 쓰기 주체가 형성되는 과정에 따라 문화적 압력이 강조되는가, 개인적 표현이 강조되는가 하는 차이가 있을 수 있다는 점을 지적하고자 한다.

3. 쓰기 환경의 구성 요소

　글쓰기란 쓰기 주체가 문자 언어의 습득을 통해 행하는 외현의 활동이다. 좀더 구체화하자면, 글쓰기란 ① 일정한 교육을 받은 주체가, ② 특정한 문장 모델을 선택하여, ③ 특정한 세계 인식에 구조적으로 상응하는 문장 조직을 보여주는 활동이다. 예컨대 한문 글쓰기는 사서오경(四書五經)과 경사자집(經史子集)을 위주로 한 암송교육의 결과로, 고문체(古文體)와 한문 수사학을 활용하여, 경험적이고 느슨한 쓰기 갈래를 선택하여 비교적 자유로운 형식의 글쓰기를 시험한다고 볼 수 있다. 물론 이는 완벽하게 자유로운 것만은 아니고, 도(道)와 윤리(倫理) 같은 중세적 이념의 규제를 비교적 많이 받는다. 이러한 글쓰기는 주체의 창의성을 중시하는 오늘날의 시각에서 보면 분석하기가 매우 어려울 수 있다.

　즉 글쓰기를 오늘날의 인식 지평에서 'A는 B이다' 식의 단순 명제로 규정하는 것은 큰 의미가 없다. 그것은 시간이 흐르면 다시 변할 수 있는 개념이기 때문이다. 오늘날은 글쓰기를 '표현'의 일종으로 보고 있지만, 시간이 흘러 글쓰기가 사라지거나, 자연 현상의 표상만이 무늬로서 남게 될 날이 올지도 모르는 것이다. 따라서 본 연구에서는 글쓰기 자체를 하나의 문화적 현상으로 보고, 글쓰기를 구성하는 다양한 요소들이 그러한 문화적 현상을 구성해 나간 방식을 밝히고자 한다. 본 연구에서는 이런 다양한 요소의 상호 관련 결과로서 '문화적 현상으로서 글쓰기가 구성되는 장(場)'을 '쓰기 환경'이라고 칭한다. 이하에서는 이러한 쓰기 환경의 구성 요소를 역사적으로 간략히 검토하겠다.

1) 쓰기 주체의 교육 상황

　쓰기 주체의 교육 상황이 글쓰기에 미치는 영향을 살펴볼 때에, 19세기 중엽 이후의 동아시아만큼 극적 변화가 일어난 곳을 달리 찾기는 어려울 것이다. 19세기 중엽 이후 동아시아에서는 전통적인 한문 글쓰기의 문화적 배경이 서양의 침략에 의해 서서히 붕괴되고 있었다. 이 시기의 쓰기 주체는 그 문화적 격변의 영향을 받아 유년기(幼年期)에는 유교 경서와 문장을 중심으로 하는 한문(漢文) 학습에 주력하다가, 이후 서양어의 영향을 받으면서 글쓰기 관념 및 쓰기 패턴의 심각한 변형을 경험하게 된다. 이하, 본 연구에서 언급될 주요 인물들의 국적, 생몰년과 주요 활동을 간략히 정리하고, 이들 쓰기 주체의 교육 상황에 일어난 변화를 짚어 보도록 하겠다.

　　일본 •니시 아마네[西周](1829~1897) : 한학을 바탕으로 서양철학을 연구한 학자.
　　　　•후쿠자와 유키치[福澤諭吉](1834~1901) : 일본 계몽운동의 선구자. 세속문의 창시자.
　　　　•후쿠치 오치[福地櫻痴](1841~1906) : 근대 기사문의 개척자.
　　　　•나가미네 히데키[永峯秀樹](1848~1927) : 한학을 바탕으로 한 양서 번역가.
　　중국 •림서(林紓, 1852~1924) : 복건 출신. 古文 연구. 뒤마의 「춘희(春姬)」 번역. 만년에는 신문학운동에 반대.
　　　　•엄복(嚴復, 1853~1921) : 복건 출신. 영국 유학, 헉슬리의 『진화와 윤리(天演論)』, 아담 스미스의 『국부론(原富)』 번역.

한국 • 유길준(1856~1914) : 『서유견문』의 저자. 어절현토식 국한문체 창도

일본 • 토쿠토미 소호[德富蘇峰](1863~1957) : 근대 저널리즘 문장 및 신문논
　　설의 정착자.

한국 • 서재필(1864~1951) : 한글운동가. 입헌군주제 주창자.

　　• 장지연(1864~1921) : 한학자. 저널리스트

일본 • 후타바테이 시메이[二葉亭四迷](1864~1909) : 최초의 언문일치체 소설
　　「뜬구름(浮雲)」의 저자.

　　• 하가 야이치[芳賀矢一](1867~1927) : 근대 문체의 분류 및 정리자.

　　• 시마무라 호게츠[島村抱月](1871~1918) : 평론가. 문학 이론가. 『신미
　　사학(新美辭學)』의 저자.

중국 • 양계초(梁啓超, 1873~1929) : 광동 출신. 입헌군주제 주장. 손문과 대
　　립. 일본에 망명하여 『청의보(淸議報)』, 『신민총보(新民叢報)』간행.

한국 • 주시경(1875~1914) : 한글운동가. 국어 문법의 형성에 기여함.

　　• 이승만(1875~1965) : 독립신문 논설기자. 저널리스트 국문 문장에 크게
　　기여.

중국 • 노신(魯迅, 1881~1836) : 절강 출신. 일본 유학. 『역외소설집(域外小説
　　集)』. 소설가. 평론 다수.

　　• 호적(胡適, 1891~1962) : 안휘 출신. 미국 유학. 듀이를 사사(師事).
　　1919년경 백화문(白話文) 운동.

　인물에 따른 편차는 있지만, 위 인물들은 한학(漢學)의 배경을 갖고 있
으면서도 서양학(西洋學)에 관심을 갖고 적극적으로 글쓰기의 실제에 관
여했거나 이론적 기반 형성에 기여한 이들이다. 일본은 메이지 유신 이
후 학제(學制)가 정비되었기 때문에 이 시기 교육의 직접적 영향을 받은
1860년대 이후 출생자들은 근대 문장의 본질에 대한 이해도가 높았으며,
글쓰기 실천에서 보인 성취도 상당한 것이었다. 그 이전의 인물들, 예컨
대 니시 아마네[西周], 후쿠자와 유키치[福澤諭吉] 등은 서양에 대한 상당
한 지식을 갖고 있었음에도 불구하고 끝내 한문체 문장 모델의 영향을
완전히 탈피하지는 못하였는데, 이는 이들의 서양식 교육이 독학(獨學)

내지는 성년(成年) 이후의 유학(遊學)과 등 변칙적인 형태로 이루어진 것과 밀접한 관계가 있다. 일본의 문체 발달은 우리 나라의 그것과 깊이 관계를 맺고 있기 때문에 다음 장에서 자세히 살펴보려고 한다.

일본의 지식인들이 1860년대를 전후하여 구분된다면, 중국(中國)은 그보다 약간 늦어서, 1870년대 이후의 지식인들에 이르러서야 한문체 문장 모델을 벗어난 적극적인 글쓰기 활동에 접어들게 된다. 림서(林紓, 1852~1924)는 서구문학을 古文으로 번역한 인물이며, 실제 서양어는 전혀 몰랐다고 한다.73) 엄복(嚴復, 1853~1921)은 고문 학습을 바탕으로 영국에 유학하여 서양어를 직접 익힌 1세대이다. 그는 헉슬리의 『진화와 윤리』, 아담 스미스의 『국부론』 등을 차례로 번역하였으나,74) 번역문의 모델은 순정한 고문체를 유지하였다. 이후 엄복의 저서들은 양계초(梁啓超), 노신(魯迅), 호적(胡適) 등에게 읽히면서 진화론에 기반한 사회 개량 운동의 흐름에 큰 영향을 미친다.

엄복의 저술은 그 자신이 새로운 문체를 창조하지는 않았으나, 새로운 문체로 글을 쓰는 세대들에게 영감을 주었다는 의미를 부여할 수 있다. 엄복의 저서를 읽은 이들은 엄복의 저서가 지닌 내용에는 충격을 받으면서도, 그가 서양어를 번역하면서 독자적으로 고안한 어휘와 번역 태도는 수용하지 않았다. 예컨대 그는 '진화'를 '천연(天演)'으로, '생존 경쟁'을 '물경(物競)'으로, '자연도태'를 '천택(天擇)'으로 각각 옮겼는데,

---

73) "림서는 외국어를 전혀 할 수 없었기 때문에 口譯을 듣고 그것을 글로 쓰는 형식을 택했다. 어느 때는 구역이 채 끝나기도 전에 번역이 먼저 완료되기도 했다고도 한다. 중국에서 근대적 번역가가 외국어를 전혀 모르는, 그것도 吳汝綸의 문하에서 나온 동성파의 嫡傳을 자처하는 인물에서 나왔다고 하는 사실 또한 예사로이 보아 넘길 일만은 아니다." 이보경(2002 : 106~107).

74) 『진화와 윤리』는 1893년 과학자 토마스 헉슬리가 다윈의 진화론을 인간계에 적용한 스펜서의 이론을 재분석하여 축약한 것이다. 엄복는 청일전쟁 중 헉슬리의 책을 읽고 1896년 주석과 해설을 덧붙여 중국어(고문)으로 번역했는데, 이것이 『天演論』이다. 조너선 D. 스펜스, 김희교 역(1998 : 353). 『原富』는 아담 스미스의 『국부론』을 고문(古文)으로 번역한 것인데, 1901년에 상하이에서 나왔다. 마루오 츠네키, 유병태 역(2006 : 60).

이는 '天'과 '物'이라는 전통 사상의 용어를 따른 결과로서 이후 '진화(進化)', '생존경쟁(生存競爭)' 등의 용어로 대체되며, 그 작품이 고문체를 살리기 위해 원문을 '달지(達旨)'라 칭해지는 방식으로 의역했다는 것도 점차 알려지게 된다(마루오 츠네키, 2006 : 53).

엄복의 『천연론(天演論)』은 1896년 발행되자마자 양계초(24세)에게 읽혔던 것으로 보이며(허도학, 2000 : 195), 양계초는 진화론에 입각한 변법론의 저술로서 『변법통의(變法通義)』를 당시 상하이(上海)에서 발행된 근대 신문 『시무보(時務報)』에 투고하게 된다.75) 1901년에는 노신(魯迅, 1881~1936. 당시 21세. 그는 이미 기본적인 한학 수업을 마치고 상하이의 근대식 군사학교에서 영어를 잠시 익힌 뒤, 광무철로학당(鑛務鐵路學堂)에서 독일어, 광물학, 지질학, 화학 등을 배우고 있었다)도 『천연론』의 석인본(石印本)을 읽게 되며, 많은 문장은 암송할 정도로 깊은 감명을 받았다고 한다(마루오 츠네키, 2006 : 47). 노신은 1902년 일본 토쿄로 유학의 길을 가는데, 이때 요코하마에 망명 중이었던 양계초가 발행한 『신민총보(新民叢報)』와 『신소설(新小說)』 등을 탐독하였고, 동시에 엄복의 『국부론』번역도 함께 읽게 된다.

노신은 이후에 '정통 한문 / 해체된 한문', '고문 / 백화문'의 사이에서 어느 것을 선택할 것인지를 놓고 내적 혼란에 빠진다. 그가 1903년 토쿄에서 발표한 처녀작 「스파르타의 혼」은 페르시아 전쟁에서 싸운 스파르타군의 용맹을 다룬 단편소설로서 정열적 문어체(고문체)로 되어 있다. 그러나 같은 해 쥘 베른의 『월계여행(月界旅行)』, 『지저여행(地底旅行)』을 번안할 때에는 일역본(日譯本)을 참고한 탓에 백화체(白話體)를 채택했다. 이후 1907~8년에 걸쳐 잡지 『하남(河南)』에 평론 다섯 편과 평

---

75) 『시무보(時務報)』는 캉유웨이[康有爲]가 1896년 상하이에서 변법(變法)을 선전하고 유럽 신사상을 소개하기 위해 창간한 것이며, 주필은 양계초였다. 1898년 노신은 18세의 나이로 상하이 광무철로학교에 재학하고 있었는데, 그 학교의 교장이 『시무보』를 읽는 개명 지식인이었음을 회고하고 있다. 마루오 츠네키(2006 : 48). 1896~1898년은 공교롭게도 한국에서 최초의 순국문 신문인 『독립신문』이 절찬리에 간행되던 시기이기도 하였다.

론 번역 한 편을 발표했고, 1909년에는 영국, 미국, 프랑스, 러시아, 폴란드, 보스니아 작가의 작품을 고문(古文)으로 직역하여 유명한 『역외소설집(域外小說集)』으로 묶어낸다. 그러나 『역외소설집』은 정통 고문으로 서양의 작품을 직역해낸 소중한 성과임에도 '난삽하여 읽기에 거북하다[詰屈聱牙]'는 평가를 받았고, 이는 노신으로 하여금 궁극적으로 고문체를 포기하게 한다.76)

호적(胡適, 1891~1962)은 19세기 출신의 마지막 세대로서, 고문 공부로 학문을 시작하였으나 미국 유학 체험을 거쳐 백화문 운동을 의식적으로 부르짖게 되었고, 실제 백화(白話)를 활용한 소설과 논문 쓰기에 주력한 신문화 운동가이다. 일반적인 한학 수업을 거친 뒤 1904년(14세) 상하이 매계학당(梅溪學堂)에 입학, 영어를 포함한 신식교육을 받게 된다. 호적은 1905년(15세) 엄복의 『천연론(天演論)』을 상해 매계학당에서 독본(讀本)으로 처음 접하게 되고, 노신과 마찬가지로 깊은 감명을 받는다(호적, 1973 : 102). 그는 1906년 중국공학(中國公學)77)으로 학교를 옮기는데, 여기

76) 노신(魯迅)은 1927년 「소리 없는 중국(無聲的中國)」이라는 평론에서, 침묵을 깨뜨리지 못하는 중국인의 무능력이 고문의 전일화(專一化)라는 상황과 직접적으로 관련됨을 지적하였다. 이보경(2002 : 142)에서 재인용. 노신은 호적처럼 백화문(白話文) 운동을 공공연하게 주장하지는 않았지만, 자신의 글쓰기 실천에서 필연적으로 백화를 선택할 수밖에 없었으며, 이는 호적에게 백화문 운동을 가능하게 하는 기반을 마련해 준 것이다.

77) 중국공학(中國公學)은 1905년에 일본 문부성(文部省)에서 중국유학생단속규칙(中國留學生取締規則)을 반포하자 일부 중국 유학생들이 항의의 뜻으로 귀국하여 상하이에 창립한 학교이다. 단속규칙이 반포되었을 당시 재일 중국유학생들은 귀국파와 잔류파로 나뉘었는데, 노신은 당시 센다이의학전문학교(仙台醫學專門學校) 재학중이었고, 잔류파로 남아 귀국파로부터 심한 비난을 받았음을 회고하고 있다. 마루오 츠네키(2006 : 75). 중국공학은 재일 유학생들이 많았으므로 일본식의 엄정한 학풍이 유지되고 있었으며, 실제 일본인 교사도 있었고 일어를 아는 학생이 통역하여 수업을 진행하기도 하였다. 또한 급진적 반청 혁명당원의 온상이 되기도 하였다. 또한 이 학교는 중국 최초로 보통화(普通話)를 교수언어로 채택한 곳이기도 하다. 보통화란 중국에서 정식으로 페이핑 음계를 가지고 표준어를 제정하기 전에 사용한 통용어를 가리키는데, 중국의 국가어에 해당한다. 이는 일본이 부강한 원인을 국민의식에서 찾았던 학생들이 음성언어의 국가적 통일에 대한 필요성을 느꼈기 때문에 선구적으로 실천한 것이다. 호적, 차주환 역(1973 : 115~120) 참조.

서 국민국가의 건설을 목표로 하는 경업학회(競業學會)에 가입하고 백화문을 사용하는 잡지 『순보(旬報)』의 창간에 관여하게 된다.

『순보』는 일본 유학 경험자들을 중심으로 국민국가의 통용어인 '국어(國語)' 제정의 필요성을 의식하였고, 이에 따라 '국어' 제정의 목표가 발생하였다.78) 호적은 동료의 권유를 받아 백화로 된 논문 「지리학(地理學)」을 『순보』의 창간호에 싣는다. 그는 백화가 '명백하고 똑똑'하지만 '쉽고 뚜렷한' 단점이 있다고 보았는데, 시대가 개명됨에 따라 이것은 단점이 아닌 필연적 방향임을 인식하게 된다. 그렇게 된 가장 큰 계기는 다름아닌 미국 유학이다. 그는 1915년(25세) 재미 중국유학생 모임인 문학과학연구부(Institute of Arts and Sciences)의 문학반 위원이 되어 문법학의 필요성과 규정된 문장 부호의 사용을 역설하였다(호적, 1973 : 181~184).

호적은 1916년(26세) 6월 미국 클리블랜드에서 개최된 국제 관계 토론회에 참가하는 길에 동료들을 만나 중국문학의 개량 방법에 대해 토의하였고, 이때 백화로 문장을 짓는 방법에 대한 구체적인 복안을 제시하여 백화문 운동의 이론적 기반을 완성하였다. 대체적인 논지는 '말은 뜻을 전하는 것을 위주로 한다', '백화는 문어문이 진화한 것이며, 비속한 것이 아니다', '부자연한 문법(古文)에서 진화하여 자연스러운 문법(白話文)이 된다'는 것을 핵심적인 내용으로 한다. 드디어 이듬해인 1917년에는 백화문 운동의 이론적 기반을 정리한 학술 논문 「문학개량추의(文學改良芻議)」를 실어 백화문 운동의 불길을 전 중국에 지피며, 이 해 귀국하여 북경대학(北京大學)에서 가르치게 된다.

이상에서 알 수 있듯이 엄복에서 호적까지 불과 40여 년의 기간 내에 중국 내의 글쓰기 관념은 혁명적인 변화를 겪었다. 엄복는 자신의 번역론에서 문장이란 모름지기 '신(信, 텍스트에 대한 충실성)', '달(達, 텍스트 전체 의미의 가독성)', '아(雅, 문체의 고아함)'의 세 가지 요소가 잘 어울려야 한다

---

78) 이 시기는 우리 나라에서 주시경이 국문연구에 전력하던 때와 대체로 일치한다는 점에서 흥미롭다.

고 주장한 반면(이보경, 2002 : 120~121), 엄복의 문장을 읽고 감동을 받았던 38세 연하의 신지식인 호적(胡適)은 어느새 "말이란 뜻을 전하는 것이니, 문언(文言)의 글을 버리고 백화(白話)의 글을 써야 하며, 연설과 강의와 필기에서 문언은 결단코 응용할 수 없다"고 선언하게 되는 것이다(호적, 1973 : 204).

이는 글쓰기에서 '대상 인식'이나 '내용 생성', '의사 소통', '의미 작용' 만을 추출하여 그것을 글쓰기의 본질적 국면이라고 설명하는 것이 상당히 좁은 시각에서 비롯된 것임을 보여준다. 엄복에서 호적에 이르기까지 글쓰기에 대한 관념이 이렇게 바뀌는 데에는 글쓰기 주체가 교육받는 상황이 가장 중요한 영향을 미치고 있었다. 글쓰기를 역사적 상황과 관계없는 인지 작용으로만 이해하는 태도는 실상에서 크게 벗어나는 것이다.

2) 선행 텍스트와 문장 모델

문장 모델의 선택은 글쓰기 환경의 또다른 구성 요소로 강조할 필요가 있다. 모든 글은 이상적인 하나의 문장 모델을 상정하고 있으며, 그러한 문장 모델은 역사·문화적 환경이 생성한 것이기 때문에 개인이 창조할 수 있는 여지는 거의 없다고 보는 것이 본 연구의 기본 관점이다.

물론 문장 모델은 개개인에게는 선험적으로 주어지는 것이긴 하지만, 그렇다고 해서 그것이 영원히 불변하는 것도 아니다. 본 연구에서와 같이 글쓰기의 이론을 본질의 차원에서 추적해 들어갈 때에, 문장 모델의 발생에 대한 탐색이 불가피하다. 오늘날 우리가 채택하고 있는 문장 모델은 순국문 언문일치체라고 할 수 있는데, 이는 자명한 것이 아니라 20세기 초라는 특정한 시기에 국민교육의 필요성에 대한 인식과 교육의 보급, 자국어의 근대화라는 일정한 조건에 의해 생겨난 현상일 따름이다.

글쓰기 문제와 관련하여 이러한 현상의 근원을 추적해 보면, 특정한 문장 모델을 전제한 선행 텍스트의 문제와 마주치게 된다. 글쓰기는 이러한 선행 텍스트로부터 영향을 받게 되는 쓰기 주체가 변형과 생산을 통해 선조적으로 문장을 나열함으로써 이루어진다. 글쓰기의 근원이라는 측면에서 볼 때, 또한 현재 글쓰기가 놓여 있는 인식론적 기반을 탐구한다고 할 때, 이러한 문장 모델의 발생에 대한 탐구는 필수적이다. 그러한 문장 모델의 발생 문제는 문장 표준에 대한 인식이 변화하는 전환기에 대한 탐구를 통해 비로소 가능해질 수 있을 것이다.

구체적으로 말해, 오늘날 우리가 문장 모델로 삼고 있는 '순국문 언문일치체' 또한 역사적 전환이라는 관점에서 살펴볼 수 있다. 즉 '순국문 언문일치체' 이전의 '순한문 언문불일치체'가 존재하던 시절이 있었던 것이다. 이 문제를 확인하기 위해서는 문장의 새로운 모델을 발명하기 위한 선인(先人)들의 분투를 추적해 보는 수밖에 없다. 일반적으로 최초의 국한문혼용체(國漢文混用體) 문장이라고 일컫는 유길준의 『서유견문(西遊見聞)』(1889)을 들어 보자. 유길준은 『서유견문』 서문에서 자신이 '작문에 미숙하다'고 밝히고 있는데, 빼어난 양반 가문으로서 정통적 한학 코스를 이수한 그가 이런 말을 하는 것은 단순하게 받아들일 수 없다.

그가 작문에 미숙하다 함은, 김윤식 외(1974)에서 지적한 대로 '서구 세계에 대한 체험을 전달하고자 하는 이상'과 '글쓰기의 도구로서 관습적인 한문 매체밖에는 없다는 현실' 사이에서 절망한 결과이다.[79] 즉 그는 한문 작문을 능숙하게 할 수 있었음에도 불구하고, 당시의 새로운 현실이 그에게 한문 작문 이상의 어떠한 '새로운 글쓰기 방법'을 요구하고 있다는 점을 자각하였던 것이다. 그는 『서유견문』을 저술할 때에 일본

---

79) 김윤식 외(1974 : 84). 유길준이 『서유견문』을 탈고한 이후에 상당한 분량의 한문학 작품을 남겼다는 것을 생각할 때, 그가 작문에 미숙하다는 식으로 한 발언은 더더욱 액면 그대로 받아들이기 어렵다.

의 계몽 사상가 후쿠자와 유키치(1834~1901)의 『서양사정(西洋事情)』을 참고했으며, 많은 부분을 그대로 옮겨 실었다는 점은 이미 이광린(1977 : 226~229)에서 밝혀진 바 있다. 즉 역사적 전환기에는 민감하고 선구적 성격을 띤 글쓰기 주체에게 문장 모델의 선택에 대한 결단의 요구가 부과되는 것이다.

유길준을 비롯한 19세기 말의 동아시아인들은 근대적 글쓰기가 생성되는 역사적 현장을 살며 참여하고 있었다. 근대적인 글쓰기의 내용은 사실상 외국에서 유입되는 것이었으나, 그들에게는 그것을 표현하는 익숙한 문장 모델이 없었다. 그래서 문장 모델을 학습하는 인위적 활동이 필요해졌고, 그것이 바로 '외국어 교육'이었다.[80] 또한, 새 문장 모델의 학습과 아울러, 외부의 근대적 문장 모델을 이식하는 '번역'이 필요해진다. 초기에는 외국어 교육을 받은 사람이 곧바로 교사의 업무나 번역에 뛰어들어야 할 만큼 급박한 시기였기 때문에, 대부분의 번역은 초역(抄譯)이나 번안(飜案)에 가까운 형태로 이루어질 수밖에 없었다.[81] 극적인 사례 한 가지를 든다.

① 蓋瓦妬의 先에도 蒸氣機關을 窮究ᄒᆞ者가 雖多ᄒᆞ나 此工을 大成ᄒᆞ야 實用에 施ᄒᆞ者ᄂᆞᆫ 瓦妬라 天地間의 一種自然한 剛力을 發出ᄒᆞ야 人世千萬 事物의 窮苦艱困ᄒᆞ 根源을 拔去ᄒᆞ고 便要富達ᄒᆞ 景況을 助成ᄒᆞ야 利用厚

---

80) 초창기 외국어교육에 대해서는 오천석(1964 : 146) 참조

81) 예컨대 이광수는 14세였던 1905년에 상경하여 일진회 학교에서 잠시 일어를 배우다가 기량이 좋자 곧바로 선생으로 발탁되었다. 김윤식(1986) 참조. 김병철(1975 : 176~280)에 소개된 「유옥역전」(『아라비안 나이트』, 1895), 『천로역정』(1895), 『나파륜전』(1895~6), 『이솝이야기』(1896), 『태서신사(泰西新史)』(1897), 『파란말년전사(波蘭末年戰史)』(1899) 등 애국계몽기의 외국문학 번역 대부분이 축약이나 번안의 형태로 되어 있다는 점도 주목할 만하다. 이는 단순히 번역자 개개인의 어학능력 부족으로 돌릴 문제가 아니라, 당시 한국의 문화적 환경 자체가 완역(完譯)을 가능하게 하지 않았다는 증거이다. 완역이 가능하지 않았다는 것은 국문 문장의 모델이 확립되지 않았다는 의미인데, 당시는 주시경의 표기법 정돈 노력도 결실을 맺기 전이므로 이는 어느 정도 납득이 되는 일이다.

生하는 道로 天下의 人이 其福을 共享ㅎ고 且其 惠澤이 無窮ᄒ 來世에 流
被홈이니 是로 以ㅎ야 瓦妬의 名은 不朽에 傳ㅎ야 婦人孺子라도 尊敬을 不
加ㅎᄂ 者가 無홈이라[82]

② 抑抑これより以前に蒸氣機關を工夫せした者多しと雖ども、之を大成
して實用し施したる者はワットなるが故に、蒸氣機關の發明者とて其名を
不朽に傳へり。

或人これを稱して云く、先生の工夫を以て蒸氣の機關一と度大成し、其
力の强大なると其運動の自由なること實に驚駭す可し。大象の鼻を以て針
を撮み又大木を裂くも、これを蒸氣に比すれば啻に三舍を避るのみならず。
以て印版を彫刻すれば精巧の手も之に若かず。鐵塊を壓碎けば蠟よりも軟
なり。絲を紡績すれば其細なること毛の如く、軍艦を擧れば其輕きこと水泡
の如し。以て薄紗を縫ふ可く、以て錨を鍛ふ可し。以て剛鐵を切て絲の如
く爲す可く、以て風浪に逆て舟を進む可しと。[83]

제시문 ①은 『서유견문(西遊見聞)』 중 「와투(瓦妬)의 약전(略傳)」의 일부
이며, ②는 후쿠자와 유키치의 『서양사정(西洋事情)』 중 「와트의 약전

---

82) 문장이 매우 난삽하므로 현대역을 제시한다. "대개 와트의 이전에도 증기기관을 궁
  구한 자가 비록 많으나 이 공을 대성하여 실용에 베푼 자는 와트이다. 천지간에 일종
  의 자연스런 강한 힘을 발출하여 인세 천만 사물의 궁고하고 가난한 근원을 제거하고
  편요부달한 경황을 만드는 것을 도와 이용후생하는 도로 천하의 사람이 그 복을 향유
  하고 또한 그 천택이 무궁한 내세에 흘러 입는 것과 같으니 이로 말미암아 와트의 이
  름은 불후에 전하여지며 부인과 어린이라도 존경을 하지 않는 자가 없음이라" 「瓦妬
  의 略傳」, 兪吉濬 輯述(1895 : 469).
83) 번역은 다음과 같다. "아아. 이전에도 증기기관을 공부한 자 많기는 하지만, 그것을
  대성하여 실용에 베푼 자는 와트이기 때문에, 증기기관의 발명자로서 그 명성은 불후
  에 전해지리라. 혹인은 이것을 칭하여 말하기를, 선생은 연구를 통해 증기기관 하나로
  크게 이루니, 그 힘의 강대함과 그 운동의 자유로움은 실로 경탄할 만하다. 큰 코끼리
  의 코로 바늘을 집고 또 큰 나무를 쪼갠다 할지라도, 그것을 증기에 비교한다면 다만
  미치지 못할 뿐만이 아니라, 증기로 인판을 조각하면 정교한 재주가 미치지 못하고,
  쇳덩어리를 압쇄하면 밀랍보다 유연하게 된다. 실을 자으면 미세함이 짐승의 털과 같
  고, 군함을 들어올리면 그 가벼움기가 물방울과 같은 것이다. 이로써 얇은 실을 재봉
  할 수 있고, 쇠를 불려 닻을 만들 수 있고, 강철을 잘라 실처럼 할 수도 있으며, 풍랑을
  거슬러 배를 나아가게 할 수도 있느니라." 福澤諭吉, 慶応義塾 編纂(1958 : 404).

(ワットの略伝)」의 일부이다. 자료의 외양과 출판 시기만 고려해 보면, 「와투의 약전」은 「ワットの略伝」에서 유래한 것임을 쉽게 알 수 있다 (이광린, 1977 : 228). 「ワットの略伝」은 증기 기관의 발명자이자 산업혁명의 주역인 영국의 기술자 제임스 와트의 출생과 입지, 그리고 성공에 이르는 과정을 기술하고 그에 대한 간략한 논평을 덧붙인 글이다. 비록 글의 형식은 전통적인 전(傳)의 구성에서 크게 벗어나지 않았으나, 내용의 세밀함이라든지 소재 자체의 상징성으로 인해 근대적 글쓰기의 초기 형태로 볼 수 있다. 문장 모델의 측면에서 보면, 후쿠자와 유키치가 야심차게 개발한 이른바 '세속통용(世俗通用)의 속문(俗文)'을 채택하고 있기 때문에 한문을 모르더라도 읽기가 불가능하지 않다.

　「瓦妬의 略傳」은 대체적으로 「ワットの略伝」을 충실히 번역한 편이다. 그러나 위에 제시된 부분에서는 상당한 축역이 이루어졌음을 알 수 있다. ①과 ②는 모두 증기기관의 효용을 언급하고 있는데, 원텍스트인 ②가 축역된 ①에 비해 훨씬 자세하다. ②에서는 증기기관의 효용으로 인판을 정교하게 조각하고, 쇳덩어리를 밀랍처럼 유연하게 하며, 실을 짐승의 털과 같이 미세하게 잣고, 군함을 물방울처럼 가볍게 들어 올리는 등 구체적인 사례를 들고 비유적으로 설명하고 있다. 반면에 ①에서는 "便要富達혼 景況을 助成ᄒ야 利用厚生하는 道로 天下의 人이 其福을 共享ᄒ고 且其 惠澤이 無窮혼 來世에 流被홈"이라 하여 증기기관의 효용성을 추상적이고 관습적인 어구로 지적하고 있을 뿐이다.

　유길준은 일본어 초기 속어 문장을 조선 사람이 이해할 수 있는 문장으로 옮기기 위해 분투한 것으로 볼 수 있다. 이때 '조선사람이 이해할 수 있는 문장'으로 쓰기 위해서는 어떠한 문장 모델이 가능했던 것일까? ①에서 채택한 어절 현토식 국한문체는, 새로운 문장 모델에 대한 시대적 요청에 유길준이 자신의 방식으로 응답한 것으로 볼 수 있다. 그러나 여기서 유의할 것은 ①이 자각적이고 치밀한 준비로 이루어진 문장 모델이 아니라 후쿠자와의 속문체(俗文體)를 번역하는 과정에서 인위적으로 발생한 문체라는 점이다.

유길준은 후쿠자와의 속문체(俗文體)가 일본의 문체사적 흐름에서 어떤 위치를 차지하고 있는지 알기 어려운 상황이었으며, 그 안에 포함된 일본어 어휘가 서양어를 처리하는 방식에 대해서도 익숙하지 않았다. 유길준으로서는 후쿠자와의 문체를 그대로 옮겨 보겠다는 소박한 생각으로 작업을 진척시켰을 수도 있으나, 번역의 목표어와 대상어 가운데 대상어가 확립되어 있지 않은 상태에서 번역이 제대로 이루어질 수는 없는 일이다. 유길준이 재래의 작문 관습을 버렸다고는 하나, 그가 갖고 있었던 작문 관행이나 쓰기의 버릇(한학 학습에서 비롯되는 문장 모델의 간섭 같은 것)이 무의식적으로 개입할 가능성도 없지 않았다. 따라서 유길준은 직역(直譯)을 해내지 못하고 '어절 현토식 국한문체' 문장 모델로 된 뚜렷하지 못한 번역문을 내놓을 수밖에 없었던 것이다.

앞에서 암시했던 것처럼, 문장 모델의 선택에서 생겨나는 이러한 문제는 유길준만의 것이 아니라 19세기 중엽 이후 근대적 글쓰기에 관심을 갖고 있었던 지식인 대부분이 공유한 것이었다. 이후 축역(縮譯)이나 번안(飜案)은 일본의 속문체나 소설문체의 문장 모델을 수용하는 방식으로 자리잡게 되었고, 국문을 표기하는 방법이 통일되지 않고 문장 모델에 대한 합의가 존재하지 않았던 1910년대 이전까지는 '문장 모델의 무정부 상태'라고 말할 수 있을 정도로 일관된 기준이 없었다. 이는 당대의 개인이 근대적 의미 내용의 문장을 짓고자 할 때에 심각한 고민에 빠지게 될 것을 암시한다. 국문일기(國文日記)를 포기하고 영문일기(英文日記)로 돌아간 윤치호나, 영한사전(英韓辭典) 하나 없이 미국 본토로 건너가 영어에 직접 부딪치며 학문을 해 나갈 수밖에 없었던 서재필의 고민도 모두 이러한 상황 하에 놓여 있는 것이다. 다음 인용문은 19세기 말엽 『독립신문』을 장으로 활동했던 문필가 서재필의 글쓰기가 본질적으로 어떤 성격을 띠고 있는가를 잘 보여주고 있다.

창간사에서 『독립신문』의 기조 저음을 간취해도 좋다면 다음 몇 가지 점이 지적될 수 있다. (……) 철저히 외국인 위주라는 의도적 측면이다. 창간사의 세부적인 첫째 둘째 항목보다 우선해서 전체를 율하는 표현은 '내외국 인민'이라는 一片語에 놓여 있는 것이다. 내국인을 주로 하고 외국인을 종으로 하느냐, 그 역이냐의 문제는 영문판을 동시에 발간한 일로 보아도 자명한 사실이며, 이 점은 『한성순보』나 그 후의 『한성주보』와 현저히 다른 점이다. 또한 그 점은 (……) 근본적으로 『독립신문』 발간자의 서구 편향을 철저히 보여준다는 사상적 측면이 문제성을 띨 것이다(김윤식 외, 1975 : 85).

이상의 점에서 알 수 있는 것은, 『독립신문』의 글쓰기가 갖는 의의가 단순히 순국문으로 이루어져 우리말의 근대화에 기여했다는 것 이상의 그 무엇임을 짐작케 한다. 실제로 19세기 중엽 이전에는 오늘날의 국문에 해당하는 실체가 불명료하게 존재하고 있었을 뿐 '국문(國文)'이라는 개념도 존재하지 않았던 것이었다.[84] 이러한 상태에서 국문이라는 문장체를 선택한다는 것은 단순한 선택이 아니라 '새로운 문장 모델의 창출'이었다. 문장 모델의 창출을 위해서는 근원이 있어야 하였는데, 새로운 근원은 바로 서구어였다. 『독립신문』 문장체는 외국 신문의 축역과 번안의 형태로 형성되었는데, 다음의 언급은 이러한 사정을 명백히 밝히고 있다.

國文体 채용에는 다음과 같은 난점이 처음부터 예상되었다. 국한문체는 兪吉濬이 인식한 대로 七書라는 中國經書 번역으로 士大夫 계층의 수업에 작

---

84) '국문'이란 소박하게 풀이하자면 '국가의 글'이라는 의미로서, 국가가 업무와 관련된 글쓰기에서 공식적으로 인정하는 글을 가리킨다. 그렇다면 근대 이전에 국가가 공인하던 글은 한문이므로 '국문=한문'이라는 역설적 명제가 성립하게 된다. 물론 역사적으로 '國文'이라는 용어의 '國'은 근대의 국민국가(nation-state)을 가리키는 것이므로 그렇게 될 염려는 없다. 19세기 말~20세기 초는 국민국가 수립의 노력과 그 좌절의 시기이며, 국문에 대한 담론은 이 시기에 폭발적으로 증가하기 때문이다. 다만 여기서는 '국문'이라는 용어가 가리키는 것이 '국민국가의 언어'라는 개념일 뿐, 어떤 역사적 실체가 아니라는 점을 강조하고 싶은 것이다.

용한 漢文보다는 추상적이 아니나 상당한 사고의 밀도와 논리의 깊이를 드러
낼 수 있었던 것이고 따라서 開化期에도 과도기적 文体로 그 견인력을 발휘
할 수 있는 것이었다. 이에 비해 國文体란 正音 창제 후 조선조에서 사용된
것은 소설이나 불경언해 혹은 가차체로 사용되어, 논리적 심화를 배제하고,
정서적 감응력에 두루 의존해 왔다고 볼 수 있다.

　이러한 國文体를『독립신문』이 채택했을 때, 이 國文体의 질적 전환이 불
가피하게 된다. 그 실질적 전환이란 日常語만이 감당할 수 있는 報道性과 討
論性의 측면을 의미하게 된다. 이와 같은 國文体의 질적 전환이『독립신
문』에서 가능했던 것은 또한 歐美文化의 영향 때문이다. 그것은 英文版을 동
시에 발간했다는 것, 발행자가 美國人(서재필은 당시 미국 국적을 취득하고
있었다―인용자)이라는 것 (……) 등을 그 이유로 내세울 수 있다. 그것은 마
치 國文体가 英語文章의 번역과 같은 기능을 수행하기에 가장 저항이 덜했
다는 의미를 내포한다(김윤식 외, 1975 : 86~87).

즉 당시의 필자들은 절박한 필요에 따라서 문장 모델을 창조해야 했
거나, 새로이 생성된 여러 가지 문장 모델들 가운데 '쓰기 맥락'에 맞는
가장 효율적인 모델을 선택하여 글쓰기를 하여야 하는 어려운 처지에
놓이게 된 것이다. 이 시기에 가장 필요한 근대적 지식은 대부분 그 근
원이 서양이었고, 따라서 알파벳으로 적힌 서양어에 대한 학습이 가장
중요하였다. 서양어가 가능한 일부 선각자들은 실용문의 경우 직접 서
양어로 글을 쓰기도 했으나,[85] 교육 및 의사소통을 위한 글쓰기나 추상
어 글쓰기에는 새로운 문장 모델을 창출할 수밖에 없었다.

　즉 서양의 근대 지식을 습득하고 전달한다는 목표가 섰을 때, 오늘날
과 같이 순국문체 문장 모델은 주어져 있지 않은 상태였다. 따라서, 새
로운 문장 모델을 만들기 위해 가능한 방식은 영한사전을 만들어 가며
'새로운 순국문체'를 만들어 가거나, 서양어의 영향을 받아 근대화한 일

---

85) 영어로 일기를 쓴 윤치호나 필요에 따라 영문편지를 쓴 유길준, 그리고 영문판『독
　립신문』의 각종 글을 쓴 서재필이 모두 이러한 선각자에 해당한다. 유길준의 영문서
　한에 대해서는 이광린(1988) 참조.

본식 문장 모델인 속문체(俗文體) 내지 보통문체(普通文體)를 도입하는 것
뿐이었다. 이 두 가지 방식은 모두 '번역' 활동을 거쳐 형성되는데, 유길
준은 후자의 길을 걸은 것이다. 이후 후자의 방식은 한자와 한문식 어
구를 제거하고 종결어미의 통일을 꾀하면서 한글문체의 전통과 융합되
어 '근대적 순국문체 언문일치체'로 통일되어 가게 된다.

이때 알 수 있는 것은, 문장 모델이 쓰기상의 필요나 쓰기 주체의 역
량에 따라 선택되는 것이라는 점이다. 이는 '언어와 문체 사이에서 자
신의 언어를 선택하는 것이 글쓰기'라는 롤랑 바르트의 관점과도 유사
하다. 바르트가 문장 모델의 선택 차원에서 논의를 한 것은 아닐 가능
성이 높지만, 원론적으로 글쓰기는 쓰기 주체가 행하는 언어의 선택, 구
체적으로 말해 '글 전체를 조직하는 기본 단위로서 문장의 외적 모델
선택'이라는 점이 분명해지는 것이다.

이러한 논의가 현대의 쓰기 교육에 직접 기여하는 바는 적을지 모른
다. 오늘날의 쓰기 주체는 문장 모델의 선택과 관련하여 어떠한 자유도
갖고 있지 않은 것처럼 보이기 때문이다. 그러나 19세기 말~20세기 초
에는 『독립신문』의 글쓰기와 『황성신문』의 국한문체 글쓰기, 혹은 『만
세보』의 국한문체 글쓰기가 동시에 공존하였는데, 쓰기 주체는 특정한
쓰기 목적을 달성하기 위해 이들 문장 모델 가운데 하나를 선택하거나
새로운 창조 실험을 하였다. 오늘날의 상황에 빗대어 보자면, 글을 잘
쓰는 학생이 필요에 따라 어머니에게 편지를 보낼 때에는 국문으로, 명
문대 논술 시험을 볼 때에는 국한문으로, 미국 유학을 위한 연구계획서
를 쓸 때에는 영문으로 하는 것과 같은 이치다.[86]

---

86) 오늘날 이러한 글쓰기 활동의 상이 제대로 잡히지 않는 이유는 여러 가지이다. 첫째
는 학습자 요구를 지나치게 의식한 데 따른 국어교육 내 한문의 지위 격하와, 이로 인
한 한문교육의 부실화이다. 오늘날 국어교육의 장에서 『독립신문』의 순국문체는 간혹
언급되지만 『황성신문』류의 국한문체는 거의 다루어지지 않는 이유도 이와 관련이 있
다. 둘째는 국어교육과 영어교육의 지나치게 확고한 영역 구분과 영작교육의 부족이
다. 영어에서 작문이 중시된다면 실제 서구식 작문 이론과 작문 교육 이론은 영어교육

지금까지 근대 초기의 각종 문장 모델은 나름의 선행 텍스트를 근원으로 하고 있으며, 애초부터 '번역'의 방법으로 산출되었음을 밝혔다. 문장 모델의 선택은, 쓰기 주체가 어떤 공부를 얼마나 많이 하였는가에 따라서 다양화될 수 있다는 점을 인식하는 것이 필요하다. 글쓰기가 이루어지는 논리 자체가 그러한 것이기 때문이다.

그러나 문장 모델이 글쓰기 전체의 내용 전개를 규정할 수 있는 것은 아니다. 앞에서도 살펴보았듯이 동일한 내용을 국문으로 적을 수도 있고 한문으로 적을 수도 있다. 다만 그 내용 전달의 효율이나 독자의 느낌, 사유의 방향 등이 달라지는 것일 뿐이다. 따라서 글쓰기 환경을 구성하는 세 번째 요소로서 사유의 방향을 규정하는 문장 조직의 질서를 논하지 않을 수 없다.

3) 문장 조직의 질서와 세계 인식

'문장은 곧 사람'이라는 문체론의 고전적 명제에서도 확인할 수 있듯이, 어떻게 문장을 조직하는가의 문제는 글쓴이의 세계 인식과 밀접한 관계가 있다. 근대 이전의 글쓰기 양식인 한문 글쓰기의 문장 조직 방법을 생각해 보자. 한문 글쓰기는 기본적으로 '글쓰기'에서 '쓰기'보다는 '글(文)'에 초점이 맞추어진 것이었다. 그리고 이때 글은 자연 질서의 발현이었기 때문에 개인이 노력해서 창안할 수 있는 것으로 인식되지 않는 경우가 많았다. 또한 실제로 문장의 조직을 심각하게 고민할 필요도 없었던 것이, 모범문이 이미 기원전 선진(先秦) 시대부터 마련되기 시작하여 그것을 학습하는 것만으로도 벅찼기 때문이다.[87]

과 국어교육에 공통적으로 활용될 수 있는 부분이 많다. 셋째는 전자 매체의 발달로 인한 문장의 구어화 경향으로 인해 언문일치의 글쓰기를 필요 이상으로 중요시하는 관행이다.

87) 물론 개인적 체험의 기록이나 개인적 생각이 글쓰기의 내용이 될 가능성을 전혀 부

한문 글쓰기는 문장의 조직을 일종의 꾸밈이라는 관점에서 보았고, 일찍부터 '수사(修辭)'에 대한 기술을 발달시켰다.[88] 육조시대의 화려한 변려문(騈麗文)이 그 대표적인 사례이다. 즉 한문 글쓰기는 일찍부터 수사(修辭)의 과정에 대한 관심을 보여, 수사(修辭)는 이른바 '연자(鍊字)→성구(成句)→편장(篇章)'의 3단계로 설명되었다. 서양의 수사학이 'inventio(창안)→dispositio(배열)→elocutio(미사여구)'의 순서를 취하고 있으며 창안이 큰 역할을 하고 있음을 생각할 때,[89] 한문 글쓰기의 경우 창안보다는 자(字)의 선택을 중요시하고 있음을 알 수 있다.

한문 글쓰기는 근대적인 관점에서 보았을 때 한자의 조직이자 선조적인 나열이다. 한문의 구성 단위를 가장 작은 것부터 큰 것으로 나열하면 '자(字)→구(句)→장(章)→편(篇)→행문(行文)'으로 볼 수 있다. 즉 한문은 음성이 아닌 문자의 배치를 통해 구, 장, 편, 행문 등 더 큰 단위로 나아가는 과정이라고 요약할 수 있다. 특히 많은 모범문이 역사적으로 축적된 진한(秦漢) 시대 이후의 한문 글쓰기에는 개인의 독창성이 개입할 여지가 거의 없어졌다고 볼 수 있고, '내면의 표현'이라는 관념은 거의 성립하기 어려웠다. 설령 그런 관념이 성립한다 할지라도 그것을 추상화된 인간 활동으로 보고 분류하거나 하는 지식 체계는 상상할 수 없었다.

정할 수는 없다. 그러나 형성기의 한문 글쓰기는 이러한 체험이나 개인적 생각이 글쓰기의 내용이 될 가능성을 부정하고 있다. 최초의 한문인 갑골문은 복사(卜辭)였고, 그 후 육조(六朝) 이전까지 발달한 한문 글쓰기는 대부분 공식적인 성격의 편찬이었기 때문이다. 초기 한자 기록물의 내용에 대해서는 아츠지 데츠지, 심경호 역(1996 : 29~56) 참조.

88) '修辭'는 본래 『주역(周易)』「건괘(乾卦)」「문언전(文言傳)」의 '修辭立其誠'이란 구절에서 나왔다. 북송의 철학자 정호는 '수(修)'를 '닦고 성찰함'으로 해석하였으나, 문맥상 언어의 수식을 뜻한다고 보아야 할 것이다. 심경호(2005 : 137~8) 참조.

89) 서양수사학에서 '창안―배열―미사여구'의 순서틀을 확립한 사람은 아리스토텔레스로 알려져 있으나, 그가 『수사학』에서 이를 명시적으로 언급하지는 않았다. 단 『수사학』 1~2권이 '창안'에 해당하는 내용을 다루고 있고, 3권에서 배열과 스타일(미사여구)의 문제를 다루고 있어서 이러한 순서틀이 수사학의 담화구성단계로 추론되었을 뿐이다. Bizzell & Herzberg(2001 : 175).

『문심조룡』에서 '귀절에 삭제할 만한 것이 있으면 글이 성김을 알고, 글자를 줄일 수 없으면 글이 치밀함을 알 수 있다(심경호, 1998 : 68)'고 하였는데, 이것이 이른바 연자(鍊字), '자(字)의 단련'이다. 한 글자 한 글자를 반드시 그 때에 꼭 맞는 글자로 채워 넣는다는 의미인데, 이는 오늘날에도 중요한 문장 작법의 태도로 받아들여지고 있지만, 고립어인 한자의 경우에는 그 중요성이 더욱 큰 것이었다. 자(字)의 단련은 한문 글쓰기만이 갖는 독특한 특징이라고도 볼 수 있는 것이다. 다음으로, 자(字)를 연결하여 만들어진 짧은 단위를 구(句)라 하는데, 이렇게 구를 짓는 것을 '성구(成句)' 내지 '조어(造語)'라고 한다(심경호, 1998 : 72). 성구(成句)는 그 자체로 한문 글쓰기의 한 단위가 되며, 고립어인 한자의 경우에는 성구 자체가 깊은 의미를 띤 글쓰기의 완성 단계로 간주될 수 있다.

구(句)의 구성과 관련해서는 경중(輕重)과 완급(緩急), 함축(含蓄), 교착(交錯), 착종(錯綜)과 도장(倒裝), 취유(取喩), 유자(類字) 등의 방법이 동원된다(심경호, 1998 : 73~82). 한자 하나하나가 제각기 독특한 무게를 지니고 있는 만큼 성구(成句)의 작업은 다양한 수사적 특징을 지닐 수 있다. 이른바 '외형과 의미의 조화'라는 한문 글쓰기의 원리에서, 똑같은 의미를 전달한다 할지라도 어떻게 다른 느낌을 줄 수 있게끔 외형을 드러낼 것인가 하는 문제인 것이다. 근대의 글쓰기에서도 어떠한 단어를 선택하느냐에 따라서 다른 느낌을 줄 수 있지만, 이는 단순히 유의어의 선택이 아니라 글자 자체를 존중하는 것이라는 점에서 일종의 시어(詩語) 선택(選擇)과 유사하다.

앞에서 밝힌 대로 동아시아의 전통에서는 '文'이 자연적 질서의 발현으로 여겨졌다. 물론 자연적 질서가 모든 글에서 시각적으로 발현되는 것은 아니며, 이는 실제로 글의 양식마다 지켜야 할 관습적 질서가 존재한다는 말의 다른 표현이었다. 즉 한문문화권의 동아시아인들은 어떠한 필요에 의해서 글을 쓰려고 할 때, 이미 주어진 형식에 따라 쓰기만 하면 되므로 형식 창조(내용 조직)의 문제를 고민하지 않아도 되었다. 이것이 바로 '문장 양식'의 개념인데, 이른바 송(頌)·찬(贊)·명(銘)·잠(箴)·뇌(誄)·비(碑)·애(哀)·조(弔)·론(論)·조(詔)·격(檄)·표(表)·계(啓)·서(書)·기(記)·전(傳)·설(說) 같은 것들이다.

일단 글의 양식이 정해지고 나면 각 구절을 만들기 위해 선자(選字)를 하게 되고, 그렇게 해서 구가 이루어지면[성구(成句)] 그 다음에는 '장(章)'과 '편(篇)'으로 구성한다. 『강희자전(康熙字典)』에 의하면 '구(句)란 자(字)를 연결하여 말하는 것[句必聯字而言]'이라 하였으며, '성구(成句)'는 오늘날에 한문의 쓰기 과정을 분석하기 위해 만든 말이다. '장(章)'은 '시문(詩文)의 한 구절로서 수미(首尾)를 갖추고 의의(意義)가 하나로 통합된 한 단락'90)을 가리킨다고 하였는데, 오늘날의 글쓰기 과정에 비추어 상응하는 개념이 없다. 단락이라고 보아도 좋을 듯하나, 현대 텍스트의 단락에 비해서 단락 상호간의 긴밀도가 떨어진다. 그리고 한문은 현대적 개념의 단락 구분을 하지 않기 때문에 사실상 장(章)에 이르면 독립한 문장91) 한 편이 이루어진다고 보아도 무방하다.

장이 여럿 묶여서 더 큰 하나의 단위를 이루게 되면 그것을 '편(篇)'이라고 한다. 『한서(漢書)』「사마천전(司馬遷傳)」에는 '편(篇)'을 '시문을 세는 단위'로 사용한 용례가 보이며, '편장(篇章)'이라고 합쳐서 일컬을 때에는 '시문(詩文)의 편과 장' 혹은 문장과 서적 일반을 가리킨다고 한다. 이미 '편(篇)'에 이르면 하나의 '저술' 개념으로 넘어가게 되므로 글쓰기 방법의 단계를 넘어서게 된다. 실제로 장을 넘어서는 글쓰기나 대규모의 저술은 과거에도 많이 있었다. 『논어(論語)』와 같은 경우처럼 하나의

---

90) 『大漢和辭典』 8, 707면.

91) '문장'은 국어사전에 "한 줄거리의 생각이나 느낌을 글자로 기록해 나타낸 것"이라고 정의되어 있으나 정확하지 못하다. 현대적 용법으로 볼 때 '문장'은 주어와 술어를 갖추고 마침표가 있는 것을 하나로 센다. 그런데 '문장 한 편'이라고 할 때에는 앞에서 설명한 문장이 여럿 모여서 하나의 작품을 이룬 것을 가리킨다. 매 사항마다 주술구조를 확정하고 시각적 문장 부호를 통해 그것을 고정하는 현대의 글쓰기 관습이, 두 가지 서로 다른 문장 개념을 낳은 것일 뿐이다. 그러나 주술구조와 문장 부호를 필수 조건으로 하지 않는 근대 이전의 한문 글쓰기에서는 이러한 구별이 성립하지 않는다.

테마를 갖고 있는 경우는 '장<편<저술'의 형태로 이루어졌고, 그렇지 않은 경우는 개인 문집(文集)의 경우처럼 문의 집합체로 존재했다.

지금까지 살펴본 것처럼 한문 글쓰기는 '수사(修辭)'를 무엇보다도 강조하였고, 그 단계가 '글자의 단련[鍊字] → 구의 구성[成句] → 편과 장[篇章]'이었다. 사실 한문 글쓰기의 내용 조직에 대한 설명으로서 이보다 더 발달된 단계의 것은 없었다. 즉 한문 글쓰기의 방법론은 수사(修辭)에 대한 논의가 거의 모든 것이었다 해도 과언이 아니다. 『문심조룡』에서 문학 창작론을 설명할 때에 '녹임[鎔]'과 '마름질[裁]'이란 용어를 쓰고 있는데, 이는 내용이 아니라 형식에 관련된 것, 즉 수사(修辭)의 문제인 것이다. 이렇게 수사(修辭)에만 관심을 가져도 글의 완성에는 아무런 지장이 없었던 것이 한문 글쓰기의 특성이다.

그런데 문제는 이러한 한문 글쓰기의 방법에 대한 설명이 오늘날의 표음문자 문장 모델에는 적용되지 않는다는 점이다. 근대에 들어와 인간의 인식에서 전통의 제한이 사라지고 투명한 주체가 부각된 것은 문학사의 상식이다. 따라서 과거의 모든 한문 글쓰기 전통은 글쓰기의 자양이 되는 것이 아니라 청산하여야 할 잔재로 간주되고 있다. 이에 따라 글쓰기에서는 쓰기 목적과 내용에 대한 고민이 강조되는데, 이렇게 해서 생성된 것이 이른바 정보 전달적 글쓰기·주장하는 글쓰기·개성적 글쓰기·문학적 글쓰기 같은 것들이다. 예컨대 새롭게 생겨난 문학적 글쓰기는 개인의 정서[詩], 개인적 체험의 허구적 기록[小說] 등 새로운 내용을 향해 줄달음쳐 갔고, 형식은 극도로 자유로워졌다.92)

즉 근대에는 글쓰기가 내용만 충실하다면 어떠한 형식을 취하든 상관없다는 생각이 받아들여지게 되었는데, 이는 근대 이전의 글쓰기를 염두에 둘 때 커다란 파격으로 볼 수밖에 없다. 자유시의 형식적 파격은 말할 것도 없거니와, 근대의 서사시인 소설(小說) 양식도 [표 2]와 같

---

92) 근대 문학의 발생과 관련한 다양한 논의는 스즈키 사다미, 김채수 역(2001) 참조.

은 오경(五經)에 입각한 글의 양식 분류에서 보자면 어디에도 해당하지 않는다. 근대의 소설은 말 그대로 하늘에서 떨어진 것과 같이 무질서한 갈래였던 것이다. 소설은 이른바 '중세에서 근대로의 이행기'에 기(記)나 전(傳) 같은 전통적인 문장 양식을 흡수하면서 천천히 확대되어 가다가 (조동일, 2005), 근대에 이르러 서구의 '내적 형식'을 수용하면서 전통적인 문장 양식이 지니고 있던 최소한의 틀마저 벗어버렸다.93)

한문 글쓰기를 해체한 근대적 글쓰기의 문장 조직 원리를 간략하게 들면 다음과 같다. 첫째, 글쓰기는 음성 언어의 기록이라는 위상을 갖는다. 둘째, 문장은 더 이상 자연의 질서가 발현된 결과물이 아니라 보통 인의 의사 소통 수단에 불과한 것으로 인식된다. 셋째, 문장은 단순한 잡담의 기록에서부터 수천 페이지 분량의 학술적인 논문에 이르기까지 그 형식과 내용면에서 거의 모든 제약을 떨쳐 버리게 된다. 넷째, 형식과 내용의 제약이 완전히 사라짐으로써 문장, 이른바 글에는 쓰기 주체의 개성이 강하게 드러나게 된다.

이들 각각의 특성은 한문 글쓰기에서는 인식되지 못했던 이론적인 관심을 유발하였고, 새로운 문장에 대한 기술이나 학적 체계를 수립하게끔 이끌었다. 그리고 이러한 변화는 서양의 충격에 의한 것이라는 외형을 띠었다. 1870년대 이후 외국인에 의해서 한국어의 문법에 대한 저술이 나오기 시작한 것은 잘 알려진 사실이다.94) 본래 한문 글쓰기의 전통에서 '文法'이란 말은 '글로 씌어진 법(written law)'이나 '문장의 작법'을 가리켰고,95) 오늘날처럼 '그래머(grammar)'를 의미하지 않았다. 한문

---

93) 내적 형식은 집단화된 의식이나 정서의 사회적·시대적 표현 형식을 가리킨다. 이 는 사회·역사적으로 규정되는 것이며 형식 또한 사회적 속성을 띠는 문화 양태이다. '내적 형식'이란 개념 자체는 본래 문학을 설명하는 데에서 도입된 개념이지만, 근대 적 글쓰기의 갈래 형성과 관련하여 적용될 수 있다. 자세한 논의는 김대행 외(2000 : 290)과 루카치, 반성완 역(1985) 참조.
94) 고영근(2001) 참조. 초기 한국어 교재는 외국인들이 먼저 만들고 보급하였는데, 이들 의 시각은 우리말을 서양 문법의 관점에서 볼 수 있는 시각을 열었다는 데에서 의의 를 찾을 수 있다.

글쓰기에서는 오늘날의 의미와 같은 '그래머'는 없었는데, 이는 '그래머' 자체가 서구식의 문장과 단어 개념을 전제로 한 말의 질서를 가리키는 용어였기 때문이다.96) 그리고 이때 서구식의 문장과 단어 개념에는 음성중심주의가 자리잡고 있다.

서구의 언어 관념은 플라톤 이래로 음성중심주의에 사로잡혀 있었으며, 언어는 단어의 조직으로 이루어진다는 관념을 발달시켜 왔다. 그리고 '단어'란 '글이나 말로 재현될 수 있는 단일한 언어 단위'로서, 단어의 말소리가 의미와 '결합'된다고 본다. 그리고 이때 결합은 자의적이다. 반면, 동아시아의 문장체인 한문은 그 구성 단위인 한자(漢字)의 글자 외형이 실제 상황을 그대로 '재현(再現)'한다고 본다. 그리고 이러한 한자(漢字)의 재현은 분화된 상황을 생생하게 드러낸다(배수찬, 2003). 극단적으로 말하면 한자는 글자 하나가 문장의 기능을 할 수 있다. '長'은 '길다'가 아니라 '머리카락이 길다'이며, '永'은 '길다'가 아니라 '강물의 흐름이 길다'는 것을 나타내는 도상(icon)의 성격을 띤 것이다.97) 여기에서 '말소리로 이루어진 단어를 어떻게 결합하여야 문장이 성립한다'는 외적 규정, 즉 '그래머[文法]'에 해당하는 지식 체계는 애당초 존재할 필요가 없던 것이다.

한문이 '문법'을 필요로 하지 않은 것은 구성 단위인 한자(漢字)가 어느 정도는 그림문자의 속성을 띠기 때문이다.98) 그러나 소리를 근원으

---

95) 『大漢和辭典』 5, 592면.

96) 『콜린즈 영영사전』에 의하면 '그래머(grammar)'의 정의는 '단어들이 문장을 형성하기 위해 짜여지는 방식들(the ways that words can be put together in order to make sentence)'로 되어 있다. 고전 한문에는 '단어(word)' 개념이 없었고, 오직 '자(字)'만이 존재했다. 단어는 소리로서 질서있게 조직되어야 소통 가능한 반면, 자(字)는 그림이어서 소통하는 데에 조직적 질서를 필요로 하지 않는다. 문장의 개념도 결코 서양의 '센텐스(sentence)'가 아니었다. '센텐스(sentence)'는 '선고(宣告)'로 번역되는 것으로도 알 수 있듯이 '확정된 의미를 입으로 내뱉는 것'을 가리켰다. 즉 '그래머'라는 지식 자체가 음성 중심·표음문자 중심·서구 중심의 편향을 지니고 있는 것이다.

97) 許愼, 段玉裁 校註, 『說文解字注』 참조. 도상이란 가리키는 내용과 유사성에 의해 결합한 기호를 가리킨다. 자세한 것은 로만 야콥슨, 신문수 역(1989) 참조.

로 하는 표음문자 모델에서는, 소리의 연결이 엉켜서 의사소통에 장애
가 되지 않게끔 '소리'를 '언어'로 도약시키기 위한 규정을 해 두어야
했다. 이것이 이른바 '단어들이 문장을 형성하기 위해 짜여지는 방식',
즉 근대적 의미의 '문법(文法)'이었던 것이다. 그리고 이때 '단어'니 '문
장'이니 하는 것들의 궁극적 표준은 음성과 그 기록이다. 오늘날은 이
러한 문법의 존재가 너무도 자명한 것으로 여겨져서, 본래 문법이 없던
한문의 교재에서조차 문법을 언급하는 경우가 있다.99) 하지만 한문에서
문법을 운운하는 것은 근대 이후의 일이다.100)

근대 이전의 한문 글쓰기에서는 수사(修辭)에 대한 논의가 문법(文法)
을 포괄하고 있었다. '수사(修辭)'란 오늘날의 시각에서 보자면 언어의
외형을 꾸미는 일이다. 근대 이전의 한문 글쓰기에서도 이 점은 마찬가
지였으나, 거기에는 미묘한 차이가 있다. 한문 글쓰기의 수사(修辭)는
'말을 꾸미는 것'이다(심경호, 2005). 그런데 동시에 한문은 문법(grammar)이
존재하지 않았기 때문에 말을 꾸미는 것 자체가 말을 얽는 것이었다.
물론 한문 글쓰기에도 '구의(構意)'라고 하는 과정이 있었으나, 이는 단
순히 구상으로서 머릿속에서 일어나는 과정일 뿐, 실제로 글을 외적으
로 만들어 내는 과정은 전적으로 수사(修辭)의 몫이었던 것이다.

반면에 오늘날에는 '말을 얽어서 문장으로 만드는 데에 작용하는 것'

---

98) 회화(繪畵)에도 화법(畵法)이 있고 글씨 쓰기에도 필법(筆法)이 있는 것은 사실이다.
그러나 그것은 강제되는 규칙이 아니라 완성도를 높이기 위한 선택 가능한 규범이며,
규범이라고도 보기 어려운 일종의 관습이다. 그것은 구성 단위를 조립하기 위한 인위
적 규칙인 문법(文法)과는 근본적으로 성격이 다른 것이다.

99) 우리나라에서 한문(漢文)을 근대 문법 구조에 따라 설명한 최초의 책으로는 원영의
(1908)를 들 수 있다. 이 책의 내용은 나중에 본격적으로 다루겠다. 오늘날의 많은 중
등학교 한문 교과서에서도 현대적 문법 용어에 입각하여 한문의 문형이나 품사를 설
명하는 경우가 많다.

100) 한문체에서 '문장 작법'이 아닌 '그래머'로서 '文法'의 필요성을 언급한 최초의 사례
는 1908년에 신채호가 쓴 「文法을 宜統一」이라는 글인 듯하다. 그는 '學而時習之 不
亦說乎'를 예로 들어 "今日에 文法 統一이 卽 亦 一大 急務라 此를 統一하여야 學
生의 精神을 統一"할 수 있다고 주장하였다. 신채호(1908).

 근대적 글쓰기의 형성 과정 연구

이 '문법'이고, '말을 아름답게 꾸미는 데 필요한 기교'가 '수사법'이라 하여, 양자를 확실히 구별하고 있다. 서양에서 일반문법(一般文法)이 아닌 개별(個別) 언어(言語)의 문법이 생겨나는 것과 영미의 수사학이 꽃피는 것은 공통적으로 19세기 이후의 일이다.[101] 19세기 이후 교통·통신의 발달로 제국주의가 확산되면서 유럽의 비유럽에 대한 인식이 폭발적으로 증대하였고, 이에 따라 개별적인 음성 언어들의 차이가 감지되고 각 언어가 굴절·첨가·고립 등의 내적 자질을 가진다는 점이 인식되면서 개별 언어의 문법이 형성된 것이다.

또한 19세기 유럽에서는 전통적인 문필 활동이라는 의미를 띠었던 '리터러처(literature)' 개념이 '창조적이고 상상력이 풍부한 언어 예술'이라는 의미로 전환된다.[102] 이는 낭만주의의 발달과 민주화의 진전으로 인한 것인데, 이로써 라틴어·희랍어 등 과거 문어문(文語文)이 지녔던 화술(話術)의 전통을 계승·변형한 문장의 기교가 필요해졌다. 이것이 이른바 영미(英美)의 수사학, 이른바 '레토릭(rhetoric)'인 것이다. 중요한 것은 이 '레토릭'이란 개념을 번역하면서 비로소 동아시아에서도 수사에 관한 '학(學)'이나 '논(論)'이 성립하게 되었다는 것이다. 오늘날은 'rhetoric'의 번역어로 '수사학(修辭學)'을 선택하지 '수사(修辭)'를 선택하는 것은 어색하다.[103]

---

101) '문법'의 문제에 관해서는 미셸 푸코, 이광래 역(1987 : 261~348)의 언어 관련 부분을 참조할 것. 19세기의 수사학 발달 문제와 관련해서는 Patricia Bizzell & Bruce Herzberg(2001 : 12~14)를 참조할 것. 이재선(1969 : 10~13)은 서양 수사학이 일본을 거쳐 한국에 유입되는 과정을 소개하고 있으며, 배수찬(2007)에서도 관련 내용을 소개하고 있다.

102) 19세기를 통해서 정착해 왔다는 근대적 '리터러처(literature)'의 개념은 ① 창조적이고 상상력이 풍부한 것(언어예술), ② 저급한 문학에 대한 차별이나 배제, ③ 문화 내셔널리즘으로 요약된다. 18세기에 '아트(art)'의 개념이 단순한 기술에서 창조적이고 상상적인 영역의 일을 가리키는 것으로 한정되었다는 점도 관련이 있다. 스즈키 사다미, 김채수 역(2001)의 제2장에 관련 내용이 상세히 정리되어 있다.

103) 물론 한영사전에서는 '수사(修辭)'의 영역으로 'rhetoric'을 드는 경우가 있다. 그러나 사실 '수사(修辭)'는 행위이고 'rhetoric'은 그 행위에 대한 '학(學)'으로 구별되어야 하는 것이다. 『프라임 한영사전』에서는 'rhetoric' 이외에도 'a figure of speech'라든지 'a rhetorical flourish'라 하여 '수사학(修辭學)'과 구별되는 의미 해설에 역점을 두고 있다.

이렇게 성립한 '수사학(修辭學)'은, 전통적인 '수사(修辭)' 개념에서 '말을 엮는 질서에 해당되는 부분'은 새로 생겨나는 '문법(grammar)'에게 넘겨 주고104), '말을 꾸미는 방식'에 대한 학(學)으로 한정되게 되었다.105) 이로써 말을 꾸미는 일, 이른바 수사 과정에 대한 탐구가 본격적으로 행해지게 된다. 이는 근대 초기의 수사학에 관한 서적을 보면 쉽게 알 수 있다. 1879년에 일본에서 나온『수사와 문학(修辭及華文)』에 의하면, 근대의 수사학(rhetoric)은 그 대상을 '언어·국어를 글로 기록한 것이나 말로 발한 것'으로 하며, 그 의도는 '언어를 활용해서 사람의 마음에 감동을 발생시키는 방법을 연구하는 것'이다.106)

그런데 사람의 마음에 감동을 주는 것은 단순히 말의 외형만이 아니라 세련된 사고도 있다. 따라서 말의 선택이나 음조와 같은, 언어의 외형 내지 물질적 속성만이 아니라, 은유·의인·점층·설의·반어 등 '사고'를 복잡하게 꾸며 표현 효과를 높이는 활동이 모두 수사학(修辭學)의 연구 대상에 포함되게 된다.107) 그리고 마지막으로 문장 짓기와 관

---

104) 「修辭及華文」에 의하면 "문전은 각국 어법의 정칙, 언어의 변화, 품사의 연합, 적정 귀일함을 얻기 위해 설정된 것[文典ハ各國語法ノ定則ニ隨テ只言語ノ變化ト品詞ノ聯合ヲシテ的正歸一ナルヲ得セシメンカ爲メニ設クル所ナリ]"이며, "수사는 그에 반해 문장의 의미 정취를 높이고 나아가 청자를 감동시키는 데에 관련된 전 결과를 논하는 것[修辭ハ之ニ反シテ汎ク文章ノ意味情趣并ニ聽納者ヲ感移スルニ關スル全結果ヲ論スル者ナリ]"이라 하여 문법(grammar)과 수사학(rhetoric)의 구별을 명백히 하고 있다. 키쿠치 다이로쿠[菊池大麓](1879 : 8).

105) 이재선(1969)에서도 언급하고 있지만, 이러한 서양의 수사학은 동아시아에서는 일본이 가장 먼저 소개하였다. 島村瀧太郎(1922)에서는 '말을 꾸미는 것'을 수사(修辭)라고 분명히 규정하고 있으며, 그것을 다시 외형의 꾸밈과 내용의 꾸밈으로 나누어 전자를 '어채(語彩)', 후자를 '상채(想彩)'로 구별하고 있다.

106) "수사란 언어·국어를 붓으로 쓴 것이든 입으로 발한 것이든 관계없이 능숙하게 변화 활용하여 묘한 지경에 달하여 사람의 심의에 지대한 느낌을 발생시키는 방법과 연관되어 있다[修辭トハ言語國語ノ筆ニ載スルトロニ發スルトヲ間ハス善ク變化活用シテ備サニ妙境ニ達シ以テ人ノ心意ニ至大ノ感ヲ發生セシムルノ方法ニ係リ]." 키쿠치 다이로쿠(1879 : 8).

107) 사실상 오늘날 교육 현장에서 '수사법'이라는 범주로 통칭되는 각종 표현 기교는 모두 여기에 해당되는 것이다. 그리고 이들의 원류(源流)는 일본을 거쳐 수입된 서양의 수사학에 있다. 수사 기교에 관한 원어를 한자어로 번역한 이들 용어는 일본의 미학자

련된 근대의 이론 가운데 새로운 것으로, 문장 이상 단위의 구성 방식을 분석하는 ‘텍스트학’이 있다.108) 이로써 글쓰기의 외형과 조직에 대한 현대의 이론은 완전히 정비되게 된다.

　마지막으로 문장에 관한 논의 가운데 ‘문체’를 빼놓을 수 없다. 글쓰기 이론에서 ‘수사’의 퇴조 및 ‘수사학’의 발생과 아울러 ‘문체’의 관념도 근본적으로 변화하기 때문이다. 앞서 말했듯이 근대 이전의 한문 글쓰기에서는 방법에 대한 논의가 ‘수사’에 포함되어 있었고, 그 속에서 ‘연자(鍊字)→성구(成句)→편장(篇章)’의 단계를 실천하였다. 따라서 모범적인 한 편의 문장을 쓰는 방법과 절차를 포괄적으로 제시한 이론은 없었다. 각 문장 양식, 이른바 ‘문체(文體)’ 별로 모범문이 예시되어 있을 뿐이다. 그런데 근대에 이르러 모범문을 모방하거나 변형하여 글을 짓는 관습이 사라지고 개인의 표현 의도와 내용이 중요하게 부각되면서 글을 쓰는 개개인의 쓰기 스타일이 주목받기에 이르렀다. 따라서 ‘문체’의 개념도 더 이상 ‘전통적인 문장의 양식’이 아니라 ‘쓰기 주체가 글에서 보여주는 전체적인 스타일과 느낌’을 가리키는 것으로 변화하게 된다.109)

시마무라 호게츠[島村瀧太郎]가 정착시킨 것이다. 구체적 내용은 배수찬(2007)을 참조

108) 텍스트학은 전통적인 수사(修辭)에 대한 논의에서 언급되지 않았던 지점이다. 텍스트학은 특정한 개인이 단일한 주제에 대해서 자유로운 형식으로 싱딩히 길게 쓴 문상을 대상으로 한다. 따라서 근대 이전의 문장 가운데 텍스트학이 본격적으로 적용될 수 있는 경우는 그렇게 많지 않다. 텍스트학의 발달은 쓰기 환경과 현실의 변화가 이론의 변화를 이끌어내는 대표적인 사례이다.

109) 시마무라 호게츠는 『新美辭學』에서 문체를 ‘어떠한 표준에 의해서 잡다한 수사적 현상을 통일한 상태’를 가리키는 것으로 이해한다. 여기서 수사적 현상이라는 것은 지금까지 논의했던, 말의 외형이나 내용을 꾸미는 근대적 수사학의 연구 대상을 가리키는 것이다. 島村瀧太郎(1922 : 214).

제3장

글쓰기 환경의 근대적 전환

이 장에서는 글쓰기에 대한 원론적 논의를 바탕으로 하여 근대적 글쓰기를 성립하게 한 환경적 요인을 탐구해 보겠다. 본 연구에서는 동아시아 글쓰기의 근대화 문제를 구체화하기 위해 한문 해체 문제를 중점적으로 살펴보고자 한다. 한문의 해체는 중세적 글쓰기 매체의 근본적 변화이며, 동시에 새로운 문체 형성을 향한 문화적 움직임이었다. 그러나 그 해체의 양상은 한국에만 한정되지 않으며, 이 때문에 일본 등 주변국의 사례를 따지며 그 영향 관계까지 탐구하여야 한다.

한문의 해체는 근대 논설문 양식의 문체일 뿐만 아니라 언문일치체 추상어 글쓰기라는 인공적 문장 모델의 형성을 가져왔다. 추상어가 '보통인들이 알아들을 수 있고 그에 입각해서 글을 쓸 수 있는 모델의 형태'로 문장 속에서 제시되기 위해서는 '근대적 사전'이 필요하며, 이는 언어 단위로서 글자가 아닌 '단어'라는 새로운 관념이 도입됨으로써만 가능한 장치이다. 이 장에서는 근대적 글쓰기를 가능하게 한 제도적 장치에 대해서도 언급하고자 한다.

글쓰기의 근대화에 필요한 제도적 장치로서 사전 등 언어학적·의미론적 계기들을 포함하여 글쓰기 이론의 일반화, 글쓰기에 대한 분류 관념의 지형도가 겪은 변화 또한 중요하다. '주장하는 글'이라는 개념적 분류 하에 글을 쓰고, 그것의 특징을 여타의 다른 쓰기 양식과 변별하는 태도는 확실히 근대적 산물이다. 본 연구에서는 이러한 관념들이 형성된 배경에 대해서도 근대 전환기의 각종 작문 이론서 등 다양한 자료들을 활용하여 가능한 한 명확하게 밝히는 것을 목표로 한다.

1. 동아시아의 한문 문체 개혁 운동

1) 한문 해체와 새로운 문장 모델 형성

전통적으로 동아시아는 한문을 공유하고 있었고, 그 해체의 동력은 아무래도 서구에서 찾아왔다. 서구의 충격에 가장 민감하게 반응한 이들은 일본인들이었으며, 따라서 한문 해체의 선행 과업을 상당히 수행하였고, 한국과 중국에 큰 영향을 미쳤다. 즉 일본은 19세기 중엽 이후 개항(開港)하고 서양글의 문체와 내용을 수입하였는데, 처음에는 한문(漢文)을 매개로 삼았다. 중국과 한국은 오랜 동안 한문 글쓰기의 관습에 젖어 있었고 일본에 비해 서양어 원전을 직접 읽어낼 수 있는 인력의 교육이 늦었다. 그래서 한문을 매개로 소개된 일본의 서양 관련 서적들을 수입하기 위해 19세기 후반부터 일본에 유학생을 파견하였다. 이 당시는 일본에서도 한문 해체 및 새로운 문체의 실험을 하고 있었던 시기였으므로, 일본의 글쓰기 사례는 중국·한국 양국에 큰 참고가 되었던 것이다.

여기서는 19세기 중반 이후 동아시아의 한문 해체와 신문체 형성 운동이 전개된 양상을 개관해 보겠다. 일본의 경우는 야마모토 마사히데(1965 : 4~18)의 논의를 중심으로 하고, 중국의 경우는 서구어 번역을 통한 고문체의 해체 양상과 백화체 형성을 중심으로 보려고 한다. 한국의 사례가 다소 소홀하게 다루어지는 것처럼 여겨질 수도 있으나, 한·중·일 3국이 한문을 공유하고 그것의 해체를 통해서만 근대적 자국어 문장체를 형성할 수 있었다는 점에서, 근대 전환기의 문화적 전환을 연구할 때에는 국민국가(國民國家)에 기반한 구별적 관념을 잠시 넘어설 필요가 있다. 한국의 자국문체 형성에 대해서는 4장에서 자세히 검토할 예정이며, 이 절의 내용은 그 작업을 위한 예비적 고찰에 해당한다.

일본에서는 메이지 초기를 기점으로 하여 언문일치 운동이 시작되었는데, 이는 한문을 해체하는 한 가지 방법이었다. 실사(實辭)만 남기고 구어에 맞게 글을 써서 한문의 문어적(文語的) 성격을 벗어버리는 것이다. 언문일치는 신문의 논설이나 논문보다 소설에서 더 빨리 이루어졌다. 물론 처음부터 언문일치체가 환영받은 것은 아니었다. 독자층이 한문투에 익숙한 전통적인 계층으로 한정되어 있었던 메이지 초기에는 언문일치가 '비속하고 깊은 맛이 없다'고 비난받았다. 그러나 대중교육이 확산되고 서양 서적의 유입이 늘면서 언문일치체는 어느새 '쉽게 쓸 수 있고 재미있게 읽힌다'는 호평을 받게 되었다. 이것은 일본의 근대 문체를 형성하는 데에 언문일치체가 다른 어떤 문체에 비해서 경쟁력을 지니고 있었다는 것을 의미한다. 그렇다면 '언문일치체'의 속성은 무엇이며, 그것이 근대 문체가 지녀야 할 이념 가운데 어떠한 것과 부합한 것인지 밝히는 일이 다음 과제가 될 것이다.

야마모토는 근대 문체의 요건으로 가장 먼저 평명성(平明性)을 든다. 이는 평이하고 명쾌하여 일반 민중도 이해하기 쉬운 통속성을 가리키는 것이다. 언문일치가 시도되기 이전, 즉 메이지[明治] 20년(1887) 이전에는 '보통 사람도 쉽게 이해할 수 있도록 글을 써야 한다'는 생각 자체가 일반화되어 있지 않았고, 이런 생각을 가지고 글쓰기를 실천에 옮긴 인물은 후쿠자와 유키치[福澤諭吉](1834~1901)나 후쿠치 오치[福地櫻痴](1841~1906) 정도가 있었을 뿐이다. 그러나 메이지 20년 이후 흐름은 급속하게 바뀌어서, 기존의 각종 문어문체(文語文體)를 통합하여 평이하게 한 '보통문(普通文)'110)이 규범적인 신문체(新文體)로 자리잡게 되며, 메이지 30년대를 지나서는 완전히 정착하여 교과서와 신문·잡지 등에 채용된다. 그리고 메이지 40년대에는 보통문보다 더 쉬운, 언문일치 운동의 완전한 결정판인 구어문체(口語文體)가 확립되어 타이쇼 시대[大正時代](1912~1926)에는 보통문체를 능가하게 된다.

1888년(메이지 21) 소설가 후타바테이 시메이[二葉亭四迷](1864~1909)가 투르게네프의 단편 「밀회(あひびき)」를 『코쿠민노토모[國民之友]』에 번역하여 실을 때만 해도 당대 지식층의 주된 문장체는 한문체였다. 유장(悠長)하게 읽히는 한문체에 비해서 '?', '!', '…' 등의 부호가 많고 구두(句讀)가 짧으며, 꺾이는 부분이 많고 있는 그대로의 모습을 사실적으로 묘사한 투르게네프의 문장은 당대인들에게 신선한 느낌을 주었다. 그리고 이후부터는 '직접적인 묘사[直寫]'를 위해서라면 세밀한 서양 문학의 문체를 모범으로 삼아야 한다는 생각이 받아들여지게 되었다.111)

그 밖에도 야마모토는 속어의 존중, 구두법의 확립, 객관적 묘사, 근대적 사실의 추구, 개성 등을 근대 문체의 특성으로 거론하고 있다. 이들은 단순히 문장을 쉽게 쓰는 데에 그치는 것이 아니라 특별한 배움을 갖지 않은 개인적 주체가 근대의 분화된 세계를 겪으면서 보고 느낀 내용을 적을 수 있는 형식을 마련하는 것이었다. 그런데 실제의 언어 현실은 이러한 요건에 맞는 문체를 인위적으로 만드는 것이 아니라, 다양

---

110) '普通'이라는 말은 전통적인 유산이나 관습으로부터 단절된 평범한 일반인의 상태를 가리키는 말이며, 때로는 비하적으로 사용되기도 하였다. 일제 강점기의 초등교육에서 일본 본토의 학교는 '小學校'라 하고, 한반도의 학교는 '普通學校'라고 한 것이 대표적인 예이다. 일제 강점기의 국어교육에 대한 일반적 정보는 박붕배(1987)에서 얻을 수 있다.

111) 야마모토 마사히데(1965 : 505~513).

한 문체의 실험을 거치다가 요건에 가장 맞는 것이 선택되는 것이라고 보는 것이 합당하다. 이른바 언문일치체도 그러한 문체 실험의 한 가지 양상일 따름이었다.

그렇다면 19세기 중반 이후에 한·중·일 동아시아 3국에서 개발한 문장 모델은 구체적으로 어떤 것들이 있었을까? 이는 한문체 해체의 구체적인 양상이라는 점에서 세심하게 다룰 필요가 있다. 한국의 연구에서는 한문체에서 국문체 사이의 과도기적 문체로 국한문체(國漢文體) 하나만을 설정하고 있으나,112) 실제로 국한문체라는 것이 단일한 양상으로만 존재했던 것은 아니었다. 그것의 스펙트럼은 '한문 현토체'에서부터 '사실상의 국문체이지만 한자만 부분적으로 노출한 문체'에 이르기까지 매우 다양한 것이다. 그러나 한국의 연구에서는 이러한 차이에 대해서 세심한 관심을 기울이지 않은 것이 현실이다.

반면에 야마모토는 한문체에서 자국(自國)의 신문체(新文體)로 나아가는 과정에서 나타났다 사라진 몇 가지 문체들을 소개하고 있어 참고할 수 있다. 중국에서도 변법 자강 운동 시기에 일본 유학 체험을 바탕으로 한문체의 개혁을 실천한 양계초(梁啓超)나 미국 유학을 통해 백화문을 개척한 호적(胡適) 등의 문장 모델을 참고할 필요가 있다. [표 4]에서 내용을 정리해 보고자 한다.

한문직역체는 말 그대로 19세기 중엽 이전의 주류적 문체였던 한문체를 그대로 쓰되 어순을 자국어식으로 풀고 토만 달아 읽는 것을 의미한다. 일본은 우리 나라와 달리 한문 훈독의 전통이 강했기 때문에 사실상 한문직역체의 문체는 손쉽게 형성될 수 있었고, 외양상으로도 한자를 많이 쓰지 않아도 되었다. 토쿠가와 막부 말기의 학자였던 사이토

112) 국한문체가 상식선에서 이해될 경우 심각한 문제가 생길 수 있다. 극단적으로 말해 『皇城新聞』의 문체도 국한문체이며, 최근 신문의 이른바 '한주국종체'도 국한문체이다. 그러나 그 내질을 따졌을 때에 『皇城新聞』의 문체는 사실상 한문체이며 최근 신문의 문체는 보통문체이다. 민현식(1994ㄱ, 1994ㄴ)은 이러한 통념의 한계를 극복하고 국한문체 내부의 몇 가지 질적 차별들을 부각시켰다는 점에서 의의가 있다.

치쿠도[齋藤竹堂](1815~1852)의 「서양책을 번역하는 의론(洋書を譯する議)」
이라는 글이 한문체, 요미구다시, 그리고 한문직역체로 남아 있어 [표
5]에 그 내용을 소개한다.

[표 4] 한문체 이후 나타난 문장 모델의 스펙트럼

문장 연원	원문체 명칭	해당 한국식 명칭	설명 / 예
한문체 계열	한문체(漢文體)	한문체	전통적인 한문체
	요미구다시	구결	예 齋藤竹堂, 「二譯洋一書議」
	근대한문체(近代漢文體) (新文體)	국한문체 (국한문혼용체)	한문에 근대식 어휘를 쓴 것 예 梁啓超, 「少年中國說」
한문 해체 [漢文崩れ] 문체 계열	한문직역체(漢文直譯體)		요미구다시를 자국어순으로 예 齋藤竹堂, 「洋書を譯する議」
	구문직역체(歐文直譯體)		서양문을 문어체로 번역한 것 예 永峯秀樹, 『歐羅巴文明史』
자국어 문체 계열	보통문(普通文)		속어를 섞어 쓴 문어체 예 福澤諭吉, 『學問のすすめ』
	언문일치체(言文一致體)		구어식 문체로 한자 노출 예 二葉亭四迷, 「浮雲」
	백화문체(白話文體)		중국식 구어문체 예 胡適, 「地理學」
	가나 문체(文體)	한글 전용 문체	はながさく(꽃이 핀다).
	로마자 문체(文體)	국어 로마자 표기	hanaga saku.(Kkochi pinda.)

[표 5] 한문직역체(漢文直譯體)의 원문 번역 양상과 현대역

漢文 原文	國初邪教蔓衍, 務誘民心. 至啓方隅一時之小醜 故國家嚴禁峻令, 苟係教徒者, 誅殄無遺, 且洋書不問係教與否, 其挾之者抵罪, 於是洋書絶迹於世者, 數十年.
요미구다시	國初邪教蔓衍。務二誘民一心。レ至二啓方隅一時之小一醜。故國家嚴禁峻令。苟二係教一徒者。誅殄レ無遺。且洋書レ不二問レ係教一レ與否。其レ挾之者レ抵罪。レ於是洋書二絶迹於一世者。數十年。
漢文直譯體	國初、邪教蔓衍し、務めて民心を誘ひ、方隅に一時の小醜を啓に至る。故に國家、嚴禁峻令して、苟くも教徒に係はる者は、誅殄して遺すこと無し。且つ洋書は教に係はると否とを問はず、其の之を挾む者は、罪に抵る。是に於て洋書の迹を世に絶つこと、數十年。
현대역	국초에 사교가 만연하여 애써 민심을 유혹하였으니, 시골에 일시적으로 작은 소란을 일으키기에 이르렀다. 그리하여 국가가 엄금의 준령을 내리고 진실로 사교도에 관련된 자는 모두 죽여 남기지 않았다. 또 서양책은 교리에 관련이 있든 없든 상관없이 그것을 지니고 있는 것만으로도 죄에 해당된다. 그리하여 서양책의 흔적이 세상에 끊어진 지 수십년이 된다.

근대한문체는 양계초(梁啓超)가 개발한 문체로서, 흔히 신문체(新文體)라고 한다. 실사(實辭) 부분은 일본제(日本製) 근대 한자어를 사용하면서 한문의 문법을 따라 써 내려간 것인데, 대부분은 일본어 문헌의 축역(逐譯)에 해당되는 것임이 밝혀진 상태이다(이보경 : 2002). 양계초는 무술정변 이후 일본으로 망명하였으니, 1898~1907년까지 일본·미주·상해 등지를 오가면서 입헌 혁명 운동과 저술에 힘쓴다. 그때 양계초가 개발한 문체가 이른바 신문체로서, 이때의 기록은 『음빙실문집』으로 소개되어 우리나라의 애국계몽기 지식인들에게도 막대한 영향을 끼쳤다.

양계초의 문체는 한문밖에 모르는 국내 보수층 지식인들에게 서양에 대한 지식을 알려주는 유일한 통로였기 때문에 이후의 문장 모델 선택에도 큰 영향을 미쳤다. 특히 장지연(張志淵, 1864~1921)이 양계초의 산문을 많이 번역하여 구절 현토와 어절 현토의 중간 형태인 새로운 국한문체를 만들었는데, 이는 문장 모델이라는 관점에서는 상당히 불안정하여 생명력이 오래 가지 못하였고 단지 지식 전달의 일시적 통로에 지나지 않았다. 궁극적으로 양계초의 글 또한 고전 한문의 문장 모델을 활용해 일본을 경유한 서구 지식을 흡수하는 것이었으므로, 이 또한 넓은 의미에서는 일본의 구문직역체(歐文直譯體)에 해당하는 것으로 볼 수도 있다. 아래에 예문을 제시한다.

[표 6] 梁啓超의 신문체(新文體)와 그 수용 양상 및 현대역

근대한문체 (新文體)	老年人常思旣往, 少年人常思將來. 惟思旣往也故生留戀心. 惟思將來也故生希望心. 惟留戀也故保守, 惟希望也故進取. 惟保守也故永舊, 惟進取也故日新. 惟思旣往也, 事事皆其所已經者, 故惟知照例, 惟思將來也, 事事皆其所未經者, 故常取破格.113)
1908년 억 (張志淵 譯)	老年人은旣往을常思ᄒ고少年人은將來를常思ᄒ니旣往을思ᄒ故로留戀心이生ᄒ고將來를思ᄒ故로希望心이生ᄒ며留戀故로保守ᄒ고希望故로進取ᄒ며保守故로永舊ᄒ고進取故로日新ᄒᄂ니旣往을思면事事히皆其所已經故로知照例ᄒ고將來를思事事히皆其所未經故로取破格이니라.114)
현대역	노인은 항상 전 일을 생각하고 소년은 항상 오는 일을 생각하니, 전 일을 생각하는 고로 미련의 마음이 나고, 오는 일을 생각하는 고로 바라는 마음이 나며, 마음에 미련이 있는 고로 보수적이고, 마음이 바라는 고로 진취하며, 보수적인 고로 영원히 낡고, 진취한 고로 날로 새로우며, 전 일을 생각하매 일마다 지나간 것인고로 사례를 참조할 줄만 알고, 오는 일을 생각하매 일마다 아직 오지 않은 것이므로 파격만을 취함이라.

구문직역체(歐文直譯體)는 한문 해체 문체의 일종으로, 서양어의 문장을 한문투의 문장으로 번역한 것이다. 서양 문장의 번역이지만 어순을 제외하고는 문장의 흐름에서 보나 어휘의 사용에서 보나 한문체에 가깝다. 카토 슈이치[加藤周一]는 토쿠가와 막부 말기 및 메이지 초기에 서구 문장이 많이 수입되었지만, 사람들은 그것을 한문체로밖에 옮길 수 없었던 사정을 설명하고 있다.115) 그 대표적인 번역가의 사례가 나가미네 히데키[永峯秀樹]이다. 그가 기조의 『유럽문명사』를 번역한 사정을 사례로 들면 [표 7]과 같다.116)

〔표 7〕 구문직역체(歐文直譯體)의 원문 번역 양상 및 한문체와 비교

英語 原文	That very portion, indeed, which we are accustomed to hear called the philosophy of history —which consists in showing the relation of events with each other—the chain which connects them-the causes and effects of events-this is history just as much as the description of battles.
歐文直譯體 (永峯秀樹)	興亡存廢ノ脈理ヲ條達シテ明カニ之ヲ說クモノ、是ヲ世ニ史理ト称ス。 (순한문체-條達興亡存廢之脈理, 明說之, 世称是史理云.)
현대역	일어난 일 상호관의 관계, 일어난 일들을 연결짓는 원인·결과의 연쇄, 세상에서 '역사철학'이라고 일컫는 것도, 정확히 전투의 서술과 마찬가지로 역사의 일부분이다.(出來事相互の關係、 出來事をむすびつける原因結果の連鎖、 世に歷史哲學と呼ばれるものも、まさに戰鬪の敍述と同じように歷史の一部分である。)

보통문(普通文)은 언문일치체 운동이 본격적으로 일어나는 메이지 20년 이전의 속문체(俗文體)를 가리킨다. 메이지 20년 이전 시기는 국민교육의 보급 전일 뿐만 아니라, 대부분의 문필가들이 한문 교양을 자동적으로 체득하고 있었기 때문에, 이들의 문장 모델은 한문식(漢文式) 문어체(文語體)일 수밖에 없었다. 다만 그러는 가운데서도 전고(典故)를 덜 쓰

113) 「少年中國說」, 梁啓超(1977 : 264) 참조.
114) 梁啓超, 張志淵 譯(1908 : 1) 참조.
115) "(메이지 초기의-인용자) 역자들은 많은 경우 번역문의 흐름[口調]을 정리하기 위해 한문 요미구다시[讀み下し]체의 영향이 강한 일종의 문체(변형된 한문체)를 사용했다." 加藤周一·丸山眞男 校註(1989 : 371).
116) 加藤周一·丸山眞男 校註(1989 : 95)에서 재인용.

고, 한문 교양이 없는 사람일지라도 가능한 한 쉽게 읽을 수 있게끔 노력하는 문필 운동이 있었는데, 그것이 이른바 후쿠자와 유키치를 중심으로 한 속문주의(俗文主義) 운동이었다. 실제로 그의 문장은 한문의 번역이 아닌 구어에 가까운 어기(語氣)를 유지하고 있어, 한문직역체(漢文直譯體)나 구문직역체(歐文直譯體)에 비해 훨씬 쉽게 읽힌다. [표 8]에서 확인할 수 있다.

〔표 8〕 보통문(普通文)의 양상과 현대역

普通文 [俗文體]	學問をするに、何れも西洋の飜譯書を取調べ、大抵の事は日本の假名にて用を便じ、或は年少にして文才ある者へは横文字をも讀ませ、一科一學も實事を押へ、其事に就き其物に從ひ、近く物事の道理を求て今日の用を達すべきなり。
현대역	학문을 하는 데에는 어떤 것이든 서양의 번역서를 조사하여, 대강의 내용을 일본의 가나로 쓰임에 편리케 하고, 혹은 연소하면서 글재주 있는 자에게는 횡문자(알파벳)도 읽게 하여, 일과·일학일지라도 실사를 익히고, 일에 나아가 사물을 따라, 장래 물사의 도리를 구하여 오늘날의 쓰임을 충족시켜야 한다.

보통문은 [표 5]의 한문직역체(漢文直譯體)와 달리 원문이 따로 없다. [표 5]의 직역체 문장은 외형적으로 한문 원문과 실사(實辭)를 대부분 공유하고 있다. 그러나 보통문은 [표 8]에서 보듯이 대부분의 실사(實辭)가 한자로 이루어져 있기는 하지만 한문 원문을 번역한 것이 아니다. 한문체에 익숙한 사람이 될 수 있는 대로 일반적인 구어(口語)의 어기(語氣)를 살려 한문 번역이 아닌 최초의 '자국문 글쓰기'를 해 본 것이다. 특히 '~을 하는 데에는' 과 같은 표현들은, 구어체는 아니지만 한문체와 다른 실용적인 구문이다. 물론 이러한 보통문은 '~하고', '~하며'와 같은 연결어미들을 나열하고 문장을 종결하지 않아 유장한 느낌을 주기도 하는데, 이는 한문체를 쓰지 않으려는 '의도적인 노력'이 저절로 구사되는 '한문식 표현'을 막지 못한 결과이다.[117]

---

117) 가라타니 코진은 이를 가리켜 "손이 머리를 따라 주지 못한다"고 재미있게 표현하였다. 예컨대 근대 초기의 소설가 후타바테이 시메이(二葉亭四迷)는 언문일치체의 문장을 쓰고 싶은 열망이 강했으나, 당대의 글쓰기 관습만을 따르고 보통문체를 써 본

다음으로 언문일치체를 보자. 언문일치체는 흔히 한문체 이후 갑작
스럽게 몇몇 소설가들이 만들어낸 문체이며, 그것이 근대적 자국어 글
쓰기를 확립하였다는 통념이 있는 것이 사실이다. 그러나 그것은 애당
초 한문체가 자국문체(自國文體)로 해체되어 가는 과정에서 생겨난 문체
의 한 양식일 뿐이었다. [표 9]에서 그러한 사정을 확인할 수 있다.

[표 9] 언문일치체 문장의 양상과 현대역

언문일치체	お勢は不思議さうに文三の容子をみつめながら「親より大切な者 …… 親より …… 大切な …… 者 …… 親より大切な者は私にも有りますワ。」文三はうな垂れた頸を振揚げて「エ、あなたにも有りますと。」「ハアありますワ。」「だ …… 誰れが。」「人ぢやアないの、アノ眞理。」「眞理。」(…) 文三の目は俄に光を出す。
현대역	오세이는 기이한 듯이 분죠의 모습을 응시하면서, 「부모님보다 중요한 것……부모님보다 …… 중요한 …… 것…… 부모님보다 중요한 것이 나한테도 있어요!」분죠는 떨구었던 고개를 치켜들고서는 「어, 당신에게도 있다고요?」「응, 있어요.」「아 …… 누가?」「사람이 아니어요. 저… 진리!」「진리.」(…) 분죠의 눈이 갑자기 빛을 낸다.

[표 9]는 일본의 초기 근대 소설가 후타바테이 시메이의 소설 『뜬구
름(浮雲)』의 일부이다. 소설의 문장이니만큼 추상어보다는 구체어를 많
이 담고 있으며 사람의 일상 대화를 소리나는 대로 전사(傳寫)하고 있다.
특히 대화를 그대로 옮겨 적는 이러한 방식은 언어의 모델을 말소리와
표음문자로 정립하는 데에 크게 기여했을 뿐만 아니라, 언어의 기능 가
운데 내면 심리 표현의 측면을 부각시키는 계기를 마련하였다. 말소리
의 전사를 위해 '…'와 같은 문장 부호가 개발되고 '、', '。' 등의 구두
점이 빈번하게 사용되기 시작한 것도 중요한 변화이다. 그러나 지문 부
분에서는 여전히 '눈이 빛을 낸다'와 같은 어색한 문어적 표현이 그대
로 사용되는 경우가 있다. 이것은 초기 언문일치체의 한계로 이해할 수
있다.

가라타니 코진(1997 : 64)이 지적했듯이 언문일치의 표현은 한자 노출의

경험이 없었기 때문에, 마침내 소설을 절필(絶筆)하고 말았다는 것이다. 가라타니 코
진(1997 : 155) 참조.

여부와 밀접하게 관련되어 있다. 그렇다고 한자 노출만 피하면 무조건 언문일치가 되는 것도 아니다. 순한글체나 가나문체와 같은 근대의 '자국문 글쓰기'가 성립하기 위해서는 문장을 소리내어 읽었을 때 소통 가능할 만큼 문장 구조와 어휘의 가독성(可聽性)이 확보되어야 한다. 그러기 위해서는 한문체가 공식적으로 해체되어야 할 뿐만 아니라, '한문체를 암기'해서 쓰는 작문 개념이 아닌, 말을 옮겨 적는 '문장 쓰기'의 패러다임이 대세를 이루어야 한다.118) 그리고 그러한 쓰기의 패러다임은 제도적으로 강제될 때 가장 큰 효과를 발휘한다. 그러한 강제적 제도의 대표적인 것이 이른바 '보통교육의 교과서'이다.

〔표 10〕 자국문체의 양상-가나 문체와 한자혼용체의 비교

① 가나 문체	すめら　みくにの　もののふは / いかなることをか　つとむべき。 ただみにもてる　まごころを、 / きみとおやとに　つくすまで。119)
② 한자혼용체	皇　御國の　武士は / 如何なる　事を　勤べき 忠實に　持てる　眞心を / 君と親とに　盡くすまで
③ 현대역	텐노(천황) 나라의 무사는 / 어떤 일이든 열심히 해야 하리. 충실하게 지닌 참된 마음을 / 임금과 부모께 다바칠 때까지.

[표 10]은 1881년(메이지 14)부터 편찬되기 시작한 교과서 『소학창가집(小學唱歌集)』의 일부이다. 창가(唱歌)는 단순히 음악의 가사일 뿐만 아니라 입으로 외는 자국어 문장의 모범이기도 했으며 실제로 외어 불리웠기 때문에 문장 모델로서 중요한 기능을 했다. 그리고 어린이가 입으로 외는 문장이어야 했던 만큼, 한문체를 벗어난 쉬운 표현이어야 했을 것

---

118) 唐澤富太郎(1980 : 175)에서는 쓰기 교육이 고전적 '작문'에서 신식의 '글쓰기'로 나아가는 과정을 서술하고 있다. 자세한 것은 '작문에서 글쓰기로(作文より綴方へ)' 항을 참조할 것.

119) 『小學唱歌集』에 수록된 노래이다. '창가'는 메이지 초기 신교육 발생기의 과목명으로, 오늘날의 '음악'에 해당한다. 서양식 악곡의 가사로 쓰였던 것인데, 이것이 한국에 수입되어 근대시 운동의 기폭제가 된 것이 이른바 창가가사이다. 唐澤富太郎(1980 : 169) 참조.

이다. [표 10]의 ①이 그러한 문장의 모델이다. 한문을 미리 학습할 필요가 전혀 없는, 일상 생활에서 '귀로 들어 알 수 있는' 쉬운 단어들로 구성된 ①은, 곧바로 ③과 같은 쉬운 문장으로 번역될 수 있다.

물론 ①과 같은 쉬운 문장도 훈독 한자를 드러내면 ②와 같은 한자혼용체 문장이 될 수 있다. 그러나 이미 ②는 한문체나 한문직역체가 아니라 보통문체 혹은 언문일치체에 근접하고 있다. 한자를 노출시키느냐의 여부와 상관없이 ②는 문장 구조가 구어처럼 단순하고 사용되는 어휘가 쉬워 가청성(可聽性)이 높다. 오히려 한자를 쓰는 것이 의미를 즉각적으로 파악하고 노래부르는 데에 어려움을 준다. 따라서 이후 교과서 표기의 대세는 ②에서 ①로 넘어가게 된다. 이로써 동아시아 제국(諸國)은, 한자가 자국문인 중국을 제외하면, 한자 없는 자국문 글쓰기가 가능하다는 생각을 역사상 최초로 공적 제도를 통해 공인받게 된 것이다.

마지막으로 중국에서는 언문일치의 문제를 어떻게 처리했는지 살펴보겠다. 중국은 오늘날 한어병음자모(漢語拼音字母)라는 것을 개발하여, 구어문장에 한해서는 한자 없이도 자국문 쓰기를 할 수 있게 되었다. 그러나 아직도 한글 및 가나 문체와 같은 혁명은 가능하지 않다. 다만 입으로 하는 말이 문장 표기에서도 근원이 되어야 한다는 생각은 당대 중국의 지식인들에게도 나타나기 시작하였다. 이 점을 자각하고 운동의 형태로 끌어올린 인물이 호적(胡適, 1891~1962)이다. 그는 동아시아의 한문 해체라는 거시적 흐름에서 본다면 상당히 후대의 인물로, 서구 및 일본의 언문일치 운동을 충분히 의식하고 있었다.120)

---

120) 그는 미국에 유학중이던 1916년 3월 친구에게 편지를 보내어 "명대의 팔고문(八股文)의 약탈을 당하지 않고, 여러 문인들의 복고의 약탈을 받지 않았더라면, 우리나라의 문학은 틀림없이 벌써 속어의 문학으로 되었을 것이고 우리나라의 언어는 일찍부터 언문일치의 언어로 되었을 것임에 틀림없다"고 주장했다. 호적(1973 : 199)에서 재인용.

〔표 11〕 백화문체(白話文體)의 근대적 양상 – 호적, 「地理學」

白話文體	譬如一個人立在海邊, 遠遠的望這來往的船隻. 那來的船呢, 一定是先看見他的桅杆頂. 以後方能够看見他的風帆. 他的船身一定在最後方可看見. 那去的船呢, 却恰恰與來的相反, 他的船身一定先看不見, 然後看不見他的風帆. 直到後來方才看不見他的桅杆頂. 這是什么緣故呢?[121]
현대역	이를테면 한 사람이 바닷가에 서서 오가는 배들을 멀리 바라본다고 하자. 저 오는 배는 틀림없이 그 돛대 끝이 먼저 보이고, 다음에는 비로소 그 돛을 볼 수 있게 되고, 서체는 틀림없이 맨 나중에 가야 볼 수 있게 된다. 저 가는 배는 오는 배와 꼭 반대로 그 선체가 틀림없이 먼저 보이지 않게 되고 난 뒤에야 그 돛이 보이지 않고, 다음에 가서야 비로소 그 돛대 끝이 보이지 않게 된다. 이것은 무엇 때문일까?

위에 제시한 [표 11]의 내용은 호적이 1906년에 쓴 「지리학」이라는 제목의 백화체(白話體) 논문에서 뽑은 것이다. 지구가 구체(球體)라는 것을 증명하는 간략한 지구과학 실험을 소개하고 있는데, 고문(古文)으로 서구 자연과학의 분절성과 엄밀성을 담아내는 데에는 아무래도 한계가 있었기 때문에 백화(白話)를 선택한 것으로 보인다. 백화 문체의 특성으로는, 한문의 유장한 길이를 가급적 짧게 끊고, 주술구조의 규정적 서술을 선호하며, '這, 那, 他[122](대명사)'·'的(관형조사 혹은 관형조사를 받는 명사)'·'什么(의문사)'·'呢(의문조사)' 등 고문(古文)에서는 사용되지 않는 문법 요소들이 강화된다는 점을 들 수 있다. 호적은 고문체가 언문일치를 이상으로 삼는 민주화 시대의 언어문화에 걸맞지 않는 불편한 문장 모델임을 인식하고, 문법학(文法學)을 바탕으로 한 중국문장의 근대화를 추구하였던 것이다.

---

121) 호적(1973 : 124~125)에서 재인용.

122) '他'는 현대 중국어에서 3인칭 대명사로 사용되고 있으나, 그 용법은 다소 변화를 겪었다. 5·4운동 시기 이전에는 남성·여성 및 일체의 사물에 두루 쓰였으나, 지금은 일반적으로 남성을 칭하는 대명사이다. 또한 성별이 불분명하거나 구별이 필요없을 때에는 '他'를 쓰고, 사람 이외의 경우에는 '它'를 사용한다.

2) 문장 분류론과 '문체(文體)'의 개념 변화

근대 이전에는 오직 문장의 양식을 관습적인 실제 문장 명칭의 공통성에 입각하여 분류할 따름이었다. 예컨대 '설(說)'이란 이름이 붙은 글은 그 세부 내용이 어떠하든 모두 설(說)이고, 기(記)나 그 밖의 다른 문장 양식도 마찬가지였다. 그리고 이들을 포괄적으로 일컫는 말이 '문체(文體)'였다. 이때 '문체'라는 개념은 '문장의 체격(體格)'을 의미하며, 개인적 스타일(style)이 아니라 유형적 패턴(shaped pattern)에 가까운 것이었다. 근대 이전에는 문장에서 개성이나 창의성을 관습성이나 유형보다 강조하지 않았기 때문이다.

〔표 12〕 근대적 문장 분류론—야마모토의 논의를 중심으로

내용상 분류	(a) 표현의 대상(과거의 文體)	기사문, 서사문, 서경문, 설명문, 의론문(논설문), 권유문, 서정문, 서간문 등
	(b) 주체의 심리 작용	知의 문(지적인 글), 情의 문(문학적인 글), 意의 문
표현상 분류	(c) 율격의 유무	운문, 산문
	(d) 외국 문장의 영향	한문, 국문, 국한혼용문, 한문직역체, 구문직역체
	(e) 어휘 어법	문어문, 언문일치문, 구어문
	(f) 문장 자체의 속성(근대의 文體)	간결체, 만연체, 건조체, 화려체, 평명체, 고아체, 강건체, 우유체, 소박체 등

그러나 오늘날의 문체 개념은 특수한 개인적 필자(筆者)가 구사하는 문장 자체의 느낌, 스타일의 문제로 이해된다.[123] [표 12]는 근대 이후 문장 분류론의 변화된 구도를 정리한 것이다(야마모토 마사히데, 1965 : 20).

---

123) 표에 제시된 간결체(簡潔體), 만연체(蔓衍體), 건조체(乾燥體), 화려체(華麗體), 평명체(平明體), 고아체(高雅體), 강건체(剛健體), 우유체(優柔體), 소박체(素朴體) 등의 용어는 오늘날도 많이 쓰이고 있는데, 이러한 용어를 정립시킨 인물은 앞에서도 언급한 바 있는 『신미사학(新美辭學)』의 저자 시마무라 호게츠이다. 그는 여기에서 간결체 / 만연체, 강건체 / 우유체, 건조체 / 화려체의 세 가지 '문체'를 대비하여 설명하고 있다. 島村瀧太郎(1922 : 467~481) 참조.

표에서 알 수 있듯이 근대 이후에는 '문체(文體)'라는 말이 가리키는 내용이 [표 12]에서 말하는 '내용상 분류'에서 '표현상 분류'로 넘어가 버렸다.124) 그리고 내용상으로 문장을 분류하던 전통적인 문체 개념은 기사문(記의 해체), 서사문,125) 설명문(說의 해체), 논설문(論의 해체) 등 표현의 대상에 따라 산문을 분류하는 문장 종류, 즉 문종(文種)의 개념으로 바뀌게 된다. 그리고 이들 문종(文種)은 문장의 제목에 대해 아무런 강제적 권능을 가지지 못하게 된다. 예컨대 논설문이라면 제목에 논(論)을 붙일 필요가 없이, '조선 청년에게', '신념을 기르자' 는 식의 자유로운 제목을 달 수 있게 된 것이다.

[표 12]에서 알 수 있는 근대적 문장 분류론의 또다른 특색은 과거에는 없었던 표현상의 분류가 엄청나게 증가했다는 데 있다. 문장의 외적 형식에 의한 분류가 근대 이전 동아시아에 없었던 것은 아니었다. 고문(古文), 변려문(駢儷文), 팔고문(八股文) 등은 항상 그런 것은 아니지만 어느 정도 형식적인 특성에 따른 문장 분류였다. 그러나 이들 분류는 역사적인 특정 상황에 쓰이던 특수한 문학적 형식을 가리키는 용어(用語)인 데 비해서, [표 12]의 율격의 유무, 외국 문장의 영향, 어휘·어법, 문장의 기세 등은 근대 문장이라면 반드시 지닐 수밖에 없는 선험적 속성이다. 이 가운데서도 특히 문장 자체의 속성에 의한 분류를 오늘날의 수사학에서 '문체(文體)'라고 보고 있다.

특히 문장 자체의 속성에 의한 분류가 근대 수사학의 '문체'로 이해

---

124) 서양에서 문체 관념은 직관적이고 주관적인 것("문체는 곧 사람이다")에서 분석적이고 체계적인 것으로 변화하였다. 이러한 변화와 응용하여 '문체론'이라고 하는 새로운 학문이 대두하였는데, 이는 수사학, 문예학, 문법학 등 글쓰기와 관련된 근대적 분과(分科) 학문(學問)의 성립과 때를 같이한다. 이에 따르면 문체는 '언어에 의해 전달되는 정보에, 의미의 변질 없이 추가된 표현적·정의적·수사적 강세(리파테르)'로 정의된다. 황석자(1992 : 13~14) 참조. 동아시아에서 근대 이전의 '문체(文體)' 관념은 문장 양식을 가리키는 용어로서, 근대에 우연히 서구의 '문체' 개념과 그 기표만 일치하게 된 것일 뿐 그 의미는 완전히 다른 것이다.

125) '서사'개념의 근대적 전환에 관해서는 배수찬(2005ㄷ) 참조.

되는 것은 무엇 때문일까? 문장의 속성은 율격, 외국문, 어휘 어법, 기세 등 여러 가지 형식적 요건 가운데 개개인을 구별하는 기준으로서 가장 두드러진 것이기 때문이다. 그러나 이러한 개성적 문체의 특성에 대한 연구는 본 연구의 범위를 벗어난다. 분류론에 대한 포괄적인 논의는 이 정도로 하겠다. 다음 절에서는 어법의 기준에 따라 근대 문장을 분류하는 방식을 소개하고, 본 연구의 연구 대상이 되는 지점을 구체화하고자 한다.

3) 문어체의 형성과 구어체의 분화

(1) 한문과 그 언해문의 문체 규정

한국의 문장 모델은 훈민정음의 창제 이후 인위적으로 개발될 수밖에 없는 것이었다. 문장이 소리의 전사(傳寫)로써 이루어지는 것이라 할지라도 소통의 질서가 있어야 의미가 있는 것이므로, 모범이 되는 외적 형태가 어느 정도 고정될 필요가 있는 것이다. 15세기 당시에 우리에게 알려져 있는 문장 모델은 한문(漢文)밖에 없었고, 그것은 한민족에게 구어(口語)로 받아들여질 수 없었기 때문에, 한문 문장을 '문어(文語)'로 이해되어 왔다. 그리고 한문 문장의 영향을 받은 유장하고 비분절적이며 도치적인 문장 모델은 '문어체(文語體)'로 간주되는 것이 보통이다.

그런데 다른 각도에서 보면 한문(漢文) 자체가 '문어체'로 포괄되지 않는 특성을 지니고 있는 것도 사실이다. 오히려 어떤 의미에서 한문은 그 자체로 지극히 구어적(口語的)인 매체일 수 있는 것이다. 한문체는 긴 문장 구조로 인한 구연조(口演調)와 유장미(悠長美), 율문조(律文調)를 가지고 있으며, 게다가 『논어(論語)』나 『시경(詩經)』, 『서경(書經)』과 같은 초기의 한문 경서는 일상 대화나 격식있는 말하기, 혹은 민요(民謠)의 기록을 포함하기 때문에 상당한 구어성(口語性)을 지닌다. 한문은 어떤 첨가나 굴절의 요소가 없이 글자 자체만으로 이루어지므로 글자 자체의 질량감이 율격을 형성하기에도 편리하다. 따라서 한문체를 문어체로만 규정해 버리면, 한문의 특질과 관련한 많은 요소들을 놓칠 우려가 있으므로 유의해야 한다.

김미형(2005)은 15세기 이후 우리 문장의 모델을 형성해 갔던 한문의 언해(諺解)가 한문을 우리말로 옮기는 과정에서 한문의 구어적 속성을 흡수하였고, 이것이 독특한 우리식의 문어체 문장을 수립하였음을 지적하고 있다. 중세 국어 문어체 문장의 일반적인 서술 종결형은 '−라' 형이었는데, 오늘날 종결 어미로 굳어진 '−다'에 비해서 일반 서술의 기능을 하는 것이 아니라 청자로 상정되는 상대방에 대하여 그 말을 제시하는 기능을 갖는다. 한문을 번역하여 '나는 지금 한문 원전을 해석하여 너희에게 제시하고 있노라(김미형, 2005 : 213)'는 어감을 주기 위해 의도적으로 '−라'를 선택했다는 것이다.

즉, '−라'는 앞의 주어만을 서술하는 것이 아니라 문장 전체를 들어 제시하는 기능을 갖는다. 따라서 문장 안에 주어가 있어도 되고 없어도 되며, 문장에 대한 의식이 종결이 아니라 인용에 가깝다. 실제로 한문은 주술 구조에 대한 명확한 인식이 없는 경우가 많기 때문에 이러한 인용이 오히려 구문상으로도 적절하고, 번역이라는 점을 명확히 드러내는 솔직한 화자의 태도를 보여주는 것이기도 하다. 그리고 문자가 귀했던 전통 사회의 문화적 상황을 고려해 볼 때, 한문의 소통 상황에서 화자(話者)는 청자(聽者)보다 높은 지위에서 가르치는 느낌을 주는 내용이 많은데, 이러한 훈계적 어조를 드러내는 데에도 일반 서술적인 '−다' 형보다는 '−라'가 적절하다.

이렇게 보면, '−라'는 단순한 문어체 종결형이 아니라 특정한 화자와 청자의 관계를 전제로 하는 일종의 '구어체적 종결형 어미'로 볼 수 있는 것이다.126) 문제는 '−라' 종결 어미가 한문이라는 문어체 문장 모델을 옮기는 데에 활용되어서, 마치 그 자체로 문어체 종결 어미처럼 오해되고 있었다는 데에 있다. 통념을 조금만 걷어내고 언어 생활의 실상(實像)을 조금만 주의깊게 살펴보면, '-다'와 '-라' 가운데 입말로 쓰이지 않는 인공적 어미는 '-라'가 아니라 오히려 '-다'라는 것을 누구나 인정할 수 있을 것이다.127)

애당초 '-다' 종결 어미는 근대 이후의 필요에 의해 강제 보급된 성격이 강했다. 근대 이후 투명한 주체가 감각적으로 얻은 정보를 전달하는 것이 보편적 인식의 틀로 되고, 화자와 청자가 실제 만남보다는 활자를 통한 비대면적(非對面的) 의사소통 상황에 더욱 자주 놓이게 되자, 가장 무전제(無前提)이고 보편적(普遍的)이면서도 가장 인공적인 서술 형태 '-다'가 널리 쓰이게 된 것이다. '-다' 종결 어미는 화자와 청자 간에 어떠한 실제적인 상황 맥락 정보도 제시하지 않는 객관적 시점을 반영하고 있기 때문이다.

김미형은 이러한 '-라' 체 종결 어미 사용 상황을 가리켜 '텍스트는 문어이되 서술 양식은 구연조가 되는 이중성, 서술자의 단정적인 객관적 시점을 획득하기 어려운 보고 형태의 문장 양식으로 텍스트의 언술 양식이 탄생되면서, 언해문은 물론이고 이후 국어 텍스트의 전 양식에 이러한 구연조 문체가 형성되는 것(김미형, 2005 : 218)'이라고 지적하였다. 이러한 양식은 언해에만 그치지 않고, 이후 보통교육이 상당 수준으로 보급되기 이전인 1910년대 후반까지 씌어진 모든 국문 텍스트를 지배하게 된다. 구체적으로 말하자면 『독립신문』이나 『제국신문』의 글쓰기

---

126) 오늘날에도 '-더라'와 같은 일부 '-라'계 어미의 하위 형태는 지각한 사실을 상대방에게 보고하는 기능을 갖는다.

127) 상식적으로 판단할 때, 문어에 익숙치 않은 초등학생이 친절한 여자에 대해 기술할 때 '그녀는 친절하다'는 말을 입으로 내뱉을 리가 없다. 오히려 '걔 친절해'나 '걔 친절하더라' 식으로 말할 가능성이 더 높다. '-다'는 전혀 구어체가 아니며, 일상 구어가 문어의 지위를 차지하게 된 해괴한 시대인 '근대'의 새로운 문체, 이른바 구어문체인 것이다. 이에 대해서는 조금 뒤에 다룬다.

는 말할 것도 없고, 심지어 1920년대 초반의 『동아일보』나 『조선일보』 논설에 이르기까지 '-라' 종결 어미는 사라지지 않고 관성처럼 남아 계속 쓰이게 되는 것이다.[128]

　지금까지 상식적으로 생각되어 온 바로는 한문의 문어체가 국문의 구어체로 바뀌는 것이 언문일치이고, 그것은 종결 어미상 '-라'가 '-다'로 바뀌는 변화라고 이해되었다. 그러나 문제는 그렇게 단순하지 않다. 한문 자체가 문어체로만 보기 어려운 여러 가지 속성을 지니고 있을 뿐만 아니라, 한문을 문어체로 본다 할지라도 문제는 남는다. 한문을 자국어로 옮기는 때에 생겨나는 종결 어미 '-라'는 문어체가 아니라, 지금까지 밝힌 것처럼 (윗사람이 아랫사람에게 무엇인가를 가르치는 느낌을 주는) 구어체로 보아야 하는 것이다.

　한문이 국문으로 바뀌는 것이야 구어 중심으로 언어 질서가 재편되는 근대의 자연스러운 상식이지만, 지배적 종결 어미가 '-라'에서 '-다'로 바뀌는 것은 한문체가 해체된 뒤에도 상당히 오랜 후의 일이며, 그러한 변화는 소설문체와 기사문체에서 먼저 일어나 논설문 등의 추상어 글쓰기까지 확산되는 것이다. 이것이 의미하는 바는, '-다' 종결 어미로 변화한 근대의 문체가 단순한 구어체가 아니라 구어를 바탕으로 새롭게 형성된 문어문체라는 사실이다. 이러한 새로운 문체는 구어를 우위로 하는 근대의 글쓰기 모델을 수립하기 위해서 반드시 필요한 것이다. 본 연구에서는 이러한 문체를 설명하기 위해 '구어문체'(山本正秀, 1965 : 25)라는 개념을 활용하고자 하며, 다음 절에서 간단히 설명하고자 한다.

---

128) 문학은 한문체의 틀과 심층적 문장 모델의 지배를 비교적 일찍 벗어날 수 있었기 때문에, '-라'체로부터 벗어나는 것이 추상어 글쓰기에 비해서 조금 빨랐다. 예컨대 1917년 『매일신보』에 연재된 「무정」은 다음과 같은 문장으로 시작된다. '경성 학교 영어 교사 이형식은 오후 두 시 사년급 영어 시간을 마치고 내리쬐는 유월 볕에 땀을 흘리면서 안동 김 장로의 집으로 간다.' 이 시기의 『매일신보』 논설은 아직도 '-라'체를 벗어나지 못하고 있었는데 반해, 문학어에서는 단정한 '-다'체가 정착하고 있음을 알 수 있다.

(2) 문어체·구어체·구어문체·구두체

앞 절에서 '문어체'의 문제를 언급했으나, 애당초 문어체라는 용어 자체가 근대 문체의 성립과 더불어 생겨난 것이다. 근대 이전에는 '문어(文語)'라는 말이 거의 쓰이지 않았으나, 근대에 이르러 음성 언어가 강조되면서 구어체(口語體)가 문장에서도 기준이 되었고, 이에 따라 과거의 문장은 '구어(口語)'에 대비되는 '문어(文語)'로 인식된 것에 불과하다. 사실 구어체로 문장을 쓴다는 것은, 근대 이전의 관점에서 보면 상당히 이상하게 느껴질 일이다. 구어체는 쉽게 말해 '입말체'인데, 입으로 하는 말은 대부분 가벼운 것이어서 글로 옮길 필요가 따로 없기 때문이었다. 동아시아의 전통에서 글이란 공식적이고 중요한 상황에서 관습적으로 쓰이거나 학술적인 필요에 의해서 써지는 경우가 대부분이었고, 정서를 전달하는 문학적 글쓰기라 하더라도 엄밀한 양식에 입각해서 창작되었다.

그러나 근대에 이르러서는 문장을 쓰기 위해 문자(文字)와 문체 양식에 대한 다년간의 공부 없이도 글을 쓸 수 있어야 했기 때문에, 근대 문장은 그 표준을 구어(口語)에 두지 않을 수 없었다. 여기서 문제는 구어체를 그대로 써서는 문장이 될 수 없다는 사실이다. 구어를 그대로 전사(傳寫)해서 그것을 읽으면 의사소통이 정확하게 이루어지지 않을 가능성이 있고, 근대 문체는 구어식의 쉬운 표현을 써서 고차원적인 의론이나 설명의 기능을 해야 했기 때문이다. 따라서 구어체 그 자체가 아니라, 구어체에 기반을 둔 새로운 형식의 표준적이고 쉬운 문어체, 이른바 '구어문체(口語文體)'를 개발하지 않을 수 없었다.

일본의 언어학자 하가 야이치[芳賀矢一]는 「국정독본의 문장에 대하여(國定讀本の文章について)」(1909)라는 글에서, 구어문(口語文)을 담화체(談話體)와 필술체(筆述體) 둘로 나누어 설명하였다.129) 하가 야이치는 일본

---

129) 이 글은 김채수 편저(2002 : 225~237)에 국역, 수록되어 있다.

메이지 시대의 국책 언어학자로서, 당시 근대적 교과목으로 새롭게 형성되고 있었던 '국어(國語)' 교과의 연구 책임자였다. 당시 국어과는 근대 이전의 문장과(文章科)와는 달리 한문체를 버리고 구어에 입각한 언어 교육 내용을 수립해야 했다. 따라서 하가 야이치는 구어체를 언어 학습의 중심 모델로 삼게 되었는데, 그 과정에서 구어(口語)를 그대로 전사(傳寫)하는 문장의 불편함과, 표현 가능성의 한계를 인식하게 되었다.130)

거듭 강조하지만 근대적 언어 생활을 위해서는 구어(口語)를 기본으로 삼되, 다른 한편에서 자국어(自國語)로 고급의 지식을 표현할 수 있는 추상어 문장체가 형성되어야 했다. 예컨대 오늘날 영어(英語)는 일상적 커뮤니케이션의 수단이기도 하지만, 학술적 문헌을 저술하기에도 충분한 추상 개념의 처리 능력을 보유하고 있다.131) 이것은 구어(口語) 중심이었던 고·중세의 영어가 15세기 이후의 철자법 정비, 사전 편찬, 문학 작품의 산출을 통한 어휘 확장, 언문일치체를 통한 근대적 문장 모델의 수립 등에 의해 혁신된 결과이다. 이렇게 혁신된 영어는 이미 단순한 구어체가 아니라, 구어에 바탕한 문어문체 즉 '구어문체(口語文體)'가 되는 것이다. 앞서 하가 야이치가 말한 '필술체(筆述體)'는 구어문 가운데서도 가장 정제된, 바로 이 '구어문체'를 가리키는 것이었다.

---

130) 이노우에 다케시[井上赳]는 『소학독본편찬사(小學讀本編纂史)』에서 '소위 담화체라는 것은 문자 그대로 회화하는 말이기 때문에, 서술이나 설명하는 문장은 될 수 없었다[所謂談話体は文字通り會話する語であって、まだ敍述說明する文章でなかった]'고 한 데서도 이러한 사정을 엿볼 수 있다. 井上赳(1937 : 32) 참조.

131) 일본의 영문학자 와타나베 쇼이치(渡辺昇一)는 다음과 같이 언급하고 있다. "나는 영어에는 두가지 얼굴이 있다고 말해 왔다. 이폐가 있지만, 한문의 얼굴과 한국어의 얼굴이 그것이다. 한국어를 배우는 사람은 한국어의 고전을 읽을 필요가 없다. 한국어의 고전은 대부분 한문 고전이고, 한국어로 씌어진 고전적 저술은 없기 때문이다. 따라서 한국어를 배우는 사람은 한국어 컨버세이션을 중심으로 입문하면 그만이다. 한편, 한문적 교양은 말하는 것이 이차적이고, 읽는 것이 중요하다. (…중략…) 내용 중심이고, 정확히 읽으며, 그것을 쓸 수 있게 되는 것이 한문적 사유이다. 영어는 컨버세이션뿐만 아니라 교양이라고 하는 측면도 갖고 있다. 즉 영어에는 두 가지 얼굴이 있다는 것을 인식하지 않으면 안된다." 渡辺昇一(2001 : 204~205) 참조.

문어체·구어체·구어문체·구두체를 문장 모델로서 구별하는 방법
은 여러 가지가 있을 수 있겠으나, 가장 두드러지는 외형적 특질은 종
결 어미에 있다. 즉 종결 어미의 양상에 따라서 문어체와 구어체의 다
양한 층위를 대략적으로 구별할 수 있다. 실제로 일본 학자들이 자국의
문어체와 구어체를 조사한 사례가 있어 참고할 수 있다.132)

〔표 13〕 문어체와 구어체의 세부적 분류

① 문어체			−이니라.	−なり。
② 구어체	③ 구어문체 [筆述體]		−이다.	−である。
	④ 구두체 [談話體]	④-1 강연체	−입니다.	−であります。
		④-2 회화 반말체	−이다.	−だ。
		④-3 회화 경어체	−입니다.	−です。

이러한 세부적 분류는 구어가 언어 생활의 중심으로 부각되기 이전
에는 잘 눈에 들어오지 않았다. 그러나 근대 이후에 이러한 분류의 필
요성은 절실해졌다. 특히 공공교육에서 학년별 교과서의 문체를 결정할
때에 이러한 기준은 반드시 요망되었다. 일본 문부성 편찬『尋常小學
讀本卷之一』(1887)의 「緒言」에서, '이 책의 문체는 처음에는 담화체를
쓰고, 점차로 진급함에 문장체로 이행하며, 나아가 보통의 한자혼용문
을 이해하는 데로 나아간다'고 언급했다. 이는 근대 학교 국어교육이
'어린이 상태의 보통인이 진학 이전에 입말을 체득하여 안다'는 것을
전제한다는 것과, 국어교육의 궁극적 목표는 입말과 동일한 뿌리를 지
닌 문장체, [표 13]에 의하면 ③의 단계로 이행하는 것임을 분명히 밝히
고 있다. 그리고 궁극적으로 ①의 단계가 근대의 언문일치와 함께 소멸
하는 것이라면, 근대 국어교육의 도달점은 ③(쓰기)과 ④(말하기)의 조화
를 통한 ②(국어 능력)의 습득임이 분명해진다.

---

132) 山本正秀(1965 : 25)의 도표를 참조하여 변형하였다.

2. 글쓰기에 대한 인식과 환경의 전환

1) 글쓰기 활동에 대한 근대적 인식

앞에서 동아시아의 전통적 한문 글쓰기는 외형과 의미의 조화를 모색하는 것이 특징이라고 하였다. 그리고 근대적인 시각에서 볼 때 '외형과 의미의 조화'란 사실상 외형과 격식에 대한 지나친 강조로 여겨질 수 있음을 확인하였다. 실제로 한문은 공공성과 실용성이 강한 글쓰기 체계이며,133) 다른 어떤 언어보다도 어휘 구사나 문체 활용에서 전통의 구속이 강한 체계이다(심경호, 1998 : ⅲ). 따라서 그것은 근대적 시각에서 볼 때 보통 사람을 위한 쓰기 수단이 아니라 배타성을 띠는 소수만의 것으로 이해될 수 있다. 이러한 이해는 어느 정도 사실이며, 그러한 소수의 향유자들은 한문의 형식적 구속에 대한 엄밀한 훈련을 요구받고 있었다.

이러한 양상은 근대 초기에 들어와 혁신을 필요로 하게 되었다. 새로운 시대는 보통인이 자유롭게, 설령 아무것도 모를지언정 자신의 말과 생각을 글로 적을 수 있는 체계를 요구하고 있었다. 그러나 쓰기의 제도와 관습, 그리고 교육은 아직까지도 전적으로 한문체(漢文體)를 중심에 놓고 행해지고 있었다. 동아시아의 근대적 글쓰기 문화는 한문을 해체함으로써 꽃피게 되는 것이지만, 그러한 해체의 과정은 너무도 더디었다. 근대 초기에는 초등학생도 한문(漢文)을 외워야 했고, 나이에 걸맞지 않는 격식적 글쓰기가 널리 행해지고 있었다. 다음 인용문은 일본 메이지 시대(明治時代) 초기 한 초등학생의 작문이다.

---

133) '한문이 실용성이 강하다'는 말의 뜻을 서구 근대의 시각에서 보았을 때의 '실용적
(pragmatic)'인 내용으로 짜여진다는 것으로 오해해서는 안된다. 전통적으로 고전 한문
은 격식이나 행사 등 실질적인 필요와 관련해서 씌어졌으며, 개인의 자유로운 의사 표
현을 위해서 씌어진 것이 아니라는 의미이다.

秋色爽爽然トシテ青空一点ノ翳ナク冷風衣ヲ吹キ霜露紅葉ヲ染ム余獨リ
閑居ニ幽懷ヲ抱キ酒ヲ酌メドモ醉ハズ詩ヲ賦セントスルモ亦成ラズキ會會一
友來リ余ニ謂テ曰ク今ヤ觀楓ノ好時節ニ背キ門戶ヲ局スハ苟モ文墨ニ遊ビ
風月ヲ弄スルモノノ取ラザル所ナリト是ニ於テ筆硯ヲ携ヘ共ニ輕車ニ乘ジテ
東郊ニ至ル則チ車ヲ下リ四面ヲ眺望スレバ滿郊皆紅葉粲然トシテ人目ヲ眩
惑スルガ如シ宜ナリ霜葉ハ二月ノ花ヨリモ紅ナリト此處ニ徘徊彼處ニ躊躇
終日吟賞堪ヘザルニ時刻ヲ移シ殆ト初三薄暮ノ月ヲ帶テ將ニ歸ラントス一
友曰ク此ノ楓葉ヲ愛スル何ゾ余輩ノミナランヤ冀クハ一枝ヲ折リ以テ懇友
ニ与ヘント余モ亦以爲ク然リト則チ兩三枝ヲ手折リ車ヲ飛シテ歸ル余興未
ダ盡キズ燈ヲ挑ゲテ此ノ記ヲ作リ余ト志ヲ同クスルモノニ示ザントス[134]

문장 모델의 관점에서 볼 때 한문직역체에 해당하는 이 글은, 초등학생의 글이라고는 믿어지지 않을 정도의 고답적인 문체로 쓰여졌다. 전통적 작문이 개인의 생각이나 느낌을 표현하는 것이 아니라 모범문의 암송과 격식의 학습, 그리고 부분적인 어구 수정으로 이루어지는 것임을 보여주는 사례로 이보다 더 명확한 사례를 찾기는 쉽지 않을 것이다.

---

[134] 唐澤富太郎(1980 : 175~176)에서 재인용. 1878년(메이지 11년)에 소년 투고작문집인 『영재신지(穎才新誌)』에 수록된 이와테현 하나마키학교[岩手縣 花卷學校] 상등팔급생(上等八級生) 홋타 오쿠나오[堀田奧治] 군(君)의 작문이다. 학생의 연령은 당시 11년 2개월이며, 글의 제목은 「단풍을 보고 기록함(觀楓記)」이다. 다음은 대강의 번역이다. '가을빛은 상쾌하고 푸른 하늘은 한 점의 가림도 없으며 차가운 바람은 옷깃에 불고 서리와 이슬은 붉은 잎을 물들이니 나 혼자서 한가로이 지내며 그윽한 생각을 품고 술을 마셔도 취하지 않고 시를 읊으려 해도 지어지지 않으니 마침 한 벗이 찾아와 나에게 말하기를 "지금 단풍을 관광할 호시절이니 문을 열고 진실로 글에 노닐며 풍월을 완상할 만할 때이로다" 하니 이에 붓과 벼루를 지니고 함께 가벼운 수레에 타고 동쪽 교외에 도달하여 곧 수레에서 내려 사면을 조망하니 온 교외에 붉은 잎이 찬연하여 사람의 눈을 현혹시키는 것과 같음이 마땅한지라. 서리와 잎은 2월의 꽃보다도 붉고 이곳을 배회하고 저곳을 주저하여 종일토록 완상해 마지않음에 시간을 보내니 거의 초삼박모의 달을 대하고 장차 돌아오려고 한다. 한 친구가 말하기를 "이 단풍잎을 사랑하는 것은 우리들만인가" 하여 가지 하나를 꺾어 간절히 친구에게 주고자 하니, 나 또한 생각하기를 '그렇다' 하여 곧 두세 가지를 손으로 꺾어 수레를 타고 돌아온다. 나는 흥이 아직 다하지 않아, 등불을 찾아 이 기(記)를 지으니 나와 뜻을 같이하는 사람들에게 보이고자 하노라.'

술을 먹는다거나, 어른스럽게 수레를 타고 단풍 구경을 간다거나, 붓을 들어 기(記)를 짓는 것 등은 경험에서 우러나온 것이 아님이 분명하다. 즉 이러한 글이 생성된 데에는 '기(記)'라는 전형적인 글쓰기 양식이 가지고 있는 패턴의 각인(刻印)이 큰 영향을 미친 것이다.

이로써 근대 초기에는 초등학생조차 자국문체보다 한문체에 더 익숙했던 것이 현실이었음을 확인하였다.135) 그러나 이러한 단계는 개인의 체험과 사유를 글로 적는다는 근대적 글쓰기 관념의 등장, 즉 문장에 대한 관점의 혁신과 함께 벗어나야 할 구태(舊態)로 간주되었다. 근대 초기 일본의 저널리스트인 후쿠치 오치[福地櫻痴](1841~1906)는 메이지 초기의 한문체 개량이라는 사명을 띠고 「글에 대한 논의(文論)」라는 논문을 썼는데, 그 주지는 '말하고 싶은 것을 말하고, 서술하고 싶은 것을 서술하는'136) 근대적 표현 개념의 정립에 있었다. 표현이란 용어는 어떠한 전통이나 관념의 흐름에 놓여 있지 않은 투명한 주체를 상정하는 역사적인 개념이라는 점은 이미 여러 차례 강조한 바 있다.

후쿠치는 한문체와 한문훈독체가 근대의 문장 모델이 될 수 없음을 자각하였고, 새로운 문장 모델에 대한 고민을 '어떠한 문체를 목적으로 하여야 할 것인가'로 구체화하였다. 그는 당대 일본에 통용되고 있는 문체를 논설(論說), 기사(記事), 척독(尺牘) 셋으로 나누어 보았다. 이는 내용상의 분류로, [표 12]에서 볼 수 있는 문체에 대한 근대 이전의 관점이다. 그러나 기사문체(記事文體)를 세분(細分)하는 데서는 가타가나체(體),

---

135) 가라타니 코진의 말을 인용해 보자. "당시(1890년대─인용자)의 독자는, 국민학생조차도 언문일치 쪽을 훨씬 읽기 어려워했다는 사실을 잊어서는 안된다." 가라타니는 또한 이 부분에서 일본 아동문학의 개척자 이와야 사자나미의 사례를 들어 언문일치가 하나의 문체라는 점, 통상적 속어를 늘어놓는 것만으로는 충분하지 않은 점, 문장의 행간에 속도감과 밀도와 억양이 존재하고 일반적인 미사학적 요소들이 빠져서는 안된다는 점 등을 들어 언문일치체가 한문체 못지않게 어려운 것이었음을 밝히고 있다. 가라타니 코진(1997 : 155) 참조.

136) "言ハント欲スル所ヲ言ヒ、述ベント欲スル所ヲ述べ" 加藤周一・前田愛 校註 (1989 : 77)에서 재인용.

패사체(稗史體) 등 표현상의 분류를 도입하여 과도기적인 모습을 보여주었다.

후쿠치는 논설체를 가리키는 말로 '논문(論文)'이라는 용어를 도입하였는데, 이는 쓰기 대상이나 내용에 따른 분류가 아니라 표현 자체를 그 속성에 따라 규정한 용어라는 점에서 특징적이다. 예컨대 『고문사류찬(古文辭類纂)』의 '논변류(論辨類)'는 문장 양식의 개념이지만, '논문(論文)' 나아가 '논설문(論說文)'이라 하면 문장의 양식 분류가 아니라 확정된 속성에 따른 근대적 문종(文種)이 되는 것이다. 논설·논문체는 추상적인 내용 전개를 특징으로 하며 보편적 행위로 간주될 수 있기 때문에 근대 이전에도 널리 쓰였다. 그러나 근대에는 그것이 선행 텍스트와 상관없이 주장하는 글이라는 관점에서 이해되면서 내용이 훨씬 풍부해졌다.

『고문진보(古文眞寶)』 등에서 흔히 볼 수 있는 한문학 작품으로서 '론(論)'을 논설(論說) 개념으로 묶고, 다시 '논문(論文)'이라는 추상적이고 기능적인 '문(文)'[137]의 하위 단계로 편입하는 후쿠치의 방식은, 확실히 근대화에 따른 변화일 것이다. 일본의 '논(論)'이 전통적 논(論)에 비해 갖는 차이가 있다면, 요미구다시체(讀み下だし體)를 활용하여 일본어 구어의 어순에 따라 훈독할 수 있다는 점일 것이다. 즉 '한어(漢語)를 배열하는 데에 일본의 문법을 쓰는' 것이었다.[138] 그리고 글이란 '손으로 쓰는 일(work)'이었던 까닭에, 정해진 관습이나 틀을 일거에 깨뜨리는 일은 현실적으로 있을 수 없었다. 그래서 [표 7]에서 볼 수 있듯이 서양 문장을

---

137) 이때의 '文'은 자연 질서의 발현이 아닌 '言'과 대비되는 문자 언어, 표현 결과물인 '文'이다.

138) 민현식은 『西遊見聞』의 국한문체를 '어절식 국한문체'라 하여 인공적 문어체로 파악하고, 문체사적 측면에서 발전이 아니라는 견해를 지지하고 있다. 그러나 이러한 어절식 국한문체는 일본의 경우 한문훈독을 통해서 자연스럽게 이루어지던 문체사의 흐름이었다. 한문 훈독의 전통이 거의 없었던 한국에서 이러한 『西遊見聞』류의 문체를 낯설게 여기는 것은 당연한 일이지만, 그것은 자국어를 지닌 문화권에서 한문을 수용하는 한 가지 방법이라는 점에서 긍정적 의의를 인정할 필요가 있다. 민현식(1994ㄱ: 127) 참조.

읽는 것이 곧바로 새로운 문체를 가져다 준 것이 아니었다. 문체는 어디까지나 한문체(漢文體)였던 것이다.

서양 문장의 번역으로 인해 생겨난 새로운 논문체(論文體)는, '전체 문장의 조립방식(개요, 논리의 전개 등)은 영문(英文)이고, 사용된 어사(語辭, 문장의 재료)는 한문(漢文)이며, 어사를 접속하는 문법(文法, 통사적 질서)은 일본식인 잡종의 문체'였다.139) 그리고 궁극적으로는 이러한 잡종의 문체를 버리고, '뜻을 전달[達意]'하는 것을 목적으로 하는 문체를 건설하는 것이 목표라고 밝히고 있다. 기존의 한문체는 짜임을 아름답게 하거나 억양을 오르내리는 데 힘쓰기만 했지, 정작 '뜻의 전달'이라는 목적에는 소홀했다는 것이 후쿠치의 주장이다. 후쿠치는 이러한 한문체를 벗어나 새로운 문장이 나아갈 방향에 대해 다음과 같이 지적하고 있다.

> 문장(文章)의 절묘함은 헛됨에 있지 않고 실질(實質)에 있다. 문장의 절묘함을 실질에 두지 않는다면, 우리의 마음 속에 있는 내용을 가지고 독자를 감동시킬 수 없다. 유럽의 화가들이 묘사하는 초상(肖像)을 보면, 눈·코·입술·턱 모두 진짜 모습과 다르지 않고, 완연히 그 사람과 직접 마주하고 있다는 느낌을 일으키는 것이 아닌가. 이것을 우키요에[浮世繪, 일본의 풍속화—인용자] 화가의 필력(筆力)과 비교해 본다면 어느 것이 이기는지는 명백하지 않은가. 절묘한 문장이란 실로 이러한 유럽 화가들의 절묘함일 따름인 것이다.140)

이른바 '실질', 대상을 완연히 직접 마주하고 있다는 느낌은 한문체(漢文體)에서는 기대할 수 없는 효과이다. 근대의 인식론은 '투명한 주체'가 있어 감각 기관을 단순한 매개로 삼아 외부 세계에 대한 정보를

---

139) "全文ノ結構ハ英、使用ノ語辭ハ漢、而シテ接續ノ文法ハ日本ナレバ、之ヲ名ケテ和漢洋合體ノ鵺文ナリト云ハザルヲ得ズ。" 加藤周一・前田愛 校註(1989 : 78)

140) "文章ノ絶妙ハ、虛ニアラズシテ實ニアリ。實ニ非レバ、我ガ心事ヲシテ讀者ヲ感悟セシムルニ足ラズ。彼ノ歐洲ノ畵家ガ与ス所ノ肖像ヲ見ズヤ、眼鼻脣頷一トシテ眞ニ異ナルナク、宛然其人ニ親接スルノ想ヲ起サシムルニ非ズヤ。將テ浮世畵師ノ筆力ニ比スレバ、孰レカ勝レリトスルカ。絶妙ノ文章ハ、實ニ此ノ歐畵ノ妙ニ異ナラザルノミ。" 加藤周一・前田愛 校註(1989 : 79)에서 재인용.

얻고, 이로써 대상의 본질을 파악할 수 있다는 기대와 함께 출발한다. 과거에 우아하고 간결하며 조화롭다고 느껴지던 한문체는, 이제 허황(虛荒)되고 번쇄(煩瑣)하며 죽은 문장으로 취급받게 된다. 한문체는 그대로 있는데, 인간의 인식이 근대에 이르러 바뀐 것이다. 이러한 인식 변화의 바탕에 놓인 것은 서구에서 비롯된 문장 관념이라는 것은 말할 것도 없다. 서구의 문장 관념은 서구의 언어관에 뿌리박고 있는데, 그것은 플라톤 이래의 음성중심주의적 사고이다. 게다가 17세기 이후 계몽사상기를 거치면서 언어가 '도구'라는 관점이 널리 받아들여지게 되었고, 그것을 표기하는 문자에 대한 관념과 함께 수사학·문체론·문장 분류론·문학 장르론 등이 차례로 형성되기에 이르렀다(Rene Wellek, 1978 : 16~21).

글쓰기는 이제 철학적으로는 '투명한 주체', 사회학적으로는 '평범한 보통인'의 과업이 된다. 19세기의 유럽에서는 이러한 시각과 실제 쓰기 활동이 활성화된 상태였고, 이것이 19세기 중엽 중국의 아편전쟁, 일본의 페리 개항, 조선의 강화도 조약 이후 동아시아에도 영향을 미치기 시작한 것이다. 그러나 동아시아에서 이러한 글쓰기에 대한 서구적 관념을 인지한 뒤에도 그것을 실천으로 옮기기까지는 상당한 시간이 필요했다. 문명의 모든 사정을 포괄할 수 있는 문체로 한정시켜 말한다면, 동아시아는 19세기 말엽까지 한문체(漢文體)를 넘어선 어떠한 새로운 문장 모델도 소화하지 못하고 있었다. 이러한 상황에서 동아시아는 서양에 밀릴 수밖에 없었는데, 후쿠치는 그러한 사정을 다음과 같이 말하고 있다.

일본인이 서양 문장을 번역하는 필력(筆力)과 서양인이 일본문을 번역하는 필력을 비교할 때마다, 더욱 문학에 관하여 서양인들이 무섭고 멀리 피하지 않을 수 없다는 탄식을 품게 된다. 우리의 문장은 잡종의 한문체(漢文體)여서, 말하고자 하는 바의 속어(俗語)는 글로 옮길 수가 없고, 글로 쓸 수 있는 말은 한학(漢學)의 영역에 제한되어 있다. 만약 양인(洋人)들이 일본문을 번역하는

 근대적 글쓰기의 형성 과정 연구

데 임하여, 그들의 자국어를 버리고 라틴어나 희랍어를 사용하여, 우리가 한어(漢語)에 대해 그러한 것과 같이 한다면, 우리들이 우세할 수도 있을 것이다.[141]

그러나 실제로 서양인은 자국어를 쓰고, 일본인을 비롯한 동아시아인은 한문을 쓰던 것이 19세기 말의 현실이었다. 또한 한문의 관습은 몸에 각인된 것이었기 때문에, 새로운 교육을 받는 새로운 세대가 글쓰기의 주도 세력이 되기 전까지는 벗어날래야 벗어날 수 없는 굴레와도 같은 것이었다. 그러나 소수의 선각자들은 단순한 문장관의 혁신을 넘어서서 한문을 해체하고자 하는 글쓰기 실천을 일부 영역에서나마 보여주었는데, 그것은 다름아닌 서양 서적의 번역이었다. 물론 2장 3절에서 보았듯이 서양 서적의 번역이 곧바로 새로운 문체를 보장하는 것은 아니지만, 서양 서적의 번역이 한문체의 어순(語順)을 자국어에 맞게 바꾸고 실사(實辭)들을 '눈으로 보는 한자(漢字)'에서 '입으로 말하는 한자어(漢字語)'로 전환시키는 데에 기여한 것은 사실이다.

근대 이전 동아시아에서 한문의 구성 단위는 한자(漢字)였으나, 그 한자는 실제 구어 상황과는 떨어져 있는 문어의 일부분이었으며, 문자학(文字學)이나 고증학(考證學)과 같은 학적 대상이 될 때를 제외하고는 개별적으로 연구되지 않고 어구 통째로 암송되었다. 이것은 개성적 주체를 발전시키지 못하고 상투적 표현을 낳은 것으로 평가절하되기 쉽지만, 주-객 이분법에 입각한 인식론의 한계를 반성하고 사물의 다면적인 측면을 보게 하는 데에는 도움이 되는 이점도 있었다.[142] 그러나 이러

---

141) "吾曹ガ洋文ヲ譯スルノ筆力ト洋人ガ和文ヲ譯スル筆力ヲ較スル每ニ、盆盆文學上ニ於テ三舍ヲ避ケザル可カラザルノ嘆ヲ懷クナリ。吾曹ガ文章ハ卽チ彼ノ鵠文ニシテ、言ハント欲スル所ノ俗語ハ以テ筆ス可カラズ、筆スベキノ語ハ漢學ノ域內ニ在リテ、若シ洋人ヲシテ日本文ヲ譯スルニ臨ミ、其ノ邦語ヲ棄テ羅甸希臘ヲ使用スル、吾曹ガ漢語ニ於ケルガ如クナラシメバ、吾曹ハ鹿ノ誰手ニ落ル[優勢になるの意－편집자 주]ヲ知ラザル可シ。" 加藤周一・前田愛 校註(1989 : 79)에서 재인용.

142) 이와 관련하여 앙드레 르루아그랑의 다음 인용문을 생각해 볼 필요가 있다. "우리는

한 이점은 근대의 지식이 급속히 들어오고 도구적 언어관이 지배하게 되면서 망각되고 말았다.

특히 일본의 경우에는, 전통적 한학자들이 서양 학문의 자극을 받아 한문체에 적대적으로 변한 사례가 적지 않다. 앞서 살펴본 후쿠치 오치의 경우도 그러하며, 「수사와 문학[修辭及華文]」의 역자인 키쿠치 다이로쿠[菊地大麓], 일본에 서양철학을 최초로 소개한 니시 아마네[西周] 등이 그러한 인물들이다. 이들의 문체는 [표 4]에서 소개한 구문직역체(歐文直譯體)인데, 구문직역체는 [표 7]에 나오는 나가미네 히데키[永峯秀樹](1848~1927)의 번역처럼 현대역에 비해 엄청난 축약을 감행하고 있다. 이는 서구 문화를 수용하던 초기 단계의 한계로 볼 수 있으나, 이는 서구적 사유에 필요한 기본 한자 개념어가 정립되지 않았기 때문이기도 하였다. 따라서 번역을 통한 서구식 개념어의 정립은 한문체를 실질적으로 벗어나기 위한 급선무로 부각되게 된다.

2) 음성중심주의적 단어 관념 도입

(1) 서구식 개념어의 번역과 단어화

동아시아에서 번역을 통해 서구식 개념어를 정립하는 데에 가장 발

소리와 연결된 에크뤼티르에 의해 '소리가 기록된다' 단일한 언어 활동을 행하며 살고 있기 때문에, 사고가 말하자면 '방사상의 구조'를 가지고 씌어진다는 표현 형식의 가능성은 좀처럼 상상되지 않는다." 가라타니 코진(1997 : 95~96)에서 재인용. 또한 이지호는 열린 문학교육의 구조화 전략을 탐구하는 자리에서 '비선형적(非線型的) 글쓰기' 항목을 도입한 바 있다. 또한 플루서의 언급을 인용하면서 '비선형적 언어에 의한 사고는 개개의 사유들이 그에 앞선 사유들로 순환하는 신화적 사고이고, 선형적 언어에 의한 사고는 그러한 순환이 없는 논리적 사고'라고 정리했다. 그는 그림 언어의 신화적 사고가 부분에서 전체로 나아가는 것이 아니라 전체를 한꺼번에 파악하는 것이고, 처음에서 중간을 거쳐 끝으로 나아가는 사고가 아니라 이를 동시에 파악하는 것이라고 보았다. 이지호(2001 : 262~263) 참조.

빠르게 대응한 곳은 메이지 초기의 일본이었다. 당시 중국은 백화문(白話文) 운동이 일어나기 훨씬 전이었으며, 엄복(嚴復) 같은 서양 유학파들조차도 서구적 지식에 열등감을 느끼기보다는 신지식을 순정한 고문(古文)으로 옮겨 중화(中華)의 체제에 포섭하고자 하였다. 따라서 아담 스미스의 『국부론(國富論)』과 같은 저술도 순정한 한문체로 번역하였고, 문체상의 혁신은 이루어지지 않았다. 따라서 이 시기의 저술은, 구어(口語)로 전환될 수 있는 서구식 개념어의 생성에 별로 기여한 바가 없었다. 한국의 경우에는, 일본 유학생 집단이 형성되기도 전이었기 때문에 서구 유래의 개념어를 번역하는 것과 같은 전문적인 문제는 관심의 대상조차 되지 못하고 있었다.

일본의 문학사가 카토 슈이치[加藤周一]에 따르면, 메이지 초기의 일본 지식인들 가운데 선각자들은 서양 문헌을 통해 서양식 개념과 최초로 접촉하게 되었으며, 이들 서양식 개념을 한자의 조합으로 번역해 냈다. 그리고 그 방법은 다음과 같은 네 가지였다고 한다.

〔표 14〕 한자를 활용한 서양식 개념어의 번역 유형

번역 방법		서양식 개념의 번역어	특성 / 유래
차용	① 난학자역(蘭學者譯)	oxygen(酸素), carbon(炭素) …	의학·병학 등과 관련된 자연과학 개념어
	② 한역(漢譯)	right(權利), obligation(義務) …	휘튼 저 / 마틴 역,『萬國公法』
③ 고전한문 활용		liberty(自由), reason(理性) …	정치학 내지 사회과학 개념어
④ 신조어		psychology(性理), idea(觀念) philosophy(哲學) …	어원에 소급하는 철학적 개념어

①은 메이지 유신 이전부터 존재했던 네덜란드 학자들의 서양어 번역에서 성립한 개념어들이었는데, 주로 물리·화학 등의 자연과학 개념어가 많았다. 화란학(和蘭學), 즉 네덜란드학이 의학·병학 등의 실용학 위주로 수입된 결과로 파악된다.[143] ②는 얼마 되지 않지만 서양 서적

의 한역본(漢譯本)에서 어휘를 차용한 경우이다. 중국에 파견된 미국인 선교사 마틴(A.P. Martin, 1827~1916)은 헨리 휘튼의 국제법 서적인 『국제법의 요소들(Elements of International law)』(1836)를 한문으로 번역한 『만국공법(萬國公法)』(1864)을 중국에서 간행하였다. 19세기 중엽 이후 동아시아에서 서양서의 번역은 대부분 일본이 빨랐으나 이 경우는 서양인이 직접 중국에서 번역했기 때문에 예외적이다. 따라서 초기의 일본 서양 법학자들은 『만국공법(萬國公法)』의 번역 양상을 참조하지 않을 수 없었다. 예컨대 미츠쿠리 린쇼[箕作麟祥]는 1869년(메이지 2년)에 프랑스 민법을 번역하면서 권리, 의무 같은 말은 중국어역 『만국공법(萬國公法)』을 참조했음을 밝혔다(加藤周一·丸山眞男 校註, 1991 : 350).

③과 같이 고전 한문에 나오는 어구를 전용(轉用)한 경우도 많았다. 메이지 초기에는 대부분의 지식층이 한학(漢學) 소양을 갖추고 있었기 때문에, 이는 당연한 결과로 여겨진다. 초기의 영일사전(英日辭典)인 『영화대역수진사서(英和對譯袖珍辭書)』가 '리버티(liberty)'를 '自由'로 옮긴 것이 대표적인 예이다. 이 '自由'라는 말은 본래 단어가 아니라 『後漢書』에 나오는 '百事自由(모든 일을 스스로 말미암다)'라는 어구에서 전용한 것으로, '무엇이든지 자기 마음대로'라는 의미였다. 그러나 '리버티'의 번역어로 만들어진 '自由'라는 표현은 임의적인 어구가 아니라 구어(口語)로 편입될 것을 기대하고 만들어진 단어이므로, 이것이 정착하는 데에는 언중(言衆)들의 동의가 필요한 일이었다.

후쿠자와 유키치는 '리버티(liberty)'를 번역하면서 '자주임의(自主任意)'라고 주석을 달고 '아직까지 적당한 역자(譯字)가 없다'고 고백하였다고 한다. 적당한 역자(譯字)가 없기 때문에 '자기 마음대로'라는 의미로 '自由'를 전용한 것이다. '리즌(reason)'의 번역어로 제안된 '理性'의 경우도 마찬가지이다. 이 역어를 제안한 이는 니시 아마네[西周]인데, 이 경우도

---

143) '질소(窒素), 류산(硫酸), 염소(鹽素), 중력(重力), 원심력(遠心力), 장력(張力)' 등의 단어가 여기에 해당된다. 加藤周一·丸山眞男 校註(1991 : 362).

'理性'이라는 어구 자체는 고전 한문에서 용례를 찾을 수 있으나, 그 용례상의 의미는 현대어 '이성(理性)'의 의미와 다르다. 예컨대 불교에서는 '만물의 본성'을 의미하고, 『소학(小學)』이나 『후한서(後漢書)』 등에서는 '성품을 단련시키다'라는 의미로 쓰였다.144)

④와 같은 신조어(新造語)도 있었는데, 서양의 독특한 문화에서 나온 개념어(槪念語)여서 고전 한문에서 유사한 어구(語句)조차 찾을 수 없는 경우이다. 이 경우에는 '사이콜로지', '아이디어', '필로소피'처럼 원음을 그대로 표기하는 것도 한 가지 방법이 될 수 있었다. 이는 오해를 방지한다는 점에서 긍정적인 효과도 분명히 있었을 것이다. 그러나 여기서 멈추는 것은 자국어를 민주적인 학술 언어로 독립시키는 근대적 기획을 포기하는 일이다.145) 게다가 이미 존재하는 한어 형태소를 활용할 수 없게 된다는 난점도 있다.146) 그래서 ④와 같은 한자를 활용한 신조어가 나오게 된 것이다.

그러나 사실 서양어 원어(原語)와 한자 역어(譯語)가 처음부터 조화롭게 일대일 대응을 할 수 있었던 것은 아니었다. 단어가 성립한다 해도 그것의 재료는 한자(漢字)였고, 한자는 근대적 의미의 '단어(word)'라기보다는 그 자체로 하나의 상황을 나타내는 도상(icon)의 성격을 띠고 있었

---

144) 카토 슈이치는 이밖에도 『논형(論衡)』의 '意識', 『공총자(孔叢子)』의 '觀察', 『중용장구(中庸章句)』의 '演繹' 등의 개념어가 이에 해당된다고 밝히고 있다. 加藤周一·丸山眞男 校註(1991 : 364) 참조.

145) 민주적 학술어의 성립을 위해서 서양 개념어의 자국어 어휘화가 필수적인 것은 사실이지만, 서양의 개념어를 자국어에 편입시킨다고 해서 곧바로 언문일치가 이룩되는 것은 아니다. 고전에 의거한 경우든 그렇지 않든 한자의 조합에 의한 역어(譯語)는 일상어 어휘로부터 이탈할 수밖에 없다. 특히 추상적 학술어는 서양어와 비교해서 입말[口語]과 괴리가 심하다. 카토 슈이치는 일상의 입말 단어와 학문적 개념 사이에 관련이 약한 것은 일본어에 의한 사상적 창조의 한계점을 보여주는 것이라고 했는데, 이는 우리말에도 해당되는 지적이다. 독일 관념철학의 일본어역을 예로 들자. 독일어 'das Sein'을 일본어는 '존재(存在)'라 번역하는데, 'sein'은 생활어이지만 '존재'는 생활어가 아닌 것이다. 加藤周一·丸山眞男 校註(1991 : 371) 참조.

146) "단어를 듣고 이해한다는 것은 단어가 지시하는 사물을 안다는 것이 아니고, 단어를 상징 체계의 그에 걸맞는 장소(범주)에 분류하는 것이다." 森岡健二(1991 : 17) 참조.

기 때문에, 서양의 개념어를 한자(漢字)로 옮기는 것이 쉬운 일은 아니었던 것이다. 이 때문에 서양의 개념어는 한자(漢字) 한 글자가 고립되어 있을 때의 확산적 성격을 방지하기 위해 대부분 2음절어로 고안되었다.147) 물론 그렇게 해도 초기에는 약간의 오해를 피할 수 없었다. 예컨대 역어 '라잇(right)'은 여러 차례의 시행착오를 거쳐 한자어 '權利'로 번역되었는데, '權利'의 '權'은 '권력, 권세' 같은 말을 연상시키고, '利'는 '이익, 이기심' 등을 연상시켜, 한동안 본래의 긍정적 의미를 획득하는 데에 어려움을 겪었다.148)

또한 이렇게 생성된 서구식 개념어가 문장에 도입되면, 문장을 취급하는 방식도 근본적으로 달라지게 된다. 글쓰기는 더 이상 한문(漢文)처럼 통째로 암기하고 '부분적으로 자구를 수정·첨가하는 것[述]'이 아니라, '주어진 단어들을 조립하여 문장을 창안하는 것[作]'이 된다. 특히 문장을 구성하는 단위가 서양어의 번역 때문에 2음절 중심의 '단어'로 고정되면서, 외형은 한자어(漢字語)이지만 사실상은 서양어의 의미가 강제되는 어휘가 폭증하게 된다.149) 이러한 한자의 조합에 의한 역어(譯語)들은 앞에서 이야기했듯이 일상어 어휘로부터 이탈한 것이지만, 한문체

---

147) [표 14]의 경우에도 모든 역어가 2음절어이다.

148) 미츠쿠리 린쇼가 메이지 3년(1870)에 'droits civil'을 '民權'으로 옮기자 정부 민법편찬위원회에서 '백성(民)에게 권(權)이 있다는 말이 무슨 소린가'라는 반론과 함께 격론이 벌어진 것도 비슷한 사정이다. 加藤周一·丸山眞男 校註(1991 : 369) 참조. 이는 후쿠자와 유키치가 'competition'을 '競爭'이라고 번역했을 때에 메이지 정부에서 거부감을 일으킨 것과 같은 이유에서이다. 福澤諭吉 / 富田正文 校訂(1978 : 184) 참조. '민권(民權)'이나 '경쟁(競爭)'을 하나의 2음절 단어로 보지 않고 한자 하나하나를 보아 거기에서 일어나는 연상 작용이 단어의 성립을 방해하는 것이다.

149) 야나부 아키라(柳父章)는 이렇게 한자어 2음절어가 서양어에 강제적으로 대응하는 현상을 '카세트 효과'라고 명명하였다. '인디비듀얼(individual)'을 '개인(個人)'으로 번역하는 문제와 관련한 그의 설명을 잠시 들어보자. "여기서 중요한 것은 네모난 문자(한자를 가리킨다—인용자)의 의미가 원어의 'individual'과 똑같아지는 것이 아니라는 점이다. 이들 말을 아무리 뚫어지게 바라보아도 'individual'의 의미는 나오지 않는다. 대신 이러한 새로운 문자의 건너편에 'individual'의 의미가 있다고 하는 약속이 놓여지게 된다. (…중략…) 일본어에서 한자가 지니는 이러한 효과를 나는 카세트 효과라고 부른다." 야나부 아키라, 서혜영 역(2003 : 47) 참조.

가 형식적으로 완전히 소멸한 뒤에는 사전(辭典)에 자국어 어휘로 등재되어, 근대적 언문일치의 문장을 구성하는 요소로 고스란히 살아남게 된다.

(2) 음성중심주의적 언어관과 사전의 성립

사전의 성립은 근대의 어휘 체계를 수립하는 제도적 장치이기 때문에, 문장의 근대화를 위해서도 필수적인 사업이었다. 어휘 사전은 자국어의 자료적 보고(寶庫)이며, 근대 사전의 어휘 제시 방식은 '단어(표제어) : 의미(해설)'의 조합이므로, 주체가 도구를 활용하여 대상을 인식한다는 근대철학의 전제에 잘 들어맞는다. 서양의 자국어 글쓰기 전통은 데카르트(1596~1650)를 비롯한 철학자들[150]에서 비롯되었으며, 이에 대한 이론적 기반을 마련한 사람은 영국의 존 로크(1632~1704)였다. 그는 인간만이 분절음(分節音)을 가지고 있으며, 언어(言語)는 그러한 분절음으로 이룩되는 것이라는 점을 명백히 강조하여, 플라톤 이래의 음성중심주의적 사고를 확증하고자 하였다.

서양철학은, 주체가 대상의 본질 즉 이데아(idea)를 파악하는 것을 목표로 하는데, 이데아는 단일(單一)하고 관념적(觀念的)인 것이다. 이는 표음문자의 구성 요소인 소리의 본질적 특성과도 관련이 있다. 소리는 단일하고 순간적이며 강렬한 정념(情念)을 유발하기 때문이다. 로크에 따르면 '언어(言語, language)'란, 소리가 단순히 정념을 유발하는 단계를 넘어서서 '관념의 표지(marks for the idea)'로 확립된 것을 가리킨다(Locke, John, 1689 : 176). 로크는 '관념'을 '사물의 성질이 인간의 감각이나 회상력에 자극을 주어 나타난 결과'로 이해한다. 즉 관념은 '사물의 성질에 의한

---

150) 영국의 경우 홉스(1588~1679), 프랑스의 경우 데카르트(1596~1650), 독일의 경우 칸트(1724~1804)가 라틴어에서 자국어 저술로 넘어간 초기의 철학자들이었다. 조동일(1997 : 449) 참조.

결과'인 것이다. 그리고 인간의 지식은 사물 '자체'가 아니라, 사물 자체의 성질에서 나오는 '관념'을 넘어서지 못한다. 즉 주체의 지각, 사유, 이해의 직접적인 대상(immediate object)이 되는 것은 '사물 자체'가 아니라 '관념'이며,151) 언어의 분절적 음성은 그러한 '내적 관념'의 기호이다.152) 이렇게 되면 언어는 사물 자체가 아니라 사물의 이미지, 즉 관념을 지시할 수밖에 없다. 이를 언어학적으로 정식화한 것이 바로 '의미(意味, meaning)'인 것이다.153)

로크가 주장한 핵심은 ① 인간은 사물 자체가 아니라 사물의 관념밖에 알 수 없다는 것, ② 그러한 관념을 외부로 드러내기 위한 도구로서 가장 효율적인 것은 분절음이라는 것154)이다. 인간의 앎의 한계가 사물 자체가 아니라 관념이라는 것, 그리고 그것을 지시하고 소통하는 가장 쉽고 빠른 도구가 분절적인 소리라는 것은 음성중심주의 세계관의 이상(理想)이다. 이에 따라 언어의 모델을 '음성 / 의미', '시니피앙 / 시니피에'의 이분법으로 정식화(定式化)한 것이 소쉬르(F. Saussure, 1857~1913)의 근대 언어학이었던 것이다.155)

---

151) "마음이 그 자체 속에서 지각하는 무엇이나를, 혹은 지각·사고·오성의 직접적인 대상인 무엇이나를 나는 관념이라고 부른다. 그리고 어떤 관념을 우리의 마음 속에 일으키는 힘을 그 힘이 그 속에 있는 실체의 성질(quality)이라고 부른다. 이와 같이 해서 눈덩이는 희다든가, 차겁다든가, 둥글다는 관념을 우리 속에 일으키는 힘을 그것들이 눈덩이 속에 있는 것으로서는, 나는 성질이라고 부르고, 그것들이 우리의 오성 속에 있는 감각 혹은 지각으로서는 나는 그것들을 관념이라고 부른다." Locke, John(1689 : 48). 존 로크, 조병일 역(1978 : 48)

152) 유지노 코세류, 신익성 역(1997 : 176).

153) '의미' 개념의 역사성에 대해서는 배수찬(2004ㄴ) 참조

154) "인간은 비가시적인 관념들의 외부적 가시적 기호를 찾아내야 한다. 그런데 관념은 인간의 사유가 구성되는 요소이며, 타인에게 소통되어야 한다. 이러한 목적을 달성하기 위해 양적인 측면이나 속도의 측면에서 가장 적합한 것은 분절음(articulated sound)이다." Locke, John(1689 : 178).

155) 소쉬르의 『일반언어학강의』는 언어학사(言語學史)의 관점에서 볼 때, 음성중심주의적 태도를 공식화한 획기적인 저작이다. 소쉬르의 다음과 같은 언급이 특징적이다. "언어와 문자 체계는 두 개의 구별되는 기호 체계이다. 후자(後者)의 유일한 존재 이유는 전자(前者)를 표기하는 것이다. 언어적 물체는 쓰여진 낱말과 발음된 낱말의 결

로크에서 소쉬르로 이어지는 서구적 언어관의 전통은, 언어(言語)가 실체에 육박할 수 있는 가능성을 애초부터 차단하고,156) '사물 자체'가 아닌 '사물에 대한 관념'이 더욱 진정(real)한 것이라고 보는 플라톤주의적 전도(顚倒)가 깔려 있다.157) 이로써 17세기 이래 서구의 인식론은 인간 능력의 지적·정서적 확장 가능성을 스스로 제한해 버렸다. 그러나 이러한 언어관은 스스로를 반성하기는커녕 사물을 확정하고 그 사물에 대한 명확한 관념을 전달하는 도구적 기능을 제한 없이 발달시켰는데, 이는 근대의 발전 사관과 맞아떨어져 오늘날까지 계속 맹위를 떨치고 있다.

근대의 사전은 바로 이러한 관념론적·음성중심주의적 언어관에 입각해 만들어진 장치이다. 사전은 '표제어 : 해설'의 형식을 통해 '음성(기호) : 관념(의미)'의 이분법을 확립시킨다. 그것은 사물에 대한 이해의 확정성과 관념성, 그리고 그것을 가능하게 하는 도구로서 음성 기호의 모델을 전제로 하는 것이다. 19세기 중엽 이후에 동아시아에서 편찬된 서양어 사전은 이러한 서구의 언어 인식을 그대로 수입한 계기로 작용하였다. 서양어와 동아시아 각국어 사이에는 어족(語族) 상의 연관성이 전혀 없으며, 자연 상태에서라면 거의 만날 일이 없을 정도이다. 그러나 과학 기술의 발달이 이러한 언어들 간의 인공적 만남을 실제로 일어나

합으로 정의되지 않는다. 후자 하나만으로써도 이 물체를 구성한다. 그러나 쓰여진 말은 발음된 말의 영상에 불과하나 이와 너무 밀접하게 섞여 있어 결국 주 역할을 빼앗아 버리고 만다." 소쉬르, 최승언 역(1990 : 35~36).

156) 이에 따라 실체에 육박하는 언어 모델인 한자는 헤겔에 의해 저급한 문자로 지탄받게 되었다. 헤겔의 한자 비판과 그러한 사고의 편협성에 대한 데리다의 재비판에 대해서는 크리스토퍼 노리스, 이종인 역(1999 : 94~121) 참조.

157) 플라톤주의의 전도된 성격에 대해서는 마샬 맥루한(2001)을 참조할 것. 맥루한은 "소리로부터 의미를 추상화하고, 소리를 시각적 기호로 전환하는 표음문자가 주어진 후에야 비로소 인간은 그들을 전환(轉換)시킨 경험을 이해하게 되었다"(마샬 맥루한 2001 : 51)고 하였는데, 그 전환이란 이른바 '사물에 본질이 있다는 사고방식'이다. "동양인의 세계는 '본질'이나 '본질적 형식'이란 개념을 갖고 있지 않은데, 동양인들은 경험을 본질과 비본질 같은 것으로 나누게 하는 시각적 압력을 받지 않고 있기 때문"이라는 것이다. 마샬 맥루한(2001 : 147) 참조. 또한 플라톤이 이러한 사상을 갖게 된 이유에 대해서는 〈보론〉을 참고할 것.

게 했는데, 이들 언어 사이에서 비교 가능한 지점으로서 주목된 지점이 바로 '음성(音聲)'이었던 것이다. 즉 서양어 사전[158]은 '자국어 음성 : 서양어 음성'의 대응을 일반화하였고, 이때의 '서양어 음성'은 '의미'로 환원되므로 결국 '자국어 음성 : 의미'라는 서양어 사전 구성의 정식(定式)이 동아시아의 각국어에도 성립하게 되는 것이다.

동아시아의 서양어 사전에 수록된 한자어 어휘(語彙)는, 그 연원상 서양어와 관련없이 존속하던 것과 서양어의 영향으로 인해 새로이 생겨난 것으로 나누어 볼 수 있다. 1914년에 편찬된 존스의 『영한사전(英韓辭典)』 표제어(表題語) 연구인 키타고 테루오(1996)에 의하면, 서양어 사전 수록 한자어들은 그 연원에 따라 다음과 같이 나누어 볼 수 있다.

〔표 15〕 서양어 역어로 채택된 한자어의 출처에 따른 분류

연원		한자어 사례
중국 고문헌		都會(city), 簡略(concise)...
중국 19세기 후반 이후 문헌		運動(exercise)[159], 文法(grammar), 化學(chemistry), 權利(right), 內閣(cabinet), 選擧(election), 銀行(bank), 義務(obligation), 物質(matter), 物質(substance) ...
중국 고문헌 용례의 일본식 전용		教授(teach), 發明(discover), 音樂(music), 形容詞(adjective), 裁判所(court), 幹事(manager), 經濟學(economics), 國會(congress), 文學(literature), 民法(civil law), 方程式(equation), 辯護士(advocate), 生物學(biology), 先天的(apriori), 心理學(psychology), 言語學(philology), 演說(speech), 理論(theory), 自由(freedom), 現象(phenomenon), 刑法(criminal law), 後天的(aposteriori) ...
일본 근대 문헌	일본식 표기	建物(structure), 爲替(exchange), 仲買(broker) ...
	신제 일본 단어	輸出(export), 展覽會(exhibition), 大統領(president), 目的(object), 會社(company, corporation), 感覺(sensation), 經驗(experience), 物理學(physics), 美術(art, fine), 批評(criticism), 郵便(mail), 雜誌(magazine), 絕對(absolute), 定義(definition), 宗教(religion), 進化論(evolution), 哲學(philosophy) ...
출처를 확인할 수 없는 근대 어휘[160]		母音(vowel), 副詞(adverb), 歷史(history), 教師(teacher), 代名詞(pronoun), 動詞(verb), 名詞(noun), 括弧(parenthesis), 問題(problem, question), 實地(practical), 幸福(happiness), 確定(affirm) ...

---

158) 서양인들의 기준에서 말한다면 한영사전(韓英辭典), 서양어를 학습하는 한국인의 기준에서는 영한사전(英韓辭典)이 이에 해당한다. 물론 일영사전(日英辭典), 영일사전(英日辭典)이 먼저 나왔고 한국의 사전은 이들을 모방한 영세한 수준의 것이었다.

159) '運動' 가운데서도 '모션(motion)'과 '무브먼트(movemet)'는 고전 문헌에 용례가 있다

[표 15]의 한자어들은 1914년의 영한사전에 수록된 단어들이므로 대부분 2음절 단어들이고, 그 형태는 이미 정착기에 접어들어 있었다. 문제가 되는 어휘는 대체로 추상 개념의 학술어(學術語)들인데, 유럽 문명이라는 새로운 가치체계의 도입이라는 측면에서 자연스러운 현상이다. 사실 이 서양어에서 유래한 어휘들이 자연스럽게 동아시아의 자국어 문장(백화문, 언문일치의 일본문, 한글전용문 등)에 편입되는 방법을 찾지 못하면, 글쓰기의 근대화는 성립할 수 없는 것이다. 그러나 이러한 어휘들이 유입되던 초기(初期)만 하더라도 아직 한문체(漢文體)의 위상은 공고한 편이었기 때문에, 처음에는 서양어 단어를 1음절의 한자(漢字)로 바꾸어 한문(漢文)에 넣거나, 혹은 전통적인 사서(辭書)에서 그랬던 것처럼 구절로 번역하는 방식을 채택했다.

자국어 어휘가 영어 단어의 길이에 상응하는 규격(規格)을 유지하기 위해서는, 자국어 음성을 쓰는 것이 부적절했다. 예컨대 '마인드(mind)'의 번역어로 '마음'·'마음가짐'·'마음먹기'가 있다고 할 때 어느 것이 가장 적절한지는 문맥(文脈)에 따라 결정되어야 하는데, 문어적 글쓰기에서 이러한 상황은 표현의 정확성을 떨어뜨리는 것이다. 따라서 오히려 영어와는 문자 체계가 전혀 다른 한자(漢字)가 영어 번역의 재료가 되는데, 여기서도 1음절로 하면 한자의 다의성(多義性)이나 근대 이전의 용례161)가 작용하여 의미 확정에 지장을 초래하므로, 2음절의 새로운 '단어'를 만들어 내어야 했던 것이다.

고 한다. 北鄕照夫(1996 : 27).

160) 이 어휘들은 『화영어림집성(和英語林集成)』(1867)과 『영한사선』(1914)의 공동 수록 어이다.

161) 예컨대 '퀄리티(quality)'의 역어는 '性'이나 혹은 '性'이 포함된 경우가 많은데, 이는 성리학의 전통적 용법인 '하늘로부터 부여받은 본성'이라는 의미로 이해되어 '사물 자체가 선험적으로 가지고 있는 내재적 특질'이라는 서양적 관념이 작용하는 것을 방해한다. 사실상 사물에 내재한 속성으로서 서양철학의 맥락에서 '퀄리티(quality)'에 적합한 한자어는 '質'인데, 오늘날은 2음절화의 강한 경향과 용법의 타협이 함께 이루어져 '性質'이라는 역어가 정착한 상태이다.

서양의 사정과 문화를 한국에 소개하는 데에 힘썼던 근대 초기의 계몽 지식인이었던 유길준·현채[162]·장지연 등의 인물들도 영한사전(英韓辭典)을 참조하여 국문 글쓰기를 하지는 않았다.[163] 이처럼 근대 초기 한국에서 서양 지식을 습득하는 데에 영한사전의 기능이 미미했다는 것은 한국의 한문(漢文) 전통이 그만큼 강했다는 것을 의미한다. 그리고 이는 서양 지식을 습득하는 데에서도 일본이나 중국이라는 매개를 거쳐야 했던 한국의 문화적 상황을 암시하는 것이기도 하다. 즉 이 시기 한국인들은 영어를 직접 수입하기보다는 일본·중국을 매개로 하여 한자어화한 서양어를 접하였다. 비교적 친일 성향을 지녔던 신세대들은 영어의 한자어화에 선구적인 노력을 했던 일본의 서적을 읽음으로써 근대 어휘를 익혔고,[164] 한학만을 학습한 이들은 양계초 등의 중국 신세대의 문헌을 통해 근대 어휘를 접한 것이다. 물론 양계초 또한 일본 유학을 통해 서양어 단어의 한자역(漢字譯)을 익혔으므로, 근대 어휘의 수용에 관해서는 일본의 영향이 가장 컸다고 볼 수 있겠다.[165]

---

162) 현채(玄采, 1886~1925)는 근대 전환기 역사학자이자 번역가로, 그의 아들 현공렴 또한 번역 및 교육용 서적 출판에 힘썼다. 현채의 번역가적 면모에 대해서는 김병철(1975) 참조.

163) 다만 개화 지식인 이승만(1875~1965)은 독립협회 간여로 인해 청년기인 1899~1904년 사이에 옥고(獄苦)를 치렀는데, 이때 수고(手稿) 형식으로 영한사전을 만들었다고 한다. 서정주(1995 : 10) 참조.

164) 1881년 6월 14일 일본『유빈호치신문(郵便報知新聞)』에 유길준과 유정수가 게이오의숙(慶應義塾)에 입학하였다는 소식을 전하는 기사(記事)가 있다. 이 기사의 내용 가운데 당대 한국 지식인의 서구 지식 습득 경로에 관한 의미 있는 언급이 포함되어 있어 인용해 보기로 한다. "동인(同人, 유길준·유정수를 가리킴—인용자) 등은 먼저 일본어를 배우고 번역서를 읽은 뒤에 양서(洋書) 등을 강구할 생각으로 열심히 수업에 힘쓰고 있는 모양" 이광린(1977 : 206)에서 재인용.

165) 물론 서양어의 한역(漢譯)이 모두 일본의 공(功)이라고 볼 수는 없다. 메이지 유신 이후 일본의 영향이 동아시아를 압도했기 때문에 이러한 생각이 지배적인 것일 뿐, 최근의 연구에서는 이와 다른 견해들이 제출되었다. 즉 서양어 한역 어휘들이 19세기 초반 중국에서 고안되어 일본으로 유입된 후, 그것이 메이지 유신을 전후한 근대화 시기에 중국으로 역수출되었다는 것이다. 19세기 중엽 상해(上海)나 광동(廣東) 지역 등 서양인들이 많이 진출해 있던 중국의 특정 지역에서, 서양인들에 의해 중국어로 된 서양 관련 서적들이 다수 출현하였고, 그 과정에서 역어(譯語)가 상당수 마련되었다는 것이

3) 추상어 글쓰기의 문장 모델 구성

근대의 글쓰기는 특정 주체가 자국어를 활용하여 일상적 글쓰기와 학술적 추상어 글쓰기를 자유롭게 할 수 있을 때에 비로소 완성되는 것이다. 한국에서도 글쓰기 활동에 대한 근대적 인식이 생겨나고 서양어의 번역과 자국 어휘화(語彙化)가 진행되면서, 다양한 소재의 자국어 문장을 표기할 수 있는 국문 글쓰기가 형성될 수 있는 기본 조건은 마련된 셈이었다. 오늘날에는 글쓰기를 '일정 기간의 서구식 공교육을 받은 주체가 자기의 구체적 경험이나 추상적 생각을 표음문자로 적는 행위'라고 보는데, 이러한 글쓰기관을 뒷받침하는 기본 조건이 갖춰진 것이다. 그러나 국문 글쓰기가 곧바로 형성될 수 있었던 것은 아니었다. 머리로는 한문(漢文)의 시대적 비효율성을 알고 있었으나 손이 따라 주지 않아 한문을 버리지 못한 지식인 세대들이, 20세기 초반까지 살아서 활동하고 있었던 것이다.

한문 글쓰기에서 국문 글쓰기로 전환하는 데에는 더 많은 시간이 필요했고, 과도기적인 도구가 필요했다. 과도기적 도구란 다름아닌 '근대 한문(近代漢文)'이다. 이미 [표 6]에서 양계초의 문장을 근대 한문체로 제시한 바 있지만, 그 이전에도 재중(在中) 선교사를 중심으로 서양 문헌의 번역이 일부 이루어지고 있었고, 이러한 자료는 근대 한문으로 간주할 수 있다. 이 절에서는 이러한 근대 한문이 어떻게 형성되고 변천해 갔으며, 그것이 한문 해체의 한 양상으로서 근대적 글쓰기에 어떤 영향을

다, 예컨대 'politics'의 역어인 '政治'는 위원(魏源, 1794~1857)의 『해국도지(海國圖志)』(1844)에 이미 보이는데, 『해국도지』라는 저술 자체가 서양 선교사들이 중국어로 남긴 서양 관련 자료들을 편집해서 이룩된 것이다. 또한 '植物學', '細胞' 등의 서양 자연과학 관련 용어들도 중국인 이선란(李善蘭)과 알렉산더 윌리엄슨이 공역하여 상하이에서 출간한 『식물학(植物學)』(1858)이라는 책에서 처음 사용되어 일본으로 전해졌다고 한다. 페데리코 마시니, 이정재 역(2005 : 147) 참조. 그러나 개별 역어의 궁극적 제작지가 중국인지 일본인지를 일일이 고증하는 것은 본 연구의 범위를 넘어서므로, 여기서는 대략적인 추세가 이러하다는 것을 언급하는 정도로 정리하고자 한다.

주었는지 검토해 보고자 한다.166)

19세기 중엽 이후 한문의 해체는 한국을 포함한 동아시아 전체에서 일어나던 사건이었다. 한문체(漢文體)의 해체라고 하면 한문체의 외형적 변화, 즉 국한문체(國漢文體)나 일본의 루비167)식 화한혼용문체(和漢混用文體) 표기, 팔고문(八股文)을 거부한 양계초의 문체 같은 것들을 떠올리기 쉽지만, 한문체의 해체는 형식적인 측면이 아니라 내용의 측면에서 시작되었다. 예컨대 한문으로 표기된 진화론(進化論) 서적, 한문으로 표기된 국제법(國際法) 서적 같은 것들이 나타나, 동아시아의 고전(古典)에 기반을 두고 있던 한문의 지위를 내부적으로 잠식해 들어간 것이다.

초기에는 서양인들이 직접 나서서 한문의 해체를 주도하였다. 재중(在中) 미국인 선교사 마틴(W.A.P. Martin, 1827~1916)은 헨리 휘튼의 국제법 서적인 『국제법의 요소들(Elements of International law)』(1836)의 한문역 『만국공법(萬國公法)』(1864)을 간행하였다.168) 형식은 한문(漢文)이지만 내용은 서양 글인 이 괴이한 책은, 1865년에 번각(飜刻)되어 일본으로 수입되고, 이후

---

166) 당시 중요한 글쓰기 양상 중 하나로서, '머리로는 국문, 손으로는 한문'을 썼던 과도기적 지식인들과 함께 공존했던 외국인의 국문 글쓰기가 있다. 최초의 순국문 신약성서인 『예수셩교누가복음젼서』(1882)와 최초의 순한글 근대 교과서인 『사민필지』(1889)가 모두 서양인의 손으로 쓰였다는 것은, 당시 한국인에게 한문의 압력이 얼마나 컸던 것인가를 짐작케 한다. 한국에 들어온 서양인들은 음성중심주의의 표음문자 모델에 익숙해 있었기 때문에 국문(國文)의 유용성을 일반적인 한국인보다 쉽게 파악할 수 있었고, 그것이 시대의 대세(大勢)임을 감지하고 있었다. 따라서 이들의 손에 의해 만들어지는 각종 저술이나 번역서는 곧바로 새로이 형성되는 국문 글쓰기의 모범이 되었고, 이는 '국어'라는 교과의 내용을 축적하고 이론을 자극하는 데에 큰 영향을 주었다. 서양인들의 신약성서 한역(漢譯)과 문체 형성에 미친 영향에 대해서는 배수찬(2006ㄱ) 참조.

167) '루비(ルビ)'는 한자(漢字) 위(세로쓰기의 경우 오른쪽)에 한자음이나 훈(訓)을 작은 글씨로 다는 표기법을 가리킨다. 일본어로는 '후리가나(振り仮名)'라고도 한다.

168) 그런데 이 책은 마틴이 혼자의 힘으로 번역한 것이 아니라 그가 원작의 대략적인 역(譯)을 구두로 중국인 협력자에게 전하고, 중국인이 적절한 중국어로 전환하여 역문을 작성하는 방식을 취했다. 그리고 마틴은 '중국어(中國語)'라고 하지 않고 '한문(漢文)'이라고 함으로써 문어(文語)의 번역임을 명백히 하였다. 김효전(2000 : 421~439)와 張嘉寧(1991), 「『萬國公法』成立事情と飜譯問題」을 참조. 장가녕의 논문은 加藤周一・丸山眞男 校註(1991 : 381~400)에 수록되어 있다.

마틴의 『만국공법(萬國公法)』을 토대로 일역한 『만국공법석의(萬國公法釋義)』(1868), 마틴의 번역을 거치지 않고 원본에서 직접 일역한 시게노 야스츠구[重野安繹]의 『만국공법(萬國公法)』(1870)이 잇달아 나오게 된다. 한 문체는 간결하고 매끄럽지만, 그러한 느낌은 한문을 상당 기간 암송하여 체득한 이들에게만 공유될 수 있는 것이었다. 대부분의 일반인에게 한문은 가독성(可讀性)이 떨어지는 것으로 느껴졌는데, 이 점을 개선하기 위해 한문체에 토(吐)를 달거나 요미구다시체(讀み下し體)로 바꾸었고, 궁극적으로 그것을 SOV 어순으로 재배열하게 된 것이다.

『만국공법(萬國公法)』과 관련 서적은 한국에 소개된 근대식 사회과학 서적의 효시라고 할 수 있다. 원서인 『국제법의 요소들』은 19세기 초엽 미국에서 저술된 책으로, 영국으로부터 독립한 미국이 자기 국가 정통성의 확립에 필요한 국가 간 문제를 이론적으로 정당화하는 과정에서 성립한 이데올로기적·실용적 목적의 저술이다. 그리고 『만국공법(萬國公法)』이 기술한 국가 간 문제의 연원과 내용에 관한 지식은 이후 서양 제국주의 열강이 제3세계를 침략하고 그에 딸린 문제를 해결하는 이론적 근거를 마련해 주었다. 원저의 제2장은 '국가(state)'의 정의와 국가의 최상권으로서 '주권(sovereignty)'169)에 대해 논하고 있다. 문장의 실제 양상을 살펴보기 위해 일부를 인용한다.

① 《§ 5. Sovereignty defined.》

---

169) 유럽에서 군주의 세속권력에 대한 교회의 도덕적 권위가 종식되면서, 주권(主權)에 관한 일련의 관념과 이론이 진전되어 갔다고 한다. 주권 국가들이 상호간의 무정부 상태 속에서 서로를 깨끼하지 않으면서 구어진 영토에 대한 권리를 행사하고 자국의 이익을 추구할 수 있는 방법을 모색한 것이 1648년의 베스트팔렌 조약인데, 이 조약은 외교사(外交史)에서 주권 개념 발생의 기준으로 여겨지고 있다. 그러나 이러한 유럽 국가간의 주권 평등과 그 이론적 뒷받침의 체계로서 국제법(國際法)의 원칙은 비유럽에는 적용되지 않았으며, 동아시아에는 애당초 '주권'의 개념이 적용되지도 않았다. 주권에 대한 논의 자체, '主權'이라는 단어의 성립 자체가 서구적인 것이며, 근대성의 징표인 것이다. 정용화(2004 : 169~171) 참조. 이광린도 '주권', '자치', '자주' 등의 말이 『萬國公法』에서 처음 사용된 것임을 지적하고 있다. 이광린(1982 : 133) 참조.

Sovereignity is the supreme power by which any State is governed. This supreme power may be exercised either internally or externally(E : 9).[170]

《第五節 主權分內外》 治國之上權, 謂之主權. 此上權, 或行於內, 或行於外.[171]

② 《Internal sovereignity》

Internal sovereignity is that which is inherent in the people of any State, or vested in its ruler, by its municipal constitution or fundamental laws. This is the object of what has been called internal public law, but which may more properly be termed constitutional law (E : 9~11).[172]

行於內, 則依各國之法度, 或寓於民, 或歸於君, 論此者, 嘗名之爲內公法, 但不如稱之爲國法.[173]

③ 《External sovereignity》

External sovereignity consists in the independence of one political society, in respect to all other political societies. It is by the exercise of this branch of sovereignity that

---

170) E는 『Elements of International law』의 약호로 약속해 둔다. 본 연구에서는 1836년의 원본은 보지 못하고 서울대학교 고문헌자료실에 소장되어 있는 1916년의 런던판을 이용했다. 서지 사항은 다음과 같다. Wheaton, Henry(1916), Wheaton's elements of international law, London : [s.n.]. 'E : 9'는 9면에서 인용했음을 가리킨다. 번역은 다음과 같다. "주권의 정의−주권이란 한 국가가 그것에 의해 통치되는 최고의 권력이다. 이 최고의 권력은 대내적으로 혹은 대외적으로 실현된다."

171) 번역은 다음과 같다. "나라를 다스리는 지상의 권한을 주권이라고 일컬으니, 이 지상의 권한은 안에서도 행해지고 바깥에서도 행해진다."

172) 번역은 다음과 같다. "대내적 주권−대내적 주권은 내정에 대한 규약 또는 기본법에 의해, 한 국가의 인민에게 내재하거나 통치자에게 귀속되거나 하는 것이다. 이것은 지금까지 이른바 국내공법이라고 하는 것의 대상이었으나, 그 법은 '헌법'이라고 명명하는 것이 더욱 적절한 것 같다."

173) 번역은 다음과 같다. "안에서 행해지니 (안에서 행해지는 주권은) 각국의 법과 제도에 의거하고, 혹은 백성에 의존하고, 혹은 군주에게 의존하니, 이를 논하는 것을 일찍이 이름 붙이기를 '내공법(內公法)'이라 하였으나 다만 그것을 국법(國法)이라고 하는 것만 못하다."

the international relations of one political society are maintained, in peace and in war, with all other political societies. The law by which it is regulated has, therefore, been called external public law, but may more properly be termed international law(E : 1 1).174)

主權行於外者, 卽本國自主, 而不聽命於他國也, 各國平戰交際, 皆憑此 權, 論此者, 嘗名之爲外公法, 俗稱公法, 卽此也.175)

④ The external sovereignity of any State may require recognition by other States in order to render it perfect and complete. So long, indeed, as the new State confines its action to its own citizens, and to the limits of its own territory, it may well dispense with such recognition. But if it desires to enter into that great society of nations, all the members of which recognize rights to which they are mutually entitled, and duties which they may be called upon reciprocally to fulfil, such recognition becomes essentially necessary to the complete participation of the new State in all the advantages of this society(E : 13)176)

---

174) 번역은 다음과 같다. "대외적 주권—대외적 주권은 다른 모든 정치적 사회들에 대한 어느 한 정치적 사회의 독립에 달려 있다. 어느 한 정치적 사회의 국제적 관계가 유지 되는 것은, 모든 다른 정치적 사회와, 평화가 유지되는 시기에나 전쟁 시기에나, 대외 적 주권이 작용하는 데 따른 것이다. 대외적 주권이 규제되는 법규는 대외공법(對外公 法)이라고 불렸으나, 아마도 '국제법(國際法)'이라고 부르는 것이 더 적절할 것 같다."
175) 번역은 다음과 같다. "주권이 밖에서 행해지는 것은 본국의 자주이며 타국의 명령을 듣지 않으니, 각국이 평화롭거나 전시에 교류함에 모두 이 주권에 의존하매, 이를 논 하는 것을 일찍이 이름붙이기를 '외공법(外公法)'이라 하였으니 속칭 '(만국)공법'이라 는 것이 이것이다."
176) 번역은 다음과 같다. "어느 국가의 대외적 주권은 그것을 완벽하고 온전한 것으로 하고자 하면 다른 나라에 의한 승인을 필요로 할 수 있다. 실제로 새로운 국가가 자신 의 움직임을 자국민과 자기 영토에 한정하는 한 그러한 승인 없이 지낼 수도 있다. 그 러나 국가가 여러 나라들로 구성된 거대한 국가 집단에 소속하고자 한다면, 그러한 국 가 집단의 구성원들은 그들이 상호간에 자격을 부여받은 권한을 인식하고, 그들이 상 호간에 완수해야 할 것으로 요구받는 의무들을 인식하며, 그러한 인식은 이러한 국가 집단의 이점 속으로 새로운 국가를 완전하게 참여시키는 데에 결정적으로 필요한 것 이다."

至於自主之權, 行於外者, 則必須他國認之, 始能完全, 但新立之國, 行權
於己之疆內, 則不必他國認之, 若欲入諸國之大宗, 則各國相認, 有權可行,
有分當爲, 他國若不認之, 則此等權利, 不能同享也.[177]

〔표 16〕 근대 한문의 초기양상−한역(漢譯)『萬國公法』의 어휘

	주요 내용	주요 번역 용어 비교
①	주권의 개념 규정과 분류	sovereignty : 主權
		be exercised internally : 行於內
		be exercised externally : 行於外
②	대내적 주권의 근원과 관련법의 명칭 규정	internal public law : 內公法
		constitutional law : 國法 (☞[178] 憲法)
③	대외적 주권의 근원과 관련법의 명칭 규정	external public law 外公法
		international law 公法[179] (☞ 國際法)
④	대외적 주권의 효력과 타국의 승인	The external sovereignty 自主之權 (☞ 外交權)
		recognition by other States 他國認之
		great society of nations 諸國之大宗
		rights 權, 權利 (☞ 權利)
		duties to fulfill 有分當爲 (☞ 義務)

[표 16]은 ①~④의 내용을 번역의 관점에서 정리한 것이다. 19세기
영어는 상당한 표준화 단계를 거쳤을 뿐만 아니라 '구어문체'[180]의 전

---

177) 번역은 다음과 같다. "자주의 권한이 바깥으로 행해짐에 이르면 반드시 타국이 그것
을 승인해야 비로소 완벽하고 온전해지니, 다만 새로 건립된 국가가 자기의 영토 안에
서 권한을 행하면 반드시 타국이 그것을 승인하지 않아도 되니, 만약 (그 나라가) 여러
국가들의 대종(大宗)에 들고자 한다면 각국이 서로 승인하(여야 하)니, 행할 수 있는
권한이 있고, 마땅히 해야 할 분수가 있다. 타국이 만약 승인하지 않으면 이러한 권리
를 똑같이 누릴 수 없다."
178) '☞'는 오늘날 달리 정착된 번역어를 가리킨다.
179) '公法'은 19세기 후반 '공법(public law)'이 아닌 '국제법(international law)'을 가리키는
용어로서 일반화되어 있었다. 『공법회통(公法會通)』(1880) 범례 참조. 김효전(2000 :
470)에서 재인용. 또한 「공법설(公法說)」, 『한성순보(漢城旬報)』 34호 참조. 김효전
(2000 : 449)에서 재인용.
180) 구어문체의 개념에 대해서는 앞 절에서 설명한 바 있다.

통이 오랫동안 지속되어 풍성한 구어 어휘와 복잡한 구문을 보유하고
있었다. 게다가 영어의 굴절성과 문법 자질의 관련성이 부각되면서, 영
어는 문법 요소에 의한 분절과 규정에 적합한 근대의 언어로 탈바꿈해
있었다.181) 『만국공법(萬國公法)』이 다루고 있는 내용 또한 국가를 주체
로 설정하고 이들 간의 관계와 권리, 의무를 명확히 규정하는 것이었으
므로 영어의 속성에 적합한 것이었다.

그러나 한문은 구어문체로 발달하지 않았기 때문에, 복잡한 구문보
다는 관습적 어구가 발달해 있었고, 분절과 규정에 익숙하지 않았다. 근
대 한문은 이러한 한문의 속성을 거슬러 여러 가지 문법 자질을 부여받
고, ‘말’182)의 주체와 대상을 확정하기 위해 분절과 규정을 강제당한 결
과였다. 구체적으로 살펴보면, ①의 경우는 짧기 때문에 영어(英語)가 한
역(漢譯)되면서 축약이 크게 일어나지는 않았다. 그러나 첫 문장의 영어
본에서는 ‘주권이란 한 국가가 그것에 의해 통치되는 최고의 권력이다’
라고 하여 명확한 주어와 술어를 설정하고 있는데 비해, 한역본에서는
해당 부분을 ‘나라를 다스리는 지상의 권한을 주권이라고 일컬으니’라
고 함으로써 종결도 짓지 않았고 ‘일컬으니’라는 서술어의 주체도 명확
하게 설정하지 않았다.183)

---

181) ‘굴절(屈折 : inflection)’의 문제는 18세기 말 이후 문명권 간의 여러 언어를 비교할 수
　　있게 되면서, 의미 내용의 분절화와 어근의 가치 사이에서 중간적 형식으로 새롭게 부
　　각된 것이다. 미셸 푸코, 이광래 역(1987 : 280). 굴절을 비롯한 문법 요소의 강화로 인한
　　언어 관념의 변화는, 단어 자체보다는 단어를 연계시키는 일차적이고 기본적이며 결정
　　적인 문법적 총체에 대한 관심을 유발시켰다. 미셸 푸코, 이광래 역(1987 : 327~329).
182) 서양의 글쓰기의 근원은 언제나 ‘말’이었다. 그러나 이미 살펴보았듯이 동아시아의
　　전통에서 글은 ‘무늬’였고, 무늬는 ‘시각적 형상’이다. ‘말’은 언제나 그것을 ‘말한 사
　　람’, 즉 ‘주체’가 있다. 따라서 서양어에는 주어가 반드시 필요하다. 그러나 무늬에는
　　주체가 없다. 따라서 동아시아의 언어인 한문은 주어를 필요로 하지 않는다. 예컨대
　　‘學而時習之不亦說乎’에 주어가 어디 있는가? 동아시아에 규정의 전통과 주술구조가
　　발달하지 않은 것은 언어 체계 자체의 특징에서도 기인하는 것이다.
183) 반면에 시게노 야스츠구(重野安繹)의 『화역만국공법(和譯萬國公法)』은 한문역을
　　살리면서도 문장의 종결을 명확히 하고 생략된 주어를 암시할 수 있게끔 하였다. “나
　　라를 다스리는 데 최상의 권한, 그것을 주권이라고 한다[國ヲ治ムル在上ノ權、コレ

다음으로 ②는 대내적 주권의 성립 근거와 관련법의 명칭을 규정하고 있는 부분이다. 영어 원문과 달리 한역의 첫 문장에서는 주어를 명시하지 않았고, 이 때문에 이른바 원문의 '대내적 주권(Internal sovereignty)'이라는 용어가 번역되지 않았다. 주권이 내부에서 행해지는 것이라는 포괄적인 설명과, '대내적 주권'이라는 용어의 내포(內包) 사이에는 큰 차이가 있다. 전자는 여러 가지로 해석될 수 있는 확산적 사유임에 비해, 후자는 실체를 규정하는 분절적 사유에 따른 것이기 때문이다. 또한 원문의 '내정에 대한 규약 또는 기본법'이라는 구절을 '법도(法度)'라는 전통적 용어로 설명함으로써, 사회의 구성원들이 지키는 법률이 '강제된 전통'이 아닌 '자발적인 계약에 의한 산물'임을 주장하는 사회계약론의 본질이 드러나지 못하였다.

③은 대외적 주권의 성립 근거와 관련법의 명칭을 규정하고 있다. 역시 한역본에서는 원문에서 규정된 '대외적 주권'을 가리키는 용어가 없다. '주권이 밖에서 행해지는 것은 본국의 자주이며 타국의 명령을 듣지 않으니'라 하여 포괄적으로 서술하고 있을 따름이다. 또한 영어 원본에서는 '대외적 주권'이 '국가 독립의 조건'이라고 규정하고 있는 데 반해, 한역에서는 '국가 간 교류시에 의존하는 것'으로만 설명되고 있다. 관념과 관념 사이의 인과 관계에 의한 복합 관념(複合觀念)의 형성은 로크의 핵심적 주장으로, 지식의 확장에 기여하는 서구적 방법론의 전형이다.

④는 대외적 주권의 효력이 발생하기 위해서는 타국의 승인이 필요하다는 점을 논술하고 있다. 역시 '효력'과 '승인' 사이에서 관념의 인과 관계를 설정하고 있다는 점에서 서구적 사고방식이다. 이 부분은 대외적 주권에 대한 부연 설명이므로 ③의 심화된 논의라고 볼 수 있는데,

---

ㅋ主權ㅏ云7。]" 이는 한문역을 요미구다시로 보고 훈독한 결과로 여겨진다. 훈독은 필연적으로 말소리이므로, 여기에는 말하는 사람이 있고, 주어와 술어가 나누어지게 된다. 加藤周一・丸山眞男 校註(1991 : 8).

이 때문에 한역본에서도 '대외적 주권'을 가리키는 어구(語句)를 마련해야 했다. 이 경우에 한역본에서 선택한 것은 '自主之權'이라는 어구였다. 그런데 이는 말 그대로 네 글자의 비고정적 어구(語句)일 따름이고, 확정된 어휘(語彙)로 인정받은 것은 아니다. 그리고 대외적 주권을 인정받은 각국의 권한과 의무를 설명하는 부분에서, 영어 원문은 국가의 '권한과 의무의 인식'을 주어로 하여 '인식'이라는 추상적 행위의 가치를 설명하는 데 비해, 번역문은 '인식'의 개념을 제거하고 실제 국가의 할 일만을 논하고 있다. 특히 의무를 '분수'의 관점에서 논하는 것은 개인 단위의 자유와 책임 관념이 성립하지 않은 동아시아의 사정을 반영하고 있다. 그리고 이 부분에서 유명한 '라잇(right)'의 역어 '權利'가 한역본에 등장하는데, 이 또한 용어로서 확정된 것이 아니라 '權'이라는 한자와 혼용되고 있다(김효전, 2000 : 472). 따라서 단어의 성립은 아직 완전하게 이루어졌다고 보기 어렵다.

근대 문장의 모델과 비교해 보면 위와 같은 차이점이 있음에도 불구하고, 『만국공법(萬國公法)』의 출현이 갖는 시대적 의의는 매우 크다. 우선 그것은 서구의 추상적 근대 지식을 한문으로 번역한 거의 최초의 사례라고 볼 수 있다. 특히 이는 메이지 시대 이후 일본에서 쏟아졌던 각종 서구 계몽주의 사상서의 번역보다 앞선 것이다. 게다가 서양어나 일본어에 대한 지식이 부족했던 한국에서, 마틴 역『만국공법(萬國公法)』의 충격과 영향력은 매우 컸을 것이다. 물론『만국공법(萬國公法)』이 문장의 구성 측면에서 한문체를 거의 벗어나지 못했다는 점은, 영어 원본이 아닌 이 책만을 읽었을 때 서양 문명의 분석적이고 타산적인 본질을 이해하기보다 명분론적 공공성만을 추구하게 할 위험성을 내포하고 있었다. 그러나 이 책의 내용과 번역의 양상은 기존의 경학(經學) 위주 한문 글쓰기 흐름을 해체하는 데 기여하였고, 이후의 분석적 사회과학 글쓰기에 원천을 제공해 주었다고 볼 수 있다.

유길준의 『서유견문(西遊見聞)』 제3편 「邦國의 權利」라는 부분을 보면 앞서 『만국공법(萬國公法)』에서 설명한 '주권', '대내적 주권', '대외적 주권'에 대해 언급한 부분을 찾아볼 수 있다. 또한 유길준의 미출판 필사본 원고 가운데 「국권(國權)」이라는 순한문 논문이 있는데, 이는 「邦國의權利」의 원본으로 추정된다. 양자 모두 정확한 저작 연대를 확정할 수 없으나, 『서유견문』의 초고(草稿) 완성 시기가 1889년인 만큼 그 직전의 글로 추정된다. 여기서는 일단 이광린(1977:232)의 논의를 좇아 1885년에 쓴 것으로 간주한다. 주권의 내·외적 이중성에 관한 언급은 『만국공법』 출현 이후의 것임이 분명하며, 유길준이 유학한 일본에서 접한 서구 정치학 관련 저술도 영향을 주었을 것이다. 또한 이때의 저술은 순한문이 아닌 요미구다시(讀み下し) 내지 구문직역체(歐文直譯體)의 문장이었을 것이고, 유길준의 『西遊見聞』 또한 이른바 국한문혼용 문장이므로, 한문체의 외형 해체라는 측면에서도 양자를 고찰할 필요가 있다.

① 執自主之道, 而不受外來之管轄[184]者, 是謂之國權也. <u>今此國權, 分爲二種, 一曰內用主權, 謂其國內一切政法, 皆由其典章而出也. 一曰外用主權, 謂以獨立平等之禮, 守外國之交涉也. 是以一國之主權, 不論原始之善否, 土地之大小, 人民之多寡, 但視其內外的確情形斷之, 大毬如枰, 衆邦碁置, 各有其權, 而不相踰越, 故欲保其國之權, 不犯他國之權,</u> 夫國無權則不立, 合內外主權, 而謂之立本之權焉.(「국권」 25~26면)[185]

---

184) '管轄', '獨立', '平等', '交涉', '的確' 등 2음절 단어가 증가하고 있다.

185) 번역은 다음과 같다. "자주의 도리를 지니고 외래의 관할을 받지 않는 것, 이를 가리켜 국권(國權)이라고 한다. 오늘날 이 국권은 두 종류로 나누어지니 하나는 내부에서 쓰이는 주권이요, 그 국내의 일체 정치와 법이 모두 그 법전과 문장으로부터 나오는 것이다. 또 하나는 외부에서 쓰이는 주권이니, 독립·평등의 예로서 외국과 교섭을 해 나가는 것을 일컫는다. 따라서 한 나라의 주권은 그 시초의 선악이나 토지의 대소, 인구의 많고 적음을 막론하고 오직 그 내외 주권의 적확(的確)한 형세만을 보고 판단한다. 지구는 바둑판과 같고, 뭇 나라들은 바둑돌이 놓인 것과 같으니, 각기 그 권한이 있으며, 서로 넘거나 침범하지 않으니, 나라의 권리를 지키고자 한다면 타국의 권리를 침범하지 말 것이다. 무릇 국가는 국권이 없으면 설 수 없으니, 내외의 주권을 합하여 근본을 세우는 권리라고 일컫는다."

② 一國을 比ᄒᆞ건디 一家와 同ᄒᆞ야 其家의 事務ᄂᆞᆫ 其家가 自主ᄒᆞ야 他家의 干涉홈을 不許ᄒᆞ고 又一人과 同ᄒᆞ야 其人의 行止ᄂᆞᆫ 其人이 自由ᄒᆞ야 他人의 指揮룰 不受홈과 一樣이니 邦國의 權利도 亦然혼지라 <u>此權利ᄂᆞᆫ 二種에 分ᄒᆞ야 一曰 內用ᄒᆞᄂᆞᆫ 主權이니 國中의 一切 政治及 法令이 其 政府의 立憲을 自遵홈이오 二曰 外用ᄒᆞᄂᆞᆫ 主權이니 獨立과 平等의 原理로 外國의 交涉을 保守홈이라 是룰 由ᄒᆞ야 一國의 主權은 形勢의 强弱과 起原의 善否며 土地의 大小와 人民의 多寡룰 不論ᄒᆞ고 但 其 內外關係의 眞的혼 形像을 依據ᄒᆞ야 斷定ᄒᆞᄂᆞ니</u> 天下의 何邦이든지 他邦의 同有혼 權利룰 不犯ᄒᆞᄂᆞᆫ 時ᄂᆞᆫ 其獨立自守ᄒᆞᄂᆞᆫ 基礎로 其主權의 權利를 自行혼 則 各邦의 權利ᄂᆞᆫ 互係혼 職分의 同一혼 景像을 由ᄒᆞ야 其 德行及習慣의 限制룰 立홈이라 如此히 邦國에 歸屬ᄒᆞᄂᆞᆫ 權利ᄂᆞᆫ 國의 國되ᄂᆞᆫ 道理룰 爲ᄒᆞ야 其 現體의 緊切혼 實要니 是故로 此룰 立本혼 權利라 謂ᄒᆞᄂᆞᆫ 者라186)

②는 『西遊見聞』에서 주권의 두 요소를 해설한 국한혼용문(國漢混用文)이고, ①은 이것의 초고로 생각되는 「국권(國權)」의 해당 부분이다. 흔히 『서유견문』의 문체를 국한혼용문체라고 하지만, 중요한 것은 문장의 외적 형태를 기술하는 것이 아니라 문장이 조직되는 질서를 밝히는 일이다. 민현식(1994ㄱ : 127)은 의미있는 선행 연구로서 『서유견문』의 문체를 '어절 현토식 국한문체'로 규정한 바 있다. 그러나 민현식은 그것이 어절 현토를 채택하고 실사(實辭) 부분에서 고유어를 거의 채택하지 않은 것을 지나치게 부정적으로 보았는데,187) 이는 당시의 문장 모델 선택이 개인의 자유 의사에 달려 있었던 것처럼 오해하게 할 소지가 있다고 본다. 물론 『서유견문(西遊見聞)』의 문장은 장문인 데다가 과도기의 생경한 한자(漢字) 어휘들을 다수 채용하고 있어 가독성(可讀性)이 닞으

---

186) 兪吉濬 輯述(1895 : 85~86) 참조. 띄어쓰기는 인용자가 했다.
187) 이 때문에 민현식(1994ㄱ : 125)은 유길준이 문장 모델의 선택과 관련하여 「서유견문서문(西遊見聞序)」에서 밝힌, 문장 모델상 칠서언해(七書諺解)를 본받았다는 서술을 인정하지 않았다. 그러나 김완진(1983 : 244~246)은, 『서유견문』이 문장의 외적 형태상 『주역언해(周易諺解)』, 『시경언해(詩經諺解)』 등의 문체 인상과 유사하다고 지적하고 있다.

며, 이로 인해 악문(惡文)으로 정평이 나 있다. 그러나 이는 유길준 개인의 취향이 아닌 문장 조직 과정상의 문제였다는 것을 실제 분석을 통해 보이고자 한다.

〔표 17〕『서유견문(西遊見聞)』 문장의 형성 단계 가설

① 한문본 「국권」 ↓	今此國權, 分爲二種, 一曰內用主權, 謂其國內一切政法, 皆由其典章而出也. 一曰外用主權, 謂以獨立平等之禮, 守外國之交涉也. 是以一國之主權, 不論原始之善否, 土地之大小, 人民之多寡, 但視其內外的確情形斷之,
② (요미구다시) ↓	今此國權, 分爲二 種, 一曰內用主權, 謂其國內一切政法, 皆由其典 章而出也. 一曰外用主權, 謂以獨立平等之 禮, 守外國之交 涉也. 是以一國之主權, 不論原始之善否, 土地之大小, 人民之多寡, 但視其內外的確情形斷之,
③ 『西遊見聞』 ↓	此權利는 二種에 分ᄒ야 一曰 內用ᄒ는 主權이니 國中의 一切 政治 及法令이 其政府의 立憲을 自遵홈이오 二曰 外用ᄒ는 主權이니 獨立과 平等의 原理로 外國의 交涉을 保守홈이라 是를 由ᄒ야 一國의 主權은 形勢의 强弱과 起原의 善否며 土地의 大小와 人民의 多寡를 不論ᄒ고 但 其 內外關係의 眞的ᄒ 形像을 依據ᄒ야 斷定ᄒᄂ니
④ 현대역[188]	이제 이 권리는 두 종으로 나누어진다. 첫째는 대내용 주권이니 나라 안의 온갖 정치나 법령이 그 정부의 법률과 헌장에 따라 나오는 것이다. 둘째는 대외용 주권이니 독립과 평등의 원리로서 외국과 교섭을 준수해 나가는 것을 일컫는다. 이로 말미암아 (보건대) 한 나라의 주권은 형세의 강약과 (그 나라의) 기원의 옳고 그름, 토지의 크고 작음, 인민의 많고 적음을 막론하고 다만 그 내외 관계의 진정한 형상에 의거하여 단정하여야 한다.

[표 17]는 『서유견문(西遊見聞)』의 문장이 형성된 과정을 가설적으로 제시해 본 것이다. (a)는 한문 논문인 「국권(國權)」(1885)이며, (b)는 실제로 존재하지는 않는 자료이지만 (a)에 대한 요미구다시(讀み下し)로서 가설적으로 제시해 본 것이다. 유길준은 1881년부터 1883년까지 일본에서 공부를 한 뒤였으므로 일본식 훈독인 요미구다시의 존재를 잘 알고 있었을 것이고, 『서유견문(西遊見聞)』과 같은 국한문혼용체 저술을 하는 데에서 요미구다시가 한문직역체로 전환하는 [표 5]와 같은 일본식 한문체를 활용할 생각을 했을 것이다.

　요미구다시가 한문직역체 문장으로 전환될 때에도, 명사나 동사 등

---

188) 현대역은 『西遊見聞』에 의거하였으나 문맥상 표현이 미흡한 부분은 ( ) 안에 어구를 넣어 보충하였다.

주요 실사(實辭) 부분의 한자는 그대로 남는다. 다만 그것을 입으로 읽을 때에는 한자를 훈독(訓讀)하기 때문에 자국어로 전환이 가능하다. 그런데 한국에서는 훈독의 전통이 사라졌기 때문에, 한문직역체 문장을 입으로 읽어도 자국어로 전환되지 않고 '어절 현토식 국한문체'에 머무르게 되는 것이다. (c)의 경우가 그러하며, (d)와 같은 전환은 이후 더 많은 시간을 필요로 한다.

물론 (c)는 (b)와 비교할 때 근대 문장으로 가는 데 결정적인 기여를 하였다. 그것은 다름아닌 (c)의 밑줄친 2음절 한자어들이다. 그 변화를 제시해 보면 다음과 같다. '權利(←權)', '政治(←政)', '法令(←法)', '政府立憲(←典·章)', '原理(←禮)', '保守(←守)', '起原(←原,始)', '關係(새로 추가됨)', '依據(←視)', '斷定(←斷)' 등. 이는 한문을 그대로 직역하지 않고, 몇 개의 한자(漢字)를 한자어(漢字語)로 어휘화하여 처리한 것임을 알 수 있다. 이러한 변화의 원인은 앞에서 지적했듯이 근대 단어의 물리적 길이에 맞추고 한자의 표의성을 제거하기 위한 것이었지만, 이러한 변화의 이유를 설명해 줄 수 있는 매우 의미있는 언급을 『萬國公法』의 저자인 마틴이 직접 남긴 것이 있어 소중한 자료가 된다.

공법(公法)은 이미 따로 하나의 과목이 되었다. 그러니 마땅히 오로지 공법만을 위하여 사용하는 문구(文句)가 있을 것이다. 그래서 원문에 이따금씩 한문(漢文)으로써는 드러내기가 어려운 뜻이 있다. 따라서 사용한 글자들이 종종 억지로 끌어 맞춘 듯이 보이기도 할 것이다. 곧 예를 들면 '權'이라는 글자는 책 속에서 다만 관리가 쥐고 있는 권력을 가리킬 뿐만 아니라, 널리 사람이 마땅히 얻어야 할 몫을 가리키기도 한다. 그래서 때로는 '利'라는 한 글자를 너하기도 하였다. 예를 들면 '사람들이 본래 가지고 있는 權利'라고 한 것이 그것이다. 이러한 글자들은 처음 볼 때에는 눈에 잘 들어오지 않겠지만, 여러 번 보면, 어쩔 수 없었기 때문에 그것을 사용하였음을 알 수 있을 것이다.189)

---

189) "公法旣別爲一科, 卽應有專用之字樣, 故原文偶有漢文所難達之意, 因之用字往往

근대 한문은 비록 어순을 바꿀 수는 없었으나, 서양어의 어휘 번역에서 강제되는 2음절 어휘를 증가시켜 실사(實辭)의 근대화를 이루어 갔다. 실사의 근대화가 어느 정도 이루어진 뒤에는, 한문의 어순이 자국어와 달랐기 때문에 어순 조정이 문제가 되었다. 일본은 요미구다시를 통해 한문의 외형(外形)을 살리면서 어순을 조정하여 읽기를 진행할 수 있었다. 유길준도 일본 유학을 통해 요미구다시를 익혔으므로, 여기서 파생한 한문직역체 문장을 도입하여『서유견문』의 기본 문장 모델로 삼았다. 물론 이는 앞서 언급한 실사 부분의 2음절 한자어를 도입과 병행하는 것이었다. 실제로『만국공법(萬國公法)』(1864)과『서유견문(西遊見聞)』(1889) 사이의 약 25년간은 서양어 사전의 편찬과 확대로 인해 서양어의 한자어역이 고정되기 시작한 단계였고,『서유견문』편찬 이후 이러한 흐름은 더욱 가속화되었다.

근대 초기의 추상어 글쓰기 문장 모델인 근대 한문은, 이상에서 언급한 과정을 거쳐 형성되어 갔다. 중세 한문도 그 자체로는 추상의 체계였으나, 근대적인 분화에 적합한 정도로 개념이 분화되어 있는 것은 아니었다. 이 문제는 한문(漢文)의 고립어적(孤立語的) 속성으로 인하여 더욱 심화되었는데, 근대 이후 분화된 추상적 지식을 다루기 위해서는 고립어적 속성에서 벗어남과 동시에 명료한 어휘 체계를 필요로 하였다. 일본에서는 한문을 요미구다시(讀み下し)라는 독특한 방식으로 해체해 읽음으로써 고립어적 속성을 극복하였고, 유길준은 이를 받아들임과 동시에 2음절 단어를 적극 수입해 사용함으로써 추상어 글쓰기의 초기적 형태를 성립시킨 것이다. 또한 이러한 문장 모델의 구성 질서는 오늘날까지 지속되어 온다는 점에서 특별히 주목할 필요가 있다.

似覺勉强, 卽如一權字, 書內不獨指有司所操之權, 亦指凡人理所應得之分, 有時增一利字, 如謂庶人本有之權利云云, 此等字句, 初見多不入目, 婁見方知爲不得已而用之也." 마틴,「公法會通凡例」8항. 김효전(2000 : 472)에서 재인용.

3. 글쓰기 이론의 근대적 전환

이 절에서는 지금까지 논의한 바를 바탕으로 하여 논설문(論說文)이 '근대의 글쓰기 양식'으로서 정립하게 되는 과정을 살펴보기로 하겠다. 논설문의 성립은 그 자체로 독립된 현상이 아니라, 여러 가지 다른 글쓰기 양식들의 형성과 함께 하는 것이다. 그리고 글쓰기 양식의 형성은, 전체적인 글쓰기에 대한 관점 및 이론의 변화에 상응한다. 앞 절에서 살펴본 글쓰기에 대한 관점 변화를 바탕으로 하여, 이 절에서는 논설문 양식의 성립에 작용한 이론적 배경을 검토하기로 한다. 이는 다음 장에서 논설문의 외형과 내적 양식이 정립된 실제 양상을 분석하기 위한 배경 연구이다. 작문 연구의 관점에서 보자면, 이 절의 내용은 텍스트 공동체와 생산된 텍스트의 관계에 대한 연구인 동시에, 텍스트 공동체가 생산한 텍스트의 장르적 특성에 대한 연구가 될 것이다(박영목, 2005 : 1 3).190)

1) 근대 초기의 글쓰기 논의와 '작문법'의 발견

서양에서 작문론의 근대화는 수사학의 쇠퇴와 작문 장르 및 작문 이론의 발견으로 요약될 수 있다. 본래 서양 중세의 3학(trivium)으로는 문법학(grammar), 수사학(rhetoric), 논리학(logic)이 있었다(김현 편, 1985 : 42). 이때 시(詩)는 문법학과 수사학에 할당된 하나의 기술에 지나지 않았고, 수사학은 오늘날의 상식적인 인식과 달리 '단순한 언어 기능'이 아니라 '본질적인 학문'이었다.191) 그러나 르네상스 이후 사정이 달라진다. 1666년 찰스

---

190) 텍스트 공동체란 근대 이후에 생성된 보통인의 담화 공동체를 가리키며, 생산된 텍스트는 논설문을 비롯한 각종 근대의 글쓰기 양식들이다.

페로는 루이 14세의 재무장관이었던 콜베르에게 벨레트르(belles lettres, 순문학)를 포함한 아카데미를 제안하는데, 거기에는 문법학, 웅변술, 그리고 시가 주요 과목이 되었다. 이러한 경향은 영국으로 확산되어, 1762년에 처음으로 에든버러 대학교에 수사학(修辭學)과 순문학(純文學) 교수가 임명된다. 즉 '순문학'이 '수사학'과 동등한 지위를 차지하게 되는 것이다 (Rene Wellek, 1978 : 18).

본래 '문학=리터러처'라는 용어는 글로 된 자료 일반을 가리키는 매우 포괄적인 용어로 쓰이고 있었다.[192] 오늘날과 같은 상상적·분화적 '문학' 개념은 매우 늦게 형성되었는데, 그것은 17세기 이후의 독일 관념론의 산물로 볼 수밖에 없는 미학(美學, aesthetics)의 융성과 밀접한 관련을 가지고 있다. '미학'이란 근대적인 예술의 체계와 그에 대한 학문을 가리키는 말로서, 근대에 새롭게 수립된 것이다(오병남 : 2003). 순예술로서 문학 개념의 형성이 늦었던 만큼, 그것이 학문으로 성립하는 것도 그만큼 늦었다. 근대 이전의 순문학은 수사학·문법학 등의 고전을 가르치는 과정에서 자연스럽게 습득되었고, 문학을 따로 떼어 가르치는 관습은 16세기 이후에나 성립하였다.[193]

---

191) 고대의 수사학은 연설을 주 자료로 하였고, 구어를 활용한 설득이라는 분명한 목표를 지니고 있었다. 이 때문에 수사학의 내용도 담화 생산의 목적, 예상 독자, 담화 생산의 과정, 논증, 담화의 조직 및 배열, 효과적인 표현 등으로 설정되어 왔다. 박영목 (2005 : 2) 참조.

192) 문학과 관련된 이하의 논의는 스즈키 사다미, 김채수 역(2001) 참조.

193) 영국의 교육사학자 윌리엄 보이드의 논의에 따르면, 라틴어 고전 학습을 통해 문법학과 문학의 학습을 동시에 추구하던 전통을 분리한 것은 16세기 독일의 멜랑크톤 (1497~1560)이었다. 종교개혁가 마르틴 루터의 동지(同志)였던 그는, 교육을 통해 인문주의와 기독교의 결합을 시도하였다. 그는 라틴어 고전 가운데서도 개신교적 신앙심 육성에 도움이 되지 않는 부분은 무시하였고, 인문주의적 문학 학습을 기독교적 도덕교육의 수단으로 간주하였다. 따라서 과거의 문학 가운데 내용상 인간의 정욕(情慾) 이나 암투 같은 삶의 착잡한 양상을 다루는 내용은 외면되었고, 문학은 형식적 세련물 이라는 차원에서 새로이 접근되었다. 이에 따라 문학은 동일한 텍스트를 가지고서도 문법 학습과 분리되어, 형식적 측면이나 기법에만 관심을 가지도록 유도되었다. 이는 순문학의 독립적 출현을 위한 한 배경이 되었다. 윌리엄 보이드, 이홍우 외역(1994 : 292~294) 참조.

그런데 이때 '예술'이라는 용어에 대해서 주목할 필요가 있다. '예술'의 원어인 '아트(art)'는 중세에 '재주 일반'을 가리켰고, 과학(科學)이나 기예(技藝) 같은 것들까지 모두 포괄하였다. 그런데 근대(近代)에 이르러서는 인지가 발달하고 민도(民度)가 높아지면서, 과학·기예·말재주 등 여러 가지 '아트(art)'의 하위 분야 가운데 '과학'과 '기예'가 급속도로 발달, 자기 영역을 확립하게 되었다. 이렇게 되자 수사학에서 분리되어 정체하고 있던 문학적 기술 즉 '말재주'도, 자기 정체성을 확립하기 위해 '세련미'과 '상상력'을 자신의 고유한 특질로 내세우기 시작하였다. 이것이 근대적 문학 개념의 성립 배경인 것이다.

이제 근대적 순문학으로서 '리터러처'는 과학이나 정치·사상적 글쓰기를 포괄하지 못하게 되고, 18세기부터는 시와 산문을 상상적인 허구로서 받아들이며 정보적 글쓰기나 설득적 글쓰기, 교술적 논증문, 역사적 서사 등으로부터 구별하는 의식이 발생하기 시작한다. 이렇게 해서 새롭게 생성된 '문학' 개념에는 '시', '이야기', '극'이 포함되게 되고, 문학에서도 다른 기예와 마찬가지로 '취향(趣向)', '명인(名人)' 등의 개념이 부각되게 되며, 이는 당시 새롭게 부각된 '미학(aesthetic)'의 이론적 토대에 의해 뒷받침되기에 이른다.

독일의 미학이 '리터러처'를 '상상적인 말재주'로 한정함으로써 자기의 정체성을 세우는 데 기여하였다면, 영국의 심리학은 실용적인 차원에서 문학(文學)과 수사학(修辭學)의 분화를 완성하였다. 수사학자이자 심리학자였던 영국의 베인(Alexander Bain, 1818~1903)은 '담화의 양식' 개념을 도입하여 말하기와 글쓰기의 재주를 분류하였고, 수시학을 '딜변의 새 주를 합리화하는 난잡한 지식'이 아닌 '근대적인 학문'으로 변화시켰다. 베인은 모든 글쓰기 양상에 적용될 수 있는 '묘사, 서사, 설명, 논증' 등의 담화 양식 개념을 제안함으로써, 르네상스 이후 갈수록 위축되던 수사학을 글쓰기와 관련된 이론으로 전환시키는 데에 결정적인 기여를 하였다.

묘사·서사·설명·논증은 내용적인 차원의 분류가 아니라, 인간의 정신적 기능에 대응하는 담화 양식이다. 이는 문학으로부터 완전히 결별한 수사학만의 독자적 영역이며, 근대적 글쓰기의 한 국면을 효과적으로 설명하고 있다. 이로써 수사학은 근대의 분과 학문으로 정립하게 되며, 순문학도 수사학과 독립한 채 그 정체성을 지닐 수 있게 된다. 이처럼 19세기 영국에서 이론적으로 공인된 '수사학과 순문학의 분리'는 19세기 말엽에 일본인을 통해 동아시아에도 전해지게 되는데, 바로 키쿠치 다이로쿠의 「수사와 문학(修辭及華文)」(1879)[194]이 바로 그 전달의 기능을 하였다.

「修辭及華文」에서 '화문(華文)'이란 이른바 화려한 글, 이른바 '순문학'을 가리키는 용어이므로, 이 책은 '수사학과 문학'을 동시에 설명한 저술인 것이다.[195] 「修辭及華文」의 내용은, 문장을 주체의 목적에 따라 연역적으로 분류하고 서구적 문학 분류를 소개한 데에 그 의의가 있는데, 동아시아에는 '수사학'이라는 학문을 소개하여 글짓기와 글 꾸미기를 애매하게 포괄하고 있던 전통적 '수사(修辭)' 관념을 뒤흔들어 놓았다. 이제 동아시아에서도 글쓰기와 관련된 다양한 국면들을 설명할 수 있는 학문이 분화될 수 있고, 또 분화되어야 한다는 생각이 서서히 받아들여지게 되는 것이다.

---

194) 「修辭及華文」은 동아시아에 근대적 문학론을 소개한 최초의 저술로 알려져 있다. 이는 챔버즈(Chambers)가 쓴 백과전서의 일부를 일본인이 당대의 문어문체(文語文體)로 번역한 것인데, 베인의 수사학과 동일한 시대정신을 갖고 있다. 일본의 근대 문학 이론서인 츠보우치 쇼요[坪內逍遙]의 『소설신수(小說神髓)』는 이 백과전서와 베인의 수사학 서적을 대폭 참조한 것으로 밝혀져 있다. 스가야 히로미(1978 : 13~14) 참조.

195) 원문에서는 다음과 같이 설명하고 있다. '화문(華文, 벨레트르, 즉 폴라이트 리터러처(polite literature)—인용자)은 술작(述作)의 일종으로서, 무릇 천지간에 일어나는 인간사(人間事)에 관한 가장 요긴한 제재를 탁월하고 빼어난 문자로 표현하고, 그 체격(體格)과 행문(行文)이 모두 정수를 얻은 것을 말한다(華文(ベル、レットル卽チポライト、リテラチユル)ハ述作ノ一種ニシテ凡ソ天地間ニ發スベキ人事ニ關スル最要ノ題目ハ盡ク之ヲ秀逸ノ文字ニ表シテ体格行文皆精粋ヲ極ル者ヲ云)' 키쿠치 다이로쿠(1879 : 8).

(1) '文法'의 발생과 '作文法'의 자각—최재학과 원영의의 이론

20세기 초가 되면서 우리 나라에서도 전통적인 한문 작문론(漢文作文論)을 벗어난 새로운 글쓰기 방법에 대한 서적들이 줄지어 나오게 된다.[196) 이 가운데는 전통적인 한문 글쓰기의 영향을 긍정적이건 부정적이건 계승한 흐름이 있는 반면, 다른 한편에는 서양식 언어관에 입각하여 우리말을 설명하고 그에 입각하여 글쓰기를 하려는 흐름이 있었다. 전자의 예로는 이해조의 『신찬일선작문법(新撰日鮮作文法)』, 원영의의 『초등작문법(初等作文法)』(1908), 최재학의 『실지응용작문법(實地應用作文法)』(1909), 이각종의 『실용작문법(實用作文法)』(1911), 이종린의 『문장체법(文章體法)』(1913) 등을 들 수 있고, 후자의 예로는 선교사 로스의 『초급 한국어(Corean Primer)』(1877), 『한국어 회화(Korean Speech)』(1882), 언더우드의 『한영문법(韓英文法)』(1890), 게일의 『사과지남(辭課指南, Korean Grammatical Forms)』(1894), 이봉운의 『국문정리』(1897), 한승곤의 『국어철자첩경(國語綴字捷徑)』(1908.12), 야쿠시지 치로[藥師寺知矓]의 『한어연구법(韓語研究法)』(1909.10), 김희상의 『조선어전(朝鮮語典)』(1911) 및 『울이글틀』(1927) 등이 있다.

양자의 흐름이 19세기 말~20세기 초에 동시적으로 일어나고 있다는 것은 글쓰기에 대한 전통과 신흥의 두 관점이 충돌하는 양상을 가장 극명하게 보여준다. 물론 각각의 흐름 내부를 비교하면 서로 중첩되는 부분도 있지만, 동일한 흐름에 있다고 생각되는 서적들 상호간에도 문장을 보는 관점이나 문장 작법에 대해 상당한 시각차가 드러나 있는 경우도 많이 있다. 먼저 각 흐름의 대강을 살펴본 뒤, 거기서 나타나는 특징

---

196) 전통적인 한문 작문론은 글쓰기의 방법을 논의하고 있는 것들이지만, 그 내적 형식이나 체재(體裁)가 다른 한문 문장을 염두에 두고 이룩된 것이기 때문에, 그것을 오늘날의 글쓰기 이론으로 적용하는 데에는 신중을 기하여야 한다. 특히 전통적인 작문론은 '글쓰기 방법'이라 하여 '법(法)'이란 용어를 쓰고 있는데, 이는 그대로 풀면 '문법(文法)'이다. 그러나 '문법'은 오늘날 2음절 단일어로 굳어져 음성언어의 조직 질서인 '그래머(grammar)'를 가리키는 말이 되었으므로, 혼선이 일어날 가능성이 있다. 과거에는 '文'의 '法'이란 것이 별다른 것이 아니라 바둑판 만드는 법, 공을 만드는 법 등과 같이 유비적(類比的)으로 이해되는 것이었다. 정민(1999 : 284) 참조.

을 추출하여 비교하고, 이러한 두 흐름이 나타난 시대적 배경과 글쓰기 형성사의 관점에서 갖는 의의를 고찰해 보기로 한다.

『실지응용작문법』은 1870년대 말 출생으로 추정되는[197] 서북지방(西北地方)의 학자 최재학(崔在學)이 국한문 글쓰기의 작법을 대중적으로 교육하기 위한 목적으로 쓴 것이다. 책이 나온 1909년은, 보통교육이 널리 보급되어 있지는 못했지만 그에 대한 인식은 점차적으로 형성되어 가던 시기였으며, 이때 어문교육의 내용은 작문법보다는 국문의 문법적 지식에 치우쳐 있었다.[198] 최재학은 초기에는 한학을 수련하다가 1890년 이후 급박한 조선 주변의 정세(政勢)에 눈뜨고 의식적으로 신식 학문으로 전향했다는 점에서, 배재학당에서 초기부터 신식교육을 받고 순국문을 미래의 문장 모델로 염두에 두었던 주시경과는 그 류(類)가 다르다. 최재학의 글쓰기가 조직이나 형식의 차원에서는 전통적인 인식틀을 넘어서지 못하고 있는 것은 이 때문이다.[199]

최재학(1909 : 3)은 '문장'을 '一句一節을 由ᄒ야 配合으로 成ᄒ는 者'로 이해하고, 작문의 요소를 구사(構思),[200] 어채(語彩), 문법(文法)의 셋으로 보고 있다. 전통적인 작문 이론에 입각해 보면 이는 상당히 이질적이다. 첫째, 작문의 과정을 자연스럽게 서술하는 것이 아니라 작문이라

---

197) 최재학의 나이는 정확히 알려져 있지 않으나, 李沂가 지은 「實地應用作文法 序」에 의해 관서 출신이며 저작시 나이가 30세 정도였음을 알 수 있다. 李沂(1909 : 1) 참조.
198) 최광옥의 『대한문전(大韓文典)』, 주시경의 『국어문전음학(國語文典音學)』 등은 보통교과의 국어과 교재로 사용하기 위해서 편집된 것임을 『대한매일신보』 1908.10.3자 광고에서 확인할 수 있다. 이재선(1969 : 3)에서 재인용.
199) "國漢文을 作ᄒᆷ에도 漢文作法을 依ᄒ야 其 文法範圍에 不脫ᄒᆷ을 要ᄒᆯ지라" 최재학(1909 : 1). 물론 『실지응용작문법』 당시의 세계는 서문에서 보듯이 한문을 공식적인 문어로 인정하지 않고, 세계의 수많은 언어 가운데 하나일 뿐이라고 자각하고 있다. 또한 문장의 근원이 말소리라고 보는 세계관이 있음을 인식하고 있으며(各國之文, 發音屬辭, 惟獨漢文爲難), 문을 "말을 기록하고 일을 적는 것(天下之文, 盖可以記言書事)"으로 봄으로써 도구적 언어관이 상당히 침투해 있음도 알 수 있다. 이기(1909 : 1)
200) 구사구사(構思)(構思)는 '사고를 얽는다'는 뜻으로, 오늘날의 '구상(構想)'과 '내용 표현'을 합친 의미로 해석되는데, 용어법이 확립되지 않은 전통적 상황을 그대로 반영하고 있다.

는 행위를 추상화하여 거기에 간여(干與)하는 요소를 분석하고 있다. 둘째, '말의 외형에 대한 꾸밈'이라는 의미로 '어채(語彩)'라는 새로운 용어가 등장하고 있으며 '문법(文法)'이라는 용어가 과거와 다른 의미로 새롭게 쓰이고 있다. 이러한 변화가 일어난 것은 일본을 거쳐 도입된 서구 수사학의 영향 때문이었는데(이재선 : 1969), 이 사실은 단순한 수사학 도입의 측면이 아니라 작문 이론의 근대적 전환이라는 관점에서 의의가 있는 국면이므로 조금 더 자세히 살펴볼 필요가 있다.

이재선은 최재학이 분석한 작문의 3요소론, '구사구사(構思) / 어채 / 문법'이 일본의 자연주의 비평가 시마무라 호게츠의 『신미사학(新美辭學)』(1902)에서 유입된 것이라고 밝혔다. 그런데 시마무라의 이 저술은 '말을 아름답게 꾸미는 행위'의 학(學), 이른바 '미사(美辭)의 학(學)'이라는 새로운 학문을 정립하기 위한 저술이었다. 최재학은 한문이 해체되고 음성 언어에 의해 세계 각국이 언어를 지식 전달의 도구로 삼는 시대의 글쓰기가 가야 할 방향을 모색하던 실천적 지식인이었던 반면, 시마무라 호게츠는 이미 상당한 수준으로 분화되어 있었던 일본의 근대 문단(近代文壇) 내에서 문장의 문예학적 기초를 수립하고자 한 일종의 분업화된 전문인이었다.

미사학(美辭學)이라는 학문은 애당초 근대 미학의 성립 없이는 생겨날 수 없었던, 문예적 글쓰기에 대한 이론적 정당화를 목표로 한 것이었다.201) 다만 이 시기에는 근대 문예학이 성립하기 이전이므로, 새로이 생겨날 글쓰기 이론은 문장 조직 질서로서 '그래머'와도, 또한 문장 조직의 이론으로서 '텍스트 언어학'과도 변별되지 않는 상태였다. 따라서 미사학의 성립을 위해서는 그 영역이 확실하게 정립되어야 했다. 시마무라는 이를 위해서 문장을 미학적 연구 대상으로 삼고,202) 그것을 미

---

201) 이 점은 『신미사학(新美辭學)』의 목차에도 드러난다. 제1편 서론에서는 미사학의 정의와 언어의 성질을, 제2편에서는 수사론의 실제를, 제3편에서는 미론 일반을 다루고 있다. 島村瀧太郎(1922 : 1~17).

술의 연구와 비교해서 설명한다(島村瀧太郎, 1922 : 204). 미술에 기교(技巧)가 있듯 문장에는 수사(修辭)가 있는데, 시마무라는 그러한 수사(修辭)의 현상을 과정으로서 연구하고자 했던 것이다.

『신미사학(新美辭學)』에 따르면, ‘미사학=수사학’은 수사 현상을 연구 대상으로 삼는다. 여기서 수사학은 근대 이전 한문 글쓰기의 수사(修辭)와 일치하는 것이 아니다. 전통적인 ‘수사(修辭)’는 말 그대로 글을 실제로 쓰는 단계를 가리키는 포괄적인 말이었다. 그런데 시마무라의 ‘수사학(修辭學)’은 그러한 실제 쓰기의 단계를 대상으로 하여 그것을 연구하는 학(學)이다. 그리고 이렇게 관념적·인위적으로 형성된 학적 연구 대상은 다시 세분되어 ‘외형의 꾸밈[語彩]’과 ‘내용의 꾸밈[想彩]’으로 나뉜다.203) 그리고 각각은 다시 ‘적극적 수사 현상’과 ‘소극적 수사 현상’으로 나뉜다. 이재선(1969)도 간략히 정리한 바 있지만, 이를 다시 알기 쉽게 도해하면 다음과 같다.

〔표 18〕 시마무라 호게츠의 ‘수사 현상’ 세분화 논리

구분			사례 (배 아픔 표현)
외형의 꾸밈 [語彩]	소극적	언어의 타당성 (순정, 명확)	배가 아프다 (평이한 표현)
	적극적	언어의 표정 (어취, 음조)	아랫배 / 꾸르륵 / 아이고 / 내배야 (율격의 형성)
내용의 꾸밈 [想彩]	소극적	상념의 명석화 (문법, 논리)	뱃속이 쓰릿쓰릿하는 느낌이 들었다. (논리적이고 명석한 표현)
	적극적	상념의 발전 (수사법)	위벽이 날카로운 것에 찔리는 것 같다. (비유의 활용)

---

202) “미사학 또는 수사학이라고도 한다. 사(辭)를 수식해서 아름답게 하는 리(理)를 설하는 것, 즉 일개의 문장학이다. 따라서 문장이란 일면 미술인 것이다[美辭學また修辭學とも稱す。辭修飾して美ならしむる理說くも卽ち一箇の文章學なり。而して文章は一面の美術なり。]” 島村瀧太郎(1922 : 1).

203) 글을 꾸밀 때에 외형을 꾸밀 수도 있고 내용을 꾸밀 수도 있다는 것인데, 내용과 형식이 완전히 이분법적 실체로 분리되는 것을 알 수 있다. 이러한 논리는 동양의 전통적인 체용(體用) 논리와 대비된다. 동양의 체용 논리는 실체를 확정하지 않고 유동적인 과정 속에서 상태의 변화만 기술한다. 야마다 케이지(1994ㄱ : 140) 참조

위의 표는 시마무라가 『신미사학』에서 수사 현상을 세분한 것이다. 시마무라의 논리에 따르자면 수사(修辭), 즉 말을 꾸미는 현상은 그 꾸미는 지점에 따라 세분된다. 이는 전통적인 한문 글쓰기의 수사(修辭)에서는 발견할 수 없었던 논리이다. 시마무라에 따르면 말을 꾸미는 지점은 '외형'과 '내용'의 두 가지이다. 예컨대 '꽃이 피었다'를 꾸민다고 했을 때 '꽃이 아름답게 피었다', '꽃이 활짝 피었다' 식으로 꾸미는 것은 외형을 꾸미는 일이고, '꽃이 활짝 웃었다'와 같은 식으로 꾸미는 것은 내용을 꾸미는 일이라는 것이다. 이러한 논리가 얼마나 타당성을 가질지는 더 생각해 보아야 할 문제이겠으나, 오늘날 문장에 관련된 각종 지식들이 근거하는 거점들을 시마무라의 논리가 마련해 준 것은 분명하다.

최재학은 시마무라 호게츠의 논리를 참조하여 『실지응용작문법』을 썼는데, 위의 표에서 짙게 표시한 부분이 최재학이 『실지응용작문법』에서 활용한 부분들이다. 앞서 최재학이 작문의 3요소로 '구사구사(構思)(構思), 어채(語采), 문법(文法)'을 들었고, 그 가운데 '어채'와 '문법'은 새로운 용어였다고 밝힌 바 있다. 이 용어에서 '어채(語采)'는 시마무라가 말한 바 '외형의 꾸밈'에 해당되는 것이며, '문법(文法)'은 시마무라가 말한 바 '내용의 꾸밈' 가운데에서 '상념의 발전'에 해당한다. 각 작문 요소에 해당되는 세부 항목은 이미 이재선(1969)에서 정리된 바 있으므로 여기서는 생략하고, 여기서는 최재학이 『신미사학』에서 특정한 부분만을 취한 논리와 그 결과만을 살펴보기로 한다.

이 문제에 관한 단서는 최재학의 『실지응용작문법』 총론에 대한 분석을 통해서 얻어질 수밖에 없다. 총론은 앞서 살펴보았듯이 작문의 3요소를 구사구사(構思)·어채·문법으로 보고 있는데, 최재학은 이 각각의 요소가 어떠한 관계를 맺고 있는지를 설명하지 않고 있다. 그는 단순히 각각의 요소에 대한 설명을 병렬적으로 나열할 뿐인데, 예컨대 '구사구사(構思)(構思)'는 '記載할 材料를 當得(기재할 재료를 당득)'하고, '其 適用과 不適用을 區別ᄒ야 其 取捨를 定(그 적용 여부를 구별하여 취사를 정)'하며, '材料를 如何히 配置ᄒ야 法度에 合(재료를 이러이러하게 배치하여 법도에 합치)'케 하는 것이라 하여 구상(構想)과 배치(配置)의 단계임을 밝히고, '어채(語彩)'는 '언어상 색채'라 하고 어구에 순잡(純雜)의 구별, 어취에 아속(雅俗)의 구별이 있다 함으로써 시마무라의 어채(語采) 개념 가운데 적극적인 것과 소극적인 것을 모두 활용하고 있다. 그런데, 이 경우 최재학은 그에 대한 사례를 제시하지 못하고 있는데, 이는 서구적인 문예문의 기준에 입각한 시마무라의 작문 논리를 국한문체에 입각한 자신의 언어관에 소화시키지 못하였기 때문이다.

'문법'의 경우도 마찬가지이다. 앞에서도 살펴보았듯이 근대적 의미의 '그래머'에 해당하는 '문법' 개념은 한문(漢文)에 대해서조차 이미 신채호(1908)에 나타나고 있었고, 국문에 대한 근대적 '문법' 관념은 이보다 이른 시기에 이른바 '문전(文典)'의 형태로 차차 퍼져 나가고 있는 추세였다.204) 그런데 최재학(1909 : 8)은 '문법'의 개념을 단순히 '運用의 方法'이라고만 하고, 그 이상의 설명은 하지 않고 있어 그가 무엇을 말하고자 했는지 언뜻 알기 어렵다. 다만 '문법' 꼭지에 실려 있는 세부 항목들을 살펴보면, 그의 이해(理解)를 어느 정도 짐작할 수는 있다.『실지응용작문법』의 '문법' 꼭지에서『신미사학』과 공통되는 세부 항목만 추려 제시하면 다음과 같다.

〔표 19〕『실지응용작문법(實地應用作文法)』의 '문법' 항목과 그 연원

수사법 (島村)	→	문법 (최재학)	(a) 비유법	직유, 은유, 제유, 환유, 풍유, 인유, 성유, 류유
			(b) 화성법	의인, 돈호, 현재, 과장
			(c) 포치법	대우, 점층, 반복, 도장(도치), 조응, 전절, 억양
			(d) 표출법	경구, 문답, 설의, 영탄, 반어, 곡언, 상략

위의 표에 따르면『실지응용작문법』에서 '문법'의 하위 요소로 제시

---

204) 자세한 내용은 배수찬(2005ㄱ)을 참조할 것.

된 것들은 대부분 오늘날의 '수사법'에 해당되는 것들이다. 즉 글을 쓰는 과정에서 내용을 꾸미거나 배열하는 방식들인 것이다. 시마무라는 이들을 '내용의 꾸밈 > 적극적 > 상념의 발전'에 해당시키고 있는데, 최재학은 이에 대해서는 별 말이 없고 '運用의 方法'이라고만 하였다. 최재학은 '어채(語采)' 요소를 설명할 때에 사례 제시를 하지 못한 데 비해서, '문법' 부분에서는 사례를 들어 가며 자세히 풀이하고 있다. 이는 '문법'의 요소가 사실상 한문 글쓰기에서 수사(修辭)라 하여 글을 쓰는 방법으로서 제시한 '법(法)'의 개념과 상당히 겹치기 때문이다. 실제로 위의 표에서 ⓒ 포치법에 해당되는 기법들은 당표(唐彪)의 『독서작문보(讀書作文譜)』에서 뽑은 것이 대부분이고,205) 특히 대우(對偶), 도치(倒置), 억양(抑揚) 등의 방법은 한문 글쓰기의 수사법으로서도 널리 활용되는 것들이다.

　결국 『실지응용작문법』은 시마무라 호게츠가 근대 언어학과 미학 이론의 영향을 받아 저술한 『신미사학(新美辭學)』(1902) 가운데에서 국한문 글쓰기에 적합한 부분만을 골라 엮은 책이라고 볼 수 있다. 이를 효율적인 글쓰기 교육의 교재로 보기는 어렵고, 작문의 요소와 방법에 대한 이론적 저술로 보아야 할 듯하다.206) 수사(修辭)와 관련해서 한문 글쓰기에서는 구별하기 어려운 내용과 형식을 나누었다는 점에서는 새로운

---

205) 당표(唐彪)의 『독서작문보(讀書作文譜)』는 청대(淸代)의 저술로서, 최재학이 이전부터 알고 있었던 책이다. 시마무라 호게츠는 한학(漢學) 배경을 가지고 서양의 문예(文藝)를 공부했기 때문에, 단순히 서양 이론만을 추종한 것이 아니라 동양의 수사 이론도 소개하여 절충적 태도를 보일 수 있었다. 그러나 최재학은 『신미사학(新美辭學)』 가운데서 자신의 학문 배경인 한학(漢學)을 통해 소화할 수 있는 지점에만 특별히 편향적 관심을 기울였다.

206) 『실지응용작문법』의 저자는 교육적 의도를 가지고 썼을지 모르나, 그 결과물이 교육에 적합하지는 않다는 의미이다. 이러한 점에서 볼 때, 이태준의 『문장강화』가 한문 작문법의 오랜 축적과 실제 작문의 다양한 성과를 마음대로 논단하고 서양 문체와 미문(美文) 취향만을 도입했다고 주장하면서, 『실지응용작문법』에 무지(無知)를 드러냈다고 본 조동일(1996ㄱ : 244~245)의 논리 전개는 매우 편향된 것이다. 『실지응용작문법』은 과도기의 책일 뿐이며, 일본의 영향을 받은 것으로 치면 『문장강화』에 못지않은 저술로서, 높이 평가할 양질(良質)의 저술로 보기 어렵다.

시대에 대한 적응 의지가 엿보이지만, 형식적 측면의 수사(修辭)를 거의 다루지 못한 것은 한계로 지적된다. 이는 최재학이 한문체 내지 국한문체를 고수하는 한 피할 수 없는 한계로 보인다. 수사(修辭)에서 형식적 측면이란, 근대적 글쓰기의 전제인 표음문자의 '소리 : 의미' 대응에서 '소리'에 해당되는 부분이며, 이는 각국어 음성의 물리적 특성이므로 한문체(漢文體)만 알아서는 상상할 수 없는 차원이기 때문이다.[207]

내용적 측면의 꾸밈을 보더라도, 수사법만을 중점적으로 다루고 그것을 '문법' 항목에 해당시켰다는 점에서, 『실지응용작문법』이 한문 글쓰기의 모델을 염두에 둔 저술(著述)이라는 것을 알 수 있다. 근대적 글쓰기 모델에서 '문법'은 '말소리를 질서있게 조직하여 생각을 명석하게 전달하는 것'[208]이며, 이것이 근대적인 '그래머(grammar)'의 개념이다. 문장의 모델을 음성 언어에 두지 않는 한 이러한 문법 개념은 이해되기 어렵다. 오늘날 남아 있는 최재학의 글쓰기는 국한문 혼용체 가운데서도 초기 형태인 구절 현토식 국한문체가 많았다. 즉 그에게 표음문자만으로 이루어진 순국문체 문장 모델은 고려의 대상이 아니었던 것이다. 따라서 그가 '문법(文法)'을 '문장을 읽을 때 지켜야 할 규칙(그래머)'이 아닌 '글을 잘 꾸며서 쓰는 방법(전통적 의미)'으로 이해한 것은 지극히 당연한 결과였다. 한문 글쓰기에 익숙했던 최재학은 '문법'을 '작문법'과 같은 것으로 이해했고, 이것이 그의 시대적 한계였다.

---

207) 로만 야콥슨이 언어의 기능을 6가지로 나누어 보았을 때에 '시적 기능(poetic function)'이 바로 여기에 해당한다. 야콥슨의 이 논의는 러시아 형식주의라는 극도로 근대화한 문예학의 이론으로서, 말소리의 물리적 속성을 강조하여 그것을 놀이(game)의 재료로 삼는다. 로만 야콥슨, 신문수 역(1989 : 59~60) 참조. 물론 한문(漢文)에도 성운(聲韻)이 있고 평측(平仄)이 있어 말소리의 물리적 속성을 부분적으로 다룬다. 그러나 이는 한자음(漢字音)의 차원일 뿐으로, 음성중심주의의 극단을 추구한 서구 언어의 청각적 물질성과는 구별되는 것이다. 서양어(西洋語)에서 소리의 물질성은 언어를 구성하는 본질적 축의 하나였다. 반면 한자(漢字)의 성운(聲韻)이나 평측(平仄)은 시작(詩作)의 기교에 지나지 않으며, 중국어를 모국어로 하지 않는 한국의 한학자(漢學者)들에게 음성언어의 물질성은 더욱 이해 곤란한 것이었다.

208) 시마무라의 '수사 현상 > 내용의 꾸밈 > 소극적 > 상념의 명석화'에 해당된다.

물론 한문 글쓰기에 익숙했던 모든 이들이 근대적인 문법 개념을 이해하지 못한 것은 아니었다. 그 대표적인 예가 원영의(元泳義)의 『초등작문법(初等作文法)』(1908.10)이다. 이 책은 한학자인 원영의가 근대적인 품사의 개념을 도입하여 한문을 설명하고 그 작법을 논의한 것이다. 이른바 '漢文文法의 濫觴'209), 국내 최초의 한문 문법서인 것이다. 한문에는 본디 '문장을 조직하는 방법'을 뜻하는 '문법'이 없었는데, 근대 이후 음성만으로 문장을 조직하고 의사소통하는 상황이 일반화되면서, 음성 언어의 어법(語法)을 적용하여 한문을 이해하는 시도가 나타난 것이다. 『초등작문법』의 범례(凡例)와 본문 가운데 일부를 보기로 한다.

> 一 此編은 孩蒙이 漢文을 讀홀 時에 <u>文字의 組織ᄒᆞᆫ 法則</u>을 曉解키 爲ᄒᆞ야 作홈
> 一 <u>文法</u>은 蒙學을 易曉케 홈이 必要홈으로 粗淺ᄒᆞᆫ 句語를 用홈210)

> <u>文法</u>은 文字를 製作ᄒᆞᆫ 道理라 大凡 <u>人</u>이 聲音으로 心中에 思想을 發達홈이 言語오 口中에 言語를 記述홈이 <u>文字</u>라 文字中에 字眼이 個個히 法則이 有ᄒᆞ니 法則을 不通ᄒᆞ면 文字의 道理를 曉解키 不能ᄒᆞ니라211)

첫 번째 범례에 의하면 이 책의 저술 목적은 '어린이들이 한문 독해를 쉽게 할 수 있도록 문자가 조직되는 법칙을 알려주기 위함'이다. 그러한 '문자 조직의 법칙'을 '文法'이라 하는데, 본문에서는 이를 '문자(文字)를 제작하는 도리(道理)'라 하였다. 여기서 '문자의 제작'이란, 훈민정음과 같은 문자 체계를 만들어 낸다는 의미가 아니라, 문자를 연결하여 더 큰 언어 단위를 만들어낸다는 의미이다. 이처럼 문법(文法)을 '글쓰기 방법'이 아닌 '문자 조직'의 문제로 이해한다는 점에서, 『초등작문

---

209) 「『초등작문법』 해설」(김민수 · 하동호 · 고영근 편저, 『역대한국문법대계』 제2부 제35책, 塔出版社, 1984) 참조.
210) 원영의(1908 : 1~2). 면수는 목차의 면수를 나타낸다.
211) 원영의(1908 : 1). 면수는 본문의 면수를 나타낸다.

법』은 최재학과 같은 전통적 한학자의 문법 관념을 극복하고 있다.

최재학과 원영의가 비슷한 시기에 저술한 책이 '문법(文法)'에 대해 이렇게 상이한 관념을 갖고 있다는 점은 주목할 만한 일이다. 전환기의 문장을 읽을 때에는, 그 어느 때보다 더 세심한 어휘 차원의 문헌 비판이 요망된다고 하겠다. 그렇다면 원영의가 이렇게 근대적인 문법 관념을 가질 수 있게 된 이유는 무엇일까? 그것은 위의 인용문에 나타난 그의 언어관을 살펴보면 쉽게 알 수 있다. 원영의는 '人이 聲音으로 心中에 思想을 發達홈이 言語오 口中에 言語를 記述홈이 文字'라고 하였다. 즉 '언어는 사상을 표현하는 말소리'이며, '문자는 그러한 언어의 기록'이라는 것이다.212)

이러한 언어관은 표음문자를 표준으로 생각하고 언어를 의사 소통의 도구로 파악하는 근대의 것임에 틀림없다. 문자는 소리의 기록일 뿐, 전통적으로 말하는 자연의 법칙을 담은 무늬[文]가 아닌 것이다. 그런데 이러한 근대의 언어관에 따르면, 한문(漢文)은 설 자리가 없어진다. 한문은 말소리의 기록이 아니기 때문이다. 즉 원영의의 『초등작문법』은, 근대적 관점으로 중세의 매체인 한문(漢文)을 분석 대상으로 삼은 모순된 성격을 띤다. 실제로 원영의는 한문의 문장을 단문 모델로 제시하면서 문법의 필요성을 주장하여, 근대 한문(近代漢文)의 이론을 마련하는 데 기여했다.213)

---

212) 이는 최초의 문법서인 유길준의 『조선문전(朝鮮文典)』 서문에서 "文字는 其實이 聲音의 符標며 言語의 形迹"이라고 한 부분이나, "言語는 즉 吾人의 日用常行ᄒ는 間에 萬般思想을 發現ᄒ는 聲音"이라고 한 부분과 맥락이 같다. 유길준, 「朝鮮文典序」(필사본), 유길준(1897)에서 인용.

213) '第十一章 造句'편을 보면, '字同句異에 意義變化(글자는 같고 구가 다를 때 뜻이 변화)'하는 경우와 '字同句異에 意義不變化(글자는 같고 구가 다를 때 뜻이 불변)'하는 경우를 들어 문법의 필요성을 간접적으로 암시하고 있다. '以雨潤物(비로써 사물을 윤택케 한다)'과 '雨以潤物(비가 써 사물을 윤택케 한다)'하면 뜻이 달라지지 않으나, '聾者不能聽(귀머거리는 듣지 못한다)'과 '能聽者不聾(듣는 자는 벙어리가 아니다)'은 뜻이 달라진다. 이렇게 어순을 달리하는 것, 즉 언어 단위를 조직하는 것이 단순히 꾸밈의 문제가 아니라 독자적인 중요성을 가질 수 있다는 것이 근대적 '문법'의

1900년대 초 주시경의 국어 문법 연구가 결실을 맺기 시작하고, 이후 일본인의 한국어 문법 연구가 본격화되면서, '문법(文法)'이라는 말은 '문장을 구성하는 단위를 조직하는 법칙'이라는 뜻의 용어(用語)로 확정되게 된다.214) 이 시기의 근대적 문법 관련 서적들은 대개 '문전(文典)'이나 '문법(文法)'이라는 타이틀을 달고 나왔는데, 문전(文典)은 특히 '문장을 조직하는 일과 관련된 규칙을 서술한 책'을 가리키는 용어로서 '문법(文法)' 대신에 널리 쓰였다. 그러다가 '문법'이란 용어가 구시대의 용례(글쓰기 방법)로 돌아갈 수 없을 정도로 견고한 근대적 의미를 확정짓게 되자, '문전(文典)'이란 말은 더이상 쓰이지 않게 된다.

'문전(文典)' 이외에 '어전(語典)'이란 말도 쓰였다. 김희상(1911 : 1)은 '문전(文典)' 대신 '어전(語典)'이라는 용어를 써서 '朝鮮語의 語音及 語法의 正則(조선어의 말소리와 어법의 바른 규칙)'을 가리키는 말로 삼았다. 김희상은 『조선어전(朝鮮語典)』 범례에서 굳이 자신의 저술이 '문전(文典)'이 아닌 '어전(語典)'임을 강조하고 있는데, 실제로 그 밖의 문전(文典)들이 전제하고 있는 '문(文)'이 결국 말소리의 기록인 만큼, 양자는 큰 차이가 없다. 김희상은 '문전(文典)'을 표방한 많은 책들이 실제로는 말소리와 그것이 조직되는 질서를 다루고 있다는 점에서 '어전(語典)'으로 불려야 한다고 주장하고 싶었는지도 모르겠다. 어쨌든 그의 생각은 언어의 중심을 음성 언어로 보고 문장은 그것의 기록일 뿐이라고 이해하는 근대적 언어관에 부합하는 것이라 할 수 있다.

의의(意義)인 것이다. 원영의(1908 : 50).

214) 예컨대 "본서에서 말하는 문법이라는 것은 구어(口語)에 관한 것으로서, 문장어(文章語)에는 미치지 아니한다. 그러나 문장어는 구어와 문법을 공유하는 것이 많고, 구어에서 시작하여 문장어로 들어가는 것이 학습상의 순서이기도 하므로, 문장어를 학습하고자 하는 사람을 위해서도 이 책은 약간의 도움이 될 것이라고 믿는다[本書謂ふ所の文法なるものは、口語に關するものにして文章語に及ばず。然れども文章語は口語と文法同じくするもの多く、且っ口語より文章語に入るは學習上の順序なる以て文章語學ばんとする者の爲にも、本書は幾分の效あるべき信ず]"와 같은 증언을 참고할 수 있다. 藥師寺知曨(1909 : 16).

『조선어전』은 어찌해서 지었는가? 조선어를 바로잡고자 하여 지었다. 조선
어는 어찌하여 바로잡고자 하는가? 조선인으로 하여금 조선어를 말하는 데에
서로 달리 말하지 않고 동궤를 따르게 하고자 함이다. 대개 언어는 의사의 표
시이다. 고금을 막론하고 온갖 일들이 의사에서 비롯되지 않는 바가 없으며,
이후에 언어로 발하고, 일로써 드러난다. (…) 의사의 발표는 언어에 달려 있
고, 언어의 발표는 어법에 달려 있다. 고로 어법이 정일하면 말하는 것이 쉽고
말하는 것이 쉬우면 의사의 표시도 역시 쉽다.215)

이 글은 우리 조선 사람이 우리말을 바르게 옮기고 우리글을 바르게 쓰기를
뜻하고 지은 것이니 이 글의 뜻을 대체로 풀어 말하자면 (…) 한 단자의 자모
의 철자를 가르치는 字學도 아니오 (…) 한 단어의 뜻을 해석하는 字典도 아
니오 (…) 한 단자의 어원을 연구하는 語學도 아니오 (…) '타관에서 고향을
바라보니 기러기 날아간다', '산 섶고 물 섶은 선리 타향에서 한 많고 정 깊은
고향을 넋 없이 바라보니 새벽 달 찬 서리에 뜻없는 기러기는 그 무엇을 그리
는지 구곡 간장이 메어지도록 슬피 울면서 날아간다'로 하는 것과 같이 한마
디 말의 그 느낌을 더욱 간절히 하거나 그 체재를 더욱 아름답게 하는 文學
도 아니오 (…) 한 완전한 句語를 이루어 우리의 의사를 베풀어 말로 옮기며
글로 쓰고자 하는 文法이다. (…) 詞와 詞를 모두어 말이나 글을 組織하는 方
法은 반드시 文法을 말미암지 않으면 말이 말다웁지 못하고 글이 글다웁지
못하게 되니 어찌 이를 汗漫이 여기랴.216)

위의 두 인용문은 각각 김희상이 1911년에 쓴 『조선어전(朝鮮語典)』과
1926년에 쓴 『울이글틀』의 자서(自序)이다. 두 자료는 근대적 문법이 성

---

215) "朝鮮語典何爲而作也? 欲正朝鮮語而作也. 朝鮮語何爲而正也? 欲使朝鮮人言之之
不出岐異, 而由於同軌者也. 盖言語者意思之表示也. 古往今來, 生生無窮之千萬事,
爲無不始於意思, 以後發於言語著於事. (…중략…) 凡意思之發表在於言語, 言語之發
表在於語法, 故語法精一則言之也易, 言之也易則意思之表示也亦易." 김희상, 「『朝
鮮語典』自序」. 김희상(1911 : 1~2).

216) 김희상은 독특한 띄어쓰기와 맞춤법에 대한 견해를 갖고 있어, 표기가 오늘날의 것
과 다소 이질적이다. 이에 원문을 그대로 적으면 독해에 혼란이 일어날 것 같아, 맞춤
법과 띄어쓰기만 오늘날의 규칙대로 다듬었다. 김희상, 「『울이글틀』 자서」, 김희상
(1927 : 3~5).

립하는 시대적·학적 배경을 알려주는 중요한 것들이다. 앞의 것은 문법(文法) 내지 어법(語法)이 필요한 이유를 보통인의 의사소통에서 찾고 있다. 보통인의 의사소통은 음성 언어로 이루어지는데, 이를 말할 때에 규칙을 가져야만 의사 표시가 쉬워진다는 것이다. 그런데 말할 때의 규칙이란 언제나 필요한 것일 뿐, 새삼스럽게 근대에 이르러 규칙이 필요해지는 것은 아니다. 따라서 어법이 생겨난 이유는 좀더 근본적인 데서 찾아야 하는데, 그것은 위 제시문에서 누차 강조하고 있는 이른바 '조선어(朝鮮語)'라는 국가어 개념과 관련이 있다.217) '국민'이라는 추상적 보통인이 지역이나 연령에 관계없이 동일한 규칙에 입각해서 말하고 문장을 조직하는 것이 바로 '단일 국가'의 이념인 것이다.

두 번째 인용문은 근대적 '문법'의 등장과 함께 전통적 말과 글에 대한 이론들을 문법(文法)으로부터 변별하고자 하는 시각이 드러나 있다. 말이나 글에 대한 연구 분야 가운데 과거부터 있었던 단순한 철자법(綴字法)이나, 뜻풀이용 자전(字典)이나, 글자의 어원을 풀이하는 자원학(字源學)과 구별되는 문법의 특질을 강조하고 있다. 문법의 특질은 '한 완전한 구어(句語)를 이루는 것'을 목표로 삼는데, 여기서 '句語'라는 것은 '文章'이 '센텐스(sentence)'의 역어(譯語)로 정착하기 전에 단일한 문장을 가리키던 용어이다.218)

이 인용문에서 가장 주목되는 것은 '문법(文法)'와 '문학(文學)'의 구별이다. 이는 이른바 말을 조직하는 '그래머(grammar)'와 말을 꾸미는 '수사학(rhetoric)'의 분별이다. 똑같은 내용을 외적으로 화려하게 꾸미는 것이

---

217) 물론 '조선어(朝鮮語)'가 국가어 개념으로 성립할 수 있는지에 대해서 논란이 있을 수는 있으나, 일제 강점기의 조선어가 오늘날 대한민국의 공식언어인 한국어(韓國語)의 선행 형태였다는 것은 분명하므로, 일단 잠정적으로 이렇게 표현해 둔다. 일제 강점기 조선어 교육의 성격에 대해서는 이연숙(1996)과 김혜정(2003)을 참조.

218) 실제로 문장이 한문의 유장한 문체를 본받아 종결을 가급적 피하던 근대 이전에는, 국어 문장의 단위를 나타내는 말로 한자의 연합을 나타내는 '구(句)'에 일반적인 '어(語)'를 결합하여 '句語'라 하였던 것이니, 여기서도 근대 이전의 문장 관념을 엿볼 수 있다.

야말로 수사학(修辭學)의 본령인데, 과거 한문체에서는 그러한 꾸밈 자체가 내용을 형성하던 것임에 비해, 음성 언어의 기록인 순국문에서는 그러한 꾸밈이 단순한 미사(美辭) 내지 형식적 과장(誇張)으로 여겨진다. 즉 '말의 느낌을 간절히 하거나 체재를 아름답게 하는' 문장 활동은 '수사학(修辭學)'이 되는 것인데, 최재학의 『실지응용작문법』에 따르면 이는 '문법(文法)'으로 간주될 것이다.

'문법(文法)'이 문장과 관련된 각종 포괄적 지침 내지 쓰기 방법을 가리키던 시기를 지나 '문장을 구성하는 세부 단위들의 조직 방식'으로 그 의미가 한정되기 위해서는, 언어 단위에 대한 명료한 인식이 갖춰져 있어야 한다. 그러한 기초적 언어 단위로 『울이글틀』에서 제시된 것이 이른바 '사(詞)'219)이다. 사(詞)는 오늘날의 '단어(word)'에 해당되는 것으로, 한문(漢文)에서는 전혀 문제시되지 않던 개념이다. 음성 언어를 기본적인 언어 모델로 상정하는 언어 문화에서는, 단어의 길이를 확정하고 그 고유의 기능을 분류하는 것이 언어 단위를 질서있게 조직하기 위한 가장 첫 단계인데, 이것이 이른바 품사론(品詞論)이다. 이러한 단어의 연결이 문장220)을 형성하고, 그와 관련된 질서는 통사론(統辭論)에서 설명한다. 1910년대 이후의 '문법' 개념은 이러한 '단어의 운용(運用)'이라는 의미로 확정되며, 더 이상 글쓰기와 관련된 각종 기법이나 준칙(準則)을 의미하지 않게 된다.

(2) '개인적 표현'으로서 작문관 확립–이각종의 이론

(가) 선험적 기준에 따른 문장의 분류

지금까지 살펴본 작문법의 관념은 글쓰기를 보통인의 의사 소통 수

---

219) "사(詞)이라 하는 것은 소리에 대하야 한 낫 사물(事物)의 뜻을 붙이는 것이니 곧 단어(單語)이다." 김희상(1927 : 1). 본문의 면수를 가리킨다.
220) 김희상의 용어를 따르자면 '구어(句語)'이다. "句語이라 하는 것은 詞 곧 單語가 모이어 한 完全한 뜻을 일우는 것이다." 김희상(1927 : 1). 본문의 면수를 가리킨다.

단으로서 확립시키는 데에 기여하였다. 글쓰기는 더이상 소수 특권 계급인 양반(兩班)들의 지적 전유물이 아니었으며, 전통적 양식인 논(論)·설(說) 등을 대체하는 새로운 글쓰기 양식이 바야흐로 수립될 기미를 보이고 있었다. '논설(論說)'이란 이름이 공공적 글쓰기 장(場)에서 처음 등장한 것은 1896년의 『독립신문』이지만, 그것은 용어로 정립되었던 것은 아니었고 내용상의 편차도 매우 심하였다. 이론적으로 보면, 이각종의 『실용작문법(實用作文法)』(1911)이 새로운 글쓰기 양식에 따른 문장 분류론을 보여준 최초의 논의이다. 그는 문장을 '사생문(寫生文), 의론문(議論文), 설유문(說諭文), 보고문(報告文), 송서문(送序文) / 서서문(書序文), 변박문(辨駁文), 축하문(祝賀文), 조제문(弔祭文), 금석문(金石文), 전기문(傳記文)'으로 나누었는데, 의론문(議論文)과 설유(說諭文)이 오늘날의 '논설문(論說文)'에 선행하는 형태로 여겨진다.

『실용작문법』의 하편(下篇)은 문장 각론(各論)인데, 제1장 '문체(文體)'에는 근대적인 문장 양식 관념이 드러나고 있다. 근대 이전의 문체 관념은 '문장의 관습적 양식'을 가리키는 것이었던 반면, 오늘날의 그것은 '글쓰는 작자의 개인적 스타일이나 기세'라는 점을 이미 밝힌 바 있다. 이러한 근대의 문체 관념은 글쓰기의 관념이 '관습에 따른 변형 생산'에서 '개인의 창의적 의사 표현'으로 바뀐 데서 기인하는 것이다. 『실용작문법』은 『실지응용작문법』과 달리 재야(在野) 학자의 우발적인 저술이 아니라, 1911년 당시에 공식 교과목이었던 '조선어급한문(朝鮮語及漢文)'의 작문 활동을 보조하기 위한 저술임을 저자가 밝히고 있다.221) 따라서 여기서 나타나는 문장 분류의 방법과 그에 나타난 관념이야말로, 근대 이전과 단절 의식을 명확히 보여줄 것으로 기대된다.

---

221) "從來 朝鮮語及漢文에셔는 作文의 事實이 有ㅎᄂ 作法上 體製方式의 硏究가 乏홈으로 初學者로 ᄒ야곰 苦勞를 費케ᄒ야 隨而實地應用에 自由自在히 ᄒ지 못ᄒ 不便을 生홈은 識者의 同感되ᄂ 바ㅣ라 故로 本書ᄂ 重히 方法의 敎示 及 練習의 便에 用力ᄒ야 讀者學者로 ᄒ야곰 簡便히 作文의 能力을 得ᄒ기에 務홈이라" 이각종, 「實用作文法 舌代」, 이각종(1911 : 1).

文体ᄂ 文章의 作法上 體裁를 云흠이니 <u>文体ᄂ 文章의 性質을 從ᄒ야 多</u>
<u>少 相異ᄒ 形式이 有ᄒ지라</u> 故로 今에 其 大體上 通用ᄒᄂ 形式의 數種을
知흘 必要가 有ᄒ니라 然이ᄂ 人의 思想은 千變萬化에 其極이 無ᄒ卽 其
思想의 表現된 文体도 終亦 千差萬別이라 <u>如何ᄒ 題目에든지 必 其特定ᄒ</u>
<u>文体가 常有키 不能ᄒ니</u> 故로 <u>必須其思想과 題目에 相伴ᄒ야 相應ᄒ 者를</u>
<u>適宜選擇치 아니흠이 不可ᄒ니라</u>(이각종, 1911 : 99)

『실용작문법』에서 문체를 해설하고 있는 위 인용문에 문체에 대한
새로운 시대의 인식이 어느 정도 드러나 있다. 먼저 '문체는 문장의 성
질에 따라 다소 상이한 형식이 있다'는 것은 전통적인 문장 양식의 관
념을 답습한 것 같다. 전통적인 문장 양식이 문장의 '성질'에 입각한
'형식'의 차이라고만 보기는 어렵지만, 이미 존재하는 것을 사후적(事後
的)으로 분류하고 그때 글의 성질을 기준으로 삼는다는 점에서는 전통
적 분류론의 계승으로 볼 수 있는 것이다. 그러나 그 다음의 '어떠한 제
목에든지 반드시 특정한 문체가 항상 있을 수는 없다'는 것은 전통적인
분류론을 거스르는 일이다. 예컨대 근대 이전의 글쓰기에서는 제목(題
目)의 선정이 곧 특정한 문체(文體)의 선택이었다. 예컨대 제목을 '악양
루기(岳陽樓記)'라 하면, 이미 그 글은 제목에 의해 '기(記)'라는 문장 양
식(문체)로 규정되는 것이다.

이각종의 『실용작문법』은 이러한 '제목⇒문체'의 전통적 양식 관념
을 벗어나, '자기 사상과 제목에 서로 부합하고 상응하는' 문체를 '적절
하게 선택'할 것을 주문하고 있다. 이는 제목과 문체의 선택에 자유를
부여하는 대신에, 제목의 선택과 더불어 자기가 쓸 글의 양식이 선택되
고 그 양식에 해당되는 모범문의 학습에 입각해 거의 반자동적으로 글
을 써내던 전통적인 글쓰기 방법을 포기하라는 요구이다. 이는 단순한
제목·문체 선택의 자유가 아니라, 글쓰기 형식과 내용에 대한 전통적
제한을 사실상 철폐하는 상태인 것이다.

그렇다면 새로운 문장 분류론은 무엇에 입각한 것인가? 앞에서 잠시 소개한 대로, 이각종은 새로운 문체로서 사생문, 의론문, 설유문 등의 10종을 언급했으나, 오늘날 이러한 분류는 문체가 아니라 문종(文種)으로 인식된다. 문장의 체재(體裁)가 아니라 문장의 종류(種類)인 것이다. '종류'라는 용어는 기준에 따른 분류 단위를 가리키는 말로서, 연역 추리의 산물이며, 근대 이전에는 존재하지 않았던 서구식 개념이다. 글의 종류를 나누는 기준은 선험적으로 주어지며, 실제 글의 자료에서 주어지지 지지 않는다.222) 그러한 기준은 인간 심리의 발달 가능성이나 글쓰기 제재에 대한 범주론적 분류와 같은 추상적 의론에 의해서 마련될 수밖에 없는데, 이 점을 『실용작문법』의 문장 분류에서 확인해 보고자 한다.

〔표 20〕『실용작문법(實用作文法)』의 문장 분류와 그 기준

	분류의 해설	분류의 기준
寫生文	대상을 그려 내는 듯한 글쓰기	인간의 의도적 표현 행위
議論文	논리적으로 시비를 따지는 글쓰기	인간의 의도적 표현 행위
誘說文	상대를 권유하고 설득하는 글쓰기	인간의 의도적 표현 행위
報告文	사실이나 사건에 대해 알리는 글쓰기	제재에 따른 범주론적 분류
送序 / 書序文	송별 등 행사를 기념하는 글쓰기	의도적 표현 + 사후적 분류
辨駁文	시비를 따지고 반박하는 글쓰기	인간의 의도적 표현 행위
祝賀文	특정한 일을 축하하는 글쓰기	의도적 표현 + 사후적 분류
弔祭文	제사를 위한 글쓰기	사후적 분류
金石文	비문 등에 새기는 글쓰기	사후적 분류
傳記文	인간의 삶을 기록하는 글쓰기	제재에 따른 범주론적 분류

222) 이것이 서양과 동양의 글쓰기 양식 분류의 차이점이다. 동양의 글쓰기 양식 분류가 복잡한 이유는 그것이 어떠한 선험적 기준도 제시하지 않고 실제 존재하는 문장 양식을 사후적으로 기술하기 때문이다. 반면에 서양의 글쓰기 양식 분류는 '설명, 논증, 서사, 묘사'의 분류에서 알 수 있듯이, 언어적 진술 방식 등의 선험적 기준에 입각하여 글쓰기 행위를 기계적·추상적·사전적(事前的)으로 비교함으로써 가능해진다. 사유의 방식으로써 '비교(比較)'의 형식은 서양에서도 17세기 이후에야 등장하기 시작한다. 미셸 푸코(1987 : 79~88) 참조.

위에 제시한 표는 『실용작문법』의 문장 분류 양상을 좀 더 자세히 분석한 것이다. 송서, 금석문, 제문 등 전통적인 문장 양식도 일부 보이지만, 대부분은 인간의 의도적 표현 행위나 제재(題材) 같은 문장에 앞선 선험적 기준에 의해 분류가 이루어지고 있음을 알 수 있다. 이러한 문장 분류는 그 이전의 어떠한 글쓰기 관련 저술에서도 찾아볼 수 없는 획기적인 것인데, 이는 서구의 19세기 수사학(修辭學)이 제시한 서술 방식의 4분법, 즉 '설명 / 논증 / 묘사 / 서사'의 분류에 영향을 받은 것임을 쉽게 알 수 있다.[223] '논설문(論說文)'이라는 양식은 이러한 수사학의 내적 발전과는 약간 떨어진 저널리즘의 공간에서 '사설', '논설' 이라는 이름으로 천천히 정립되어 가고 있었으며, 『실용작문법』의 분류에서 보자면 의론문(議論文)이나 유설문(誘說文)에 해당된다.

(나) 행위 중심의 문장 구성론 발견 - '기단 - 진행 - 결속'

『실용작문법(實用作文法)』이 작문 이론의 역사상 중요한 의의를 갖는 이유는, 앞에서 제시한 대로, 작문을 인간의 보편적 표현 행위로 간주하고 그에 입각하여 문장을 분류했기 때문이었다. 이와 관련하여 『實用作文法』의 또다른 특색을 지적할 수 있는데, 이는 다름아닌 '행위 중심의 문장 구성론'을 발견했다는 것이다. 과거의 문장 구성론은 이른바 '기(起) - 승(承) - 포(鋪) - 결(結)'이었는데, 이는 쓰기 주체를 강조하기보다는 글의 흐름 자체에 초점을 둔 논의였다. 예컨대 『실지응용작문법(實地應用作文法)』에서는 '기(起)'를 '人의 頭面耳目', 승(承)을 '人의 咽喉', 포(鋪)를 '人의 心胸', 결(結)을 '人의 手足'에 비유하고 있는데(최재학, 1909 :

---

223) 7차 교육과정의 고등학교 『작문』 교과서도 서술 방법으로서 설명, 논증, 묘사, 서사의 넷을 들고, '설명'의 세부적 방법으로 '지정, 정의, 비교, 대조, 구분, 분류, 분석'을, '논증'의 세부적 방법으로 '연역, 귀납, 유추, 예시'를, '묘사'의 세부적 방법으로 '객관적 묘사, 인상적 묘사'를 들고 있다. '서사'에는 세부적 방법이 나타나 있지 않으나, 방법이 아닌 갈래의 차원에서 말하자면 서사의 세부 갈래는 '소설, 전기, 콩트, 영화, 극' 등 실로 다양하다. 권영민(2003 : 84~97) 참조.

1~2), 이는 주체의 쓰기 활동 진행에 따른 것이 아니라 글의 관습적 흐름에 입각한 구성론인 것이다.

그런데『실용작문법』의 문장 구성론은 이와 다르다.『실지응용작문법』과 구별되는『實用作文法』의 가장 큰 특색은 글쓰기의 단계를 실제로 제시하고 있다는 점이다. 이각종은 글쓰기의 2요소로 '수사(修辭)'와 '구성(構成)'을 들고 있는데,224) 이는 전통적인 글쓰기 단계에서 '수사(修辭)'가 실제 쓰기 활동의 모든 과정을 포괄하던 것에 비해서 한결 합리적으로 다듬어진 것이다. '수사(修辭)'의 이름으로 말의 조직, 말의 수식, 문장 전체의 조직까지 포괄했던 과거의 문장 이론은, 근대에 이르러 '수식(修飾)'이 아닌 '의사와 정보의 전달'이 쓰기의 본령이 되면서 해체의 길을 걷게 되었고,『실용작문법』은 그러한 해체의 선도적 역할을 수행한 것이다.

'수사(修辭)'와 '구성(構成)'을 구별하여야 할 필요성은, 한 편의 글이 짧은 단문(短文)들의 연속적 집합으로 이루어진다는 관념 하에서만 의미를 갖는다. 실제로 아무리 길더라도 종결 없이 한 개의 '센텐스'로 이루어진 글이 있다면, 거기에서 구성(構成)을 논하는 것은 무의미한 일이다. 실제 한문에서는 종결이 일어나지 않는 문장 구성이 흔하기 때문에, 전통적인 한문 작문론에서는 '기-승-포-결'과 같은 상식적인 방식 이외에 구성(構成)의 문제를 따로 떼어 논의하는 경우가 많지 않았던 것이다.225) 그러나『실용작문법』은 '문장(文章)'을 "言語가 文字로써 集合되

---

224) 이각종은 '수사(修辭)'의 항목에 '명석(明晰)', '웅건(雄健)', '유려(流麗)'를 배치함으로써 서양 문체 개념의 영향을 받았음을 알 수 있는데, 수사법에 대한 논의, 문체 요소에 대한 논의 등이 혼합되어 있다. 이각종(1911 : 7~72). 이각종의 '수사(修辭)'에 대한 이해와 그 연원을 밝히는 일은 흥미로운 과제이나, 이에 대한 연구는 이후의 과제로 넘기겠다.

225) 물론 한문 작문론에서도 편을 구성하는 방법으로 주객(主客), 돈좌(頓挫), 단속(斷續), 경직(徑直), 곡절(曲折), 돌기(突起), 수필(收筆), 접속(接續), 제법(提法), 주법(駐法), 경책(警策), 존제(尊題) 등의 방법을 활용한 것은 사실이다. 심경호(1998 : 102~111). 그러나 이는 각각의 문장의 각 편을 구성할 수 있는 실제적인 기법일 뿐, 오늘날처럼 해당 갈래의 어느 문장에나 통용될 수 있는 '서론-본론-결론(논설문)'이

야 "一完全흔 意義를 顯ᄒᄂᆞᆫ 者"라고 규정함으로써, 음성 언어의 기록인 단문(短文) 형태를 상정하고 있다는 것을 분명히 알 수 있다.226) 따라서 구성법이 작문 이론의 내용 요소로서 반드시 필요하게 되었다.

즉 『실용작문법』은 문장 구성법과 수사법을 구별하여, '수사=문장'이라는 근대 이전의 상식을 깨뜨렸다.227) 게다가 이각종은 구성법을 '내용의 구성'과 '외형의 구성'으로 나누어 논의하고 있는데, 전자는 현행 교육과정에서 이른바 '내용 생성'에 해당하는 부분이다. 내용의 구성과 외형의 구성이 나뉘어지는 것은 글쓰기 과정을 사후적으로 설명하는 것이 아니라 쓰기 주체의 경험을 쓰기의 실제 행위와 동시에 기술해 나간다는 의미에서 오늘날의 작문 이론에 접근하는 것이다. 내용의 구성이란 사상을 수집하는 것으로, 글쓰기의 준비 단계로서 '구상(構想)'이라고도 한다.228) 여기에는 '문제의 고안→사항의 배열→문구의 선택과 수식→전 사상의 통일'이라는 쓰기 단계가 친절하게 안내되어 있다.229)

다음으로 이각종은 '외형의 구성'이라는 항목에서 실제로 한 편의 글

나 '발단—전개—위기—절정—결말(소설)' 등의 포괄적 구성론은 존재하지 않았다.

226) 이각종(1911 : 1). 『실용작문법』이 스스로 과목의 참고서임을 내세운 '조선어급한문(朝鮮語及漢文)'과의 교과서를 검토해 보아도 짧은 단문으로 된 근대식 한문 모델이 일반적이다.

227) 제2장 수사법(修辭法)을 마친 뒤, 제3장 구성법(構成法)은 다음과 같은 언급으로 시작된다. "前章에ᄂᆞᆫ 文章의 修飾에 關흔 大要를 說ᄒᆞ얏스니 學者ᄂᆞᆫ 修辭의 要意를 槪知홀지라 玆에ᄂᆞᆫ 更히 文章의 作法 卽 構成에 關한 方法을 述ᄒᆞ노라." 이각종(1911 : 73).

228) 이각종은 '구상'이란 용어를 실제로 오늘날과 거의 같은 의미로 사용한다. "內容의 構成 卽 構想은 思想을 收集ᄒᆞ야 文章을 作홀 準備를 成ᄒᆞᄂᆞᆫ者ㅣ니" 이각종(1911 : 73).

229) 그러나 실제로 '내용 생성'의 단계가 실제 쓰기 단계의 준비인지 실제 쓰기 단계인지가 모호하며, '내용의 구성'이라는 항목은 실제로는 존재하지도 않는데 '외형의 구성'과 구별하기 위하여 따로 설정한 것은 아닌지 하는 의구심이 들기도 한다. 실제로 글을 쓰기 전에 구상을 하는 것은 당연한 일이나, 무슨 표현을 쓸 것인지까지 미리 정해 놓고, 단순히 그 생각을 옮겨 적기만 하는 사람이 과연 얼마나 될까? 이는 인간의 합리적인 기억력의 한계만을 생각해 보더라도 자연스럽지 않은 이론이다. 쓰기 이론이 '내용 생성하기'와 '내용 조직하기', '표현하기'를 구별하고 있는 전통은 오늘날까지 지속되고 있는데, 이 점에 대해서는 반성이 필요하다고 여겨진다.

이 어떻게 구성되며, 어떻게 구성하여야 하는지에 대한 지침을 구체적으로 서술하고 있다. 그는 구성의 단계로 '기단—진행—결속'의 3부분을 들고 있는데, 이를 '기—승—포—결'이라는 전통적인 문장 구성론과 어떻게 다른지 직접 설명하고 있다. 잠시 그 설명을 인용해 보겠다.

> 文章의 外形上 構成은 其 結構의 形式을 云홈이니 古來로 文章은 起, 承, 舖, 結의 四部分으로 構成호다 호야 諸般 文章에 廣用호니 (…) 然이나 新體 文章에셔는 此를 起端, 進行, 結束의 三部分으로 區別홈이 反히 明確호니 左에 此를 詳說호노라
>   一, 起端은 文章의 起首에 提호는 部分이니 起首는 爲先 讀者의 注意를 惹호기 易호고 且 明快호 文辭를 用홈이 可호고 (…)
>   二, 進行은 文章이 旣히 起端된 次에 繼續호야 敍述의 步를 進홈이니 起端의 語意를 敷演호며 說明호며 擴張 開展호야 變化 萬端의 手段을 用홈은 正히 此 進行中에 在호니라 (…)
>   三, 結束은 文章의 末端에셔 全篇을 收束 完結호는 部分이니 結束에는 最히 鍛鍊을 加호야 力量이 有호고 且 餘味가 存케 홈을 要호나니 全文의 眞意 如何와 文勢의 死活이 係호 바ㅣ라(이각종, 1911 : 77~89)

위에 인용한 '기단—진행—결속'의 설명은 쓰기 주체가 실제로 글을 써 가는 데에서 취할 유목적적(有目的的) 행위 양상, 이른바 '전략'의 문제를 주로 다루고 있다. '기—승—포—결'이 글 자체의 논리를 항목화한 것임에 비해서, 쓰기 행위의 과정을 항목화한 것이다. 밑줄 친 부분만을 보더라도, 기단(起端)에서는 독자의 주의를 끌기 위해 명쾌한 말을 사용할 것, 진행(進行)에서는 기단(起端)이 말뜻을 부연하고 확상할 것, 결속(結束)에서는 어구를 단련하여 역량과 남은 맛이 있게 할 것 등을 주문(注文)하고 있는 것이다. 글쓰기의 이론에서 글 자체의 속성뿐만 아니라 쓰기 주체가 취해야 할 행위 요목(要目)을 제시하고 있는 이러한 설명 방식은, 글쓰기가 문화적 관습에 따른 재생산이 아닌 쓰기 주체의 표현

활동으로 변모해 가는 과정을 반영하고 있는 것이다.

　이 절의 내용을 정리하면 다음과 같다. 본래 근대 이전의 한문 글쓰기에서는 실제 쓰기 과정을 설명하는 이론을 '수사(修辭)'로 포괄하고 있었다. 그런데 근대 이후 서양어의 영향과 외국어에 대한 인식이 일어나면서, 문장을 쓰는 데에도 구어(口語)의 조직 질서인 어법(語法)과 문법(文法)이 필요해졌다. 근대 이전의 고전적 수사론에서는 말의 조직과 말의 수식이 구별되지 않아 '문법=수사(법)'[230]이었는데, 말을 조직하는 질서를 다루는 지식 체계가 '문법'으로 분리되어 나가면서 수사법 또한 그 자체로 독립된 '수사학'으로 거듭나게 되었다.
　수사학은 '내용의 꾸밈'과 '외형의 꾸밈'으로 나뉘어졌다. 언어 자체의 물질성을 활용한 외형의 꾸밈은 자국어의 특성에 대한 자각을 가능하게 하였고, 내용의 꾸밈은 이른바 수사 기교의 다양한 발달을 가능하게 하였다. 이로써 수사학은 문법과 완전히 분리되어 독자적인 분야에서 글쓰기에 영향을 미치게 된다. 마지막으로 문장 구성론의 차원에서는 과거의 '기-승-포-결' 류의 실체 중심적 구성론에서 '기단-진행-결속'의 행위 중심적 구성론으로 나아감으로써, 글쓰기 행위 주체가 강조된 양상

---

230) 근대 이전의 동아시아에서는 수사법이나 수사학이라는 용어가 흔하지 않았고 오직 '수사(修辭)'만이 존재했기 때문에 '수사법'이라 하지 않고 '修辭'라고 적었다. 필자가 조사한 한, 동아시아에서 수사(修辭)가 학문인가 아니면 단순한 기법인가 하는 의문을 최초로 제기한 것은 1906년에 나온 쿠보 토쿠지[久保得二]의 『實用作文法』이었다. "수사는 혹자는 학(學)이라고 하고 혹자는 법(法)이라고 한다. 이것은 학문인가 기술인가? (…중략…) 문장을 교묘하게 하는 여러 법칙을 추상하고 그 원리를 가르치는 것을 주로 한다면 학문(學問)일 것이다. (…중략…) 만약 여러 원리를 어떻게 응용할 것인가에 대해서만 서술한다면, 이는 기술(技術)일 것이다[修辭は、或は學といひ、或は法といふ。これ學問なるか、將た技術なるか。若し文章をして巧妙ならしむる諸種の法則を抽象し、以て原理を教ふるを主とせば、是れ學問なり。若し又、これ等、諸原理を如何に應用すべきかに就いて述ぶるところあらむには、是れ技術なり]." 久保得二(1906 : 3) 즉 동아시아에서 '수사(修辭)'를 특정한 속성을 지닌 행위로 이해하는 것은 근대 이후의 일이며, 그 이전의 수사(修辭)는 반드시 따라야 할 실체적 법칙도 아니었고, 근대적 학문 개념도 아니었던 것이다.

을 보여준다. 이상의 내용을 정리하면 [표 21]을 얻을 수 있다.

〔표 21〕 글쓰기 관련 용어 및 이론 체계의 근대화

수사(修辭) : 실제 문장 짓기 (말 얽어내기) (말 꾸미기) 鍊字, 造語, 篇章……	↗	문법(文法) (grammar)	문장 자체를 구성하는 질서231) (말 얽어내기)	
	→	미사학(美辭學) 수사학(修辭學) (rhetoric)	(말 꾸미기)	문장의 내용을 꾸미는 방식
				문장의 외형을 꾸미는 방식
		작문 이론 (말 조직하기)	표현 의도에 따른 문장 분류	
	↘	문장 구성론 (텍스트학)	문장 이상 단위의 구성 방식	
'문장 양식'으로서 文體	→	'문장의 총체적 기세'로서 文體		
근대 이전	→	근대 이후		

2) 글쓰기 이론에서 '설명'과 '주장'의 분화

(1) 쓰기 활동의 근대적 분화 양상

지금까지 설명한 이론적인 배경들은 논설문 양식의 성립뿐만 아니라 근대적 글쓰기 일반에 적용될 수 있는 이론적인 변화들이다. 실제로 논설문 양식의 성립은 단순한 양식의 성립 문제가 아니라 '작문종의 형성'이라는 전체적인 지평의 변화 속에서 바라보아야 한다. 즉 『문심조룡(文心雕龍)』 이래로 견지되어 왔던 오경(五經)에 근원한 관습적 한문 글

---

231) '문법'이 근대 이후에 등장하는 개념이라는 것은 미디어학자인 맥루한도 지적한 바 있다. "비문자 사회에서 문법적 오류를 행하는 것은 불가능한 일이다. 왜냐하면 아무도 그러한 것을 들어본 적이 없기 때문이다. 구어적 체계와 시각적 체계 사이의 차이는 비문법적이라고 하는 아주 혼란스러운 문제를 일으킨다. 16세기 철자법 개혁의 열정은 같은 방식으로 시각과 음을 일치시키기 위한 새로운 노력의 결과였다." 마샬 맥루한(2001 : 459).

쓰기 양식들은 큰 변화를 겪지 않고 1,000년 이상 견고하게 유지되어 왔다. 청대 이후 요내(姚鼐)가 『고문사류찬(古文辭類纂)』에서 나름대로 귀 납을 거쳐 13류로 정리하였으나 널리 받아들여지지는 못하였다. 20세기 초의 『실지응용작문법(實地應用作文法)』조차도 『문심조룡』의 관습적 양 식 분류를 그대로 답습하고 있을 정도였다. 『문심조룡』 이래의 글쓰기 분류가 지닌 강제력이 이토록 강한 이유는, 글쓰기의 전제 자체가 근대 의 시각에서 보자면 '관습에 따른 부분적 변형과 재생산'으로 여겨지고 있었기 때문이다.

전통적 한문 글쓰기의 관습적 양식이 해체되고 표현 의도 내지는 제 재에 따른 문종(文種)의 분류가 행해지는 것은, 이각종의 『실용작문법(實 用作文法)』 이후였다. 이러한 글쓰기 양상의 분화는 문종(文種)을 나타내 는 새로운 개념어의 성립을 통해 확인할 수 있다. 예컨대 '설(說)'은 문 체 양식(텍스트 중심)을 나타내는 것인 데 반해서, '설명(說明)'이나 '논설 (論說)'은 인간의 진술 행위(인간 활동 중심)를 가리키는 용어로 정립한 것 이다. 마찬가지로 '논(論)'이라는 양식도 '논설(論說)', '논증(論證)', '논술 (論述)' 등의 행위 개념으로 확산된다. 즉 중세적 문체(文體)에서 근대적 문종(文種)으로 나아가는 이러한 변화는, 몇 가지 중심적 문체 양식의 적 자생존(適者生存) 양상으로 전개된다.

『문심조룡』의 문체 가운데 『실용작문법』의 문종으로 계승되는 것은 기(記)·전(傳)·논(論)·설(說)·서(書)의 5종뿐이다. 『문심조룡』의 문체는 한자(漢字) 한 글자로 표시되는 데 반해, 근대의 문종(文種)은 2음절의 한 자어(漢字語)로 표시된다. 2음절의 한자어로 표시된 문종(文種)의 개념은 '필자의 표현 행위'를 규정하는 방식으로 명명(命名)되었다. 예컨대 '유 설문(誘說文)'을 분석하면, '권유하여[誘, 행위 의도]'+'말하기[說, 행위 양상]' 인 것이다.232) 이렇게 문장을 분류하는 기준이 '관습적인 양식'에서 '필

---

232) "誘說文은 某 事理로써 勸誘ᄒ기 爲ᄒ야 人의 理性과 感情에 訴ᄒ야 人을 感化홈
    을 目的ᄒᄂᆫ 者이니." 이각종(1911 : 116).

자의 표현 행위 양상과 의도'로 바뀌는 이유는, 글쓰기가 '소수 엘리트 집단의 고급스런 문화 활동'이 아니라 '보통인의 의사소통을 위한 개인적 행위'로 전환한 데서 비롯한다.

『실용작문법』의 각종 문종을 가리키는 용어 가운데는 후대에 다른 이름으로 변모한 것이 많다. 그러나 어찌 되었건 간에, 2음절어를 활용하여 전통적인 문체(文體)를 문종(文種)을 변모시킨 공로는 인정되어야 할 것이다. 물론 이것이 전통적인 문장 양식의 계승인지, 아니면 서구적인 글쓰기 갈래 분류의 번역인지는 좀더 깊은 고찰이 필요하다. 예컨대 '설명문(說明文)'이라 하면 '익스포지토리 라이팅(expository writing)'의 번역으로 이해되는 것이 명백하다고 생각할 수도 있다.233) 그러나 이렇게 이해하고 멈춘다면, 『문심조룡』 이래의 여러 문체 양식이 사라졌음에도 불구하고 '설(說)'라는 말하기 행위는 '설명(說明)'이라는 이름으로 변형된 채로나마 살아남게 된 이유를 풀이할 수 없게 된다. 『실용작문법』에 제시된 문종(文種) 가운데, 『문심조룡』의 문장 양식을 계승한 것을 제시해 보면 다음과 같다.

〔표 22〕『문심조룡(文心雕龍)』 이래의 전통적 문장 양식의 근대화

『문심조룡』	『고문사류찬』	『實地應用作文法』	『實用作文法』
논(論)	논변류	논(論)	의론문, 변박문
서(書)	서설류(1 / 2)	서(書)	보고문, 서서문
기(記)	잡기류	기(記)	전기문(1 / 2)
전(傳)	전장류	전(傳)	전기문(1 / 2)
설(說)	서설류(2 / 2)	설(說)	유설문

각각의 문종들에 대한 이각종의 설명을 들면 다음과 같다.

---

233) '설명(說明)'은 일본인이 외국어를 번역해서 만들어낸 한어(漢語)로 간주되며, 고전 중국어의 조어법상으로 매우 이질적이다. 그것은 '說き明かす[토키아카스, 설하여 밝히다]'로 쉽게 일본식 훈독이 가능하다는 점을 생각해 보아도 명백하다. '說明'에 해당하는 고전 한문(古典漢文)의 용례도 찾을 수 없다. 『大漢和辭典』 참조.

議論文은 事理를 論述ᄒᆞ야 써 自己의 意見으로 判斷을 付ᄒᆞ야 人으로 此를 <u>了解케 ᄒᆞ고 且 感服케 홈을</u> 主ᄒᆞᄂᆞᆫ 文章이니 가쟝 廣用ᄒᆞᄂᆞᆫ 者ㅣ라(이각종, 1911 : 104)

辨駁文은 事理是非를 辯論ᄒᆞ야 <u>他人의 說에 答辯ᄒᆞ며 又ᄂᆞᆫ 他人의 說을 攻駁非難</u>ᄒᆞᄂᆞᆫ 一種 議論文이니(이각종, 1911 : 148)

報告文은 某 事實狀況을 <u>他處로브터 他處에 向ᄒᆞ야 通報</u>ᄒᆞᄂᆞᆫ 用文이니 (이각종, 1911 : 121)

書序ᄂᆞᆫ 다맛 書籍의 價値만 說홈에 不止ᄒᆞ고 進ᄒᆞ야 其 眞價의 裏面 必讀 必存의 理由 及 內容의 一斑을 擧ᄒᆞ야 人의 同情을 添ᄒᆞ기에 必要ᄒᆞᆫ 意思를 加ᄒᆞ며 往往히 自己의 評論 意見 等을 付홈도 必要ᄒᆞ니라(이각종, 1911 : 128)

傳記文은 某 特定ᄒᆞᆫ 人의 生涯 行狀 功業 等을 記ᄒᆞ야 <u>其 人物을 他人의게와 後世에 傳播</u>ᄒᆞᄂᆞᆫ 用文이니(이각종, 1911 : 171)

誘說文은 某 事理로써 勸誘ᄒᆞ기 爲ᄒᆞ야 人의 理性과 感情에 訴ᄒᆞ야 <u>人을 感化홈을 目的ᄒᆞᄂᆞᆫ 者</u>ㅣ니(이각종, 1911 : 116)

위 인용문에 따르면, 글쓰기를 분류하는 데에 '쓰기 목적'이 매우 크게 작용한다는 것을 알 수 있다. 예컨대 의론문은 '감복', 변박문은 '공박', 보고문은 '통보', 전기문은 '인물의 전파', 유설문은 '감화' 등이다. 이들은 모두 글쓴이가 읽는 이에게 일종의 목적을 띠고 하는 행위인 것이다. 물론 서서문(書序文) 같은 경우는 특정한 목적을 확정할 수 없는데, 이는 앞에서 살펴본 대로 서서문이 사후적(事後的) 분류에 해당되는 것이기 때문이다. 인용문에서 확인할 수 있는 '용문(用文)'이나 '목적(目的)' 같은 용어들도, 위의 글쓰기 분류가 표현 의도나 목적을 상당히 고려한 결과라는 점을 알 수 있게 한다.

그런데 이렇게 쓰기 주체의 의도에 따라 글쓰기를 분류하는 방식은 어떠한 이념에 기반하고 있는 것일까? 글쓰기를 자연 법칙의 발현이 아닌 쓰기 주체의 활동으로 본다는 것은, 누구나 특정한 목적을 달성하기 위해 손쉽게 글쓰기를 할 수 있는 상황을 전제로 한다. 구체적으로 이러한 상황은 일반 대중이 문자에 대한 지식을 충분히 가지고 작문을 할 수 있는 사회적 기반을 갖춘 것을 의미하는데, 교육사적인 관점에서 보면 이러한 기반이 갖추어진 것은 서양에서도 그리 오래된 일이 아니다.234) 이러한 변화는 19세기 초부터야 생겨나기 시작하며, 일반 대중이 특별한 교육 없이 문자에 대한 기본적인 지식만 가지고도 글을 쓸 수 있게끔 이론적 변화가 일어난 것도 19세기 후반부터였다.

서양의 글쓰기 환경에서 쓰기를 설명(exposition)·논증(argument)·묘사(description)·서사(narration)로 나누는 것은 언제부터였으며, 그것이 동아시아에서 오늘날의 설명문·논설문·묘사문·서사문 등의 용어로 정립된 것은 언제부터였는가?235) '설명'이나 '논증'과 같은 용어들은 서구에서 온 '익스포지션(exposition)'이나 '아규먼트(argument)'를 번역한 말이었을 것인데, 실제로 '설명(說明)'이란 용어는 고전 한문에서 사용된 적이 없다.236) 그것이 서양어 '익스포지션(exposition)'의 번역인 이유가 여기에 있다. 그러나 중요한 것은 그것이 서양어의 번역임을 밝히는 것 자체가 아니라, '설명(說明)'이나 '논설(論說)'이라는 용어가 글쓰기 갈래를 나누는 용어로 정착하고, 그것에 해당하는 실체가 갖추어지게 된 근본적인 원인을 찾는 것이다.

보통인이 특별한 교육을 받지 않고 글쓰기를 할 수 있게 되기 위해서는 먼저 평등한 인간관이 전제되어야 하며, 인간 자체가 신으로부터 독립한 자율적 활동자로 되어야 한다. 중세 이래 '수사학'은 '귀족들의 말

---

234) 문명 대중에게 문자에 대한 지식을 갖게 하려는 정치적 움직임은 종교 개혁과 절대주의 정권에 의해서 시작되었으나, 빈민 대중의 생활 조건이 개선되지 않는 한 교육에 대한 수요는 높이길 수 없있고, 위로부터 강압이 있다 하더라도 모든 민중에게 받아들여질 수 있는 것은 아니었다. 우메네 사토루, 김정환 외역(1990)의 제7장 참조.

235) 이재선(1969 : 36)에서 '희랍 이래로'라고 말했으나, 이는 정확한 표현이 아니다. 아리스토텔레스 등 고대 그리스의 학자들이 쓰기를 어떻게 보았는지, 그리고 그것을 분류했다면 어떤 방식으로였는지 등의 문제는 따로 검토할 필요가 있는 과제이다.

236) 엄밀히 말해 19세기 이전의 서양에서 일어난 글쓰기 갈래를 지적할 때에는 '익스포지션'이라 하고 '설명'이라는 용어를 써서는 안 될 것이지만, 논의의 편의를 위해 불가피하게 사용하는 경우가 있을 것이다.

꾸미는 기술'로 변질되었기 때문에, 데카르트나 로크와 같은 근대 초기 철학자는 수사학에 적대적이었다. 로크는 언어가 일반적인 이념인 의미를 지시하고, 그것을 통해 진리를 전달할 수 있는 투명한 체계를 추구하였음을 이미 밝힌 바 있다. 그러나 로크의 생각 자체가 플라톤주의적 전도에서 비롯된 것이라는 점 또한 이미 언급했다.

서양에서도 이러한 문제점을 인식한 이들이 있었으니, 다름아닌 수사학자들이었다. 예컨대 비코(Vico, 1668~1744)는, 유수한 철학자들의 방법조차도 수사학자들의 방법과 다를 바 없이, 절대적 진리의 현시(顯示)가 아닌 확률과 믿음에 의존하고 있다고 갈파하였다. 즉 비코는 절대적 이념을 전달할 수 있는 투명한 언어는 어디에도 없다는 관점에서 철학을 비판한 것이다. 18세기의 수사학자들은 언어를 표준화하여 객관적 지식에 도달하고자 하는 철학자들의 이론적 작업에 반기를 들고, 고전 작가들의 실제 작품을 연구함으로써 인간과 언어의 본성을 밝힐 수 있다고 보았다.

또 수사학자들은 과학자들의 비난에 맞서기 위해, 고전 연구를 통해 밝혀지는 인간과 언어의 본성은 '심리학(psychology)'이라는 신흥 과학의 표준에도 모순되지 않는다고 주장하였다. 이로써 자연과학적 합리성과 구별되는 지점에서 수사학을 구할 수 있는 새로운 학문으로 심리학의 중요성이 부각되었다.237) 고급의 문필적 전통이 매너리즘에 빠지고 귀족적·기독교적인 것으로 비난받던 상황에서, 글쓰기의 이론적 기반을 제공할 수 있는 학문은 '보편적 인간'238)의 심리일 뿐인 것이다.

---

237) 수사학은 본래 '변론술'로 이해되는 것으로서, 객관적 지식이라기보다는 논쟁에서 승리하기 위한 기술로 간주되었다. 그것은 객관적 진리를 부정하고 관점에 따른 상대적 지식만을 강조했기 때문에 근대 이후의 과학적 합리주의와 배치되는 측면이 있었다. 이런 관점에서 볼 때 수사학이 심리학을 붙잡은 것은 과학주의 시대에 따른 수사학의 자기 변모를 위한 노력이라고 할 수 있을 것이다.
238) 보통인의 이념에 따른, 전통적 지식과 관습을 모르는 것이 무지가 아니라 가능성이 되는 새로운 시대의 인간, 이른바 르네상스 이후의 근대적 인간이다.

사실 로크 이전의 철학자였던 베이컨조차도 '인간의 정신적 능력'과 '그러한 능력을 발현하는 장르'를 동일시하였다고 한다. 예컨대 '철학은 추론, 역사는 기억, 문학은 상상에 의존한다'는 식의 설명이다. 철학 글쓰기, 역사 글쓰기, 문학 글쓰기는 이전 시대의 글쓰기 모범이 재생산된 것이 아니라, 인간의 추론 능력·기억력·상상력 등이 분출된 결과라는 것이다. 이렇게 수사학은 심리학의 영향을 받아 단순한 '변론술(辯論術)에 대한 설명'에서 벗어나 '담화의 보편적인 양식(universal mode of discourse)'을 강조하게 되었고, 그러한 '양식'을 세분하는 기준으로는 전통적인 수사학에서 강조했던 청중(聽衆)의 성격이 아닌[239] 담화 주체(主體)의 정신적인 능력이 강조되었다. 이렇게 하여 수사학은 단순한 변론술에서 과학적 이론을 향해 나아갈 수 있는 발판을 마련하게 되었으며, 심리학의 중요한 연구 분야의 하나로 자리잡게 되었다.[240]

실제로 19세기의 저명한 심리학자 알렉산더 베인(Alexander Bain)은 수사학의 과학적 정립에 기여하였고, 『영작문과 수사학(English Composition and Rhetoric)』이라는 중요한 저술을 남겼다. 베인은 '말하기'의 양상이 '비교', '대조', '연결' 등의 정신 작용을 반영한다고 하였고, 또한 '묘사·서사·설명·논증·시' 등의 '진술 양식(mode of discourse)'[241]이 인간의 정신적 능력에 상응한다고 설명하였다(박영목, 2003 : 147). 그는 글쓰기의 대표적 진술 양식들이 창안과 배열의 연역적 원리로 설명될 수 있다고 보았

---

239) 아리스토텔레스의 『수사학』은 설득에 간여하는 3요소로 이성(logos), 인성(ethos), 감성(pathos)을 드는데, 이 중 감성(pathos)이 '청중의 성격'에 해당한다. 즉 어떤 종류의 청중이냐에 따라 설득의 방식이 달라진다는 것으로, 아리스토텔레스는 『수사학』 2권 2~11장에서 청중의 감성인 분노·평온·호의·적의·공포·신념·친절·동적·질투 등을 분석한다. Aristotle(2007 : 113~147).

240) 이상의 논의는 Patricia Bizzell & Bruce Herzberg(2001)에 의했다. 수사학에 대한 이러한 접근은 처음에 수사학을 비난하고 '보편적 인간 심리'를 거론했던 로크의 이념과 크게 다르지 않다. 그것은 균일(均一)을 강조한다는 점에서 민주적이고, 평등주의적이다. 그리고 이것은 의사소통의 확장된 이론에 시의적절한 것이기도 하다. Patricia Bizzell & Bruce Herzberg(2001 : 12).

241) 'discourse'는 앞에서는 담화, 여기서는 진술이라고 번역되었다.

다. '묘사'는 '각 부분이 몇 개의 편리한 질서로 정리될 수 있는 사물'을 표현하는 데 적합하며, '서사'는 '행동의 연대기적인 순서를 재현하는 것'이라고 설명하는 식이다.

베인의 이러한 설명은 이후 일본을 거쳐 동아시아에 전파됨으로써 글쓰기 양식에 대한 새로운 관점을 열었다. 실제로 일본에서는 「수사와 문학(修辭及華文)」(1879)이 나온 이후에 서구식 수사법(修辭法)과 수사학(修辭學)에 관한 저술이 쏟아지게 된다. 앞에서 살펴보았던 시마무라의 『新美辭學』(1902)은 말할 것도 없고, 사사 세이세츠[佐佐政一]의 『修辭法』(1901), 이가라시 치카라(五十嵐力)의 『文章講話』(1905), 쿠보 토쿠지(久保得二)의 『實用作文法』(1906), 토모타 요시타카(友田宜剛)의 『作文自習寶鑑』(1909), 하가 야이치(芳賀矢一)의 『作文講話及文範』(1912), 타케시마 하고로모(武島羽衣)의 『新式作文大成』(1914), 사사 세이세츠[佐佐政一]의 『修辭法講話』(1917) 등 매우 많다.242) 이들 근대 초기의 작문 관련 서적은 서구 이론의 수용과 '설명(說明)', '의론(議論)' 등 신식 한자어 정립에 큰 기능을 하였으며, 후기의 작문 관련 서적은 점차 작문 교육 내지 실용 작문교본의 성격을 띠게 되었다.

(2) '주장하는 글쓰기'와 '설명하는 글쓰기'

쿠보 토쿠지의 『實用作文法』은 이각종의 『실용작문법』과 그 서명이 같고, 이각종의 책보다 5년 앞서 나왔다는 점에서 그 영향의 가능성이 주목된다.243) 앞에서 살펴본 대로 이각종의 『실용작문법』은 한국에서

---

242) 필자는 이들 도서의 원본을 서울대 농학도서관에서 볼 수 있었는데, 아마 이보다 훨씬 더 많은 종류의 관련 서적들이 존재했을 것이다. 서울대 농학도서관의 지하서고는 일제 강점기 수원농림전문학교의 장서(藏書)를 그대로 열람할 수 있도록 되어 있어, 필자가 편리하게 자료를 찾아볼 수 있었다.

243) 쿠보 토쿠지[久保得二](1875~1934)는 호(號)가 텐즈이[天隨]이며 토쿄[東京] 코마코메[駒込] 출신이다. 1899년 동경제대(東京帝大) 한학과(漢學科)를 졸업하고, 평론 및 수필로 명성을 떨쳤으며, 한적(漢籍)의 주석에도 뛰어났다. 1927년에 문학박사 학위를

나온 작문 이론에 관한 서적 가운데 처음으로 서양식 문장 분류론을 채택한 의의가 있었다. 특히 '사생문'이나 '의론문', '유설문' 등의 용어는 한국에 처음으로 도입된 것이다.『실용작문법』이 전통적인 문장의 양식 분류론에서 기(記)・전(傳)・논(論)・설(說)・서(書)를 살려 두고 있었다는 점도 지적한 대로이다. 그런데, 사실상 이러한 이각종의 업적은 쿠보 토쿠지의『實用作文法』에서 큰 영향을 받았다.

이각종이 사용한 '의론문', '유설문' 등의 용어는 쿠보 토쿠지의『實用作文法』에서 제시한 바를 따른 것이었다. 게다가 이각종은 문장의 분류 기준을 철저히 마련하지도 못하였다. 예컨대 '설명(說明)'과 같은 오늘날 널리 쓰이는 문장 분류는 쿠보 토쿠지의『實用作文法』에서 중요한 의의를 갖지만, 이각종의 저술에서는 언급조차 되지 않는다. '설명'이라는 용어는 실제로 근대 이전에는 쓰이지 않았던 낯선 개념이었으나, 글쓰기가 보통인의 정보 전달 수단으로 이해되는 새로운 시대에는 '쓰기 양식의 핵심'으로 부상하게 된다. 그리고 그러한 '설명(說明)'은 쓰기 주체의 객관적 행위라는 점에서, 쓰기 주체의 주관적 행위인 '의론(議論)'과 구별된다.

설명과 의론의 구별 역시 베인으로 거슬러 올라간다. 그런데, 베인의 저술『영작문과 수사학(English Composition and Rhetoric)』(1877)에서 '작문'이라고 번역된 '컴포지션(composition)'은 '글쓰기'가 아니라 '언어의 조직'이라는 의미였다. 베인이 염두에 두고 있었던 것은 문어(文語)가 아닌 구어(口語)였는데, 그것은 그가 '컴포지션'의 구성 요소로 문자가 아닌 '스피치(speech)'를 지적하고 있는 데서도 알 수 있다(Bain, 1877 : ⅵ). 그에 따르면 '설명하는 행위'와 '주장하는 행위(의론)'는 행위의 '속성'과 '목표'에 따라 구별된다. 베인은 '설명(exposition)'을 '과학의 형태로 존재하는 지식 또

<hr>

취득하였고, 1929년 타이뻬이제대[臺北帝大] 개설과 함께 그곳의 교수가 되었으며, 1934년 타이뻬이에서 죽었다. 칠언고시(七言古詩)에도 능했다고 한다. 이노구치 아츠시, 심경호 외역(1999 : 765~766) 참조

는 정보에 적용할 수 있는 취급 방식(Bain, 1877 : 147)'으로, '주장(설득)'을 '구어적 혹은 문어적 언표에 의해 인간의 행동과 신념에 영향을 주는 것(Bain, 1877 : 171)'으로 정의하였다.244) 즉 설명의 속성은 '지식 전달', 주장의 속성은 '신념의 변경'인 것이다.

물론 어떠한 행위의 속성을 한 가지로 규정한다는 것 자체가 매우 어려운 일이다. 오늘날의 글쓰기에서도 논설문 속에 100% 주장만 들어 있는 것은 아니고, 설명문 속에 100% 정보 제시만 있는 것도 아닌 것과 마찬가지다.245) 전통적인 글쓰기 양식 분류는 글의 속성을 기준으로 행해지지 않았기 때문에 이러한 문제가 없었는데, 글쓰기를 인간의 개인적 행위로 보는 관점이 성립하면서부터 연역적 분류가 시작된 것이다. 그리고 여기에는 글쓰기를 자연의 질서가 발현된 것이 아닌 개인의 문자 행위로 보는 관점이 깔려 있으며, 그러한 문자 행위는 문어(問語)가 아닌 구어(口語)를 전제로 하여 전개된다.

전통적으로 '言語'라는 용어는 '말하기나 말하기와 관련된 재주를 포괄적으로 일컫는 말'이었으나, 근대 이후에 '생각이나 느낌을 음성으로 전달하는 수단과 체계' 즉 음성적 도구를 가리키는 용어로 새롭게 정립된다(배수찬, 2005ㄱ : 8~11). 이는 '언어'가 서양어 '랭기지(language)'의 번역어로 정착하는 것과 동시적으로 발생하는 현상인데, 언어는 일반인의 말하기 행위를 표준으로 삼고, 글쓰기는 그러한 말하기 행위의 문자화로 인식된다. 예컨대 근대 초기의 작문 이론서에서 확인할 수 있는 언어에 대한 다음과 같은 관념들이 근대의 변화를 입증하고 있다.

---

244) 그밖에 '묘사'의 규칙은 '부분의 열거와 함께 전체에 대한 포괄적인 진술이나 일반적인 계획'을 포함한다. Bain, Alexander(1877 : 118). '서사적 작문'은 '전경의 연속, 한 국면에서 다른 국면으로 변화하는 사물들, 사건들의 흐름'에 적용된다. Bain, Alexander(1877 : 129).

245) 佐佐政一 編(1901 : 229) 애국 계몽기에 서양의 문종 개념이 도입되기 전에 서사적 논설이나 논설적 서사가 나오면서 상호 침투하던 양상도 이와 관련이 있다. 애국 계몽기 논설의 서사 수용 양상에 대해서는 정선태(1999) 참조.

원래 자국어의 정당한 용법을 아는 것은 국민으로서 당연한 의무이며, 그것
을 아는 것이 특별히 명예라고 할 것은 없지만, 그것을 알지 못하는 것은 심
히 치욕이 된다.246)

문장의 근본으로 말할 수 있는 것은 곧 언어(言語)로서, 고금의 웅편 대작
(雄篇大作)의 어느 것도 언어가 모여 이루어지지 않은 것이 없다. 화가에게
화구(畵具)가 없으면 그림을 그릴 수 없는 것과 같이, 문장가에게 언어(言語)
가 없으면 문장을 이룰 수가 없다.247)

언어는 인간 사상의 부분을 표명하는 것으로서, 우리는 그것을 입으로 말하
고 붓으로 쓰는 것에 그치지 않는다. 두뇌 속에서 사색을 하는 때에 처해서도
언어를 운용하여 복잡한 것을 명석하게 하고 문란하지 않게 하는 데에 편리
하다. (…) 언어의 연구는 독서나 작문의 제1요소일 뿐만 아니라, 실로 사유의
길을 여는 것으로서 결코 소홀히 할 수 없는 것이다.248)

문의 3요소 > 언어 > 고어, 과어·학술어, 통어, 외국어249)

첫 번째 인용문에서 보듯이, 근대의 언어 관념 가운데 본질적인 것으
로 국가어(國家語) 관념을 들 수 있다. 언어는 한 국가를 변별하는 본질
적인 요소이며, 그것을 적절하게 운용하는 규범적 지식은 어법 내지 문

---

246) "元來、自國の言語の正當なる用法を知ることは、國民として當然の義務なれば、
　　これを知れることは、特に名譽とするに足らずとも、これを知らざることは、甚しき
　　恥辱なるべし。" 佐佐政一 編(1901 : 1).
247) "文章の根本といふべきものは、卽ち言語にして、古今の雄篇大作いっかれ言語の
　　聚合に非ざるものぞ。畵家に繪具なければ、畵を成さぬと同じく、文章家に言語な
　　ければ逐に文章を成し得ず。" 久保得二(1906 : 7).
248) "言語は、人間思想の或る部分を表白したるものにして、吾人は啻に之を口にし、
　　之を筆にするのみならず、頭腦中に思索をなす時に方りても、之を運用して、複雜
　　なる者をも明晣にし、且っ紊亂せしめざる便し、(…중략…) 言語の研究は讀書作文
　　の第一步たるのみならず、又實に思索の徑路を開くものにして、決して、之を忽に
　　すべからず。" 久保得二(1906 : 8~9).
249) "文の三要素 > 言語 > 古語(廢語と雅言との別), 科語·學術語, 通語, 外國語" 芳
　　賀矢一·杉谷虎藏 合編(1912 : 3).

법으로서 국민들에게 강제적으로 주입된다. 또한 두 번째, 세 번째 인용문에서 보듯이 언어는 보편적 의사 소통과 사고의 도구이다. 마지막으로, 언어는 문(文)의 구성 요소이면서 고어·학술어·외국어 등 용도나 국적에 따라 세분화되는 단위가 된다. 이러한 단위로서 '언어' 개념이 성립한 뒤에야 '주장하는 글쓰기'와 '설명하는 글쓰기'가 목적에 따른 언어의 활용 양상으로서 분업적으로 성립하는 것이다.

'주장'이나 '설명'은 글쓰기의 양식(樣式)이기 이전에 말하기의 양상(樣相)이며, 더 본질적으로는 인간의 행위 양상으로 볼 수 있다. 행위할 수 있는 인간, 말할 수 있는 인간은 글을 쓸 수 있다. '행위'는 근본적으로 인간의 개인적 삶의 의욕에서 비롯되는 것이기 때문이다. 전통적인 글쓰기는 개인적 행위가 아니라 세련된 전통에 입각한 문화적 관습이었다. 문화적 관습을 학습하지 않은 자에게 글쓰기는 불가능했던 것이다. 반면에 근대의 글쓰기는 그 뿌리를 말과 행위에 둔다. 따라서 누구나 글을 쓸 수 있으며, 글쓰기를 분류하는 기준도 글 자체가 아닌 인간 행위의 목적에 따라서 마련되는 것이다.

앞에서 언급한 쿠보 토쿠지의 『實用作文法』을 중심으로 하여 설명과 주장이 글쓰기의 핵심적 분류 기준으로 격상하는 과정을 추적해 보기로 하자. 『實用作文法』은 작문에 대한 이론적인 설명과 문장에 대한 분류를 보여주고 있는 책이다. 그런데 이 역시 과도기적인 저술이어서, 작문의 이론을 가리켜 '수사학'이라고 스스로 규정하고 있다. 그에 따르면 '수사학'이란 '인간의 사상(思想)을 드러내는 방법과 수단을 강구하는 학문'으로 규정된다.250) 그리고 사상을 드러내는 방법으로 가장 중요한 것이 '언어(言語)'이며, 언어의 취합에 의해 이루어지는 것이 '문(文)'이고, 문의 취합에 의해 이루어지는 것이 '단락(段落)'이며, 단락의 취합에 의해 이루어지는 것이 '하나의 완전한 문장(文章)'이라고 규정된다. 따라

---

250) "修辭學は、最も有效に、吾人の思想を表彰する方法手段を講究する學問なり。"
　　久保得二(1906 : 2).

서 수사학의 연구 분과는 다음의 넷이다. 첫째가 언어의 사용법에 대한 탐구, 둘째가 문의 구성법에 대한 지식, 셋째가 단락의 배치에 대한 지식, 넷째가 문장의 종류와 성질에 대한 정확한 지식이다.[251]

여기서 알 수 있는 것은 '수사학'이 오늘날의 '수사법'과 달리 '광의(廣義)의 작문 이론'을 가리키는 용어였다는 점이다. 또한 '언어'라는 용어를 통해 전통적인 한문 위주의 글쓰기 관념에서 벗어났다는 점, '언어 < 문 < 단락 < 문장'으로 이어지는 글의 체계에 대한 근대적인 인식틀이 최초로 보인다는 점, 전통적인 작문론에서는 중요시되지 않았던 '단락(段落)'의 중요성을 강조하였다는 점,[252] '문'과 '문장'을 구별하여 근대적인 문장 관념을 확립하고[253] 그러한 문장을 성질에 따라 나누어 '문종(文種)'의 개념을 확립했다는 점이 『實用作文法』의 작문 이론사상 의의로 지적될 수 있다. 여기서는 설명문과 논설문의 기원 문제와 관련하여 『實用作文法』에 나타난 문종의 관념을 살피고, 그러한 관념의 형성 배경을 분석해 보고자 한다.

---

251) "吾人の思想を最も巧妙に他に傳達し得べきかといふに就いて研究せむとするものは、第一に言語の使用法を審にするを要し、第二に文の構成法に就いて知るを要し、第三に段落の布置法に就いて知るを要し、第四に文章の種類性質に就いて精確なる智識を有せざるべからず。吾人が論究の對象及び順序亦た實に此に外ならざるなり。" 久保得二(1906 : 2~3).

252) "단락이라는 것은 종래 문장가들이 주의하지 않던 것이긴 하지만, 실로 극히 필요한 개념이다. 단락의 구분이 합당한가 그렇지 않은가에 따라 문장이 명료하게 되기도 하고 정제되기도 하고 반대로 지리멸렬해지기도 한다. 단락의 구성은 결코 소홀히 할 수 없음을 잊지 말아야 한다[段落といふは、從來我が邦の文章家の注意せざりしものなれども、實は極めて必要なるものにして、段落の作り方の當を得たるを得ざるとによりて、文章は、明瞭となり、整齊となり、反對に支離滅裂となる、されば、この段落の構成に就いても、亦た決して忽にすべからざるを知るべし]." 久保得二(1906 : 12).

253) "문(文)이란 기사문·서사문 등의 '문'이라고 하는 것과 의미를 달리한다. 다만 꼴을 갖춘 의미를 나타내는 데에 필요충분한 최소한의 언어(言語, 여기서 '언어'는 단어의 개념이다. 원문을 존중하는 차원에서 그대로 두었다－인용자)의 취합을 가리킨다[文は、記事文敍事文等の文といふとは、意義を異にして、只だ成形したる意義を顯すに必要にして且つ十分なる最少數の言語の聚合をいふなり。]" 久保得二(1906 : 11).

> 천하고금의 문장, 그 작품 수는 극히 많지만, 대별해 보면 결국은 둘 뿐이
> 다. 하나는 사(事)를 기술하는 것이고, 하나는 이치(理)를 논하는 것이다. 수사
> 의 관점에서 보면 전자를 기재문(記載文)이라 하고 후자를 이론문(理論文)이
> 라고 한다.254)

위 인용문은 문장을 그 성질에 따라 분류한다는 이념을 실천에 옮기
는 양상을 보여주고 있다. 일정한 특성을 기준으로 삼고 그에 입각하여
실제 존재하는 다양한 문장들을 가르는 것은 확실히 연역적인 방법이
다. 이러한 방법은 글쓰기를 다양한 실제 글의 존재 양상이 아니라 외
부적 기준에 의해서 분류한 것이며, 위에서 문제삼고 있는 것은 '구체
적인 일[事]'이냐 아니면 '추상적인 논리[理]'냐의 문제이므로, 결국 쓰기
의 내용이나 제재에 따른 분류가 된다. 『實用作文法』은 내용이나 제재
의 성격에 따라 존재하는 모든 글쓰기를 분류할 수 있는 기준을 마련하
고자 한 것이다.

> 기재문은 다시 두 종류로 나뉘어진다. 쾌감을 부여하는 것을 목적으로 하는
> 미적(美的)인 기재문과, 지식을 전달하는 것을 목적으로 하는 설명적(說明的)
> 기재문이 그것이다. 전자를 미술적 기재문이라 하고 후자를 과학적 기재문이
> 라고 한다. 이러한 과학적 기재문은 일명 설명문(說明文)이라고도 한다.255)

위의 인용문은 '설명문(說明文)'이라는 문종(文種)이 이론적으로 정립
되는 최초의 순간을 보여주고 있다. '설명문'이라는 문종의 개념은 베인
의 수사학 저술에서 '익스포지션(exposition)'으로 분류되었던 글쓰기 뭉치

---

254) "天下古今の文章、その品彙、極めて多しと雖ども、大別すれば、ただ二のみ。一
　　は事を記述したるものにして、一は理を論ぜしものなり。修辞上、前者を記載文と
　　いふ、後者を理論文といふ。" 久保得二(1906 : 13).

255) "記載文も、亦た明かに二種の別あるを知るべし。即ち快感を與ふを目的とする美
　　的の記載文と知識を與へむとする說明的の記載文と、是れなり。これを假りに呼び
　　て、前者を美術的記載文といひ、後者を科學的記載文といふ。この科學的記載文は
　　又一名を說明文といふ。" 久保得二(1906 : 14).

에 해당하는 개념이다.[256] 앞서 살펴보았듯이 '익스포지션'이 과학적 지식과 정보의 취급 방식이었다는 점을 염두에 둔다면, '익스포지션'에 해당되는 글쓰기가 설명문이며, 그것이 과학적 글쓰기라는 것은 의심의 여지가 없다. 구체적인 사물에 대한 지식을 전달하는 행위가 '설명'이며, 그러한 속성을 띤 문종이 바로 '설명문'인 것이다.[257]

> 이론문에 대해서 생각해 보면, 이 또한 두 종류가 있다. (…) 단순히 이치를 논하는 데에 머물러 혹은 진리를 증명하는 것을 최종 목적으로 하는 것이 하나이고, 독자의 마음을 자기 편으로 하여 나의 생각에 따르게 하는 것을 목적으로 하는 것이 다른 하나이다. (…) 전자를 의론문(議論文), 후자를 유설문(誘說文)이라고 한다.[258]

위 인용문은 '주장하는 글쓰기'가 제시되는 부분이다. 이 시기의 작문 이론이 사실상 연역적 기준에 입각한 인간의 행위 분류를 글쓰기에 적용한 것이라는 점은 이미 밝혀졌다. 오늘날의 용어로 '논설문'에 해당하는 것은 이른바 '이론문'이며, 그것의 하위 갈래로 '의론문(議論文)'과

---

256) 『實用作文法』보다 몇 년 뒤에 나온 저술이지만, 또다른 작문 이론서에 의하면 설명문을 'exposition'의 번역어로 적시하고 있다. 佐佐正一(1917 : 274).

257) 그 밖에도 『實用作文法』은 '내러티브'의 번역어로서 서사문의 기원에 대해 연역 논리에 입각한 규정을 행하고 있다. "미술적 기재문 (…중략…) 또한 나누어 두 종류로 된다. (…중략…) 물체는 정지해 있고 사건은 운동한다. 따라서 운동하는 사(事)를 그려내는 것은 사(事)를 서(敍)하는 것인 데 비해, 정지한 것을 그리는[寫] 것은 물(物)을 기(記)하는 것이다. 여기서 기재문에 두 종류가 있음을 알 수 있는데, 하나는 서사문(敍事文)이고 다른 하나는 기체문(記體文)이다[美術的記載文に …… 亦た自ら分れて二種類となるべし。(…중략…) 物體は靜止し、事件は運動す。されば運動せる事を描くは、即ち事を敍するものにして、靜止せるものを寫すは即ち物を記するものなり。ここに於て記載文に二あり、第一は(…)敍事文といひ、第二は …… 記體文といふ]." 久保得二(1906 : 14~15).

258) "理論文に就いて考へむに、亦た二の種類あるが如し、(…중략…) 一は、單に理を論ずるにまり、或る眞理を證するを以て最後の目的とするものなれども、その一は、單に立證に止まらず、一歩を進めて、讀者の心を我に向はしめ、我に從はしむるを目的とす。(…중략…) 前者を議論文といひ、後者を誘起文といふ。" 久保得二(1906 : 16).

‘유설문(誘說文)’이 설정되어 있다는 점에서도 이 사실은 분명하게 드러난다. ‘이론(理論)’이란 제재에 따른 연역적 분류이며, ‘의론(議論)’이나 ‘유설(誘說)’은 ‘주장하기’ 내지는 ‘설득하기’로 번역될 수 있는 행위 개념이다. ‘의론문’과 ‘유설문’은 비록 오늘날에는 잘 쓰이지 않는 용어이기는 하지만, 이각종의 『실용작문법』에 그대로 계승되고 있어 쿠보에 의한 연역적 분류의 영향이 당시에는 상당히 컸음을 알 수 있다.

제4장

근대적 글쓰기의 성립과 발전
신문 논설문을 중심으로

지금까지 근대적 글쓰기의 발생에 필요한 환경의 전환을 다양한 각도에서 구체적으로 살펴보았는데, 이는 근대적 논설문 양식의 성립을 설명하기 위한 사전 작업이었다. 본 연구에서 말하는 '글쓰기 환경'이란, 글쓰는 사람이 적당한 역량을 가지고 쓰기에 안정적으로 임할 수 있게끔 교육받아야 하며, 그러한 교육이 성립할 수 있는 문장 모델이 정립되어야 하는 상황을 가리킨다. 물론 근대적 논설문 쓰기를 위해서는 '주장하는 행위'에 대한 이념도 정립되어 있어야 한다. 이것은 글쓰기에 대한 생각의 변화를 추적함으로써 확인할 수 있는 것이었기 때문에 지금까지는 이 작업을 행하였던 것이다.

이 장에서는 이러한 근대적 글쓰기의 성립과 발전을 신문 논설문을 중심으로 확인해 볼 것이다. 먼저 근대적 논설문 양식의 발생론적 계기로서 근대적 공론장을 검토할 필요가 있다. 이를 위해 본 연구에서는 일본 메이지 초기에 나온 정론지(政論紙)의 사설, 연설문(演說文), 평론문문(評論文) 등을 검토하고자 한다. 이것이 근대 신문 논설의 내용적·형식적 원형을 형성하는 데에 직·간접으로 기여했다는 것이 본 연구의 기본 착상이다. 그 다음으로는 1896~1924년경까지의 신문 논설을 계열상으로 정리하여 근대 논설문이 새로운 문장 모델과 내적 형식, 그에 상응하는 내용 구성을 갖추어 가는 과정을 살펴볼 것이다.

1. 근대적 논설문의 발생 계기

사설(社說)·연설(演說)·평론(評論)은 모두 근대 이후에 처음으로 발생한 글쓰기 갈래이며, 이후 근대의 공론장에서 주요한 갈래로 부각하게 된다. 근대의 공론장은 비대면적 의사 소통 상황에서 이루어지는 공적인 목적의 언표 활동이 이루어지는 제도를 가리키는데, 우리나라에서는 협성회 회의나 만민공동회가 그 효시로 이해되고 있다. 우리나라의 근대 신문이라 하면『한성순보』나『한성주보』를 들 수 있으나, 이들 신문은 특정한 시사 문제에 대한 주장으로서 사설을 포함하고 있지 않았기 때문에, 논설문 성립과 관련해서는 논의할 것이 별로 없다. 연설이나 평론도 협성회를 기반으로 한 지적 그룹이 성립하고『독립신문』이 나왔던 1896년 이전에는 찾아보기 어렵다.

1896년 이전 국내인이 참조할 수 있었던 논설문의 발생 계기를 함유한 공론장(公論場)은 메이지 초기의 일본뿐이었다. 당시 서구로 통하는 정보 유입의 경로는 사실상 전무했기 때문이다. 일본은 1867년 메이지 유신을 단행한 뒤 근대 신문이 봇물처럼 터져나왔고, 이들은 한문체에 입각한 공식적 품격의 정론(政論) 사설(社說)을 싣고 있었다. 메이지 유신은 실제로는 번벌(藩閥)로 이루어진 정부(政府)의 독재를 낳았으나, 외형적으로는 제도의 서구화를 지향했기 때문에, 민주주의적 행태와 교육의 일환으로서 '연설'이라는 제도가 생겨나 크게 유행했다. 그리고 이러한 연설이 좀더 품격을 갖추어 특정 대상에 대한 논리적 주장을 갖춘 완결된 글이 나오기 시작했는데, 이것이 평론(評論)의 시초를 이루었다. 본 연구는 1896년 이후 한국의 근대 논설문이 보여준 실제 양상을 살펴보기에 앞서, 근대 논설문의 발생 계기로서 일본의 초기 정론지 사설의 문체 양상과 연설문의 내용 전개, 그리고 평론문의 양상 및 그것이 한국에 미친 영향을 간단히 검토해 보고자 한다.

1) 초기 정론지 사설의 한문해체 문체 채용[259]

메이지 초기 일본의 근대 신문은 크게 대신문(大新聞)과 소신문(小新聞)으로 나눈다. 대신문은 시사문제를 다루는 논설을 강조하던 고급 독자층을 위주로 한 『토쿄이치니치신문[東京日日新聞]』·『유빈호치신문[郵便報知新聞]』 등을 가리키고, 소신문은 학력이 다소 낮은 일반 독자를 위해 창간된 『요미우리신문[讀賣新聞]』·『아사히신문[朝日新聞]』 등을 가리킨다. 당시의 문화적 구도 상에서 볼 때 어디까지나 중요성을 띤 것은 대신문들이었으나, 문체사(文體史)의 관점에서 중요한 것은 오히려 요미우리 등의 소신문들이다. 왜냐하면 대신문들의 사설이 채택한 문체가 한문체 내지 한문해체[漢文崩れ]문체였기 때문에, 이후 근대 독자에게 외면받고 결국은 소멸하였기 때문이다.

1874년 11월에 창간된 『요미우리신문[讀賣新聞]』은 소신문의 효시이다. 주필로는 영학자(英學者)인 스즈키다 마사오[鈴木田正雄]가 참여하였는데, 우리말의 '―입니다'에 해당하는 '데 고자이마스(でございます)' 혹은 '데 아리마스(であります)'식의 담화체(구두체)를 채택하여, 민중이 쉽게 알아들을 수 있는 문체를 신문에 시도한 최초의 사례가 되었다. 이러한

---

259) 이 절의 논의는 야마모토 마사히데(1965 : 194~211)에 크게 의존하였다.

노력은 호응을 얻어, 1875년 4월 요미우리는 일간으로 전환되었고, 문
체사적으로 볼 때 '소신문 담화체 문장'의 효시로 인정되고 있다.260)

또한 앞서 말했던 대신문류도 부분적으로 담화체 내지 구어체를 채
택하게 되었다. 메이지 초기 4대 대신문으로는 『東京日日』, 『郵便報
知』, 『橫浜每日』, 『朝野』가 있었다.261) 이들은 모두 정론의 사설 중심
이고, 이른바 한문해체(漢文崩れ)문체를 구사하고 있었다. 예컨대 『朝
野』의 경우 사설(社說)은 스에히로 텟쵸[末廣鐵腸](1849~1896), 잡록은 나루
시마 류호쿠[成島柳北](1837~1884)가 맡고 있었는데, 이들은 모두 풍성한
한학적 기반을 갖고 있었다. 스에히로는 한국에서 구연학의 번안(飜案)
으로 유명한 정치소설 『셋츄바이[雪中梅]』의 저자이며,262) 나루시마는
소동파의 적벽부를 패러디한 「벽이부(僻易賦)」로 유명하다. 대신문은 사
설(논설)은 물론 잡보(雜報)까지 모두 문어문(文語文)이었으며, 구어체나
담화체는 일체 채용하지 않았다. 여기서 『朝野』 문체의 실태를 직접 자
료를 들어 확인해 보기로 한다.

① ヘラルド新聞ニ曰ク、歐羅巴印度及支那ノ諸新聞ニ據テ之ヲ考フル
ニ、今ヤ魯國ハ啻ニ歐洲ニ於テ國幣空乏ノ氣色アルノミナラズ、其ノ亞細
亞ノ政略ニ於テ亦大ニ損スル所アリ、夫ノ魯將コーフマン氏ガ基華ヲ攻略

---

260) 아사히신문도 이러한 담화체문장의 발달이라는 흐름 속에서 1879년 오사카에서 창
    간된 것이다. 그러나 1881년경에는 메이지 정부의 민권운동 탄압과 더불어 대신문의
    지위가 다시금 격상되고, 소신문의 문체도 담화체(です、であります)대신 문어체(な
    り、あり)를 채택하는 비율이 높아지면서 반동의 시대가 찾아온다. 야마모토 마사히
    데(1965 : 203) 참조.
261) 각 대신문의 창간 일자는 다음과 같다. 『橫浜每日』는 1870년 12월 8일, 『東京日日』
    는 1872년 2월 21일, 『郵便報知』는 1872년 6월 10일, 『朝野』는 1874년 9월이다. 『橫浜
    每日』는 일본 최초의 일간지이다. 오카노 타케오(1983 : 478~480) 참조. 이들은 근대
    한문체를 채택하고 있었다는 점에서 약 10년 후에 한국에서 창간되는 『漢城旬報』
    (1883)에 필적하는 것이지만, 그 창간은 훨씬 자각적으로 이루어졌을 뿐만 아니라 한
    문체라는 문체 선택 또한 확신에 입각한 것이었다.
262) 스에히로 텟쵸와 그의 『셋츄바이』에 대해서는 정치소설이라는 관점에서 한국에서
    도 많은 관심을 가졌다. 우리나라의 것으로는 최원식(2002 : 215~217) 참조 구연학의
    번안에 대해서는 동일한 논문인 최원식(2002 : 211~236) 참조.

セシヨリ以來數度ノ戰爭ノ爲メ二費消シタル軍費ハ勝テ算フ可ラズ、遂二
歐羅巴、小亞細亞二跨ガリタル魯國人民一般ノ願望二逆ヒカナト二援兵ヲ
送ルノ議ヲ廢スルニ至レリ。而シテ支那人ハ此ノ疲弊ノ好機會二乘ジテ疆
界論ヲ起シ、今日魯國ト開戰スルモ更二恐ル所ナキガ如シ。今ヨリ數日ヲ
經ルニ非ザレバ曩キニ魯都二赴キタル支那公使<u>チユンホー</u>氏ガ伊犁取戻ノ
談判ハ如何ナル成果ヲ結ビタルカヲ知ルニ由ナシト雖ドモ、北京ヨリノ來書
ヲ見ルニ、支那政府ハ伊犁ノ事二關シ魯國政府二向テ斷乎タル掛合ヲナ
シ、設令ヒ開戰ノ不幸二遇フモ空シク其ノ領地ヲ魯ノ所有二歸セザルベシ
ト決心シタルガ如シ。今ヤ淸將左曾棠ハ頻リニ援兵ヲ得テ益ス其ノ兵員ヲ
增シ、戰備ヲ整フルコト愈ヨ急ナリ。而シテ其兵ノ員數ハ　固ヨリ魯兵二及
バザルモ、其ノ憤湧ノ志氣二至ッテハ寧口魯兵ノ右二出ヅルト謂フモ決シテ
不當二非ルベシト。263)

② 헤럴드新聞에曰、歐羅巴와 印度 及 支那의 諸新聞에 據하여 考之ᄒ
댄 今 魯國ㅣ 啻히 歐洲에 於ᄒ야 國幣ㅣ空乏의 氣色있음 뿐이 아니라、其
의 亞細亞의 政略에 於ᄒ야 亦 大히 損하는 所이시니、夫의 魯將 콤푸만氏
가 基華를 攻略홈으로붓터 以來로 數度잇 戰爭의 爲ᄒ야 費消혼 軍費는 勝
ᄒ야 (이루) 算홈이 可ᄒ지 아니ᄒ며. 遂에 歐羅巴 및 小亞細亞의 跨혼 魯國
人民 一般의 願望에 逆ᄒ야 援兵을 送ᄒ는 議를 廢ᄒ는데 至ᄒ얏느니라. 而
ᄒ야 支那人은 此 疲弊의 好機會를 乘ᄒ야 疆界의 論을 起ᄒ야 今日잇 魯
國과 開戰을 更히 恐ᄒ는 所이 업슴과 如ᄒ니라. 今으로 數日을 經ᄒ지 非
ᄒ야 曩의 魯都의 赴ᄒ얏던 支那公使 츈호氏가 伊犁 取戻의 談判이 (雖히)
如何혼 成果를 結홀지 知홀 由이 없다고 홀지라도 北京의 來書를 見ᄒ건대
支那政府는 伊犁의 事에 關ᄒ야 魯國政府의게 向ᄒ야 斷乎혼 掛合을 ᄒ야,
設令 開戰의 不幸에 遇ᄒ야도 空히 其 領地를 魯의 所有로 歸ᄒ지 아ᄂ할
것을 決心ᄒ얏슴과 如ᄒ니라. 今에 淸將 左曾棠는 頻히 援兵을 得ᄒ야 益
히 其 兵員을 增ᄒ야 戰備를 整홈을 愈히 急ᄒ니라. 而ᄒ야 其兵의 員數은
固로붓터 魯兵에 及ᄒ지 못ᄒ야도 其 憤湧의 志氣에 至ᄒ야는 寧히 魯兵의

---

263) 「사설—청나라 민중이 분격하여 열강인 러시아에 항거한다는 소식을 듣고 느낌이
있어[淸民ノ奮ッテ强魯二抗スルヲ聞キテ感アリ]」, 『朝野新聞』, 1879.1.31, 芝原拓自
外 校註(1989 : 263)에서 재인용.

右에 出ᄒ다고 謂ᄒ야도 決히 不當함에 非홈이니라.

③ 헤럴드 신문에서 말하기를, 구라파와 인도, 지나의 제신문에 의거해 그것을 생각해 보니, 지금 노국(러시아)은 다만 구주에 있어 국폐 공핍의 기색이 있을 뿐만 아니라, 그 아세아 정략에 있어서도 또한 크게 손실한 부분이 있어, 저 노장(러시아 장수) 코흐만씨가 기화(키바)를 공격함으로부터 수차의 전쟁 때문에 소비한 군비는 이루 셈할 수 없고, 드디어 구라파 및 소아세아에 걸터앉은 노국인민 일반의 원망(바람)에 거슬러 카나토에 원병을 보내는 의론을 폐하는 데 이르렀느니라. 이렇게 해서 지나인(중국인)은 이 피폐의 호기회에 편승하여 강계(국경)의 론을 일으키고, 금일 노국과 개전은 더욱 두려울 것이 없는 것과 같으니. 지금부터 수일을 지나지 않으면 전에 노국 수도에 달려갔던 지나공사 첸포씨가 이리(국경의 지명) 반환의 담판이 비록 어떠한 성과를 맺을지를 알 수가 없다고 해도, 북경에서 온 래서를 보건대, 지나정부는 이리의 일에 관해서 노국 정부에 단호한 힘겨루기를 하여, 설령 개전의 불행에 마주친다 해도 헛되이 그 영토를 노국의 소유로 돌리지 않을 것이라고 결심한 듯 하니라. 지금 청국의 장군 좌증당은 자주 원병을 얻어 계속 그 병력수를 늘리고, 개전을 준비하는 것을 더욱 서두르느니라. 이렇게 해서 그 병력의 수는 본래 노국병사에 미치지 못하지만, 그 분용의 志氣에 이르러서는 오히려 노국의 우측(우월함을 나타내는 방향)에 나온다고 말해도 결코 부당한 것은 아니리라.

자료의 제시 방식을 간단히 설명하면 다음과 같다. ①은 『朝野新聞』의 원문으로서 1879년 1월 31일자의 사설이다. 러시아와 청국이 이리 지방을 둘러싸고 영토 분쟁을 일으키고 있는 데 대해서 지적한 뒤, 러시아의 탐욕에 대항하는 청국의 용맹한 외교를 칭송하고 있다. 이 문체는 비록 어순은 SOV 형식으로 이루어져 있지만, 문장의 구성 방법이나 수사법, 그리고 실사와 허사 전반이 한문체의 그것을 그대로 따르고 있다. 쉽게 말해 한문(漢文)을 어순만 자국어 식으로 바꾼 것이다. 이것이 바로 '한문 해체[漢文崩れ]' 문체인데, 즉 이 문체에서 한자 부분을 제외하면 ②에서 볼 수 있는 것과 같이 대부분 '하여', '인댄', '눈' 등의 허사만이 남는다.

②는 ①이 일본어이므로 이해가 어려운 독자를 위해 상상의 문장체를 만들어 본 것이다. 말하자면 한문 해체 문체의 한국판인 셈이다. 본 연구는 한국 문체의 형성을 다루고 있으므로 비교에서는 ②를 축으로 삼아 보고자 한다. ②는 한문 해체 문체인데, 그 내용에서 말하고 있듯이 헤럴드 신문264)이라는 영자지의 내용을 번역 혹은 축약한 것이다. 즉 영문조차도 번역할 경우에 한문체(漢文體)로 되고 마는 현실인데, 이는 메이지 초기가 아직 언문일치 문체를 창출하지 못하고 있었던 상황이었다는 점을 고려할 때 이해가 된다. 즉 공식적으로 인정받는 문장 모델이 한문체밖에 없었기 때문에 영문의 번역도 한문체로밖에는 이루어질 수 없었던 것이다.265)

어쨌거나 ②는 한문의 성질을 어순 이외에는 그대로 함유하고 있기 때문에 언문일치 문장과는 매우 거리가 멀다. 단순히 종결 어미만 그런 것이 아니다. ③은 ①과 ②, 즉 한문체를 바탕으로 하여 실사를 가급적 원형대로 살리고 언문일치인 현대어로 국역한 것이다. ②와 ③의 차이점을 살펴보면 한문체가 가진 문체상의 본질적 특징이 무엇인지 드러날 것이다. 다음은 ③을 다시 한 번 인용한 것인데, ②를 언문일치의 현대문으로 번역하면서 달라진 부분은 밑줄친 굵은 글씨로 표시하였다.

헤럴드 신문에서 말하기를, 구라파와 인도, 지나의 제 신문에 **의거해** 그것을 생각해 보니, 지금 노국(러시아)는 다만 구주**에 있어** 국폐 공핍의 기색이 '있을 뿐만 아니라', **그** 아세아 정략에 있어서도 **또한 크게 손실한 부분**이 있어, **저** 노장(러시아 장수) 코흐만씨가 기화(키바)를 공격함으로부터 **수차의** 전쟁 **때문에** 소비한 군비는 **이루** 셈할 수 없고, 드디어 구라파 및 소아세아에 **걸터앉은** 노국인민 일반의 원망(바람)에 **거슬러** 카나토에 원병을 **보내는** 의론을 폐

---

264) 헤럴드 신문은 '더 재팬 데일리 헤럴드(The Japan Daily Herald)'로서 메이지 초기에 요코하마에서 발행되고 있던 유력한 영자신문(英字新聞)이었다고 한다. 자세한 것은 芝原拓自 外 校註(1989 : 263) 참조.
265) 3장에서 설명한 구문직역체(歐文直譯體) 개념을 참조할 것.

하는 데 <u>이르렀느니라</u>. <u>이렇게 해서</u> 지나인(중국인)은 <u>이</u> 피폐의 호기회에 <u>편승</u>하여 강계(국경)의 론을 <u>일으키고</u>, 금일 노국과 개전은 <u>더욱 두려울 것</u>이 없는 것과 같으니라. <u>지금</u>부터 수일을 <u>지나지 않으면 전에 노국 수도</u>에 달려갔던 지나공사 첸포씨가 이리(국경의 지명) 반환의 담판이 <u>비록 어떠한</u> 성과를 <u>맺을지</u>를 <u>알 수가</u> 없다고 해도, 북경에서 온 래서를 <u>보건대</u>, 지나정부는 이리의 일에 관해서 노국 정부에 단호한 <u>교섭</u>을 하여, 설령 개전의 불행에 <u>마주친다</u> 해도 <u>헛되이 그</u> 영토를 노국의 소유로 <u>돌리지</u> 않을 것이라고 결심한 <u>듯 하니라</u>. 지금 청국의 장군 좌증당은 <u>자주</u> 원병을 <u>얻어</u> 계속 그 병력수를 <u>늘리고</u>, 개전을 <u>준비</u>하는 것을 더욱 <u>서두르느니라</u>. 이렇게 해서 <u>그</u> 병력의 수는 본래 노국병사에 <u>미치지</u> 못하지만, <u>그</u> 분용의 志氣에 <u>이르러서는</u> 오히려 노국의 우측(우월함을 나타내는 방향)에 <u>나온다고 말해도</u> 결코 부당한 것은 <u>아니리라</u>.

②와 같은 상태로는 결코 언문일치가 될 수 없고, 한자를 소리내 읽어 그것을 귀로 들어도 알아차릴 방법이 없다. 따라서 언젠가는 ③과 같은 내적 변화가 일어나야 하고, 실제로 오늘날의 글쓰기에서는 처음부터 ③ 식으로 쓰고 있다. 따라서 ③을 기준으로 ②를 살펴보면 한문체의 어순 이외의 각종 특징이 드러날 것이다. 그러므로 ③에 나타난 ②로부터 변화된 양상을 살펴보고, 그러한 변화가 왜 일어나게 되었는지 유형별로 분석해 볼 필요가 있다. 구체적인 양상부터 살펴보자.

③ : ② : 변화된 부분 : 변화된 방법 : 변화의 이유

의거 : 據 : 명사 변화 : 2음절 한자어로 변환 : 음성성 고려, 1음절 한자의 의미 확산 방지
에 있어 : 에 於하야 : 동사 변화 : 자국어음으로 풀이 : 음성성 고려
그 : 其의 : 지시대명사 변화 : 자국어음으로 풀이 : 음성성 고려
또한 : 亦 : 부사 변화 : 자국어음으로 풀이 : 음성성 고려
크게 : 大히 : 용언 변화 : 자국어음으로 풀이 : 음성성 고려
손실 : 損 : 명사 변화 : 2음절 한자어로 변환 : 음성성 고려, 1음절 한자의 의미 확산 방지

부분 : 所 : 명사 변화 : 자국어음으로 풀이 : 음성성 고려

저 : 夫의 : 부사 변화 : 자국어음으로 풀이 : 음성성 고려

수차 : 數度 : 부사 변화 : 한자음의 변화 : 관습

때문에 : 爲ᄒ야 : 부사 변화 : 자국어음으로 풀이 : 음성성 고려

이루…할 수 없고 : 不可勝 : 번역체 구문 형성 : 국문체로 풀이 : 평이성 추구

드디어 : 遂에 : 부사 변화 : 자국어음으로 풀이 : 음성성 고려

걸터앉은 : 跨ᄒ : 동사 변화 : 자국어음으로 풀이 : 음성성 고려

거슬러 : 逆ᄒ야 : 동사 변화 : 자국어음으로 풀이 : 음성성 고려

보내는 : 送ᄒ는 : 동사 변화 : 자국어음으로 풀이 : 음성성 고려

이르렀느니라 : 至ᄒ얏느니라 : 동사 변화 : 자국어음으로 풀이 : 음성성 고려

이렇게 해서 : 而ᄒ야 : 부사 변화 : 자국어음으로 풀이 : 음성성 고려

이 : 此 : 지시대명사 변화 : 자국어음으로 풀이 : 음성성 고려

편승하여 : 乘ᄒ야 : 동사 변화 : 자국어음으로 풀이 : 음성성 고려

일으키고 : 起ᄒ야 : 동사 변화 : 자국어음으로 풀이 : 음성성 고려

더욱 : 更히 : 부사 변화 : 자국어음으로 풀이 : 음성성 고려

두려울 : 恐ᄒ는 : 동사 변화 : 자국어음으로 풀이 : 음성성 고려

것 : 所 : 명사 변화 : 자국어음으로 풀이 : 음성성 고려(상동)

과 같으니라 : 과 如ᄒ니라 : 용언 변화 : 자국어음으로 풀이 : 음성성 고려

지금 : 今 : 명사 변화 : 자국어음으로 풀이 : 음성성 고려(상동)

지나지 : 經ᄒ지 : 동사 변화 : 자국어음으로 풀이 : 음성성 고려

않으면 : 非ᄒ야 : 동사 변화 : 자국어음으로 풀이 : 음성성 고려

전에 : 曩의 : 부사 변화 : 자국어음으로 풀이 : 음성성 고려

노국 수도 : 魯都 : 명사 변화 : 2음절 한자어로 변환 : 음성성 고려, 1음절 한자의 의미 확산 방지

달려갔던 · 赴ᄒ얏던 : 동사 변화 : 자국어음으로 풀이 : 음성성 고려

비록 : 雖히 : 부사 변화 : 자국어음으로 풀이 : 음성성 고려

어떠한 : 如何ᄒ : 부사 변화 : 자국어음으로 풀이 : 음성성 고려

맺을지를 : 結ᄒ지 : 동사 변화 : 자국어음으로 풀이 : 음성성 고려

알 : 知ᄒ : 동사 변화 : 자국어음으로 풀이 : 음성성 고려

수가 : 由이 : 명사 변화 : 자국어음으로 풀이 : 음성성 고려(상동)

보건대 : 見ᄒ건대 : 동사 변화 : 자국어음으로 풀이 : 음성성 고려

일 : 事 : 명사 변화 : 자국어음으로 풀이 : 음성성 고려(상동)

교섭 : 掛合 : 명사 변화 : 한자음의 변화 : 관습

마주친다 : 遇ᄒ야 : 동사 변화 : 자국어음으로 풀이 : 음성성 고려

헛되이 : 空히 : 동사 변화 : 자국어음으로 풀이 : 음성성 고려

그 : 其 : 지시대명사 변화 : 자국어음으로 풀이 : 음성성 고려(상동)

돌리지 : 歸ᄒ지 : 동사 변화 : 자국어음으로 풀이 : 음성성 고려

듯 하니라 : 如ᄒ니라 : 용언 변화 : 자국어음으로 풀이 : 음성성 고려

지금 : 今 : 명사 변화 : 자국어음으로 풀이 : 음성성 고려(상동)

자주 : 頻히 : 부사 변화 : 자국어음으로 풀이 : 음성성 고려

얻어 : 得ᄒ야 : 동사 변화 : 자국어음으로 풀이 : 음성성 고려

늘리고 : 增ᄒ야 : 동사 변화 : 자국어음으로 풀이 : 음성성 고려

개전을 준비 : 戰備롤 整홈 : 구문 변화 : 자국어음으로 풀이 : 관습

더욱 : 愈히 : 부사 변화 : 자국어음으로 풀이 : 음성성 고려

서두르느니라 : 急ᄒ니라 : 동사 변화 : 자국어음으로 풀이 : 음성성 고려

이렇게 해서 : 而ᄒ야 : 부사 변화 : 자국어음으로 풀이 : 음성성 고려(상동)

그 : 其 : 지시대명사 변화 : 자국어음으로 풀이 : 음성성 고려(상동)

본래 : 固로붓터 : 부사 변화 : 자국어음으로 풀이 : 음성성 고려

미치지 : 及ᄒ지 : 동사 변화 : 자국어음으로 풀이 : 음성성 고려

그 : 其 : 지시대명사 변화 : 자국어음으로 풀이 : 음성성 고려(상동)

이르러서는 : 至ᄒ야는 : 동사 변화 : 자국어음으로 풀이 : 음성성 고려

오히려 : 寧히 : 부사 변화 : 자국어음으로 풀이 : 음성성 고려

나온다 : 出ᄒ다 : 동사 변화 : 자국어음으로 풀이 : 음성성 고려

말해도 : 謂ᄒ야 : 동사 변화 : 자국어음으로 풀이 : 음성성 고려

아니리라 : 非홈이니라 : 동사 변화 : 자국어음으로 풀이 : 음성성 고려

　위와 같은 방식으로 정리한 결과, 총 60군데에서 외형상(문체상)의 변화가 있었다. 이들을 분류하는 기준은 근대 언어의 요소를 분류하는 기준인 품사에 따르는 것이 가장 합당할 것이다. 결국 ②에서 ③으로 가는 변화란 '한문의 구성 요소인 한자'에서 '언문일치체 문장의 구성 요소인 단어'로 도약하는 것을 의미하기 때문에, 한자가 언문일치 문장체

속에서 번역되어 각자의 품사를 획득하는 과정을 추적하는 것은 변화의 실상에 걸맞는 것이다.[266] ③에 입각하여 번역된 어휘들을 품사에 따라 분류하면, 동사 28건, 명사 10건, 지시대명사 5건, 부사 15건, 기타 2건이다. 이 가운데 관습적인 변화[267]와 중복[268]을 제외하고 의미있는 변화를 추려 본다. 건수가 많은 품사부터 나열하면 동사 28건, 부사 14건, 명사 8건, 지시대명사 2건, 번역체 구문 1건이다. 이들 내용을 정리하면 다음과 같은 결과를 얻는다.

〔표 23〕 '한문체 → 언문일치체' 변화 시의 품사 정착 양상

'한문체→언문일치체' 과정에서 정착한 품사	변화의 양상	사례	비고
동사(용언포함) (28건).	자국어음으로 풀이 : 음성성 고려	於ᄒᆞ야→에 있어서 跨혼 →걸터앉은 逆ᄒᆞ야→거슬러	일본의 경우 훈독으로 처리
부사(14건)	자국어음으로 풀이 : 음성성 고려	亦→또한 夫의→저 爲ᄒᆞ야→때문에	일본의 경우 훈독으로 처리
명사(8건)	2음절 한자어로 변화 : 의미 확산 방지	據→의거 損→손실	2음절 한자어는 근대 초기에 제조됨
명사(8건)	자국어음으로 풀이 : 음성성 고려	所→부분 事→일	일본의 경우 훈독으로 처리
지시 대명사(2건)	자국어음으로 풀이 : 음성성 고려	其의→그 此→이	자국어의 구어적 의사소통 시 발견되는 부분
기타 번역체 구문 (부사로 처리 가능)	자국문법으로 번역 : 평이성 추구	不可勝→이루...할 수 없다	부사로 처리 가능

266) 실제로 한문의 한자는 대체적으로 품사 분류를 하지 않는다. 그러나 근대 문장에서는 한자(漢字)가 한자어(漢字語)로서 요소화(要素化)하여 문장의 일부가 되기 때문에, 특정한 언어의 어휘 체계가 요구하는 본질적 속성(품사)을 강제당하게 된다. 한문 글쓰기와 품사의 관계 문제에 대해서는 배수찬(2005ㄴ) 참조.
267) 관습적인 변화란 시대의 주류적 흐름으로 인정받지 못하는 일시적이고 취향적인 어휘 선택을 가리킨다. 예컨대 '數度'를 '수차'로 옮긴 것이 반드시 옳다고 보기는 어렵다. '掛合'을 '교섭'으로 옮기는 경우도 마찬가지이다.
268) 위의 나열에서는 '상동'이라고 표시되어 있다.

이 표에서 알 수 있는 것은 한문체를 자국어 언문일치체로 번역하는 데에서 가장 큰 장애가 한문을 한자음에 따라서 읽었을 때 자국인이 '귀로 들어서 알 수 없다'는 사실이다. 이 때문에 언문일치체 문장에서는 각각의 한자가 자국어음(自國語音)으로 풀이되어야 하는데, 명사의 경우에는 자국어음으로 풀이하는 대신 근대에 제조된 2음절 한자어로 정착시키기도 한다. 예컨대 '거(據)'라고 하면 '증거(證據), 근거(根據), 의거(依據) ……' 등 여러 가지 의미로 확산될 가능성이 있기 때문에(배수찬, 2003), 그 글자가 사용되고 있는 문맥 속에서 규정적 의미를 함유하고 있는 명확한 2음절 단어가 필요한 것이다. '자국어음'과 '2음절로 된 근대 한자어'는 그 연원(淵源)이 매우 다르지만, 국민교육을 통해서 귀로 들어 알 수 있게 된다는 점에서는 근대 언문일치 문장의 구성 요소로 손색이 없다.269)

위의 분석 결과를 바탕으로 하여 『朝野』의 사설문체인 한문해체 문체의 특성을 추출하면 다음과 같다.

첫째, 언문일치체로 옮길 때 명사의 변화 비율이 8건으로 상당히 적은 편이다. 즉 『朝野』의 문장과 언문일치체 문장은 재료가 되는 명사의 형태가 큰 차이를 보이지 않는 것이다. 『朝野』가 나온 메이지 10년대는 후쿠자와 유키치[福澤諭吉], 나카무라 마사나오[中村正直] 등에 의해서 양서 번역이 진행되던 시기였으며, 그 와중에서 서양어를 2음절 한자어로 번역하여 어휘화가 이루어져 갔다. 실제로 앞에서 인용한 『朝野』의 사설에 헤럴드 신문이라는 영자지(英字紙)의 축약이 상당 부분 포함되어 있다는 점을 기억한다면, 명사의 상당부가 '攻略·戰爭·軍費·人民·機會·開戰·成果·談判·政府' 등의 2음절 한자어로 되어 있다는 사

---

269) 예컨대 초등학교의 교과서에 '우리나라는 나날이 발전하고 있다.'는 문장이 있다고 했을 때 자국어음은 '우리', '나라', '나날이' 등이고, 2음절 근대 한자어는 '발전'이다. 전자는 모국어로서 생활을 통해 자연습득되는 것임에 비해, 후자는 국민교육을 통해 강제로 습득되지만, 그 습득률은 거의 100%에 가깝다. 물론 2음절 근대 한자어라 해도 그 수준에 따라 국민교육에서 가르쳐지지 않는 것도 있으나, 일반적인 국민국가 내부의 의사소통 상황에서는 큰 지장을 주지 않을 것이다.

실을 쉽게 납득할 수 있다.

둘째, 언문일치체 자국어역으로 옮길 때 동사의 자국어 어휘화가 28건으로 상당히 많은 편이다. 이는 한문체(漢文體)가 자국어역으로 변화(혹은 해체)할 때 한문의 명사 해당 요소와 동사 해당 요소가 변화하는 속도가 다르다는 것을 의미한다.270) 상식적으로 생각해 볼 때 명사부분이 동사부분에 비해서 빨리 변할 것이다. 예컨대 한문체 '水光接天'을 언문일치 자국어 문장으로 바꾼다고 하자. 한문해체 문체로는 '水光이 天에 接하다'가 될 것이며, 언문일치체로서는 '물빛이 하늘에 닿다'일 것이다. 그런데 '水光接天'을 반드시 '물빛이 하늘에 닿다'처럼 100% 순수 자국어 어휘로 바꾸어야만 언문일치가 되는 것은 아니다. '접하다'와 같은 단어는 국민교육을 통해서 충분히 귀로 들어도 알 수 있는 어휘이기 때문이다. 즉 '물빛이 하늘에 접(接)하다'는 성립 가능하지만, '수광(水光)이 천(天)에 닿다'는 성립하기 어려운 것이다. 이렇듯 한문체 가운데서 가장 오래 저항하고, 가급적이면 그 원형을 유지하려고 했던 것은 다름아닌 동사 부분이었다.

셋째, 자국어역의 과정에서 지시대명사가 2건 창출되는데, 자국어 문장의 성립을 위해서는 '이', '그', '저'와 같은 지시사(指示詞)가 필요한 것은 당연한 사실이다. 그러나 '이', '그', '저' 같은 구어식 표현이 문장으로 씌어지는 데에 상당한 저항이 있었던 시절이 있었다. 순국문으로 표기되는 고전소설에서도 '그 사람'보다는 '기인(其人)'이라는 표현이 더 자연스러웠던 것이 사실이다. 그러나 이러한 어려움을 거쳐 구어식 지시사가 문장에 당당하게 쓰일 수 있을 때 비로소 언문일치체가 완성되었다고 할 수 있다. 따라서 어떤 문체가 한문체의 영향에서 벗어난 지

---

270) 동사의 자국어화 속도가 느리다는 것은, 그만큼 언문일치체 문장에 멀다는 의미다. 즉 현대 언문일치체 자국어역을 옮겨서 비교할 때 28건이나 변화가 일어난다는 것은, 『朝野』의 본래 문체가 그만큼 변화가 덜 되었다는 의미이다. 이에 대해서는 곧 언급이 있을 것이다.

표의 하나로서 '지시사의 자국어화 정도'를 분석하는 것도 필요해진다.

넷째, 부사의 자국어화가 많이 이루어지고 있음을 알 수 있다. 한문체와 순국문체 간에 부사 표현상의 큰 차이가 있다는 점을 알 수 있게 하는 부분인데, 부사는 한문 자체의 문법적 속성인 경우가 많으며 굳이 고치지 않아도 문장을 이해하지 못하는 것은 아니다. 다만 이러한 표현들이 많이 쓰일 경우에 문어체, 복고풍의 문체 효과를 가져다 준다는 점은 지적할 수 있다. 예컨대 '무릇[夫]'271), '…… 할 뿐만 아니라[非但]',272) '어찌 …… 리오[豈…耶]',273) '…… 만 못하다[不如]'274) 같은 표현들은 직역하더라도 한문의 느낌이 그대로 살아 있다. 이러한 단정적이지 않고 점잖은 느낌의 부사적 표현들이 어느 정도 극복되었는가 하는 것도 한문체를 벗어난 지표로서 활용될 수 있을 것이다.

이상의 논의를 통해서 한문해체 문체에서 자국어 문장체로 바뀐 문장의 특성을 몇 가지로 추출해 볼 수 있다. 첫째, 한문해체 문체의 자국어 문장체 변화는 명사부의 자국어 번역 내지 2음절 단어화로부터 시작된다. 둘째, 한문해체 문체에서 동사부는 명사부에 비해서 늦게 자국어로 번역되거나 아예 그 자체가 자국어의 어휘 체계로 흡수되어 버린다. 셋째, 한문해체 문체도 지시대명사는 그대로 한문체 당시의 형태를 유지하기 때문에 지시사의 자국어화 정도를 통해 한문 해체의 정도를 가늠할 수 있다. 넷째, 한문해체 문체는 복고적이고 완곡하며 점잖은, 단정 회피적 문법 관습을 지닌 부사적 표현들을 많이 함유하고 있어 자국어 문장체로 바뀔 때 살아남을 경우 문체의 의고성(擬古性)을 높여 준다. 상기한 네 기준은 앞으로 한문체 기원의 논설문체를 분석할 때 유용한 지표가 될 것이다.

---

271) 점잖고 유장한 느낌을 준다.
272) 다양한 것을 화려하게 열거하는 느낌을 준다.
273) 영탄을 통해 직접 말하지 않고도 상대가 알아들을 수 있도록 하려는 배려의 느낌을 지닌다.
274) 직접적인 단정을 회피하여 애매하면서도 온화한 느낌을 준다.

다시 『朝野』의 문장 "청나라 민중이 분격하여 열강인 러시아에 항거한다는 소식을 듣고 느낌이 있어[淸民ノ奮ッテ强魯ニ抗スルヲ聞キテ感アリ]"로 되돌아가 보자. 이 문장은 한문해체 문체의 전형으로서, 명사부는 이미 상당히 해체가 진행되어 있어 명사부에 한정해서만 말하자면 자국어 언문일치체 근접하고 있다. 그러나 동사부는 아직 많은 부분이 한자어휘로만 되어 있어 언문일치에 이르지 못하고 있다. 한자 유래의 지시사(指示詞) 사용이나, 의고적 한문 문법에 따른 부사어구의 사용도 빈번하다. 그러나 어순은 이미 한문을 완전히 벗어나 있으며, 실사인 명사부에서 2음절의 근대 한자어를 다수 채용하고 있는 점을 평가한다면 문체적 혁신이 이루어져 있는 편이다.

이 밖에도 문장의 길이(즉 복문화의 정도), 어미의 문제도 한문 해체의 정도를 가늠하는 기준이 될 수 있다. 실제로 야마모토(1965)는 앞서 말한 『東京日日』, 『郵便報知』, 『橫浜每日』, 『朝野』 등의 대신문에서도 1870년대 말에 이미 잡보(雜報)를 중심으로 '한문 해체'에서 더 나아간 '문장의 구어화'가 발견된다고 지적하고 있다. 물론 이 때의 구어화는 다름 아닌 어미의 문제에 치중되어 있을 뿐, 문장의 내적 구성 요소가 본질적으로 혁신되는 것은 아니다. 따라서 이들은 다시 1881년 정치적 반동의 물결 속에서 문어문체로 회귀한다. 그런데 여기서 주목할 만한 것은 그렇게 회귀한 문어문체가 구어문화를 겪기 이전의 문어문체보다 한결 평이해졌다는 점이다(山本正秀, 1965 : 207). 이러한 문어문의 평이성은 단순히 어미의 문제로만 설명될 수 없을 것이다. 앞서 말한 문장 내적 요소들, 이른바 명사나 동사의 자국어화 정도 · 한문문법에 입각한 부사어구의 활용도 · 지시대명사의 자국어화 정도 등이 종합적으로 작용한 결과일 것이기 때문이다. 즉 문어문의 내적 요소들이 개별적으로 근대화되어 가는 것이다.

2) 연설문의 등장과 인위적 설득구조의 발생

일본에서 대신문 사설이 한참 유행하던 1870년대 후반기에 근대 논
설문 양식에 영향을 준 또 하나의 커다란 문화적 흐름이 있었으니 그것
은 다름아닌 연설의 유행이었다. 일본의 정치가인 누마 모리카즈[沼間守
一](1843~1890)[275]의 사례를 중심으로 연설문의 양상을 살펴보고, 그것이
논설문 성립에 미친 영향을 계보론적 측면에서 확인해 보고자 한다.
'연설'이라는 용어는 당시 서양에서 들어온 정론(政論)의 대중적 연행을
스피치(speech)라고 일컬었던 것을 후쿠자와 유키치가 번역 조어(造語)한
것으로 알려져 있다.[276] 그런데 용어의 연원보다 더 중요한 것은, 대중
계몽을 위한 설득적 말하기 양식인 '연설'이 기존의 설(說) 갈래에 추가
되어 '사설' 등과 함께 주장하는 글쓰기의 가능한 편폭을 넓히고, 이후
논설문의 양식 개념에 걸맞는 실체를 형성하는 데에 기여했다는 사실
자체이다.

연설은 기본적으로 국민 교육, 자유 사상의 보급, 언론의 기능 확장
등 여러 부문(部門)에 걸치는 활동이었다. 특히 1870년대 중·후반에 이
르러서 자유 민권운동이 폭발적으로 일어나게 되자, 선구적인 기자·사

---

275) 누마 모리카즈(沼間守一, 1843~1890)는 메이지 초기의 관료 및 정치가로서, 토쿠가
와 막부(德川幕府)의 신하였던 타카나시(高梨仙太夫)의 둘째아들로 에도(江戶)에서
태어났다. 누마 헤이로쿠로(沼間平六郎)의 양자(養子)가 되었고, 스기하라 신사이(杉
原心齋)에게 한학을 배웠으며 1853년에 나가사키(長崎)로 유학하여 영학(英學)을 익혔
다. 1861년 요코하마에 가서 『화영어림집성(和英語林集成)』의 저자였던 헵번(Hepburn)
에게 배웠으며, 1865년 막부의 육군전습소에 입학하였고, 메이지 원년의 무진전쟁(戊
辰戰爭)에도 참가하였다. 1872년 이노우에 카오루(井上馨)에게 발탁되어 대장성(大藏
省)(재정 관련 정부 부서─필자)에 취직하고, 사법성(司法省)을 거쳐 유럽에 파견되었
다. 이듬해 귀국하여 법률강의회(法律講義會)를 설립하였는데, 그것이 민권 결사단체
의 하나인 '앵명사(嚶鳴社)'가 되었다. 이후 관직을 사임하고 1879년 토쿄 요코하마[東
京橫浜] 매일신문사(每日新聞社)의 사장, 도쿄부회의원(東京府會議員)을 거치며 자
유당(自由党) 창설에 참가했다. 이후 1882년 입헌개진당(立憲改進党)에 입당하였다.
276) '演說'이라는 용어의 첫 용례는 후쿠자와 유키치(福澤諭吉)가 사용한 것이 아니라
메이지 원년의 공문서라는 주장도 있다. 岡野他家夫(1983 : 72) 참조.

상가·학자 등이 논설 문장을 직접 쓰기 시작했고, 그러한 논설은 자유민권 사상의 신장과 침투에 크게 기여하였다.277) 또한 기록물로서 논설과 함께 구두 연설이 발생하였는데, 이는 당대를 움직인 주요한 언론의 표현 형태였다고 한다. 메이지 7년인 1874년부터 메이로쿠샤[明六社]의 연설을 비롯하여 이듬해에는 바바 타츠이[馬場辰猪](1850~1888), 누마 모리카즈 등에 의한 공개 연설회가 시작되었고, 메이지 15년(1882)에 이르면 기시다 슌코[岸田俊子] 등 여성운동가에 의한 연설도 개최된다. 실제로 메이지 정부는 이들의 영향력을 두려워한 나머지 1879년 태정관 포고(太政官布告)를 통해 '연설규제령(演說取締り令)'을 발표하게 된다.

연설이 그 당시에 큰 힘을 발휘했던 것은 그것이 문자를 매개로 하지 않고 귀로 직접 듣는 것이어서 문맹(文盲)에게도 감화를 줄 수 있었고, 그 내용 또한 자유민권사상을 고취하는 것이었기 때문이다. 즉 연설을 통해서라면 특별한 교육제도를 마련하지 않아도 과거의 관습을 제거하고 민력(民力)을 기를 수 있었기 때문이다. 연설의 대본은 고차원적인 정치에 관련된 내용을 알기 쉬운 문체로 서술함으로써 근대의 설득적 글쓰기 양식 성립에 기여하였다. 학술성 내지 지적 추상성과 구어적 문체의 속성이 절묘하게 결합된 양식이 곧 '연설 대본'이었던 것이다.

특히 누마 모리카즈의 연설은 신념에 바탕을 둔 당당한 논의로 청중들에게 큰 감명을 주었다고 한다. 그 제목을 몇 가지만 들면 다음과 같다. "국회론(國會論)", "나라가 나라인 이유를 논함(國の國たる所以を論ず)", "정권의 분배(政權の分配)", "누가 민간에 인물이 없다고 말하는가(誰が民間に人なしと謂ふや)", "널리 천하의 준수한 인물을 모집히여 헌법을 제정히지 않으면 안된다(普ねく天下の俊傑を招集して國憲を制定せざる可らず)", "국회를 바라는 이들에게 고함(國會願望者に告ぐ)", "도쿄부민에게 고함

---

277) 초창기에 언론·교육·학술이 삼위일체로 미분화된 채 진행되는 것은 한국과 일본의 공통 양상이었다. 예컨대 후쿠자와 유키치의 학술적 저술은 평이한 문체로 쓰여졌기 때문에 당시에 태동하던 소학교의 교과서로 채택되었으며, 『독립신문』 등을 통한 서재필이나 이승만의 논설은 그 자체로 언론활동인 동시에 민중계몽을 노린 것이었다.

(東京府民に告ぐ)" 등이 그것이다. 대부분 민주주의 내지 자유민권사상을 구어적인 말투로 단호하고 비교적 단순화하여 주입하기 위한 의도가 엿보인다.

여기서는 누마 모리카즈의 "방청제군에게 고함(傍聽諸君に告ぐ)"이라는 제목의 연설 대본을 들어 그 문체와 내용상의 특징을 확인해 보기로 한다. 1880년 민권 결사단체인 앵명사(嚶鳴社) 규제령이 내려진 뒤의 연설문인데, 한문체이면서도 독특한 구어 상황을 연출하고 있다는 점, 그로 인해 주장과 설득의 활동이 매우 노골적으로 드러나고 있다는 점이 두드러진 특색이다. 앞서 본 『朝野』의 대신문 사설을 문체의 측면에서 세밀하게 검토했다면, 여기서는 내용의 측면을 주로 보려고 한다. 그러한 내용 구성이 연설문 형태가 주장하는 글쓰기 형식으로서 어떠한 특성이 부여된 결과인지 살펴볼 것이다.

오호! 우리들이 어찌 변론을 좋아하는 것이겠는가? 다만 언론이 세상에 없어서는 안된다는 것을 깨닫고, 여러분들보다 하루라도 일찍 선구자로 되어, 먼저 토쿄 인민을 이롭게 하고, 나아가 전국에 보급시키고, 이 언론의 도를 흥기시키고자 할 따름이니, 여러분들은 능히 이러한 뜻을 짐작하여, 귀중한 시간을 내어 오셔서 이와 같이 왕성한 데에 이르렀느니. 이것은 특별히 그 취지를 찬성하는 것만이 아니고, 우리들 앵명사 사우(社友)들이 논술한 바가 혹은 왕왕 여러분들을 이롭게 하는 것이 없었다고는 못하지 않겠는가? 과연 그렇다면 여러분들은 우리들이 언론에 그 이익됨이 있고, 우리 사우들은 여러분들이 듣는 것이 이익되는 것이 있음을 가지고, 더욱 분발하여 노력하였는데도, 마침내 오늘날 이 모임을 통해 여러분들과 서로 이별하려 하도다.[278]

---

278) 원문은 다음과 같다. "嗚呼、我れ豈に弁を好まんや。然れども言論の世に欠く可からざるを悟ること、諸彦より早き一日なるを以て、首として先驅となり、先づ東京人民に益し、延いて全國に及ぼし、大に斯道を興起せんと欲せしに、諸彦能く其の志を斟酌し、貴重の時間を擲って來り聽く者如斯の旺盛に至りたり。是れ特り其志を愛する而已に止まらず、余輩社友が論述するところ或は往往諸彦を利するものなきに非ざるによる乎。果して然らば諸彦は余輩が言論に其利を得、余輩社友は諸彦の聽くところ利するところあるを以て、益す起り弥よ奮ひ大に其の刺衝を得し

그 이유는 무엇인가? 금후로 여러분들 청중들을 금지하지 않으면 안되는 데에 있음이니라. 생각이 여기까지 이르니, 창자가 거의 아홉 번 끊어지고 평소에 흘리지 않던 뜨거운 눈물이 눈을 덮어 멈추지 않도다. 적어도 여러분들께 사죄하는 마음이 드는 이유도 다름이 아니오니, 청컨대 그 이유를 말씀드리고자 하노라.279)

원래 우리 앵명사의 본지는 붕우(朋友)들이 서로 모여 언론을 연구하고, 서로 지식을 교환하는 것이었으며, 함께 이익을 얻고 그로써 동(同) 사우들 간의 친교가 심상(尋常)한 교제에 머무르는 것이 아니라, 이제 여러분 청중들을 자유롭게 함이었는저! 전술한 훈령에 저촉되는 삼분의 일에 달하는 사원들은 반드시 사임하여야 하느니. 그렇다면 우리들은 지난 6년간 이 사원들로부터 얻은 이익은 장차 무엇을 통해 보상해야 하느뇨? 충정(衷情)으로부터 그것을 말함인데도 번연히 관직을 떠나게 하는 것은 참을 수 없는 일이로다. 붕우의 교제에 내외의 구별이 있는 것은 실로 어찌 할 수 없는 부분이 있도다. 이에 연연한 정을 단호히 끊고, 과감히 여러분들과 이별하는 말을 하려고 하도다. 그렇다고는 하더라도 그만둘 수는 없으니 여기에 방책이 있도다. 여러분들이 만약 본사가 가진 신념이 옳다고 하고, 언론이 세상에 없어서는 안되는 진리를 확장하는 데에 열심하고자 한다면, 바라옵건대 나아가 앵명사의 사원이 될지어다. 우리는 사람을 선발하지 않으니, 다만 그 뜻이 같은 사람만을 함께 단결시키고자 할 뿐이라.280)

も、終に今日此會を諸彦と 永く相訣れんとす.” 岡野他家夫(1983:82)에서 재인용.
279) “その故　如何ぞや。而姶以後、諸彦の傍聽を禁ぜざるを得ざるにある也。念ふて 此に 到れば、寸腸殆と九斷し常に揮はざるの熱漏眼睫を衝て止まず。抑も諸彦を謝する所以のもの他なし、乞ふ其の故を陳ぜん.” 岡野他家夫(1983:82)에서 재인용.
280) “元來我が嚶鳴社の本旨たる朋友相會して言論を講究し、互に智識を交換するの 事にして、俱に利益を收めしを以て、同社友の相厚き筈に尋常の交際に止まらず、今諸彦の傍聽を自由にせんか。前述の諭達に悖る三分の一に居るところの社員は必ずや辭して去るべし。然らば則ち余輩六年間、此の社員より受けしところの利益將た何に由て償はんや。衷情よりして之を言ふも亦た翻然之を去らしむるに忍びず。朋友の交誼內外の別ある實に已むを得ざるものあるを以てなり。於是乎、戀戀の情を猛斷し、敢て諸彦と永く辭するのことを企てたり。然りといへども、已むなくんば爰に策あり。諸彦若し本社の執るところを可とし、言論の世に欠くべからざるの眞理を擴張するに熱心なるか如き、願くは就て嚶鳴社員たれ。余輩其の人を選ばず、唯唯其の志の相同じきを以て與に共に相結ばんとす.” 岡野他家夫(1983:82)에서 재인용.

메이지 정부는 그 덕이 커서 능히 인민을 자유를 보호하고, 또 능히 그 권리를 신장할 수 있을 듯하도다. 가령 태양광을 막는 기이한 일이 있다 할지라도, 저 진시황제가 역사서를 마음대로 짓는 것을 엄금한 것과 같은 비리의 법률을 짓지 않는 것은 천지에 맹세코 보증할 수 있는 것이지만, <u>친구들이 서로 모여 언론을 행하는 데에 누가 그것을 뭐라고 할 수 있겠는가</u>. 이것은 곧 관리인 사원을 보내는 것 뿐만 아니라, 여러 청중들의 지위를 이룩하는 이중의 효과를 지니는 것이리라.281)

또한 적이 이 <u>관령의 의미를</u> 추측컨대 관리가 강담 연설을 하고 비용을 쓰는 것은 대부분 강담사의 일로서 <u>관리의 체면에 구애되는 점이</u> 있음을 주의하는 것도 또한 없다고는 할 수 없을 터이니, 그렇다 하더라도 <u>서로 모이면 비용 없이는 안되는 일이고</u>, 이미 그것이 있으면, 그것을 쓰는 것은 이 회에 있어서 이익을 향유하는 사람에게 써야 하는 것이라. 즉 사원과 방청객의 여러분들에게 모아서, 서로 갚아 주는 것을 법칙으로 할 뿐이니, 이것은 이치에 당연한 일이고 또한 괴이할 것조차 없도다. 어찌하여 그 비용이 집회하여 <u>서로 이익되는 데 대한 희생이리오</u>.282)

식자들은 반드시 우리들에 대한 처치가 마땅함을 잃었다는 것을 알리라. 그렇다 하더라도 오늘날에 당하여 구구히 본사의 내칙을 논한들 무슨 소용이 있으리오? 다만 앞으로 남은 수단에 의해서 청중 여러분들과 사원 제씨들의 우정이 어긋나지 않는 것만 못하도다. 무릇 동인의 결사와 함께 <u>언론의 길을 강구하는 데 있어서 추호도 장애가 있어서는 안되는 것은 의심의 여지가 없는 일이로다</u>. 왜냐하면 동지들이 서로 모이고, 붕우들이 서로 모이기 때문이

---

281) "明治政府は、其の德洪大能く人民の自由を保護し、又能く其の權利を伸るを得せしむ假令太陽光を放たざるの奇事あるも、彼の秦の始皇が史書を偶語するを嚴禁せし如き非理の法律を作爲せざるは、天地に誓って保證するところなれば、朋友相集りて言論をなすに、誰れか之を何とか言はん。是れ則ち官吏たるの社員を去らしめずして、以て傍ら諸彦の地をなす一擧兩得の手段と云ふべし。" 岡野他家夫(1983：82~83)에서 재인용.

282) "且つ竊かに 官令の意味を推測するに、官吏が講談演說をなし幾許の席費を收むるは、殆んど講談師の所爲に出て、官吏の體面に礙るものありとの注意も或は之れなしとし難し、然りといへども人相會すれば費用なき能はず、旣に之れあり、之を徵するは、此會にありて利を享るの人に徵すべし。乃ち社員と傍聽の諸君とに徵集し、出入相償ふを度として止む、是れ理の當然にして又怪しむに足るものなし。何となれば其の費用は集會相益するの犧牲たればなり。" 岡野他家夫(1983：83)에서 재인용.

니라. 가량 천백인에 이르러도 자리를 열고 공중을 모으는 것이 훈령에 어긋나지 않는 것은 청천백일 또는 의심을 허용하지 않는 것이로다.[283]

아아! 한 가지 일을 흥기시키고 일업을 기도하는 자여. 반드시 허다의 곤액을 만나는 것은 여러 차례 피할 수 없는 곳이로다. 하물며 인생의 일대 자유로운 언론의 기준을 세우려고 하는 데에 있어서랴! 그러한 장애는 본디 기대하고 있었던 것이로다.[284]

우리는 同社의 사람들, 청중 여러분들, 더욱 인내하여 반드시 관령에 배치되지 않고, 본뜻을 굴하지 않고, 능히 그 기약하는 바의 목적을 달할 수 있으리라 확신하니, 고로 우리들의 생각을 노출하여 그것을 여러 군자에게 질정하고자 하노라.[285]

상당히 긴 인용문이지만 내용의 전개를 살펴보기 위해 인용해 보았다.[286] 내용을 잘 이해하기 위해서는 약간의 상황 설명이 필요하다. 메이지 정부는 1879년 5월 9일 태정관(太政官)으로부터 '관리(官吏)인 자가 그 직무(職務)에 관한 정론이나 강학(講學)을 목적으로 공중(公衆)을 모아 강담·연설을 하는 것을 금지'하는 연설금지령(演說禁止令)을 발표하였다. 이에 누마 모리카즈를 비롯한 관직에 있던 앵명사(嚶鳴社)의 회원들이, 앵명사 활동을 계속하기 위해서는 관직을 사임해야 하는 상황에 처하게 되

---

283) "識者必ず余輩の處置失當ならざるを知らん。然りといへども　今に當て區區本社の內則を論ずるも亦何の益あらん。唯前段の手段によって、傍聽諸君と社員諸氏の友情に背かざるに如かず。夫れ同人結社し倶に言論の道を講ずるに於て毫も障碍ある可らざるは疑を容れざるところなり。何となれば、則ち同志相集るなり、朋友相會するなり。假令千百人の多きに及ぶも席を開き公衆を集むるの諭達に觸れざるは、青天白日又疑を容れざるなり。" 岡野他家夫(1983 : 83)에서 재인용.

284) "嗚呼、一事を興し一業を企る者、必ず幾多の艱厄に遭ふは數の免れざるところなり。況んや人生の一大自由なる言論の基本を立んとするに於てをや。その阻滯固より期するところなり。" 岡野他家夫(1983 : 83)에서 재인용.

285) "余は同社の人、傍聽の衆、黽勉忍耐必ず其の官令に背馳せず、素志を屈せず、能く其の期するところの目的を達するを信ず、故に余の所思を呈露して之を衆君子に質すと云ふ。" 岡野他家夫(1983 : 83)에서 재인용.

286) 사실 이것도 전문이 아니고 후반부만 인용한 것이다. 그러나 전반부의 내용이 글을 쓰게 된 정황을 설명하는 것이기 때문에, 이 부분만 보아도 하나의 완결된 연설 대본으로 볼 수 있을 듯하여 이 정도만 인용하였다.

었다.287) 이에 누마 모리카즈는 위의 연설을 통해 공중(公衆)에 대한 강담·연설을 중단하는 대신, 청중 모두에게 앵명사에 가입할 것을 요청하고 있는 것이다. 회원들끼리 벌이는 토론은 금지할 수 없기 때문이다.

따라서 위의 연설문은 구체적으로 설득할 내용을 가지고 있으며, 그러한 내용을 질서정연한 조직 원리에 따라 연역적으로 전개해 가고 있는 근대적인 성격의 글이다. 연설문(演說文)이라고 했지만 청중에 직접적으로 말을 건네는 형식을 취하고 있다는 것뿐, 문체면에서도 한문 문법을 따르는 어구들이 많이 나타나고 있다. 여기서는 내용의 전개에서 나타나는 특성만을 살펴보기로 하겠다. 특성의 추출은 다른 글쓰기 양식과 비교할 때에 명확히 드러나므로, 한문학의 설(說) 갈래의 대표적 작품인 한유의 「사설(師說)」과 내용 전개를 비교하는 것으로 하겠다. 위의 인용문에서 밑줄 친 부분은 핵심적인 내용에 해당되는 것이다. 이를 바탕으로 전체 내용의 흐름을 정리하면 다음과 같다.

〔표 24〕 연설문의 내용 조직 방식─누마 모리카즈, "방청제군에게 고함(傍聽諸君に告ぐ)"

문단과 그 기능	주요 내용 정리
1. 화제 제시 : 연설의 중단 (의사소통 맥락 제시)	우리는 언론의 필요성을 자각하고 있다
	청중 여러분은 이를 짐작하고 있다
	그런데 연설회를 중단해야 되게 되었다
2. 원인 제시 : 해산의 이유	이유를 말씀드리고자 한다
3. 원인 제시와 대책 : 훈령 제시와 회원 가입 권유	훈령에 의해 관료들이 사임하지 않으면 안된다
	연설을 계속하기 위해 청중들이 사원이 되어 달라
4 대책의 효과 : 연설 가능	단체 내부 활동(연설회)은 훈령으로도 규제할 수 없다
5 반론 : 관청의 훈령 근거	관료가 회에 가입하는 것은 국고의 낭비가 아니다
6 과제 제시 : 추상적 과제	앵명사 사원들은 언론의 길을 강구해 가야 한다
	훈령에 어긋나지 않는 범위 내에서 최선을 다하자
7 감상 : 사태에 대한 느낌	약간의 장애는 본디 기대하고 있었던 것이다
8 미래의 전망 : 앵명사의 앞날	우리는 언론이라는 목적을 달성할 것을 확신한다

---

287) 누마 모리카즈는 당시 사법성(司法省)의 관료로 있었다.

이상의 내용을 전통적인 설(說) 양식의 대표작이라 할 수 있는 한유의 「사설(師說)」과 비교해 보기 위해 「사설」288)의 내용을 표로 조직해 보면 다음과 같다.

288) 「사설(師說)」의 원문(原文)은 문단이 나누어져 있지 않은 순한문(純漢文)의 문장이다. 여기서는 편의상 김학주 역(1989 : 251~254)의 번역문에 나타난 편의상의 문단 구분을 따르기로 한다. 참고로 「사설」의 현대역 전문을 싣는다.
"1 옛날의 학자는 반드시 스승이 있었다. 스승이란 도를 전하고 학업을 가르쳐 주며 의혹을 풀어주는 자이다. 사람은 나면서부터 아는 것이 아닌데, 누가 의혹이 없을 수 있겠는가? 의혹스러우면서도 스승을 따르지 않는다면 그의 의혹됨은 끝내 풀리지 않을 것이다. 나보다 앞에 태어나고 그가 도를 들음도 물론 나보다 앞섰다면 나는 그를 따라 스승으로 삼는다. 나보다 뒤에 태어났더라도 그가 도를 들음이 역시 나보다 앞섰다면 나는 그를 따라 스승으로 삼는다. 나는 도를 스승으로 삼는 것이니, 어찌 그 나이가 나보다 앞서 태어나고 늦게 태어남을 따지겠는가? 이런 까닭에 귀하다거나 천하다거나 나이가 많거나 적거나 할 것 없이 도가 있는 곳이 곧 스승이 있는 곳이다.
2 아! 스승의 도가 전해지지 않은 지 오래되었으니, 사람들로 하여금 의문이 없게 하려 해도 어려운 일이구나. 옛날의 성인은 보통 사람들보다 훨씬 뛰어났지만 오히려 스승을 따라 물었는데 오늘날의 많은 이들은 성인보다 뒤떨어지지만 스승에게 배우기를 부끄러워한다. 이런 까닭에 성인은 더욱 성명해지고 어리석은 이는 더욱 어리석게 된다. 성인이 성명해지고 우인이 어리석게 되는 까닭이 모두 이에서 나온 것인가!
3 자식을 사랑하여 스승을 골라서 가르쳐 주면서도 그 자신에게는 스승삼기를 부끄러워하니 미혹된 일이다. 저 어린아이의 스승은 책을 가르치고 읽는 법을 가르치는 자이지 내가 말하는 도를 전하고 미혹됨을 풀어주는 자는 아니다. 책 읽는 법을 모르거나 미혹이 풀리지 않는 데 대하여, 혹은 스승을 삼기도 하고 혹은 그렇게 하지 않고 있다. 작은 것은 배우고 큰 것은 버리고 있으니 나는 그들이 현명하다고 할 수 없다.
4 무당이나 의사, 악사와 각종 직공들은 서로 스승으로 삼기를 부끄러워하지 않는다. 그런데 사대부의 족속들은 스승이니 제자니 하는 자가 있으면 무리지어 모여서 그들을 비웃는다. 그 까닭을 물으면 "저이와 저이는 나이가 서로 같고 도도 서로 비슷하다"고 한다. 스승의 지위가 낮으면 부끄러운 일이라 여기고 스승의 벼슬이 높으면 아첨에 가깝다고 한다. 아! 스승의 도가 회복되지 않았음을 알 만하구나. 무당이나 의사와 각종 직공들은 군자들이 업신여기지만 지금 그들의 슬기는 도리어 미칠 수 없으니 정말 이상하구나.
5 싱인인 공자에게는 일정한 스승이 없었다. 공자는 담자, 장홍, 사양, 노담에게 배웠으나, 담자의 무리는 현명함이 공자에 미치지 못하였다. 공자는 "세 사람이 함께 길을 가게 되면 그 중에 반드시 나의 스승이 있다"고 하였다. 그러므로 제자가 반드시 스승만 못하지도 않고 스승이 반드시 제자보다 낫지도 않다. 도를 들음에 있어 선후가 있고 학술과 직업에 전공이 있어서 이와 같이 되었을 따름이다.
6 이씨의 아들 반은 나이 열일곱으로 고문을 좋아하여 육경의 경전을 모두 익혀 통달하였다. 시속에 구애되지 않고 내게 배우기를 청하니 나는 그가 옛 도를 행할 수 있음을 갸륵히 여겨 '사설'을 지어 그에게 주는 바이다."

〔표 25〕 한문학 양식으로서 '설(說)'의 내용 조직 방식 : 한유, 「사설(師說)」

문단과 그 기능	주요 내용 정리
① 주장 제시	스승이란 도(道)를 전하는 사람이다
	도가 곧 스승이다(도가 있는 사람을 찾아 나서라)
	사람이 스승이 아니다 (사람의 외적 조건에 구애받지 마라)
② 주장의 적용 (교훈 추출)	성인은 스승을 찾는다(사람이 아니라 도를 보기 때문)
③ 주장의 적용 (현실 비판)	일반인은 스승을 찾지 않는다 (도가 아니라 사람을 보기 때문)
④ 주장의 적용 (현실 비판)	하찮은 직공들은 스승을 찾는다(사람보다 도가 중요)
	일반인들은 사승관계를 비웃는다(도보다 사람이 중요)
⑤ 주장의 적용 (회고)	공자는 여러 스승을 찾아다녔다 (사람의 시선보다 道 중시)
⑥ 의사소통 맥락 제시	이씨의 아들에게 「사설」을 지어 선물한다.

　먼저 「사설」의 내용 조직 양상을 근거로 그 내용 구성의 원리를 생각해 보기로 한다. 「사설」이 중심을 두고 말하고 있는 내용은 진리[道]가 스승이니, 사람의 외적 조건에 구애받지 말고 스승을 찾아 나서라는 것이다. 그런데 그러한 주장을 전달하는 방식은 매우 직접적이고 반복적이다. 즉 첫 문단부터 '도가 스승'이라는 점을 분명하게 밝히고 있으며, 이후의 여러 문단들은 그러한 중심 생각을 확인하거나 그에 입각하여 현실을 비판하고 있는 것들일 따름이다. 즉 논리적인 진전을 더이상 찾아보기 어렵고 굳이 말하자면, 동일한 주장을 심화하고 있을 뿐이다. 설(說)의 특징으로 지적되는 의사소통 맥락의 문제에서도, 여섯째 문단에 수신자(受信者)인 이씨(李氏)의 아들을 언급하고 있을 따름이다. 즉 「사설」의 구성 원리는 문단을 읽어 나감에 따라 주장을 심화시키거나 찾아 나가는 구조가 아닌데, 이는 글쓰는 사람이 연역적으로 문장의 전체 구성 전략을 염두에 두고 있지 않음을 의미하는 것이다.

　그렇다면 이제는 누마 모리카즈의 "방청제군에게 고함"을 보자. 이 연설이 나온 시기는 아직 '서론—본론—결론'의 개념이 작문 교과서를 통해 보급되기도 전이다. "방청제군에게 고함"은 크게 보아 '화제 제시 (①)→원인 제시(②)→주장(③)→효과 소개, 과제 제시(④~⑥)→과제 및 전망(⑦~⑧)'으로 이루어져 있다. 설득할 내용을 주장이라고 한다면 그 주장은 '청중들이 사원에 가입하여 연설이 지속되도록 해 달라'는 것인데, 이러한 내용을 처음부터 단도직입적으로 제시하지 않는다. 처음에는 주장과 관련된 문제를 환기하고, 그러한 문제를 구체화한 뒤 그 이유와 함께 해결책을 제시하는 구조를 취하고 있는 것이다. 즉 전체적인 문제 인식의 맥락 속에서 주요한 주장 내용, 즉 설득의 내용이 문제의 해결책이 될 수 있게끔 하는 인위적 설득 구조가 암묵적으로 필자에게 전제되어 있는 것이다. 이를 도표화하면 다음과 같다.

〔표 26〕 연설문의 인위적 설득구조

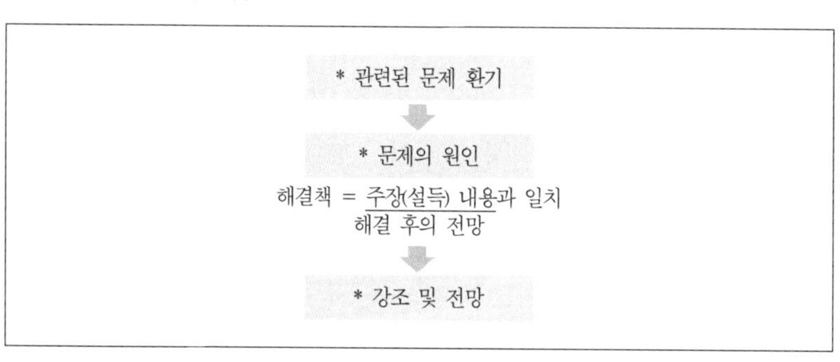

즉 이 연설문에서 주장하고자 하는 내용은 '청중들이 사원으로 가입해 주기 바란다'는 것인데,[289] 그러한 주장을 처음부터 내세우는 것이 아니라 '연설회의 중단 위기'라는 관련된 문제와 그 문제의 해결이라는 더 큰 맥락 속에서 그러한 문제의 해결책으로서 제시하고 있다. 그러기 위해서는 단순히 주장만 처음부터 할 것이 아니라 글의 전체적인 내용

---

289) 그러한 주장은 「사설」의 주요 주장보다 한결 명료하고 구체적이며 규정적이라는 특성도 있다.

흐름을 필자가 미리 구성해 두어야 한다. 주장하는 내용이 해결책으로 제시되기 위해서는, 주장의 앞에 해결되어야 할 문제 및 원인 제시가, 주장의 뒤에는 그러한 주장 내용으로 문제가 해결된 뒤의 전망이 놓여져야 하는 것이다. 이로써 하나의 주장을 둘러싸고 그 배경과 미래가 하나의 구조를 이루어 제시되는 것인데, 이때 말하는 '배경'이 이른바 '서론'의 기원이며, '주장'과 '미래'가 각각 '본론'과 '결론'의 기원이 되는 것이다.

'서론—본론—결론'이라는 용어를 누가 언제 처음으로 썼는가 하는 문제는 이 시기 전후에 쏟아지기 시작한 작문 교과서 등을 검토함으로써 좀더 확실하게 고증(考證)되어야 할 문제일 것이다. 그러나 여기서 더욱 중요한 것은 그러한 용어 성립 자체가 아니라, 설득이라는 목적을 지닌 도구적 글쓰기관에 입각하여 그러한 설득의 내용을 인위적으로 구성하는 글쓰기 전략이 마련되기 시작하였다는 점이며, 그러한 초기적 모습이 설(說)의 근대적 형태 가운데 하나인 연설문 양식에서 구체적으로 확인되고 있다는 사실일 것이다. 이후 한국의 논설 글쓰기에서 이러한 인위적 구성의 설득구조가 어떻게 정착하게 되는지에 대해 구체적으로 확인하는 것도 본 연구의 중요한 목표 가운데 하나이다.

3) 평론문의 인과적 논리와 내용 전개의 자유

지금까지 주장하는 글쓰기의 양식이 초기적으로 성립하는 양상을 문체의 측면과 내용 구성의 측면에서 살펴보았다. 그런데 주장하는 글쓰기는 상대방에게 이야기하는 형식으로 구성되는 '사설'이나 '연설' 같은 '설(說)' 계열의 것도 있지만, 특정한 주제에 대한 자신의 생각과 주장을 이치에 맞게 구성하는 '평론'과 같은 '론(論)' 계열의 것도 있다. 물론 논설은 이 양자의 성격을 모두 함유하는 것인데, 논설은 19세기 말 이후 한국에서 신문과 잡지를 통해 주장하는 글쓰기 양식으로 확실히 자리 잡게 된다. 초기의 논설은 일종의 갈래 개념으로 다소 포괄적으로 쓰이는 감이 없지 않았다. 그러나 이후 사설과 평론 등이 분화되면서 논설이라는 용어는 '논설문'으로 명칭이 바뀌었고, 이는 글쓰기의 갈래가 아닌 글쓰기 활동에 대한 상위적·선험적 규정으로 정착하게 된다.

따라서 주장하는 글쓰기 가운데 논(論) 계열의 발달 양상을 잠시 언급하는 것이 균형에 맞을 듯하다. 실제로 논(論) 계열 가운데 가장 중요한 것은 '평론(評論)'이었다. '연설'이 일반 대중을 상대로 자유·민권의 사상을 설득하는 정치적 장치였던 데 반해, '평론'은 지식인들 스스로가 그러한 정치적 내용을 연구하고 논란하는 장(場)으로서 의미를 띤 것이었다. 평론은 사설이나 논설과는 달리 특정한 주제에 대해서 비교적 분량의 제한을 받지 않고 깊이있게 논할 수 있다는 장점을 가진 쓰기 양식이었을 뿐만 아니라, 주장하는 글쓰기 양식의 세련된 논리를 개발하고 한문체의 형식성을 탈피하는 데에 큰 기여를 한 양식이다.

일본의 평론 가운데 가장 큰 영향을 준 것은, 1890년 이후 토쿠토미 소호[德富蘇峰](1863~1957)의 민유샤[民友社] 계열에서 생산된 문장들이었다. 특히 이들은 수준 높은 추상적 내용의 글쓰기 형식으로서 한문체(漢文體)밖에 없었던 당시 상황에서, 서양문(西洋文)의 문맥적 흐름을 도입하여 일본어 문장체를 혁신한 의의가 있다. 토쿠토미 소호를 전후한 이들의 평론은 이후 우리나라의 초기 학술계 형성에도 적지 않은 기여를 했다. 1900년대를 전후하여 본격적으로 서양 학술을 공부하기 위해 일본으로 유학하는 학생수가 급증하였는데, 그러한 조선 유학생들에게 가장 의미있고 사명감을 느끼게끔 다가온 것이 바로 평론이었기 때문이다.290)

---

290) 실제로 초기 일본 유학 그룹이었던 이광수(1892~?)의 경우를 보면, 자신의 독서 목록으로서 토쿠토미 소호의 『소봉문선(蘇峰文選)』을 들고 있다. 김윤식(1986 : 515) 참조. 최근 토쿠토미 소호에 대한 국내의 연구서가 나왔는데, 여기서도 이광수와 토쿠토

토쿠토미 소호는 유소년기(幼少年期)에 한학(漢學)을 익히고, 청년기에 영학(英學)으로 전환한, 메이지 시대의 전형적인 개명(開明) 지식인 코스를 밟은 인물이다. 그는 신문을 '시세(時勢)를 달관(達觀)하기 위한 도구'로서 이해하고 있었고, 도시샤[同志社] 영학교수의 권유로 서양 잡지를 애독하였다고 한다. 이러한 체험을 바탕으로 하여 그는 1886년 24세의 나이로 『장래의 일본(將來之日本)』이라는 저술을 출판하였고, 이듬해에는 민유샤[民友社]를 창설하고 기관지 『코쿠민노토모[國民之友]』를 발행하였다. 평민주의(平民主義)를 내걸고 신문화·신사상·신교육·신문예 등을 취지로 한 토쿠토미의 평론들은 당대의 많은 지식인들과 청년들에게 큰 반향을 불러일으켰다. 그는 또한 이러한 내용을 뒷받침하는 독창적인 신문체(新文體)를 개발하였으니 이것이 이른바 구문직역체(歐文直譯體)였다.

토쿠토미의 문체는 넓은 의미에서 보자면 한문해체[漢文崩れ] 문체의 일종이라고도 볼 수 있으나, 영문 평론을 모방하는 과정에서 형성되었다는 점이 특색이다. 한문체나 한문직역체에서는 문장의 형태적 측면에 이끌리기 쉽고 단정을 회피하거나 과장적 표현을 하기 쉽다. 그런데 토쿠토미 소호는, 한문의 기본적인 문법 자체를 벗어나지 않으면서도 종횡으로 자유롭게 흐르는 문맥(文脈)을 구사함으로써, 길이에 구애받지 않고 자유롭게 사상을 전달할 수 있는 평론 양식을 창출할 수 있게 되었다(山本正秀, 1965 : 656~661). 여기서 토쿠토미의 문장 일부를 인용해 보기로 한다.

1 무릇 냉소하는 사회는 결코 우리가 영원히 살 고향이 아니로다. 우리는 다시 일보를 전진하여, 성실하고 중후한 순백의 평민사회로 나아가지 않으면

미의 관계가 서술되어 있다. 정일성(2005) 참조. 토쿠토미는 실제 한국과도 깊은 연관성이 있는 인물인데, 일제 강점기의 총독부 기관지 『경성일보(京城日報)』의 사장으로 서울에 부임한 경력을 가지고 있다. 정진석(2005) 참조

안된다. 그렇다면 먼저 이 방침을 향해 발을 내디딜 자는 누구인가? 우리는 그것을 단언한다. 메이지의 청년들이 곧 그들이라는 것을. 청년은 사회 운동의 선두에 서느니, (…) 만약 사회의 발전 정도가 그 문명을 향해서 회전할 때마다 증가하는 것이라고 한다면, (…) 우리 메이지의 사회도 또한 그들의 지휘 가운데에 있는 것이니라.

그래서 우리 선조들은 육십 노인조차 생각할 수 없었던 생활의 문제를, 오늘날에는 열여섯의 어린아이조차도 해석하고자 시험하려는 것 역시 괴이할 것이 없다. 이 평민사회는 자영과 자활의 사회이고, 그러자 우리 청년 서생들은 자신들의 사상을 생활 의 측면에만 몰두하는 데에 급급하여 정도가 매우 심해졌다. (…) 우리들은 그것을 보고, 우리 청년 제군들이 평민 사회에 틈입하는 징후라고 믿고, 깊이 그것을 축하하려고 한다.

2 이와 같이 청년들이 생활을 생각하고, 그러면서도 타인에게 의뢰해서 생활하려는 생각을 하는 까닭은 무엇일까? (…) 그들이 일상적으로 열심히 강습하는 바의 것을 고두학(叩頭學)이라 한다. 고두학이란 무엇인가? 머리를 조아려 타인에게 아부하는 것을 배우는 학문을 가리킨다. 소위 천하의 사업을 통틀어 도박처럼 정하고, 인간은 투기적인 동물이라고 믿고, 입신의 비결은 노력이 아니라 아첨에 있다고 믿고, 신용의 기본은 정직이 아니라 영리에 있다고 믿는다. (…) 아, 어찌 메이지 청년의 광영이라고 말할 수 있겠는가.

3 그러나 우리들은 추호도 우리 메이지 청년들을 죄주려고 하지 않는다. 왜냐하면 그들의 고두학이라는 것은 필경 메이지 사회라는 커다란 가르침의 장(場)에서 배운 것이기 때문이니, 우리 메이지의 청년들은 다만 그 예비적인 모습을 익힌 것에 지나지 않기 때문이다. 아아, 메이지의 청년이여. 어찌 그들만 특별히 부패한 것이겠는가? 사회가 부패하고, 그것이 그들에게 옮았을 뿐인 것이다. 탄환을 쏘면 반드시 피를 보고, 냉소를 하면 반드시 부패를 얻는다. 이는 자연스러운 도리인 것이다.

4 그렇다 해도 부패의 공기는 오직 우리 사회의 지평을 전복시킬 따름이다. 만약 우리 메이지의 청년들이 푸른 하늘로 비약하려는 맹렬한 뜻을 가슴에 품고, 그 예리한 눈매를 부릅뜨고, 그 건강한 날개를 퍼덕이며, 한번 널리 힘을 떨치면, 초연히 높이 날아오르고, 상쾌하고 결백한 천지로 날아오르는 것도 어렵지는 않으리라. 메이지의 청년들이여. 어찌 비상하지 아니하는가. 어찌 비상하지 아니하는가.291)

위의 인용문은 토쿠토미가 1887년에 출판한 『새로운 일본 청년(新日本之靑年)』이라는 저술의 서장(序章)으로 쓴 「일본의 청년(日本の靑年)」이라는 글의 일부분이다. 『새로운 일본 청년』이라는 저술은 토쿠토미가 25세 때 쓴 것이지만, 그는 당시 한학을 이미 충분히 습득하고 당대의 영학자들을 스승 내지 동학으로 삼아 매슈 아놀드 등 빅토리아 시기 영문학 평론들을 읽을 수 있는 수준에 도달해 있었다.292) 「일본의 청년」

---

291) 원문은 다음과 같다. "盖し冷笑社會は、決して吾人か永住の故鄕にあらさるなり、吾人は更に一歩を轉し、誠實重厚なる純白の平民社會に進まさる可らす。而して先つ此の方針に向て脚を擧るものは誰そや、吾人は之を斷言す。明治の靑年則ち是れなりと。靑年は社會運動の起頭に立つものなり。(…중략…) 若し社會の年齡は、其の文明の邊に向て回轉する每に增加する者とせは、(…중략…) 我か明治の社會も亦た其の指揮中に存するものなり。

されは吾人か先祖達に於ては、六十の老翁すら夢想する能はさりし所の生活的の問題をは、今日に於ては、十六の小童すら尙ほ其の解釋を試みんとするも、亦た怪むに足らす。それ平民社會は自營自活の社會なり、然らは則ち我か靑年書生か汲汲として、其の思想を生活的みら一方みに注射し、其の甚しきに到りては。(…중략…) 吾人は之を目して、我か靑年諸君か平民社會に闖入し來る徵候なりと信し、固より之を祝せんと欲すなり。

此の如く我か靑年輩は生活を思ふ、然れとも他人に依賴して生活せんことを思ふものあるは何そや。(…중략…) 其の居常孜孜として講習する所のものは叩頭學なり。叩頭學とは何そや、頭を叩て他人に阿諛するとを學ふの學問是れなり。所謂る天下の事業を擧て博奕的と定め、人間は投機的の動物なりと信し、立身の秘訣は力作にあらすして佞辯にあり、信用の基本は正直にあらすして怜悧にあり。(…중략…) 是れ豈に明治靑年の光響なりと云はん哉。

雖然吾人は秋毫も我か明治の靑年を罪せざるなり。何となれば、彼の叩頭學なるものは、畢竟明治社會の大敎場に於て敎授する所のものにして、我か明治の靑年なるものは、要するに唯た其の豫備科を傳習したるに過きざれはなり。嗟乎我か明治の靑年、豈に特り腐敗せんや、大社會の腐敗、傳染したるのみ。それ彈丸を播くものは必らす鮮血を收め、冷笑を植うるものは必らす腐敗を獲る。是れ自然の理なり。

雖然腐敗の空氣は、唯た我か社會の地平線上を覆ふのみ。若し我か明治の靑年か、蒼天に飛揚するの猛志を懷抱し、其の銳眼を撥き、其の健翼を鼓して、一起一搏せは、超然高擧、以て淸爽潔白の天地に移住する、敢て難きにあらさる可し。明治の靑年何そ飛揚せざる、何そ飛揚せざる。" 토쿠토미 소호(1916 : 36~39).

292) 토쿠토미 소호는 『蘇峰文選』의 서문에서 자신에게 매슈 아놀드를 소개해 준 인물이 친우 오니시 토리야마(大西操山)라고 소개하고 있다. 토쿠토미 소호(1916 : 7~8).

이라는 글은 그러니까 단행본의 일부인 셈인데, 전통적인 한문학 갈래로 따지면 주장을 정연하게 펼치는 글쓰기 방식이므로 '논(論)'에 해당되겠으나, 그 길이와 서술 방식이 비교적 자유롭다는 점에서 한문학의 논(論)과는 차이가 있는 것이다.

「일본의 청년」은 오늘날의 단행본으로도 약 15면을 차지하는 긴 분량의 글이며, 기존의 논(論) 갈래가 다루고 있는 명분이나 관습을 벗어나 근대의 표지 가운데 하나인 '청년 담론'을 본격적으로 다루고 있다는 점에서, 근대적 글쓰기 양식이라고 볼 수 있다. 물론 근대적인 내용으로 주장을 펼치는 글쓰기로는 앞에서 살펴본 것과 같은 신문의 사설(社說)도 존재했다. 그러나 사설은 한정된 길이에 특정한 시사 문제를 다루어야 하는 한계가 있었다. 필자가 비교적 추상적인 수준에서 주제를 자유롭게 선정하고, 그에 대한 주장을 펼칠 수 있는 글쓰기를 하기 위해서는 신문의 사설과 같은 분량의 제약을 벗어나야 했다. 그것이 저술의 형태로 등장한 이른바 '평론' 양식인 것이다.

평론 양식은 관습이나 전통에 얽매이지 않는 도구적 글쓰기가 갖는 자유로운 형식과, 추상에서 구체까지 포괄하는 다종다양한 내용을 특징으로 삼는다. 그리고 그것의 연원은 물론 서양이다. 근대 이전 동아시아에서도 '評論'이란 말이 쓰이긴 했으나, 그것은 오늘날과 같이 주장하는 글쓰기의 한 갈래를 가리키는 실체적 개념이 아니었고, '(특히 문학 작품의 가치를) 평가하고 논한다'는 '활동'의 개념이었다.293) 그러나 1880년대에 이르자 동아시아에서도 전통적인 한문학에 대한 지식과 서구적 기원의 평론문에 대한 지식을 겸비한 인물이 니오게 되었고, 토쿠토미 소호는 그러한 지식을 실천에 옮긴 인물이 되었다.

평론문은 하나의 근대적 제도(制度)로서 도입된 것이며, 주장하는 글쓰기의 내용과 형식 양 측면에서 혁신적 변화를 가져왔다. 내용상의 변

---

293) '勞動'의 개념도 이와 비슷한 의미 변천을 거쳤다고 볼 수 있다. 배수찬(2006ㄴ) 참조

화란 앞에서 살펴본 바대로 시사적인 문제에서 비교적 추상적이고 학술적인 문제까지를 포괄하는 광범화(廣範化)를 의미한다. 「일본의 청년」을 예로 들어 보자. 이 글이 다루고 있는 내용은 1881년 메이지 중엽의 중대 사건인 이토 히로부미 번벌 정부(藩閥政府)의 자유민권운동 탄압과 그로 인한 사회적 침체 분위기, 그에 따른 청년들의 정신적인 냉소주의와 타락을 경계하고, 청년들에게 긍정적인 희망을 불어넣고자 한 것이다.294) 한마디로 말해서 '1880년대 중엽의 일본 청년들을 합리적으로 격려하기 위한 글'이다.

형식상의 측면에서 보더라도, 「일본의 청년」은 앞서 언급했듯이 분량상의 제약이 없었다. 1880년대의 청년의 상황을 분석하기 위해서는 사실적·교술적 정보가 불가피하게 많이 포함될 수밖에 없는데, 이는 평론(評論)이 사설이나 연설과 달리 정보 전달적 글쓰기와 겹치는 부분이었다. 그 때문에 분량이 전통적인 논(論)에 비해서 길어질 수밖에 없기도 하다. 그러나 평론의 형식적 특성은 단순히 길이나 분량에만 있는 것이 아니라, 내용 전개의 논리적 구조 자체에도 존재한다. 위의 「일본의 청년」 인용문을 분석함으로써 그 특성을 구체적으로 살펴보기로 한다.

위 인용문은 「일본의 청년」 가운데서 핵심적인 주장을 포함하고 있는 부분이다. 인용문 속에 포함된 숫자는 원문에 나타나 있는 문단의 구별을 가리킨다. 그리고 실제로 나뉘어져 있는 문단은 문맥의 흐름을 고려하여 인위적으로 설정한 것이다. 양자를 비교해 보면 한 군데를 빼고는 맞아떨어지는 것을 볼 수 있다. 생각의 덩어리를 구분하여 독해의 능률을 향상한다는 근대적 문단 구분의 관념이 상당히 정착했다는 것을 알 수 있다. 그 다음으로 각 문단의 논리적 전개를 살펴보면 다음과

---

294) 일본에서 1870년대 후반부터 정부의 전제에 반대하고 참정권과 자유 및 자치를 주장한 자유민권운동은 1881년에 절정에 이르렀다. 이 해 이토 히로부미 번벌정부는 자유민권운동파의 국회 개설 요구에 대해, 1890년 국회를 개설한다는 약속을 하고 그 대신에 모든 자유민권운동에 대한 대대적인 탄압에 들어갔다. 박경회 엮음(1998 : 398~399) 참조

같이 분석될 수 있다.

> 1문단 : 메이지의 청년은 정직한 평민들의 사회로 나아가야 한다.(핵심 주장)
> 2문단 : 평민의 사회는 자활의 사회이어야 하는데, 오늘날의 청년들은 실제로
> 　　　　생활에 관심을 맞이 갖고 있어 바람직하다.(실태 제시─긍정적 측면)
> 3문단 : 청년들이 생활에 관심을 갖는데, 그 정도가 심하여 아부와 협잡을 숭
> 　　　　상하는 데 이르렀다.(실태 제시─부정적 측면)
> 4문단 : 청년들이 이렇게 된 것은 사회가 부패했기 때문이다.(실태의 원인)
> 5문단 : 메이지의 청년들이여, 현실을 딛고 비상하라.(제안과 전망)

　이러한 문단 구성은 오늘날의 관점에서 보더라도 매우 논리 정연하다는 것을 쉽게 알 수 있다. 긴 문장의 일부분을 발췌해서 분석했을 뿐인데도 '실태─원인─제안'의 3단계가 명료하게 드러나고 있다. 주장을 위해 실태를 명확하게 규정하고, 그러한 실태의 원인을 찾는다는 인지적 활동은 오늘날의 주장하는 글쓰기 과정을 기술하는 데에서도 명확하게 나타나 있다.[295] 이러한 쓰기 과정에 관여하는 인식론적 기반은 다름아닌 '규정(規定)'과 '인과(因果)'인데, 이들 모두는 16세기 이후에 발달한 서구적 인식론의 영향을 밀접하게 받은 것이다. 그런데 이 글에서는 특정한 한정된 사물이 아니라, '1880년대 중반의 일본 청년의 정신'이라는 포괄적이면서도 구체성과 추상성을 아울러 지닌 주제를 규정하였다. 평론문은 이렇게 구체와 추상에 걸친 제재(題材)를 규정하면서, 분량의 제약을 받지 않고 인과적 논리를 구사하여 결론을 이끌어 내는 근대적인 글쓰기 양식이었던 것이다.

　평론문은 신문의 사설과는 다르기 때문에, 단행본의 출판이나 학술

---

[295] "설득하는 글은 흔히 서론, 본론, 결론의 삼단 구성을 취한다. 서론은 화제를 도입하고 문제를 제기하는 부분으로 글 전체에 대한 안내 구실을 한다. 본론 부분은 자신의 주장과 그에 대한 근거들을 적절한 구조 속에서 제시한다. 결론 부분은 논지를 종합하고 요약하여 주제를 선명하게 제시하여 마무리하는 구실을 한다." 교육부(2001 : 254) 참조

지와 같은 비교적 자유로운 형식의 논문을 실을 수 있는 제도적 장치가 마련된 후에야 글쓰기 양식으로 성립할 수 있다. 한국에서도 이러한 평론문 형식이 1900년 중반 이후를 거치면서 서서히 그 모습을 드러내게 되었는데, 그것은 1906년 대한자강회(大韓自强會)를 필두로 각종 학회(學會)의 발생, 그리고 그들에 의한 학술지(學術誌) 발간에 힘입은 것이다. 대한자강회 등의 학회는 당대의 계몽적 지식인의 인맥(人脈)이나 지역적 기반을 가지고 이루어졌으며, 학술지는 유학생(留學生) 모임가 주관하여 발행하는 경우가 많았다.296)

당시 대표적인 유학생들의 학술지였던 『태극학보(太極學報)』·『대한흥학보(大韓興學報)』는 모두 일본 토쿄(東京)에서 간행되었다. 따라서 당시의 국내 기관에서 발행하던 신문·잡지류와는 다른 형식의 논설적 문장, 즉 평론(評論)이 비교적 많이 수록될 수 있었다. 이와 관련해서는 토쿠토미 소호 등 당대 일본의 평론 형식 글쓰기가 미친 영향 관계를 검토할 필요가 있을 듯하다. 예를 들어, 춘원 이광수는 1910년 2월에 발간된 『대한흥학보』 제10호에 「今日我韓靑年과 情育」이라는 글을 발표하여 토쿠토미와 유사한 청년 담론을 보여주고 있다. 이 문장은 당시 『皇城新聞』의 논설에 비해서는 길이가 2배 정도 길고, 국한문체처럼 보이지만 사실은 한문해체[漢文崩れ] 문체여서, 인용을 위해서는 사실상 번역이 필요할 정도이다. 이에 따라 전체적인 구조를 쉽게 알 수 있게끔, 핵심적인 부분만을 현대어로 번역하여 「일본의 청년」과 같은 형태로 제시한다.

1 지,덕,체 3자는 교육의 주안점이다. 이는 세계 교육가들의 공통적인 사상이니, 그러나 우리 교육가 제씨(諸氏)에게 그것이 더욱 중요함을 보겠도다.
2 식물에 비료를 주는 것은 그 자질을 완전히 발육하기 위함이다. 교육도 이와 다를 것이 없으니, 가급적 완전한 인간이 되게 하는 것이 목표이며, 그

---

296) 유학생 잡지에 대해서는 정진석(1990 : 259~260) 참조

인간의 성질을 고려하고 능력을 심사(審査)하여 그 성질과 능력에 합당한 것을 선택하여 교육의 표준을 세워야 한다.

서양의 철학자가 말하기를 인간의 사상(思想)은 그 성질에 부합하며 능력에 적당한 것이어야 한다고 하였으니, 우리들의 성질에 부합하지 않고 능력에 적합하지 않은 것을 교육하고자 한다면 시일과 노력만 허비할 따름이다.

3 사람은 지식, 건강, 도덕을 좋아하나, 좋아하는 것이 즐기는 것만은 못하다. 이에 알면서도 행하지 못한다는 말이 나오는 것이니 한번 생각해 보라. 부모에게 효도하고 임금에게 충성함은 양식으로 쉽게 판단할 수 있는 것인데도, 충효를 실현한 자가 희귀하(…)다.

지식이 적은 자라도 진정한 효심으로 부모를 모시는 경우가 있으니 확충하면 사회를 사랑할 수 있을 것이고, 반대로 성현의 집안일지라도 불효를 행하는 경우가 종종 있으니 이는 정(情)의 관념이 얼마나 깊고 옅은가에 달려 있음이다. 전자는 정이 깊은 것이요, 후자는 교육을 받았건만 정의 발달이 비교적 적은 것이다.

아아, 열녀(烈女)와 효부(孝婦)가 정절을 변치 않고, 충신열사가 태연자약함이 다 무엇으로 인함인가? 도덕과 지혜와 건강이 있거니와 오직 정(情)의 힘이니라. 정이 오직 그 발동기의 원동력이 된다.

4 사람은 진실로 정(情)의 동물이니, 정이 발한 곳에는 권위도 힘이 없고 의리도 힘이 없도다. 아아, 정의 위력이여.

5 오늘날 우리의 상태를 관찰하건대 이른바 의무, 도덕이라 하여 사회의 제재와 공중의 면목에 좌우되어 겉으로만 구차하게 행동할 뿐, 자유자재하게 자기의 마음을 속이지 않고 도덕의 범위 가운데에 활동하는 사람이 없으니, 그 번민하고 고통스러움이 어떠하겠는가. 심신이 피로하고 원망이 저절로 일어나리라.

아아, 인류를 위해 조직한 사회와 국가가 도리어 사람에게 고통을 주는 구실이 되고, 법률과 도덕이 도리어 사람을 잘못으로 이끄는 함정이 되었으니, 이와 같아서야 어찌 사회와 국가가 안전할 수 있으랴. 오히려 사회와 국가는 사람에게 의무의 관념만을 주입하는 것을 일삼으니, 배가 아픈 자의 등에 약을 바르는 것과 같은 어리석음이로다.

그러므로 정육(情育)에 힘쓰라. 정(情)이란 의무의 원동력이며 활동의 근원지이다. 사람으로 하여금 자동적으로 효제충신(孝悌忠信)하게 할지어다. 진정하고 심각한 사업은 정(情)에서 나오는 것이니라.

6 이제 두 사람이 있어 한 사람은 '우리는 이 땅을 사랑할 의무가 있다'하고 또 한 사람은 '네가 무엇이길래 너를 생각하랴, 너를 기억하랴 하느냐' 하니, 이 두 사람 가운데 누가 이 땅을 위해 피를 흘리겠는가. 정육(情育)을 힘쓸지어다. 새 한국의 청년은 고아하고 깊은 정(情)을 가진 자이리라. 오늘날 교육 제도를 보라. 정(情)의 발육에 도움이 되는 과목이 있는가?

이에 나의 견해를 진술하여 한번 보아 주기를 원하니, 재삼 숙독하기 바라노라.297)

---

297) 원문을 제시하면 다음과 같다. 문맥을 정확하게 파악하기 위해 약간의 수정을 가하였다.

"1 智育,德育,體育三者는 敎育의 主眼이라 世界敎育家의 共通한 思想이라 然而 我韓 敎育家 諸氏에 其 優深함을 見하겠도다

2 植物에 肥料를 施함은 楊柳를 松柏으로 變케 함은 아니요 其 質을 完全히 發育케 하기 爲함이며 敎育도 此와 異함이 無하니 可及的 完全한 人이 되게 함이며 人의 性質을 詳考하며 能力을 審査하여 其 性質과 能力에 適合한 者를 選擇何如 敎育의 標準을 立할지라

西哲이 言호대 人의 思想은 其 性質에 附合하며 其 能力에 適當한 者라 하니라 吾人의 性質에 附合하고 能力에 不適한 者를 敎育코자 하면 時日과 勞力만 費할 而已오

3 人은 智識, 健康, 道德을 好하나 好함은 樂함만 같지 못한지라 於是乎 知而不行 (이라 하니) 詩思하라 父母에 孝하며 君國에 忠함이 良知良能으로 足히 判斷할지로대 忠孝를 實現한者 稀貴하며 體力을 攝養하고 愛人如己함이 可한 것은 其智有餘하되 深廣體胖한 者이 東西에 幾人이 有한가

智識이 蔑如한 者라도 眞正한 孝心으로 父母를 事하니 擴而充之하면 社會를 愛할 것이니 又는 此에 反하여 聖經賢傳에 起頭가 長大한 者도 不孝의 行이 比比有之하니 卽是 情的 觀念의 深淺厚薄 如何에 在함이로다 前者는 深切한 情이 有함이오 後者는 敎育을 受하건마난 情的 發達이 比較的 靡少함이라

吋라 烈女孝婦가 童貞을 不變함과 忠臣烈士가 泰然自若함이 다 何로 由함인가 曰 道德과 智慧와 健康이 有하려니와 但 情의 力이로다 情이 오직 其 發動機의 樞要가 되리로다

4 人은 實로 情的 動物이라 情이 發한 곳에는 權威가 無하고 義理가 無하니 嗚呼라 情의 威여 情의 力이여

5 現時 吾人 常態를 觀察하건대 所謂 義務라 道德이라 하야 社會의 制裁와 公衆 面目에 左右한 바이 되야 表面的으로 苟且히 行動할 뿐이오 自由自在하야 自己 心理를 不欺하고 道德 範圍 內에 活動하는 者이 無하니 그 煩悶하고 苦痛함이 如何할까 心神이 疲勞하고 怨聲이 自發하고 怒氣가 自騰하도다

嗚呼라 人類를 爲하여 組織한 社會 國家가 人의게 苦痛을 與하는 機械를 作하며 法律道德이 도리어 人을 誤하는 網과 穽을 作하였나니 如斯코 어찌 社會 國家가 安

이상의 내용을 문단별로 정리하면 다음과 같다.

1문단: 화제 제시 (지덕체는 교육의 세 주안점이다)
2문단: 화제 제시2 (교육의 표준은 사람의 성질과 능력에 적합하게 세워야 한다)
3문단: 부연 (성질과 능력에 부합하지 않는 자를 교육하고자 하면 헛수고가 된다)
4문단: 전환 (아는 것은 즐김만 못하니, 아는 것은 쉽되 그것을 행하기는 어렵다)
5문단: 근거 제시 (진정으로 행하는 자는 지식있는 자가 아니라 정이 있는 자이다)
6문단: 사례 제시 (열녀와 충신도 모두 정의 힘에서 나온다)
7문단: 주지 (사람은 정적 동물이며 정은 다른 모든 것의 힘을 뛰어넘는다)
8문단: 실태 제시 (우리들은 의무와 도덕 등에 좌우되기만 하고 자유자재하게 활동하는 자가 없다)
9문단: 현실 비판 (사회와 국가가 인간에게 고통을 주기만 하면 보전될 수가 없다)
10문단: 주지 강조 (정은 의무의 원동력이자 활동의 근거지이니 기르는 데 힘쓰라)
11문단: 제안 (교육제도에 정의 발육을 돕는 과목이 있어야 한다)
12문단: 결어 (이에 나의 견해를 진술하니 보아 주기 바란다)

保함을 得하리오. 猶尚 社會國家는 人에게 義務의 念만 灌注키를 是務하니 腹瘡背藥의 愚를 學함이로다

情育을 其勉하라 情은 諸 義務의 原動力이며 各 活動의 根據地니라 人으로 하여금 自動的으로 孝하며 悌하며 忠히며 信하게 할지어다 眞正하고 深刻한 事業은 情에서 湧할 者ㄹ진저

6 이제 二人이 有하니 一人이 我는 漢土를 愛할 義務가 有하다 하며 他一人은 爾果其何완대 憶爾懷爾에 思慕戀戀오 하니 此 二者 中에 뉘 韓山을 爲하여 血을 濺할까 情育을 其勉할지어다 新韓靑年은 高雅 深厚한 情을 有한 者일진저. 今日 敎育制度를 看하라 情의 發育에 資하는 科目이 有한가

玆에 愚見을 敢陳하여 一顧를 願하노니 再三熟讀할지어다." 『대한흥학보』 제10호, 1910년 2월.

이상의 내용 분석 결과를 토쿠토미의 그것과 비교해 보면, 여러 모로 대조적인 점을 발견할 수 있고, 동시에 공통적인 평론문(評論文)의 특성을 찾아볼 수도 있다. 먼저 대조적인 점부터 지적해 본다면, 이광수의 문장은 토쿠토미의 그것에 비해서 논리성이 상당히 결여되어 있다. 이광수는 글의 연역적 구성을 염두에 두기는 한 것 같으나, 주지(主旨)가 분산되어 있을 뿐만 아니라, 서두와 결말이 주지를 뒷받침하는 방향으로 짜임새있게 나아가지 못하고 있다. 윗글을 간단히 요약하면, '교육은 (교육받는 자의) 성질에 맞게 해야 하는데, 진정한 행동은 지식이 아니라 정(情)으로부터 나오므로, 정을 기르는 데에 힘써야 하고, 교육도 그런 방향으로 해야 한다'는 것이다.

결국 위의 글은 앞부분에서는 '수요자에 대한 맞춤교육의 필요성'을, 뒷부분에서는 '지식이 아닌 정서교육의 중요성'을 강조하고 있는데, 양자가 4,5문단을 거치면서 무리하게 연결되고 있고, 이 때문에 앞부분이 낭비처럼 느껴지는 것이다. 7문단에 의하면 정(情)은 인간에게 보편적인 것이기 때문에, 2~3문단에서 강조한 수요자에 대한 맞춤교육을 굳이 언급할 필요가 없다. 쉽게 이야기하여 1~3문단은 없어도 아무런 지장이 없는 것이다. 근대 논설문의 연역적 형식인 '실태 규정 → 원인 분석 → 주장'의 구도에 따른다면, 실제로 필요한 부분은 오직 8문단(실태 제시), 10문단(주지이지만 여기서는 원인 분석의 기능을 한다), 11문단(주장)의 셋뿐이다.

그러나 이 세 부분만 남기면 글의 분위기가 상당히 바뀌는 것 또한 사실이다. 즉 나머지 부분들은 자유로운 연상에 의해서 추가된 것으로, 평론문의 내용 전개가 갖는 자유자재한 성격을 보여주는 증거가 될 수 있다. 이러한 자유로운 내용 전개는 토쿠토미의 「일본의 청년」에서도 나타나는, 양자의 공통된 특징이다. 이는 특정 주제에 대한 학술 논문이나 시사 문제에 대한 심도 있는 평론문 등에서 비교적 길이에 구애받지 않는 자유로운 글쓰기가 나타나는 미래의 변화를 예견하게 하는 것이

다. 이후 1914년에 창간되는 유학생 잡지 『학지광(學之光)』의 논문들이
나 『매일신보』, 『조선일보』, 『동아일보』 등의 연재 심층기사들이 이러
한 평론문적 성격의 주장하는 글쓰기 양식으로 파악된다.

2. 성립기(1896~1910) 신문 논설문의 양상

이상에서 근대적 논설문의 발생 계기로서 선행 텍스트에 해당하는
1896년 이전의 사설·연설·평론 등을 검토하였고, 그것이 한국에 미친
영향도 간단히 살폈다. 이제는 본격적으로 1896년 이후 창간된 신문(新
聞) 자료를 중심으로 한 한국 논설문의 성립을 살펴볼 차례이다. 물론
신문 자료를 바탕으로 하여 근대 초기의 논설 글쓰기가 보여준 실제 양
상을 검토하는 작업은 자료의 선별 문제부터 난항에 부딪친다. 그 자료
의 분량이 너무나 방대하고, 필자를 확정하는 문제가 쉽지 않기 때문이
다. 이에 본 연구에서는 필자 문제를 확정하기보다는, 필자군을 설정함
으로써 대체적인 논설 필자의 공통의식 하에서 글이 나오게 된 과정을
추적하고자 하였다. 그러나 자료의 선별이라는 문제는 여전히 남는다.
자료들이 각 시기마다 독특하게 변별되는 특징을 보이기만 하는 것은
아니요, 때로는 뒷 시기에 앞 시기의 특징이 잔존하는 경우도 있고, 반
대의 경우도 있기 때문이다.

본 연구에서는 순국문체 계열과 한문체 및 국한문체 계열을 나누어,
1910년 이전의 경우 각각 순국문체 22편, 한문체 및 국한문체 20편의
논설을 선별해 심층분석하는 방식을 취하였다. 그리고 이 시기를 논설
문의 성립기(1896~1910)로 보았다. 순국문체 계열은 『독립신문』과 『제국
신문』이 위주가 되지만 『협성회회보』나 『매일신문』도 일부 포함된다.

한문체 및 국한문체 계열은 『황성신문(皇城新聞)』, 『대한매일신보』, 『만세보(萬歲報)』가 주 자료가 되었다. 수많은 논설들 가운데서 이들을 선별한 기준은 제재의 내용이었다. 즉 국제 관계나 경제 문제를 다룬 논설들 가운데 비교적 시대적 의의가 높고 대표성이 있는 것을 뽑았다. 그리고 자료를 제시할 때에는 전문을 제시하는 것이 아니라, 핵심어를 중심으로 발췌·재구성하여 인용하고자 한다. 당대의 논설을 그 상태 그대로 제시할 경우 연구자라 할지라도 그 특성을 일목요연하게 파악하기는 쉽지 않다. 따라서 본 연구는 문맥과 형식적·내용적 특성이 두드러지게끔 자료를 정리하여 제시할 것이며, 자료의 실제 면모(面貌)는 부록으로 돌리려고 한다.

1) 문장 모델과 문체의 특성

문장 모델과 문체에 대한 실제 검토에 들어가기에 앞서 한 가지 주의해야 할 점이 있다. 본 연구가 검토하는 시대에는, 신문에 어떤 형식의 문장 모델을 채택할 것인지에 대한 합의가 존재하지 않았다는 사실이다. 1896년 이후 한반도의 국가권력은 '대한제국(大韓帝國)'이라는 과도기적 군주권에 입각해 있었는데,[298] 교육이나 출판 등 문화 역량을 지닌 엘리트들을 지속적으로 배출해 내는 교육 시스템을 마련하지 못하고 있었다. 따라서 이 시기 신문의 주장하는 글쓰기가 지녀야 할 외적 형태, 즉 문장 모델의 문제는 필진(筆陣)들의 교육 이력이나 선이해(先理

---

[298] 대한제국(大韓帝國) 시기는, 정확히 말하면 1897년 고종의 황위(皇位) 선포와 함께 시작되었으며, 1899년 근대 헌법의 유사물(類似物)이라 할 수 있는 대한국국제(大韓國國制)를 반포하면서 그 정치적 실체를 드러내게 된다. 그러나 대한국국제는 전제군주제를 고수하고 의회를 설립하지 않는 등 수구성을 그대로 노출하였기 때문에, 일본의 메이지헌법과 달리 국제적으로 근대 국가의 국체를 보증하는 것으로 인정받지 못했으며, 대한제국 약화와 망국의 원인이 되었다. 대한제국의 시대적 추이에 따른 정치 상황의 변화에 대해서는 서영희(2005)를 참조.

解)에 좌우되어 극심한 혼란상을 보이고 있었다.

이 절에서 살펴보고자 하는 '신문 논설에서 채택할 글쓰기 모델'만해도 그러하다. 서재필, 이승만, 주시경 등 양학(洋學) 배경의 지식인들을 중심으로 한 국문 전용파와, 『황성신문(皇城新聞)』을 중심으로 한 한문체(漢文體) 고수파가 1898년부터 1905년경까지 상호 무시에 가까운 태도를 보이면서 독자적으로 발전해 갔다. 물론 이 시기의 한문체는 중세적인 한문이 아니라 한글로 문맥을 짐작할 수 있게 표지를 붙이는 '구절 현토체'나 '어절 현토체' 가운데 하나로 수렴되었지만, 어순(語順) 이외의 문법적인 요소나 글쓰기 태도는 한문에서 비롯되는 특징을 크게 벗어나지 못하였다.

그러나 1905년 을사조약 이후 국권의 위기가 가시화하고, 보수적인 한학 배경의 지식인들조차 일본 세력의 위협과 그들의 문화적 역량을 실감하게 되면서, 1906년에 『만세보(萬歲報)』 창간이라는 문화적 사건이 발생한다.299) 후술하겠지만 『만세보(萬歲報)』는 일본유학을 통한 일본의 문장 근대화와 인쇄기술을 직접 체험한 이인직(李人稙)의 주도 하에 어절 현토식 국한문체를 공식화하고 한자의 음(音)·훈독(訓讀)을 루비로 표기한 혁신적인 신문이었는데, 이는 구절 현토에 의한 한문체의 위세를 궁극적으로 꺾어 놓은 사건이다. 이때 이후로 국한문(國漢文)을 섞어 쓰는 문체는 한문체(漢文體)의 강박에서 벗어났으며, 오늘날 문장 모델

---

299) 『萬歲報』 창간의 두 주역인 오세창(吳世昌, 1864~1953)과 이인직(李人稙, 1862~1916)은 모두 지일파(知日派) 근대 지식인 1세대로 분류된다. 오세창은, 박규수(朴珪壽, 1807~1877) 등 고종시대 초기 개항파(開港派) 지식인과 교류하고 대일수호통상조약의 실무를 담당했던 중인 지식인 오경석(吳慶錫, 1831~1879)의 아들이었다. 이인직(李人稙)은 이보다 더 비교할 수 없을 정도로 시대 흐름을 잘 읽었다. 그의 행적을 상고해 보면 러일전쟁 종군 통역이나 한일합방 막후 협상 등 친일매국 행위를 거침없이 자행했음을 알 수 있는데, 이는 그가 명분에 대한 거리낌이 전혀 없는 인물이라는 것을 보여준다. 전광용(1986 : 50~83) 참조. 『만세보(萬歲報)』는 그 이전의 어떤 신문과도 달리 천도교(天道敎)가 자신의 여론을 개선하기 위해 『국민신보(國民新報)』등 친일(親日) 그룹의 기술력에 의존하여 기획된 신문이라는 점에서 획기적인 것이었다. 최기영(1988 : 301~316) 참조.

의 직접적인 선행 형태인 '2음절 단어 중심으로 어절을 구성하는 어절 현토식 국한문체'가 정착하게 된 것이다.

(1) 순국문체 계열

(가) 서양어 언해문체에서 비롯된 초기적 구어문체

순국문체의 경우에는 띄어쓰기 규칙, 맞춤법 등 순국문체를 공식화하는 데에 필요한 여러 가지 제도적 장치가 미비했음에도 불구하고 서재필·주시경 등 선구적 지식인의 초인적(超人的) 노력으로 어느 정도 가독성을 높인 문체가 형성될 수 있었다. 물론 이때 이들 문장은 정보 전달을 위한 단문의 주술구조가 열거되는 유치한 수준으로, 『사민필지』류300)의 서양어에 기원한 문장 모델에 따라 씌어진 것이었다.301) 원문을 인용하면서 논의를 진행해 보자.

> (ㄱ) 나파륜 데 일셰[나폴레옹 제1세]가 일쳔 팔빅 십 이년에 (아라사 원정 때)아라샤 군스들이 (…) 불란셔 군스를 길에셔 쳐 (이겼고) 그 후로는 (…) 셔로 원슈 굿치 넉이더니 그 후에 크리미아 싸홈(에셔는) 아라샤가 불란셔 군스의게 패 ᄒ엿슨즉 (…) 그러 ᄒ나 근년에 불란셔와 덕국이 일쳔 팔빅 칠십년에 싸홈[보불전쟁](할 때는) 덕국이 오디리와 이탤리를 (동맹하자) 불란셔가 그걸

---

300) 『사민필지』는 서양인 선교사 헐벗이 배재학당에서 학생들을 교육하기 위해 1889년에 저술한 순한글 교과서이다. 주로 세계 각국의 역사와 지리에 대한 교술적 정보를 담고 있다. 국가에서 신교육을 위해 최초로 펴낸 교재가 1895년 8월의 『국민소학독본(國民小學讀本)』이었고, 그 문장 모델 또한 사실상은 한문의 질서를 따르는 국한문체였다는 점을 고려한다면, 『사민필지』의 혁신적 성격은 충분히 짐작되고도 남을 것이다. 『사민필지』의 혁신성과 학적 가치에 대해서는 민현식(1999)을 참조.

301) 예를 들면 다음과 같은 표현들이다. "외국사람들이 조선일을 더 잘 아니 한심하다. 조선은 영국보다 크고 이탈리아와 거진 같고 인구는 서반아와 거의 같다. 이것을 보면 조선은 세계 중에 큰 나라다. 토지를 가지고 잘 써들이기만 하면 조선도 천하에 상등 나라가 될 것이다. 조선인종은 동양에 제일이니 잘 가르쳐만 놓으면 동양에서 제일이 될 것이다(원어는 그대로 살렸으며, 어미나 조사의 경우는 문맥에 지장이 되지 않는 선에서 축약하였다—인용자)." 『독립신문』 1896.5.3. 부록의 기호는 [국—1]이다.

두려워 ᄒ야 아라샤를 달니여 ᄯ 동밍ᄒ(니) (…) 이 일을 누가 꿈이나 ᄭ엇스리요 (…) 덕국 신문지들이 아라샤와 불란셔가 동힝ᄒ엿던 말을 듯고도 놀니지들 아니 ᄒ며 (…) 아라샤가 중간에서 덕국과 불란셔 스이에 화호를 붓치ᄂ 모양이요 세 나라이 얼ᄆ큼 합력 ᄒ여 (동양 안에 큰 상권을 가진) 영길리를 반대ᄒᄌᄂ 뜻이 잇ᄂ것이라 (…) 시비가 멋 해 아니되야 싱길 듯 ᄒ더라302)

(ㄴ) 아라스 셔울 어느 신문샤 탐보원이 (…) ᄌ긔 나라 신문샤로 편지 ᄒ거슬 영ᄌ 신문에 긔지 ᄒ엿ᄂ더 그 대개에 ᄒ엿스되 한국에 잇ᄂ 일본 사롬들의 일 ᄒᄂ거시 극히 민쳡 ᄒ고 활발 ᄒ야 (…) 근쟈에 일본 공ᄉ가 한국 셔울에 일본 상무 은힝을 셜시 ᄒᄂ 허가를 엇엇고 (…) 뎐환국 짓ᄂ 역ᄉ를 일본 사롬이 감검 ᄒᄂ더 (…) 원산 텰도ᄂ 일본 기ᄉ가 측량 ᄒ기를 시작 ᄒ얏슨즉 (…) 인쳔 텰도ᄂ 금년 십이월계 왕리 ᄒ게 되겟고 부산 텰도ᄂ 측량ᄒ기를 임의 시작 ᄒ엿고 각 황구에셔ᄂ 일본 사롬이이 토디 사ᄂ거시 대단 ᄒ야303)

(ㄷ) 지금 영국 신문들이 왓ᄂ더 그 외부 대신이 의회에서 ᄒ 연셜을 본즉 민우 ᄌ미 잇기에 긔지 ᄒ노라 의원 딜기씨가 연셜 ᄒ되 영국이 동양에 권리를 가지고 잇ᄂ더 근일에 아라샤에셔 청국을 꾀야 청국 만쥬와 요동을 ᄶ셔 일홈으로ᄂ 청국 ᄯ이라 ᄒ되 실샹은 아라샤 쇽디를 므드럿스니 영국셔ᄂ 이런걸 보고도 부에셔ᄂ 아모 말도 아니 ᄒ고 잇스니 이것은 곳 영국 권리 아라샤에 주ᄂ 것이라304)

(ㄹ) 대한이 약ᄒ야 엇던 강ᄒ 나라이 지휘 ᄒᄂ 것을 시힝 아니 ᄒ고 능히 상지 홀 힘이 업다고 ᄒ면 그것은 그럴 듯 ᄒ 말이나 상지 홀 권리가 업다고 ᄒ여셔ᄂ 말이 못될 말이라 대한 ᄲ이 아니라 구라파 각국에도 강ᄒ 나라틈에 잇ᄂ 젹은 나라들은 (…) 그 나라 일을 여러 나라이 샹의 ᄒ야 ᄌᄌ 독립을

---

302) 『독립신문』 1897.9.9. 부록의 기호 [국-2]. 문맥을 중심으로 하여 부분적으로 축약하였고, 문장 종결 방식은 그대로 두었다. ( ) 안의 내용은 축약된 부분의 문맥을 닿게 하기 위해 필자가 보충한 부분이며, '(…중략…)'은 해당 부분의 본문을 생략하였다는 의미다. 아래도 이와 같다.
303) 『제국신문』 1899.12.28. 부록 기호 [국-11]. 인용 원칙은 위와 같다. 이하 인용 원칙은 특별한 언급이 없으면 동일함을 밝혀 둔다.
304) 『독립신문』 1897.9.11. 부록 기호 [국-3].

식혀 준 나라이 만히 잇눈지라 이 나라들은 <u>비리시와 희랍과 하란과 포도아</u>
<u>와 토이긔라</u>305)

위에 인용한 세 자료는 성립기(1896~1906) 가운데서도 비교적 초기의
순국문체 논설들이다. (ㄱ)과 (ㄴ), (ㄷ)에서는 순국문 논설의 기원에 대
한 정보를 얻을 수 있는데, 바로 외국신문의 번역 내지 축역이라는 것
이다. 영자신문이 재미있어서 기재했다거나, 영자신문의 대개(大槪)를
기록했다는 것이다. 실제로 『독립신문』이 영문판을 발간하고 있기도 하
였으며, 서재필의 회고에 의하면 그는 국·영 양판의 논설을 집필하는
데 분주하였다.306) 이처럼 '서양어의 언해'라고 볼 수 있는 특이한 문장
체는, 과거 성서 번역 등 일부 장르에서 시도된 바는 있었으나, 신문의
논설이 언해된 것은 역사상 처음이었다. 또한 이러한 영문의 영향은 문
장의 구성에도 나타나게 되는데, (ㄹ)의 경우처럼 '대한'이라는 대상의
'국제적 지위'를 분별하고 규정하는 방식이 그것이다. (ㄹ)은 '대한이 힘
이 없는 것이지 권리가 없는 것은 아니라'고 서술함으로써, 영문의 'not
A but B(A가 아니라 B이다)'의 구문을 활용하고 있는 것이다. 또한 사례를
드는 데에서는 주술관계의 단문구조를 병렬하고 있어 정보 전달 위주
로 문장을 조직하고 있다.

(ㄷ)은 또한 문체 발달사의 관점에서 볼 때 중요한 의미를 지니고 있
다. (ㄷ)은 밑줄친 부분에서도 알 수 있듯이 영국 외무장관의 말을 그대
로 옮긴 형식을 취하고 있다. 즉 이른바 '말하듯이 글쓰기'의 이념이 가
장 잘 지켜진 언문일치체라고 볼 수 있는 것이다. 근대 이전에 '글이란
자연의 무늬'라고 하던 관점에서 본다면 가히 혁명적인 사고방식이라
할 수 있다. 그리고 그렇게 짜여진 문장은 밑줄 친 '이것은 곧 영국 권

---

305) 『독립신문』 1897.10.26. 부록 기호 [국-4].
306) "물가 시세와 관보는 두 사람의 기자가 재료를 구해 왔고, 그 외에 논설이며 모든
    것은 내가 혼자 원고를 썼으므로 잠시라도 쉴 틈이 없었던 것이다." 서재필(1972 : 247)
    참조

리 아라사에게 주는 것이라'에서와 같이 일상의 구어체가 아니라 다듬어져 있다. 이러한 구어문체를 앞 장에서 '필술체(구어문체)'라고 설명한 바 있으니, 이 지점은 '순국문 구어문체'의 최초 형태라고 할 수 있을 것이다.

(나) 구어문체가 가져온 공공적 의사소통 상황의 무인격성

그러나 이 시기의 구어문체가 성공적으로 정착한 것은 물론 아니었다. 사실상 『독립신문』의 구어문체는 우리나라 문장의 역사상 매우 특이한 위치를 점유하고 있다. 『독립신문』은 창간 3년 만에 폐간되었고, 『제국신문』이 그 뒤를 잇긴 했으나 1899~1910년까지 신문 논설을 포함한 글쓰기 장(場)의 중심에서 순국문체는 소외되어 있었다. 그 이유는 크게 둘로 나누어 볼 수 있다. 첫째는 '구어문체'가 가져온 의사소통 상황의 공공성이 당대의 독자들에게 이해되기 어려웠던 점, 둘째는 '구어문체'가 제도적 장치 없이 언론을 통해 강제되다 보니 전통적인 입말체와 섞여 무질서해졌다는 데 있다.

> (ㅁ) 당장 우리가 눈압헤 두길을 당ᄒ엿스니 ᄒ나흔 일본이 가는 길이오 ᄒ나흔 쳥국이 가는길이라 일본은 가량업시 잔약ᄒ던 나라히 그길노 들어셔셔 슈삼십년 동안에 뎌ᄌ치 부강ᄒ여 셔양 졔국과 권리를 닷토고 쳥국은 다른길노 가다가 그 됴흔 나라흘 몃히 동안에 뎌러케 망ᄒ야 님군과 빅셩이 셰샹에 불상ᄒ고 쳔흔 인성이 되엿스니 그 두길을 비교ᄒ여 보면 우리신문 보시는 동포들은 어나 길노 기를 작뎡들 ᄒ시겟쇼[307]

> (ㅂ) 본샤 신문 긔자가 지작일 일본 후작 이등 박문씨의 입셩ᄒᄂ 위의를 관광ᄒ고 위션 이등씨의 무양히 득달홈을 치하ᄒ며 일변 ᄆ음에 감동홈이 잇셔 두어 마디로 론셜ᄒ노라 (…) 우리 나라 관민들은 이런 됴흔 계졔와 긔회를 맛나셔 다만 일신샹 경영들만 말고 길게 영귀홀 큰 욕심을 좀 닉여 (…) 오늘날

---

307) 『매일신문』 1898.4.29. [국-6]

이등 박문씨에 영귀를 부러울 거시 <u>업시되여 봅셰다</u>308)

　　(ㅅ) 안남국[베트남]에 니란이 니러남이 법국 쥬교가 그님군의 아돌을 다리고 법국으로 도라가니 그 째는 <u>셔력 일천칠백팔십칠년이라</u> 그 님군의 아돌이 법국 사롬을 달녀여 약됴 ᄒ기를 베혀 주마 ᄒ매 법국셔 허락 ᄒ고 힘써 평란 ᄒ기를 도모 ᄒ야 란리가 돈뎡ᄒ 후에 그 님군의 아돌을 셰워 안남왕을 삼엇더니 그 후에 <u>점점 강셩ᄒ야 황뎨가 된지라</u> 그째 브터 법국과 셔반아에 잇는 텬쥬교 ᄒ는 사롬들이 날마다 안남에 들어가셔 젼도 ᄒ기를 힘쓰니309)

　　(ㅇ) 아라샤 셔빅리아 텰도는 셰계에 큰 역스라 산을 뚤코 물을 지나 십여년을 두고 길을 통ᄒ여 동으로 버뎌오는뎌 그 경영인즉 동양에 형셰를 <u>베풀녀 홈이라</u> 지금은 발셔 동양 굿ᄭ지 일은지라 불란셔에서 의쥬로 노흐려 ᄒ는거시 그 텰도 통ᄒ는 거시오 쳥국으로는 만쥬와 요동디경으로 놋케 되미 아라샤에 큰 경영을 뜻디로 <u>다 일운지라</u> (…) 츙심잇는 대한 신민들은 분발ᄒ 긔운을 너여 목숨을 도라보지 말고 국가를 아모됴록 <u>붓들어들 보시오</u>310)

위에 든 네 자료는 1898년 이후의 것들이다. 『독립신문』과 기타 신문들의 경합기(競合期)인데, 순국문지로서는 『매일신문』, 『제국신문』 등이 간행되어 필진(筆陣)과 독자의 저변을 확대하였다고 여겨진다. 실제로 (ㅁ)·(ㅂ)은 각기 『매일신문』과 『제국신문』의 자료인데, 주장하는 글쓰기 양식에서 중요한 변화의 조짐을 보여주고 있다. (ㅁ)·(ㅂ)은 연설체의 문장으로서 1인칭 화자(話者)와 불특정 다수의 청자(聽者)를 분명히 드러내고 있으며, 더구나 (ㅂ)은 '논설'이라는 갈래가 특정한 주체적 개인의 의견 개진이라는 점을 분명히 보여주고 있다. 그리고 이러한 연설은 이전의 글쓰기 관습에서 생산되는 것이 아니라 개인의 사유를 음성언어로 표출하는 것이기 때문에, 본질적으로 구어적 문체로 될 수밖에

---

308) 『제국신문』 1898.8.27, [국—7]
309) 『독립신문』 1899.10.20. [국—10]
310) 『제국신문』 1898.10.22. [국—8]

없는 것이다. 아직 불특정 다수의 청자를 가리키는 대명사는 정착되지 않았지만, 의사소통의 근대적 장은 성립한 것이며, 그에 따라 구어체적인 문장은 더 이상 그 존재를 의심받지 않아도 되게 된 것이다.[311]

(ㅅ)은 성립기가 본격화된 시기의 교술적 문장이다. 논설 속에 끼어든 사실적 정보 제시의 부분인데, 18세기 베트남의 역사를 기술하고 있어 서양 신문이나 서적의 축역(縮譯)으로 여겨진다. 그러나 아직 구어문체의 표준은 성립하지 않았으므로, 단정한 길이와 정연한 주술구조는 찾아보기 어렵다. (ㅅ)의 밑줄친 부분은 종결이 일어날 필연적인 이유도 없는, 말 그대로 구어 상태로 낭독하는 과정에서 숨이 막힐 듯할 상황에서 끊는, 일종의 '강제 종결'이다.[312] 즉 근대적 정보 전달을 위한 언문일치 구어문체의 완전한 정착은 아직도 멀었음을 알 수 있다.

(ㅇ)은 러시아의 시베리아 철도 부설을 통한 만주 진출을 소개하고 그것을 경계하는 논설인데, 역시 (ㅁ)·(ㅂ)과 마찬가지로 '대한 신민'이라는 불특정 다수를 상대로 의론을 전개하고 있다. 그런데 이 부분은 구어문체와 관련하여 아주 중요한 사항 하나를 암시하고 있으니, 그것은 다름아닌 '구어문체'가 성립하는 순간의 필자의 집단적 심리 상태와 관련된 것이다. 앞 장에서 지적한 대로 근대 이전의 국문 문체는, 텍스

---

311) 카토 슈이치는 자신의 논문에서 다음과 같이 설명하였다. 구어체는 반드시 특정한 상태의 '말하는 사람'을 상정하게 되는데, 근대의 말하기 제도로서 '연설(演說)'이 그러하였다는 것이다. 연설 속의 '나'는 단순한 화자(話者)가 아니라 어떠한 자격의 화자인가를 명시한 상태의 화자이다. 또한 연설과 신문지상(新聞紙上)의 의론, 즉 논설은 불특정 다수의 상대를 설득한다고 하는 점에서 동등하다. 공중(公衆)의 출현이 '2인칭 복수'를, 의견의 다양성이 '1인칭 단수'를 근대 문장의 수사법에 도입한 것이라는 주장인데, 이는 일본의 사례이지만 우리에게도 적용될 수 있는 것이다. 加藤周一·前田愛 校註(1989 : 457~458) 참조

312) 근대 문장은 머릿속에서 일단 구어(口語)로 구상된 뒤 퇴고를 거치면서 단정하게 조직된다. 따라서 하나의 상황을 가급적 하나의 주술구조(혹은 하나의 문장)로 표현하려는 경향을 갖는다. 반면에 근대 이전 문장은 구어 상태로 그대로 쏟아져 나오며 퇴고하기도 어렵다. 이로 인해 문장의 단위와 상황의 단위가 어긋나는 경우가 많고, 종결은 무질서하게 이루어진다. 고전소설 자료를 중심으로 근대 이전 문장의 특징을 살펴본 연구로는 배수찬(2001 : 61~64) 참조

트는 문어(文語)이되 서술 양식은 구어체가 되는 이중성을 지녔고, 이것
이 '-라' 체의 본질이었다.313) 서술 양식이 구어체라 함은 '-라' 체가
지니는 화자와 청자의 친밀감에서 비롯되는 부분인데, 불특정 다수를
대상으로 하는 근대 연설체와 의론문의 형식이 도입되면서 이러한 화
자와 청자의 관계는 없어져 버리고 만다.

　(ㅇ)의 경우를 살펴보면, 이러한 근대 의론문 형식의 화자-청자 관계
가 명백히 드러나고 있다. 화자가 주장하는 요점은 '러시아가 남하하고
있어 국권을 빼앗길 우려가 있으니 정신을 차리고 일해 보라'는 것인데,
여기에서 화자와 청자의 공동체 의식은 전혀 찾아볼 수 없다. 즉 화자
는 '붙들어들 보시오' 하면서 마치 한국의 상황을 남 이야기 하듯이 말
하고 있다.314) 사회를 이끄는 엘리트의 의식이 드러나는 이러한 구절을
안타깝게 여기는 반응도 있을 수 있겠으나, 사실 이는 대면적인 상황이
사라지고 구어체가 표준화되면서 '구어문체(필술체)'로 나아가는 과정에
서 생겨날 수 있는 말투라고 분석하는 것이 더욱 타당하다고 생각된다.

　구어문체 글쓰기를 하는 필자의 심리 상태는 아마도 다음과 같을 것
이다. '나는 어떠한 상황을 서술하고 그에 대한 나의 생각을 기술한다.
그것은 불특정 다수에게 눈으로 읽힌다. 따라서 말의 조직은 구어적(口
語的)으로 하되, 말투가 구어(口語)여서는 안된다. 내가 쓰는 상황이 누구
에게나 관심 있는 것은 아니며, 나 또한 내가 쓰는 상황에 거리를 둔 채
객관적으로 서술할 수도 있다.' 이에 따라 가장 단순하고, 편리하며, 객
관적인 것처럼 보이는 종결 어미 '-다'가 선택된다. (ㅇ)에서 밑줄 친
종결체는 '-라'로 되어 있지만 실제로 그 기능은 '-다'와 다를 바 없

---

313) 김미형(2005 : 218). 앞에서 한 번 인용한 바 있지만, 편의상 다시 한 번 강조해 둔다.
314) 이것을 이 논설 화자의 개인적 말투로 볼 수도 있다. 실제로 이 시기 『제국신문』의
　　필진을 생각해 볼 때, 필자는 엘리트주의적 교육을 받은 청년 이승만으로 추정해 볼
　　수 있다. 그렇다면 이러한 말투도 충분히 나옴직하다. 그러나 여기서는 그러한 개인적
　　인 차원으로 문제를 환원시키는 것의 위험성을 상기하면서, 그러한 표현의 이면에 감
　　추어진 문화사적 의미를 좀더 탐구해 볼 필요가 있다고 느낀다.

고, 필자들이 이러한 상황에서 과거식으로 '−라'를 쓰는 것이 어색하다
는 것을 자각하게 될 때 돌이킬 수 없는 최종적 변화가 일어나게 될 것
이다.

(다) 초기 구어문체와 '−라' 종결 어미의 부조화

문장 모델에 대한 앞의 논의에서 살펴본 것처럼, 순국문체는 개인의
의지로 이루어질 수 있는 것이 아니라 물질적 환경이 갖추어진 뒤에나
일어날 수 있는 사회적 변화였다. 『독립신문』이 나왔던 1896년 이전에
는 언문일치체라는 것이 존재한 적도 없고, 변변한 영어사전조차 마련
되어 있지 않아 영어 문장을 국문으로 일대일 번역할 수도 없었다. 이
시기에 순국문체가 나온다면, 그것은 국문체가 확립되어서가 아니라 그
것의 유용성을 믿는 이들이 의도적으로 무리하게 선택한 결과일 따름
이다. 따라서 『독립신문』에서 추상적 내용이 내실있게 포함된 순국문체
글쓰기를 기대하는 것은, 마치 추상적인 어휘나 관념을 학습하지 못한
아이들에게 어려운 관념어가 포함된 논술문을 기대하는 것과 같다.

> (ㅈ) 사람 되는 도리가 사신곡복(絲身穀腹)을 못 ㅎ면 싱셩홀 도리가 업고
> 싱셩치 못 ㅎ면 나라될 도리가 업슨즉 불가불 의복 음식과 각항 지젼을 판비
> ㅎ여야 나라라 칭 홀터인디 의식과 지젼을 판ㅎ량이면 님군이 홀노 요슌 우
> 탕이라도 못 실 터이요 정부가 고기 직셜이라도 못 홀터이요 아모리 우쥰 ㅎ
> 여도 빅셩이라야 즁력을 합동 ㅎ여 판츌 ㅎ나니 <u>이럼으로 빅셩의 권리로 나
> 라이 된다 이름이나</u> 그러 ㅎ나 三千년 이리로 젼국 권리를 정부가 쥬쟝 홈으
> 로 빅셩은 그런 권리 잇는 줄도 믈으던터인데 지금 졸시에 빅셩이 엇지 권리
> 를 칫는다 ㅎ리요315)

『독립신문』의 '권리'에 대한 논설이다. 『서유견문』의 한문체 글쓰기
가 권리의 개념을 하위로 세분하고 각각의 권리 개념을 엄밀하게 규정

---

315) 『독립신문』 1898.12.10.

하던 것에 비하면, '백성의 권리가 옷과 돈에 달려 있다'는 『독립신문』의 논리는 소박하기 그지없다. 추상 개념을 활용한 논증을 해야 하는 상황에서 구체적인 사례 제시나 비유로 일관하는 것은 『독립신문』의 수사법이 갖는 중요한 특징이기도 하다. 또한 더 중요한 것은, 『독립신문』의 순국문체가 입말체이긴 하지만 정제되어 있지 못하여 다양한 독자를 끌어들이기 어려웠다는 점이다. 『독립신문』의 유명한 창간사에서 서재필은 '한문더신 국문으로 써야 상하귀쳔이 모도 보고 알어보기가 쉬'316)운 것이라고 했지만, 이는 당대의 현실을 잘 몰라서 한 발언이거나, 아니면 현실을 의도적으로 왜곡한 것이다.317) 조건이 확립되어 있지 않다면 제대로 된 국문으로 글을 쓸 수도 없거니와, 국문으로 쓰더라도 알아볼 수 없기는 마찬가지인 것이다.

    (ㅊ) <u>여러 사름들이 날 다려 뭇기를 엇더케 ᄒ여야 관찰ᄉ와 원 노릇슬 잘ᄒ겟ᄂ냐고 ᄒ기에</u> 오날 우리 신문 우회 그 디답을 ᄒ니 누구든지 이 일을 알고 스분이ᄂ 이 신문을 노코 공부ᄒ면 유죠ᄒ 일이 잇기를 밋노라318)

    (ㅋ) 나라 마다 <u>집과 인구와 국즁에서 싱기ᄂ 돈과 밧과 논과 전국에 잇ᄂ 디면 장광 수효들을 모도 ᄉ실 ᄒ야</u> 칙에 박혀 인민을 ᄀᄅ치ᄂ 법인디 죠션은 이런 일에 당ᄒ야 ᄒ거지도 자셔ᄒ 칙이 업슨즉 죠션 사름들이 ᄌ긔 나라가 얼마나 큰지 ᄌ기 나라에 사름이 얼마가 잇ᄂ지 돈이 얼마가 잇ᄂ지 젼쟝이 얼마가 잇ᄂ지 사름이 몃치 나고 죽ᄂ지 전국 디형이 엇더케 싱겟ᄂ지 도모지 자셔히들 모로니 외국 학문도 비호려니와 죠션 사름들이 ᄌ긔 나라 일브터 몬져 알 도리를 ᄒᄂ거시 맛당ᄒ지라319)

<hr>

316) 『독립신문』 1896.4.7.
317) 19세기 말~20세기 초의 소학교 학생들은 단순한 메모를 기록할 때조차도 결코 순국문을 쓰지 않았다는 점을 염두에 두어야 한다. 이는 필자가 서원대학교 교육자료박물관에서 확인한 20세기 초 소학생의 노트에 적힌 필적을 보고 확인한 내용이다.
318) 『독립신문』 1896.4.16.
319) 『독립신문』 1896.5.30.

(ㅌ) 셔칙 흔권을 쎄여 들고 추추 련람 흐니 엇던 외국 친구의 고명흔 식견
으로 편집 흔바 인디 그 전편 스의가 릉히 대한 사름 된이로 흐야곰 더운 피
가 쇽에서 쓸코 니가 져젼로 갈니며 쥼억이 져젼로 쥐이고 눈이 져젼로 홉쓰
이눈지라 쟝부이 째를 당 흐야 이 글을 보고 엇지 크게 강개흐며 간졀히 통분
치 안 흐리오 이러흔 글은 불가불 대한 텬디에 쟈셰히 광포 흐겟기로 좌에 계
지 흐노니 정부에 대쇼 관리들과 여향에 샹하 인민들은 다 함끠 보고 다 함끠
분발 흐야 셔로 권면흐고 일심 동력으로 갈셩 진츙하야 나라를 도아 남의 나
라와 궃치 큰 대졉을 밧고 남의 나라와 궃치 디등권리를 가지게 흐기로 각기
의무를 삼을지어다320)

(ㅊ)～(ㅌ)은 『독립신문』의 문장 모델이 구어에 입각해 있다는 것을
보여주는 사례들이다. (ㅊ)은 『독립신문』의 문장이 '구어로 하는 문답'
으로 이루어져 있음을 말해준다. 그런데 이 경우, 구어체라는 것이 곧바
로 읽기 쉽다는 것을 의미하지는 않는다. (ㅌ)의 밑줄친 부분과 같은 장
황한 만연체 또한 『독립신문』 문체의 또다른 특성이다. 즉 정제되지 않
은 구어체는 오히려 문어체보다도 읽기 어려울 수 있는 것이다. 그렇다
면 『독립신문』의 문체는 문어체인가? 그렇지도 않다. 어미가 '－라'로
끝난다는 이유 하나만으로 구어식 질서에 의해 조직된 문체를 '문어체'
라고 규정하는 것은 사리에 어긋나는 일이기 때문이다.
　애당초 '문어체'라는 개념이 근대 이후에 성립한 것이니만큼, '－라'
로 종결하는 모든 문체를 '문어체'로 간주하는 것은 중세 문장의 다양
한 연원을 보지 못하게 하는 결과를 초래할 수 있다. 근대 이전의 문장
모델 가운데에서도, 『독립신문』처럼 우리말 말하기에 근원을 두고 있는
것과, 언해(諺解)와 같이 한문 글쓰기에 근원을 두고 있는 문체가 있다.
이 중 후자는 글쓰기의 근원을 한문에 두고 있는 만큼 그 문체를 '문어
체'로 규정하는 것이 잘못이라고 할 수 없지만, 전자는 우리말 말하기
에 근원을 두고 있기 때문에 '문어체'로 규정해서는 안된다.

---

320) 『독립신문』 1899.11.7.

앞에서 '－라' 종결 어미의 성격을 문어체가 아니라 구어체로 보아야 한다는 점을 밝힌 바 있다. 그것이 문어체로 오해된 것은 오늘날 쓰이지 않는 한문 문장의 언해에 쓰였기 때문이고, 그 느낌이 일반적으로 남아 있기 때문이다. 그러나 『독립신문』의 '－라'는 진정한 의미에서 구어체 종결 어미이다. 따라서 '문어체와 구어체의 세부적 분류'표에서 '－라'는 단순히 문어체로 규정되고 말 것이 아니라 다음과 같이 시기적으로 세분되어야 한다.

[표 27] 문장 종결 어미로서 '－라'의 변천

시기	쓰임	문체 관념
독립신문 이전	추상어·구체어 글쓰기에 두루 쓰임	문어체 / 구어체 관념 없음
독립신문	입말을 전사하는 글의 어미로 쓰임	'구어체' 관념의 형성 시작
독립신문 이후	구어문체에서 '－다'와 경쟁, 패함 의고체 문장에 부분적으로 쓰임	"'－라' = 문어체' 관념 확립

입말을 받아써도 글이 된다는 구어체 글쓰기의 관념이 공적 영역에 받아들여지기 시작한 것은 『독립신문』에서부터이고, 이때 선택된 종결 어미는 당대의 관습대로 '－라'였다. 그리고 이 시기의 '－라'는 '문어체 / 구어체'의 구별의식 없이 사용되었지만, 오늘날의 시각에서 지금까지 문어체 종결 어미로 오해되어 왔다. 그러나 『독립신문』에 사용된 '－라' 체의 본질은, 입말을 바탕으로 한 구어체였다. 단, 당시의 구어체는, 표기법의 통일이나 사전(辭典) 등의 제반 장치를 구비하지 못한 채, 서재필 등 일부 선각자들의 초인적 노력에 의해 실험적으로 행해졌을 뿐이었다. 그 결과 이들의 실험은 (ㅋ)과 같이 어휘 구사의 후퇴를 보여주거나, 혹은 (ㅌ)과 같이 오독(誤讀)의 위험성을 극복하지 못하는 등, 미완의 문체 실험으로 끝나고 말았다. 실제로 『독립신문』의 구어체는 1899년의 신문 폐간으로 인해 더이상 진전되지 않았고, 이후 『제국신문』 등 순국문체를 계승한 다른 신문들 또한 문체면에서 『독립신문』보다 나아진

점을 보여주지 못하였다. 1906년 이후『만세보』등의 '어절 현토식 국한
문체'가 새롭게 주류적 문장체로 등장함으로써 순국문체는 힘겨운 경쟁
을 벌이다가, 1910년 이후 공식적인 논설문에서 순국문체가 자취를 감
춤에 따라 국한문체 계열에 흡수되고 만다.[321]

(2) 한문체 및 국한문체 계열

이제부터 한문체 및 국한문체 논설문의 문체 변화 양상을 검토하겠
다. 국문체의 경우와 달리 한문체는 고려해야 할 요소가 조금 더 많다.
국문체의 문장 모델은 그 근원이 연설이든 입말이든 '구어체'밖에 없는
반면, 한문체의 문장 모델은 순한문체·구절 현토체·어절 현토체의 셋
이다. 또한 그것을 구성하는 주요 단어가 1음절이냐 2음절이냐의 문제
도 매우 중요하다. 또한 한자어의 자국어화가 일어나는 지점을 동사
부·명사부·부사부로 나누어 분석할 필요가 있다.

국문체의 경우도 종결어미에 큰 중요성을 부여하는 것이 위험하다고
앞서 밝혔지만, 한문체 계열의 문장을 분석할 때에는 종결 어미의 문제
가 더욱 중요성이 떨어진다. 근대적인 문장 내용이 한문체(漢文體)로 서
술될 수 있는 것도 두 말할 나위가 없는 일이다.[322] 중요한 것은 신문

---

321)『독립신문』폐간 후 순국문체『제국신문』독주(獨走) 시기의 특징으로 그밖에 몇 가
지를 더 지적할 수 있다. 첫째, 순국문체 논설문에서도 한자음으로 구성된 한문투가
섞여 나와, 완전한 구어체를 이루지는 못했다는 점이다. 오늘날의 문장에서 쓰이는
'도저히', '심지어', '무릇', '……하지 않을 수 없다'와 같은 표현들도 마찬가지이다.
이에 대해서는 부록의 [국−12], [국−19]를 참조. 둘째, 문단의 구분이 실질적인 글의
흐름에 입각해서 행해지기 시작했다는 점이다. 예컨내 자료 [국−14], [국−17], [국−
20] 등 참조. 그러나 오늘날의 관점에서 문단을 필요없는 부분에서 나누었다거나, 또
는 나누어야 하는데 그러지 않는 등의 불완전한 면모는『제국신문』의 마지막까지 해
소되지 않은 것 같다.
322) 3장에서 분석했던 근대 한문을 생각하면 될 것이다. 실제로 일본에서 메이지 10년
대에 자유민권운동의 텍스트로 널리 읽혔던 야노 류케이[矢野龍溪]의 정치소설이나,
토쿠토미 소호[德富蘇峰]의 문장도 그 구성 원리는 한문체였다는 사실을 강조해 둘
필요가 있다. 야노 류케이의『경국미담(経國美談)』은 현공렴에 의해 국역되어 일본문

논설문의 한문체가 궁극적으로 해체되어 근대의 '언문일치 구어문체'라는 인위적 문체로 확립되어 갔다는 점이고, 그것은 한문이라는 전통적인 문체의 근대화 양상과 겹칠 수밖에 없다는 것이다. 따라서 본 연구에서는 한문의 해체 내지 근대화의 과정이 일반적으로 어떻게 진행되었는지를 간단히 살펴보고, 실제 자료 분석을 위한 가설을 세우고자 한다.

(가) 구절 현토에서 어절 현토로 가는 길―한문의 해체

문체를 분석하는 데서 어미의 문제보다 중요한 것은, 문장의 조직 방법 내지 원리이다. 이른바 근대 전환기의 작문 이론에서 '문장짓기[綴方]'라고 한 것인데,[323] 오늘날처럼 순한글 매체로, 1920년대 이후에 형성된 언문일치체 구어문체 문장 모델에 따라 글을 쓰는 상황에서는, 이 문제가 크게 중요하게 느껴지지 않을지도 모른다. 그러나 문장 모델과 문장 작법이 완성되어 있지 않고 '개발' 과정에 있던 19세기 말엽 당시에 '문장짓기'의 문제는 심각한 의미를 지닌 것이었다. 19세기 말에 되지도 않는 순국문체를 억지로 시도했던 서재필의 경우에서 보듯, 문장짓기 방법의 개발은 개발자의 정치적 지향을 보여주는 것이기도 했다.

구어를 중심으로 한 언문일치 글쓰기가 염두에 두어지지 않은 이상, 근대적 논설문 글쓰기의 방법이라 한다면, 한문 기원의 글쓰기밖에 생각할 수 없다. '근대를 모색하는 새로운 글쓰기가 한문에서 기원한다'고 하는 데에 의아하다는 반응이 나올지도 모르겠다. 그러나 여기서 말하는 것은 한문 자체가 아니라, 한문에 기원하여 그것을 해체하는 새로운

기원의 신식 언해체(新式諺解體)를 형성하기도 했다. 국역본은 연세대학교 도서관에만 소장되어 있다. 현공렴 역술(1908) 참조.

323) '綴方'은 일본어 '츠즈리카타(綴り方)'에서 온 것으로, '문장짓기'라는 의미이다. 서예(書藝)가 중시되어 '글자 쓰기'와 '문장 짓기'가 구별되던 시기의 말인데, 근대 초기에는 우리나라에서도 채택되었다. 1895년의 「小學校校則大綱」에 다음과 같은 표현이 있다. "尋常科에눈 (…중략…) 國文의 讀法 書法 綴法을 知케 호고" 박붕배(1987 : 40)에서 재인용.

글쓰기이다. 본 연구에서 누차 암시했듯이, 한문(漢文)이라는 매체가 근대에 쓰이지 않게 된 것은 필연적인 이유가 있어서가 아니라, 정치적 선택의 결과였을 뿐이다. 근대 초기에 한문이 거추장스럽게 느껴진 사람들에게도, 한문이 해체된 이후의 상태를 책임지지 못하는 한, 함부로 새로운 선택을 할 수는 없었던 것이다. 유길준의 국한문체 실험이나, 서재필의 순국문체 실험이 모두 '실험'으로만 끝나고 계승되지 못한 이유도 여기에 있다.

일본의 예를 들어 한문 해체의 문제를 조금 더 깊이 생각해 보자. 일본에서는 한문체가 근대 이전부터 요미구다시체(讀み下し體)로 읽혔고, 근대 초기에 자연스럽게 '한문해체 문체[漢文崩れ]'324)로 전환하였다. 이때 한문 해체 문체는 어순(語順)만 바뀐 것일 뿐, 실제로는 한문의 문법을 그대로 따르고 있다.325) 그러나 이러한 한문해체 문체는 어순상으로 완전히 SVO 형태를 벗어났을 뿐만 아니라, 문장의 외형이 어절 단위로 띄어쓰기가 됨으로써 근대 문장에 상당히 접근한 것처럼 보인다. 이를 표로 나타내면 다음과 같다.

〔표 28〕 한문해체 문체의 외적 형태

문체	실제 양상
한문체	己所不欲 勿施於人(자기가 원치 않는 일은 남에게 강요하지 말라)
요미구다시체	己二所不一欲、 レ勿二施於一人
한문해체 문체	己の欲せざる所は、人に施すことなかれ。

이러한 한문해체 문체는 헌데 일본어에서 '문어문(文語文)'이라 하는데, 물론 오늘날의 언문일치 구어문체와 상당한 거리가 있다. 귀로 듣기

---

324) 앞 장에서는 이 문제를 문장 모델을 제시하는 차원에서만 다루었다. 앞 장에서는 이를 '한문직역체'라고 하였고, 한문 해체 문제의 한 하위 갈래로 보았다.

325) 경서언해(經書諺解)와 성서 번역의 문제를 중심으로 한문 해체의 문제를 다룬 연구로는 배수찬(2006ㄱ)을 참조할 수 있다.

만 해서는 알기 어렵고, 입으로 이렇게 말하지도 않는다.[326] 따라서 이러한 한문해체 문체가 진정으로 언문일치 구어문체로 전환하기 위해서는, 인공적인 구어문을 만들고 그에 입각해서 교육을 실시하는 수밖에 없다. 3장에서 소개한 후쿠자와 유키치[福澤諭吉]의 보통문(普通文)이나, 후타바테이 시메이[二葉亭四迷]의 언문일치 구어문체가 그러한 노력으로 만들어진 문체이다. 한국의 경우와 대비하여 표로 만들어 보면 다음과 같다.

〔표 29〕 한문 해체의 세부적 과정─일본과 한국의 비교

해당 국가	한문 계열의 문장짓기 방법의 변화 과정
일본	한문체 > 요미구다시체 > 한문해체 문체 > 어절 내 2음절어 증가 > 문어문 어미 탈피 > 현대문
한국	한문체 > 한문 현토체 > 구절 현토식 국한문체 > 음절 다발식 어절 현토식 국한문체 > 1음절 한자 위주 어절 현토식 국한문체 > 2음절 한자어 위주 어절 현토식 국한문체 > 문어체 어미로 인식되던 '─라' 체 탈피 > 현대문

위의 표에서 일본의 경우는 사실을 정리한 것인 반면, 한국의 경우는 본 연구에서 가설적으로 제시해 본 것이다. 실제로 선행 연구에서는 한문 계열의 문장짓기 방법에 대한 고려가 적었고, 이들을 일괄하여 '국한문체(國漢文體)'로 처리하고 마는 것이 일반적 경향이었다.[327] 따라서 이러한 기초적인 사실 변화에 대한 추적조차도 본 연구에서 처음으로 시도되는 것이라 할 수 있다. 위에서 제시한 한국의 한문 해체 세부 과정은 근대 신문 논설을 시기별로 문체 분석하는 과정에서 저절로 드러나는 사실이다. 자료를 통해 확인해 보기 전에, 각 문체가 무엇을 말하는 것인지 자료를 들어 설명하기로 한다. 아래 자료는 『皇城新聞』에서

---

326) 참고로 이에 해당하는 일본어 현대문은 다음과 같다. '自分のしてほしくないことは 他にもしむけるな.' 김성봉(2000 : 69) 참조.
327) 단 민현식(1994ㄱ)의 연구는 국한문체를 구절 현토체와 어절 현토체로 나누어 파악함으로써 본 연구의 심화에 큰 영감을 주었기에, 이 자리에서 깊은 경의를 표한다.

뽑은 것인데, 짙게 표시한 부분이 원문[原]이고, 나머지 부분들은 그 변화의 선후를 가설적으로 제시해 본 것이다.

〔표 30〕 '한문체 → 현대 국문체' 변화 과정의 문체적 추이―『皇城新聞』

	사례 ① [328]	사례 ② [329]
한문체	度支者, 國家之財寶也. 善度支者, 善計量調節. 正稅雜稅, 有限定, 有豫備金.	賢者在位, 其政擧, 化國家之貧弱, 使至富强之處, 其國之融替在於賢愚之二道, 豈無愼戒耶.
한문 현토체	度支者는 國家之財寶也라 善度支者는 善計量調節ᄒ며 正稅雜稅ㅣ 有限定ᄒ고 有豫備金ᄒ니라[原]	賢者在位其政擧ᄒ니 化國家之貧弱ᄒ고 使至富强之處ᄒ니 其國之融替在於賢愚之二道ᄒ니 豈無愼戒耶아
구절 현토식 국한문체	度支는 國家之財寶라 善度支者는 善計量, 調節하고 正稅雜稅가 有限定하고 有豫備金하니라	賢者在位ᄒ면 其政擧ᄒ고 化國家之貧弱ᄒ고 使至富强之處ᄒ니 其國之融替이 在於賢愚之二道ᄒ니 豈無愼戒아
음절다발 어절 현토식 국한문체	度支는 國家의 財寶이니 度支를 善하는 者는 計量調節을 善히 하며 正稅雜稅가 限定이 有하고 豫備金이 有하니라	해당사항 없음
1음절 한자 위주 어절 현토식 국한문체	해당사항 없음	賢者ㅣ 在位하면 其政이 擧ᄒ고 國家의 貧弱홈을 化하야 富强한데 至하게 함이니 賢愚 두길로 그 國의 融替가 在하니 愼戒함이 無하리오[原]
2음절 한자어 위주 어절 현토식 국한문체	度支는 國家의 財寶이니 度支를 改善하는 者는 計量調節을 良好히 하며 正稅雜稅가 限定이 있으며 豫備金이 있느니라.	賢者가 在位하면 그 政治가 有效하니 國家의 貧弱함을 變化시켜 富强한데 到達하게 함이니 賢明과 愚昧의 두 길로 그 國家의 融替가 在하니 愼戒하지 아니하리오
현대문	탁지란 것은 국가의 재보이니, 탁지를 개선하는 자는 계량과 조절을 양호히 하며, 정세와 잡세가 한정이 있으며, 예비금을 가지고 있다.	현자가 재위하면 그 정치가 유효하니, 국가의 빈약함을 변화시켜 부강한 데 도달하게 하기 때문이다. 현명함과 우매함의 두 길에 따라 그 국가의 융성과 교체 여부가 달려 있으니, 삼가 경계하지 않겠는가.

한문체·한문 현토체·구절 현토식 국한문체 사이에 본질적인 차이가 있는 것은 아니다. '현토(懸吐)'는 한문의 어순을 살린 채 문장을 의미 단위에 따라 끊어 읽고자 하는 노력에서 나온 것이고, 현토로 쓰이는 조사나 어미는 우리말이기 때문에 한문의 자국어화(自國語化)에 부분적

---

328)『皇城新聞』 1898.12.28의 문장에서 뽑은 것이다. [한―1]
329)『皇城新聞』 1899.2.24의 문장에서 뽑은 것이다. [한―2]

으로 기여할 수 있다. 한문 현토체가 『皇城新聞』 등 근대 국한문 매체에 채용된 경우 그것을 특히 '구절 현토식 국한문체'330)라고 하는데, 이는 '근대의 한문 현토체'라고 보아도 무방할 것이다.

어절 현토식 국한문체331)는 다시 음절 다발332), 1음절 한자 위주, 2음절 한자어 위주로 나누어지는데, 국한문체를 구성하는 각 어절의 구성 요소가 무엇이냐에 따라 분류한 것이다. '어절(語節)'이란 한문에는 없고 우리말 구어에만 존재하는 개념으로서, 서구의 단어 개념에 해당하는 띄어쓰기의 단위를 표시하기 위해 근대에 고안된 것이다.333) 즉 '어절'이란 개념이 도입된다는 것은 한문이 자국어 어순에 따라 재배치되었다는 것을 가리킨다. 이때 각 어절은 '한자어＋조사'나 '한자어＋어미'의 형태를 취하게 되는데, 이때 '한자어'가 음절 다발인지, 1음절인지, 2음절인지에 따라 앞에서 든 어절 현토식 국한문체의 세 하위 항목이 결정되는 것이다.

'음절 다발 어절 현토식 국한문체'는 자칫하면 '구절 현토식 국한문체'로 오해받기 쉽다. 예컨대 '湖南人事가 公益義務를 擔着함으로 株主募集이 된 것은 全國人民의 模範이니 一般同胞는 感激於斯홀지어

---

330) 이 용어를 수립한 논문이 민현식(1994ㄱ)임은 앞에서 밝힌 대로이다.

331) 이 용어 역시 민현식(1994ㄱ)이 수립하였다. 그러나 그의 연구는 국문과 한문 매체의 외형에 입각하여 대체적인 분류를 한 것이고, 한문 문법의 해체 정도에 따른 세부적인 분류는 행하지 않았다. 이에 본 연구에서는 어절 현토식 국한문체를 한문 해체의 관점에서 세분하고자 한다.

332) '음절 다발'이란 '計量調節', '正稅雜稅' 등의 다음절로 된 어절을 가리킨다.

333) 인도유러피언 계열의 서양어는 한 단어가 곧 띄어쓰는 단위이며, 조사가 발달하지 않은 굴절어(屈折語)였기 때문에 어절이라는 개념이 필요하지 않았다. 그러나 한국어나 일본어는 본래 띄어쓰기 전통이 없었을 뿐만 아니라, 조사가 발달한 첨가어(添加語)였다. 따라서 서양어와 마찬가지로 표음문자를 사용한다는 공통점을 가지고 있었음에도 불구하고, 문장의 근대화에 따라 띄어쓰는 단위를 인위적으로 만들어내지 않을 수 없었다. 그것이 이른바 '어절(語節)'이었다. 초기에는 '어절'이라는 용어가 사용되지 않고 단순히 '語'라고 하였다. 이 용어는 1908년 최광옥(崔光玉)의 『대한문전(大韓文典)』에서 처음으로 발견되었으며, 이 책은 이듬해 나온 유길준의 『大韓文典』 4차 고본(古本)과 깊은 관계가 있다고 여겨진다. 고영근(2001 : 48) 참조.

다’334)와 같은 식이다. 이는 얼핏 보아 구절현토체 같지만 어순이 우리 말 식으로 되어 있을 뿐만 아니라 4음절 이상의 어절들이 대부분 ‘2음절어+2음절어’의 합성에 불과하다. ‘호남인사’, ‘공익의무’, ‘주주모집’, ‘전국인민’ 등이 모두 그러한 것이다. 이는 2음절 한자어의 정착 이후에도 조사 ‘-와/과’, ‘-의’ 등을 쓰는 경향이 정착되지 못한 데서 비롯되는 것이지만, 근본적으로는 어절 현토의 이념을 받아들이고 있는 것이므로 어절 현토식 국한문체로 간주하는 것이 옳다.

‘1음절 한자 위주 어절 현토식 국한문체’는 한문을 어절 단위로 풀이할 때에 나타나는 첫 번째 형태이다. 예컨대 ‘국가의 빈약함을 변화시켜’의 한문 원문은 ‘化國之貧’이 된다. 그것을 근대 어휘의 발달을 염두에 두지 않고 곧바로 우리말 어순으로 바꾸면 ‘國의 貧흠을 化하여’로 되고 만다. 그러나 이렇게만 해 놓고 말면 한자음으로 읽었을 때에 ‘국의 빈함을 화하여’가 되므로 도무지 이해할 수 없는 어구가 되고 만다. 따라서 이 상태는 한자의 훈독이나 1음절 한자의 2음절화 등을 통해 귀에 익숙한 말투로 바꾸어 주지 않으면 안된다. 일본의 경우 훈독을 하여 취하여 ‘國의 貧흠을 化하여’를 두고 ‘나라의 가난함을 바꾸어’335) 식으로 읽으며, 우리의 경우는 2음절 한자어화 방식을 취하여 ‘國家의 貧困함을 變化시켜’ 식으로 바꾸었다. 어쨌든 1음절 한자 위주 어절 현토식 국한문체는 구어문체로 가는 과정의 한 단계에 지나지 않는다.

한문체가 완전히 해체되어 순국문 구어문체로 도달하기 직전의 단계가 이른바 ‘2음절 한자어 위주 어절 현토식 국한문체’이다. 한자(漢字)의 본질적 속성인 형상성(形象性)과 다의성(多義性), 의미의 획산적(擴散的) 성격은 근대 어휘로서는 결격 사유에 해당된다. 근대어는 변별적 ‘음성(音聲)’과 그에 상응하는 ‘의미(意味)’를 단위로 하여 일정한 길이를 이루고, 그것이 문장의 한 단위가 되는 도구적 언어관에 입각해 만들어지는 것

---

334) 『皇城新聞』 1908.9.25의 문장에서 뽑은 것이다. [한-18]
335) ‘國の貧しさを変化して[kunino mazusisawo henkasite]’ 정도가 될 것이다.

이기 때문이다.336) 어차피 순국문 구어문체는 형상성(形相性)이나 관습에 입각한 문장체가 아니라 구어(口語)를 궁극적 바탕으로 하고 있으므로, 입말의 특성에 맞게 단일한 의미를 지시하는 방향으로 나아갈 수밖에 없다. 1음절 한자는 그러한 단일한 의미 해독을 방해하는 만큼, 2음절 한자어로 어절의 단위를 구성하는 것은 필수적이다.

'2음절 한자어 위주 어절 현토식 국한문체'에서 한자(漢字)를 노출하지 않고 한자음만 적으면, 오늘날 우리가 사용하는 현대문과 거의 비슷한 형태가 이루어진다. '2음절 한자어 위주 어절 현토식 국한문체'는 한문체 근대화의 최종 단계이며, 여기에 이르러 국한문체는 『독립신문』계열의 순국문체와 만나고, 양자의 차이는 더이상 문화적으로 문제되지 않는 상황에 이르게 된다.337) 물론 이러한 설명은 이론적인 것일 뿐, 실제로는 구절 현토체나 어절 현토체는 동일한 한 편의 글 속에서도 서로 섞여들게 마련이다. 그러나 대체적인 흐름을 미리 기술해 두면, 분석의 기준이 될 수 있으므로 미리 제시한 것이다.

(나) 근대 이전 양반층의 계도를 위한 구절 현토체 선택

기본적인 전제와 용어에 대한 설명을 마쳤으므로, 한문체 계열의 문체 변천을 실제 자료를 통해 확인해 보기로 한다.

---

336) 한자어의 이러한 속성은 배수찬(2003) 참조. 본 연구의 3장에서 자세히 검토한 대로, 19세기 말 메이지 시기에 수많은 서양어 어휘를 번역할 때에 2음절의 한자어를 주로 채택한 것은 의미의 명료화와 함께 한자의 이러한 의미 확산적 성격을 제거하고 '이 한자어는 서양어의 번역'이라는 사실을 보이기 위한 것으로 보인다.

337) 본 논의와 직접적인 관련은 없지만, 이런 의미에서 보았을 때에 한자 병용과 한글 전용 간의 논쟁은 아무 의미가 없는 것이다. 한자음(漢字音)을 사용하는 이들이 한자의 모양을 모른다고 해서 한자에 대한 지식이 없다고 말하는 것은 어불성설(語不成說)이다. 문제는 그러한 '한자음에 대한 지식'이 국어과 교육의 과정에서 무계획적(無計劃的)·무의도적(無意圖的)으로 주입되기만 하고, 한자교육의 단계가 전혀 위계화되어 있지 않다는 점이다. 한자교육은 반드시 한자를 쓸 줄 알게 하는 것만으로 이루어지지 않는다. 한자음 읽기 교육, 한자 형태 식별 교육 등이 위계적으로 이루어질 수 있으며, 한자 쓰기 능력은 거의 최종 단계에나 필요하다.

① 論說이 무엇신고 (論說은) 盛衰를 (…) 邪正을 (…) 賢愚를 論說함이니 (…) 大旨는 勸善懲惡(이니) 直陳其事[일일 직접 진술함]도 하고 諷諭도 하고 見景生情[경치를 보고 정서를 일으킴]도 하야 그 世道風化를 補益하도록 함이라

我國이 天下(…)에 同等이 되(어) 讚美하고 頌揚하기(가) 不足하려든 (…) 近日 各新聞의 論說을 (…) 閱覽하건더 岌岌焉[위태로움]하야 (…) 艱虞[근심걱정]하미 溢目[눈에 넘침]한듯하니

安不忘危[편안한 상태에도 위기를 잊지 않음]하는 本意인지는 모로나 [그런 것 같진 않고] 我國官民이 (…) 畏不犯[법을 어기지 않음]하얏스면 (…) 强大諸國들이 (…) 取하야 法을 삼을지니 邪하다 할 말이 업슬지라 (…) 官吏가 民을 虐하는 것 (…) 民智를 克剝하는 것 (…) 嚴刑濫罰하는 것(…)도 邪ㅣ라 할지니 此와 如한 論責을 드를 만한 사롬이 아조 無하든 못한 것 갓고

賢者ㅣ 在位하면 其政이 擧하(…)니 (…) 國家의 貧弱함을 化하야 富强한디 至하게 하민가 (…) 賢愚 두길로 그 國의 融替가 在하니 엇지 愼戒함이 無하리오

論說이라하는것슨 (…) 폼의 國의 盛衰를 憂하야 盛하기를 願하(…)는 말이오 (…) 官人의 邪正을 辨함이(며) 國民의 賢愚를 論함이니 平心恕氣하야 一切戒懼心省하게되면 (…) 國安盤泰할지라 (…) 可히 我國의 輿論으로 作할지니라[338)

위 자료 ①은 『황성신문(皇城新聞)』의 비교적 초기 논설로서, '논설'이라는 갈래에 대한 독자들의 의구심을 해소하기 위한 목적에서 씌어진 글이다. 『皇城新聞』은 전통적·보수적인 한문독자들을 상대로 한 신문이었기 때문에 독자에 대한 배려도 연설체와 같을 수 없었다. 그리고 『皇城新聞』의 1면은 언세나 논설이 젓머리를 장식하였기 때문에, 보수적인 독자층으로서는 '논설(論說)'이라는 용어 자체가 낯설었을 뿐 아니라 특정한 주제에 대한 주장을 전개하는 일에 대한 의구심을 가졌을 법

---

338) 『皇城新聞』 1899.2.24. [한-2]. 인용의 원칙은 한자 표기는 그대로 두되 문맥상 중요성이 떨어지는 구절은 생략하였고, 조사나 어미의 경우에도 가독성이 현저히 떨어지는 부분에서는 문맥을 살리는 한에서 현대식으로 고쳤음을 밝혀 둔다. 이하도 같다.

하다. 그리하여 위의 논설은 '논설'이 왜 필요한지 전통적인 방법으로 논하고 있다. 밑줄친 부분들에서 알 수 있듯이 논설은 부당한 비방이 아니며, 권선징악을 목적으로 관인(官人)의 부패나 국민의 어리석음 같은 것들을 비판하는 것이니 꼭 필요한 것이라는 주장이다.

이러한 주장이 근대적인 논설 개념에 미달하는 것이라는 점은 명백하다. 앞에서 살펴본 일본의 논설 성립 과정을 상기해 보아도 그렇거니와, 동시대의 『독립신문』과 비교해 보더라도 ①의 논설에 대한 규정은 지나치게 내용 편향적이다. 또한 ①은 '개인→불특정 다수의 청중'이라는 근대적 설득 의사소통 구조를 간과하고 있다. 그러나 '논설'이라는 양식을 정립시키고, 한문을 해체하면서 순국문 구어체가 포괄할 수 없는 내용을 다룰 수 있는 새로운 고급 문체를 형성하는 데에 『皇城新聞』의 논설이 기여한 점은 분명하다. 다음의 자료를 보자.

② 歲入歲出之豫算表를 頒布於人民이라야 (…) 世界各國이 (…) 必頒諸民而通曉之하야 (…) 必加減而無臨時窘拙하ᄂ니 此所謂開明之國이라 (…) 今次所論은 助聰之萬一云爾라[339]

③ 借款之法은 (…) 事業之有利益者를 方欲起也에 (…) 其實利가 必倍於利子ᄒ고 雖其力之事且大者라도 必出其國債而着手焉(ᄒ니) 出債於本國富民이 第一良策이오[340]

④ 或이 有問曰 (…) 滿洲問題(…)에 痛論日俄之情形하니 (…)妙解於時局之事狀이로더 (…)何以知俄人之非眞個撤兵(…)오 記者ㅣ曰 以其形勢而猜

---

339) 구절 현토식 국한문체는 현대역(現代譯)을 제시하기로 한다. 현대역 : '세입세출의 예산표를 인민에게 널리 반포하여야 하니 세계 각국이 그것을 백성에게 반포하여 통효케 하며 가감하여 임시변통이 없게 하니 이것이 이른바 문명의 국가이다. 오늘 논한 바가 만분지일이라도 도움이 되기를 바란다.' 『皇城新聞』 1898.12.28. [한―1].

340) 현대역 : '차관의 법은 사업의 이익을 일으키기 위한 것이다. 그 실리가 반드시 이자보다 배가 되고 그 사업이 큰 것도 반드시 국채로 착수할 수 있으니, 본국 부민에서 채를 얻는 것이 제일의 양책이다.' 『皇城新聞』 1901.4.26. [한―6].

推耳라 (…) 盖俄人之於滿洲에 其經營布置가 固非一朝一夕之事(로) 十餘
萬兵之越加하니 寧可以談笑而遺棄置之理耶아[341]

②, ③, ④는 모두 당대의 경제적·외교적 급무에 대한 논의들을 포함
하고 있다. ②는 세입세출의 예산 편성에 입각한 정부 재정이 필요하다
는 논의이며,[342] ③은 약소국의 국채와 강대국의 국채를 비교한 뒤 전
자의 위험성을 주장한 글이다. ④는 러일전쟁[343] 발발 1년 전 만주(滿洲)
에서 러·일 양국 간 긴장이 고조되던 시기에 나온 글로서, '러시아는
철병할 의사가 없다'는 기자의 주장에 대한 어떤 사람의 물음으로 이루
어져 있다. 어느 경우이든지 근대 초기의 국제 정세를 논하고 있어 내
용상의 근대화를 달성하였다. 그러나 이들 근대적 내용의 글이라고 할
수밖에 없다. 그러나 이들 모두는 순수한 한문체에 현토(懸吐)만 덧붙인
'구절 현토식 국한문체'이다. 한문체로부터 벗어난 정도를 주격조사
'ㅣ'와 관형격조사 '의'의 활용 여부로 확인해 본다면, 세 자료는 공통

---

341) 현대역: '혹자 묻기를, "만주문제에 일본과 러시아의 정형이 시국의 사정으로 해독
하기 어려우니 어찌 러시아인이 진정으로 철병할 의사가 없음을 알리오?" 기자 말하
기를, "형세로서 추정한 것이다. 러시아인들이 만주에서 경영하고 진을 친 것이 하루
아침의 일이 아니며, 십만여병이 국경을 넘어 추가되니 어찌 가히 웃으며 포기할 리가
있으리오?"'『皇城新聞』1903.2.22. [한-7].
342) 최초의 근대적 예산이 편성된 것은 1896년부터였다(세입 480만 9419원, 세출 631만
6831원). 조선(1897년 이후 대한제국)은 늘 세입 부족으로 어려움을 겪었다. 이후 반강
제로 일본 차관(日本借款)이 도입되었고, 대한제국의 경제가 일본에 종속되어 간 것은
잘 알려진 대로이다. 한국정신문화연구원(2003 : 503) 참조.
343) 러일전쟁은 1904년 발발하였고, 이후 일본이 러시아의 극동 함대 기지 가운데 하나
인 여순항(旅順港)을 함락하기 위한 진공(進攻) 작전에 돌입한 것이 초기의 주요 전황
(戰況)이었다. 실제 여순은 요동반도의 끝부분으로 청국(淸國)의 영토였는데, 1898년
러시아가 하얼빈-블라디보스톡, 하얼빈-봉천-여순으로 이어지는 동청철도(東淸鐵
道)의 건설과 그 관리를 명목으로 여순을 조차(租借)하면서 사실상 러시아의 군사기지
로 된 상태였다. 1900년대 초부터 일본은 러시아에게 만주로부터 철병(撤兵)할 것을
요구하는 교섭에 들어갔으나, 러시아는 약속 시일이 지나도록 철병하지 않고 있었다.
이에 일본의 선제공격(先制攻擊)으로 러일전쟁이 시작된 것이다. 이 글은 1903년의 것
이니, 전쟁 직전의 분위기가 고스란히 전달되고 있는 편이다. 러일전쟁 개전(開戰)의
원인과 당대의 국제 정세에 대해서는 太平洋戰爭研究會(2004 : 12~26)을 참조.

적으로 주격조사 'ㅣ'만을 사용하고 있을 뿐 '－의'는 쓰지 않고 있다.
즉 충분히 국문화되지 못한 것이다. 이 글은 한문을 아는 전통적 지식
인에게 시세(時勢)를 알린다는 부분적 기능만을 추구했다고 보는 것이
타당하다.

실제로 『皇城新聞』의 작자층의 성격을 보았을 때에, 이들은 일반인
의 계몽보다는 고루한 지방 양반층이 시세에 대한 지식을 넓힐 기회를
주는 데 더 큰 창간의 목적을 두었을 것이라는 주장이 있다.344) 만일 이
주장이 사실이라면, 문체만큼은 일반인이 아닌 양반층이 선호하는 방향
으로 가 주어야 할지도 모르는 일이고, 이로써 사실상 한문체나 다름없
는 ②~④ 식의 문체가 선택되는 이유도 설명될 수 있을 것이다.

(다) 의미 확산을 방지하기 위한 '어절' 도입

그러나 한문체에 익숙한 지식인들이 근대적으로 계몽되고, 스스로
언문일치로 이루어진 글을 쓸 수 있는 변화가 자발적으로 일어나기에
는 당시의 환경이 너무나 절박하였다. 이미 비슷한 시기에 '어절 현토
식 국한문체'가 나타나고 있었으며, 그것이 절대적으로 시세(時勢)의 변
화로 인해 필요하다는 주장이 『皇城新聞』의 논설에서 주장되고 있었던
것이다.

⑤ 日前에 漆原郡守 李秉弘氏가 內部에 報(…)호즉 昌原 馬山浦 開港은
政府地位로 各國租界를 定ᄒ얏스나 本郡滋福里ᄂᆞᆫ 馬山港과 相距十許里이
온디 惟獨 俄人이 越其許與之限界ᄒ야 廣占於滋福里ᄒ(…)니 數百生靈이
(…) 自政府로 禁止ᄒ야 달나 ᄒ얏다니 (…) 十里許라고만 記ᄒ것이 未詳ᄒ

---

344) 이광린은 『皇城新聞』의 국한문혼용체 선택이 반강제로 이루어진 것일 뿐, 사회적
분위기가 그것을 허락하였다면 한문체(漢文體)로 썼을 수도 있었으리라는 주장을 편
다. 또한 그는 경상도 출신인 장지연(張志淵)이 시세에 어두운 동향(同鄕)의 고루한 유
학자(儒學者)들을 염두에 두고, 그들은 계몽할 것을 목표로 의도적인 국한문혼용의 문
체를 선택했을 것이라고 추정하였다. 필자는 그의 주장에 어느 정도 설득력이 있다고
생각한다. 이광린(1986 : 10~12) 참조.

義라 (…) 郡守가 맛당이 (…) 地形의 圖本을 精寫ㅎ고 里數를 尺量혼 後
(…) 說明이 記載ㅎ여야 事理에 綜密ㅎ고 公文에 審愼홈일 쑌더러 (…) 地段
의 償價與否及 他實形을 ——報明홈이 可ㅎ거늘 (…) 地方官된 者ㅣ (…)
若是히 疏漏함이 엇지 嗟歎치 아닐비리오 (…) 만일 <u>其文字가 不贍할진더
國文을 交用ㅎ야 語節이 緊詳토록 作字함이 可ㅎ거늘</u>345)

⑤의 내용을 간단히 요약하면 다음과 같다. 창원과 마산포의 개항장
조계에 관해 각국과 협정을 맺었는데, 그 문구에 자복리 마을이 마산항
과 상거 '10여 리'라 하였다. 그런데 러시아가 자복리까지 침범해 오자
고을 주민들이 정부에게 막아 달라고 진정을 하였고, 이에 『皇城新
聞』에서는 '10여 리'라고 애매하게 적고 넘어갈 것이 아니라 명확하게
설명을 기재하지 않은 관청의 책임도 크다고 지적한 다음, 한문으로 이
러한 법률적 상황을 정밀하게 기록하기 어려울 지경이면 국문(國文)을
섞어 써서 어절(語節)이 긴밀하고 상세해지게끔 하라고 분명히 밝히고
있다.346)

---

345) 어절 현토이므로 국역이 반드시 필요한 것은 아니지만, 워낙 중요한 부분이므로 오
해의 소지를 없애기 위해 현대문역을 제시한다. '일전에 칠원군수 이병홍씨가 내부에
보고한즉 창원과 마산포의 개항은 정부의 위임(委任)으로 각국 조계(租界)를 정했으나,
본군의 자복리는 마산항과 10여 리나 떨어져 있는데 러시아인이 허여(許與)된 한계를
넘어 자복리까지 점거하니, 이에 수백 명의 백성들이 정부에 금지하여 달라고 청하였
는데 (…중략…) 십여 리(十餘里)라고만 한 것이 상세치 못한 말이다. 군수가 마땅히 지
형도를 정밀히 살피고 리수(里數)를 측량한 후 설명을 적어야 사리(事理)에 정밀하고
공문(公文)에 삼가 살필 뿐더러 (…중략…) 땅의 보상 여부와 지형 등을 일일이 알려야
하거늘, 지방관은 이처럼 소루히 하니 탄식하지 않으리오? 문자가 충분치 않을진대 국
문(國文)을 섞어 써서 어절이 긴절(緊切)하고 자세하게 글을 지어야 하거늘'『皇城新
聞』1899.7.18. [한—5].
346) 물론 조선 전기부터 이두문(吏讀文)은 어절을 이용한 문체로 활용되었다. 예컨대『대
명률직해(大明律直解)』권6(戶律)「남녀혼인죠(男女婚姻條)」의 "凡男女定婚之初若有
殘疾·老幼·庶出·過房·乞養者務要兩家明白通知各從所願寫立婚書依禮嫂嫁若許嫁
女已報婚書及私約"은 이두로 "凡男女定婚之初, 良中(에)萬一殘疾·老弱及妾妻子息·
收養子息等乙(들을)兩邊戈只仔細相知疾爲良只(하엿기)各從所願以(으로)婚書相送依
例結族爲乎矣(하오되)女家亦(이)婚書乙曾只(일지기)通報爲旀(하며)私丁音(사사로이)
定約爲遣(하고)"라 적었다. 그러나 이 경우는 시각적으로 조사나 어미에 해당하는 부분

실제로 한문은 그 재료가 되는 한자의 특성이 의미 확산적일 뿐만 아니라, 굴절이나 교착이 없기 때문에 문법적인 기능을 정확히 규정하기가 어렵다. 대략적인 문맥에 의해 이해할 수밖에 없는 셈인데, 이 때문에 문장에 기대하는 수준이 '엄밀한 규정'보다는 '대략적 분위기의 암시' 정도였고, 엄밀한 단정을 회피하는 '이중 부정'이나 '설의법', 엄밀한 규정 대신 감각적 풍성함을 추구하는 열거·대구가 발달하게 되었다.347) 그러나 이러한 문장 조직의 질서를 유지했기 때문에 정작 법률적 엄밀함이 필요한 부분에서는 '十餘里'라는 애매한 표현을 남겨두게 되었고, 이 때문에 외국인으로부터 피해를 입는 지경에까지 이르렀다.

사태가 이렇게 되자 논설의 필자도 한문(漢文)의 문제점을 인정할 수밖에 없게끔 되었다. 즉 한문에는 '어절'이 없어 이러한 문제가 생겼다는 것이다. 위에서 '國文을 交用하여 語節이 緊詳'하게 하라고 하였으니, 말 그대로 '어절 현토식 국한문체'를 도입해야 하게 되었다. 즉 한문에 토(吐)를 다는 정도를 넘어서 우리말 어순에 맞게 해체하고, 실사(實辭)를 명사와 동사로 구별하여 명사(名詞)에는 조사를, 동사(動詞)에는 어미를 부착하는 것이 여기서 말하는 '교용(交用)'의 의미인 것이다. 이는 '文字(한문)의 不贍(의미를 전달하기에 충분하지 않음)함'에서 비롯된 것이라

을 국문으로 하지 않았기 때문에 이두에 익숙하지 않을 경우 어절의 존재를 감지하기가 쉽지 않다는 점을 지적할 수 있다. 아무래도 의미 확산의 방지를 위한 어절 기능이 명확해지기 위해서는 여기서 말한 대로 '국문을 교용(交用)한 어절'이 필요하다고 본다. 이두 자료에 대해서는 中樞院 編(1975)에 자세하며, 해독의 연구로는 남풍현(2000)이 대표적이다.

347) 이와 관련된 한문의 특성에 대한 현상학적 분석으로는 배수찬(2005ㄴ)을 참조할 것. 근대 이전의 문장은 경험을 통한 감각적 관념보다도 선행 텍스트로부터 계승되는 문(文)의 형상(形象)이 더욱 생생하고 감각적이었다. 즉 중세의 인간들은 형상적 사고(figurative thought)를 하고 있었으며, 그러한 개념적이면서도 형상적인 사고에는 음성문자보다 한자(漢字)가 더 적합하였다. 오늘날의 관점에서 '중세인들은 인습적인 문장의 틀에 묶여 있었다'고 비판할 수도 있지만, 중세인들은 매체의 형상성이 지닌 근대인들은 상상할 수조차 없어진 '풍요로움'을 향유하고 있었고, 이 때문에 근대인이 '인습의 틀'이라고만 생각하는 선행 텍스트의 세계에 안주할 수 있었던 것이다. 가라타니 코진, 박유하 역(1997 : 70~74) 참조.

는 점을 인정한 것이고, 한문 글쓰기를 어절 현토의 방향으로 해체하여야 한다는 시대적 흐름을 반영한 것이라 하겠다.

⑥ 此論을 觀할진디 淸國의 危險함이 一髮에 繫하도다 (…) 我 大韓은 疆土와 物産이 淸國으로 比하면 十分之一도 未及한 國으로 京仁間鐵路(…)는 美國人에게 許하고 京義間鐵路는 法國人에게 許하고 京釜間鐵路는 日本人에게 許하(…)였슬쑨더러 (…) 淸國에 比하면 무슴 殊異處[다를 것]가 有ᄒ리오348)

⑦ 三百年前붓터 弭兵義[군축회의]를 提唱홈으로 (…) 萬國平和會議를 盛ᄒ얏는디 (…) 或은 常設仲裁法衙[재판소]를 置ᄒ즉(…) ᄒ고 或은 軍備制限 問題에 對ᄒ야 異論이 百出ᄒ야 아즉 結實치 못훈지라 (…) 人類를 平和ᄒ즉는디 出훈(…)듯ᄒ나 (…) 況 姑息의 計로 軍備制限의 目的을 達코져 함이리오

此 平和會義에 首創훈 者는 俄國이오 贊同ᄒ는 者는 (…) 諸列强이라 (…) 淸國ᄌ훈 膏艘[큰배]의 巨陸을 見ᄒ고 其 自流ᄒ는 涎이 還乾홀 理는 萬無하니 一大陸塊를 衆虎가 相爭할시에 今日을 試官하라349)

⑧ 噫彼豚犬不若훈 所謂 我政府大臣者가 (…) 浚巡然穀觫然 賣國의 賊을 作甘ᄒ야 (…) 五百年 宗社를 奉獻ᄒ고 他人의 奴隷를 歐作ᄒ니 (…) 各大臣은 足히 深責홀것이 無ᄒ거니와 (…) 參政大臣者는 (…) 否字로 塞責ᄒ야 要名의 資를 圖ᄒ얏던가 (…) 何面目으로 强硬ᄒ신 皇上陛下를 更對ᄒ며 何面目으로 二千万同胞롤 更對하리오350)

---

348) 『皇城新聞』 1899.3.1. [한－3].

349) 밑줄친 부분을 번역하면 다음과 같다. '청국과 같은 큰 배의 거대한 땅을 보고 그 스스로 흐르는 침이 도로 마를 리는 전혀 없으니', 『皇城新聞』 1899.6.16. [한－4].

350) 사실상 한문체에 가까우므로 번역을 첨부한다. '슬프도다. 저 개돼지만도 못한 소위 우리 정부대신이란 자들이 머뭇거리고 두려워하며 매국의 도적질을 달게 여기어 오백 년 종사를 봉헌하고 타인의 노예가 되었으니 / 각대신은 심책할 것이 없거니와 참정대신(한규설)은 거부라는 글자로 책임을 때워 명분을 얻는 바탕을 도모하였는가? 무슨 면목으로 황상폐하와 이천만동포를 다시 대하리오?' 『皇城新聞』 1905.11.20. [한－8].

⑥~⑧은 이 시기에 나온 어절 현토체의 양상을 보인 것이다. 앞서 자료 ①도 어절 현토식 국한문체를 보여주고 있었으므로 어절의 필요성이 초창기부터 인식되지 않은 것은 아니었다. 다만 어절 현토식 국한문체는 사실상 한문(漢文)의 구성 방법을 완전히 해체한 것이므로, 논설 필진에 따라서는 이를 탐탁지 않게 여겨 구절 현토식 국한문체를 그냥 쓰는 경우도 있었다. 따라서 1906년 이전에는 필자에 따라 어절 현토체가 나타나기도 하고 구절 현토체가 나타나기도 한다. 즉, ②~④가 구절 현토체의 사례라고 한다면 ⑥~⑧은 어절 현토체의 사례인 것이다. 그러나 앞서 살펴본 대로, 어절 현토체라고 해서 오늘날의 어절 단위 언문일치 구어문체와 같다고 생각하는 것은 곤란하다. 어절 현토식 국한문체는 어디까지나 '어절이 형성되어 가던' 과도기의 문체였던 만큼, 한문식 문법이 문장 내부에 그대로 살아 있을 뿐만 아니라, 구절 현토체가 한 편의 글 속에서 공존하기도 한다.

밑줄친 부분을 중심으로 살펴보자. ⑥의 '此論을 觀할진대 淸國의 危險함이 一髮에 繫하고'는 '1음절 한자 위주 어절 현토식 국한문체'의 양상으로, 어절 현토로 바뀌어 가는 초기 양상에 해당된다. 마치 '貧弱홈을 化하야 富强한 데 至함'과 같은 식이다. 특히 '觀', '繫'의 경우처럼 동사부의 경우 1음절인 상태로 오래 유지되는데, 이 상태로는 결코 언문일치에 도달할 수 없다. ⑦의 밑줄친 부분을 보더라도, '巨陸을 見하고(큰 대륙을 보고)', '還乾할 理는 無하니(마를 리는 없으니)'와 같이 하여 동사구의 1음절 상태는 여전하다. ⑧은 유명한 장지연의 「是日也放聲大哭」이라는 글인데, 이 글은 그 유명세에 비해 문장 근대화에 기여한 바는 극히 적은 '보수 회귀적 문장체'를 보여주고 있다.

밑줄친 '噫彼豚犬不若 所謂我政府大臣者가 浚巡然觳觫然 賣國의 賊을 作甘하여 五百年宗社를 奉獻하고 他人의 奴隷를 歐作하니'는 최소한의 어순만 한글식으로 하고 있을 뿐, 감탄사(噫), 지시대명사(彼, '저'에 해당된다), 조사(不若, '~와 같은'), 의태어(浚巡然觳觫然, '머뭇거리고 두려

위하며') 등 기본적인 구어적 표현에서 한문투를 전혀 벗어나지 못하고
있다. 앞 절에서 '한문해체 문체'의 한문 해체 정도를 가늠하는 기준으
로서 명사부·동사부·지시사의 자국어화 정도, 단정 회피적 문법 관습
의 탈피 여부를 들었는데, 이를 기준으로 볼 때 ⑧은 어순 이외의 부분
에서는 철저히 한문의 관습을 따르고 있음을 알 수 있다. 즉 이 시기에
어절 현토식 국한문체는 아직 충분히 성숙하지 못하였고, 1906년 어절
현토식 국한문체를 일신한 『萬歲報』가 등장하기 전까지 지지부진한 양
상이 지속되었다.

(라) 초기 어절 현토체의 성립과 반동—일본문(日本文)의 영향

1906년은 우리 문화사(文化史)에서 여러 가지로 의미 있는 연대이다.
대한자강회(大韓自强會) 등 학술단체가 본격적으로 생겨나기 시작한 해
이고, 『만세보(萬歲報)』가 창간되었으며, 보통학교령(普通學校令)이 발효
된 해이다. 이듬해에는 어절의 단위인 '단어'를 위주로 엮은 최초의 근
대적 교과서 『보통학교학도용 국어독본(普通學校學徒用國語讀本)』이 학부
(學部)에서 출판되게 된다.351) 그런데 사실 이들 변화는 이 시기에 우연
히 일어난 것이 아니라, 1906년의 통감부(統監府) 설치와 밀접하게 연관
되어 있다.352) 실제로 1906년 4월 5일의 『皇城新聞』 논설인 「학부교과

---

351) 1895년의 소학교령(小學校令)과 더불어 학부(學部)에서는 동년 8월에 『국민소학독
본(國民小學讀本)』을, 11월에 『소학독본(小學讀本)』을 간행한다. 그러나 이것은 교육
학적인 위계를 전혀 갖추고 있지 않은 독본일 뿐만 아니라, 한문현토체 문장을 위주로
하고 있을 뿐이다. 學部 編輯局(1895ㄱ, ㄴ) 참조. 반면에 1907년의 『보통학교학도용
국어독본(普通學校學徒用國語讀本)』은 卷1에서 자모표(字母表)를 제시한 뒤 제1과부
터 '무, 나무, 벼, 벼루, 비, 비녀'의 식으로 음절 길이를 위계로 한 단어를 제시하고 있
다. 단어의 형태를 제시한다는 것은 어절(語節)을 염두에 둔 것이라고 볼 수밖에 없다.
學部(1907 : 4) 참조.
352) 사실 통감부 설치 직후인 1906년 국내 지도층의 여론이, 오늘날 우리가 생각하는 것
만큼이나 반일적(反日的)이었는지에 대해서 의심해 볼 필요도 있다. 이와 관련해 대한
자강회(大韓自强會) 고문(顧問)으로 활약했던 일본인 오가키 다이부[大垣大夫, 1861~
1929]의 활동을 주목할 필요가 있다. 그는 1906년 이후 통감부의 설치로 인해 악화된
한국의 여론을 무마하기 위해 한일동맹론(韓日同盟論)을 내세웠고, 보호조약의 침략성

서문제(學部敎科書問題)」는 교과서에 일본어와 일본 문법이 도입되는 것을 다음과 같이 경계하고 있다.

> 敎科書者는 廻敎育之科程也오 指針也니 (…) 盖其敎育之科程이 有國風國言之殊[하거늘] 近聞學部之消息 컨대 敎科書之編纂者를 純用 伊呂波之日本文字라 하기로 吾輩는 對此問題하여 一驚[하니] 小學之兒童이 渾然莫解於日本之言語하며 亦不知日本之文法이거늘 若强敎以假音之書類하면 是는 其不能施行也ㅣ明矣라.[353]

일본문(日本文)으로 된 교과서가 편찬된다는 것은 우리 문화사의 관점에서 볼 때 용납할 수 없는 일이다. 그러나 조금 더 냉정하게 생각해 볼 때, 일본문의 시각적 형상이 우리 문장 형태에 무의식적으로나마 영향을 주었을 가능성이 전혀 없다고 단정하기도 어렵다.[354] 1906년 당시

을 가능한 한 호도(糊塗)하며 장지연 등 자강운동가들과 친교를 맺으며 대한자강회에 침투했다. 대한자강회의 핵심 인사들은 일본인을 고문으로 참여시키는 것이 통감부 하의 학술활동에 도움이 될 것이라고 생각했을 수도 있다. 오가키 다이부의 활동에 대해서는 金項句(1992 : 489~518) 참조.

353) 구절 현토식 국한문체이므로 번역이 필요하다. '교과서라는 것은 교육의 과정을 운영하는 것이며 지침이니, 대개 그 교육의 과정은 국풍(國風)과 그 나라 언어의 다름이 있거늘, 최근 학부의 소식을 듣건대 교과서의 편찬에 순전히 이로하(いろは)의 일본문자를 쓴다고 한다. 우리들은 이 문제에 대해 한번 크게 놀라니, 소학(小學)의 아동들이 일본의 언어를 해독하지 못할 뿐만 아니라 일본의 문법도 알 리가 없거늘, 만약 음(音)을 가차(假借)해 적은 책으로 가르치면 이는 교육이 행해지지 못하는 것은 명백하니라.' 「學部敎科書問題」, 『皇城新聞』 1906.4.5.

354) 예컨대 다음과 같은 언급을 숙고할 필요가 있다. "『血의淚』—이런 소설 제목은 우리말이라 할 수 없다. 우리말로 쓰자면 마땅히 '피눈물'이다. 우리말로 쓰지 않고 중국글자를 한 자씩 써서 그 음으로 읽도록 해 놓고는 그 중국글자를 잇는 토 '의'를 쓴 것이 바로 일본글을 그대로 따라 흉내내었기 때문이다. 이인직이 일본에 유학갔을 무렵, 그리고 신소설을 처음 발표했을 때 일본에서 나왔던 소설 이름을 몇 가지 참고로 들어 보면, 『思出の記』(1900년・德富蘆花), 『火の柱』(1904년・木下尚江) (…중략…) 이런 것이 있고, 그 무렵 나오던 잡지에는 『都の花』, 『心の花』 같은 것이 있었다." 이오덕(1992 : 355). 일본어 훈독체 '海から少年へ'의 직역인 '海에게서 少年에게'를 아직도 '해에게서 소년에게'로 읽는 웃지 못할 사태도 이와 관련이 있다. 물론 이는 '바다가 소년에게'로 읽어야 한다. 이러한 잘못의 일차적 책임은 오늘날의 독자에게 있는 것이 아니라 최남선이 일본문의 구조에 젖어 우리말을 잘못 구사한 데 있다.

일본문은 논설문의 경우 한문해체 문체의 단계를 지나서 명사 어휘 부분은 2음절 단어로 되면서 자국어화가 상당히 진척된 상태였을 뿐만 아니라, 한자를 노출하고 있는 상태로 띄어쓰기를 하지 않았기 때문에 우리 식으로 말하자면 '2음절 한자어 위주 어절 현토식 국한문체'에 해당하는 화한문체(和漢文體)를 실천하고 있었던 것이다. 오세창과 이인직이 주도가 되어 창간한 『萬歲報』는 창간 초기부터 이러한 이념에 입각하여 문장을 만들어 가고 있었다. 1906년 당대의 문장이 취한 외적 문체의 실상을 살펴보면 다음과 같다.

⑨ 如一進之會라도 其本意 原則이야 豈不美哉리오마는 因其指導者之誤 ᄒ야 乃作人之所使로다

一進會之勸退冗官은 誰不同意랴오마는 (…) 才能可堪人의게 公然判決홈이 可乎ㄴ져

本社가 近日此問題를 不必探究홈은 伊藤候가 (…) 必使此會로 (…) 過越ᄒ 政治上自由論을 不得保有케홀거술 愛慕不已홈이로다355)

⑩ 日本經濟史를 懲ᄒ야 (…) 倉庫會社及手形組合이ᄂ 又特農工銀行(…)을 不見ᄒ얏고 (…) 明治八年에 發令ᄒ 國立銀行條例[는] 政府의 發行ᄒ 公債證書를 保證準備ᄒ야 銀行紙幣의 發行權을 有ᄒ며 國庫金의 出納處理와 各地方의 金融調和를 圖ᄒ고 (…) 純然ᄒ 商工業의 機關銀行을 成立ᄒ얏으니 (…) 日本經濟界의 大發展ᄒ 原因이[라]356)

⑪ 萬歲報[는] 何를 爲ᄒ야 作홈이뇨 / 我韓人民의 智識啓發키를 爲ᄒ야 作홈이라 / 噫라 社會를 組織ᄒ야 國家를 形成[하고] 智識을 啓發ᄒ야 (…)

---

355) 구절 현토체이므로 번역을 제시한다. '일진회와 같은 것이라도 본의 원칙이 어찌 나쁘지 않았으리오? 그 지도자가 잘못하여 그런 일을 하게끔 했을 뿐이다. 일진회가 무능한 관리를 몰아내도록 권한 것은 누가 동의하지 않으리오마는, 재능이 일을 감당할 만한 사람에게 공정히 판결케 함이 옳으리라. 본사가 이 문제를 탐구할 필요가 없으리니 이토(伊藤) 후작이 이 회(會)로 하여금 과도한 자유론(自由論)을 보유하지 못하게 할 것을 바라고 있기 때문이다.' 「一進會」, 『대한매일신보』 1906.1.18. [한―9].

356) 「賀韓一銀行設立」, 『皇城新聞』 1906.5.7. [한―10].

文明에 進케[홈은] 新聞教育의 神聖홈에 無過ᄒ다 (…) /

　近世風潮가 人民의 智識 啓發ᄒ기를 第一主義로 認定ᄒ야 新聞社를 廣
設ᄒ고 (…) 人民의 智識도 進步키를 企圖ᄒ거든 (…) 未開發ᄒ 人民의 教
育이야 엇지 一刻一抄를 (…) 遲緩홈이 可ᄒ리오 / 357)

　⑫ 社會發達은 經濟發達에 在ᄒ니 (…) 古에 人類社會가 恒常 生活相困
難(…)ᄒ더니 農業時代에 至ᄒ야 人種이 興旺ᄒ지라

　經濟學은 社會의 一部門이오 神學은 宗敎로붓터 說敎함이라 十九世期末
葉에 創造한 新科學上으로 觀홀진디 法律 及 道德은 社會의 眞正ᄒ 基礎
를 有ᄒ고 國家ᄂ (…) 職能을 解ᄒ고 (…) 家族은 (…) 意義를 曉함이(…)
라358)

　⑨~⑫는 모두 문체상의 격변기인 1906년의 텍스트로서, 각자 대표성
을 띤다고 여겨지는 것들을 골랐다. ⑨는 『대한매일신보』, ⑩은 『皇城
新聞』, ⑪·⑫는 『萬歲報』에서 뽑은 자료인데, 각기 의미 있는 변화들
을 확인할 수 있다. ⑨는 당대의 대표적인 항일매체였던 만큼, 일본식
문체로 오해받을 가능성이 있는 ‘2음절 한자어 위주 어절 현토식 국한
문체’를 피하고 구절 현토체로 퇴행하고 있는 양상이다. 그러나 그 내
용은 일진회의 본질에 대한 부분적인 인정, 이토 히로부미[伊藤博文]로
하여금 일진회에 가까워지는 것을 경계하는 주장으로 되어 있기 때문
에 시의성(時宜性)을 띤다. 게다가 밑줄친 부분들에서 알 수 있듯이 2음
절의 근대식 한자어들은 충분히 활용되고 있었다. 내용상으로도 친일매
국기관으로만 알려져 있던 일진회를 객관적으로 평가하려고 노력하고
있고, 중세적 명분에 입각한 주장이 아닌 만큼 근대적인 내용으로 보아
도 손색이 없다. 그런데도 어절 현토체를 취하지 않은 것은, ‘근대=일
본=부정적인 것’이라는 시각이 어절 현토체를 친일적(親日的)인 것으로

---

357) 「發刊辭」, 『萬歲報』 1906.6.17. [한-11].
358) 「社會」, 『萬歲報』 1906.6.17. [한-12].

이해하던 당대의 사정이 작용했다고 여겨진다.

⑩은 동시대의 『皇城新聞』에서 뽑은 자료이다. 주요 내용은 민간이 한일은행을 설립하는 것을 소개한 뒤 그것을 축하하는 것으로 되어 있다.[359] 인용된 부분에서는 은행 조례(銀行條例)에 따라 정부의 공채(公債)를 보증하고 지폐 발행권을 가지는 등 상공업 진흥 기관으로서 은행(銀行)의 발달이 경제 발전의 원인이라는 사실을 지적하고 있다. 매우 근대적인 내용이며, '창고(倉庫)·회사(會社)·조합(組合)·국립(國立)·은행(銀行)·정부(政府)·발행(發行)·공채(公債)·증서(證書)·보증(保證)·준비(準備)·출납(出納)·처리(處理)·금융(金融)·기관(機關)·성립(成立)·경제(經濟)' 등 2음절 한자어를 활용하여 어절 현토식 국한문체를 보여주고 있다. 다만 2음절어들이 '공채증서(公債證書)', '은행조례(銀行條例)', '출납처리(出納處理)', '금융조화(金融調和)' 등의 음절뭉치를 이루고 있어 어절 현토체에 대한 저항감이 부분적으로 남아 있다는 추정은 가능하다. 또한 이 시기를 전후하여 『皇城新聞』에서도 논설의 제목을 달기 시작할 뿐 아니라, 문단을 의미 맥락에 따라 나누기 시작하여 근대적 논설문 체재를 정비해 가게 된다.

⑪·⑫는 유명한 『만세보(萬歲報)』이다. ⑪은 오세창(吳世昌)의 창간사(創刊辭)이며, ⑫는 창간호에 실린 이인직(李人稙)의 「사회(社會)」라는 제목의 글이다. 앞의 논설문 필자에 대한 분석에서도 확인했듯이 이들은 지일파(知日派) 근대 지식인 1세대로서 명분이나 관습에 얽매이지 않는 존재들이었다. 따라서 문장 쓰는 방법을 선택하는 데서도 '편리성'과 '근대적 지식의 효율적 전달 가능성'을 가장 우선적인 기준으로 삼았을 것으로 여겨지는데, 이것이 이른바 '2음절 한자어 위주 어절 현토식 국

---

359) 1906년 6월 2일 정부는 한성농공은행을 설립하였고, 8월 8일에는 조병택이 자본금 15만원으로 한일은행을 설립하게 된다. 물론 이때는 이미 일본 대장성(大藏省) 출신의 재정고문 메가타 타네타로[目賀田種太郎]가 한국에 진출하여 일본제일은행을 통해 한국정부의 화폐발행권을 대행하고 있는 상태였다. 한국정신문화연구원(2003) 참조.

한문체'와 '한자음의 루비 표기(한자 위에 한자음을 작게 부기해 두는 것) 선택'으로 나타났다. 루비는 일본식 관습으로 비판받을 수도 있으나, 문장의 외관상 한자어를 버릴 수 없는 상황에서 언문일치로 가기 위한 불가피한 고육지책(苦肉之策)일 수도 있는 것이다(배수찬, 2006ㄴ : 619~621).

⑪의 밑줄친 부분은 오늘날 음독을 하여도 그다지 귀에 거슬리지 않는 어절 구성을 하고 있음을 쉽게 확인할 수 있으며, 한문 문장 구성법의 영향에서 거의 벗어났다. 게다가 글을 구성하는 문장들이 '단문 형식'으로 이루어져 있어 가독성이 높다. ⑫의 경우도 대체로 비슷한 양상인데, 밑줄친 부분에서 보듯 명사부는 2음절 단어화가 충분히 진행되어 있지만, 동사부는 '有', '解', '曉' 등의 한자들이 그대로 남아 있어 변화가 늦다. 이는 일본문의 영향으로도 보인다. 일본문은 동사의 경우는 한자를 노출시키고 그대로 훈독하는 경우가 많기 때문에 '나는 텔레비전을 見(한)다'360)고 쓰고, '나는 텔레비전을 본다'361)는 식으로 읽는 것이다. 이렇게 되면 사실상 한자는 더 이상 풀어낼 필요가 없다. 물론 이인직은 『萬歲報』에서 훈독(訓讀)까지 제안하지는 못하였는데, 이 점은 한국적 어문생활의 상황을 충분히 고려하지 못한 지일파 1세대의 한계이기도 하다.362)

1906년 이후 『皇城新聞』의 문체 내지 문장 모델 선택은 어떠하였는가? 1905년의 필화(筆禍) 사건 이후로 장지연(張志淵)이 물러난 것 이외에, 『皇城新聞』 필진의 성격이 폐간 때까지 크게 바뀐 것 같지는 않다. 그러나 이들도 어절의 필요성을 명확하게 인식하게 되어 간 것은 사실인 듯하다. 그러나 동시에 '어절'이라는 문장 단위의 근대성이 친일성(親日性)을 연상시키기도 한 듯하여 거기에 저항하는 측면도 있었고, 이 때문

---

360) '私はテレビを見る'

361) [watasiwa terebio miru](와타시와 테레비오 미루)라고 읽는다. '見'의 한자음은 [ken]으로서 '見學[kengaku]', '見聞[kenmon]' 등에 쓰이고 있다. 그러나 일본인들은 이 경우 '見る'를 '見する'라 하여 [kensuru](켄스루)라고 읽지 않는다.

362) (ㅌ)과 같은 문체 양상을 보여주는 자료로는 [한-14], [한-15]가 있다.

에 그들은 양계초 등 중국 계열의 신문체(新文體)를 대안으로 택하고 싶어 하는 기류도 존재하였다. 예컨대 다음 두 자료는 이러한 의미에서 매우 대조적이다.

> ⑬ 梁氏曰 吾儕朋輩中에 必嘗數有人焉ᄒ니 (…) 愛國志士(…)變其節ᄒ고 (…) 墮落을 不可復問이라 (…) 彼輩가 自是로 固非(…)甘爲小人이오 (…) 社會의 腐敗가 已極ᄒ지라 (…) 前此種種之惡根은 卒未能拔이라 (…) 所謂此一念之熱誠者가 乃如<u>紅爐點雪</u>ᄒ야 銷歸無有니라363)

> ⑭ 過去 時代에는 (…) 競爭이 甚히 極烈치 아니혼 故로 (…) 資本이 無히 (…) 自治鉅萬者가 有ᄒ얏거니와 現今時代에는 (…) 競爭이 極度에 達ᄒ야 實業界의 資本力이 無ᄒ고난 轉貧爲富의 方便을 不得ᄒᄂ니 (…)
> 我韓 同胞의 生活은 (…) 比較的 極貧者이라 (…) 如何혼 方法으로 (…) 恐慌의 境遇를 得免[홀가] 曰 貯蓄의 方法이 是라364)

⑬은 양계초의 저술을 옮긴 듯한 표현이다. 애국지사들은 타락하는 경우가 많은데, 그들이 본래부터 소인(小人)이 되고자 했던 것은 아니고, 사회가 부패하여 그렇게 된 것이라는 것이다. 말 그대로 부득이하다는 관점인데, 이를 '홍로점설(紅爐點雪)'이라는 한문 어구로 비유하고 있어 단정 회피적 태도를 보여주고 있다. 그런데 더 큰 문제는 한문 어구의 사용이 아니라 문장 모델 자체이다. 1909년에 나온 이 문장은, 여지껏 언문일치의 방향으로 향해 가던 한문해체 문체를 다시 구절 현토체로 되돌리는 반동적인 문장 구성이기 때문이다. 지시사의 경우는 아직 자국어화된 경우가 거의 없기 때문에 논외(論外)로 한다 하더라도, 기본적인 수식 기능을 하는 조사 '－의'조차도 대부분의 경우 '種種之惡根(여러가지 악의 뿌리)'·'一念之熱誠(일념의 열성)' 등에서 볼 수 있듯이 한문투

---

363) 「擧梁啓超氏辨術論하야 痛告全國人士」, 『皇城新聞』 1909.3.31. [한－19].
364) 「韓一銀行의 小金貯蓄」, 『皇城新聞』 1910.7.8. [한－20].

로 돌아가 버렸다.

물론 이러한 문체 선택이 1906년 이후『皇城新聞』의 전모(全貌)는 아니다. ⑭의 경우를 보면 단정한 '2음절 한자어 위주 어절 현토식 국한문체'가 쓰이고 있기 때문이다. 동사부나 부사부는 아직 자국어화를 이루지 못하고 있지만, 이 부분의 변화 속도가 느리다는 것을 인정한다면 ⑭는『萬歲報』가 보여준 문체의 혁신적 성격에 거의 뒤지지 않는다. 즉 1906년 이후 한국에서 가장 영향력 있었던 '한문체 계열'의 논설 글쓰기를 보여준『皇城新聞』은, 그 모델을 무엇으로 삼아야 하는지를 놓고 보수(保守)와 혁신(革新) 사이에서 혼란을 겪고 있었던 것이다. 보수의 방향인 한문체(漢文體)는 독자층도 점점 줄어들며 시의성도 떨어져 갔으나, 진보의 방향은 비교적 생소한 '어절'을 도입하였고 거기에 일본의 영향이 느껴졌기 때문에 처음에는 받아들여지기 쉽지 않았다. 이에 그들이 하나의 대안으로 모색한 것이 양계초의 신문체(新文體)였으나, 이것은 어절을 다시 파괴하는 선택으로서 결코 권장할 만한 것이 못되었다.

이상으로『독립신문』창간부터『皇城新聞』폐간까지, 연대로 말하자면 1896년부터 1910년까지의 논설문에 나타난 문체 양상을 검토하였다. 그 대체적인 양상을 정리하면 다음과 같다. 순국문체 계열인『독립신문』은 한학(漢學)과 양학(洋學)을 동시에 습득한 유일한 지식인이었던 서재필의 개인적 노력에 힘입어, 구어에 바탕을 둔 순국문체를 실험하였다. 그러나 그의 노력은 표기법의 통일이나 단어 형태의 확정이 이루어지지 않은 상태에서 이루어진 것이었고, 게다가 종결어미로 선택한 '-라' 체의 의고성(擬古性) 및 구어 자체의 다변적 속성 때문에 정돈된 구어체로 발달하지 못하였다. 이후 이러한 문체는『제국신문』까지 이어지다가, 1910년 순국문체가 공식적으로 신문 논설에서 자취를 감춤으로써 '국한문체 계열의 구어문체'에 자리를 양보하게 된다.

국한문체 계열의 논설문은 1898년의『皇城新聞』에서 시작하여 1906년의『萬歲報』창간 전후로 그 양상이 크게 구분된다.『萬歲報』창간

이전의 상황은 사실상 국한문체 계열로 한정해서 말하자면『皇城新聞』 논설의 독점기였다고 할 수 있는데, 이때의 문체 선택은 전통적인 '한문 현토체'이거나 '1음절 한자 위주 어절 현토식 국한문체'였다. 전자는 보수적인 한학자들을 독자로 포섭하기 위해 문체상의 발전을 다소 늦춘 것이었던 반면, 후자는 어순을 조절하고 어절을 만들어야 근대 문장의 명료성을 획득할 수 있다는 자각의 결과였다. 그러나 1906년 이전까지는 국한문체 계열에서 어절을 만들어 가며 글쓰는 것을 꺼렸고, 전통 한문의 문법대로 어절 없이 문장을 써내려가려는 경향이 강하게 남아 있었음을 부인할 수 없다.

1906년 이후『萬歲報』가 창간되고 일본문의 영향이 가시화(可視化)되면서, 한문체 계열에서도 어절을 구성하면서 글을 써야 한다는 생각은 확고한 것으로 되었다. 서양어의 번역어로서 2음절 한자어들이 다량 채택됨에 따라 이러한 경향은 더욱 강화되었다. 다만 동사부는 아직까지 1음절 한자를 그대로 남겨 두어 '언문일치 구어문체'에는 도달하지 못하였고, 부사적 표현 등 문장의 일부분에서는 한문 문법이 청산되지 않고 있었다. 그러나 대체로 1906년 이후에는『皇城新聞』을 포함한 대부분의 한문 계열 매체에서도 논설문에 '2음절 한자어 위주 어절 현토식 국한문체'를 채택하게 되었다. 이러한 문체가 한자를 노출하지 않고 한자음만 적는 방식으로 표기되고, 종결 어미로 '—다' 체가 선택되기만 하면, 오늘날 우리가 사용하는 언문일치 구어문체로 정착하게 되는 것이다.

2) 내용 구성과 전개 방식의 특성

이제부터는 앞 절에서 살펴본 동일한 시기에 논설문의 내용 구성은 어떻게 이루어지기 시작했으며, 또 어떻게 변모되어 갔는지 살펴보고자 한다. 앞의 1절 2항에서 연설문의 등장과 초기적 설득구조를 언급한 바 있다. 그것은 '관련된 문제 환기 → 문제의 원인 지적 → 해결책 제시 → 해결 후의 전망'의 형식을 보편적인 주장의 형식으로 받아들인다는 것을 의미하는데, 이는 근대 이전의 '설(說)'이나 '논(論)'에서는 찾아보기 어려운 '인위적 형식'이었다. 한문 글쓰기의 과정에서는 문장의 흐름이나 어구의 조직이 주는 힘에 입각한 설득이 주로 활용되었던 반면, 근대 논설문에서는 주장할 내용을 명확히 규정하고 자기와 다른 이해 관계에 놓여 있는 실제 상대를 설득하는 것이 주요한 목적이 되었다. 이에 따라 이러한 인위적 형식을 주(主)로 하고 부분적으로 변화를 주는 것이 효율적이라고 인식하게 되었다.

이러한 시각에서 본 연구는 성립기(1896~1910) 신문 논설의 내용 전개 방식이 어떠한 양상으로 변화하여 나갔는지 추적해 보고자 한다. 논설의 내용은 처음부터 끝까지 주장으로 이루어지지 않는다. 신문이 정보 전달, 심지어 대중 계몽의 기능까지 하였다는 점을 생각할 때에 논설이 '교술적 정보'를 포함하는 것은 당대의 필연이었다. 『독립신문』의 초기 논설들은 실제로 세계 각국의 여러 사항에 대한 정보의 보고이기도 하였다. 다만 이때의 교술적 정보는 중요한 특성을 추가적으로 갖는데, 그것은 다름아닌 '시사성(時事性)'[365]이다. '시사(時事)'란 '당면한 현실의 급무(急務)나 동시대인에게 직접 연관된 일'을 가리키는 말로서, 역시 근대에 힘을 얻게 된 2음절 한자어이다. 시사성이 없는 것은 신문의 내용이 되기에 적합하지 못하다는 것은 근대의 상식이다. 따라서 초기의 경우에는 시사 문제에 관한 한 교술성(敎述性)이 의론성(議論性)을 압도하는

---

365) '時事'라는 용어는 근대로 들어오면서 그 의미가 미묘하게 변화하였다. 본래 고전 한문에서는 '당시 사회에서 일어난 일'이라는 막연한 의미였다. '농사를 순무하고, 그 백성을 옮겨 써서 그 시대의 일을 구제한다[巡其稼穡, 而移用其民, 以救其時事]'(『周禮』)가 그러한 의미였다. 그러나 근대에 이르러 '時事問題'의 줄임말이 되면서 '근래의 일 가운데 국가적 또는 사회적으로 관심사가 된 일'을 가리키는 말로 변했다. 『大漢和辭典』 5, 853면.

경우도 종종 나타나게 된다. 이하 앞 절에서와 마찬가지로, '순국문체 계열'과 '한문체 계열'로 나누어 내용 구성상의 특징을 살펴보기로 한다.

(1) 순국문체 계열

(가) 자연스러운 말하기식 전개와 구성

이 부분에서 자료를 제시할 때에는 앞 절의 분석과 마찬가지로 부록으로 제시할 총 42편의 자료를 중심으로 한다. 원문의 실제 내용은 부록으로 돌리고, 여기서는 내용 구성의 특징만을 살펴보는 것이므로 주요 내용은 문단별로 재정리하여 핵심만을 추리기로 한다. 1896~98년은 『독립신문』 독점기이므로, 이 시기의 논설 가운데 몇 편을 뽑아 그 내용 전개 방식을 확인해 보고자 한다.

[국-2] 세계에 알슈 업는 것은 각국 간에 교졔 ᄒ는 것이라 지금 <u>구라파 각국 스이에 정치를 샹고 ᄒ야 보거드면</u>

(…) 스십년 전에 (…) 영길리와 불란셔가 (…) 합력ᄒ야 토이긔를 도아 (…) 아라샤 함더를 모도 멸ᄒ며 (…) <u>아라샤</u>에셔 평화 약죠를 쳥ᄒ야 (…) 아라샤에셔 흑해에다 군함을 못 두게 쟉졍 ᄒ고 (…) 나파륜 뎨 일세가 1812년에 아라샤와 큰 싸홈을 ᄒ야 (…) 아라샤 군ᄉ들이 (…) 불란셔 군ᄉ를 길에셔 쳐 (…) 나파륜이 패ᄒ야 불란셔로 도라 갓는지라 그 후로는 불란셔와 아라샤 ᄉ이가 (…) <u>셔로 원슈</u>ᄀ치 넉이더니 그 후에 크리미아 싸홈(…)째는 아라샤가 불란셔 군ᄉ의게 패ᄒ엿슨즉 (…) 그러ᄒ나 근년에 불란셔와 덕국이 1870년에 싸홈[보불전쟁]ᄒ고 (…) 덕국이 오디리와 이탤리를 달녀여 (…) 동밍ᄒ고 (…) <u>불란셔가 그걸 두려워 ᄒ야 아라사를 달니여 또 동밍</u>ᄒ(…)니 (…) <u>이 일을 누가 꿈이나 ᄭ엇스리요</u> (…) ᄯ 아라샤가 중간에셔 덕국과 불란셔 ᄉ이에 화호를 붓치는 모양이요 (…) 세 나라이 얼ᄆ큼 합력ᄒ여 <u>영길리를 반대</u>ᄒᄌ는 뜻이 잇는것이라 (…) 지금 모양으로는 <u>영국과 일본이</u> (…) 이 셰 나라의 형셰를 <u>막으랴는 모양</u> ᄀ더라

<u>쳥국과 죠션</u>은 (…) 형편을 모로고 (…) 누구던지 좀 강ᄒ듯 ᄒ면 그리로 붓

터 가지고 살녀 둘나 홀터이니 청국 죠션 두 나라 즈쥬 독립이 불구에 위티ᄒ
게 될터이요 (…) 나라를 싱각ᄒᄂ 이들은 (…) 아모죠록 죠션 대군졍 폐하를
샹뎐으로 셤기며 외국 샹뎐을 엇으러 다니며 꽁지를 흔들지 안케 인민을 교
휵ᄒ여야 (…) 홀 터이니366)

[국-4] 일본에 있는 영국 사롬이 ᄒᄂ 영즈신문에 우리 신문[독립신문-인
용자]이 대한을 독립국이라고 ᄒ다고 흉을 보앗스나 이 신문 긔즈들이 대한국
이 독립국이 아니라고 ᄒᄂ 것은 다름이 아니라 대한 졍부에셔 지나간 십오
년 동안을 두고 범ᄉ를 대한 졍부 임의로 못ᄒ고 청국 (…) 일본 (…) 아라샤의
지휘디로 내치 외교를 ᄒ니 (…) 이런 독립국은 세계에 업다고 ᄒ엿스니 (…)

대한이 그 사롬들의 지휘를 드러야 나라에 유죠홀ᄭ바셔 드른 것이요 (…)
대한이 세계에 엇던 나라ᄒ고 싸호던지 싸홈을 시작ᄒ거드면 그 싸홈을 역란
이라고 홀 사롬이 업ᄂ지라 그러고 본즉 대한이 엇지ᄒ야 쇽국이리요

(…) 대한이 약ᄒ야 엇던 강ᄒ 나라이 지휘 ᄒᄂ 것을 시힝 아니 ᄒ고 능히
샹지 홀 힘이 업다고 ᄒ면 그것은 그럴 듯 ᄒ 말이나 샹지 홀 권리가 업다고
ᄒ여셔는 말이 못될 말이라 대한 쑌이 아니라 구라파 각국에도 강ᄒ 나라틈
에 잇ᄂ 젹은 나라들은 (…) 그 나라 일을 여러 나라이 샹의 ᄒ야 즈쥬 독립을
식혀 준 나라이 만히 잇ᄂ지라 이 나라들은 비리시와 희랍과 하란과 포도아
와 토이긔라

(…) 대한국은 아즉 인민이 긔명치 못ᄒ야 능히 즈쥬 독립을 보존홀 힘이 본
국에ᄂ 업스나 (…) 청국이 대한을 다시ᄂ 쇽국으로 대졉아니 ᄒ겟노라고 하
엿슨즉 대한국이 세계에 민인디가 업ᄂ지라 오날놀 대한국이나 청국이나 일
본이나 영길리나 아라샤나 쏙ᄀᆺᄒ 권리가 잇고 다믄 그 나라들믄큼 힘이 업
ᄂ지라

(…) 대한이 독립국이 아니론 것은 경계와 공법에 틀린말노 (…) 우리 신문
샤에셔 우리 힘것은 대한이 독립국이라고 세계를 대ᄒ야 언졔 ᄭ지라도 말
ᄒ려니와 대한 인민들은 (…) 즈쥬 권리를 남의 나라에 쎗기지 말기를 불아며
(…) 나라 권리를 죠곰치라도 남의게 일치 아니하여야 (…) 우리가 탄ᄒᄂ 말
이 증거가 잇슬지라367)

---

366) 「논설」, 『독립신문』 1987.9.9.
367) 「논설」, 『독립신문』 1897.10.26.

위에 제시한 자료들은 『독립신문』 발간 초기에 내적 형식이 완비되기 이전의 것들이다. 명백한 주장들을 내세우고는 있으나 그것을 조직하는 방식에 어떤 모범적 전략이 수립되지는 못한 것이다. [국-2]는 구라파의 외교적 혼란상을 프랑스와 러시아의 관계를 중심으로 살펴보고, 거기에서 교훈을 얻고자 하는 글이다. 글의 첫머리에서 '구라파의 정세'에 대해 서술하겠다는 사실만을 알려줄 뿐 어떠한 논점으로 다룰지에 대해서는 암시하지 않아 서론부의 기능이 미비함을 알 수 있다. 이후 본론에 해당되는 2문단에서는 19세기 구라파 열강들의 이합집산(離合集散)에 관한 역사적 사실을 순차적으로 서술하였고, 마무리에서는 구라파 정세가 아닌 한국 동포에 대한 충고로 끝맺고 있다. 이는 근대 논설문의 완성된 형태는 아니고, 구라파의 열강에 대한 역사적 정보 소개에 중점을 두었다. '논설(論說) 란'이 '교술(敎述)'이나 '서사(敍事)'와 분화되어 있지 않았던 상황도 짐작할 수 있다.

[국-4]는 재일 영국신문이 한국의 국제적 지위가 독립국이 아니라는 취지로 발언한 데 대한 반박성 논설이다. 주장의 논점(論點)이 '대한국의 독립 여부'로서 상당히 자극적이기 때문에 논쟁적 성격이 강화되었고, 주장하는 글쓰기의 성격이 한결 뚜렷해졌다. 특히 반론(反論)의 도입, 대한이 속국(屬國)이 아닌 이유를 지적하는 부분에서 확인되는 논거(論據) 개념의 등장, 논리적 인과관계의 강조, 약국과 속국의 분별 등 주장하는 활동에 필요한 근대적 규정과 인식론적 구별에 대한 의식이 도입되고 있다는 점은 주목할 만하다. 그러나 역시 서론부에서 논제를 선명하게 제시하지 못하고 단순히 구체적인 사례를 거론하는 데 그쳤을 뿐 아니라, 결론부에서도 '대한이 독립국인 이유'를 논리적으로 정리하기보다는 신문사의 처지를 감정적으로 선언하는 데에 그쳤다.

(나) 기사문적 경향과 '서론-본론-결론' 구조의 발생

[국-3], [국-4]는 논설문 양식이 글쓰기의 한 하위 장르로 인식되기

전에 자연스럽게 생성된 논제에 대한 주장을 펼친 것으로, 완결된 형식에 대한 고려는 부족한 편이다. 이처럼 초창기에는 '주장하는 글쓰기'가 분화되어 인식되지 않았던 만큼, 기존의 글쓰기 관습으로 이루어진 글에 주장을 포함시키는 방법이 많이 쓰였다. 다음 사례도 마찬가지이다.

> [국-8] 아라샤 셔빅리아 텰도는 세계에 큰 역스라 (…) 그 경영인즉 동양에 형셰를 베풀녀 홈이라 (…) 쳥국으로는 만쥬와 요동디경으로 놋케 되미 아라샤에 큰 경영을 쯧더로 다 일운지라
>
> 근쟈에 쳥국 각 신문에 (…) 희류군을 쇽히 확쟝 (…) 학교를 셜시 (…) 항구를 열쟈 (…) ᄒ되 실샹 일 되여 가는거슨 모도 졈졈 망ᄒ여 드러가는 것 뿐이라 요동 텰도로 말ᄒ여도 (…) 병참소를 두어 아라샤 군ᄉ를 갓다 두게 ᄒ엿스니 그 너른 따흘 모도 눔을 니쥬고 안즌 거시라
>
> (…) 그 나라 빅셩이 되여 나라 보호홀 도리를 이써 싱각ᄒ는 거슨 맛당ᄒ 직분이라 쳥국 황뎨 폐하끠셔 붉히 씨드르샤 (…) 지망이 잇다고들 ᄒ더니 졸지에 완고당이 일어나 권셰를 ᄲᅵ앗[무술변법과 정변─인용자]으니 능히 보존치 못홀 듯ᄒ지라 (…)
>
> 대한은 쳥국 동편에 붓터 (…) 요동 텰도가 두나라 디경을 지낫스미 대한 신민들은 분발ᄒ 긔운을 너여 목숨을 도라보지 말고 국가를 아모됴록 붓들어들 보시오368)

[국-8]은 기사문(記事文)의 형태에서 크게 벗어나지 못한 논설이다. [국-8]은 러시아가 19세기에 동방 진출을 위해 야심차게 건설한 시베리아 철도가 중국의 영토인 요동(遼東)까지 침투한 경과와, 청(淸)의 쇠퇴를 기사문식으로 서술한 글이다. 1898년 3월 27일 청국(淸國) 상층부가 남만주철도권을 러시아에 부여하자, 이에 반발한 젊은 개혁자 광서제(光緒帝)는 6월 11일 변법자강(變法自彊)을 선포한다. 그러나 그의 개혁은 9월 21일 무술정변(戊戌政變)으로 물거품이 되고, 서태후가 집권하여 러시아의 만주철도에 대한 이권(利權)은 그대로 유지되게 된다. 주장에 해당

---

368) 「논설」, 『제국신문』 1898.10.22.

되는 부분이라면, 마지막 문단에서 이러한 국제 정세의 위기에 대하여
'대한신민들도 나라를 구하라'고 가볍게 충고한 정도에 지나지 않는다.
역시 논설의 초기적 미분화 양상을 보여주는 글이다.

[국-13] 지금으로 말홀 디경이면 세계 만국이 서로 통샹이 되얏슨즉 나라
에 흥망성쇠가 샹업 흥황흔디 둘녓스니 지금은 텬하에 큰 근본을 쟝ᄉ라고
홀슈 밧긔 업도다

쟝ᄉ의 리익은 (…) 한뎡이 업논고로 지금 영국으로 말할 디경이면 그 나라
에 부강홈이 텬하 각국중에 뎨일인디 (…) 젼국 빅셩들이 샹업에 죵ᄉᄒ야
(…) 즈긔 나라에는 곡식이 만치 아닐지라도 돈만 가지면 세상에 무슴 물건을
못밧고리오

그런고로 부강흔 여러 나라들이 각쳐 긔화되지 못흔 여러 나라에 틈틈이 차
져 드러가서 (…) 항구를 열고 (…) 샹민을 보니여 (…) 진익을 쏍아 닉논고로
나라는 졈졈 빈핍ᄒ야 갈수밧긔 업논지라 일국의 진물은 곳 그나라의 혈믹이
라 (…) 필경은 졈졈 쇠약ᄒ야 (…) 나죵은 싸호지 아니ᄒ여도 젼국의 권리가
다 그리로 도라갈거시니 (…)

이런 리치롤 씨닷지 못ᄒ논 나라에셔는 (…) 쟝ᄉ라 ᄒ논거슨 (…) 졔나라
사롬끼리나 서로 주고 밧고며 (…) 일푼이라도 돈을 내나라에 갓다 노홀 싱각
은 못흔즉 (…) 곡식이 별노히 흔ᄒ야 볼수는 업논지라

지금은 샹업을 불가불 텬하에 큰 근본이라 홀지라 (…) 세계 큰 싸홈과 다틈
이 모도 리익과 권세 ᄭ닭인(…)즉 당쟝에 급션무로 쟝ᄉ길을 널니 열어셔 히
마다 항구에 드러오논 돈이 나가는 것보담 멋쳔비나 되게 ᄒ기롤 브라노라369)

[국-17] 1 우리나라은 본디 빈국이라 (…) 그 중에라도 멋쳔셕군이라 멋만
셕군이라 ᄒ논쟈들이 더러잇스니 (…) 그 부쟈들이 힝위와 징러ᄉ를 죰 톤란
ᄒ야 봅시다

2 (…) 우리나라에셔 진물 잇는 쟈들을 견디지 못ᄒ게 침어가 만어서 졔돈
을 가지고도 (…) 은휘ᄒ고 돈업는 양으로 엄살ᄒ논거슨 유리 관습이어니와
(…) 리유가 여러 가지니 (…) 쳐쳐에 도젹이 봉긔 (…) 외국인의 슈단과 위협

<hr>

369) 「논설」, 『제국신문』 1901.4.19.

(…) 싱재홀 도리가 업고 쓰기는 여전호즉 (…) 면홀슈 업는 스셰어니와

   3 지금 국셰 민정을 싱각호건디 (…) <u>학교를 만이 셜립호</u>(…)지안이호고 (돈 가진 자가) 슈전로 노릇만 호다가는 (…) 즈여손이 언으 구멍에 빠져 죽을 것슬 아지 못홀지니 (…)

   또 (…) 실업이 업셔셔 (…) <u>회사를 셜시호던지 공장소를 창립호던지 농업을 확장하</u>(…)지 안이호면 (…) 인민이 싱이가 업셔 다죽을 거시니

   4 슯흐다 나라에 지물잇는 쟈들이여 벼살다니며 지물 모앗다는 사롬쳐노코 (…) 나라지물 도적질호야 모흔거시라고 안을슈 업슨즉 (…) 앗갑도다 뎌 무지혼 슈전로들이여 (…) <u>공익샹 스업이나 즈션 스업은 일호도 힝호지 안는쟈는 가위 야만</u>이라고 안을슈 업나니

   (…) 재물가진 동포들은 너것으로 알지말고 (…) 스업들 만이호기를 쳔만번 축슈호오 (…) 일들만 잘호면 더 큰 리익은 즈긔가 취호고 나라일은 즈연이 되 는거시니370)

   [국-13]과 [국-17]은 두 가지 점에서 시사하는 바가 크다. 첫째는 당대의 시대 정신을 극명하게 드러내고 있다는 점이고, 둘째는 명확한 '서론-본론-결론' 구조를 보여주고 있다는 점이다. [국-13]은 새로운 시대의 주요 산업이 농업이 아니라 상업이라는 것을 설득력 있게 보여주고 있다. 1문단에서는 천하의 근본이 장사가 된 현실을 제시하고, 2문단에서는 장사의 특성인 '이익의 무한한 가능성'을 지적하였다. 1문단은 화제 제시이므로 서론부에 해당하며, 2문단은 화제에 대한 본질적 규정을 하고 있어 논제의 명확화에 기여한다. 이후 3문단에서 장사에 능한 강대국이 약소국을 짓밟는 현실을 제시하고, 4문단에서는 장사에 능하지 못한 약소국의 현실을 대조적으로 제시하여 문제점을 심화하였다. 또한 그에 대한 대책으로 장사(상업)에 관심을 가져야 한다고 암시하고 있다. 5문단은 마무리이자 결론으로서, 4문단에서 암시된 대로 현실을 극복하기 위한 대책으로 상업을 개발할 것을 주장하고 있다.

---

370) 「논설」, 『제국신문』 1905.12.23.

[국-17]도 마찬가지이다. 먼저 화제(부자들의 행위와 장래)를 제시한 뒤, 우리 사회는 부자에 대한 부정적 인식이 있어 부자들이 투자를 하지 못한다고 비판하고 있다. 그런 다음 부자가 모은 재물을 투자해서 사회를 발달시키지 않으면 야만(野蠻)이 되고 만다고 지적하고 있는데, 이것이 핵심적인 주장이다. 마지막 문단에서는 재물 있는 이들이 사업을 많이 하기를 희망한다는 말로 마무리를 하고 있는데, 이것은 주장의 반복 내지 정리이므로 근대의 완결된 논설문체가 갖는 결론부의 기능과 동일하다. 즉 1900년 초에 이르면 근대적 양식으로서 논설문의 내적 형식이 상당한 완결성을 띠고 등장한다는 것을 확인할 수 있다.

(다) 기사문적 글쓰기의 지속과 인위적 설득구조 등장

[국-21] 1 국치 보상금 (…) 형편을 더강 됴사ᄒ건디 팔구만원에 지나지 못ᄒ고 (…) 일쳔여만원을 모집ᄒ랴면 (…) 언으 셰왈에 외국 빗슬 청쟝ᄒ다 ᄒ리오

2 (…) 디방에셔 인민들이 (…) 국치 보상젼은 안이 닐슈 업다ᄒ며 (…) 니지 안은자 업ᄂᆞᆫ디 (…) 그럿케 과이 부죡이된즉 (…) 장ᄎ 그돈을 엇지 쳐치ᄒᆞ여야 가ᄒ깃나냐 (…) 지금 디방 민졍으로 말ᄒ면 져마다 돈을 너기만ᄒ면 국치ᄂᆞᆫ 갑ᄂᆞᆫ것이오 국치만 갑흐면 외국인이 다 물너[간다]ᄒ야 (…) 그럿케 열심ᄒᄂᆞᆫ 바인디 (…) 국치도 갑지 못ᄒ고 인심만 소요케ᄒ면 그 인민의 ᄉᆞ상에 엇더ᄒ깃ᄂᆞᆫ가

3 (…) 아모리 젼국이 쩌들고 잔젼을 것어들여도 오십만원을 모흐지 못ᄒᆞᆯ 것은 명한 일이라 (…) 경셩에ᄂᆞᆫ 소위 고관대쟉과 지상가들은 그일[국채보상]에더ᄒ야 꿈도 ᄭᅮ지 안이[ᄒ즉] (…) 비록 빅년을 것어도 국치 갑ᄒᆞᆯ 긔망은 묘연ᄒ도다

4 그런즉 (…) 안으로 금륭곤란의 상티와 밧그로 외인의 비쇼[비웃음]를 면치 못ᄒᆞᆯ지니 그돈 쳐리ᄒᆞᆯ 방법을 미리 강구ᄒᆞᄂᆞᆫ 것이 필요ᄒᆞᆫ 쥴노 싱각ᄒᆞ노라[371]

---

371) 「논설」, 『제국신문』 1907.5.30.

[국-21]은 국채보상금 처리 문제를 다룬 글로서, 인위적 설득구조의 등장을 뚜렷이 보여주는 작품이다. 국채보상운동이 일반인들에게 헛된 희망을 품게 하는 것이니 중단해야 한다는 것을 주장하고 있다. 구성의 측면을 보면 '실태 제시-원인 제시-대책'의 구조를 분명히 보여주고 있다는 점에서 근대적 논설문 양식이 지녀야 할 내적 형식이 정착되어 가고 있음을 알 수 있다. 민간인의 오해로 인한 국채보상에 대한 과도한 기대를 제시하고(실태 제시), 그것은 국채의 양이 너무나 많기 때문임을 분석하였다(원인 제시), 나아가 이 문제를 해결하기 위해서는 운동을 포기하고 의연금(義捐金)의 다른 사용처를 개발해야 한다고 하였다(대책). 분석이 지나치게 소박한 결함이 있으나, 주장하는 내용의 설득력을 높이기 위해 필요한 최소한의 형식은 갖추어졌다고 볼 수 있다.

(2) 한문체 및 국한문체 계열

(가) 선행 한문학(漢文學) 양식(樣式)에 따른 관습적 쓰기 원리

지금까지 순국문체 계열의 내용 구성이 어떻게 변천하였는지를 살펴보았다. 이제는 한문체 및 국한문체 계열의 내용 구성을 살펴볼 차례이다. 한문체 및 국한문체의 경우 문체 자체의 내질에 대한 검토는 이미 앞 절에서 충분히 행하였다. 따라서 이 절에서는 순수히 내용 전개 원리와 구성에 대한 논의로 한정하되, 문맥을 이해하는 데 도움이 되게끔 핵심적으로 축약한 번역문만으로 논의를 전개하고자 한다.

[한-1] 탁지라는 것은 국가의 큰 재보[화제 제시]다. 탁지를 잘하는 자는 계량을 먼저하여 조절하고 정세와 잡세에 한정이 있고 예비금이 있느니라.
금고에 상비의 재물이 있어야 하니 대한의 재정에는 본래 예산을 짠 적이 없어[과거의 실태] 임오(壬午) 이래로 국고가 텅비어 정무(政務)가 정지되고 백성의 재산이 크게 줄었다.
갑오년(甲午年)에 당해 경장(更張)하나 자금(資金)이 없는지라, 을미년(乙未

年)에 일본 차관 삼백만원을 청하여 육년 내 상환하기로 약조하고 초년도 이
자를 십오만원으로 정하였다.
　이에 예산을 경영하여 수입이 그 수에 충당하며 을미년의 차관 가운데 상환
한 것이 이백만원이니 이 약속을 지키면 몇 년 이내에 국채를 모두 갚고 학교
도 확장하리라.
　어찌된 일인지 작년 이래로 재정이 문란하여 금고가 다시 마르고[이상 현재
의 실태] 벌이 텅빈 꿀통을 지킴과 같으니 생계를 기약하기 어렵고 이 해 말
을 맞이하여 결산한즉 경상하고자 하나 할 수가 없다.
　세입세출의 예산표를 인민에게 널리 반포[해결책 제시]하여야 하니 세계각
국이 그것을 백성에게 반포하여 통효케 하며 가감하여 임시변통이 없게 하니
이것이 이른바 문명의 국가이다.
　나의 이 소론은 총명함에 만일이나마 도움이 되고자 함[검사 및 결사]이
라.372)

　위 자료는 1898년 12월 28일자 『皇城新聞』이다. 탁지 문제(度支問題)
를 화제로 제시한 뒤, 재정(財政)이 없어 일본의 차관을 빌었고 그 일부
를 상환하였음을 과거의 실태로 제시하였다. 그런데 현재 다시 금고가
말랐음을 실태로 제시하고, 그 해결책으로는 세입세출(歲入歲出)의 예산
표(豫算表)를 짜야 한다는 것을 들었다. 여기까지는 근대의 인위적 설득
구조를 잘 따르고 있는 것처럼 보인다. 그런데 마지막 부분에서는 요약
과 전망 대신에 자신의 소론(所論)이 갖는 의의를 간단히 밝히는 것으로
마무리지었다. 이는 한문학의 논(論)이나 설(說)에서 필자가 글을 쓰게
된 사정을 내용의 일관성과 관계없이 자기 목소리로 밝히는 전통을 이
은 것으로, 근대적인 구성 방식이라고 보기 어렵다.373)

---

372) 「논설」, 『皇城新聞』 1898.12.28. 원문은 부록을 참조할 것.
373) 내용 구성의 방식이 이와 유사한 것으로 [한—5]의 경우를 들 수 있다. 화제 제시 항
　목이 추가되어 있고, 여전히 요약과 전망을 따로 서술하지는 않고 있다. 단 '실태—원
　인 분석—대안'의 연역적 구성은 충분히 자리잡았다. 이로써, 결론부는 한 편의 글을
　완성하는 장식적인 의미가 있을 뿐 필수적인 요소는 아니라는 것을 알 수 있다. 특히
　글쓰기의 틀이 확립되어 있지 않았던 성립기 논설에서는 결론이 명확하게 드러나지

[한-7] 혹자 묻기를, 만주문제에 일본과 러시아의 정형이 시국의 사정으로 해독하기 어려우니 어찌 러시아인이 진정으로 철병할 의사가 없음을 알리오? [화제 제시 : 질문]

기자 왈, 형세로서 추정한 것[화제에 대한 단정 : 대답]이다. 러시아인들이 만주에서 경영하고 퍼진 것이 일조일석의 일이 아니며 십만여병이 국경을 넘어 추가되니 어찌 가히 웃으며 포기할 리가 있으리오?

또한 일본의 원로들은 유약하고 고식하니 (…) 말로만 떠드는 것에 불과하다.[단정적 주장]

일인들은 만일 진정으로 개전의 뜻이 있었다면 응당 토벌하기에 틈이 없었을 터이오 (…) 기한이 지난 후에 오히려 이처럼 위축되어 있으니 어찌 진실로 전쟁하려는 뜻이 있음이리오?[주장의 부연]

러시아인이 물러나지 않고 일인들이 전쟁하지 않음은 명약관화[결론적 주장]하니라.

기자 말하기를, 금차 시국은 이와같이 질질 끌다가 어떤 문제가 변출할지 모르니, 아아! 망연히 응변하는 것을 탐구할지어다.[기자의 감상]374)

[한-7]은 1903년 2월 22일자 『皇城新聞』인데, 중세의 의론문(議論文)에서 많이 사용되던 문답법(問答法)의 형식을 취하고 있다. 한문을 문체(文體)가 아닌 의사소통의 상황에서 본다면 구어체(口語體)에 가깝다는 것은, 바로 이러한 경우를 두고 말하는 것이다. 어쨌거나 이 경우에는 '화제 제시―단정―단정의 계속―부연―결론'으로 이루어져 있어 인위적 설득구조는 갖추지 못하고 있음을 알 수 있다. 즉 [한―1], [한―7]의 자료는 논설이 전통적인 의론문의 전개 원리를 답습하고 있는 사례로 볼 수 있다. 사실 이 정도의 주장을 하기 위해서 인위적 설득구조가 꼭 필요한 것은 아니다. 인위적 설득구조가 정착하는 데에는 꽤 오랜 시간이 걸리는데, 다음과 같은 자료의 양상을 보아도 알 수 있다.

않는 경우가 흔했다.
374) 「논설」, 『皇城新聞』 1903.2.22. 원문은 부록을 참조할 것.

[한-8] 며칠전 <u>이토후작이 한국에 옴</u>[화제 제시]에 인민이 말하기를 오늘날 내한함은 독립을 공고히 할 방책을 권고하리라 하였더니,

뜻밖에 <u>오조약(을사조약-인용자)이 어디로부터 나왔는가?</u>[문제 제기] 이토후작의 원래 뜻이 어디에 있는가.

고종황제폐하의 성의로 거절하셨으니 <u>조약이 성립하지 않음</u>은 스스로 알터인즉, 슬프도다. 저 개돼지만도 못한 소위 우리 정부대신이란 자들이 머뭇거리고 두려워하며 매국의 도적질[상세화]을 즐겨 행하니 오백년종사를 봉헌하고 타인의 노예가 되었으니,

각대신은 심책할 것이 없거니와 참정대신(한규설)은 거부라는 글자로 책임을 피하여 요직의 책임을 도모하였는가? <u>무슨 면목으로 황상폐하와 이천만동포를 다시 대하리오?</u>[감상]

오오, 슬프도다. 국민정신이 졸연 멸망하고 끝인가? <u>슬프도다 동포여!</u>[감상의 심화]375)

[한-8]은 1905년 11월 20일자 『皇城新聞』에 실린 「시일야방성대곡 (是日也放聲大哭)」이다. 앞 절에서도 지적했듯이, 한문체 기원의 근대 전환기 논설이 성립한지 상당한 시간이 흐른 뒤임에도 불구하고, 이 작품의 문체 선택은 상당히 수구적(守舊的)이었으며, 내용 전개 또한 매우 전통 회귀적이었다. 즉, '화제 제시-문제 제기-상세화-감상-감상의 심화'로 이루어지고 있어, 어떠한 논증의 구조도 갖추고 있지 않은 단순한 감정의 분출에 불과하다. 물론 이 글이 나오게 된 상황적 배경을 짐작한다면 그러한 글의 구성이 이해가 안 되는 바는 아니다. 그러나 을사조약(乙巳條約)의 문제를 단순히 하나의 우연한 사고로 처리하는 것은, 당대의 국제 관계에 대한 무지(無知)를 드러내는 것일 뿐이다.376) 냉

---

375) 「논설」, 『皇城新聞』 1905.11.20. 원문은 부록을 참조할 것.

376) 1905년 11월의 을사조약(乙巳條約)은 통감부(統監府)를 설치하여 일본의 고문(顧問) 정치를 강화하고, 한국의 외교를 일본 외무성(外務省)에서 공식 관장하는 것을 주된 내용으로 하고 있다. 1905년 5월 27일 동해상에서 러시아 발틱 함대가 일본 함대에 괴멸되었고, 전황(戰況)이 유리할 때를 골라 강화 시기를 엿보던 일본은 미국을 통해 러시아에 강화를 타진하였다. 일본은 미국과 접촉하면서 한반도에 대한 독점적인 우위

정한 원인 분석과 대안이 없는 감정적인 논설밖에 없었다는 것은, 당대의 문화적 역량을 보여주는 지표라는 점에서도 매우 안타까운 일이다.

(나) 인위적 설득구조와 '서론―본론―결론' 구조의 발생
지금부터는 한문체 계열의 논설문에서 인위적 설득구조가 갖추어져 가는 과정에 초점을 맞추어 그러한 발전된 양상을 보여주는 자료를 중점적으로 소개해 보고자 한다.

[한―3] 철도,조운,채광 등 <u>청국의 이권이 모두 외인들의 손에</u>[화제 제시] 떨어졌다.
<u>러시아는 여순과 대련, 독일은 교주만, 산서철광은 이태리인이</u>[현황 소개] 가졌다.
그중 <u>러시아는 진나라와 흡사</u>[상세화]하여 그 기세가 멈출 줄을 모른다.
<u>대한은 청국과 비교할 때 십분지일도 안되지만 이권을 빼앗기기는 청국과</u>

를 국제적으로 확보받고자 하였으며, 1898년 에스파냐와 전쟁한 후 이루어진 미국의 필리핀 지배를 용인하는 조건으로 자신들의 요구를 관철시킨다. 이것이 1905년 7월 29일의 카츠라-태프트 밀약이다. 태프트는 1901년 7월에 필리핀 최초의 미국 민간인 총독으로 부임한 인물이기도 하다. 앨런 와인스타인 외, 이은선 역(2004 : 415) 참조. 카츠라-태프트 밀약은 단순한 '제국주의 열강의 상호 이권 인정'으로 이해될 수도 있으나, 실제로 필리핀의 독립운동가 아기날도가 미국에 대항하기 위해 강대국의 도움을 요청하고 있었다는 점, 이후 필리핀은 태평양 전쟁 시기에 일본의 중요한 전략 거점이 되기도 했다는 점을 고려할 때에 일종의 '오래 갈 수 없는 계약'에 가까운 측면도 있었다. 이후 일본은 동년 9월 5일 미국의 중재로 러 · 일 강화 조약을 체결하는데, 이는 우리가 생각하듯이 단순한 러시아의 패배가 아닌, 일종의 협상을 통한 강화(講和)였다. 일본은 국제적 여건이 조성되자 11월 초 일진회로 하여금 외교권의 대일 위탁을 주장하는 여론을 형성하고자 하였고, 11월 9일 이토 히로부미[伊藤博文]를 한국에 보내어 을사조약을 강요한 것이다. 이처럼 치밀한 준비에 입각한 조약 체결의 과정을 생각해 보건대, 조약의 체결에 찬성한 각 대신들에 대한 개인적 책임은 물을 수 있을지언정, 그들이 모든 문제의 원흉인 것처럼 생각하는 [한―8]의 필자 장지연의 논조는 지나치게 감정적이며 소박하다. 실제로 장지연은 이듬해 대한자강회 고문으로 내한(來韓)한 오가키 다이부의 조선보호론을 이해하였고, 그와 친교를 맺기까지 하였다. 이렇게 본다면 그가 이 글에서 보여준 태도는 사실 그다지 굳건한 것이 아니었음을 알 수 있다. 즉 「시일야방성대곡」이 보인 흥분적인 어조는 일시적 감정일 수는 있으나, 정확한 정세 판단에 입각한 일관된 신념이라고 보기는 어려운 것이다.

다를 것이 없다.[유추]

　　한청 양국은 모두 당파가 분열하여 서로 적대시하고 윗사람은 자기 이익만
[원인 분석] 챙긴다.

　　청국의 사례를 거울삼아 용심(用心)하면, 타국에 견제받는 수치를 면할 수
있으리라.[대책 제시]377)

　　[한−3]은 1899년 3월 1일자 『皇城新聞』에 실린 논설이다. '화제 제
시−현황 소개−상세화−유추−원인 분석−대책 제시'의 순으로 전개
되고 있는데, 약간의 산만함이 있기는 하지만 '실태−원인−대책'의 설
득구조에 필요한 요소들을 포함하고 있다는 점은 명확하게 드러나 있
다. 다만 결론부가 불명확하고, 본론에서 원인 분석에 이르기까지 내용
전개의 흐름과 직접적인 관계가 없거나 큰 전환이 일어나는 부분들이
있어, 글의 통일성을 해친다. 예컨대 글의 전반부는 청나라에 대한 이야
기인데 4문단에서 유추가 일어나면서 한국에 관한 내용으로 갑작스럽
게 전환되고 있다.

　　[한−6] 차관의 법은 사업의 이익되는 것을 바야흐로 일으키기 위함[화제
제시]이라.

　　이자 이외에 본액 가운데 백으로 나누어 (…) 정부에서 먼저 증권을 주고 기
한이 되면 이자와 더불어 상환하는 것이 차관의 개략[용어 해설]이라.

　　최근 우리 정부가 프랑스 운남회사와 합동으로 차관금은 5백만원으로 하여
금은화를 제조하는 데로 충용하며 철도를 부설[실태 제시]하니,

　　재산이 고갈되면 또한 타국에게 차관을 청하게 되니, 이 어찌 민국의 크게
우환[문제 강조] (…) 아니리오?

　　혹자 말하기를 (…) 영국은 (…) 부채의 많음이 이와 같은데, 아한이 어찌 대
해가 있으리오[혹자의 질문]?

　　내가 응하여 말하기를, 그렇지 않다. 국채가 비록 많더라도 정령이 신실하
고 세입이 많으면,[나의 대답] 그 빌린 액수에 근거하여 이익의 나머지를 비교

---

377) 「논설」, 『皇城新聞』 1899.3.1. 원문은 부록을 참조할 것.

할진대, 이익이 또한 큰 것이다.

아한이 외국을 준거하여 민국의 큰 이익으로 삼으면 어찌 우환이 되리오? [감상 및 정리]378)

[한-6]은 『皇城新聞』 1901년 4월 26일자의 논설이다. 역시 비교적 초기의 한문체 계열 논설이며 인위적 설득 구조가 완비되지 못한 상태의 것이다. 그러나 [한-6]은 이전의 논설에 비해서 몇 가지 진전된 지점을 찾아볼 수 있다. '용어의 해설'이 포함되어 있다는 점, 화제 제시와 문제 제기를 구별하여 서두부의 기능을 강화했다는 점이 그것이다. 먼저 차관의 필요성으로 화제를 제시하고, 차관의 개념을 설명한 뒤(용어해설), 시사(時事)와 관련하여 차관 도입의 실태를 제시하였다. 그러나 실태 제시 이후에는 문제를 구체화하지 못하고 차관의 위험성에 대해 일반적으로 말하면서 혹자와 주고받은 문답만을 싣고 있는 정도이다. 마지막 부분에서도 일반적인 감상만 나타날 뿐 제재를 집약하여 정리하고 있지는 못하다. 인위적 설득구조가 정착한 초기의 글은 아무래도 다음 자료로 보인다.

[한-10] 1 ① 은행은 상업의 개선발달에 필수적이다[화제 제시-서론]
② 경성의 상인 수십인이 뜻을 모아 한일은행을 설립하니 경하한다[화제의 구체화]
2 ① 한성공동창고회사 등은 외국의 사례를 그대로 옮겨올 뿐이어서 매우 위험하다[현실 제시]
② 일본경제사를 보건대 은행조례가 상공업 발달의 큰 원인이다[논거 제시-일본의 사례]
③ 금융기관을 나중에 세우는 것은 모순이니 대한의 현실은 잘못되어 있다[비판적 주장]
3 ① 오늘날 한일은행 설립은 국운을 만회할 기회이다[정리 및 전망]

---

378) 「논설」, 『皇城新聞』 1906.5.7. 원문은 부록을 참조할 것.

② 천하의 동지들은 힘쓸지어다[결론]379)

　위의 자료 [한−10]은『皇城新聞』1906년 5월 7일자 논설로서, 몇 가지 시대적 의의를 갖고 있다. 먼저「賀韓一銀行設立(한일은행의 설립을 축하함)」이라는 제목이 달렸다는 점이다. 또한 근대적 의미에서 한문체 계열의 논설 문장에 문단이 나누어져 있다. 제목의 설정은 하나의 주장하는 글쓰기 텍스트가 단일한 설득 목표를 가지고 있다는 점을 암시하는 것이며, 문단은 인위적 설득구조의 각 부분을 짜임새 있게 배치하기 위한 기초적 장치이다. [한−10]의 인위적 설득 구조를 분석해 본다면, 1문단에서 은행이라는 화제를 가볍게 제시하고 화제를 구체화하며, 2문단에서 시사적 현실을 구체적으로 제시하여 문제(은행 없는 현실의 경제적 위험)를 정확히 규정하고, 그 문제의 원인이 은행의 설립에 있다는 것을 일본의 사례를 들어 밝힌 뒤(원인 내지 논거 제시), 현실 비판적 주장을 펼치고 있다. 마지막으로 3문단에서는 한일은행 설립의 시의적절함을 강조하고 독자의 분발을 촉구함으로써, 내용을 총정리하는 결론을 구성하였다. 결국 한문체 계열의 논설 글쓰기는 1906년경에야 인위적 설득구조 속에서 본론을 갖추고, 서론과 결론 형식을 포함하는 완결된 형식을 갖추게 된 것이다.

　(다) 근대적 설득을 위한 외적 구조와 내적 형식의 정착
　한문체 계열은 논설이 1906~1910년 사이에 보여준 특성은 어떠한가? 이 시기의 자료 가운데 한문체 계열의 전형인『皇城新聞』의 것만 뽑아 그 특징을 추출해 보기로 한다.

　[한−13] 1 천연물이 충분하면 <u>국력</u>이 믿을만한가? 아니다. 2 병기가 풍부하면 그만인가? 아니다. 3 국가교제에 신의가 있으면 국권을 보호할 수 있는가?

---

379)「논설−賀韓一銀行設立」,『皇城新聞』1906.5.7. 원문은 부록을 참조할 것.

허례에 빠지면 안 된다. 4 자기 몸을 아끼지 않으면 진보할 수 있는가? 실력이 없으면 안 된다. 5 그러면 어쩌면 좋은가? 태서(泰西)의 사례로 생각해 보자. [화제 제시—서론]

6 통상을 방해하면 사람도 죽이니 국부증강은 상업에 있다. 우리는 (상업을) 외국인에 일임하고 말로만 부르짖는다. [논점 제시]

7 세상사는 사람 쓰기에 달렸으니, 영국은 상하가 합심하여 세계제일의 상업국이 되었다. [사례 제시]

8 이천만 백성이 경쟁의 성질을 지녀, 상공부강국의 일원이 되기를 바란다. [주지]

9 아한은 상업이 중요한 줄을 모르니, 민지를 개발하고 은행을 설립하는 등의 일을 서둘러야 한다. [현실 제시]

10 구습을 혁파해야 한다. 11 이해와 손익의 도를 연구하여 애국정신으로 행하라. [대책 제시]

12 우리 국민이 이러한 뜻이 있으면 전국을 각성시킬 수 있으리라. [미래의 전망]380)

[한—20] 1 이십세기는 상층에겐 유쾌하고 하층에겐 공황(괴로움)한 시대이다. [화제 및 현실 제시]

그 이유는 20세기는 경쟁이 치열하고 자본력이 있어야 부유해질 수 있기 때문이다. [원인 제시]

실업에 관해서 말하자면, 과거에는 학문이 이론적이어서 돈이 없어도 가능했으나 오늘날에는 실험적 학문이므로 돈이 없으면 학위도 따기 어렵다. [사례별 분석]

2 아한은 비교적 극빈한 편이니 공황을 면하고자 하면 저축의 방법뿐이다. [현실 극복 대책]

3 한일은행에서 小金 저축을 장려한다 하니 유쾌한 생활의 자본을 마련해 보자. [행동의 촉구]381)

---

380) 「논설—商業擴張이 現今急務」, 『皇城新聞』 1906.7.28. 원문은 부록으로 돌린다.
381) 「논설—韓一銀行의 小金貯蓄」, 『皇城新聞』 1910.7.8. 원문은 부록으로 돌린다.

위에 인용한 두 자료들은 1906년 이후 한문체 계열의 논설문 가운데 근대적 설득의 내적 형식으로서 인위적 설득구조와 함께 서론-본론-결론의 외형적 완결성을 고루 갖추고 있는 것이다.『皇城新聞』의 논설란에서 근대적 시각에서 보더라도 완성도가 뒤떨어지지 않는 이와 같은 논설 문장들을 볼 수 있다는 것은 확실히 놀라운 일이다. [한-13]은 「商業擴張이 現今急務」라는 제목으로『皇城新聞』1906년 7월 28일자에 실린 논설이다. 1~5문단에서는 화제 제시로서 '진정한 국력'의 의미를 물어 독자의 관심을 환기하고 있다. 6문단에서는 그러한 국력 가운데서도 '상업'을 제시하여 논점을 구체화하고 있다. 7문단에서는 상업 발달의 사례로 영국을 들고 있으며, 8문단에서 핵심적인 주장이 제시된 뒤, 9문단에서는 상업이 부진한 현실이, 10~11문단에서는 현실 타개를 위한 대책으로서 구습의 혁파와 상업의 연구가 제시되어 있다. 그리고 마지막 문단에서는 상업 발달의 가능성을 희망적으로 제시하고 있다.

이 글은 서론부가 '화제 제시', 본론부가 '논점-현실 제시-대책 마련', 결론부가 '미래의 전망'으로 이루어지고 있어 주장하는 글쓰기의 구성 요소를 모두 갖추고 있을 뿐만 아니라, 본론부에서 설득에 필요한 연역적 구조를 충실히 갖추고 있다. 각 부분의 구별이 명확할 수 있게끔 문단 구분을 확실하게 한 점, 주장에 필요한 명확한 논거와 사례를 지적한 점, 주장에 이은 구체적 대책의 제시가 보이는 점, 논리 전개의 명료성 등은 이전의『皇城新聞』논설에서 찾아보기 어려웠던 근대적 글쓰기의 덕목들이다.382) 이 글이 실린 1906년 7월은『萬歲報』창간 직후인 바, 이 시기를 전후하여 근대적 논설문 양식의 외적 요소와 내적 형식이 이미 충분히 알려져 있고, 그것을 실천하는 글쓰기가 이루어지고 있음을 확인할 수 있다.

---

382) 물론 한국이 당시에 상업이 발달하지 못했던 원인을 분석하고 진단하는 측면이 다소 취약한 것은 사실이나, 9문단에서 상업 부진의 원인을 인식의 부족에서 찾고 있는 부분이 있다.

[한-20]의 경우도 마찬가지이다. 『皇城新聞』 1910년 7월 8일자의 논설로서 제목은 「韓一銀行의 小金貯蓄」이다. 1~3문단에서는 빈부 격차의 현실을 제시하고 그 원인을 밝힌 뒤 사례별 분석까지 행하고 있다. 자본력(資本力)이 있어야 부유해지는 것이 현실이며, 그것은 학문 세계에서조차 마찬가지라는 것이다. 4문단에서는 저축을 '현실 극복 대책'으로 제시하고 있으며, 5문단에서는 저축을 통해 유쾌한 생활의 자본을 마련하자고 함으로써 '미래의 전망과 행동 촉구' 기능을 하고 있다. 문단의 나눔이 무질서하다는 점을 제외하고는 인위적 설득구조와 논설문의 외형적 구성 요소들을 모두 갖추고 있음을 알 수 있다.

물론 이러한 내용 구성상의 혁신이 항상 쉽게 이루어진 것만은 아니었다. 내용·문체면에서 가장 혁신적이었던 『萬歲報』에서조차도, 인위적 설득구조보다는 전통적인 문답법이나 열거적 설득 방식이 나타나는 경우가 적지 않다. 본고의 본문에서 이와 관련된 더 이상의 분석은 생략하고자 하나, 1906년~1910년 사이의 신문 논설 가운데서 내용 구성상의 연역적 구조를 확보하지 못한 사례들을 『皇城新聞』 외의 자료들에서 찾아 분석한 결과들을 부록에서 확인할 수 있으니 참고해 주기 바란다.383) '인위적 설득구조'와 '서론-본론-결론의 구성'은 결코 주장하는 글쓰기가 최종적으로 지향하여야 할 모범은 아니지만, 근대적인 글쓰기가 지니는 유의미한 속성이므로 그 변화의 지점을 확인하는 기준으로서 의미를 가진다.

---

383) 자료의 일련번호는 각각 [한-14], [한-15](이상 『萬歲報』), [한-17](『대한매일신보』)이다.

3. 정착기(1910~1924) 신문 논설문의 양상

본 연구는 한일합병(韓日合倂)과 『매일신보』 창간이 있었던 1910년 이후를 신문 논설문의 정착기(1910~1924)로 파악하고자 한다. 그 근거는 문체의 측면과 내용 전개의 측면에서 확인할 수 있다. 먼저 '문체의 측면'을 보자. 이 시기에 이르면 더 이상 한문 현토체의 논설은 등장하지 않으며, 오늘날의 근대 언문일치체 문장의 직접적 토대가 되는 '2음절 한자어 위주 어절 현토식 국한문체'가 지배적 모델이 된다. 여기에는 1910년 8월 이후 국문 신문의 형태가 『每日申報』 하나로 통일되었다는 사실과도 밀접한 연관이 있다. 일본의 영향을 거친 명확한 주술구조에 입각한 언문일치체 문장 모델이 유일한 문장의 가능성이나 표준으로 정립되어 가고 있었던 것이다.384)

내용 전개의 측면에서 보면, '실태—원인—대안' 혹은 '실태—근거—비판' 등 주장하는 글쓰기의 형식적 패턴인 인위적 설득구조가 정착한 점과, 이러한 인위적 설득구조를 뒷받침하는 주변적 장치들인 '서론—

---

384) 『每日申報』는 일제 강점과 함께 『대한매일신보』가 제명(題名)을 변경하여 총독부 기관지로 성립시킨 신문이다. 이때를 전후하여 『제국신문』, 『皇城新聞』은 폐간의 길을 걸었다. 두 신문의 폐간과 관련해서는 초대 조선 총독 테라우치 마사타케[寺內正毅](1852~1919)의 신문 통일정책이 큰 영향을 미쳤다. 정진석(2005 : 63~65) 참조 이후 『매일신보』는 일제(日帝)가 1920년 『조선일보』와 『동아일보』의 발행을 인가(認可)할 때까지 약 10여 년간 국내에서 유일한 국문 종합 일간지(日刊紙)로 군림하였다. 『매일신보』 편집상의 특징으로 들 수 있는 것은, 변일(邊一) 등의 한국인 편집인을 명목상으로만 앉혀 놓고 제작과 편집의 실권(實權)은 한말의 경시청 통역관이었던 나카무라 켄타로[中村健太郞]가 갖고 있었다는 사실이다. 정진석(1990 : 319). 나카무라 켄타로는 감사(監査)의 직을 갖고 있었다고 하는데, 신문의 편집 내지 문장의 모델이나 특성을 결정하는 데에도 깊이 관여했을 것으로 보인다. 실제 1910년의 『매일신보』에는 근대에 만들어진 일본제 2음절 서구식 한자어 이외에 일본에서만 쓰이는 '이쿠분[幾分](얼마나)', '테가타[手形](어음)', '치호[地步](지위)', '코노텐[此点](이 점)' 등의 단어들이 그대로 노출되며, 훈독(訓讀)하는 기본한자를 그대로 노출하는 등 일본문의 영향이 현저해진다.

본론—결론'의 구성 방식이 관습적 형식을 획득한 점이 이 시기를 정착기로 볼 수 있는 근거이다. 인위적 설득구조가 주장하는 글쓰기의 '내적 형식'이라고 한다면, '서론—본론—결론'의 구조와 각 부분의 세부적인 구성 형식은 주장하는 글쓰기의 '외형적 구조'이다. 전자는 설득 자체의 논리적 효율성을 위해, 후자는 독자에 대한 배려를 위해 개발된 장치로서, 근대적 글쓰기의 주요한 외적 표징(表徵)으로 간주될 수 있는 것들이다.

본 연구에서는 1910년 이후의 신문 논설을 전면적으로 다루지는 못한다. 다만 위에서 말한 두 가지 측면의 발달이 상당히 이루어져 오늘날의 신문 사설 양식과 내용·형식적으로 거의 일치하게 되는 시점을 1924년 전후로 파악하고, 그때까지의 국문신문에 나타난 사설을 다룬다. 시기를 다시 세분하자면 『매일신보』 독점이던 1910~1919년의 시기, 그리고 조선인 민간지인 『조선일보』와 『동아일보』가 창간되어 주장하는 글쓰기 양식을 정립해 간 1920~1924년까지의 시기가 대상이 된다. 전자의 시기는 『매일신보』만 다루게 되며, 후자의 시기는 『조선일보』와 『동아일보』만을 분석 대상으로 한정하고자 한다.[385]

1) 문장 모델과 문체의 특성

(1) 2음절 한자어 위주의 어절 현토체 정착과 구어문체화

정착기의 신문 사설 문체는 '2음절 한자어 위주 어절 현토식 국한문체'가 압도적이었다. 다만 기본 어휘에서 1음절 한자들이 많이 보이는 경우가 있는데, 이는 일본문의 영향을 받은 것이다. 이후 이러한 기본

---

[385] 물론 이 시기 이후의 『매일신보』 사설도 중요한 연구 자료가 되겠으나, 그 내용의 반민족성, 어용지(御用紙)의 정치적 성격 등으로 인해 분석을 차후의 과제로 미룬다. 즉 본 연구에서는 1919년 이후의 『매일신보』를 주자료로 삼지 않는다.

어휘에서 나타나는 1음절 한자들을 고유어로 전환하거나 2음절의 한자어로 대체하여 구어문체로 바꾸어 나가는 과정이 1910년대 문장 모델의 기본 방향이었다. 『매일신보』의 자료에서 '2음절 한자어 위주의 어절 현토식 국한문체'를 찾는 것은 매우 쉽다. 앞 시기에는 해당 문체를 『萬歲報』에서나 부분적으로 찾아볼 수 있었던 것과 비교하면 큰 발전이다. 예컨대 다음과 같은 것들이다.

[매-1] 朝鮮 土地의 古制를 考察ᄒ건디 (…) 舊文記 新文記의 名稱이 有홈으로[있음으로] (…중략…) 經濟界에 不便이 多ᄒ얏도다[많았도다]386)

[매-2] 某[어떤] 銀行을 勿論ᄒ고 正貨의 準備가 完固치 못ᄒ면 到底히 信用을 得키 難ᄒ거던[얻기 어렵거든] 況[하물며] 朝鮮銀行은 朝鮮全道의 金庫라387)

[매-3] 京城 府內의 土地 丈量은 本月브터 開始ᄒ야 遲緩ᄒ야도[늦어도] 本年 中에ᄂ 完成ᄒ리라388)

[매-4] 朝鮮 今日에 處ᄒ야 日語를 不知ᄒ면[알지 못하면] 卽 聾者 啞者를 免치 못홀지니 (…중략…) 隣里間에 言語를 不通ᄒ고 엇지 融和의 情을 得ᄒ리오[얻으리오]389)

[매-5] 朝鮮總督府의 (…중략…) 其[그] 財政의 獨立은 自今[지금부터] 四五年에 可期홀[기약할 수 있을] 것이오 (…) 朝鮮의 財政으로써 朝鮮의 事業을 經營[홀지니] 國民黨이 朝鮮을 (…중략…) 若[만약] 日本帝國의 植民地로 認ᄒᄂ[인정하는] 以上에아 엇시 此等[이와 같은] 無智의 提案을 敢히 唱導ᄒ리오390)

---

386) 『매일신보』 1911.11.23.
387) 『매일신보』 1911.12.2.
388) 『매일신보』 1912.3.21.
389) 『매일신보』 1914.3.13.

[매-6] 米價의 暴騰으로 (…중략…) 內地에셔는 聖上[일본왕-인용자]끠셔 內帑金을 下賜ㅎ시고 政府는 臨時 國庫金을 支拂ㅎ고 華族 富豪는 巨額의 金品을 寄附ㅎ고 各 府縣市町에셔는 救濟金을 募集ㅎ[는지라]391)

[매-7] 所謂 民族自決主義라는것은 (…중략…) 今回의 戰爭에 參加ㅎ (…중략…) 各國의 諸 民族에 限ㅎ 것이오 (…중략…) 全世界 各種의 民族上에 適用ㅎ는 主旨라 ㅎ진딕 (…중략…) 印度族 及[그리고, 및] 布哇[하와이], 比律賓[필리핀] 諸島의 自治 又는[또는] 獨立을 許容치 안이치 못ㅎ지라392)

이상의 내용들은 1911~1919년까지 『매일신보』에서 대표적으로 활용되던 문장 양식을 보여주고 있다. 『萬歲報』에서야 겨우 조금씩 나타나기 시작하던 단문 형식의 '2음절 한자어 위주 어절 현토식 국한문체'가 상당히 정착하여 있음을 알 수 있으며, 한문체로 퇴행하는 일은 더이상 찾아볼 수 없다. 이는 한학자(漢學者)에서 출발한 세대들이 신문 논설에서 완전히 손을 떼었다는 것을 의미한다. 물론 이는 『매일신보』에 한정되는 일이긴 하나, 『매일신보』가 당대 문화의 중심지였던 경성(京城)에서 발행되는 유일(唯一)한 조선어신문이었다는 점을 감안할 때, 이러한 논설 필자의 세대 전환은 논설 문장 모델의 선택에도 중대한 영향을 끼쳤을 것이다.

위에 인용된 문장들의 특성을 살펴보면, 한자를 독음(讀音)으로 읽었을 때에 오늘날의 언문일치 구어문체로 된 논설문들의 모양과 상당히 근접하게 된다. 물론 부분적으로는 읽고 들어서 알기 어려운 구절들도 있는데, 그것들은 [ ] 안에 묶여 있다. [ ] 안에 묶여 있는 내용들의 품사적 성격을 잠시 분석해 보면, [매-1]의 경우 '있다(有)', '많다(多)' 등의 기본 동사, [매-2]의 경우 '어떤(某)', '어려운(難)' 등의 기본 한정사, '하물며

---

390) 『매일신보』 1914.12.26.
391) 『매일신보』 1918.8.20.
392) 『매일신보』 1919.3.6.

(況)’ 등의 기본 부사, [매−4]의 경우 ‘얻다(得)’ 등 기본 동사, [매−5]의 경우 ‘그(其)’, ‘이(此)’와 같은 대명사, ‘만약(若)’, ‘…할 수 있다(可)’ 등의 부사나 조동사, [매−7]의 ‘그리고(及)’, ‘또는(又)’ 등의 접속 부사이다.

이들은 모두 어휘의 난이도상으로 보았을 때에 가장 초급의 단어에 속하는 것들이다. 어려운 한자어구(漢字語句)나 실사(實辭) 부분은 모두 오늘날의 문장체와 유사한 양상을 보여주고 있는 데 반해서, 이처럼 쉬운 대명사·기본 동사·기본 부사 등의 자국어화가 진전되지 못한 까닭은 무엇일까? 이것은 ‘2음절 한자어 위주 어절 현토식 국한문체’가 심각하게 외국문, 특히 일본문의 영향을 받았다는 증거이다. 외국어 학습의 예를 잠시 떠올려 보면, 외국어와 자국어의 관계에서 가장 일치하지 않는 부분이 바로 대명사·기본 동사·기본 부사 등의 기초 어휘이다.

특히 일본어의 경우를 들어 설명하자면, 19세기 후반 이후 서양어의 번역을 위해 만들어진 2음절 한자어들은 일찍부터 한국어(조선어)와 공유되었기 때문에 오늘날의 한국인들에게도 크게 낯설지 않다. 오히려 일본어 학습에서 어려운 점은 ‘비둘기[鳩, hato]’, ‘강아지[犬, inu]’, ‘아버지[お父さん, otousang]’, ‘그 여자[彼女, kanozyo]’, ‘어째서[何故, naze]’ 등 기본 어휘의 말소리들이다.393) 『매일신보』의 어려운 한자어들은 오늘날의

---

393) 일제가 조선어를 폐지하지 않으면서 일본어를 국어교육의 이름 하에 시행했던 이유는 언어의 멸절(滅絶)이라는 일이 쉽지 않았음을 인식했기 때문이다. 대신 그들은 점진적인 방법으로 초등교육부터 일본어의 수업시수를 늘이고 조선의 교육 용어를 일본어로 통일하고자 했는데, 이에 대한 반발이 1920년 초 『조선일보』와 『동아일보』의 사설들에서 발견된다. 일본어를 활용한 교육이 유아기 때부터 강제됨으로써 조선인들의 격렬한 저항에 부딪친 것이다. “우리 민족과는 예속이 같지 아니한 저들 일본인이 교육 하에 편입되어 7~8세의 유년 시부디 가르침에 있어 우리 고유한 국어인 어머니 혹은 아버지를 (원문에는 “아버지 혹은 어머니”라고 되어 있으나 이는 잘못이므로 고친다−인용자) 일본어로써 ‘オカアサン[오카아상]’, ‘オトウサン[오토우상]’이라 부르게 하고, 밥 또는 물을 ‘メシ[메시]’, ‘ミヅ[미즈]’라 하여 집안에 들어서도 자기의 입에 전혀 어울리지 않는 어구를 농하여 ……” 「敎育用 日本語에 對하여(押)」, 『조선일보』 1920.5.19. 비슷한 시기인 1920년 4월 『동아일보』에서는 「朝鮮人의 敎育 用語를 日本語로 强制함을 廢止하라」는 제목의 사설을 며칠간에 걸쳐 연재하기도 하였다. 아마 이 문제는 1920년 이전부터도 꾸준히 인식되고는 있었으나, 자국어 일간지를 갖지 못

구어문체 문장과 공유될 수 있을 정도로 낯익으면서, 쉬운 단어들일수록 자국어화(自國語化)되지 못하고 있다는 것은, 이 문장이 당대 일본문의 영향을 강하게 받고 있다는 방증이다. 일본인 편집감사 나카무라 켄타로[中村健太郎]의 존재가 상당한 영향을 미치고 있었다는 사실이 이로써도 추정된다.

실제로 앞 절의 분석에서도 한문 해체 문체가 자국어 문장체로 전환되는 순서가 '명사부→동사부→지시사→부사 표현' 등이었음을 지적한 바 있다. 어차피 논설의 경우에는 명사부에 구체어가 많지 않고 대부분이 서양어의 번역 과정에서 인위적으로 만들어진 추상어들로 이루어져 있으므로, 대명사·기본 동사·기본 부사 등이 자국어화되지 못하고 있는 『매일신보』의 사정은 역설적으로 실사(實辭)의 측면에서는 상당한 수준의 근대화가 진행되었음을 의미한다. 따라서 이후의 문장 모델과 문체 분석은 이러한 2음절 신제(新製) 한자어로 이루어진 명사부를 제외한 부분들의 자국어화 정도를 주요 지표로 삼아야 할 것이다.

1920~1924년 사이는 『매일신보』 독점이 깨지면서 문장 모델의 외형에도 상당한 변화가 일어난다. 이 시기의 변화는 『조선일보』와 『동아일보』의 양상을 통해 살펴볼 수 있다. 여기서는 이 시기의 자료를 중심으로 대명사·기본 동사·부사의 자국어화 양상을 확인하고자 한다.

> [동-1] 目下 飢餓로 爭奪에, 爭奪로 殺伐에 (…중략…) 腥血이 滿地한 露西亞의 慘狀이 吾人[우리들]에게 敎訓을 與하는도다[주는도다]. 저 群衆들은 座하여도[앉아도] 死할[죽을] 것이요 立하여도[서도] 斃할[죽을] 것이라. (…) 그 身體를 鋒頭에 投하니 그들의 眼前에는 貴도 尊도 無[한]지래[없는지라]. (…) 諸君이여! 諸君들은 忘치[잊지] 아니하리라고 思하노래[생각하노라]. 其間 金融 政策의 籠絡으로 (…) 朝鮮 産業에 幾許의 墻壁을 作하였음을[만들었음을].394)

했던 사정 때문에 이 때에야 논의의 수면에 떠오르게 된것으로 보인다.
394) 「朝鮮實業家에게 告함」, 『동아일보』 1920.7.13.

[조-3] 二十世紀의 現代에서 列國의 政治上 苦痛이 (…) 人口 膨脹의 處分 問題라. (…) 그 交通 機關에 必要한 汽車와 電車의 敷設에 汲汲하는 것이라. (…) 電車의 便宜를 從하여[따라서] 問題의 三個 場所가 가장 肝要하다 하는시에 恒常 그 進出하는 條件에 障害라 할만한 理由가 付着되는 것은 卽 車賃에 過度에 在함[있음]이라. (…) 宜乎[마땅히] 此[여기]에서 率先의 改正을 하여 一般의 住宅難을 緩和케 함이 어찌 適當의 策이 아니라 하리요.395)

[동-3] 社會의 公義는 (…) 모든 者[사람]로 하여금 充分히 生[삶]을 享樂케 함에 在하도다[있도다]. (…) 人[사람]이 能히 力[힘]을 制禦하고 義에 從하는[따르는] 所以는 實로 强弱과 貧富의 共存하는 道理를 理解하며 實現함에 在하나니[달려 있나니]396)

[동-4] 東拓 現下의 財政이 其[그] 極에 達하여 (…) 放漫 投資한 結果, 貸付金 回收不能이 果然 幾[몇]千萬元에 達한지 難測[측정하기 어려움]이라 하며 (…) 世人의 疑雲이 濛濃하도다.397)

[동-5] 살아가는 必要品의 去來는 「賣買」라는 形式을 通해[고] 그 去來의 媒介가 되는 것은 (…) 「貨幣」라는 것이다. (…) 이 貨幣는 어찌하여 우리 手中에 들어오게 되는가.
여러분이 모두 알듯이 收入이라는 形式을 通하여 우리에게 오는 것이다. 그러면 그 收入의 源泉이 무엇인가.398)

[조-7] 사람이 窮하면 못할 짓이 없노라. (…) 사람의 마음은 異常스럽게도 自己의 保存慾이 强大하므로 因循姑息의 策略을 演出하려 하노라. (…) 米國에 몬로主義가 있고 日本에도 所謂 亞細亞主義가 있도다. (…)
그것들은 모두 否認되었도다. (…) 우리는 하나도 그것이 誠實한 效果를 거두었음을 認定치 않노라. (…) 日本은 이와 같이 亞細亞主義를 일컬어 왔노라.399)

---

395) 「電車 賃金 均一과 住宅 問題 解決」, 『조선일보』 1921.8.2.
396) 「朝鮮人 本位 産業 政策의 意義」, 『동아일보』 1921.9.20.
397) 「東洋 拓植 會社 撤廢를 論하노라」, 『동아일보』 1922.3.13.
398) 「滅亡하여 가는 京城」, 『동아일보』 1923.3.6.

[동-1]은 1920년 7월의 『동아일보』 자료이다. 1920년 7월의 주필(主筆)은 송진우(宋鎭禹, 1890~1945) 내지 그와 유사한 학력을 지닌 인물로 추정되는데, 여기서 대명사나 기본 동사의 처리 방식을 살펴보면 자국어화 내지 구어문체화의 정도를 가늠해 볼 수 있을 것이다. 오늘날과 달리 자국어화하지 못한 부분들에는 밑줄이나 [ ]를 이용해서 표시해 두었다. 문체의 양상을 분석해 보면, 대명사의 경우에는 '吾人', '諸君'400) 과 같은 어색한 한자어와 '그들'과 같은 서양식 구어문체에 가까운 대명사가 공존하고 있음을 알 수 있다. '앉다'·'서다'·'죽다'·'없다'·'잇다'·'생각하다' 등의 기본 동사 또한 전혀 자국어화되어 있지 않다. 단 '그들'과 같은 자국어 대명사의 등장, '잊지 않으리라 생각하노라 … 임을'과 같은 도치법(倒置法)이 정립됨으로써 자국어 어순에 대한 확고한 신념이 수사법에까지 영향을 미치고 있음을 알 수 있을 뿐이다.

[조-3]은 1921년 8월의 사설이다. 역시 기본동사가 자국어화되어 있지 않고, '여기, 이것'에 해당되는 대명사조차 '此'로 쓰이고 있다. 부사의 경우에도 '마땅히'를 '宜乎'로밖에 처리하지 못하고 있다. [동-3]은 1921년 9월의 글로서, '삶(生)'이나 '사람(人)', '힘(力)' 등 논설에 잘 쓰이지 않는 구체어 기본명사가 얼마나 자국어화하기 어려운지 잘 보여주고 있다. 때로는 이미 자국어화를 이룩한 대명사들이 오히려 퇴보하는 경우도 있는데, 1922년 3월의 [동-4]에서 볼 수 있는 '其[그]'가 대표적이다. '그 사람'을 '其人'이라 한 것은 한문체의 전통적인 말투로서, 이 상태로는 근대적 구어문체는 말할 것도 없고 자국어 문어문(文語文)조차 성립하기 어렵다. 1922년까지는, 자국어화와 그 반동이 엎치락뒤치락하

---

399) 「所謂 大東亞 建設이란 무엇인가(押)」, 『조선일보』 1924.7.3.

400) 물론 오늘날에도 '제군'은 약간 지위가 낮은 사람들을 대면하면서 통칭할 때 쓰는 대명사로 관습적으로 쓰이는 경우가 있다. 그런데 [동-1]에서 '諸君'의 용법은 이것이 아니라, '여러 분들'이라는 의미의 2인칭 존칭 복수형 대명사로 쓰인 것이다. 논설의 필자가 조선의 실업가(오늘날의 기업총수)를 그것도 여럿이나 대면하면서 낮추어 부른다는 것은 납득하기 어려운 상정이기 때문이다.

며 일어나고 있었던 것으로 파악된다.

그러나 1923년 이후에는 기본 품사의 경우에도 상당한 수준의 자국어화가 진전되는 것을 확인할 수 있다. 1923년 3월 자료인 [동－5]의 경우 [동－1]에서 쓰였던 어색한 2인칭 복수 대명사형 '諸君'이 '여러분'으로 바뀌었을 뿐만 아니라, '이', '그', '어찌(如何)' 등 기본 대명사와 부사 어구에서 상당한 자국어화가 되어 있기 때문이다. 이 경우 한자를 노출하지 않고 한자음으로 바꾸면 오늘날의 구어문체 언문일치 논설문과 거의 구별되지 않을 정도이다. 1924년 7월 자료인 [조－7]의 경우에도 '吾人'하던 과거의 대명사가 '우리'로 정착되었고, 부사어구로 많이 쓰이는 '如此히'가 '이와 같이'로 바뀌어 읽기가 한결 수월해져 있다.401)

(2) 무인격적 의사소통 상태의 도입과 '－다' 체 종결어미의 정착

앞에서 살펴본 1920~24년간은 '－다' 체 종결어미의 확립이라는 측면에서 보더라도 매우 중요한 시기이다. 신문 논설은 이 시기에 이르러 처음으로 종결어미 '－다' 체를 쓰기 시작했으며, 이러한 관습은 오늘날까지 이어져 내려와 언문일치 구어문체의 전형으로 자리잡게 된다. 앞 절에서 지적했듯이, '－라' 체에서 '－다' 체로 전환하는 데에 역사적인 필연성이 있는 것은 아니다. '－라' 체는 근대 이전에 문어 텍스트를 전달하는 구어적인 말 습관으로 존재했던 것이며, 근대 이후 비대면(非對面) 상황의 무인격적 의사소통 상태가 일반화되면서 구어적인 말 습관에서 벗어나야 했기 때문에, 가장 무미건조하고 객관적이며 탈맥락적인 종결어미 '－다' 체가 선택되었을 뿐이다.

---

401) 물론 이러한 변화는 이때 처음으로 나타났다는 것이며, 약간의 반동(反動)도 분명히 존재하고 있었다. 예컨대 [동－6], [동－7]에서는 다시 '吾人' 등의 한문체 대명사와, 어색한 1음절 한자 기본동사가 다시 쓰인다.

1920년 이전에 '―다' 체가 선택되지 않았다는 것은, 신문 논설과 같은 간접적 의사소통 상황조차도 '직접 만나서 말을 주고받는' 대면의 의사소통 상황으로 이해되고 있었다는 것을 의미한다. 불특정 다수의 '예상 독자'를 상대로 주장의 논리를 전개한다는 것 자체가, 근대 이전에는 상상하기 어려운 것이었다. 한문학의 논(論)이나 설(說)은 항상 특정한 상황 속에서 산출되는 것이며, 대개 맥락 속에서 특정한 독자를 상정(想定)하고 있다. 예컨대 한유의 「사설(師說)」 같은 문장만 하더라도 보편타당한 진리를 논하고 있는 듯이 보이지만, 본래 맥락에서는 가르침을 주러 온 지인(知人)에게 알려 주기 위해 썼던 것이다.

그러나 신문 발간의 전통이 쌓이면서 '사설(社說)'이란 특정한 독자를 상정하는 것이 아니라 국민이나 계급 등으로 표상되는 일종의 '근대적 보통인'을 상대로 씌어지는 것이라는 점이 차차 인식되었고, 이는 논설의 문장 종결 형태에도 변화를 일으키게 된다. 문장의 종결 형태, 즉 어미는 그 자체로는 종결의 기능을 외적으로 확정하는 것에 지나지 않는 것이지만, 독서가 묵독(默讀)으로 전환되어 갈수록 그 형태가 주는 독서 과정의 인상은 강렬해진다.[402] 그러나 '―다' 체가 비대면의 무인격적 의사소통 상황에 쓰이는 것으로 확정(確定)되기 전까지는 '―라' 체 또한 사라지지 않았으며, 이 때문에『매일신보』만 존재했던 1919년까지만 해도 '―다' 체 종결 어미는 등장조차 못했다. [매―1]~[매―7]의 자료 모두가 그러했다.[403] 그러나 1920년부터 사정이 조금씩 바뀌기 시작한다.

[조―1]은 비교적 초기에 '―다' 체가 정착한 사례이다. '―라' 종결어

---

402) 근대 이전의 공동체적 독서를 음독으로, 근대의 개인적 독서를 음독으로 파악하는 논리에 대해서는 천정환(2003 : 108~119) 참조.

403) 어쩌면 이는『매일신보』자체가 총독부 기관지로서 '몽매한 조선 민중'을 예상 독자로 상정하고 있었기 때문에 끝내 무인격적 의사소통 상황을 상정할 수 없었던 것인지도 모른다. 실제로 [매―7]의 경우는 기사문적 성격을 포함하고 있을 뿐 내용상으로는 근대 논설문으로서 손색없는 글인데, 끝내 윗사람이 아랫사람에게 훈계하는 어조를 연상시키는 '―라' 체를 고수하고 있다.

미를 취하는 문장과 '−다' 종결어미를 취하는 문장 사이에는 본질적인 차이가 있는데, 그것은 문장의 길이이다. '−라' 체는 고전소설에서 흔히 확인할 수 있듯이 구어적 속성에 입각하여 종결 의식이 미비하고 서술이 무질서하게 확장된다. 반면에 '−다' 체는 무인격적 소통이므로 문장의 형태만으로 예상되는 독자에게 전달해야 하는 어려움이 있다. 따라서 가급적 하나의 문장이 한 가지 사실을 규정하는 형태, 즉 '명확한 의미 범위를 지닌 주어 + 단정적이고 객관적 서술어'의 단문 구조가 정착하게 되는 것이다.

> [조−1] 浪費라 하면 有用의 事物을 無用에 消費하는 것이다. (⋯) 人生이라는 問題에 立脚하야 人類에게 最히[가장] 貴重한 것을 擇하야 (⋯) 分別하면 (⋯) 그 意味가 鮮明해질 것이다. (⋯) 個人間일지라도 時間上 違約을 하지 안토록 主意할 것이다. (⋯) 남과갓흔 地位를 엇고자하거든 第一로 時間을 節約할 것이다.404)

위의 [조−1]에서 보이는 "浪費라 하면 有用의 事物을 無用에 消費하는 것이다."가 대표적인 단문 구조의 문장이다. 물론 [조−1]은 1921년의 자료로서, '−다' 체의 선구적 형태라고 할 수 있다. 이때의 '−다'는 단정적·규정적 종결어미로서 분화된 것이 아니라, 그밖의 의미로도 쓰이고 있다. [조−1]의 뒷부분에 나오는 대로 '주의할 것이다'나 '절약할 것이다'의 '−다'는 단순한 종결체가 아니라 '−해야 한다' 정도의 의미인데, 이는 초기적 소통 체계에서 '−다'의 기능이 확정되지 못한 사정을 반영하고 있다.

> [동−4] 或者 云하되 日本 移民의 朝鮮에 對한 現況은 十一年間에 約 二萬人에 不過하니 極히 僅少한 것이(⋯)라 하나니, 이는 實際 狀況에 不通한 愚論이(⋯)라. (⋯) 日本 本土 人民은 商工業이 發達한 結果 外國의 富를 輸入하여

---

404) 「時間을 浪費마라」, 『조선일보』 1921.2.6.

(…) 그 生活이 豊厚하나 朝鮮 人民에 至하여는 所持할 바 農産物이라.405)

　　[조-4] 官立 第一高等普通學校 學生 何人[몇 명]이 日本 仙台에 在한
高等學校에 入學 請願을 提出하얏더니 (…) 反却한 契機로 (…) 各私立高等
普通學生까지 (…) 前途에 對한 煩悶을 惹起하야 教育界에 一種 問題[가
되야] 學務局에서 日本 文部省과 交涉하야 (…) 大略 解決을 告할 形勢이라
(…) 當年 寺內正毅氏가 (…) 差別制度를 絶對로 施行하야 (…) 朝鮮人에게
는 不完全한 普通教育(…)外에는 他道가 無하엿스니 (…) 他人에게 使役할
때에 그 指揮하는 命令이나 奉行하기에 適當한 資格을 養成함이엿셧다.406)

　　[동-5] 貨幣는 어찌하여 우리 手中에 들어오게 되는가. 여러분이 모두 알
듯이 收入이라는 形式을 通하여 우리에게 오는 것이다. (…) 보라, 우리 朝鮮
사람은 朝鮮의 交通이 (…) 道路가 (…) 都市가 擴張된 것을 目前에 보노라.
그러나 그 擴張된 都市는 뉘 都市며, 그 發達된 交通은 뉘 交通이며, 그 開
拓된 道路는 뉘 道路인 것을 잘 아노라.407)

　　[동-4], [조-4], [동-5]는 모두 과도기의 사례로서, '-라' 체와 '-
다' 체 사이의 머뭇거림이 드러나거나, 전자에서 후자로 넘어가는 과정
을 보여주는 중요한 자료들이다. 모두 1922~23년 사이의 자료이므로,
이때가 논설문 양식에서 '-다' 체가 확산되는 시기로 이해할 수 있을
듯하다. [동-4]는 "이는…愚論이라", "朝鮮人民이 所持한 바는 農産物
이라"고 하는 데서도 볼 수 있듯이 주술구조가 엄밀한 단문 구성으로
여겨지고, 내용상 동양척식회사라는 근대적 회사의 행태에 대한 일반적
논의이므로 특정한 화자가 아닌 불특정의 보통인을 상대로 하는 글임
을 알 수 있다. 따라서 '-다' 체로 전환한다 해도 전혀 어색하지 않고,
오히려 '-라' 체가 남아 있는 것이 글을 구식처럼 느껴지게 한다. 따라

---

405) 「東洋 拓植 會社 撤廢를 論하노라」, 『동아일보』 1922.3.13.
406) 「高等普通學校生의 卒業 後 入學問題－學政의 根本誤謬로 發生한 弊害」, 『조선
　　　일보』 1923.1.18.
407) 「滅亡하여 가는 京城」, 『동아일보』 1923.3.6.

서 이제는 '-라' 체에서 벗어나는 데에 아무런 장애가 없으며, 이제 누군가가 결단을 내려 '-다'를 선택하는 일만이 남았다.

[조-4], [동-5]는 밑줄친 부분에서 볼 수 있듯이 '-라' 체와 '-다' 체가 한 편의 글 내부에서 동시에 쓰이고 있다. [조-4]는 조선 소재의 고등보통학교(高等普通學校)를 졸업자가 일본 고등학교(高等學校)에 연계 진학할 수 없는 현실을 소개하고, 총독부 학무국에서 일본 문부성(文部省)에 해결을 청구하였다는 내용을 소개하였다. 그리고 그 다음에 이렇게 된 원인이 테라우치 총독의 보통교육, 이른바 우민화(愚民化) 교육에 기인하는 것임을 비판적으로 지적하고 있다. 어느 경우에나 명확한 논리로, 하나의 문장이 한 가지 사태만을 한정하도록 표현하고 있음을 알 수 있다. 즉 '학무국에서…구할 형국이라'고 한 데 대해, '구할 형국이다'고 해도 아무런 문제가 되지 않는 것이다. 이 경우 어디에서 '-다'가 쓰이고 어디에서 '-라'가 쓰였는지 밝히는 것은 아무런 의미가 없으며, 이는 오직 과도적으로 '-라'가 소멸하고 '-다'가 부각되는 상황을 보여주는 증거가 될 뿐이다. 이 점은 [동-5]의 경우도 마찬가지다.

[동-7] 이것이 (…) 大阪每日新聞이 發表한 長篇 社說의 結論이다. 吾人은 (…) 日本의 所謂 輿論이 如何히 現實에 謬着하는가, 이것을 보고자 함에 不過하다. (…) 政治家가 現實에 謬着하는 것은 免하지 못할 일이라고 아니할 수 없다.[408]

[조-6] 去 六日發 國際『와싱톤』特電은『(…)新移民法案을 七月 一日로부터 實施하기로 決定하였다』는 消息을 傳한다. (…) 日本國民 (…) 彼等은 크게 戰慄하였을 것이다. (…) 日本 政府의 希望이 오직 米國大統領『쿨리지』氏의 厚意的 周旋에 一任하였[으며]『쿨리지』氏는 極力으로 이 法案의 成立을 制止코저 하였다.[409]

---

[408] 「可恐할 現狀 辯護」,『동아일보』1923.4.18.
[409] 「米國 排日案 實施의 決定」,『조선일보』1924.5.9.

[조-7] 日本은 (…) 亞細亞主義를 일컬어 왔노라. (…) 假面과 虛飾으로써 弱者를 籠絡하려 한 것에 不過하노라. (…) 平和를 외치면서 永遠한 禍根을 남긴 者가 實로 日本 自身이노라. 隣邦의 民衆이 日本으로부터 마음이 멀어져 간지는 이미 오래노라. (…) 오직 東洋의 盟主는 自身으로서 東洋의 强者가 自身인 것만을 알고 있을 뿐이노라.410)

위에 든 세 자료는 1923~24년 사이의 것들이다. [동-7]은 1923년 4월의 자료인데, 한 편의 글 전체에서 '-다' 체로 일관하고 있는 초기적 양상이다. [조-1]과 달리 '-다' 체 종결어미가 의미상의 흔들림이 없이 무인격적 전달 상황의 종결 기능만을 한다는 점도 지적할 필요가 있다. [동-7]은 일본의 신문기사에 나타난 조선에 대한 부정적 여론을 소개하고, 필자인 '우리들'은 여론을 계속 지켜보겠다는 것을 밝히고 있다. 일본의 여론 지도층을 의식한 표현이라고 볼 수도 있으나, 그렇다고 하더라도 구술이 필요한 인격적 대면은 아니므로 '-다' 체의 선택은 적절했다고 보인다.

[조-6]도 마찬가지다. 이 자료는 1924년에 있었던 미국 의회의 일본 배척 법안(排日法)에 대한 소개인데, 화제 자체가 국제 문제인 만큼 한국 인들로서는 객관적 거리를 두고 볼 수 있는 화제(話題)이고, 그 때문에 무인격적 의사소통의 종결 어미 '-다'가 전면적으로 쓰이게 되는 것이다. 그리고 신문이라는 매체가 필자와 독자의 인격적인 만남을 전제로 하지 않는 시스템인 만큼, 그 화제가 어떠한 것이라 할지라도 '-다' 체의 선택은 자연스럽게 되었다. 객관성과 공정성 등이 무미건조한 종결 어미 '-다'로 나아가는 데 기여하기도 했을 것이다. 이후 '-다' 체는, 주장하는 글쓰기가 객관성을 확보하기 위해 필요한 기본적 종결 장치로 기능하게 된다.

이렇게 하여 1924년 이후 '-다' 체는 주장하는 글쓰기 양식에서 확

---

410) 「所謂 大東亞 建設이란 무엇인가(押)」, 『조선일보』 1924.7.3.

고한 위치를 차지하게 되지만, 약간의 반동이 없었던 것은 아니다. 특히 [조-7]은 더 이상 '-라'를 고집할 이유가 없는 상황에서도 관성적으로 '-라'가 종결어미로 쓰일 수 있다는 사실을 보여주고 있다. 그러나 1924년 이후에는 무인격적·객관적 소통 상황을 지니는 신문의 주장하는 글쓰기 양식이 선택해야 하는 종결어미가 '-다'라는 사실이 어느 정도 공통의 인식으로 성립하게 된다.

2) 내용 구성과 전개 방식의 특성

지금까지 1910~24년 사이의 자료가 보여준 문장체적 성격의 검토를 마쳤다. 이제는 논설문의 내적 구조가 어떻게 형성되어 갔는가를 살펴보겠다. 먼저 앞에서 지적한 대로 주장하는 글쓰기가 근대화되면서 생겨나는 두 가지 변모를 기준으로 살펴보겠다. 하나는 내용 구조의 내적 형식으로서 인위적 설득구조의 정립과 확산이며, 다른 하나는 내용을 구성하는 단위의 정교화로서 '서론-본론-결론'의 내용 요소가 확보되는 과정이다. '서론-본론-결론'은 단순히 글을 세 단계로 나눌 수 있다는 것을 의미하는 것이 아니며, 각 부분에서 어떠한 쓰기 구성 전략이 마련되는가 하는 관점에서 접근하여야 한다. 예컨대 서론부에서 '화제 제시'와 '문제 제기'가 분리되는 문제, 본론의 구성을 '실태-원인-대책'의 3단 혹은 '주장-근거'의 2단 구성으로 하는 문제, 결론부의 존재 여부와 내용이 문제가 포함될 것이다.

(1) 1910년대-기사문에서 설득문으로 가는 과도기적 양상

1910년대의 논설의 분석은 『매일신보』로만 한정한다고 앞에서 밝혔다. 초기의 『매일신보』 논설은 총독부의 시책을 홍보하는 데 주력하고 있었기 때문에, 주장보다는 교술적인 내용을 많이 포함하고 있었다. 또한 주장이 비교적 명확하다고 보여지는 자료들에도 기사문적(記事文的) 성격이 상당히 포함되어 있다. 1913년 이전의 자료를 들어 그 양상을 실제로 확인해 보고자 한다.

[매−2] 1 正貨의 準備가 完固치 못ᄒ면 到底히 信用을 得키 難ᄒ거든 (…) 朝鮮銀行은 朝鮮全道의 金庫라 ➡ 화제 제시[조선은행은 조선의 금고임]

2 韓國銀行 開業 當時에ᄂ 正貨 準備가 三百九十四萬餘圓에 不過ᄒ더니 客月[지난달] 末日에ᄂ 實로 九百二十九萬圓으로 增進ᄒ얏고 (…) ➡ 화제의 구체화[한국은행의 화폐발행]

3 同行이 朝鮮銀行으로 改稱ᄒ 結果로 (…) 兌換 準備에 관한 政府의 監督은 上述과 如ᄒ則[위에 말한 바와 같은즉] (…) ➡ 화제의 구체화[화폐발행에 대한 정부의 감독]

4 近日 不謹愼ᄒ 論者가 風說을 利用ᄒ야 沒常識ᄒ 言論을 唱ᄒ나[외치나] 都是[이는 모두] 一笑에 附ᄒ에[부침에] 不過ᄒ도다 ➡ 반론 제시[화폐발행에 대한 오해]

5 此等 論者ᄂ 徒히 自己의 淺識만 發表ᄒ 而已라 ᄒ노라. ➡ 반론의 반박[화폐발행은 정확히 감독되고 있음][411]

[매−3] 1 京城 府內의 土地 丈量은 (…) 本年中에ᄂ 完成ᄒ리라 ➡ 화제 제시[경성부 토지대장]

2 朝鮮은 自來로 土地의 區域 及[및] 反別이 判明치 못ᄒ야 (…) 文明이 無ᄒ고[없고] ➡ 문제 제기[조선 토지관리의 허술함]

3 往往 境界의 問題가 起ᄒ면 (…) 他人의 基址를 僞券으로 放賣ᄒ야 (…) 司法上에 多大ᄒ 障碍를 與ᄒ얏도다[주었도다] ➡ 문제의 결과[사기의 극성]

4 嗚呼ㅣ라 (…) 不動ᄒᄂ 土地를 尙히[오히려] 己有他有가 不明ᄒ(…)니 ➡ 현실 비판[소유권 의식의 불명확]

5 何幸 新政이 普及ᄒ야 (…) 京城府內의 土地에 着手ᄒ야 土地調査事業에 多大ᄒ 效果를 奏ᄒ리라 ➡ 해결책 소개 [신정부의 토지조사사업]

---

411) 「鮮銀 正貨의 準備」, 『매일신보』 1911.12.2.

6 (…) 臺帳이 成立ᄒ면 (…) 此가 足히 朝鮮文明의 一分子라 謂홀지로다
➡ 해결책의 효과[조선문명의 발전]

7 此 調査가 完成ᄒ 後에 (…) 無前의 大福音을 得ᄒ얏다 謂ᄒ노라 ➡ 의
의와 전망[커다란 복음]412)

위의 두 자료는 명확한 주제를 포함하고 있으면서도 기사문적 성격
을 많이 포함하고 있다는 점에서 주의를 요한다. [매−2]는 '문제−주
장'의 내용 구성이 이루어져 '인위적 설득구조'의 내적 형식을 갖추지
못하였다. 물론 문단 짜임에서는 '화제 제시−반론−반박'의 구조로 되
어 있어, 주장에 반대하는 세력의 예상되는 주장을 미리 제시하고 그에
대해 반박하는 전략을 취했다. 이 점을 약간의 진전이라고 평가할 수는
있겠으나, 근본적으로 '화제−주장'의 단순 구성이 변한 것은 아니다.
이 글은 기사문적 성격에 주장이 가미된 것으로 파악되며, '주장하는
글쓰기'로 완벽하게 분화하지 않았다고 여겨진다. [매−3]은 문단을 여
럿으로 나누면서 상당한 진전을 보여준 듯하나, 실제로는 '문제−대책'
의 구조를 답습하면서 일방적으로 해결책을 제시하고, 그 해결책의 효
과를 제시하는 정도에 머무르고 있다.

[매−4] 1 嗚呼ㅣ라 (…) 聾啞ᄂ 天下의 廢疾이라 ➡ 관련 사실 제시[농아의
비극]

2 3 語學은 交際의 元素라 (…) 隣國의 語라도 通解ᄒ 然後에야 能히 其
國의 事情을 知홀지라 ➡ 화제 제시[외국어의 필요]

4 況 今 日本은 朝鮮과 一家를 成ᄒ야 凡百制度가 去舊從新ᄒ니 ➡ 화제
의 구체화[국어로서 일본어]

5 然ᄒ즉 朝鮮 今日에 處ᄒ야 日語를 不知ᄒ면 卽 聾者 啞者를 免치 못
홀지니 ➡ 문제 제기[일어 학습의 중요성]

6 7 學生 以外의 無數 同胞ᄂ 何 方法으로 此를 普及케 ᄒ리오 ➡ 문제
의 구체화[미취학자의 일어교육 문제]

---

412) 「京城府 土地調査」, 『매일신보』 1912.3.21.

8 稍히 事業에 有志호 者는 內地語 學習에 留念치 안이치 못홀지로다 ➡
해결책 제시[내지어 학습 독려]

9 或 其 子弟가 內地語를 傳習코져 호면 (…) 不喜호는 者도 有호니 (…)
엇지 可笑치 안이 호리오 ➡ 현실 비판[내지어에 대한 오해 비판]

10 內地 文明을 輸入호기에 最 速度는 內地語 普及에 在호다 ➡ 의의와
전망[내지어는 문명의 길]413)

[매-5] 1 現今 東都는 第 三十五 議會의 開會 中이라 (…) 朝鮮에 對호야
는 風馬牛不及이라 (…) ➡ 화제 제시[일본의회의 조선논의]

2 (…) 國民黨 豫算 査定案中 豫算 消除 一項에 朝鮮總督府 充當金(…)
이라 호얏스니 (…) 薄情之極이라 ➡ 문제 제기[국민당의 조선예산 삭감안]

3 國民黨이 (…) 엇지 此等 無智의 提案을 敢히 唱導호리오 ➡ 현실 비판
[삭감안의 문제점]

4 朝鮮總督府 補充金 削除案도 (…) 一時 政爭의 材料에 供코져 홈이 안
인가 ➡ 원인 분석[정략적 목적, 무지에서 비롯됨]

5 我 朝鮮人은 (…) 다만 寺內總督의 指導에 服從하면 可하도다 ➡ 대안
및 전망[테라우치 총독의 지도에 따르라]414)

[매-4]는 일본어 보급의 필요성을 주장하고 있는 글이다. 첫 문단에
서 귀머거리의 예를 들면서 화제를 제시하고, 본격적인 문제 제기인
'일본어 학습의 필요성'은 넷째 문단에서야 비로소 다루어졌다. 이처럼
화제 제시와 문제 제기가 분리되고, 각각의 기능이 명료해짐으로써 서
론을 읽는 부담이 한결 줄어들게 되었다. 또한 문제 제기가 분리될 뿐
만 아니라 명확해져서, 그에 대한 주장도 확실하게 할 수 있게 되었고,
[매-2]·[매-3]에서 보였던 기사문적 성격에서 벗어난, 분화된 의미의
'주장하는 글쓰기'가 정착하게 되는 것이다. 그러나 여전히 원인 분석은
미비하여 인위적 설득구조의 완성이라 보긴 어렵다.

---

413) 「國語 普及의 急務」, 『매일신보』 1914.3.13.
414) 「中央政府와 朝鮮」, 『매일신보』 1914.12.26.

[매—5]는 '현실 제시—원인 분석—대안 제시'의 인위적 설득구조가 완성된 최초의 형태로 파악된다. 조선총독부(朝鮮總督府)의 예산이 일본 의회에서 삭감되는 데 대해 비판하고 있는 이 글은, 높은 시사적 성격으로 인해 세밀한 화제 제시와 문제 제기의 수준을 보여주고 있다. 기존의 사설들이 인위적 설득구조를 완성하지 못했던 가장 큰 이유가 바로 원인 분석이 미비하다는 점이었는데, 이 글에서는 '조선 관련 예산 삭감'을 명확한 문제로 제기하고, 그러한 문제가 나온 원인이 '삭감안을 제출한 일본 국민당(國民黨)의 정략적 목적'에 있다는 점을 적시하였다. 이에 따라 독자는 글이 '주장과 함께 명확한 근거를 갖고 있다'는 점을 납득하게 되고, 설득의 과업은 한결 쉽게 달성된다.415)

(2) 1920년대—인위적 설득 구조의 정착과 내용 구성 단위의 정교화

이제 1920~1924년 사이의 이른바 민족지 『조선일보』·『동아일보』에 나타난 내용 구성과 전개 방식의 특성을 확인하기로 하자. 오늘날의 논설문 양식에서 널리 사용되는 전략 내지 행위 요소들은 모두 이 시기에 정형(定形)을 획득한 것들이다. 화제 제시와 문제 제기의 분리해서 서술하거나, 결론에서 요약과 전망을 제시하는 것, 원인 제시와 비판의 인과적 구조, 반론을 근거로 삼는 논쟁적 글쓰기 등이 그러한 전략의 예이다. 따라서 시간의 흐름에 따라 이러한 글쓰기 행위 전략들이 사용된 시기를 조사하고, 그러한 전략의 발생 원인을 따져보는 것이 필요하다. 먼저 1920~21년 초까지의 몇몇 자료를, 앞 절에서 제시한 시간 순서를 따라 내용 중심으로 정리하여 표로 제시한다.

---

415) 또한 이 글은 이러한 전체적인 자기의 생각을 남에게 알리고 펼치는 과정을 '주장'이라고 일컫는 최초의 사례이기도 하다. "政友會는 二個 師團 增設의 延期를 唱導하고 國民黨은 絶對的 不必要를 主張하는지라 (…중략…) 其 主張인卽 亦是 全黨의 主義로부터 由生하였다 하면" 「中央政府와 朝鮮」, 『每日申報』 1914.12.26.

〔표 32〕 1920년대 초반 신문 논설의 내용 전개상 특성 (1)

	주요 문단 구성	글의 구조상의 특징
[동-1] 20-7-13	*제목 : 조선실업가에게 고함 ① 화제 제시(경제의 중요성) ② 구체화 : 원인(러시아의 탐욕) ③ 구체화 : 결과(민중의 분노) ④ 문제 제기(조선 실업가들은 장래를 걱정하지 않는가?) ⑤ 실태와 비판(일제 금융정책에 농락당하기만 하는 한국 실업가) ⑥ 주장과 당부(조선 실업가들은 관세 철폐 문제에 저항하라)	*열거적 구성(형식적 요소의 완결성이 떨어짐) *'실태-주장'의 2단 구조로 과도기적 형식 *주제 : 조선 실업가는 일제의 경제정책에 저항하라. *성격 : 열거적 구성, 단순 구성의 과도기적 성격을 띤 주장하는 글쓰기
[동-2] 20-9-18	*제목 : 조선 부호에게 바라노라 ① 문제 제기(조선에 문명세계와 비교할 만한 부호가 존재하는가?) ② 실태 제시(조선은 유치한 사회여서 부자의 규모도 작다) ③ 실태 제시 계속(조선 부호의 소극주의) ④ 현실 비판(수전보다 투자가 중요함) ⑤ 당부(부자들은 돈을 지키려고만 하지 말고 선히 이용하라) ⑥ 전환 및 논거의 보강(현대 경제조직은 국민경제 단위이므로 개인의 재력은 사회에 투자되어야 한다) ⑦ 주장 및 전망(부자는 사회에 투자하여 경제를 발전시키고 개인의 영화도 추구하라)	*열거식 구성이 부분적으로 남아 있음 *인위적 설득구조에 필요한 요소(실태-근거-비판-주장)은 갖추었음 *인위적 설득구조가 겉으로 잘 드러나지 않음(주장을 내세운 다음에 근거를 내세우기 때문, 과도기적) *주제 : 조선의 발전을 위해서는 부자의 투자가 중요하다. *성격 : 열거적 구성에 인위적 설득구조가 결합된 과도기적 성격의 주장하는 글쓰기
[조-1] 21-2-6	*제목 : 시간을 낭비 마라 ① 문제 규정(인생에 가장 중요한 것은?) ② 도입(인생에 가장 귀중한 것은 생명) ③ 인과 및 논증(생명 → 활동 → 정신적 활동 → 무한 → 시간의 소중함) ④ 주지(시간 절약의 중요성) ⑤ 부연 및 강조(시간의 절약과 인격 양성) ⑥ 전망 및 당부(시간을 절약하라)	*문제 규정, 개념간의 관계 규정, 추상 논증의 도입 *문체상의 비인격성과 상응하는 내용 구성 *주제 : 정신적 생명 활동에 필요한 시간을 절약하라. *성격 : 문제에 대한 규정과 그에 대한 견해를 논리적으로 펼치는 철학적 논증 글쓰기

[동-1]은 조선 실업가들이 일제 금융정책에 농락당하기만 하는 현실태를 제시하고, 그에 대해 아무 말도 하지 못하는 것을 비판하고 있다. 결국 '실태-주장'의 2단 구조로 되어 있는 셈인데, 근거가 구체적으로 제시되어 있지 못한 만큼 설득력은 많이 떨어진다. 그리고 내용상으로 볼 때에도 직접적 관련이 없고 사례 제시에 불과한 열거적 구성을

취하였다. 구성 방식에 대한 전략적 고민이 미흡한 상태이다.

[동-2]는 조선인 부호들에게 당부하는 내용인데, 조선의 발전을 위해서는 조선 부호의 투자가 필요하다는 주장을 담고 있다. 그러나 이 글은 조선의 실태(낮은 경제 수준)와 주장(발전을 위한 부자들의 투자 요망)을 연결하는 데서 시작하지만, 6문단에서 부자들이 사회에 투자해야 하는 이유를 국민경제의 관점에서 제시하고 있어 '실태-근거-주장'의 인위적 설득구조에 필요한 요소를 갖추게 되었다. 그러나 요소만 갖추었을 뿐, 실태의 나열과 주장(부자들이 투자를 하지 않으니 투자해야 함) 다음에 근거(투자는 궁극적으로 국민경제의 발전에 도움이 되기 때문)가 나오는 구조를 취하였기 때문에 인위적 설득구조가 겉으로 잘 드러나지 않는다. 어쨌거나 이 글은 인위적 설득구조가 형성되어 가는 과정을 보여주는 자료로서 의미가 있다.

[조-1]은 첫머리에서 문제를 정확하게 규정한다는 점에서 이전의 글쓰기와 다른 태도를 보여주고 있다. 단순히 문제를 규정하는 것만이 아니고, '인생에서 가장 중요한 것'이라는 추상적 논점을 제시한 뒤, 그것의 해답을 규정적으로 제시하면서 추상 논증을 전개하고 있다. 인생에 가장 중요한 것으로 '생명'을 제시한 뒤, 그것을 환유적으로 '생명 → 활동 → 정신적 활동 → 무한 → 시간의 소중함'으로 확산시켜 나아간다. 이러한 개념들 간의 인접성에 기반한 선조적(線條的) 논증은, 근대적 글쓰기에서 중요한 쓰기 전략으로 채택되고 있기도 하다.416) 즉 [조-1]은 문제 규정·개념 간의 관계 규정·추상 논증 등을 도입하였고, 철학적 논증의 글쓰기 양식으로 발전할 가능성이 있는 선행 형태가 되었다.

---

416) 이와 관련된 교육과정 내의 작문 원리가 이른바 '내용 구조도 작성'이다. 내용 구조도란 중심 내용을 바탕으로 하위의 생각들이 연관되는 잠정적인 의미 구조를 가리키는데, 이들은 선조적(線條的, linear)으로 연결된다. 이러한 글쓰기 방법은 창의적이고 활동적이며 전통의 압박이 없는 개인을 전제로 하는 것으로, 서구적 편향이 심한 편이다. 이러한 내용 구조만으로 글이 써질 수 있음을 보여주는 자료가 [조-1]인 것이며, 이 자료가 나오기 전만 하더라도 글쓰기에서 이러한 방법은 일반적으로 인정받고 있지 않았다. 내용 구조도에 대해서는 교육부(2001 : 244~245) 참조.

	주요 문단 구성	글의 구조상의 특징
[조-3] 21-8-2	*제목: 전차 임금 균일과 주택문제 해결 (1) 화제 제시 (도시 인구팽창과 분산문제는 현대의 급무) (2) 문제 제기 (경성의 심각한 주택문제) (3) 실태 제시 (경성전기회사의 용산행 전차 운임인하) (4) 현실 비판과 근거 (용산에만 운임조정한 데 대해 타지역의 소외감) (5) 대책 (용산과 균일한 운임체계를 다른 구역에도 적용하여 주택문제를 해결하자)	*화제와 문제가 구별되고 분석이 세분화됨. *대책이 시사성을 띠고 '근거-대책'을 동시에 포함하고 있음. *주제: 전차 운임을 용산과 균일하게 (인하)하여 주택 과밀문제를 해결하자. *성격: 인위적 설득구조와 서론의 형식이 시사성과 결합하여 정착한 모범적 설득문임.
[동-4] 22-3-13	*제목: 동양 척식 회사 철폐를 논하노라 (1) 화제 제시 (동양척식회사의 방만한 투자가 일본 본토에 알려짐) (2) 문제 제기 (동척의 이민정책의 현황) (3) 실태 제시 (동척 이민정책이 조선에 미친 영향) (4) 실태와 원인 분석 (조선인의 해외 유랑→동척의 토지경작권 장악) (5) 주지 (이민지 정책은 황무지,부요국에 행하는 일로써 조선에게는 고통만 안겨 줄 뿐임) (6) 주장의 강조와 제안 (폭압정치를 중단하고 동양척식을 철폐하라)	*화제제시와 문제제기의 분리. *인위적 설득구조의 완성. *논설문 형식의 구성요소 갖춤. *주제: 동척 이민은 조선에게 고통을 안겨 주므로 즉각 중단하라. *성격: 인위적 설득구조와 '서론-본론-결론구조를 명확하게 갖춘 설득하는 글쓰기의 초기적 완성 형태
[조-4] 23-1-1	*제목: 고등보통학교생의 졸업 후 입학문제 (1) 문제 제기 (조선 고등보통에 대해 일본 중학교의 수준을 인정하는가의 여부) (2) 실태 제시 (조선인 보통교육의 속성 : 노예 양성교육) (3) 현실 비판 (하세가와(長谷川) 총독의 학제령 개정의 위선과 조선 학생의 낙담) (4) 비판의 논거와 비판 강화 (고등보통을 중학수준에 맞추지 말고 중학을 고등보통의 수준에 맞추라) (5) 정리 및 제안 (고보 제도를 폐하고 조선에도 중학교를 설치하라)	*문제 제기가 시사성 있는 명료한 성격을 띤 사건으로 한정 (서론부의 기능 명료화: 다루는 내용) *실태 제시가 원인 분석의 기능을 함. *주제: 고등보통학교 제도를 폐지하고 중학교를 설립하여 조선과 일본 내지의 교육 수준을 동일하게 하라. *성격: 인위적 설득구조의 완성, 시사성 있는 소재 한정 및 문제와 실태의 분별 등 서론부의 명료화, 결론부(정리·제안)의 명확화.

이상에 제시한 자료들은 1921년 후반부터 1923년 초까지의 것들이다. 이 시기의 논설문 자료가 내용 구성상에서 보여주게 되는 새로운 특질을 지적하자면 다음의 몇 가지가 있다. 첫째, 문제 제기와 화제 제시를 분리함으로써 서론 형식을 공고하게 한다. 둘째, 글의 끝부분에 주장의 정리와 제안을 함으로써 결론부의 내용 요소를 확립하게 된다. 셋째, 내용 구성상 이렇게 확립된 틀을 시사성(時事性)이 높은 제재에 적용시켜 오늘날 신문 사설에 해당하는 글쓰기 양식의 관습적 형식을 확립한다.

[조-3]은 앞 시기에 이미 마련된 인위적 설득구조에 서론의 형식을 결합하고, 거기에 다시 시사성 있는 제재를 다룸으로써 비교적 초기에 논설문의 완결된 형식을 이룩한 모범적인 사례이다. 이 글은 당시 경성(京城)의 도시 인구 팽창과 주택 문제를 제기한 뒤, 그러한 문제를 해결하기 위해 용산 지역에 운임(運賃)이 조정된 현실을 제시하고 그것을 비판적으로 보고 있다. 이 글의 첫 번째 미덕은 제재의 시사성(時事性)이다. 전차의 운임과 같은 문제가 논의의 대상이 된다는 것은 그만큼 독자층이 보편화된다는 의미일 뿐만 아니라, 시사적이고 구체적인 문제가 논란과 주장의 대상이 될 수 있다는 점을 보여주는 것이다.

윗글의 핵심적 주장은 '전차의 운임을 용산 지역만 내리지 말고 다른 지역도 일괄해서 내리고, 그렇게 해서 인구의 외곽 분산을 유도하라'는 것이다. 그리고 그러한 주장을 하기 위해 실태를 제시(용산행 전차 운임 인하)했고, 근거(타지역의 소외감)를 들어 비판하는 주장을 내세웠다. 서론에서는 화제(도시의 인구집중 현상)와 문제(경성의 주택문제)를 분리하여 서론의 형식을 정제(整齊)하게 했고, 그러한 화제와 문제가 시사성을 띠었기 때문에 주장이 독자에게 깊은 관심을 유발하고 설득력을 얻었다. [조-3]은 문체상으로는 아직까지 발전이 충분히 이루어지지는 않았지만, 이미 내용 구성의 측면에서는 근대적 논설문 양식이 되기에 충분한 미덕을 지니고 있다.

[동-4]는 [조-3]과 같이 서론부의 화제 제시와 문제 제기 분리, 인위적 설득구조의 완성 등 논설문 형식의 구성 요소를 모두 갖추고 있다. 이 글은 동양척식회사의 이민정책(移民政策)을 주요 문제로 제시하고 있지만, 그 앞에서 일본의 여론을 화제로 제시하여 관심을 유발하고 있다. 아울러 동양척식회사 이민정책의 부당성에 대한 근거(조선인의 해외 유랑)를 들어, 비판(주장)을 전개하고 있다. 마지막으로 이 글은 [조-3]에 비해 논설문 양식으로서 발전된 면모가 엿보인다. 그것은 다름아닌 결론 형식의 내용 요소 확보이다. [동-4]는 [조-3]에 비해 글의 끝부분에서

본론부의 주장을 강조하고, 제안(폭압정치 중단과 동양척식회사의 폐지)을 하는 부분을 포함하고 있기 때문이다. 이는 결론부가 형성된 것이라고도 볼 수 있다. 이에 따라 인위적 설득구조라는 내적 형식을 '서론─본론─결론' 구조가 감싸는 형국(形局)이 되었다.

[조─4]는 조선 학생의 딱한 처지를 담고 있어 많은 독자들의 공분(公憤)을 샀을 법한 글이다. 조선의 고등보통학교(高等普通學校)를 졸업한 학생들이 일본 고등학교에 지원했으나, 조선의 고보(高普)를 일본의 중학(中學) 학력으로 인정해 주지 않아 진학의 길이 막혔으니, '조선의 고등보통학교를 일본의 중학교 수준에 맞게 교육하여 평등한 고등학교 진학이 가능하게끔 하라'는 것이 주된 주장이다. 문제 제기의 시사성이 충분할 뿐만 아니라, 근거 제시(조선인의 보통교육은 말 잘 듣는 노예를 양성하는 교육이어서 조선인의 불만이 높음)가 명확하여 인위적 설득구조가 완성되었음을 확인할 수 있다. 서론부(학생들의 딱한 처지)와 결론부의 정리(고보의 폐지 강조)도 내용 요소로 적절하게 제시되어 있다. 이로써 1923년을 전후하여 내용 전개상 근대 논설문의 완성된 형태가 나타나고 있음을 확인할 수 있는 것이다.

〔표 34〕 1920년대 초반 신문 논설의 내용 전개상 특성 (3)

	주요 문단 구성	글의 구조상의 특징
[동─5] 23-3-6	*제목: 멸망하여 가는 경성 (1) 관련 사항 제시 (생활을 가능하게 하는 수입의 원천은 자본,토지,노동이다) (2) 문제 제기 (조선인은 어떤 노동을 할 수 있는 여건인가?) (3) 일본인의 주장 (일본은 조선을 개발해 주었다) (4) 반론1: 의도의 측면 (일본의 조선 개발은 조선을 희생한 것이었다) (5) 반론2: 느낌의 측면 (조선은 파멸을 기뻐할 만큼 무감각하지 않다) (6) 실태 제시 및 비판 (조선인은 근대 경제에서 소외되어 있음) (7) 주장 및 부정적 전망 (조선은 점차 망하여 가고 있으며, 이는 약육강식의 현실상 필연적인 것일지도 모름)	*다양한 주장을 인용법을 통해 소개하고 있음(열거식 구성) *반론이 주장의 근거 제시 기능을 함. *'문제 제기─반론(근거 제시)─비판'의 인위적 설득구조 제시(식민지근대화론을 비판하는 시의적 글쓰기) *주제: 일본이 조선의 개발을 한 것은 사실이나, 조선인은 근대 경제에서 소외되어 있기 때문에 조선은 점차 망하여 가고 있다. *성격: 인위적 설득구조를 포함하고 있으며 반론으로 근거를 제시하는 논쟁적 글쓰기 양상(근대 논설문의 설득적 양상의 다변화)

	주요 문단 구성	글의 구조상의 특징
[동-6] 23-3-17	*제목: 直接 行動(押) (1) 관련 사항 제시 (법률의 의의와 제재의 필요성) (2) 문제 제기 (모순이 일어날 때의 법률만능론은 문제임) (3) 근거 및 주장 (곤궁과 절박의 상태에서는 법률에 의거하지 않은 폭력사용도 불가하다고 보기 어려움) (4) 구체적 사안에 적용 및 정리 (김상옥 사건의 처리를 바르게 하라)	*화제와 문제제기의 분리 / '문제-근거-주장'의 인위적 설득구조 나타남. *결론부의 기능 확대: 추상적인 주장을 구체적인 상황에 적용하고 정리함 *주제: 상황에 따라 불가피한 폭력도 있을 수 있으니 김상옥을 관대하게 처리하라. *성격: 근대 논설문의 결론부 기능 확장에 기여함
[조-6] 24-5-9	*제목: 미국 배일안 실시의 결정 (1) 화제 제시 (미국의 배일적 이민법안 통과) (2) 부연 (미국의 배일 분위기 팽배) (3) 원인 분석 (일본인의 침략적·이기적 이민정책) (4) 분석 및 대안 제시 (일본은 침략적 이민정책을 포기하라)	*'실태-원인-대안'의 인위적 설득구조 안정기에 접어듦. *주제: 일본인은 배일법안을 가져온 침략적 이민정책을 포기하라. *성격: 인위적 설득구조의 안정기. 결론부의 내용 요소 정교화 미흡

마지막으로 1923년 후반기부터 1924년까지의 변화를 보기로 한다. 이미 인위적 설득구조가 완성되었고, '서론-본론-결론'의 내용 요소까지 활용한 글쓰기가 실현된 만큼, 이 이상의 발전은 내용 요소의 정교화 이외의 방향으로 이루어지기 힘들 것이다. 실제로 위에서 제시한 [동-5]·[동-6]·[조-6]의 세 자료는 그러한 방향을 보여주고 있거나, 혹은 부분적 퇴보 양상을 보여주고 있다. [동-5]는 일제 강점기가 오히려 낙후된 조선을 발전시켜 주었다고 하는 논리, 이른바 식민지 근대화론에 대한 비판이다. 인위적 설득 구조가 '문제 제기-반론-비판'의 형식을 취하고 있어 다소 낯설게 여겨지지만, 주장의 핵심은 결국 '일본이 조선을 개발한 것은 사실(문제 제기)'이나 '조선인은 근대 경제에서 소외되어 있기 때문(반론 및 근거)'에 '조선은 점차 망하여 가고 있다(주장)'는 것이다. 이 경우는 상대의 주장에 대한 반론 자체가 더 큰 주장이 논거가 되는 논쟁적 글쓰기의 양식을 마련하고 있다.

[동-6]은 결론부의 내용 요소가 구성되는 또다른 양상을 보여주고 있다. 흔히 결론부의 기능으로 정리 및 전망의 서술을 들지만, 이 경우에는 결론부의 내용이 '본론의 추상적 주장을 구체적 상황에 적용'하는 것으로 되어 있다. [동-6]의 핵심적 주장은 '곤궁한 상태(근거)'에서는

'폭력 사용이 불가피한 경우도 있다(주장)'는 것이다. 그리고 주장은 다소 추상성을 띠는데, 마지막 문단에서 그 주장을 '구체적 상황(김상옥 사건)'에 적용하고 있다.417) 마지막 문단은 이른바 결론부인데, 결론부에서 구체적 사안에 주장을 적용하는 것도 결론부의 기능 확장에 기여한 것으로 볼 수 있다.

[조-6]의 경우는 안정기에 접어든 근대 논설문 양식이 부분적으로 퇴보하고 있는 양상이다. 핵심적인 주장은 '일본은 이민정책을 포기하라'는 것인데, 그 근거는 '일본의 이민정책이 침략적'이라는 데 있으며, 그러한 주장을 위해 실태로서 '미국의 배일법안 통과'를 들고 있는 것이다.418) 여기서 주목할 만한 것은 결론부의 내용 요소가 정교화하지 못하고 원인 분석을 반복하고 있다는 점이다. 결론부의 내용 요소가 얼마나 모양새 있게 처리되는가 하는 문제는 근대 논설문에서도 중요한 평가 요소의 하나인 만큼, 이러한 측면의 미비점을 지나치게 강조하는 것은 문제가 있을 수 있다. 다만 인위적 설득구조에 비해서 '서론-본론-결론'의 내용 요소는 필자의 성격이나 역량에 따라 가감(加減)이 가능한 영역이라는 것을 확인할 수 있다.

이상의 논의를 통해 다음과 같은 사실이 밝혀졌다. 한국에서 근대적 논설문 양식은 한문체의 해체를 통해 점진적으로 이루어졌다. 그것은 논(論)과 설(說)이라는 전통적인 문체 양식의 영향도 받았지만, 그보다는 근대 초기에 발생한 연설·평론 등의 공공적 의사소통 양식의 영향을

---

417) 김상옥 사건이란 1923년 1월 12일 의열단 단원 김상옥이 종로경찰서에 폭탄을 투하하고 도주한 뒤, 1월 22일까지 일본 경찰과 접전하면서 수명을 사살하고 자결한 사건을 가리킨다. 한국정신문화연구원(2003 : 578) 참조.

418) 1924년 5월 11일 미국 의회는 신이민법(新移民法)을 의결하였고, 여기에 배일(排日) 조항을 포함시켰다. 한국정신문화연구원(2003 : 583) 참조. 이보다 앞선 1922년 워싱턴에서 군비축소를 위한 회의가 열렸는데, 여기에는 미국과 일본이 참여하였다. 이는 태평양 지역의 군비 경쟁을 막고 군사적 긴장을 완화하기 위한 조치였는데, 이미 양국간의 갈등이 잠재해 있었던 것이라고도 볼 수 있다. 워싱턴 회의에 대해서는 김용구(2005 : 596~598) 참조.

받은 전통적 논(論) 양식의 변모로 파악할 수 있었다. 성립기에는 『皇城新聞』을 중심으로 문장 모델의 근대화를 추진하였으며, 인위적 설득구조와 '서론―본론―결론'의 형식을 갖추어 나갔다. 순국문체였던 『독립신문』의 단명(短命)은 글쓰기 형성사에서 한문체의 주도권을 인식케 하며, 문장 모델에 대한 지식이 한 편의 글을 완성하는 데 얼마나 큰 영향력을 갖는지 짐작하게 한다.

정착기의 상황에서 보듯이, 한문체의 궁극적인 목표는 '스스로를 해체하는 것'이었다. 그러나 한문체를 쓰지 않고서 추상어 글쓰기를 한다는 것 자체가 당시에는 있을 수 없는 일이었다는 점도 확인되었다. 따라서 본 장에서 밝혀진 바에 따르면, 글쓰기에서는 주체에 의한 표현 내용의 생성 못지않게 문화적 양식의 교육도 절실히 필요하다. 인위적 설득구조나 '서론―본론―결론' 구성은 행위 중심의 근대적 문장 관념이 성립함에 따라서 조만간에 보편적으로 받아들여져야 할 것이었다는 점을 인정한다면, 글쓰기의 내용과 방법을 확충하는 길은 무엇보다도 문장 모델과 문체 양식의 학습일 것이다.

다음 장에서는 지금까지 밝혀진 내용을 바탕으로 하여 '주장하는 글쓰기'로 알려져 온 논설문 양식의 글쓰기 교육이 어떻게 이루어져야 할지에 대해 논의하고자 한다.

제5장

근대적 글쓰기 형성과 쓰기 교육의 방향

본 연구는, 논설문 양식의 성립을 중심으로, 글쓰기의 근대화 과정을 살핀 것이다. 중세의 글쓰기는 논(論)이나 설(說)과 같은 양식을 선택할 경우 풍부한 모범문을 갖고 있기 때문에 내용 생성에 대한 고민은 크게 하지 않아도 되었다. 중세의 글쓰기는 대체로 윤리적 덕목을 강조하거나 철리(哲理)를 밝히는 등 문장이 '재도(載道)의 수단'으로 여겨지는 경우가 많았다. 대신 이러한 내용상의 편협성 내지 상투성을 넘어서기 위한 방식으로 '수사(修辭)'에 대한 고려가 강화되어 있었다. 이는 중세인들이 어떠한 목적론적인 성과를 얻기 위한 발전 모델을 추구하는 것이 아니라, 조화로운 경지를 향해 자신을 닦아 갔던 삶의 태도와 상응하는 것으로 보인다. 또한 한문의 수사법를 통해 오늘날과 다른 경지의 현실감을 획득하고 있기도 하였다.

그러나 근대의 논설문에 이르면서 주장의 내용을 명확하게 하려는 의식이 강해지고, 수사(修辭) 위주의 한문 글쓰기가 폐지되면서 글쓰기에도 새로운 내용과 형식이 모색되기에 이르렀다. 문장 모델에서는 화려한 수사 기교를 자랑하는 한문체보다, 대상을 확정하고 변별하여 그 특성을 규정하고자 하는 언문일치 순국문체가 선택되는 경향이 점차 강해졌다. 내적 형식의 측면에서도, 한 편의 글을 읽음으로써 주장의 내용이 선명하게 드러날 수 있게끔 '서론－본론－결론'의 형식과 인위적 설득구조를 개발하였다.

논설문 양식의 성립에 관해 지금까지 밝혀진 이러한 다양한 지식들은 그 자체로 작문생활사(作文生活史)를 구성하는 지식이 된다. 그러나 한 걸음 더 나아가서, 이러한 작문의 변화 양상이 오늘날의 쓰기 교육 방향에 일정한 시사(示唆)를 줄 수도 있을 것이다. 오늘날의 글쓰기 교육 연구가 처한 현실은 다양한 방식으로 규정될 수 있겠으나, 서구 이론을 중심으로 한 의사소통적 작문관이 압도적인 상황이며, 대체로 작문 과업의 다양한 형태 분석과 그 해결 방안으로서 전략에 대한 연구가 주로 이루어지고 있다.

이 장에서는 광복 이후 고등학교 교과서에 한하여 수록된 논설문 자료를 분석함으로써, 현대적 글쓰기 장르가 된 논설문의 정착 추세를 파악하고, 그에 대한 비판적 시각을 제출해 보고자 한다. 논설문의 정착 추세 속에서 표현과 쓰기에 대한 관점이 어떻게 바뀌었는지 살펴보고, 논설문이라는 교육 제재의 어떠한 측면이 강조되었는지 밝혀낸다면, 이후의 교육 방향을 설계하는 데에 큰 도움이 될 것이다. 광복 이후의 논설문 교육은 쓰기 교육과 국어교육, 나아가 교육 일반에 대한 사람들의 기대에 따라 그 방향이 결정되어 왔다. 그 과정에서 어떠한 흐름이 선택되었는지를 밝히고, 그 선택으로 얻은 것과 잃은 것이 무엇인지를 살피고자 한다.

1. 광복 이후의 논설문 교육 양상과 문제점

1) 교과서에 수록된 논설문 제재의 개관

1945년 광복 이전에도 논설문 양식에 대한 교육은 이루어졌을 터이나, 교과과정과 교과서의 단절로 인해 이 문제를 자세히 다루는 것은 매우 어렵다. 그러나 본 연구가 1924년경에 일어났던 것으로 파악한 '근대적 쓰기 장르로서 논설문 양식의 성립'이 있은 이후, 그 양식이 『조선일보』, 『동아일보』 등의 근대 매체에서 약 20년 동안 충분히 성숙한 것은 사실이다. 또 그러한 문화적 성숙은 '논설문'의 개념에 대한 공중(公衆)의 합의를 이끌어내는 데 기여하였고, 그것이 해방 이후의 국어교육 형성에 기여했을 것이라고 생각된다. 따라서 본 연구는 박붕배(1997ㄱ, 1997ㄴ)에 입각하여 1차 교육과정기부터 5차 교육과정기까지의 논설문 제재의 선택을 살펴보고, 그것이 중세적 글쓰기를 탈피하여 어떻게 근대적 논설문 양식의 상(像)을 정립해 갔는지 살펴보고자 한다.[419]

〔표 34〕 1~5차 국어 교과서의 논설문 제재 수록 현황

	저자	제목	출전	주요 내용	분류
	박창해	고운 음성과 바른 말	고등국어1(1957)	고운 목소리로 바르게 말하자.	언어
	이은상	문장도(文章道)	고등국어1(1957)	좋은 문장을 쓰는 방법과 정신	언어
1차 교육과정	오영진	영화예술의 근대적 성격	고등국어2(1958)	영화 예술이 지닌 근대적 특성	예술
	유치진	희곡론	고등국어2(1958)	희곡의 본질에 대한 논의	예술
	양주동	면학의 서	고등국어2(1958)	면학에 대한 체험적 격려담	생활
	최재서	문학과 예술	고등국어3(1959)	문학예술의 본질에 대한 논의	예술

---

419) 5차 교육과정기까지만 다룬 것은 박붕배(1997ㄱ,ㄴ)의 작업 결과를 따른 것이다. 실제로 논설문 제재의 선정 경향을 살피는 데에서는 중복 수록된 작품은 제외하였고, 지나치게 국어학이나 국문학을 제재로 삼은 문장도 제외하였다.

	저자	제목	출전	주요 내용	분류
2차 교육과정	박종홍	사상과 생활	국어1(1968)	사상의 중요성 및 생활의 관련	철학
	임동권	우리 민족의 풍습	국어1(1968)	한민족의 풍습과 민족의 성격	예술
	김기석	민족의 진로	국어1(1968)	세계 속 한민족의 생존전략	시사
	최현배	국어의 장래	국어1(1968)	국민의 언어로서 국어의 미래	언어
	박목월	문장을 쓰려면	국어1(1968)	문장을 쓰는 기술과 마음가짐	언어
	한갑수	바르게 듣고 빨리쓰기	국어1(1968)	지식 습득 방법으로서 속기	언어
	이헌구	시인의 사명	국어2(1968)	예술가의 선각자적 사명에 대해	예술
	정병욱	논문은 어떻게 쓰나	국어2(1968)	논문의 특징과 구성(서,본,결론)	언어
	최호진	국민경제의 부흥책	국어2(1968)	국민경제 부흥의 방법(연역적)	시사
	조윤제	은근과 끈기	국어3(1968)	한국문학의 특질에 대한 논의	예술
	정인보	나라를 사랑하는 마음	국어3(1968)	충무공의 사적과 정신 찬양	생활
	이병주	한국문학과 중국문학	국어3(1968)	중국문학이 한국에 미친 영향	예술
3차 교육과정	이숭녕	언어와 사회	국어1(1975)	언어의 자의성과 사회적 약속성	언어
	장문기	한국 연해의 해황	국어1(1975)	한국 연해 개황과 향후의 과제	시사
	이규호	말의 힘과 책임	국어1(1975)	말의 힘에 대한 현상학적 논의	언어
	김구	나의 소원	국어2(1975)	노정치가의 독립 촉구 연설	시사
	신채호	논설 두 편	국어2(1975)	제국주의,민족주의,청년학우회	시사
	사설	조국순례대행진에 부침	국어2(1975)	조국순례대행진 청년행사 소감	시사
	박형규	새마을운동에 관하여	국어2(1975)	새마을운동 소개 및 국민교육	시사
	이기백	민족문화의 전통과 계승	국어2(1975)	민족문화 전통 탐구와 바른 계승	철학
	이상섭	문학의 구조	국어2(1975)	신비평적 문학 본질론	예술
	최남선	기미독립선언문	국어3(1975)	3.1운동 취지를 밝힌 논설문	시사
	박형규	유비무환	국어3(1975)	국방의 중요성을 강조한 논설문	시사
	박종홍	한국의 사상	국어3(1975)	한국 사상의 특질과 발전 방향	철학+시사
	유길준	개화의 등급	국어3(1975)	서유견문 소재 개화사상 소개	철학+생활
	이광규	인간과 문화	국어3(1975)	인간의 특징과 문화인류학 소개	철학+생활
	최재서	문학과 인생	국어3(1975)	문학과 인생에 관한 평론적 글	예술+생활
	태완선	경제개발전략의 기조	국어3(1975)	경제개발전략에 대한 소개글	시사
4차 교육과정	손명현	어떻게 살 것인가	국어1(1984)	올바른 삶의 방법을 위한 성찰	철학+생활
	정달영	세계로 진출하는 한국	국어1(1984)	한국의 세계 진출 현황과 전망	시사
	박종홍	새 역사의 창조	국어1(1984)	역사 창조의 과업에 대한 당부	철학
	김민수	언어의 창조와 정리	국어1(1984)	언어의 창조성과 정리 필요성	언어
	최현배	민족적 이상을 수립하라	국어3(1984)	민족적 이상의 수립 당부	생활

	저자	제목	출전	주요 내용	분류
5차 교육과정	이희승	인생의 지혜로서의 독서	국어(상)(1990)	지혜를 주는 독서의 기능	생활
	윤병로	문학과 현실	국어(상)(1990)	문학과 현실의 관계에 대한 평론	예술+생활
	박종홍	학문의 목적	국어(상)(1990)	학문의 목적에 대한 이론적 논의	생활+철학
	이숭녕	민족의 문화와 언어사회	국어(하)(1990)	민족의 문화와 언어사회의 관계	언어+시사
	강신항	언어와 민족문화	국어(하)(1990)	언어와 민족문화의 관계	언어+시사
	김형석	현대사회의 과제	국어(하)(1990)	현대사회의 분석과 당면 과제	시사
	고병익	전통과 창조	국어(하)(1990)	전통의 본질과 창조성의 문제	철학

위의 표는 고등학교 1~5차 교육과정의 국어 교과서에 수록된 논설문 제재를 개관한 것이다. 고등학교 교육은 공공교육의 최고 단계이며, 1종 교과서 수록 논설문은 국민 일반의 '논설문에 대한 상(像)'을 형성하는 데에 막대한 영향을 미친다. 따라서 이 시기의 논설문 제재 선택을 살펴봄으로써 광복 이후 주장하는 글쓰기에 관한 인식의 구체상(具體像)을 구성할 수 있다. 먼저, 논설문 필자들이 선택한 문장 모델을 기준으로 생각해 보자. 각 교육과정 시기의 문장 모델은 순국문 언문일치체 문장 모델을 채택하고 있지만, 이들 중 1910년 이전에 태어난 인물들은 몇몇 예외를 제외하고는 보통교육을 받지 못하고 사실상 순국문 언문일치체 문장을 독학(獨學)하였다. 이 때문에 한문체의 잔영이 남아 있는 사례들이 간혹 있는데, 위의 표에서 짙게 표시한 글들이다.

이은상(1903~1982)은 20세 이전에 부친이 세운 사립학교를 졸업했을 뿐이고, 양주동(1903~1977)은 1918년에 일본 와세다대학(早稻田大學) 영문학과를 졸업했다고는 하지만 그때 나이가 15세였으니, 사실상 예비학교(豫備學校)를 졸업한 정도일 것이디. 정인보(1892~?)는 서울 출신의 양반으로 신식교육은 거의 받지 않고 한학(漢學)에 전념하였다. 따라서 이후 그가 구사한 언문일치체 순국문 문장 모델은 자학(自學)한 것으로밖에 볼 수 없다. 그 밖에 3차 교육과정에서는 국어국문학적 자료에 대한 배려가 늘어나, 유길준(1856~1914), 신채호(1880~1936), 최남선(1890~1957) 등의 문장이 실리게 된다.420) 이들은 모두 한학(漢學) 기반이 풍성한 필자들로서, 교과서에 실린 이들의 글은 외형상 국문의 어순을 따르고 있으나 풍부한 한문 수사(漢文修辭)의 전통 위에 놓여 있다.

그러나 이들은 사실 예외적인 존재이고, 그밖의 논설문 필자들은 대부분 1910년 이후에 출생하여 보통교육(공교육)421)을 받음으로써 문장 모델을 배운 이들로 채워져 있다. 주장하는 글쓰기를 염두에 둔다면, 한문학의 논(論)이나 설(說)을 모범으로 삼는 이들은 차차 줄어들고 있었다. 이에 따라 글쓰기의 세부 분류는 내용에 따라 이루어질 수밖에 없게 되었는데, 그것은 예술(藝術)·철학(哲學)·시사(時事) 등 근대적 개념 범주에 따르는 것이었다. 본 연구에서는 이후 논설문 하위 갈래의 선택과 그 변화의 경향을 살펴보기 위해, 논설문의 하위 갈래로 다음의 다섯 범주를 설정하고, 각각의 글을 그 내용에 따라 소속시켰다.422) 그 결과는 위의 표 가장 오른편에 밝혀져 있다.

ㄱ. 철학 범주: 철학 및 사상에 대한 명제를 포함하고, 그와 관련된 해설이나 주장을 하는 글쓰기

ㄴ. 생활 범주: 근면, 성실, 지혜 등 추상적 덕목을 거론하여 독자의 삶의 변화를 목표로 하는 글쓰기

ㄷ. 시사 범주: 동시대의 현실 문제에 대한 견해를 밝히는 글쓰기

ㄹ. 언어 범주: 언어 및 국어에 대한 명제를 포함하고, 그와 관련된 해설이

---

420) 최남선의 문장이 「기미독립선언문」으로 단순한 개인의 글이라고 보기 어렵다는 점을 감안한다면, 유길준과 신채호의 이 글은 1910년 이전의 한문 해체식 문장 모델이 고등학교 교과서에 채택된 희귀한(사실상 거의 유일한) 사례로 볼 수 있을 것이다.

421) 일제 강점기에는 초등교육을 '보통교육'이라 하였다. 일제 강점기 조선의 교육에서 '소-중-대'는 엘리트 양성을 위한 교육이고, '보통-고등보통'은 일반적인 기능인 양성을 위한 교육으로 이원화되어 있었다. 이 때문에 실제로 조선인이 일본 유학을 했을 때 절차상 문제가 일어나기도 했음은 앞서 살펴본 대로이다.

422) 이 다섯 범주는 어떠한 엄밀한 통계에 입각한 것이 아니라 자료의 성격에 입각해서 귀납적으로 추출한 것에 지나지 않는다. 논설문의 내용을 이미 정해진 범주에 소속시키는 것이 쉬운 일은 아니지만, 엄밀한 기준이 마련되기 전에 대략적인 경향을 살펴보고자 하는 것이다.

나 주장을 하는 글쓰기

　　ㅁ. 예술 범주: 문학·음악·미술 등 예술 장르에 대한 명제를 포함하고, 그와 관련된 해설이나 주장을 하는 글쓰기

　이상의 다섯 가지 범주는 필자가 잠정적으로 고안한 것이지만, 어느 정도 역사적 당위성을 갖고 있는 것이기도 하다. 본래 논설문 양식의 선행 형태인 한문학의 '논(論)'은 ① 경사(經史)의 사실에 대한 '논(論)', ② 일반적 사실, 주변 현실에 대한 '논(論)'의 두 가지가 있었다. 경사(經史)는 당시에 독본(讀本)과 교양(教養)의 기능을 하던 텍스트였는데, 근대에는 그 의미를 상실했다. 경사(經史)를 대체하는 지식 체계로서 '文 / 史 / 哲'을 포함하는 인문학(人文學)이 성립하였고, 그와 관련된 학술적인 주장이 교과서에 포함된 것이 이른바 '철학 범주'이다. 다음으로 ②와 같은 '논(論)'은 근대에도 얼마든지 존재하며, 대신 이들을 지칭하는 용어로서 일상인의 삶과 관련된 것은 '생활'이라 하고, 특정한 인간 사회에 관계된 시의적인 현실 문제는 '시사'라 한다. 이에 따라 '생활 범주'와 '시사 범주'가 성립한다.

　마지막으로, '언어 범주'와 '예술 범주'는 근대 교과로서 '국어' 과의 독특한 성격 때문에 발생한 것이다. '국어' 과는 전통적으로 국어국문학에서 교육 내용에 해당하는 지식을 가져오는 경우가 많았기 때문에, 국어 지식을 다루는 논설문이나 국문학 및 문학 일반·관련 예술 장르를 다루는 논설문이 교과서에 많이 수록되었다. 이러한 경향을 반영하여 전자를 '언어 범주', 후자를 '예술 범주'로 설정한 것이다. 각 범주에 해당하는 편 수의 시간적 변화 추이를 살펴보면, 현대 국어교육의 논설문에 대한 관점을 추출할 수 있다. 다음 절에서 이에 대한 분석을 시도해 보겠다.

2) 논설문 내용의 변천과 제재 선정 방향

아래에서 주장하는 글쓰기에 해당하는 논설문 내용의 변천 결과를 표로 제시하였다. 표에서는 '해당 범주 글의 편 수 / 총 글의 편 수'를 계산하여 백분율을 산출하고, 가장 백분율이 높은 항목을 짙게 표시하였다. 물론 '총 글의 편 수'는 실제 수록된 글의 편 수보다 많은데, 이는 하나의 글이 둘 이상의 범주에 포함되는 경우가 있기 때문이다.

〔표 36〕 1~5차 국어 교과서의 논설문 내용 범주 비중의 변천

	언어	예술	철학	시사	생활
1차	2 / 6 (33.3%)	3 / 6 (50%)			1 / 6 (16.7%)
2차	4 / 12 (33.3%)	4 / 12 (33.3%)	1 / 12 (8.3%)	2 / 12 (16.6%)	1 / 12 (8.3%)
3차	2 / 20 (10%)	2 / 20 (10%)	4 / 20 (20%)	9 / 20 (45%)	3 / 20 (15%)
4차	1 / 7 (14%)		2 / 7 (28%)	2 / 7 (28%)	2 / 7 (28%)
5차	2 / 11 (18%)	1 / 11 (9%)	2 / 11 (18%)	3 / 11 (27%)	3 / 11 (27%)

이에 따르면 다음과 같은 현상을 확인할 수 있다.

① 생활 범주의 등장 및 전면화 : 1차 교육과정에서는 16.7%에 불과하던 생활 범주(「면학의 서」)가 점차 증가세를 보이더니 4~5차 교육과정에 이르면 1/4 이상을 차지하게 된다. 여기에 해당되는 글들은 주로 현대 학자들이 집필한 사상 중심의 생활론이 많고,[423] 일반 교양을 삶의 차원과 연계시킨 경우도 있다.[424] 일상 생활에 필요한 교훈이나 방향을 제시하는 것을 주 목적으로 하는 글쓰기는, 과거에는 찾아보기 쉽지 않았던 새로운 유형이다. 이는 한문학 전통과는 상당히 멀리 떨어진, 새로운 시대의 글쓰기이다.

② 시사 범주의 압도적 증가 : 1차 교육과정에는 등장하지도 않았던

---

423) 「어떻게 살 것인가」, 「민족적 이상을 수립하라」, 「학문의 목적」 등이 이에 해당한다.
424) 「인생의 지혜로서의 독서」, 「문학과 현실」 등이 이에 해당한다.

시사 범주가 점차 증가하여 3차 교육과정기에는 최고조에 달하게 되고, 4~5차 교육과정에서도 전체에서 1/4 이상의 비율을 차지하여 가장 중요한 범주임을 나타내고 있다. 시사 범주는 과거에 시무(時務)에 대한 대책(對策)이나 과문(科文)의 형태로 주어지기도 했던 만큼 한문학 전통과 전연 관계가 없다고 보기 어렵다.425) 그러나 시사 범주는 1924년 이후 『조선일보』나 『동아일보』의 사설(社說) 쓰기 관습을 이어받아, 현대의 사회 문제·정책 문제·국가의 현안 문제 등을 학자나 언론인이 저술하는 경우가 압도적으로 많다.426)

③ 철학 범주의 부진 : 앞에서 말했듯이 철학 범주의 논설문은 경사(經史)에 대한 시비와 논변(論辨)을 행하던 의론문(議論文)의 현대적 형태라고 볼 수 있다. 그러나 20세기 초반 이후 서양철학의 유입을 염두에 둔다면, 중세적 의론문이 철학 범주를 구성하는 주류가 되기 어렵다는 점은 쉽게 짐작할 수 있을 것이다. 실제로 1차 교육과정에서는 철학 범주에 해당하는 논설문이 아예 없다. 2차 이후에는 소수의 필자에 의해 집필된 편향된 주제의 철학 논설문만 수록되어 있으며, 그것이 실질적인 내용을 포함하기보다는 명분론 내지 국수주의적 경향에 흐르고 있어 학습자의 흥미를 반감시키고 있다.427) 전통적으로 경사(經史)에 관한 논

---

425) 실제로 3차 교육과정기에는 한문학 전통과 직접 관계된다고 볼 수 있는 신채호의 어절현토식 국한문체 논설 두 편(「帝國主義와 民族主義」, 「靑年學友會 趣旨書」)과 최남선의 「기미독립선언문」, 유길준의 「개화의 등급」을 교과서에 싣고 있다. 「기미독립선언문」을 제외하고는 19세기 말~20세기 초의 국한문체 글쓰기가 하나의 단원 제재로 온전하게 채택된 경우는 이 경우 외에 전무후무하다.

426) 「한국 연해의 해황」, 「조국순례대행진에 부침」, 「새마을운동에 관하여」, 「유비무환」, 「경세개발선략의 기조」, 「세계로 진출하는 한국」, 「현대사회의 과제」 등이 대표적이다.

427) 특히 박종홍(朴鍾鴻, 1903~1976)에 대한 편향이 심각한 편이다. 「사상과 생활」, 「한국의 사상」, 「새 역사의 창조」, 「학문의 목적」 등이 2~5차 이후 연이어 실렸다. 「학문의 목적」은 6차 교육과정에서까지 선택되었고 7차에서야 겨우 사라졌다. 박종홍의 글만이 아니라, 철학적 사유를 이끌기보다 이미 사고가 굳어진 철학자의 특정 주제에 대한 글을 맥락 없이 싣는 방식은 문제가 있다. 6~7차 이후에는 이러한 편향이 어느 정도 완화되었으나, 철학적인 내용의 논설문이 학생들의 사고와 유리(遊離)된 것처럼 보이는 어려움을 극복하기 위해서는 앞으로도 더 많은 교육과정 개선의 노력이 필요할

쟁적 글쓰기가 많이 존재하고 있는데, 이들을 전적으로 무시한 것은 매우 유감스러운 일이며, 앞으로 교재를 편찬할 때 보완해야 할 것으로 생각된다.

④ 언어 및 예술 범주의 쇠퇴 : 언어 및 예술 범주는 초기였던 1~2차 교육과정기에는 상당한 비중을 두어 다루어졌다. 이 범주의 글들은 국어국문학적 지식과 밀접하게 관련되어 있는 부분이었기 때문에, 국어교육의 정체성이 확립되지 못했던 초창기에 많이 수록되었다. 따라서 3차 교육과정 이후로 갈수록 이들의 비중이 줄어드는 것은 당연한 일이었다. 오늘날 국어교육은 불완전한 상태로나마 언어 기능 영역·문학 영역·국어 지식 영역으로 하위 분류되고 있으며, 이에 따라 논설문 양식은 언어 기능 영역으로 간주되는 경향이 있다. 앞으로 이런 경향은 심화될 것으로 보이는바, 언어 및 예술 범주 논설문의 쇠퇴는 계속될 것으로 보인다.

지금까지 밝혀진 내용을 바탕으로 오늘날의 논설문 교육에 나타난 문제점을 간단히 짚어 보고자 한다. 먼저 논설문 읽기 교육과 쓰기 교육의 연계가 부족하다. 논설문 쓰기는 서론에서도 지적했듯이 쓰기 교육의 고급 단계이며, 자국어교육의 궁극적 도달점 가운데 하나이기도 하다. 그러나 지금까지 살펴본 바에 따르면 논설문 교육은 그 양식적 특성과 쓰기 방법을 교육 내용으로 삼지 않고, 각 시대의 교육 이념에 걸맞는 제재를 독본(讀本)의 형태로만 다루었다. 다행히 7차 교육 과정에서 「간디의 물레」 등을 소개하면서 내용 생성 활동 등을 강조하고 있기는 하지만,428) 이는 전체 논설문 쓰기 교육 체제의 일부로서 이루어지는 것이 아니라 표현 일반론을 논설문 양식에 기계적으로 적용한 것

듯하다.

428) 7차 국어과 교과서에서는 「간디의 물레」라는 논설문을 싣고 '상황 분석'과 '사고의 확산'을 통한 내용 생성을 학습 내용으로 제시하고 있다. 서울대학교 국어교육연구소(2002ㄴ : 241~243) 참조.

이다. 따라서 논설문 양식의 역사적 중요성을 반영하지는 못하고 있다.

또다른 문제점으로는 고전 제재를 충분히 활용하지 못하고 있다는 점이다. 논설문 양식은 근대에 이르러 상당한 서구식의 변모를 겪었고, 그 변모의 과정을 밝히는 것이 본 연구의 주요 과제이기도 하였다. 그러나 오늘날의 교재에는 논(論)이나 설(說) 같은 원천적인 작문 양식이 전통적으로 존재했다는 사실이 간과되고 있다. 논설문은 서구의 작문 이론에 입각하여 '주장하는 글쓰기'의 한 하위 갈래로만 인식되고 있는 것이다.

물론 원천적인 작문 양식이 그 자체로 의미를 띤다는 것은 아니다. 논설문 양식의 성립 과정에서 인위적 설득구조를 도입하고, '서론—본론—결론' 구조를 성립시킨 과거의 업적은 한문체(漢文體)의 자기 변모로서 시대적 의의를 지닌다. 그렇지만 고전 글쓰기의 양식에 대한 학습이 부족할 경우, 오늘날의 논설문을 과거의 것과는 다른 것으로 인식하고 행위 중심만으로 파악하는 잘못에 빠질 우려가 있다. 단순히 과거의 양식을 강조하자는 것이 아니라,『황성신문』이래로 추구된 전통적 한문체 논설문 양식의 자기 변모가 보여준 역동성을 익히고, 오늘날의 상황에서 필요한 적용의 방법을 모색하자는 것이다.

2. 논설문 쓰기 교육 내용의 구성 방향

1) 현황에 대한 반성적 검토—순국문체 수용의 요인

이 절에서는 논설문 쓰기 교육의 내용을 어떻게 구성할 것인가의 문제를 다루고자 한다. 쓰기 교육의 반성과 새로운 방향 마련을 위해서 관습적 양식에 대한 이해를 증진할 필요가 있다는 것은 본 연구를 일관하는 사유 가운데 하나이다. 그러나 오늘날의 문화적 상황을 생각해 보면 그러한 소망은 실현하기가 쉽지 않아 보인다. 오늘날은 글쓰기라 하면, 많은 사람들이 서구식 문장 모델인 언문일치 구어문체 글쓰기를 떠올리며, 그것의 목표는 '개인의 자기 표현'이나 '외부 사실의 기술'이라는 식으로 이해한다.[429] 이에, 쓰기 전통의 회복과 오늘날의 문화 지형에 대한 바른 이해를 위해서는 역사적 분석이 필요하다고 본다. 몇 가지 인용문을 든다.

① 우리의 체험을 추상적, 개념적으로 기록하지 않고 구체적, 전체적으로 그리는 일을 표현(表現)이라 한다.[430]

② 일본의 식민 정치 삼십육년 동안에 일본말의 속박을 당함이 극도에 달하였다. (…) 온 겨레가 한자 한문의 위압과 일본말, 일본글의 속박 밑에서, 그 정력과 시간을 헛되이 소비하고, 그 발전과 번영을 이루는 참다운 생존 노력을 하지 못하였다. 이로 인하여 백성은 가난하고 여려지며, 나라는 쇠하고 망하였으니, 구원한 역사의 문화 겨레가 그만 섬나라 일제의 지배를 받게 되었던 것이다.[431]

③ 글은 美辭麗句를 늘어놓은 화려한 문장일수록 작가의 실감이 표면으로만 흘러 버린 알맹이 없는 글임을 알아야 한다. 더구나, 사실의 전달이 목적인 實用文에서는 문학적인 修辭가 불필요할 뿐만 아니라 방해가 된다. 간단한 행사니 훈시의 요지를 學級日誌에 기록할 경우, 무슨 수식이 필요하겠는가? 미끈하고 아름다울 뿐 진실이 없는 문장이나, 남의 칭찬과 눈치를 살펴 가며

---

429) 이는 1946~1955년의 교수요목기 때부터 그러하였다. 교수요목기의 '짓기' 요목 해설에 따르면, "제 속에서 일어나는 생각과 밖에서 겪은 일을 글로 적어 나타나게 하되, 헛됨과 거짓 없이 참되고 미쁘게 짓도록 힘쓸 것"이라 하여, 문화적 전통에 입각한 쓰기의 존립 가능성을 부정하고 있다. 정준섭(1995 : 43)에서 재인용.
430) 최재서, 「문학과 예술」, 61면.
431) 최현배, 「국어의 장래」, 118면.

쓰는 문장은 허영과 비겁에 쌓인 가식의 문장이라 할 것이다.432)

　④ 말을 보조하는 것으로 가장 큰 구실을 하는 것은 문자다. 문자는 시간과 距離에 관계 없이 말을 대표하여 전달하는 것으로서, 인류 문화 발전에 크게 寄與하여 왔다. (…) 문자는 언제 어디서나 볼 수 있다는 점에서 말이 따르지 못하는 長點을 갖추고 있다. 그러나, 역시 의사 전달의 수단으로서는 말이 主요, 문자가 副인 것은 어찌할 수 없는 사실이다.433)

　①~④는 근대 국어교육의 초창기라 할 수 있는 1~2차 교육과정기에 실린 논설문에서 새로운 글쓰기 관념 및 전통적 글쓰기에 대한 견해를 드러내고 있는 부분들을 추출한 것이다. ①은 최재서(1908~1964)의 글로, 근대적 표현관(表現觀)의 정립을 잘 보여주고 있는 부분이다. 최재서는 경성제국대학(京城帝國大學) 개교의 혜택을 받아 일본으로 유학가지 않고 정통 영문학(英文學)을 연구할 수 있게 된 제1세대이며, 비교적 저술의 여건도 좋았다. 그래서 그의 글은 광복 이후까지 많은 영향을 미쳤다. 영문학의 세례를 집중적으로 받은 그로서는 '체험을 전체적, 구체적으로 그리는 일'이 '표현(表現)'이라고 규정할 수 있었던 것이다. 이에 따라 개인적 체험을 그리지 않거나 전통적인 학문에 입각한 글쓰기는 그 내질(內質)에 대한 세밀한 검토 없이 개성 상실의 글쓰기로 치부되어, 표현의 영역에서 추방당하게 되었다.

　이러한 기본 인식에 입각하여 한자(漢字)와 한문(漢文)은 국어교육의 영역에서 추방당하게 되고, 국어교육 내부에서 이를 비판의 논리도 확고해지게 된다. ③은 박목월의 글의 일부로, 고전의 토대가 붕괴된 이후 1세대인 근대 문인의 문장에 대한 인식을 단적으로 보여준다. 대체로 미사여구(美辭麗句)를 중심으로 하는 겉치레의 문장에 대한 비판인데, 명시적으로 언급하지는 않았지만 이는 투식(套式)의 학습과 암송(暗誦)을

---

432) 박목월, 「문장을 쓰려면」, 149면.
433) 한갑수, 「바르게 듣고 빨리쓰기」, 151면.

위주로 하여 개성의 발현을 저지한 것으로 인식된 한문체(漢文體) 계열의 글쓰기를 지목한 것으로 볼 수 있다. 한문체 계열의 글쓰기는 음성 중심주의적 언어관에 맞지 않을 뿐만 아니라, 일제 강점기 동안 일본어와 섞여 강제로 교육되기도 하였다. ②가 그러한 사정을 잘 보여주고 있는데, 이로써 한글교육은 애국(愛國)이고, 한자·한문교육은 민족 정신에 위배되는 매국적(賣國的) 교육인 것처럼 치부하는 경향조차 없지 않았다.

즉 오늘날 글쓰기 교육에서 순국문 언문일치 구어문체가 유일한 문장 모델로 이해되는 데에는 몇 가지 사정이 있었다. 첫째는 영어를 비롯한 서구어가 의사 전달의 도구로서 위세를 떨쳤고, 우리도 그에 상응하는 음성언어의 표기 수단을 개발해야 했다는 점이다. 위 예시문의 ④가 그러한 사정을 잘 보여주고 있다.434) 둘째, 전통적 어문교육의 방식이 지나치게 엘리트 중심주의적이어서, 그러한 교육을 감당할 기관들이 급속도로 붕괴되거나 시의성(時宜性)을 상실했다는 점이다. 셋째, 순국문체 이전의 한문체 계열을 일본인들이 공유하고 있어 '한자 이용 ≒ 친일 = 반민족'의 그릇된 정서가 오랜 기간 동안 일부 지식계에 남아 있었다는 점이다.435)

이 때문에 오늘날 글쓰기라 하면 '순국문 언문일치 구어문체로 글쓰기'만이 있을 뿐이다. 일본의 근대 소설가 나츠메 소세키[夏目漱石](1867~1916)가 죽을 때까지 취미로 한시(漢詩)를 짓고, 그의 제자이자 단편문학의 대가인 아쿠타가와 류노스케[芥川龍之介](1892~1927)가 중국 고전

---

434) 영어가 근대어로서 위세를 떨칠 수 있었던 것은 다음 두 가지 이유를 들 수 있다. ① 음성 언어의 재료인 말소리가 의미를 집약하는 속성을 지녀 도구를 필요로 하는 근대 세계체제의 본질에 부합했다는 점, ② 영어가 그 배경으로 근대 물질문명의 어휘를 다량 보유하고 있다는 점.

435) 일제 강점기 때부터 조선어학을 존숭하던 학자들을 중심으로 한자에 대한 증오감이 팽배해 있었는데, 이는 모국어의 발전을 저해했던 일본어에 대한 불만의 왜곡된 표출이라고 보는 견해가 있다. 이혜령(2005 : 236~239) 참조.

(古典)을 자유자재로 활용하여 창작 활동을 하던 분위기가 우리에게는 없는 것이다. 때로 일본 작가들의 작품을 실었던 일제시대의 국어(일본어) 교과서들은 1945년 해방 직후에 일본문(日本文)으로 씌어졌다는 이유로 사용금지 처분을 당하였고,[436] 한문에 대한 적개심도 반일(反日)의 기류에 의해 힘을 얻어 '쓰기 쉽되 문화적 자양은 미숙한' 국문 글쓰기를 강조하게 된 것이다. 어문교육의 측면에서 한문(漢文)과 국문(國文)의 정치적 헤게모니 경쟁은 국문의 승리로 끝났으나, 그것은 국문 자체의 내적 역량이 강해서가 아니라 '정치적으로 때묻지 않은' 새로운 모델을 만들어야 한다는 강박관념이 현실을 압도했기 때문인 것이다.

2) '쓰기 환경'과 '문화적 조건'의 중요성 부각

김윤식 외(1975)에서 지적하였듯이, 근대 이전의 국문체는 '논리적 심화'가 아닌 '정서적 감응력'을 위주로 하던 문자 매체였고, 그것이 근대에 공식 문자로 채택된 것은 근대를 떠받들던 음성 중심적 언어관과 그 수단으로서 표음문자의 이념이 너무나 막강했기 때문이다. 이 때문에 해방 이후의 국어교육에서 논설문 양식의 내적 전통은 거의 잊혀지게 되었고, 문장가(文章家)가 아닌 각 지적 분야의 실무자(實務者)가 시사적인 내용으로 쓴 글이 논설문의 주류로 인정받는 변모가 일어나게 되었다. 이에 따라 글쓰기 이론 및 글쓰기 교육 이론에서도 상당한 변화가

---

436) 영문학자 유종호(1935~)의 다음 회고는 이 시기 일본어교육이 우리에게 얼마나 깊이 망각되고 있으며, 한편으로 깊이 잠재(潛在)되어 우리에게 영향을 미치는지 새삼 느끼게 한다. "내가 읽은 최초의 책은 교과서이다. 다달이 초사흘달을 향해 가시밭길을 걷게 해달라고 기원했고, 그 소원을 일찌감치 성취하여 젊어서 죽은 일본 무사의 얘기를 읽고 눈물을 흘렸다. 내 것 아닌 남의 불행을 위해 흘린 최초의 눈물이다(우리의 삶은 이렇게 속는 것으로 시작된다. 이데올로기에 속고 전쟁에 덧나고). 갑옷을 차려 입고 초사흘달을 향해 서 있는 어린 무사의 교과서 삽화가 지금도 눈에 선하다." 유종호(1995 : 135).

일어나게 되었다. 이러한 변화는 현재 국어교육의 방향을 결정지은 중요한 계기들을 포함하고 있기 때문에, 전통적인 글쓰기의 자양을 중시하는 본 연구의 관점에서는 이러한 변화를 주도하는 이들에게 진지한 대화를 요청한다.

광복 이후의 글쓰기가 전제하고 있는 '개인의 표현'이라는 관점은 근본적으로 언어를 '의사 전달의 도구'로 바라보고 있으며, 그러한 '의사(意思)'는 근대 언어학에서 발견한 이른바 '의미(意味)'라는 것이다. '의미'는 '사물에 대한 공동화된 이미지'로서, 근대의 분절적 대상 이해와 상응한다. '의미 작용'은 개인적 주체의 두뇌에서 관념의 형태로 이루어진다고 보는 것이 근대 언어학의 핵심 가정이며(배수찬, 2004ㄴ), 이는 글쓰기를 '능동적 의미 구성 행위'나 '사회적 의사 소통 행위'로 이해하는 오늘날의 쓰기 이론에 그대로 계승되고 있다. 오늘날 국어교육에서 연구사적으로 중시된 쓰기 이론들을 박영목 외(2003)에서 정리된 바에 입각해 살펴보면서, 거기에 전제된 사유의 빈자리를 찾아 보고자 한다.

작문 이론은 궁극적으로 서구의 언어교육에서 기원한 것으로 실용적 성격을 띠기 때문에 문학연구나 문학교육의 영향을 상당히 받고 있었다. 1960년대에는 신비평(新批評)의 영향으로 인해 작문을 '의미 구성 행위'라기보다는 '의미 구성의 결과물을 학습하고 그 결과에 따르는 것'이라고 보는 형식주의적 관점이 우세하였다(박영목 외, 2003 : 149). 그런데 1970년대 이후 신비평의 한계가 드러나고 글을 쓰는 주체의 심리 과정을 강조하는 인지심리학이 득세하면서, '작문'은 '인지적 표상을 텍스트로 번역하는 과정'으로 이해되게 되었다(박영목 외, 2003 : 150). 이를 '인지주의 작문 이론'이라고 하는데, 이에 따라 쓰기 교육도 산출된 결과물을 보고 지도하는 것이 아니라 쓰기 과정 자체에 주목하여야 한다고 보는 '과정 중심적 작문 이론'이 힘을 얻게 되었다(이재승, 2002).

그러나 최근에는 이러한 '과정 중심적 작문 이론'의 한계를 다시 지적하는 '사회 인지주의 작문 이론'이 나타났다(박영목, 2003 : 150~152). '과정 중심적 작문 이론'이 주체의 내적 쓰기 과정에만 관심을 기울인 결과, 언어 사용의 사회성과 기능성에 대해서 경시하게 되었고, 이것이 글쓰기의 실상과 맞지 않는다는 비판이 제기된 것이다. 사회인지주의 작문 이론이 바탕에 두고 있는 생각은 매우 명료한 것이다. 그것은 다름 아닌 '글쓰기의 필자는 언어 공동체의 일원으로서 작문을 한다'는 것이다. 이는 본 연구의 초반에 언급했던 롤랑 바르트의 글쓰기관과 상통하며, 과정 중심 이론에 비해 '문장 모델'을 강조하는 필자의 견해와도 상당히 근접하는 것이다.

물론 '사회인지주의 작문 이론'이 필자의 견해와 전적으로 일치하는 것은 아니다. 사회인지주의 작문 이론가인 바이저만(Bazerman)은 '텍스트는 사회적, 역사적, 인지적, 수사론적 활동의 복합체인 사회적인 맥락에 의하여 그 구체적인 모습을 드러내게 됨과 동시에, 텍스트는 주어진 텍스트 공동체의 다양한 활동과 맥락을 응결시키는 기능을 한다'고 하였다.437) 이러한 주장은 '과정 중심 쓰기 이론'이 교육적 처방에서는 유의미하지만 산출되는 결과를 설명하거나 결과의 수준을 보장하지는 못하는 데 대한 반성으로 여겨지며, 텍스트 자체에 대한 관심을 불러일으키되 텍스트 발생의 사회적 맥락을 강조하는 것이다.

필자는 이에 대해 기본적으로 동의하지만, 근본적으로 서구인의 사회인지주의 작문 이론이 우리 작문교육의 내용을 실질화하는 데에 기여하거나 학생들의 문화적 글쓰기 능력을 향상시킬 수 있다고 보지 않는다. 사회인지주의가 인지주의를 비판하기 위해 나타났다고는 하지만, 쓰기에 작용하는 텍스트 조건을 이론적으로만 강조한다고 해서 실질적인 변화가 일어나는 것은 아니기 때문이다. 우리나라에서 사회인지주의와 그것의 적용으로 발생한 장르 중심의 쓰기 이론이 활성화되기 위해서는, '이론이 수입된 지역'이 아닌 '우리 문화 내부'의 텍스트 환경과

---

437) Bazerman(1991). 박영목(2003 : 158)에서 재인용.

사회문화적 조건이 작문 교육 내용에 과감히 도입되어야 할 것이다.

우리 문화 내부의 텍스트 환경은 우리 문화에 내재해 있던 글쓰기의 원리와 방법, 텍스트의 존재 양상, 쓰기 교육의 방법과 교재, 관련된 서적 출판의 관습 등을 포함하는 포괄적인 것이 될 것이다. 근본적으로 쓰기의 단위가 '문장'이라고 본다면, 쓰기를 고려할 때 가장 실질적이고 유의미한 단위는 역시 '문장 모델' 밖에는 없다. 흔히 영작(英作)을 잘 하기 위해서는 기본 문장 1,000개만 외고 있으면 된다는 말이 있듯이, 문장 모델의 이해는 쓰기 능력의 중핵(中核)인 것이다. 그리고 더 나아가 '문장 모델의 형성 원인과 경과에 대한 지식'을 작문교육의 주요 내용으로 삼아야 한다. 본 연구는 바로 이러한 교육 내용의 설계를 위한 상당한 자료를 제공하였다는 의의를 지닌다.

3) '문장 모델' 도입을 통한 '내용 표현'의 구체화

사회인지주의 작문 이론의 한계는 이론 자체의 한계와 그것이 한국적 상황에 적용될 때의 문화적 한계로 나누어 볼 수 있다. 이론 자체의 한계란 무엇인가? 서구인들은 일정한 효용(效用)을 위하여 하나의 이론(理論)을 개발하고, 그것이 다른 부면에서 현실 적응력이 떨어진다고 느끼면 이론을 보완하지 않고 새로운 이론을 개발하려는 경향이 있다. 그리고 그러한 이론은 현실적 상황 맥락이나 자료에 즉한 것이라기보다는 연역적(演繹的)이고 관념적(觀念的)인 성향이 짙다. 예컨대 '과정 중심의 인지주의 작문 이론'은 '형식주의적 작문 이론'이 갖는 문화적 전통에 대한 고려를 전혀 무시하고, 정반대의 방향에서 아무것도 가지지 않은 학습자의 인지 구조 탐구로 나아가 버리는 것이다. '사회인지주의 작문 이론' 또한 '과정 중심적 작문 이론'의 한계를 보완하는 것이 아니라 새로운 방향을 취하여 '형식주의 작문 이론'의 방향으로 돌아간 것

에 지나지 않는다.438)

　문화적 한계란 무엇인가? 이는 '사회인지주의 작문 이론'이 우리의 문화에서 나오지 않은 서구(西歐)의 이론일 뿐이어서, 그것이 어떠한 지침을 마련해 준다 할지라도 우리 상황에 곧바로 적용될 수 없다는 뜻이다. '사회인지주의 작문 이론'의 핵심 아이디어는 '언어의 사회성을 강조하고, 사회적 맥락 속에서 글쓰기의 근원을 찾는 것'이다. 그런데 '사회적 맥락에서 글쓰기의 근원을 찾아야 한다'는 명제 자체만을 수입해 와서는 곤란하다. 우리 시대의 '사회적 맥락'이 무엇이고 '글쓰기 근원'이 무엇인지 우리의 문화적 환경에 걸맞는 언어로 제시되어야 하는 것이다. 본 연구에서는 그러한 사회적 맥락을 '글쓰기의 근대화'로 본 것이고, 그 과정에서 한문체 계열과 국한문체 계열, 그리고 순국문체 계열의 문장 모델을 '글쓰기 근원'으로 제시하였다.

　우리 문화의 환경 속에서 전통적 글쓰기의 특성을 발견하고 그것의 근대화 과정을 밝힌 본 연구는 '텍스트 공동체로서의 집단이 필자 개인에게 어떠한 방식으로 정보를 제공하는지'439)를 설명하여 사회인지주의 작문 이론의 과제 하나를 풀어내는 성과를 얻었다. 근대 이전의 동아시아 문화에 한정해서 보았을 때 '암송을 통한 문장 모델의 학습'이 그 해답이었다. 실제로 문장 모델을 통한 암송 학습은 텍스트의 형식성을 존중할 뿐 아니라, 사물에 대한 다소 진부하지만 통합적이고 생생한 인식을 가능케 한다. 또한 그것은 사회적으로 구성된 전범(典範)을 학습하는 것이므로 형식주의와 인지주의, 사회인지주의 작문 이론의 세 요

---

438) 문학교육에서도 비슷한 일이 벌어진 경우가 있다. 1990년대 중반 이후 신비평(新批評)이 학생들의 자발적인 감상 능력을 떨어뜨린다는 강력한 비판이 제기되어 학습자 중심의 문학교육이 유행처럼 번진 적이 있다. 그러나 이번에는 학생들의 문학 독해 능력이 떨어지는 사태를 맞이하여 다시금 '꼼꼼히 읽기'의 필요성을 강조하는 사태가 발생한 것이다. 이러한 소모적 논의가 반복되는 이유는, 실제적인 자료에 대한 관심보다 이론적 논쟁의 성격이 큰 학술사의 흐름이 교육의 현장에까지 영향을 미치기 때문이다.
439) 박영목에 따르면 이는 사회인지주의 작문 이론이 해결하지 못한 주요 과제의 하나이다. 박영목(2003 : 158).

소를 통합한 성격을 띠고 있는 것이다.

본 연구는 근대 전환기의 글쓰기 양상과 글쓰기관의 변모를 통해 당대의 문화적 조건들을 검토하였다. 따라서 본 연구는 '문화 분석'의 성격을 띤다고 할 수 있다. 이로써 근대적 글쓰기가 생산되는 인식론적 배경이 밝혀졌고, 문장을 제작하는 데 필요한 제도와 규칙들이 선명하게 드러났다. 또한 이렇게 근대적 글쓰기의 기원을 밝힘으로써 현대의 작문 교육 이론이 갖는 지나친 이론 편향성과 분업주의를 반성할 수 있으며, 우리의 글쓰기 전통을 사회문화적 사회문화적 산물로 보고 교육의 장(場)에 적극적으로 도입함으로써 현대 작문 이론의 한국적 적용에 기여할 수 있을 것이다.

본 연구에서 다룬 다양한 글의 필자들은, 각기 자신들이 놓인 시대적 조건 속에서 주어진 문장 모델을 선택하여 글쓰기 활동을 하였다. 그 가운데는 한문으로 된 글쓰기가 상당수 있다. 그런데 이러한 글쓰기 전통을 단순히 과거의 것이라고 하여 도외시한다면, 오늘날의 국어 문화는 매우 빈약한 것이 되고 말 것이다. 한문 글쓰기를 직접 교과 내용으로 도입할 수는 없다고 할지라도, 거기에 반영되어 있는 사고를 교육하고 거기에 개입하는 제도적 장치와 교육의 과정을 추체험하게 함으로써 현대의 학습자에게 동일한 능력과 자질을 길러 주는 것은 필요하고 가치 있는 일이라고 본다.

현행 국어교육 내에서 한자교육(漢字敎育) 및 고전 문장 교육은 거의 설 자리를 상실했는데, 이는 어찌 보면 시대적 대세이고, 민주 국가에 필요한 시급한 시민적 자질이 아니라는 점에서, 그것들이 교육의 우선 순위에서 밀리는 것은 이해되는 바 있다.440) 그러나 이러한 현실적 여

---

440) 이와 관련하여 국어교육과 한문교육 사이의 안타까운 관계를 언급하지 않을 수 없다. '한문' 교과를 옹호하는 측에서는 국어교육에서 한문을 제외하여야 한다고 주장하고, 전문성 확보에 노력해 왔다. 그러나 실제 '한문(漢文)'이 수요자들에게 점점 외면받고 선택과목으로 전락해 가는 상황에서 이들의 판단이 전략적으로 옳았는지 생각해 보고 싶다. 인력 수급의 문제만 해결된다면, 장기적으로 국어교육에서 한자와 한문을

건 때문에, 과거의 전통 유산 가운데 한문으로 된 것들이 매우 많다는 점, 그리고 그것이 오늘날의 순국문 글쓰기에도 한자어와 한자음이라는 방법으로 영향을 주고 있다는 점, 그리고 '심지어(甚至於)'·'도저(到底)히'·'어차피(於此彼)' 등의 어구나 설의법·단정 회피의 문어적 어구 관습 등에 한문체의 흔적이 자리잡고 있다는 점 등을 은폐하는 것은 정당하지 못한 일이다. 또한 한자와 한문에 대한 교육이 행해지지 않을 때에 고전 문헌에 대한 이해 능력이 단절됨으로써, 고전이 단순한 유물로 취급되거나 미디어 등에 의해 왜곡되고 편향된 채로 전달될 수밖에 없는 문제점을 외면해서는 안 된다. 또한 한문이 고리타분하고 진취적이지 못하다는 생각 자체가 편견일지도 모른다. 하나의 사례를 들자.

商業擴張이 現今急務
1 此時則 比較競爭的時代라 天産物品이 具備無欠하면 全國이 可以自恃乎아 噫라 不然하다[천연물이 충분하면 국력이 믿을만한가? 아니다]
2 軍隊夥多에 兵器充足하면 敵國이 可畏我乎아 噫라 不然하다[병기가 풍부하면 그만인가? 아니다]
3 國家交際에 信義必重하면 國權을 可保護아 徒善虛禮면 恐不足賴之며 [국가교제에 신의가 있으면 국권을 보호할 수 있는가? 허례에 빠지면 안된다]
4 國民社會에 悲歌憤慨하여 不惜身하면 國勢를 可進乎아 噫라 苟無實力이면 恐不足齊之라[자기몸을 아끼지 않으면 진보할 수 있는가? 실력이 없으면 안된다]
5 然則何道然後에야 可以自恃며 使人畏我며 無負愛國之血性歟아 善從泰西列國하니 揣想之哉어다[그러면 어쩌면 좋은가? 태서의 사례로 생각해 보자]
6 東西萬里來往者에 妨礙通商者하면 殺人하니 何故오 增强富國 在乎商業이라 商業者는 譬如人身之氣血也라 我國은 一任他人하니 曰奬勵工業이

<hr>

다루는 것이 '한문의 교육'이 필요하다는 것을 대사회적으로 설득하는 데에 유리하다. 과목의 존폐와 관련한 깊은 고민은 충분히 이해되지만, 한문교과 내부의 국어 / 한문 교과 분리 정책은 장기적으로 한문과에 결코 유리하게 작용하지 않으리라는 판단이다. 이와 관련된 논란에 대해서는 정준섭(1995 : 231~238) 참조.

나 曰發達農業이니 苦心獨叫하니[통상을 방해하면 사람도 죽이니 국부증강
은 상업에 있다 우리는 (상업을) 외국인에 일임하고 말로만 부르짖는다]

7 天下之事 在人이오 英國이라도 其 上下臣民이 一心戮力하여 萬歲之福
基하여 世界商業之國이니[세상사는 사람 쓰기에 달렸으니 영국은 상하가 합
심하여 세계제일의 상업국이 되었다]

8 二千萬腦髓에 俱含競爭之性質하야 商工之富强列國에 同占一座함이
區區之願이라[이천만 백성이 경쟁의 성질을 지녀 상공부강국의 일원이 되기
를 바란다]

9 以商業으로 爲之末利라 하야 到任於賤하니 我韓人은 不知商業이 如此
其重하니 欲商業之擴張인댄 開發民智하고 發達商利하고 創立銀行하야 行
商이 兌換容易케 함이 亦不可緩이라[아한은 상업이 중요한 줄을 모르니 민
지를 개발하고 은행을 설립하는 등의 일을 서둘러야 한다]

10 貿易之際에 務去惡習함이 可야오[구습을 혁파해야 한다]

11 利害損益之道를 極力硏磨하여 愛國精神으로 行做하니[이해와 손익의
도를 연구하여 애국정신으로 행하라]

12 我國民이 具有其志면 足以喚醒全國이라[우리 국민이 이러한 뜻이 있
으면 전국을 각성시킬 수 있으리라]

위의 내용은 『황성신문』에 수록된 [한─13]의 자료를 전문 인용한 것
이다. 1906년에 나온 이 자료는 한문체로 되어 있음에도 불구하고, 상업
(商業)이 새로운 시대의 대세라는 것을 논리적으로 밝힌 명문(名文)이다.
우리는 이 글을 읽으면서 여러 가지를 생각할 수 있다. 먼저, 한문 문체
의 선택이 반드시 수구적(守舊的)이고 비혁신적인 내용을 담는 것은 아
니라는 점이다. 윗글은 '한문 현토체'로서 문체상으로는 1906년의 상황
에서 크게 진전된 것이라고 볼 수 없지만, 근대의 2음절 추상 한자어로
서 '상업(商業)', '확장(擴張)', '경쟁(競爭)', '비교(比較)', '근대(近代)', '병기
(兵器)', '적국(敵國)', '국권(國權)', '보호(保護)', '국민(國民)', '사회(社會)',
'국세(國勢)', '통상(通商)', '공업(工業)', '농업(農業)' 등의 용어가 빈번히
사용되고 있어 고전 한문에 비해서 가독성이 매우 높다. 약간의 한자교

육만 받으면 이 글은 충분히 읽을 수 있으며, 상업에 관한 오늘날의 문제 의식의 기원을 찾는 데에도 큰 도움이 된다. 이러한 자료를 단지 한문으로 되어 있다는 이유만으로 거부하는 것은 개방적·범교과적 통합 교육을 추구하는 21세기의 교육 이념에도 부합하지 않는다.

윗글은 한문조 논설에서 문단이 실현된 첫 사례로서 중요하기도 하다. 윗글의 필자는 박은식이나 신채호 혹은 그와 유사한 세계관을 지니고 있었던 인물로 추정된다. 윗글의 피라는 현대 사회의 국부(國富)를 증강(增强)시키는 방법이 상업(商業)이라는 것을 인식한 선각자이며, 글을 읽는 데에는 문단 구성이 가독성을 높인다는 것을 자각한 사람이다. 이 글의 논리적 전개는, 총 11문단으로 이루어진 글의 시각적 외형과 상응하고 있기 때문이다. 이러한 필자조차도 제도적 장치나 어휘의 준비가 되어 있지 않으면 국문체를 선택할 수 없다는 것은 당시의 분명한 현실이었고, 이는 교육의 방법을 모색할 때에 반드시 유념하고 있어야 할 사실이다.

즉 위 글은 애국 계몽의 필요성을 자각한 지식인이 전통적인 방법에 입각하여 쓴 글로, 단점과 동시에 장점을 지니고 있다는 사실을 교육하여야 한다. 이 글은 전통적인 글쓰기 방법을 도입하였기 때문에, 화제 제시 부분이 1~5문단까지로 매우 길어 글의 경제성이 떨어졌다. 다섯 번의 문답을 함으로써 '진정한 국력'이 무엇인지에 대한 관심을 환기하고 있는데, 오늘날과 같이 정보의 홍수 속에서 사는 학습자들에게 이러한 쓰기 방식은 낯설고 어렵게 여겨질지 모른다. 그러나 이러한 측면은 부정적으로만 볼 것이 아니다. 왜냐하면 지식이 외부로부터 강제되지 않고 온전히 체득되려면 절저하고 다면적인 검토가 필요하며, 한 점의 의심도 용납되어서는 안 되기 때문이다.

사실 윗글이 다루고 있는 주요 제재인 '국력(國力)'은 근대 국민국가의 경제력을 가리키는 개념으로, 근대 이전에는 실재하지 않았던, 시대적 성격을 띤 개념이다. 따라서 그것을 직설적으로 규정하여 '국력은 x

이다'라고 규정한다면, 그것은 암기해야 할 소외된 지식에 지나지 않게 된다. 오히려 진정한 국력을 천연물, 국방력, 외교력, 개인적 노력 등과 비교하여 그 차이를 스스로 깨닫게 하는 문답법(問答法)이야말로 새로운 시대의 국력, '상업의 힘'이라는 화제에 대한 관심을 유발하고 그 본질을 자각하게 하는 중요한 전략이 될 것이다. 즉 한문체(漢文體)에 대한 외형적 거부감 때문에 그것을 교육 내용으로부터 소외하고 마는 것은 문화 유산을 다루는 정당한 태도가 아닐 것이다.

윗글이 한문체를 채택하고 있음에도 불구하고 그 혁신성을 문단 구성에서 찾아볼 수 있다는 점은 이미 앞 장에서 지적한 바 있다. 문장 모델의 선택은 마치 글을 쓰는 사람에게 공기나 말과 같이 몸에 밀착되어 있으며, 사실상 몸 자체라고 보아도 과언이 아닐 정도이다. 따라서 필자가 한문체를 선택했다는 사실 자체가 아니라 문단의 내용을 전체적으로 구성하는 방식에 관심을 가져야 할 것이다. 위 필자는 '구체적 논점 제시(6) (국부의 증강은 상업이다) ― 예시(7) (영국은 상업이 발달하여 강국이 되었다) ― 주장(8) (상업국이 되기를 바람) ― 현실 제시(9) (상업이 부진한 대한) ― 대책 제시(10~11) (구습의 혁파, 상업의 연구) ― 미래의 전망(12) (조선의 각성)'까지를 인위적 설득구조에 입각하여 명료하게 제시하고 있는 근대적 지식인인 것이다.

이상의 사례를 볼 때, 문장 모델의 선택은 개인이 할 수 있는 것이 아니라 일종의 문화적 환경에 의한 것이라는 점이 명백해진다. 따라서 오늘날에도 단순히 교수·학습의 어려움이나 학습자 반응의 부진(不振)과 같은 외적 이유들 때문에 한문체 계열의 자료를 국어교육에서 제외하는 것은 바람직하지 않다고 본다. 국문체라는 문체도 제도적인 요구와 절차, 관습의 마련이 이루어진 후에 가능한 일종의 '잠정적 선택'이다. 정보의 홍수 속에 살아가는 현대 사회이지만, 동시에 많은 사람들은 더 이상 지식의 발전적 축적보다는 삶의 조화나 태도의 균형을 통한 갈등 조절적 삶의 방식이 필요하다는 데에 동의하고 있다.

한문체 계열의 글쓰기는 면면한 전통을 갖고 있었다. 그것이 역사의 주목을 받지 못하고 주변부로 밀려나 잊혀지게 된 기간은, 그것이 문화의 중심에서 널리 활용되던 시간에 비해 훨씬 짧다. 한문체는 외형적으로는 사라졌지만 문장 모델의 해체 과정에서 확인했듯이 그 구성 요소는 오늘날의 글쓰기에 고스란히 남아 있는 것이다. 또한 내용 구성의 측면에서도 논설문 글쓰기가 자기 변모를 거듭하면서 획득해 갔던 '내적 형식'과 '외적 구조'에 대한 교육은, 오늘날의 작문 교육에 하나의 지침을 제공해 줄 수 있을 것으로 기대된다.

3. 근대 이후 글쓰기 교육의 전망

지금부터는 본 연구가 미래의 글쓰기 교육에 시사할 수 있는 점을 몇 가지만 들고, 쓰기 교육의 전망을 제안해 보고자 한다. 본 연구는 논설문이라는 쓰기 양식의 발생과 변천을 근대적 글쓰기의 형성이라는 관점에서 살펴보았다. 따라서 다른 연구에 비해 비교적 다양한 부문에 걸치는 논의를 하지 않을 수 없었다. 그러나 그 요점을 말하자면, 글쓰기의 근대화로 인해 '쓰기'에 대한 이해가 '관습적 양식의 외현'에서 '개인의 창의적 표현 행위'로 바뀌는 과정을 밝히는 데에 초점을 맞춘 것이라고 볼 수 있다.

오늘날 창의적 표현을 강조하는 쓰기 교육은 상당한 성과를 거두기도 하였다. 그러나 창의성에 대한 기대가 지나친 나머지 아이디어만 넘치고 내용이 빈약하거나, 몰역사적(沒歷史的)인 소재 선택으로 편중되고 있지는 않은가 하는 반성도 해봄직하다. 현대의 문화적 환경이 개인적 창의성 위주로 재편된다고 해서 쓰기의 오랜 전통이 일거에 사라지는 것은 아니다. 따라서 이 절에서는 '전통의 계승'이라는 비교적 거시적인 관점에서 근대 이후 글쓰기 교육의 전망을 제시하고 마무리하고자 한다.

1) 글쓰기에 대한 관점의 전환―'행위 중심'에서 '양식 중심'으로

본 연구는 논설문을 주된 연구 대상으로 삼았으나, 글쓰기의 근대화는 사실 논설문에만 국한해서 보아서는 안된다. 19세기 말~20세기 초에는, 추상어 글쓰기로서 논설문뿐만 아니라 구체어 글쓰기에서도 상당한 변화가 일어났다. 앞서 지적한 대로 한문 글쓰기가 해체되면서 근대의 보편적 행위 양식으로 유형화할 수 있는 다섯 갈래만이 살아남게 되었다. 그것이 이른바 '기(記)'·'전(傳)'·'논(論)'·'설(說)'·'서(書)'인데, 그것이 살아남게 된 과정을 도표화하면 [표 37]과 같다.

이 가운데 본고에서 중점을 두어 다룬 '논설문' 양식을 형성하는 데에 영향을 준 갈래는 논(論)과 설(說)이다. 오늘날의 글쓰기에서는 주장하는 행위와 그 내용의 독창성을 강조하는 반면에, 과거에는 주장하는 행위보다는 논과 설이라는 관습적 양식의 압력이 강하게 작용하였다. '논(論)'의 경우에는 어원상 '言(말하다)'+'侖(조리를 세우다)'의 결합이므로 '조리를 갖추어 말한다'는 의미를 띠며, 이에 따라 말에 조리가 있어야 하는 상황의 글쓰기를 가리킨다. '설(說)'의 경우에는 어원상 '言(말하다)'+'悅(기쁘다)'의 결합이므로 '말하여 기쁘게 하다, 설득하다'의 의미를 띤다. 따라서 말이 그 분위기나 결과 등의 측면에서 사람에게 기쁨을 주는 것이 해당된다.

따라서 '論'과 '說'은 오늘날의 글쓰기 문종에 비해 상당히 포괄적이다. '論'만 하더라도 근대에 이르러 '論說文·論述文·論文' 등으로 세부 분화가 이루어졌으며, '說'도 근대에 이르러 '說명문, 사說' 등으로 분화가 이루어졌다. 어떤 경우이든 전통적인 글쓰기 양식과 근본적 특

〔표 37〕 문장 양식 분류론에 나타난 문종의 역사적 변천

*『문룡』:『문심조룡』, *『實作』:『실지응용작문법』, *『實用』:『실용작문법』

『문룡』 (14류)	요내(姚鼐), 『고문사류찬』(12류)	최재학,『實作』 (13류)	이각종,『實用』 (11류)	현대의 작문종
송(頌)	송찬류	송(頌)	×	×
찬(贊)	송찬류	찬(贊)	×	×
명(銘)	명잠류	명(銘)	금석문	×
잠(箴)	명잠류	×		×
뇌(誄)	×	×	×	×
비(碑)	비지류	×	×	×
애(哀)	애제류	祭文(문)	×	×
조(弔)	애제류	×	조제문	제문
논(論)	논변류	론(論)	의론문, 변박문	논설문, 논술문, 논문
조(詔)	조령류	×	×	×
격(檄)	×	×	×	×
표(表)	주의류	×	×	×
계(啓)	×	×	×	×
서(書)	서설류(1 / 2)	서(書)	보고문, 서서문	서간문, 설명서, 보고서 사직서, 신청서, 이력서 요청서, 명령서, 서약서 계약서, 성명서, 탄원서

『문룡』에만 있는 3류

기(記)	잡기류	기(記)	×	일기, 잡기
전(傳)	전장류	전(傳)	전기문	전기문, 서사문
설(說)	서설류(2 / 2)	설(說)	유설문	설명문, 사설

『고문사류찬』에만 있는 2류

	서발류	서(序), 발(跋)	×	서문, 발문
	증서류	×	송서문	×

기타

		제(題)	×	×
		축사(祝辭)	축하문	축사
			사생문	묘사문
				감상문, 소설, 수필 (…)

성을 상당히 공유한다는 점은 틀림이 없을 것이다. 따라서 오늘날의 글쓰기 교육에서도 전통적 쓰기 분류와 속성을 공유하는 경우가 많이 존재하므로, 고전 문장의 요소를 체계화하여 학습 요소로 재구성할 필요가 있다.

중세의 모범문을 통해 현대 작문종에 적용될 수 있는 실제 쓰기 내용의 학습은, 논설문 이외의 글쓰기 갈래에도 해당될 수 있다. 예컨대 '書간문·설명書·보고書·사직書·신청書·이력書·요청書·명령書·서약書·계약書·성명書·탄원書' 등은 모두 중세적 글쓰기 양식인 '서(書)'의 전통을 이어받은 것이다. 우리가 무심코 사용하고 있는 현대적인 문종도 그 상위 분류를 살펴보면 한문학의 문장 분류 양식에 그 뿌리를 두고 있는 것이다. 이는 쓰기 행위를 중심으로 교육을 설계하는 관점을 보완하고, 장르 중심의 쓰기 이론을 한국적 상황에 맞게 재구성하는 데 도움이 될 것이다.

논설문의 경우에도 오늘날의 국어 교육과정에서는 '설득하는 글쓰기'로 설명되고 있다. '설득(說得)'은 행위이되 '논(論)'이나 '설(說)'은 문화적 양식이다. '설득'이라고만 하면 제재 선정부터 내용 구성의 방식까지 개인이 모두 선택하여야 하며, 그 과정에서 학생들은 어떻게 글을 써야 할지 어려움을 느끼게 된다. 그러나 문화적 양식으로서 '논'과 '설'을 교육하게 된다면, 학생들은 문장을 읽으면서 상황 선정과 문제의 접근 방법·쓰기의 조직 방법을 자연스럽게 체득할 수 있을 것이다.

이러한 까닭에 본 연구는 글쓰기 교육의 관점을 '행위 중심'에서 '양식 중심'으로 전환할 것을 제안한다. '양식 중심'으로 쓰기 교육을 전환하는 것은 문화적으로 크게 두 가지 의의를 지닌다. 첫째는 지나치게 홀대되어 온 전통적 쓰기 양식의 복권(復權)이다. 오늘날의 글쓰기 교육은 학습자의 쓰기 결과물을 중시하거나 쓰기 과정을 강조하는 등 학습 전략의 차원에서 접근되어 왔는데, 여기에는 일종의 불안감, 즉 '학생들에게 어떠한 교육 처방을 통해 글을 써 내게 하여야 한다. 그렇지 않으면 교육은 실패한 것'이라고 보는 의식이 잠재되어 있는 것은 아닌가 생각된다. 즉 '쓰기 교육'이라는 독립된 행위만이 '쓰기 능력'을 향상시킬 수 있고, 또 그래야만 한다는 생각이 깔려 있는 것이다.

그러나 이는 근대적 인과 관계의 논리일 따름이다. 전통 사회에서 글쓰기를 하던 사람들이 체계적이고 분업화된 작문 교육을 받아 과문(科文)을 쓰고 상소문(上疏文)을 썼던 것은 아니기 때문이다. 그들은 모범문 중심의 암송 학습을 하고 글을 써야 하는 상황이 되면 그때그때의 필요에 따라 약간의 변형을 가하여 과업(課業)에 알맞는 글쓰기를 생산해 내었다. 이는 2장에서 언급했던 것처럼, 쓰기가 개인적 활동이 아니라 이미 밝혀진 자연 법칙의 외현(外現)이라고 인식되었기 때문에 가능한 일이다.

오늘날 이러한 방식을 곧바로 적용할 수는 없겠지만, 글쓰기의 내용 확충을 위한 암기 위주의 교육은 어느 정도 필요하다고 여겨지며, 이는 단순한 지식의 암기가 아니라 개체적 인간을 넘어서는 '자연에 대한 경외'로 이해되어야 할 것이다. 실제로 영문학자인 I.A. 리차즈도 동양사상에 크게 관심을 갖고 맹자(孟子)의 심성론(心性論)에 대한 저술을 한 적이 있다. 그는 동양사상의 핵심을 『중용(中庸)』의 '성(誠)' 개념으로 파악하고, 이를 '완전한 마음'이라 번역하였다. 김우창(1993)은 이를 '마음이 고정관념에 빠지지 않고 감정적으로 격하지 않고 본능과 숙명의 끌림이 다 평형을 이루고 있는 상태'로 설명하였는데, 이를 위해서는 개인의 개체성보다 우주적 질서에 감응하는 전체적 흐름이 중요시된다.[441]

---

441) 리차즈는 이러한 마음의 상태를 다음과 같이 묘사하고 있다. "사람이 얼마나 광활한 우주 속에 외롭게 조그만 존재로 있는가 또는 사람이 태어나고 죽는 것이 얼마나 허무하고 이해할 수 없는 것인가, 그 얼마나 신비스러운 것인가, 또 무한한 억만 겁의 시간 속에서 사람의 생명이라는 게 얼마나 짧은 것인가, 사람의 無知가 얼마나 거대한가. 아는 것보다 모르는 것이 얼마나 더 많은가, 우주 공간 속에 사람이라고 하는 것이 얼마나 작은 존재인가, 그 무한한 시간 속에서 사람이라는 게 얼마나 하잘것 없는 존재인가, 그런 시간 속에 사람이 태어나고 죽는다는 게 얼마나 신비스러운 것인가, 우리가 이런 것에 대해서 아는 것이 얼마나 없는가 하는 것들을 생각하면 저절로 평정

이를 쓰기 교육에 적용해 보면 다음과 같이 말할 수 있다. 개인은 아이디어 생성이나 내용 조직과 같은 개체적 쓰기 '행위(行爲)'만을 중시할 것이 아니라, 여러 가지 주제에 관해 선인(先人)들이 쓴 글을 학습함으로써 자연스럽게 쓰기 '양식(樣式)'에 익숙해져야 한다. 이렇게 하면 '쓰기' 행위에 대한 기술이나 분화된 교육이 없이도 자연스럽게 쓰기 능력을 향상시킬 수 있다는 것이다. 물론 거기에서 산출된 쓰기의 양상은 오늘날 중시하는 학습자 중심, 아이디어 중심, 결과 중심의 쓰기 산출물과는 상당한 차이를 보이게 될 것이다.

이러한 쓰기 태도가 부분적으로 쓰기 과업의 달성을 어렵게 할 가능성도 없지 않다. 그러나 쓰기는 그 자체가 목적이 아니라 '필요할 때 쓰기', '가치 있는 내용을 잘 쓰기'가 목표가 되어야 한다. 교육 활동으로서 쓰기가 분화되고, 거기에 어떠한 교육적 처치로서 의도가 개입된 활동을 투입하는 것은 바람직한 일이지만, 투입에 부합하는 산출을 곧바로 얻어야 한다는 강박관념에 빠져 있는 것은 아닌지에 대해서도 반성할 필요가 있다. '능숙하게 쓰기'와 다른 축에서, '전통을 배려하면서 가치있게 쓰기' 또한 중요한 쓰기 교육의 태도로 자리잡아야 한다고 생각한다.

'양식 중심'의 전환에서 둘째 차원은 다름아닌 한자교육(漢字敎育)의 내실화이다. 한자(漢字)는 이미 그 자체가 반(半) 그림의 속성을 지닌 매체로서(배수찬, 2003), 그 안에 사물에 대한 일종의 온축된 시각과 판단이 들어 있다. 따라서 한자를 활용하여 글을 쓸 때에는 그 글자의 선택이 온전히 개인의 행위일 수 없으며, 일종의 문화적 양식을 선택하는 것으로 이해될 수 있는 것이다. 그런데 오늘날 국어교육은 한자의 처리 문제에 대해서 사실상 '포기'하고 있다(이기문, 2005 : 23). 그 이유는 영어로 대표되는 근대어의 음성문자 우월적 사고, 한글에 대한 과도한 존중의

에 이르게 된다" 김우창(1993 : 78)에서 재인용.

식, 한자 섞어쓰기의 불편함 등 여러 가지 이유를 들 수 있을 것이다. 그러나 '한자를 사용하지는 않지만 한자음은 사용하는' 모순된 어문 현실에서 국어 안의 한자어 사용 양상을 위계화고 교육 방안을 마련하는 것은 여전히 국어교육의 책무일 수밖에 없다.

그러나 현실적으로는 한자어 교육마저도 온전히 한문 교육과정에 맡겨 둔 채 선택과목으로만 방치하고 있어 문화적 단절이 더욱 심화되고 있는 것이 오늘날의 비참한 현실이다. 기본 교과인 '국어'과 교육과정이나 교수 내용에는 국어 안의 한자어 교육에 대한 명확한 규정도 없고, 한자어 교육에 필요한 층위나 위계 및 수준에 대한 논의조차 전혀 없다(강신항, 2005 : 34). 이는 장기적으로 전 국민의 한자 문맹화(文盲化)를 초래하고, 취업을 위한 한자 재교육 등 낭비적 현상을 초래한다. 이러한 문제는 국내적으로 보았을 때에 당장 큰 어려움이 없기 때문에 잘 인식되지 않지만, 이 문제에 깊은 관심을 가진 전문가의 시각에서는 다음과 같이 뚜렷이 인식되고 있으며, 이는 심각한 문화적 위기라고 여겨진다.

19세기 말엽에 우리나라는 큰 소용돌이에 휘말렸습니다. 그때에 여러 선각자들이 꺼져 가는 나라의 명운을 살리려고 일어섰습니다. 그중의 한 분이 周時經님이었습니다. (…중략…) 그런데 그때의 모든 형세는 님으로 하여금 극단적인 國粹主義者가 되게 하였습니다. (…중략…) 한힌샘님[주시경의 개명－인용자]의 이상은 우리말을 固層[고유어 층위－인용자]으로 되돌리는 것이었습니다. (…중략…) 그러나 이것은 애당초 무리한 시도였습니다. 국어에서 漢層[한자와 한문의 층위－인용자]을 몰아낸다는 것은 국어를 古代 이전의 原始로 되돌리는 것입니다. (…중략…)

한글專用의 주장은 한힌샘님의 제자들에게 이어졌는데 외솔 최현배님이 그중의 한 분입니다. (…중략…) 여기서 주목할 사실은 한글전용에 있어 한힌샘님처럼 固層을 고집하지 않은 점입니다. 한자어를 그대로 두고 한글로 적도록 한 것입니다. 이것은 극히 옹색한 미봉책입니다. 한자어의 이해는 한자의 지식을 통해서만 가능합니다. 그런데 한자를 가르칠 생각은 애초에 하지 않았습니다. 지난 50년 동안의 이런 교육으로 국어는 오늘날 파탄에 직면하고 말 았습니다. 대학 교육을 마친 사람이 평범한 한자어의 뜻도 제대로 모르게 되 었습니다.

국어는 생명력을 잃어 가고 있습니다. 국어는 漢層의 풍부한 造語力으로 학문, 예술의 발전에 부응할 수 있었는데 그 힘을 잃은 것입니다. (…중략…) 요즈음도 일본에서 새로운 학술용어(한자어)를 대량으로 수입하고 있다고 했 는데 이것은 국어의 조어력 상실이 그 원인입니다. 앞으로는 이런 수입도 그 만두게 될 듯합니다. 일본의 신조어들을 이해할 수 없게 될 것이기 때문입니 다. 이렇게 볼 때, 국어를 살리는 길은 한자 교육을 통하여 漢層을 회복하는 것임을 깨닫게 됩니다(이기문, 2005 : 23~24).

위 인용문은 국어 연구에 평생을 바친 고결한 학자의 강연이다. 해방 50년간 공식 교육에서 한자를 경시하고 추방한 덕택에 국어의 조어력 (造語力)이 떨어지고, 이로 인해 한자 교육은 사라지고 한자어는 오직 음 (音)만이 남아 문맥상 그 의미를 판단할 수밖에 없게 됨으로써, 단어와 의미의 관련을 이해할 수 없게 되었다는 것이다. 한글 전용이라는 미명 (美名) 하에 국어의 대부분을 차지하는 한자어를 한자음 표기만으로 방 치하고 있는 현실에 대한 진단인데, 이는 공식 국어교육에서 반드시 해 결하여야 할 문제이다.

오늘날 국어교육이 한자 문제를 이토록 방치한 것은 선택과목인 한 문 교과에 한자교육의 전체를 맡겨 버렸기 때문이다. 그러나 사정은 국 어과(國語科)와 한문과(漢文科) 사이의 영역 다툼 정도로 치부할 만큼 한 가하지 않으며, 오히려 긴급하다고 말하고 싶다. 실제로 국어 및 국어교 육 내부에서 한자(漢字)의 위상은 떨어질 대로 떨어졌으며, 이제 국어교 육에 남은 한자 관련 교육은 산문 읽기 등을 통한 비의도적인 한자음 주입 밖에는 남아있지 않다.

그렇다고 무조건 한자교육을 부활하자거나, 국어교육에서 한자교육 의 지위를 높이자는 주장만으로 문제가 해결되지는 않는다. 목표를 달성하기 위한 합당한 방법을 고안해야 하기 때문이다. 전 국민이 한자 문맹화가 되는 것이 문제가 아니다. 한자는 사실 우리의 고유어 체계와 근본적으로 맞지 않는 것으로서, 그것이 수용되기 어려운 나름의 사정도 존재하기 때문이다. 한자 문맹이 되더라도 조어력에 대한 이해와 어원 분석이 가능할 정도로 우리말이 발달하기만 하면 상관이 없다. 그러나 그럴 수 없기 때문에 부득이하게 한자교육을 하여야 한다는 것이다.

한자교육 없이도 국어 생활이 원활하게 이루어질 수 있다는 주장은 표피적인 것에 지나지 않는다. 이러한 주장을 반박하기 위해서는, 오늘날 어문생활에서 한자음에 대한 비체계적 지식 주입이 이루어지고 있으면서도 한자교육을 하지 않고 한글전용을 하는 것처럼 말하는 것의 모순(矛盾)과 안일(安逸)을 지적하는 것이 가장 시급하다. 현재 가능한 방안은 한자음 교육 이후의 한자교육을 체계화하고 위계화하여, 조어(造語) 및 어원(語源)에 대한 지식을 스스로 검색할 수 있는 정도의 어휘 능력을 한자교육을 통해 제공하는 것밖에는 없다. 그리고 이때의 한자교육은 국어교육의 영역에 들어와야 한다.

동음이의(同音異義)의 문제를 중심으로 생각해 보자. 이 문제의 해결책은 다음의 셋으로 볼 수밖에 없다. 첫째는 한자 노출이다. 둘째는 한자를 고유어로 풀어쓰기이다. 셋째는 한자음만 표기한 뒤 문맥으로 판단하는 것이다. 현재 우리의 선택은 셋째 방식이다. 그런데 문제는 이것이 의도적이고 자발적인 선택이 아니라, 해방 이후의 한자 포기 정책과 언중(言衆)의 관습에 따른 것일 뿐이라는 데 있다. 우리는 해방 후 50년 이상의 세월 동안 셋째 방식을 선택함으로써 국어의 어휘 체계 내에 엄청난 한자음(漢字音)이 유입되는 것을 묵인했으며, 그것을 한자로 표기하지 않음으로써 조어(造語)의 과정과 어원(語源)에 관한 무지를 초래하였다.

본고는 지금이라도 '한자음에 대한 체계적인 교육'이 시급하다는 것을 강력히 주장한다. 현행 국어교육이 비록 활동 중심으로 이루어지고 있다고는 하나, 교재에 독본(讀本)의 성격이 완전히 탈색된 것은 아닌 만큼, 정규 국어교육을 받은 학습자는 상당한 양의 한자음에 대한 지식을 갖게 된다. 따라서 최소한 중등 수준 이상에서는 한자를 주고 그것을 읽을 줄 아는 교육이 필요하다. 오늘날 일상 생활에서 한자 노출 표기가 없기 때문에 한자 읽기 교육이 불필요하다고 주장하는 것은 국어 어휘의 범위를 스스로 제한하고 문화적 어휘 능력 발달을 저해하는 일임을 더 이상 지적할 필요는 없을 것이다.

한자음 교육이 체계화된 뒤에는 '한자 읽기 교육'이 이루어져야 한다. 이는 반드시 한자 노출 표기로 이루어질 필요는 없다. 예컨대 '漢字'의 경우 '漢字'·'한자'의 표기를 상황에 따라 선택할 수 있으며, 읽기의 자료로서는 본 연구에서 자료로 삼았던 『황성신문』, 『만세보』·『조선일보』·『동아일보』 등을 활용할 수도 있을 것이다. 이들은 한문 해체의 역사를 고스란히 체현(體現)하고 있는 자료들이기 때문에 그 자체로 글쓰기의 역사적 변화에 대한 체험적 지식을 습득케 할 수 있는 이점도 있다. 이러한 전환기의 논설문 교육을 통해 글의 구조와 형식에 대한 이해가 향상되고, 자연스럽게 쓰기 양식을 체득(體得)할 수 있을 것이다.

한자 읽기 교육의 다음 단계로는 '한자 식별 능력 교육'이 필요하다. 아무리 한자교육이 중요하다 하더라도 오늘날의 필요에 따른 상황 맥락을 저버려서는 곤란할 것이다. 전통 사회에는 한자 쓰기 교육이 필요했으나, 오늘날에는 한자를 직접 손으로 쓰는 행위는 거의 필요하지 않게 되었다. 이는 워드프로세서의 발달 때문이다. 예컨대 '온전히 한 가지만을 사용하다'는 의미의 '專用'을 문서에 실현하기 위해서는 글자를 외고 있을 필요가 없다. 워드 프로세서상에서 '全容 全用 專用 悛容 轉用' 가운데 어떤 것이 '온전히 한 가지만을 사용하다'라는 의미를 띠는 것인지 고를 줄 아는 능력만 있으면 되는 것이다. 본 연구는 이를 '한자 식별 능력 교육'이라고 명명(命名)한다.

한자교육은 한글의 표상적 힘을 보완하기 위해서도 필요하다. 오늘날 한글 단어의 대부분은 한자어이고, 이 한자어의 유래는 중국 고전에서 온 것, 일본어로부터 수입된 것, 일본에서 중역(重譯)된 유럽어, 이 셋 이외에는 거의 없다. 그러나 한글전용의 어문 정책 하에서는 이들 셋의 구별이 거의 인식되지 못한다. 이 때문에 한글 전용의 글을 읽거나 한글로 추상어 글쓰기 과업을 수행해야 하는 학습자는, 그 유래와 정확한 용법을 알지 못하는 단어 때문에 어휘 구사력이 떨어지게 된다. 우리말 단어의 원천인 한자어를 위계적으로 분류하고 적절한 방법을 통해 습득하게 하는 것은 더이상 미룰 수 없는 '문화적 과업'인 것이며, 우리가 이를 포기한다면 그 댓가를 반드시 치르게 될 것이다.

현재 국어 어휘는 심각한 동음이의(同音異義)와 자의성(恣意性)의 상태에 놓여 있으며, 이를 정리하고 어원(語源)을 밝힐 사전도 충분하지 못한 상태이다. 투명한 주체와 창의성을 강조한 결과가 이러할진대, 지금부터라도 단어의 표상력(表象力)을 높이고 난이도에 따라 분류할 수 있는 방안을 마련해야 할 것이다. 특히 중등교육 이상의 수준에서는 어휘의 위계적 발달에 입각하여 기초 한자 어휘 교육이 충실히 이루어져야 하고, 본 연구에서 밝힌 논설문 쓰기 방법의 교육을 병행할 필요가 있다. 이것이 추상어 글쓰기의 문화적 습득에 이르는 기초 과업일 것이기 때문이다.

2) '개인적 행위'와 '문화적 관습' 요인의 통합교육 설계

마지막으로 본 연구가 제안했던 글쓰기 이해의 역사적 시각에 입각해 쓰기 교육 내용을 구체적으로 설계해 보고자 한다. 현행 국어과 교육과정의 내용 기술은 상당히 추상적일 뿐만 아니라 실제 자료를 언급하면서 서술되고 있지 않아서 해석의 자의성 등 여러 가지 문제가 발생할 수 있다. 물론 이러한 문제는 교과서라는 실제 자료를 통해 보완되기는 하지만, 쓰기 발달의 역사성과 역동성을 포괄하는 만족스러운 교재가 나타나지 않았기 때문에 근본적 문제가 해결된 것은 아니다. 앞으로 우리의 전통적 글쓰기 양상, 근대화의 과정에서 생겨난 쓰기 관념의 변화와 글쓰기의 변모를 반영한 쓰기 교육 자료가 개발되기를 기대한다. 여기서는 현 시점에서 가능한 프로그램의 얼개만을 제시해 보고자 한다.

먼저 역사적 차원에서 글쓰기 교육에 접근할 때에는, 오늘날의 상식적 작문관이 통용되지 않을 수도 있다는 점을 지적해 둔다. 7차 교육과정의 국어과 및 작문과 내용 체계를 구성하는 '본질, 원리, 태도, 실제'의 항목 분류는 쓰기 활동의 전반을 포괄하는 효율적인 체제임에 틀림없다. 그러나 교육과정 자체가 표음문자 중심의 글쓰기를 염두에 두고 꾸며졌기 때문에 역사적 글쓰기 양상 전부를 포괄하기 어렵다는 점은 큰 문제이다. 실제 항목의 하위 분류에서 각 쓰기 갈래에 알맞은 쓰기 원리나 전략을 제시하지 못했다는 것도 아쉬운 점이다.442) 앞으로 국어 자료의 역사적 성격을 고려하면서, 다양한 갈래의 쓰기 자료와 쓰기 방법에 대한 검토를 통해, 실제 항목을 보완해야 할 것으로 생각된다.

현행 작문 교육과정의 내용 체계를 구성하는 '본질 / 원리 / 태도 / 실제'의 구분은, 현존하는 작문 자료의 실체를 귀납적으로 기술한 것이 아니라, '작문'이라는 개념을 언어 현상의 일종으로 보고 선험적으로 분석한 결과이다. 이는 이론이 가질 수밖에 없는 특성이기 때문에 어쩔 수 없는 일이다. 그러나 실제 글쓰기 과정에서는 이 중 한 가지 이상에

---

442) 7차 교육과정의 작문과 내용 체계에 따르면, 작문의 실제 장르는 정보 전달을 위한 글쓰기, 설득을 위한 글쓰기, 정서 표현을 위한 글쓰기, 친교를 위한 글쓰기, 정보화 사회에서의 글쓰기의 다섯으로 나뉜다. 그런데 이 실제의 항목에 들어가 각 장르별 글쓰기 방법은 구체적으로 제시되지 않고 모두 똑같이 "작문의 원리와 전략에 관한 지식을 활용[밑줄은 인용자]하여 (…중략…) 글을 쓴다"로 일관하고 있다. 분명히 정보 전달과 설득, 친교와 정서 표현의 글쓰기는 각기 알맞은 전략이 있어야 할 터인데, 현재 거기까지 교육과정 기술이 미치지 못하고 있는 것이다. 교육부(2001 : 254~255) 참조.

대한 지식이 없더라도 글쓰기가 수행되는 경우는 얼마든지 있을 수 있다. 예컨대 글쓰기에 대한 방법적 지식을 알지 못해도 감동적인 글을 다수 산출해 낸 초등교육의 실제 성과들을 생각해 볼 수 있다.443) 따라서 교육과정 문건의 필요성에 대한 유연한 이해가 요망된다.

쓰기 원리 항목에서 '작문 맥락 파악－작문 과정에 대한 계획－작문 내용 생성－작문 내용 조직－작문 내용 표현－작문 과정에 대한 재고 및 조정'의 순서로 작문을 설명한 것도 '과정 중심적 작문 이론'의 영향을 받은 것이며, 모든 역사적 상황에 보편적인 것은 아니다. 쓰기 원리 항목을 구성하는 여섯 단계가 동등한 비중을 갖고 있는 것도 아니다. '계획'이나 '내용 생성'은 '내용 조직'이나 '내용 표현'에 비해 글쓰기의 본령(本領)이라고 보기 어려운 단계이다. 이미 써야 할 내용이 생성되어 있거나 강제로 글을 쓰게끔 예정되어 있을 때, 혹은 쓰기 동기가 절실하지만 쓰는 방법을 모를 때 등, 다양하고 실제적인 작문의 문제 상황이 존재할 수 있다. 따라서 작문 교육과정의 보완을 위해서는 특히 '내용 조직'과 '내용 표현'의 단계를 세부화하고 정교화하는 데에 노력하여야 할 것이다.

앞의 절에서 '논설문 형성사'에 나타난 작문의 양상을 살펴보았고, 여러 가지 쓰기 행위의 실제 양상이 추출되었다. 이는 역사적으로 검증된 사실이므로 쓰기 활동에 직접적인 도움이 된다는 것을 인정받을 수 있다. 따라서 이를 재조직하여 교육 내용으로 제안하고자 한다. 다만 여기서는 현행 교육과정의 내용 체계를 전면적으로 따르지는 않을 것이며, 약간의 변형을 할 것이다.444) 물론 '본질'·'원리'·'태도'·'실제' 등의

---

443) 이호철(1994), 이오덕(2002) 등이 대표적이다. 이오덕(2002)는 초판이 1978년에 나왔으나 2002년에 고침판을 내었다. 이들의 글쓰기 교육은 '생활문'일 뿐이라는 비판도 받지만, 어린이들에게 자발적인 글쓰기 태도를 길러 주는 소중한 교육의 성공 사례라는 점에서 중등 이상의 교육에 시사해 주는 바가 적지 않다고 본다.

444) 이 점에서 본 연구는 7차 교육과정 작문과의 내용 체계를 재조정하고자 한 박태호(2000)의 연구와 문제의식을 같이한다. 박태호는 장르 중심적 시각을 바탕으로 하여

용어는 그대로 사용할 것이다. 그러나 과정 중심적 쓰기 관념이 갖는 문제점을 포함하여, '태도'에 대한 시각은 부분적으로 수정할 생각이다.

먼저, 현행 교육과정에서 내용 체계의 셋째 항목으로 들고 있는 '태도'를 본 연구에서는 작문 이론의 첫째 항목으로 둘 것을 제안한다. 본 연구에서 밝혀진 논설문 쓰기 과정의 세부 방법들에는 현행 작문교육 내용 체계의 항목 분류에서 '태도'에 해당하는 부분들이 많다. 특히 서재필이 영문을 축역하여 『독립신문』 추상어 글쓰기의 문장 모델을 만든 사실은 '작문의 필요성을 알고 글을 쓴다'는 태도 항목으로 될 수 있으며, 『독립신문』의 교술적 내용 구성으로부터는 '상황에 따라 글의 내용을 조절할 수 있는 태도를 지닌다'는 태도 항목이 설정될 수 있다. 글쓰기 활동에 대한 실존적 체험을 바탕으로 생각해 보아도, '본질을 알고 원리를 익힌 뒤 태도에 맞춰' 글을 쓰기보다는, '동기 등의 쓰기 태도를 지닌 뒤 원리에 입각하거나 혹은 자발적으로' 글을 쓰는 것이 사실에 부합한다.

다음으로, 현행 교육과정에서는 작문의 '원리'에 해당하는 내용 요소들을 모두 작문 과정의 일부에 소속시키고 있다. 즉 '작문 맥락 파악', '작문 과정에 대한 계획', '작문 내용 생성', '작문 내용 조직', '작문 내용 표현', '작문 과정에 대한 재고 및 조정'은 모두 작문의 과정을 사후적으로 관찰하여 단계별로 끊은 결과 생성된 항목들이다. 그러나 '작문 맥락 파악'과 같은 항목은 순간적으로 이루어지거나, 길어야 약간의 숙고만 있으면 충분한 항목이다. '내용 생성'과 '내용 조직'의 차이도 이론적으로는 분명하지만 실제 활동으로 들어가 보면 손쉽게 구별되지 않는다. 게다가 작문의 원리 가운데 작문 전체를 통할(統轄)하는 원리적 내용들이

글쓰기의 실제를 강조하였고 맥락, 인지, 텍스트 변인을 중요성을 내세워 이를 '본질 / 원리 / 태도'에 앞세웠다. 박태호(2000 : 163) 참조 본 연구는 글쓰기의 실제를 강조한다는 점은 동일하나 '본질 / 원리 / 태도'의 3영역이 생성된 나름의 시대 인식이 있었음을 인정하고, 가급적 그 틀을 유지하고자 한다. 다만 원리부에 지나치게 추상적인 기술들이 많다는 점을 강조하여 그 내용을 '구체적 활동'으로 실질화하고자 한다.

있을 수 있다는 점을 현행 교육과정에서는 인정하고 있지 않은 듯하다.

예컨대 근대 전환기 논설문 양식의 실제 변화를 살펴본 본 연구의 결과에 따르면, 과정 중심적 작문 기술(記述)에서는 포괄되기 어렵지만, 글쓰기라는 행위 전체에 적용되는 포괄적·원리적 지식들이 발견되었다. 예컨대 『황성신문』의 자료인 [한-7]과 같은 경우 자유로운 문답 구성, 부연의 부착, 감정의 토로 등 글의 내용을 구성하는 다양한 원천들이 포함되어 있었는데, 현행 교육과정에서는 이러한 부분을 적시할 위치가 존재하지 않는다.445)

따라서 '원리' 항목에서 '원리 일반'에 해당하는 하위 항목을 설정할 필요가 있다. 여기에는 본 연구에서 논설문 양식사의 분석 결과로 얻어진 몇 가지 중요한 실제적 원리들을 포함시킬 수 있다고 생각된다. 예컨대 '글쓰기 내용을 구성하는 다양한 내용 원천을 이해한다[한-7]', '단문 구조가 규정적 사유 구조의 영향을 받는다는 사실을 이해한다[조-1]', '분화와 규정적 사유가 내용 요소와 관련이 깊다는 사실을 이해한다[조-3], [조-5]'와 같은 항목들을 설정할 수 있다. 이러한 항목들은 글쓰기의 과정에 해당하는 원리가 아니라, 글쓰기 전반을 제어하는 '상위 인지 활동'에 가깝기 때문에, 원리 항목에서 과정의 일부에 해당하지 않는 새로운 위상을 지정해 주어 거기에 포함시킬 필요가 있다고 본다.

또한 작문 교육과정에서는 '내용 조직→내용 표현'의 순서로 교육 내용을 서술하고 있으나, 실제 쓰기 과정을 살펴보면 이 점도 재고의 여지가 있다. '내용을 조직한다'는 것은 간단히 말해 글의 틀거리를 짠다는 의미이며, 내용 표현은 그러한 틀거리에 따라 실제 문장을 써 낸다

---

445) '원리'항의 '작문 내용 조직'에서 '내용의 전개 원리에 따라 글의 세부 내용을 전개하고 배열한다'는 항목이 있는데, 이 부분은 정태적 범주(분석, 묘사, 분류, 예시, 정의, 비교, 대조, 유추, 논증)와 동태적 범주(서사, 과정, 원인과 결과)라는 연역적이고 선험적인 기준만을 내세우고 있어 이에 해당하지 않는 글쓰기가 배제당할 위험성이 있다.

는 것을 의미한다. 그런데 실제 쓰기 과정을 곰곰이 생각해 보면, 이미 쓸 내용의 조직을 완결해 놓고 문장으로 옮기기만 하는 경우는 드물다. 오히려 하나하나 문장을 써 나가면서 전체 조직 방식을 고민해 나가는 경우가 더 많다. 더구나 근대 전환기의 논설문 양식은 문장의 모델을 선택한다는 것 자체가 순간순간의 중요한 결단이었던 만큼, 조직을 다 해 놓고 글로 옮기는 상황을 상정하는 것은 매우 부자연스럽다.

따라서 본 연구에서는 '내용 표현'이라는 용어 대신에 '문장 표현'이라는 용어를 도입하고, 이에 해당하는 교육 내용을 '내용 조직'에 앞세워 제시하고자 한다. '문장 표현'이라는 용어는 '내용 표현'이라는 용어보다 이론적 일관성은 떨어지지만, 실제 글쓰기 방식을 구체적으로 지정하는 효과가 있기 때문에, 교육 활동을 설계하는 데에는 현행 교육과정과 상호 보완적으로 도움을 줄 수 있을 것으로 기대된다. 근대 논설문 양식의 성립 과정 연구를 통해 얻어진 '문장 표현'에 해당되는 교육 내용은 어떤 것들이 있을까? 사실상 본 연구의 상당 부분이 문장 모델과 문체의 발생과 변천에 바쳐지고 있었으므로, 이에 해당하는 항목 내용은 매우 많다. 따라서 인용의 형식으로 제시해 보고자 한다.

① 영문 문장을 번역하여 추상어 국문 문장을 만든다.
② 추상어를 활용하여 주장하는 글을 쓴다.
③ 매체는 문어이지만 실제 구성원리는 구어인 구어문체를 활용하여 글을 쓴다.
④ 정보를 전달하는 글쓰기에서 규정적 단문구조를 활용하여 글을 쓴다.
⑤ 필자와 독자의 관계에 따라 순한문체, 구절 현토식 국한문체, 어절 현토식 국한문체 등 다양한 문장 모델이 선택될 수 있음을 알고, 해당 문장 양식의 간단한 글을 이해한다.
⑥ 독자를 고려하여 한자를 자국어화하거나, 자국어를 한자어화하여 글을 쓴다.
⑦ 문장의 자국어화 정도가 읽기에 미치는 영향을 이해한다.
⑧ 자국어화된 글과 한자어 위주의 글을 상호 전환하는 능력을 기른다.
⑨ 쓰기 상황에 부합하는 문장 구조를 선택한다.

⑩ 의사 소통 상황이 종결 어미 선택에 영향을 미치는 사실을 이해한다.

사실 위에 제시한 내용들은 작문 교육과정 내용 항목의 '내용 표현' 단계에서 '표현하고자 하는 내용에 적합한 어휘를 선택한다', '정확하고도 적절한 문장 구조를 선택한다'를 세부 단계화한 것이며, 실제 응용할 수 있는 수준으로 구체화한 것이다. 학습자들은 이러한 교육과정 내용에 따른 학습을 함으로써 자연스럽게 추상어 국문 문장을 쓰는 능력을 향상시킬 수 있을 것이다. 또한 그러한 활동을 통해 국문 글쓰기와 국한문 글쓰기의 근본적 차이를 체득(體得)할 수 있고, 문장 구조의 특성이 필자의 상황 인식과 밀접하게 연관되어 있음을 알고 그에 입각해 글쓰기를 수행할 수 있을 것이다.

다음으로 내용 조직에 관하여 논설문 양식사에서 추출된 교육 내용을 제시하면 다음과 같다. '① 서론부와 결론부의 필요성을 알고 그에 알맞게 글을 쓴다. ② 서론부와 결론부의 기능을 알고 그에 알맞게 글을 쓴다.446) ③ 논설문의 내적 형식으로서 인위적 설득구조를 이해하고 실천한다.' 이들은 모두 현행 작문 교육과정의 '원리 > 작문 내용 조직'의 각 항들을 심화한 것이다. ①과 ②는 '처음, 가운데, 끝의 구조로 글의 내용을 구성한다(교육부, 2001 : 247)'는 내용을 심화한 것이며, ③은 '내용의 조직 과정에서 모범적인 글의 구성 모형을 활용한다'447)는 내용을 심화한 것이다. 이상에서 살펴본 내용들을 바탕으로 하여 '역사적 시각을 통해 본 작문의 과정과 교육 내용'을 아래와 같이 제시한다.

---

446) 여기에는 다시 하위 항목으로서 '서론부의 내적 분화 양상을 이해하고 글을 쓴다'와 같은 내용이 포함될 수 있다. 이는 '화제 제시'와 '문제 제기'가 분리되던 초기 논설문 양식의 실제 양상을 근거로 추출할 수 있다.

447) 이 항목은 다시 설명적인 글의 구조 모형만을 사례로 제시하여 '주제—한정—예시 모형', '문제 해결 모형', '원인과 결과 모형', '단계적 순서 모형'으로 구체화하고 있다. 교육부(2001 : 249~250) 참조. 이는 본 연구에서 논설문 양식의 내적 형식의 전형인 '인위적 설득구조'를 밝힌 것과 상응하는 것이다. 다양한 문종에 따른 글의 구조 모형을 제시하는 것은 이후의 과제가 될 것이다.

〔표 37〕 역사적 시각을 통해 보완한 작문 과정의 얼개 – 논설문을 중심으로

작문의 상위 영역	교육 내용의 명제적 기술	*선정 근거 제시 **관련 '작문' 교육과정
태도 [쓰기 동기]	작문의 필요성을 알고 글을 쓴다.	*성립기에 영문을 번역하여 추상어 글쓰기를 만든 『독립신문』의 사례
	상황에 따라 글의 내용을 조절할 수 있는 태도를 지닌다.	*신문 논설이 교술적 정보 전달의 장이 된 초창기 순국문체 신문의 현실
	각 시대에 중요한 시사적인 문제에 대해 주장하는 글을 쓴다.	*경제, 외교 등 다양한 주제를 다루는 전(全) 시기 논설의 자료적 가치
원리 [쓰기 방법]	글쓰기 내용을 구성하는 다양한 내용 원천을 이해한다.	*한문학의 자유로운 문답 구성, 부연의 부착, 감정의 토로 등 [한-7]
	단문 구조가 규정적 사유 구조의 영향을 받는다는 사실을 이해한다.	*초기 순국문체 『독립신문』 논설의 규정적 서술 [국-4]
	분화와 규정적 사유가 내용 요소와 관련이 깊다는 것을 이해한다.	*교통, 교육 등 근대적 제도에 관한 시사성 있는 논설들 [조-3], [조-4]
	쓰기 목적에 따라 쓰기의 내적 형식이 선택됨을 안다.	*성립기 순국문체 논설문의 '문제-분석-해결'의 내적 형식 수립 **'원리>내용 조직>④'의 심화
문장 표현 [문장 쓰기]	영문 문장을 번역하여 추상어 국문 문장을 만든다.	*성립기에 영문을 번역하여 추상어 글쓰기를 한 『독립신문』의 사례
	추상 개념어를 활용하여 주장하는 문장을 쓴다.	*추상 논증이 도입된 『조선일보』 사설 「시간을 낭비마라」 [조-1] **'원리>내용 표현>①'의 심화
	매체는 문어이지만 실제 구성 원리는 구어인 구어문체를 활용하여 문장을 쓴다.	*종결어미로서 '-다'의 발생 원인과 역사적 성격 및 소통 맥락 이해 **'원리>내용 표현>②'의 변형과 심화
	정보를 전달하는 글쓰기에서 규정적 단문구조를 활용하여 문장을 쓴다.	*초기 순국문체 『독립신문』 논설의 규정적 서술 ([국-4] 등) **'원리>내용 표현>②'의 변형과 심화
	필자와 독자의 관계에 따라 순한문체, 구절 현토체, 어절 현토체 등 다양한 문체가 선택될 수 있음을 알고 간단한 문체 양식의 문장을 이해한다.	*1910년 이전 논설문 양식의 다양한 문체 선택 **'원리>내용 표현>⑤'의 변형과 심화
	독자를 고려하여 한자를 자국어화하거나, 자국어를 한자어화하여 문장을 쓴다.	*1910년 이후의 명사부, 동사부, 대명사, 부사부의 자국어화 과정과 표현의 효과 인식 **'원리>내용 표현>①,⑤'의 변형과 심화
	문장의 자국어화 정도가 읽기에 미치는 영향을 이해한다.	*되도록 많은 사람이 읽을 수 있는 글을 써야 한다는 생각 **'원리>내용 표현>②'의 심화
	자국어화된 글과 한자어 위주의 글을 상호 전환하는 능력을 기른다.	*1910년 이후의 명사부, 동사부, 대명사, 부사부의 자국어화 과정과 표현의 효과 인식 **'원리>내용 표현>①,②'의 심화

작문의 상위 영역	교육 내용의 명제적 기술	*선정 근거 제시 **관련 '작문' 교육과정
	쓰기 상황에 부합하는 문장 구조를 선택한다.	*문장 모델의 퇴행 원인에 대한 진단과 방지책 [한—19] **'원리>내용 표현>②'의 심화
	의사 소통 상황이 종결 어미 선택에 영향을 미치는 사실을 이해한다.	*무인격적 의사소통 상태의 도입과 '—다' 체 종결어미의 정착 **'원리>내용 표현>⑤'의 심화
내용 조직 [글의 완성]	서론부와 결론부의 필요성을 알고 글을 쓴다.	*대면적 상황에 있는 보통인인 독자에 대한 배려와 주장의 전달 효과 향상 **'원리>내용 조직>①'의 심화
	서론부와 결론부의 기능을 이해하고 글을 쓴다.	*논설문 형성기의 서론부와 결론부 형성 원인을 이해하는 데 필요 **'원리>내용 조직>①'의 심화
	서론부의 내적 분화 양상을 이해하고 글을 쓴다.	*화제 제시와 문제 제기의 분리라는 실제 양상 **'원리>내용 조직>③'의 심화
	논설문의 내적 형식으로서 인위적 설득 구조를 이해하여 글을 쓴다.	*논설문 양식의 본질적 특징과 전략에 대한 이해 **'원리>내용 조직>⑤'의 심화

주의할 것은 위에서 아래로 이동하는 '태도→원리→문장 표현→내용 조직'이 글쓰기의 순차적 과정과 항상 일치하는 것은 아니라는 점이다. 물론 글쓰기 태도를 확립하고 제시된 방법에 따라 문장을 구성한 뒤, 그러한 문장의 축적이 한 편의 완성된 논설문으로 구성되도록 꾸민 것은 사실이다. 그러나 각 영역의 교육 내용에 대한 명제적 기술은 아직 완비된 것도 아니며, 각 명제 간의 교육 위계가 확정된 것도 아니다. 또한 이 작문 과정의 얼개는 자유로운 문장 모델의 선택이 가능한 논설문 쓰기를 염두에 둔 것이며, 모든 글쓰기 갈래를 포괄할 수는 없다.

여기에 제시한 작문 이론의 특징을 지적하면 다음과 같다. 첫째, 태도 영역의 동기 부분이 이론적 차원에서 그치지 않고, 『독립신문』과 같은 근대 초기 논설을 실제 사례로 들었기 때문에 내용이 실질화되었다는 점이다. 그동안 쓰기 태도는 관심의 대상이 되기는 했으나 이론적이고 공허한 논의에 머무른 감이 있었다. 그러나 '필요성이 있으면 그때 글을 쓰라'는 명언(明言)은 어떠한 태도 교육 내용보다도 유효하며, 이것은 근대 논설문 양식의 역사적 성립 과정을 통해서도 확인되는 진리이다. 본 연구가 제시한 작문 이론의 얼개는 이러한 특성을 고려하여 작문 이론과 교육의 내용을 실질화하였다.

둘째, 본 연구에서 제시한 작문 이론의 얼개는 쓰기 및 작문 교육과정을 보완하는 차원에서 설정되었다. 이 때문에 이 얼개는 선행의 쓰기 및 작문 교육과정과 모순되지 않으며, 오히려 거기에서 충분히 서술되지 못한 부분을 첨가한 것으로 볼 수 있다. 위 표에서 회색으로 표시된 부분이 선행 교육과정을 심화 내지 변형한 부분들인데, 내용 기술의 2/3에 해당한다. 이 가운데 쓰기 동기인 '태도' 영역은 완전히 새롭게 추가되었고, 쓰기 방법과 관련한 '원리' 부분도 대부분 새롭게 추가되었다. 이는 쓰기 및 작문 교육과정의 '원리' 항목에 대한 설명이 지나치게 이론적이고 포괄적이어서, 실제 쓰기의 지침이 되기에는 어려움이 있다는 반성에서 비롯된 것이다.

셋째, 본 연구에서 제시한 작문 이론의 얼개는 선행의 쓰기 및 작문 교육과정에서 제시한 작문의 내용 체계인 '본질', '원리', '태도', '실제' 가운데 '원리' 항목만을 대폭 강화하였다. '본질' 영역의 설명은 통시대적으로 적용될 수 있는 부분이 많기 때문이며, '실제' 영역은 '설득을 위한 글쓰기', 즉 논설문 중심으로 짜여진다는 것을 이미 밝혔기 때문이다. 대신 본 연구에서는 '원리'를 현행 교육과정에서 제시한 대로 '작문 맥락 파악→작문 과정에 대한 계획→작문 내용 생성→작문 내용 조직→작문 내용 표현→재고 및 조정'의 순서로 설명하지 않고, 그 중요성의 정도를 따져 '원리', '문장 표현', '내용 조직'의 3개 하위 항목으로 구성하였다. '원리'에서는 쓰기의 원천 자료에 대한 이해로서 선행 텍스트를 들었는데, 이는 쓰기 내용과 사유의 관계에 대한 일반론적 이해를 돕기 위해서였다.

넷째, '문장 표현' 항목을 설정하여 실제 글을 쓰는 지침을 마련하고자 하였다. 이 항목은 작문 교육과정의 '내용 표현' 항목을 변형한 것이다. 본 연구에서 이 항목을 설정할 수 있었던 가장 큰 이유는 본론에서 논설문 자료를 중심으로 역사적 연구를 수행하였기 때문이다. 그 과정에서 문장 표현의 실제 자료인 순국문체, 한문체, 국한문체의 다양한 자료들을 통시간적으로 검토하였고, 그러한 글쓰기가 나올 수 있었던 배경을 살펴보았다. 그리고 그 결과를 바탕으로 위에 제시한 것과 같은 실질적인 글쓰기 교육 내용을 선정하여 제시할 수 있었다. 앞으로 이러한 교육 내용에 기초한 교재를 구성한다면, 국한문체에 대한 새로운 인식은 물론 한문교육의 내실화 및 국어교육과 한문교육의 조화로운 관계 모색도 가능할 것이다.

다섯째, '내용 조직' 항목을 설정하여 글의 짜임을 외형적으로 완성하는 것을 '글쓰기의 마무리 단계'로 보는 생각을 확실히 하였다. 현행 작문 교육과정의 기본 틀은 '내용 생성→내용 조직→내용 표현'의 순서를 따르고 있기 때문에, 내용 조직이 완결되고 나서 실제 글을 쓰는 과정에서는 더 이상 새로운 내용 조직이 일어날 수 없다는 인상을 준다. 이는 유연한 작문 과정에 대한 이해로 보기 어렵다. 따라서 본 연구는 실제 글쓰기의 완성이 문장 단위가 아닌 글 전체의 내용 구조의 완성에서 이루어진다는 것을 감안하여 '내용 조직' 항목을 작문 이론의 가장 마지막 단계로 돌렸다. 그리고 거기에 들어가는 내용 항목은 '서론'·'본론'·'결론'과 같은 내용 조직의 관련 용어를 중심으로 하였고, 서술은 행동을 기술하는 '…글을 쓴다'로 마무리하였다.

그간의 교육과정 기술(記述)은 과정 중심 이론의 영향을 받아 추상적인 단계에서 글쓰기 과정을 나열하고, 거기에 해당하는 세부 전략을 기술하는 정도에 그치고 있었다. 그러나 '내용 생성', '내용 조직', '내용 표현'의 3단계는 이론적으로는 구별되지만 실제 글쓰기 과정에서는 잘 구별되지 않는 경우가 많으며, 반드시 순차적이지만도 않다. 즉 글쓰기를 분절적 과정으로만 설명하는 것이 능사가 아니라, 작문 과정 전체를 관할하는 원리적 내용이 필요한 것이다. 교육학의 개념을 빌어 설명하자면 이는 일종의 '상위 인지'인데, 그러한 상위 인지를 다시 이론적인 차원에서 검토하는 것은 매우 비생산적인 일이라고 생각된다.

그래서 필자는 추상어를 이용하여 주장하는 글쓰기를 행할 때에, 작문 과정 전체를 통할하는 상위 인지의 내용을, 한국의 역사 문화적 조건 속에서 찾아보고자 노력하였다. 그에 따라 추출된 요소들이 문장 쓰기의 구체적 지침으로서 제시되었는데, 이를 '문장 표현'이라고 한 것이다. '표현'이라는 용어가 중세적 한계를 갖고 있다는 것은 앞에서 지적한 대로이지만, 현대를 염두에 둔 작문 이론에서까지 이 용어를 회피할 필요는 없다. 다만 글쓰기 교육의 문화적 정체성을 찾고 이론이 아닌 실제의 발전을 도모하기 위해, '문장 표현'의 교육 내용은 역사적인 것으로 채워져야 한다고 믿는다. 이러한 역사의 실제에 입각한 문장 표현의 교육 내용을 이전의 작문 교육과 구별하기 위해, '역사·문화적 작문'이라고 명명(命名)하고자 한다.

'역사·문화적 작문'은 형식주의·인지주의·사회인지주의 작문 이론이 공통적으로 의존하고 있었지만 공통적으로 의식하지 않고 있었던 글쓰기의 가장 물질적이고 원초적인 영역에 대한 관심에서 출발하였는데, 그것이 바로 글쓰기의 단위로서 누구나 가장 먼저 선택해야 하는 '문장 모델'이었다. 문장 모델은 오늘날 대부분의 언중(言衆)들에게 보통 교육을 통해 무의식적으로 각인(刻印)되기 때문에, 마치 비역사적이고 불변하는 것처럼 보일 수 있다. 그러나 실제로 개개의 문장 모델은 역사적 지평 속에 놓여 있는 사유를 전제하는 '제한된 장치'일 따름이다. 필자는 현재 국어교육의 당면 과제로서 '순국문 언문일치 구어문체 문장 모델'의 시대적 한계에 대한 자각이 필요하다고 보았고, 이를 위해 본 연구가 밝혀낸 다양한 문장 모델에 입각한 쓰기 방법을 '문장 표현' 단계에서 익힐 수 있도록 교육 내용을 구안한 것이다.

제6장
결론

    본 연구는 근대적 글쓰기의 형성 과정을 논설문 쓰기 환경의 성립과 문장 모델을 중심으로 살펴보는 것을 목표로 하였다. 이제 본문의 내용을 요약하고 남은 과제를 밝히는 것으로 결론을 대신하고자 한다. 본 연구의 문제의식은 중세적 글쓰기와 다른 근대적 글쓰기의 특질을 구체적으로 드러내고자 하는 것이었다. 이 문제를 해결하기 위해 중세적 글쓰기가 근대화하는 과정을 추적하였고, 그렇게 해서 근대적 글쓰기가 갖는 특성들이 형성되는 실제 모습을 드러내고자 했다. 거칠게 말하자면, 중세적 글쓰기는 일반인이 아닌 소수의 교육받은 엘리트가 모범문의 학습에 입각해 올바른 성현의 도리를 탐구하고 자연의 이법을 체득하는 한문체(漢文體)의 문자 행위라고 요약할 수 있다.

    본 연구는 이러한 중세적 글쓰기를 '신성한 유물'이 아닌 '쓰기 문화의 한 종류'로 상대화시키고자 하였다. 본 연구에서는 이를 위해 통시대적으로 적용될 수 있는 보편적인 글쓰기 이해의 틀을 제시하고자 하였다. 본 연구에서는 '글쓰기'를 '쓰기 주체가 문자 언어의 문화적 습득을 통해 행하는 외현의 활동'이라고 조작적으로 정의하였다. 글쓰기는 쓰기 주체가 어떠한 교육을 받느냐에 따라 그 선행 텍스트가 결정되고, 그러한 선행 텍스트는 문자 언어로서 특정한 문장 모델을 상정하며, 쓰기 주체의 세계 인식은 문장 조직을 통해 글쓰기 산출물을 낳는다고 본 것이다.

이러한 분석틀에 입각하여 근대 이전의 글쓰기 환경을 대략적으로 파악해 보았다. 먼저 19세기 말~20세기 초의 글쓰기 환경에 일어난 근대적 전환을 살펴보았다. 이 시기의 동아시아는 급격한 서구의 충격으로 인해 한문 글쓰기를 중심으로 한 중세적 질서가 해체되고 있었고, 한국도 예외는 아니었다. 본 연구에서는 동아시아의 한문 문체 개혁 운동을 검토하여, 한문체를 해체한 뒤 새로이 개발된 시험적 문장 모델들을 살펴보았다. 이로써 새로 개발된 문장 모델들은 다수의 보통인이 쉽게 쓸 수 있는 음성 언어의 배치 질서에 따라 조직되었다는 점과, 그러한 질서를 체계화한 지적 체계가 근대적 '문법'이라는 사실을 지적하였다.

동아시아에서 글쓰기의 근대화는 서구적 글쓰기 관념을 도입하였고, 실제적인 차원에서 몇 가지 변화를 초래하였다. 첫째는 글쓰기 활동을 '관습적 모방'이 아닌 '개인의 창의'로 보는 관점의 전환이었다. 둘째는 음성중심주의적 '단어' 관념의 도입과, 단어의 형태를 표준화하기 위한 '사전(辭典)'의 성립이었다. 셋째는 서구식 개념어를 번역하기 위한 2음절 한자어 위주의 조어(造語)로 인한 추상어의 증대, 그리고 이를 활용한 추상어 글쓰기의 정착이었다. 본 연구는 이 시기 추상어 글쓰기의 대표적 저술로 『서유견문』을 들었다. 『서유견문』은 중세적 독자에게나 근대적 독자에게나 읽기 어려운 난삽한 문체로 저술되었는데, 이는 한문의 관습과 근대적 쓰기 목표 사이의 충돌이라는 전환기의 과도성과 밀접한 관련이 있다고 보았다.

글쓰기 이론의 근대적 전환은 19세기 말~20세기 초의 또다른 중요한 특징 가운데 하나였다. 1900년대 초반 이후 한문 글쓰기가 본격적으로 해체되면서 한문을 근대 문법(近代文法)의 관점에서 바라보는 시각이 발생하였다. '근대 문법'은 음성 언어가 의미를 갖는 단위로 조직되기 위해 필요한 최소한의 질서였다. 그러나 한문만 존재하던 근대 이전의 동아시아에서는 이러한 '문법' 개념이 존재하지 않았고, 오로지 글을 다듬고 꾸미는 수사법(修辭法)만이 존재하였다. 그러나 근대 이후 '문장은 단어와 그 조직으로 이루어진다'는 관념이 지배적으로 되면서 '문법(文法)'은 독립적인 지식 체계가 되었고, 중세에 각광받던 수사학은 작문법의 일부로 편입되어 '말을 꾸미는 지엽적인 기술(技術)'로 전락하거나 작문 이론의 일부로 변질되었다.

이후에는 이러한 글쓰기 환경의 근대화를 전제로 하여 근대적 글쓰기가 생겨나는 과정을 논설문을 중심으로 살펴보았다. 본 연구는 근대적 글쓰기의 발생 계기로서 몇 가지를 들었다. 첫째는 초기 정론지 사설이 한문학의 문장 양식에 입각하면서도 어순은 해체하는 '한문해체 문체(漢文崩れ文體)'를 사용하여 주장의 내용에 시사성을 강화한 것이었다. 둘째는 근대적 대중교육과 지식 전달의 장으로서 '연설(演說)'이라는 제도가 등장하고, 그로 인해 연설문이 등장하여 '인위적 설득구조'가 성립하였다는 점이었다. 셋째는 언문일치 자국문체의 실험이 어느 정도 본 궤도에 오르고 지식이 폭발적으로 증가하면서, 지식인들을 중심으로 비교적 자유로운 의론의 양식인 평론(評論)이 유행하게 되었다는 점이었다.

근대적 글쓰기의 실제 발전 양상은 19세기 말~20세기 초의 '신문 사설'에 한정하여 고찰하였다. 먼저 해당 시기 신문 논설의 문장 모델과 문체 특성을 살펴보고, 그 다음으로는 내용 구성과 전개 방식의 특성을 살펴보았다. 성립기(1896~1910)에 순국문체 계열에서는 서양어를 '언해'함으로써 초기적 구어문체를 성립시켰다. 물론 이때의 구어문체는 표준국어의 성립 이전이었기 때문에 표기나 구두점 통일 등의 제도적 뒷받침을 받지 못하고 있었다. 어쨌거나 구어문체는 공공적 의사소통 상황의 무인격성과 대응하여 널리 퍼져나갔고, 근대 이전에 통용되던 '―라'

체 종결어미와 어색하게 공존하고 있었다.

한문체 및 국한문체 계열은 문장 모델에서 다음과 같은 변화를 보였다. 초기에는 '현토식 구결체 한문'이 주류였으나, 점차 한문이 문법적 분석의 대상이 되면서 한문체 계열의 문장도 국문(國文)을 혼용하고 어순을 자국어식으로 조절하여 어절(語節)을 취하기 시작하였다. 어절의 성립은 분절적 사유를 강화하였고, 이에 따라 한자(漢字)의 의미론적인 위상도 '확산적인 형상'에서 '문장의 일개 구성 요소'로 축소되었다. 그러나 1910년 이전까지는 이러한 '어절 현토식 국한문체'가 완전히 정착했다고 보기 어려울 정도로 반동적 양상이 꾸준히 나타났다.

내용 구성의 측면에서 보면, 이 시기 순국문체 계열의 신문 사설 글쓰기는 단순히 사실을 전달하거나 주장을 늘어놓기만 하는 자연스러운 말하기의 구성 원리에 입각해 있었다. 그러나 시간이 흐름에 따라 외적 구조의 측면에서는 '서론−본론−결론'의 구성을 보여주기 시작하였고, 주장의 내적 형식으로서 '실태 제시−원인 분석−대책 수립'의 인위적 설득구조를 보여주는 글들이 차차 증가하기 시작하였다. 한문체 및 국한문체 계열의 사설에서도 이와 비슷한 현상들이 이어졌으나 그 속도는 순국문체에 비해서 비교적 더뎠다.

총독부 기관지 『매일신보』와 함께 시작되는 정착기(1910~1924)에는 순국문체 신문이 폐간되고 이른바 국한문체(國漢文體) 신문만 남게 되었다. 그러나 이때의 문장 모델은 한문체가 아니라 일본문의 영향을 일정하게 받은 국문체의 한자 노출 표기였으며, 이때부터 논설문 글쓰기는 한문체의 전통과 강제적으로 단절되기에 이르렀다. 구체적으로 '2음절 한자어 위주 어절 현토식 국한문체'가 정착하고, 비대면적 의사소통 상황을 전제하는 '언문일치 구어문체'가 논설문의 문장 모델로 확정되며, 이에 상응하는 중립적 종결어미인 '−다'체가 1922~24년을 전후하여 『동아일보』·『조선일보』의 사설에서 압도적으로 채택되기에 이르렀다.

내용 구성의 측면에서, 『매일신보』 독점기였던 1910년대에는 '기사

문’에서 ‘설득문’으로 가는 과도기적 양상을 보이며, 1920년대에는 인위
적 설득구조가 정착하고 내용 구성 단위가 정교화된다. 주장하는 글쓰
기는 더이상 ‘세련된 전통에 입각한 문화적 관습’이 아니라, ‘착상과 설
득이라는 근대적 의사소통의 구조에 놓인 개인적 행위’로 파악되었다.
‘서론―본론―결론’의 구성과 설득 장치의 마련은, 이러한 근대의 비대
면적(非對面的) 의사소통 구조에 적응하기 위한 글쓰기 나름의 자기 변
모였다.

　본 연구는 근대적 글쓰기의 특성이 형성되어 가는 과정을 고찰하는
것과 아울러, 이를 바탕으로 쓰기 교육의 방향을 구체화하는 것을 또다
른 과업으로 삼았다. 먼저 광복 이후의 논설문 교육 양상을 간단히 검토
하였다. 1~5차 교육과정의 논설문 제재 수록 양상을 검토한 결과, 논설
문 ‘쓰기 교육’보다는 논설문을 독본(讀本)의 형태로 제시하는 ‘읽기 교
육’에 치중하고 있었음이 드러났다. 또 고전 논설 자료를 충분히 활용하
지 못하고 있다는 점이 드러났다. 이는 근대 이후 논설문 양식이 ‘개인
적 주장의 활동’으로만 편협하게 이해되고 있기 때문이라고 보았다.

　다음으로 논설문 쓰기 교육 내용의 구성 방향을 모색하여 보았다. 광
복 이후의 논설문 교육은 주로 순국문체 문장 모델을 읽는 것으로 이루
어졌다. 이러한 순국문체 문장 모델의 선택에는 서구어 중심의 언어관,
전통적 문장 모델의 지나친 보수성, 일제 강점기를 거치면서 생긴 한문
체 계열 문장 모델에 대한 반감(反感) 등이 복합적으로 작용하고 있었다.
그러나 장기적인 안목에서 글쓰기 교육의 내실을 추구하기 위해서는
이러한 어려움을 타파해 나아가야 한다고 보았다. 구체적으로 ‘쓰기 환
경’과 ‘쓰기에 작용하는 문화적 조건’의 중요성을 강조하고, 실제 자료
를 교육 내용에 포함시켜야 한다고 보았다. 본 연구에서 밝혀진 역사적
문장 모델에 대한 지식은 그러한 교육 내용이 되기에 적합한 것이다.

　본 연구는 마지막으로 근대 이후 논설문 쓰기 교육의 전망을 제시하
였다. 근대의 논설문은 논(論)이나 설(說) 같은 ‘관습적 장르’로 인식되기

보다는, '주장하는 행위'에 중점을 두고 이해되었다. 그러나 이는 수준 높은 고전 문장에 대한 이해를 가로막고, 문화 전통의 중요성을 경시하는 부작용을 초래할 수 있음을 지적하였다. 현대 문종(文種)은 상위 분류의 측면에서 보면 중세적 쓰기 분류를 어느 정도 활용하고 있기 때문에 전통의 계승은 생각만큼 어렵지 않을 수도 있다. 특히 한문체 계열의 논설문을 활용해 문장 모델과 구성 방식을 익히고, 오늘날의 글쓰기에 활용할 수 있게 하는 교육 내용 설계는 의미있고 시급한 과제라고 보았다.

본 연구는 '행위 중심의 작문 이론'을 보완하기 위해 '문화적 관습 요인'을 강조하였고, '행위 요인'과 '관습 요인'의 통합 교육을 설계하여 보았다. 그러나 간단한 교육의 얼개를 제시했을 뿐 구체적인 글쓰기의 상을 제시하지는 못한 한계를 지니고 있다. 과거를 설명하는 것은 쉽지만 미래를 예측하고 조절하는 것은 어려우며, 어쩌면 불가능한 일일지도 모른다. 그러나 이 모든 문제를 해결하여야 할 시대의 문화적 사명 또한 '국어교육'이라는 문화적 권위에 맡겨져 있다. 앞으로 구체적인 글쓰기의 상을 제시하여 미래의 문화적 자양을 풍성하게 하는 데에 기여하는 후속 연구를 할 것을 다짐한다.

참고 문헌

1. 자료

경인문화사, 『每日申報』(영인판), 京城 : 每日申報社, 1985.
大韓每日申報社, 『大韓每日申報』(영인판), 京城, 1905.
東亞日報社, 『東亞日報』(축쇄판), 京城, 1920.
박문국, 『漢城旬報』(영인판), 서울 : 관훈클럽신영연구기금, 1883.
______, 『漢城週報』(영인판), 서울 : 관훈클럽신영연구기금, 1886.
帝國新聞社, 『제국신문(帝國新聞)』, 京城 : 帝國新聞社, 1898.
朝鮮日報社, 『朝鮮日報』(축쇄판), 京城, 1920.
韓國文化開發社, 『皇城新聞』(영인판), 京城 : 皇城新聞社, 1972.
韓國學文獻硏究所, 『萬歲報』(영인판), 서울 : 아세아문화사, 1985.
LG상남언론재단, 『독립신문』(영인판), 경성 : 독립협회, 1996.

교육부, 『국어과 한문과 교육과정 기준』, 서울 : 대한교과서주식회사, 2000.
______, 『고등학교 교육과정 해설』 2-국어, 서울 : 대한교과서주식회사, 2001.
권영민, 『고등학교 작문』, 서울 : 지학사, 2003.
김기수, 부산대 한일문화연구소 역, 『譯註 日東記遊』, 부산 : 영남인쇄소, 1962.
김세한, 『한서 남궁억 선생의 생애』, 서울 : 한서남궁억선생기념사업회, 1960.
김희상, 「朝鮮語典」(1911), 『역대한국문법대계』(김민수・하동호・고영근 편저) 제1
　　　부 7책, 서울 : 탑출판사, 1977.
김희상, 「울이글틀」(1927), 『역대한국문법대계』(김민수・하동호・고영근 편저) 제1부
　　　7책, 서울 : 탑출판사, 1977.
문교부, 『고등 국어 Ⅰ』, 서울 : 대한교과서주식회사, 1957.
______, 『고등 국어 Ⅱ』, 서울 : 대한교과서주식회사, 1957.
______, 『고등 국어 Ⅲ』, 서울 : 대한교과서주식회사, 1957.
______, 『인문계 고등학교 국어 Ⅰ』, 서울 . 대한교과서수식회사, 1968.
______, 『인문계 고등학교 국어 Ⅱ』, 서울 : 대한교과서주식회사, 1968.
______, 『인문계 고등학교 국어 Ⅲ』, 서울 : 대한교과서주식회사, 1968.
______, 『인문계 고등학교 국어 Ⅰ』, 서울 : 대한교과서주식회사, 1975.
______, 『인문계 고등학교 국어 Ⅱ』, 서울 : 대한교과서주식회사, 1975.
______, 『인문계 고등학교 국어 Ⅲ』, 서울 : 대한교과서주식회사, 1975.
______, 『고등학교 국어 1』, 서울 : 대한교과서주식회사, 1984.

문교부, 『고등학교 국어 2』, 서울: 대한교과서주식회사, 1984.
______, 『고등학교 국어 3』, 서울: 대한교과서주식회사, 1984.
______, 『고등학교 국어(상)』, 서울: 대한교과서주식회사, 1990.
______, 『고등학교 국어(하)』, 서울: 대한교과서주식회사, 1990.
박영목·김상호·허익, 『고등학교 작문』, 서울: 교학사, 2003.
서울대학교 국어교육연구소, 『고등학교 국어』(상), 서울: 교육인적자원부, 2002.
______, 『고등학교 국어』(하), 서울: 교육인적자원부, 2002.
서재필, 『서재필 박사 자서전』, 서울: 을유문화사, 1972.
서정주, 『雩南 李承晩傳』(중판), 서울: 화산문화기획, 1995.
신채호, 「文法을 宜統一」, 『畿湖興學會月報』 5, 畿湖興學會, 1908.
안국선, 「연설법방」(1907), 『범우비평한국문학』 4(금수회의록 외), 서울: 범우사, 2004.
원영의, 「초등작문법」(1908), 『역대한국문법대계』(김민수·하동호·고영근 편저) 제2
    부 제35책, 서울: 탑출판사, 1984.
유길준, 『조선문전』(1897), 『역대한국문법대계』(김민수·하동호·고영근 편저) 제1부
    제1책, 서울: 탑출판사, 1977.
윤치호, 『윤치호일기』 1, 서울: 국사편찬위원회, 1973.
______, 송병기 역, 『윤치호 일기』 1, 서울: 연세대 출판부, 2001.
이각종, 『실용작문법』, 경성: 박문서관, 1911.
이건창, 『이건창전집』(한국학문헌연구소 편) 上·下, 서울: 아세아문화사, 1978.
이태준, 『文章講話』, 서울: 博文書館, 1949.
이태준, 임형택 해제, 『문장강화』, 서울: 창작과비평사, 1988.
한국학문헌연구소 편, 『한국 개화기 학술지』 1-21, 서울: 아세아문화사, 1976.
학부, 『보통학교학도용 국어독본』(1907), 『한국 개화기 교과서 총서』(한국학문헌연구
    소 편) 6, 서울: 아세아문화사. 1977
학부 편집국, 『국민소학독본』(1895), 『한국 개화기 교과서 총서』(한국학문헌연구소
    편) 1, 서울: 아세아문화사. 1977.
______, 『소학독본』(1895), 『한국 개화기 교과서 총서지』(한국학문헌연구소 편)
    1, 서울: 아세아문화사. 1977.
현공염 역술, 『경국미담』, 경성: 우문관., 1908.

소통(蕭統), 『文選』(영인본), 서울: 정문사, 1983.
송정희(宋貞姬) 역, 『荀子』(上), 서울: 명지대 출판부, 1972ㄱ.
______, 『荀子』(中), 서울: 명지대 출판부, 1972ㄴ.
양계초(梁啓超), 장지연 역, 『中國魂 上卷』, 대구: 석실포, 1908.
양계초(梁啓超), 『飮氷室文集』 上(廣智書局本, 영인본), 서울: 이문사, 1977.
유협, 이민수 역, 『文心雕龍』, 서울: 을유문화사, 1984.

유협, 최신호 역, 『文心雕龍』, 서울 : 현암사, 1975.

지재희(池載熙) 해역, 『禮記 下』, 서울 : 자유문고, 2000.

호적(胡適), 차주환 역, 『四十自述』, 서울 : 을유문화사, 1973.

니시 아마네[西周], 『西周哲學著作集』(麻生義輝 編), 東京 : 岩波書店, 1933.

바바 타츠이[馬場辰猪], 『雄辯法』, 東京, 1885.

사사 세이세츠[佐佐政一] 編, 『修辭法』, 東京 : 大日本圖書株式會社, 1901

_______________________, 『修辭法講話』, 東京 : 明治書院, 1917.

시마무라 류타로[島村瀧太郎], 『(縮刷)新美辭學』, 東京 : 早稻田大學, 1922.

시마다 유타카[島田豊] 增補纂譯, 『和譯英字彙』, 東京 : 大倉, 1907.

야쿠시지 치로[藥師寺知朧], 『文法註釋韓語硏究法』, 東京 : 盛文堂, 1909.

요내(姚鼐), 王文濡 評校. 『(重校)古文辭類纂評註』, 臺北 : 臺灣中華書局, 1973.

위문제(魏文帝) 撰, 孫馮翼 輯, 『典論』, 北京 : 中華書局, 1985.

兪吉濬 輯述, 『西遊見聞』, 東京 : 交詢社, 1895.

유협(劉勰), 施友忠 譯, 『文心雕龍 : The literary mind and the craving of dragons』, 臺北
        : 臺灣中華書局, 1975.

육기(陸機) 撰, 『陸士衡集』, 北京 : 中華書局, 1985.

이가라시 치카라[五十嵐 力], 『文章講話』, 東京 : 早稻田大學出版部, 1905.

李沂, 「實地應用作文法序」, 『實地應用作文法』(최재학 저), 京城 : 徽文館, 1909.

이노우에 테츠지로[井上哲次郎] 編, 『哲學字彙』, 東京 : 東洋館書店, 1884.

이종린, 『文章體法』, 京城 : 普書館, 1913.

이해조, 『新撰日鮮作文法』, 京城 : 光東書局, 1922.

周時經, 『國語文典音學』, 京城 : 博文書館, 1908.

中樞院 編, 『吏讀集成』, 東京 : 國書刊行會, 1975.

최재학, 『實地應用作文法』, 京城 : 徽文館, 1909.

쿠보 토쿠지[久保得二], 『實用作文法』, 東京 : 實業之日本社, 1906.

키쿠치 다이로쿠[菊池大麓], 「修辭及華文」(1879), 『近代文學評論大系』(福地櫻痴
        外) 1(明治期 Ⅰ), 東京 : 角川書店, 1972.

타케시마 하고로모[武島羽衣], 『新式作文大成』, 東京 : 博文館, 1914.

토모타 요시타카[友田宜剛], 『作文自習寶鑑』, 東京 : 至誠堂., 1909

토쿠토미 소호[德富蘇峰], 『蘇峰文選』(草野茂松 外編), 東京 : 民友社, 1916.

하가 야이치[芳賀矢一] 外 合編, 『作文講話及文範』, 東京 : 富山房, 1912.

호리 타츠노스케[堀達之助], 『英和對譯袖珍辭書』, 東京, 1862.

후쿠자와 유키치[福澤諭吉], 『福澤諭吉全集』(第一卷 : 西洋事情)(慶応義塾 編纂), 東
        京 : 岩波書店, 1958.

후쿠자와 유키치[福澤諭吉], 富田正文 校訂, 『(新訂)福翁自傳』, 東京 : 岩波書店, 1978.

Bain, Alexander, *English composition and rhetoric : a manual*, London : [s.n.], 1877.

Legge, James, *The Chinese classics III : The Shoo King*, Hong Kong : Hong Kong Univ. Press, 1960.

__________, *The Chinese classics IV : The She King*, Hong Kong : Hong Kong Univ. Press, 1960.

Jones, George Heber, *An English-Korean dictionary* (英韓辭典), Tokyo : Kyo Bun Kwan, 1914.

J. Ross, "Korean speech"(1882), 『歷代韓國文法大系』(金敏洙 外 編著) 第2部 第1冊, 서울 : 塔出版社, 1977.

Wheaton, Henry, *Wheaton's elements of international law*, London : [s.n.], 1916.

2. 논저

강남욱, 「교재 평가론을 통한 근대 초기 한국어 교재에 관한 연구」, 서울 : 서울대 석사논문, 2005.

강신항, 『訓民正音硏究』, 서울 : 성균관대 출판부, 1987.

______, 「한글專用政策과 漢字語」, 『2005 國際學術會議 發表 論文集 − 漢字敎育과 漢字政策에 대한 硏究』, 서울 : 역락, 2005.

강윤호, 『개화기의 교과용 도서』, 서울 : 교육출판사, 1975.

고광수, 「굿의 대신 말하기 방식 연구」, 서울 : 서울대 석사논문, 1999.

고영근, 『한국어문운동과 근대화』, 서울 : 탑출판사, 1998.

______, 『역대한국문법의 통합적 연구』, 서울 : 서울대 출판부, 2001.

권보드래, 『한국 근대소설의 기원』, 서울 : 소명출판, 2002.

권오만, 「개화기의 문체와 장르 선택」, 『한국현대시사의 쟁점』, 서울 : 시와시학사, 1991.

김대행, 「고전 표현론을 위하여」, 『국어교과학의 지평』, 서울 : 서울대 출판부, 1995.

김대행 외, 『문학교육원론』, 서울 : 서울대 출판부, 2000.

김대행, 「국어교과학을 위한 언어 재개념화」, 『선청어문』 30, 서울 : 서울대 국어교육과, 2002.

______, 「수행적 이론의 연구를 위하여」, 『국어교육학연구』 22, 서울 : 국어교육학회, 2005.

김동식, 「한국의 근대적 문학 개념 형성 과정 연구」, 서울 : 서울대 박사논문, 1999.

김미형, 『한국어 대명사』, 서울 : 한신문화사, 1995.

김미형, 『우리말의 어제와 오늘』, 서울 : 제이엔씨, 2005.

김병철, 『한국근대번역문학사연구』, 서울 : 을유문화사, 1975.

김상대, 『口訣文의 硏究』, 서울 : 한신문화사, 1993.

김성룡, 「전범 학습과 중세의 문학교육」, 『문학교육학』 창간호, 서울 : 한국문학교육학회, 1997.

김완진, 「한국어 문체의 발달」, 『한국어문의 제문제』(이기문 외), 서울 : 일지사, 1983.

김용구, 『전정판 세계외교사』, 서울 : 서울대 출판부, 2005.

김용옥, 『동양학 어떻게 할 것인가』, 서울 : 통나무, 1986.

＿＿＿, 『철학강의』, 서울 : 통나무, 1994.

김용옥 편, 『도올논문집』, 서울 : 통나무, 1994.

김우창, 「동양화의 정신과 생활에 대한 隨想」, 『법없는 길』(김우창 전집 4), 서울 : 민
        음사, 1993.

＿＿＿, 「다원시대의 문학 읽기와 교육」, 『문학교육의 민족성과 세계성』(한국문학교
        육학회 편), 서울 : 태학사, 2000.

김운태, 『조선왕조 정치·행정사』(근대편), 서울 : 박영사, 2002.

김윤식, 『이광수와 그의 시대』 1, 서울 : 한길사, 1986.

김윤식·김현, 『韓國文學史』, 서울 : 민음사, 1974.

김종철, 「고전소설교육」, 『국어교육학사전』(서울대 국어교육연구소 편), 서울 : 대교
        출판, 1999.

＿＿＿, 「글쓰기 교육의 문화적 척도」, 『고전산문교육의 이론』(이상익 외), 서울 : 집
        문당, 2000.

＿＿＿, 「국어교육과 언어 민주주의」, 『국어교육』 115, 서울 : 한국어교육학회, 2004.

김채수 편, 『한국과 일본의 근대 언문일치체 형성과정』, 서울 : 보고사, 2002.

김항구, 「대원대부 연구―대한자강회와 대한협회 고문으로서의 활동을 중심으로」,
        『중재 장충식박사 화갑기념논총』, 서울 : 중재장충식박사화갑기념논총간행
        위원회, 1992.

김현 편, 『수사학』, 서울 : 문학과지성사, 1985.

김혜정, 「일제 강점기 '조선어 교육'의 의도와 성격」, 『어문연구』 31, 서울 : 한국어문
        교육연구회, 2003.

김효전, 『근대한국의 국가사상―국권회복과 민권수호』, 서울 : 철학과현실사, 2000.

남풍현, 『국어사를 위한 구결 연구』, 서울 : 태학사, 1999.

＿＿＿, 『이두연구』, 서울 : 태학사, 2000.

류수열, 「판소리 구연성의 매체언어적 의의」, 서울 : 서울대 박사논문, 2001.

매일경제 NIE연구회, 『신문으로 논술·구술 끝내기』, 서울 : 매일경제신문사, 2004.

민현식, 「개화기 국어 문체에 대한 종합적 연구 (1)」, 『국어교육』 83, 서울 : 한국국어
        교육연구회, 1994ㄱ.

＿＿＿, 「개화기 국어 문체에 대한 종합적 연구 (2)」, 『국어교육』 85, 서울 : 한국국어
        교육연구회, 1994ㄴ.

＿＿＿, 「개화기 한글본 '사민필지'에 대하여」, 『국어교육』 100, 서울 : 한국국어교육
        연구회, 1999.

＿＿＿, 「국어문화사의 내용 체계화에 대한 연구」, 『국어교육』 110, 서울 : 한국국어

교육연구학회, 2003.

박경희, 『연표와 사진으로 보는 일본사』, 서울: 일빛, 1998.

박붕배, 『한국국어교육전사』(상), 서울: 대한교과서주식회사, 1987.

______, 『한국국어교육전사』(중), 서울: 대한교과서주식회사, 1997ㄱ.

______, 『한국국어교육전사』(하), 서울: 대한교과서주식회사, 1997ㄴ.

박영목 외, 『국어교육학 원론』(제2판), 서울: 박이정, 2003.

박영목, 「작문 연구의 동향과 과제」, 『작문연구』 창간호, 서울: 한국작문학회, 2005.

박태호, 「장르 중심 작문 교육의 내용 체계」, 『국어교육학연구』 9, 서울: 국어교육학회, 1999.

______, 『장르 중심 작문 교수·학습론』, 서울: 박이정, 2000.

배수찬, 「고전 국문소설의 서술 원리 연구」, 서울: 서울대 석사논문, 2001.

______, 「한자의 특성에 대한 현상학적 연구」, 『고전문학과 교육』 5, 서울: 한국고전문학교육학회, 2003.

______, 「고전문학교육 연구의 방향 설정을 위한 시론—고전의 패러디 문제를 중심으로」, 『선청어문』 32, 서울: 서울대 국어교육과, 2004ㄱ.

______, 「읽기 이론의 역사적 변천에 대한 연구」, 『국어교육학연구』 21, 서울: 국어교육학회, 2004ㄴ.

______, 「조선후기 人性論 논쟁의 이해 방식에 대한 연구」, 『한문교육연구』 23, 서울: 한국한문교육학회, 2004ㄷ.

______, 「국어교육의 근대적 전환에 대한 연구 서설」, 『고전문학과 교육』 9, 서울: 한국고전문학교육학회, 2005ㄱ.

______, 「한문 글쓰기의 특성과 교육 방안 연구」, 『작문연구』 창간호, 서울: 한국작문학회, 2005ㄴ.

______, 「근대적 '서사' 관념의 형성 과정에 대한 연구」, 『민족문학사연구』 29호, 서울: 민족문학사학회, 2005ㄷ.

______, 「국문 글쓰기의 문장 모델 형성에 관한 연구」, 『고전문학과 교육』 11, 서울: 한국고전문학교육학회, 2006ㄱ.

______, 「『勞動夜學讀本』의 시대적 성격에 대한 연구」, 『국어교육』 119, 서울: 한국어교육학회, 2006ㄴ.

______, 「근대 초기 서양 수사학의 도입과정 연구—신미사학(1902)의 분석을 중심으로」, 『정신문화연구』 107, 성남: 한국학중앙연구원, 2007.

서명희, 「用事의 언어 문화론적 연구」, 서울: 서울대 석사논문, 1999.

서영희, 『대한제국 정치사 연구』, 서울: 서울대 출판부, 2005.

심경호, 『한문산문의 미학』, 서울: 고려대 출판부, 1998.

______, 「한문고전과 한문학에서의 수사학에 대하여」, 『수사학』 3집, 서울: 한국수사학회, 2005.

엄　훈, 「조선 전기 공론 논변의 국어교육적 연구」, 서울 : 서울대 박사논문, 2002.

염은열, 「상소문의 글쓰기 전략 연구-'간타위소'를 중심으로」, 『국어교육연구』 3,
　　　　서울 : 서울대 국어교육연구소, 1996.

______, 「대상 인식과 내용 생성의 관계에 대한 표현교육론적 연구」, 서울 : 서울대
　　　　박사논문, 1999.

______, 「표현교육의 연구 경향에 대한 비판적 고찰」, 『국어교육학연구』 11, 서울 :
　　　　국어교육학회, 2000.

엽건곤, 『양계초와 구한말 문학』, 서울 : 법전출판사, 1980.

오병남, 『미학강의』, 서울 : 서울대 출판부, 2003.

오천석, 『한국신교육사』, 서울 : 현대교육총서출판사, 1964.

우임걸, 『한국 개화기문학과 양계초』, 서울 : 박이정, 2002.

원진숙, 「작문 교육의 이론적 기초와 방법론 연구-논술문의 지도와 평가를 중심으
　　　　로」, 서울 : 고려대 박사논문, 1994.

유광렬, 「한국의 기자상 1-강위 · 김윤식」, 『기자협회보』, 서울 : 한국기자협회, 1966.

______, 「한국의 기자상 10-정운복 선생」, 『기자협회보』, 서울 : 한국기자협회, 1966.

유영익, 『갑오경장연구』, 서울 : 일조각, 1997.

유영희, 「이미지 형상화를 통한 시 창작교육 연구」, 서울 : 서울대 박사논문, 1999.

유종호, 「유년기 가난 잊게 한 '정신적 희열'」, 『내 인생의 책들』, 서울 : 한겨레신문사, 1995.

윤성렬, 「도포입고 ABC 갓 쓰고 맨손체조」, 서울 : 학민사, 2004.

이광린, 「유길준의 개화사상-서유견문을 중심으로」, 『역사학보』 75, 서울 : 역사학회, 1977.

______, 「한국에 있어서의 만국공법의 수용과 그 영향」, 『동아연구』 1, 서울 : 서강대
　　　　동아연구소, 1982.

______, 「황성신문 연구」, 『동방학지』 53, 서울 : 연세대 국학연구원, 1986.

______, 「유길준의 영문서한」, 『동아연구』 14, 서울 : 서강대 동아연구소, 1988.

이기문, 『개화기의 국문연구』, 서울 : 일조각, 1982.

______, 「한자와 한글」, 『2005 국제학술회의 발표 논문집-한자교육과 한자정책에
　　　　대한 연구』, 서울 : 역락, 2005.

이보경, 『문과 노벨의 결혼-근대 중국의 소설 이론 재편』, 서울 : 문학과지성사, 2002.

이삼형 외, 『국어교육학』, 소명출판, 2000.

이상섭, 『아리스토텔레스의 시학 연구』, 서울 : 문학과지성사, 2002.

이수신, 「후기 과정중심 작문교육이론 연구」, 청원 : 한국교원대 석사논문, 2001.

이영호, 「이념 담론의 글쓰기 방법 연구-열하일기의 표현 전략을 중심으로」, 서울
　　　　: 서울대 석사논문, 2005.

이오덕, 『삶을 가꾸는 글쓰기 교육』, 서울 : 한길사, 1984.

______, 『우리글 바로쓰기』 2, 서울 : 한길사, 1992.

______, 『일하는 아이들』(고침판), 서울 : 보리, 2002.

이응호, 『개화기의 한글운동사』, 서울 : 성청사, 1975.

이재선, 「개화기의 수사론―그 이론형성과정의 영향권」, 『한국근대문학연구』, 서울 :
　　　서강대 인문과학연구소, 1969.

이재승, 「과정 중심의 쓰기 교재 구성에 관한 연구」, 청원 : 한국교원대 박사논문, 1999.

＿＿＿, 『글쓰기 교육의 원리와 방법―과정 중심 접근』, 서울 : 교육과학사, 2002.

이주영, 「19세기 戱作詩의 문화론적 의미 연구」, 서울 : 서울대 석사논문, 1999.

이지호, 「연암 박지원의 글쓰기 방법론 연구」, 서울 : 서울대 박사논문, 1997.

＿＿＿, 『글쓰기와 글쓰기교육』, 서울 : 서울대 출판부, 2001.

이태종, 『논술·면접 신문이 보약이다』, 서울 : 김영사, 2002.

이한섭, 「『화영어림집성(和英語林集成)』 재판·삼판의 증보에 대하여」, 『일어일문
　　　학연구』, 서울 : 한국일어일문학회, 1987.

이혜령, 「한자인식과 근대어의 내셔널리티」, 『민족문학사연구』 29, 서울 : 민족문학
　　　사학회, 2005.

이호철, 『살아 있는 글쓰기』(이호철 선생의 교실혁명 3), 서울 : 보리출판사, 1994.

임형택, 「근대계몽기 국한문체의 발전과 한문의 위상」, 『한국문학사의 논리와 체계』,
　　　서울 : 창작과비평사, 2002ㄱ.

＿＿＿, 「한민족의 문자생활과 20세기 국한문체」, 『한국문학사의 논리와 체계』, 서
　　　울 : 창작과비평사, 2002ㄴ.

전광용, 『신소설연구』, 서울 : 새문사, 1986.

전영우, 『신국어화법론』, 서울 : 태학사, 1998.

정민, 「고전문장이론에서 '法'의 문제에 대하여」, 『고전문학연구』 15, 서울 : 한국고
　　　전문학회, 1999.

정선태, 『개화기 신문 논설의 서사 수용 양상』, 서울 : 소명출판, 1999.

정영주, 『신문활용교육과 논술―이론과 실제』, 서울 : 태일사, 2006.

정용화, 『문명의 정치사상―유길준과 근대 한국』, 서울 : 문학과지성사, 2004.

정일성, 『일본 군국주의의 괴벨스, 도쿠토미 소호』, 서울 : 지식산업사, 2005.

정준섭, 『국어과 교육과정의 변천』, 서울 : 대한교과서주식회사, 1995

정진석, 「한성순보와 주보의 뉴스원」, 『한국언론학보』 16, 서울 : 한국언론학회, 1983

＿＿＿, 『한국언론사』, 서울 : 커뮤니케이션북스, 1990.

＿＿＿, 『언론조선총독부―친일언론의 본산을 파헤친 최초의 연구』, 서울 : 커뮤니케
　　　이션북스, 2005.

정천구, 『삼국유사 글쓰기 방식의 특성 연구』, 서울 : 서울대 석사논문, 1996.

조동일, 「작문의 난관과 과제」, 『한국문학 이해의 길잡이』, 서울 : 집문당, 1996.

＿＿＿, 「최한기의 글쓰기 이론」, 『한국의 문학사와 철학사』, 서울 : 지식산업사, 1996.

＿＿＿, 「우리말로 철학하기의 세계사적 과업」, 『인문학문의 사명』, 서울 : 서울대 출판부, 1997.

＿＿＿, 『한국문학통사』(제4판) 1, 서울 : 지식산업사, 2005.

조하연, 「시조에 나타난 청자지향적 표현의 문화적 의미 연구」, 서울 : 서울대 석사논문, 2000.

조희정, 「사회적 문해력으로서의 글쓰기 교육 연구―조선 세종조 과거 시험을 중심으로」, 서울 : 서울대 박사논문, 2002.

______, 「고전 리터러시에 나타난 시공간적 거리감 연구」, 『국어교육』 119, 서울 : 한국어교육학회, 2006

주재우, 「전을 중심으로 한 전기쓰기 교육 연구」, 서울 : 서울대 석사논문, 2004.

천정환, 『근대의 책읽기―독자의 탄생과 한국 근대문학』, 서울 : 푸른역사, 2003.

최귀묵, 『김시습 글쓰기 방법의 사상적 근거 연구』, 서울 : 서울대 박사논문, 1997.

최기영, 「구한말 『만세보』에 관한 일고찰」, 『한국사연구』 61, 서울 : 한국사연구회, 1988.

최미숙, 『한국 모더니즘시의 글쓰기 방식에 관한 연구』, 서울 : 서울대 박사논문, 1997.

______, 「표현교육 연구의 반성과 제언」, 『국어교육학연구』 14, 서울 : 국어교육학회, 2002.

최원식, 『한국계몽주의문학사론』, 서울 : 소명출판, 2002.

최태원, 「'혈의 누'의 문체와 담론구조 연구」, 서울 : 서울대 석사논문, 2000.

최현섭 외, 『국어교육학개론』(제2증보판), 서울 : 삼지원, 2005.

한국정신문화연구원, 『한국사연표』, 서울 : 동방미디어, 2003.

한효석, 『신문으로 배우는 논술 왜냐면』, 서울 : 한겨레신문사, 2002.

황석자, 『현대 문체론의 이론과 실제』, 서울 : 한신문화사, 1992.

황재문, 「장지연·신채호·이광수의 문학사상 비교연구」, 서울 : 서울대 박사논문, 2004.

로만 야콥슨, 신문수 역, 『문학 속의 언어학』, 서울 : 문학과지성사, 1989.

루카치, 반성완 역, 『소설의 이론』, 서울 : 심설당, 1985.

마리우스 B. 잰슨, 『현대일본을 찾아서』 1, 서울 : 이산, 2006.

______, 『현대일본을 찾아서』 2, 서울 : 이산, 2006.

마샬 맥루한, 임상원 역, 『구텐베르크 은하계』, 서울 : 커뮤니케이션북스, 2001.

미셸 푸코, 이광래 역, 『말과 사물―인문과학의 고고학』, 서울 : 민음사, 1987.

앨런 와인스타인 외, 이은선 역, 『사진과 그림으로 보는 미국사』, 서울 : 시공사, 2004.

유지노 코세류, 신익성 역, 『서양 언어철학사 개관―고대부터 현대까지』, 서울 : 한국문화사, 1997.

윌리엄 보이드, 이홍우 외역, 『서양교육사』, 서울 : 교육과학사, 1994.

장 자크 루소, 주경복 외역, 『언어 기원에 관한 시론』, 서울 : 책세상, 2002.

조너선 D. 스펜스, 김희교 역, 『현대중국을 찾아서』 1, 서울 : 이산, 1998.

존 로크, 조병일 역, 『인간오성론』, 서울 : 휘문출판사, 1978.

크리스토퍼 노리스, 이종인 역, 『데리다』, 서울 : 시공사, 1999.

페데리코 마시니, 이정재 역, 『근대 중국의 언어와 역사』, 서울 : 소명출판, 2005.

페르디낭 드 소쉬르, 최승언 역, 『일반언어학 강의』, 서울 : 민음사, 1990.

풍우란, 박성규 역, 『중국철학사』(상), 서울: 까치, 1999.
플라톤, 박종현 역주, 『국가』, 서울: 서광사, 1997.

가라타니 코진(柄谷行人), 박유하 역, 『일본근대문학의 기원』, 서울: 민음사, 1997.
마루야마 마사오・카토 슈이치(丸山眞男・加藤周一), 임성모 역, 『번역과 일본의 근
　　　대』, 서울: 이산, 2000.
마루오 츠네키(丸尾常喜), 유병태 역, 『魯迅―꽃이 되지 못한 腐草』, 서울: 제이앤씨,
　　　2006.
모리오카 켄지(森岡健二), 『(改訂)近代語の成立 語彙編』, 東京: 明治書院, 1991.
스가야 히로미(管谷廣美), 『修辭及華文の研究』, 東京: 敎育出版センター, 1978.
스즈키 사다미(鈴木貞美), 김채수 역, 『일본의 문학개념』, 서울: 보고사, 2001.
시바하라 타쿠지(芝原拓自) 外 校註, 『對外觀: 日本近代思想大系 12』, 東京: 岩波
　　　書店, 1989.
아츠지 데츠지(阿辻哲次), 심경호 역, 『漢字學』, 서울: 이회문화사, 1996.
야나부 아키라(柳父章), 서혜영 역, 『번역어성립사정』, 서울: 일빛, 2003.
야마노 샤린(山野車輪), 「ハングルと韓國人」, 『嫌韓流』, 東京: 株式會社晋遊舍, 2005.
야마다 케이지(山田慶兒), 김석근 역, 『주자의 자연학』, 서울: 통나무, 1994.
　　　　　　　　　　　　, 박성환 역, 『중국과학의 사상적 풍토』, 서울: 전파과학사, 1994.
야마모토 마사히데(山本正秀), 『近代文体發生の史的硏究』, 東京: 岩波書店, 1965.
오카노 타케오(岡野他家夫), 『增訂 明治言論史』, 東京: 原書房, 1983.
와타나베 쇼이치(渡辺昇一), 『講談 英語の歴史』, 東京: ＰＨＰ研究所, 2001
우메네 사토루(梅根悟), 김정환 외역, 『세계교육사』, 서울: 풀빛, 1990.
이노구치 아츠시(猪口篤志), 심경호 외역, 『일본한문학사』, 서울: 소명출판, 1999.
이연숙(イ・ヨンスク), 『國語という思想―近代日本の言語認識』, 東京: 岩波書店, 1996.
장가녕(張嘉寧), 「『萬國公法』成立事情と飜譯問題」, 『飜譯の思想』(日本近代思想大
　　　系 15)(加藤周一・丸山眞男 校註), 東京: 岩波書店, 1991.
이와호리 유키히로(岩堀行宏), 『英和・和英辭典の誕生』, 東京: 圖書出版社, 1995.
카라사와 토미타로(唐澤富太郎), 『敎科書の歴史―敎科書と日本人形成』, 東京: 創
　　　文社, 1980.
카토 슈이치・마루야마 마사오(加藤周一・丸山眞男) 校註, 『飜譯の思想』(日本近代
　　　思想大系 15), 東京: 岩波書店, 1991.
카토 슈이치・마에다 아이(加藤周一・前田愛) 校註, 『文体』(日本近代思想大系 16),
　　　東京: 岩波書店, 1989.
키타고 테루오(北郷照夫), 「Jones 編 『英韓字典』의 語譯에 대하여―『和英語林集
　　　成』과의 關聯을 중심으로」, 서울: 고려대 석사논문, 1996.
태평양전쟁연구회(太平洋戰爭研究會), 『日露戰爭がよくわかる本』, 東京: PHP研究所, 2004.

Aristotle, *On Rhetoric : a Theory of civic discourse*, translated with introduction, notes and appendices by George A. Kennedy. Oxford; New York : Oxford University Press, 2007.

Locke, John(1689), *An essay concerning human understanding*, abridged and edited, with an introduction and notes, by Kenneth P. Winkler, Indianapolis, Ind. : Hackett Pub. Co., c1996.

Michel Foucault, *The Order of Things*, New York : Vintage Books, 1970.

Patricia Bizzell & Bruce Herzberg, *The rhetorical tradition:readings from classical times to the present*, Boston : Bedford / St. Martin's, 2001.

Rene Wellek, "What is literature?", Edited with an introd. by Paul Hernadi, *What is literature?*, Bloomington : Indiana University Press, c1978.

Widdowson, H. G, *Teaching language as communication*, London : Oxford Univ. Press, 1978.

쓰기 교육의 기원과 발달에 대한 연구
'재현(再現)'과 '표현(表現)'의 발생을 중심으로

1. 머리말

본 연구는 오늘날의 국어교육이 근본 전제로 삼고 있는 이해·표현과 이에 입각한 의사소통교육이라는 전제의 성립을 역사적으로 살펴보고, 그것이 놓여 있는 인식론적 지평[1]을 검토하여 오늘날의 국어교육이 보완하여야 할 부분을 탐색하는 것을 목적으로 한다. 근대 교육의 대상인 대중(大衆)은 대량(大量)으로 존재하는 '근대적 자아'들이며, 근대적 자아의 인식론은 '주체-대상'의 이분법이다. '주체-대상'의 이분법은 현상과 본질의 이원론적 세계관을 낳아 세계를 정복의 대상으로 보고 현

---

1) '지평'은 해석학에서 비유적으로 쓰인 용어이다. '지평'이란 '한 지점에서 볼 수 있는 모든 것을 파악하는 시각권'을 가리키며, 시간적·공간적 차원을 모두 포괄하고 있다. 오늘날의 인식론적 지평은 우리가 너무나 익숙해져 있고 우리 자신이 그 지평의 일부이기 때문에 외부에서 관찰하기가 매우 어렵다. 따라서 이러한 인식지평의 탐구를 위해서는 오늘날과 다른 지평을 소유한 과거 또는 다른 공간에 대한 연구가 필수적이다. 지평과 그 이해의 문제에 관해서는 이구슬(1996 : 32~34) 참조.

상에 대한 인간중심적인 지식 체계와 태도를 낳는데, 이 점은 포스트모
더니즘 등의 현대철학에서 익히 비판되어 오고 있는 바이다. 그러나 이
러한 주체 중심의 인간주의 철학에 기반한 근대적 자아의 이론은 오늘
날의 교육 현실에서도 '창의성' 내지 '인지 발달'이라는 주제로 변형되
어 그대로 관철됨으로써 긍정적인 측면으로만 이해될 위험성이 있다.

오늘날의 쓰기 교육은 서양의 영향을 받아 '주체'를 강조하고 교육을
'개인 발달'의 차원에서만 접근하고 있다. 이러한 특징은 플라톤이 혼
(psyche)의 정화와 본질의 인식을 강조하고 인간의 도덕적 완성을 추구한
그리스적 전통에서 그 궁극적 근원을 찾을 수 있으나, 19세기 과학혁명
이후 전통적 교육 내용을 비판하고 과학에 입각한 새로운 교육이 강조
되면서 교육의 주요 목표가 '축적된 문화의 습득'에서 '개인적 경험과
관찰 능력의 신장'으로 변화하여 오늘날에 이른 결과라고 보는 것이 더
적절하다.2) 교육에서 문화의 습득을 강조할 경우 주체의 중요성은 감소
할 수 있으며, 대신 흔히 말하는 주입식 교육이 이루어질 우려도 없지
않다. 그러나 '창의성'이란 것이 완전한 무(無)에서 형성될 수도 없는 것
이라면, 어느 정도의 문화 요소 습득 또한 중요한 교육 목표의 하나라
하지 않을 수 없다.

교육을 '개인적 경험과 관찰 능력의 신장'으로 보는 근대적 관점이
교육철학으로 전환될 때, 존 듀이류의 실용주의적 교육관이 형성된다.
듀이의 이론에 따르면, 인간은 다기성(diversity)의 세계를 표류하며 '행동'
을 통해 의미에 오염된 경험을 겪는다.3) 또한 경험으로부터 그때그때

---

2) 19세기 영국의 철학자 허버트 스펜서는 '개인이 스스로 검증할 수 있고 자기 자신의
삶의 문제를 해결하는 데에 사용할 수 있는 지식(과학적 지식)과 또 한편으로 전통에
기초를 둔, 개인의 독자적 판단을 직접 필요로 하지 않는 지식(사장적 지식)을 비교할
때, 후자에 비하여 전자가 절대적인 우월성을 가진다'고 보았다. 물론 스펜서가 이런
생각을 하게 된 데에는 새로운 과학을 가르칠 역량이 없어 고전교육만을 표방하고 실
제로는 아무것도 하지 않고 있던 19세기 영국 문법학교의 형편없는 현실에 대한 관찰
이 크게 작용하였다. 윌리암 보이드, 이홍우 외역(1994 : 556~560).
3) 듀이는 경험을 언제나 행동과 연결짓고, 학습이 일어나는 경험만을 유의미한 것으

얻은 잠정적 지식을 새로운 상황에 처할 때마다 끊임없이 수정해 나가
면서 살아가는 수밖에 없다고 한다. 결국 실용주의적 교육관의 목표는
개인적 주체가 세계에 압도된 상태에서 겪게 되는 경험을 바탕으로, 잠
정적일 뿐인 그때그때의 편의(便宜)를 위한 지식을 얻는 것이 된다. 정확
히 말하면 그것은 의식적 목표도 아니고, '살다 보니 그렇게 되는 것'에
불과하다.

　이에 따라 서양의 언어교육 관련 담론에서는 쓰기를 궁극적으로 '개
인적 표현'으로 규정하려 든다. 이는 '개인'이 잘나서가 아니라, 오늘날
의 세계가 지식을 습득하는 근원적 권능을 궁극적으로 개인의 감각 경
험에만 부여하고 있기 때문이다. 개인의 지각·인지 능력에 의해 외부
세계를 파악한다는 구도는 사실 데카르트(1596~1650)가 정립한 패러다임
이었고, 이후의 근대 철학자들은 이를 이어받았을 뿐이다. 이러한 구도
는 근대 심리학을 개척한 미국인 윌리엄 제임스(1842~1910)의 프래그머
티즘적 상대주의에 의해 어느 정도 내부 비판을 거쳤으나, 윌리엄 제임
스도 절대적 진리의 가능성만을 부정했을 뿐, 인식의 자격을 지닌 유일
한 자질로서 개인의 '경험'이 갖는 지위는 더욱 확고히 하였다.[4] 제임스

로 본다. 경험에 대한 그의 다음과 같은 정의(定義)를 확인할 수 있다. "경험으로부터
배운다는 것은, 우리가 사물에 대하여 하는 일과 그 결과로 사물에서 받는 즐거움이나
고통 사이를 앞뒤로 연결한다는 뜻이다." 존 듀이, 이홍우 번역·주석(2007 : 228) 참조.
짧은 언급이지만, 듀이의 이 언급에는 경험의 가치가 감각 가능한 실용적 결과의 관점
에서 평가되고 있음이 분명히 나타나 있다.

4) 윌리엄 제임스는 개인의 경험을 중요시하다 못해 거의 신성시한다. 마치 다른 지식
　획득의 근원이 있음에도 불구하고 그것에 애써 눈감는 것 같고, 맹목적으로 경험에 집
　착한다. 그것은 논리마저도 경험으로 바꾸어 버린다. 예컨대 다음의 구절을 보라. "합
　리주의는 논리와 천성에 집착한다. 경험주의는 외적 감각에 집착한다. 실용주의는 논
　리나 감각 어느 것이나 따를 것이고, 가장 비천한 것과 가장 개인적인 경험을 기꺼이
　고려하고자 한다. 실용주의는 신비 경험들이 실질적인 결과들을 가지는 한 고려할 것
　이다. 실용주의는 바로 그 사소한 사실들의 잡동사니가 신을 발견할 만한 장소라면 그
　속에 살고 있는 신을 받아들일 것이다." 윌리엄 제임스, 정해창 옮김(2008 : 285). 그의
　경험 숭배는 거의 광적이다. 다음 구절을 보라 : "새로운 견해는 개인이 가지고 있는
　기존의 신념에, 그가 경험하는 새로움을 동화시키려는 욕구를 접목하는 데 비례하여
　진리로 간주된다." 윌리엄 제임스, 정해창 역(2008 : 271) 참조

의 제자였던 듀이의 '경험에 입각한 교육 이론'도 이러한 사적 맥락 위에 놓여 있는 것이다.

　본 연구에서는 쓰기 교육에서 문화 요소와 행위 요소의 비중이 어떻게 변화했는지 그 과정을 사적으로 살펴보고, 특히 쓰기 교육의 내용이 내용이 무엇인지(정확히 말하면 무엇이었으며, 과거로부터 현재까지 그것이 어떻게 변천되어 왔는지)를 개략적으로 살펴보고자 한다. 현실적으로 언어교육의 설계가 어떻게 되어야 할 것인가 하는 문제는 언어만의 문제가 아니라 언어와 관련된 철학, 나아가 교육철학을 바탕에 두고 설계되어야 한다. 즉 본 연구는 오늘날의 현실이 쓰기 교육·교육 일반·인간 일반에 어떤 영향을 미치고 있는지 근본적으로 반성해 보고자 하는 취지에서 기획되었다.

2. '외현(外現)'의 두 방식 - '재현(再現)'과 '표현(表現)'

　본 연구에서는 현행 언어교육의 대표적 영역인 쓰기 교육의 문제를 가급적 중심에 놓고 논의를 전개하고자 한다. 쓰기는 의사소통의 대표적인 행위이자 현대 언어문화의 총화가 집결된 것이기 때문이다. 쓰기에 대한 관념은 역사적으로 형성되어 왔기 때문에, 이에 대한 근본적인 고찰이 필요하다고 느껴진다. 얼핏 자명해 보이는 문제부터 제기해 보자. '쓰기'란 무엇인가? 오늘날에는 당연하게 쓰기를 '행위'로 규정한다. 근대 이후 쓰기에 대한 관점은 '문화적 축적의 습득과 발현'이라는 관점으로부터 '개인의 창의적 행위'여야 한다는 관점으로 변화해 왔다. 쓰기를 개인적 표현으로 본다면 창의성과 개성이 강조될 것이고, 문화의 발현으로 본다면 창의성보다는 관습과 교양이 중시될 것이다. 오늘날은

'쓰기가 표현의 일종'이라는 관념이 널리 받아들여지고 있는 듯하나, '표현(表現)'은 인류 문화사의 흐름에서 볼 때 다양한 외현(外現)의 한 양상에 지나지 않으며, '쓰기=표현'이라는 등식 자체가 현 단계의 인식 지평 위에서 창출된 하나의 관념에 지나지 않는다.

'표현(表現)'이란 '생각이나 느낌 따위를 언어나 몸짓 따위의 형상으로 드러내어 나타내는 것'을 말한다. 흔히 국어교육에서 말하기와 쓰기를 표현 영역으로 보고 이에 입각해 이론적 논의를 전개하는데, 이는 바로 이러한 소박한 표현관에 입각한 것이다. 그런데 표현은 '겉으로 드러낸다'는 것이고, 생각과 느낌이란 그것을 느끼는 '주체'를 상정하게 되어, 결국 주체의 내면에 있는 관념이나 정서를 외적 형태로 드러내는 것을 의미하게 된다. 이것이 주체에 과도한 중요성을 부과하여 쓰기에 작용하는 문화나 선행 텍스트 등 그 밖의 요인들을 소홀히 여기게 한다.[5]

과연 쓰기에서 '주체'란 얼마나 중요한 것인가? '주체'가 발달하여 생각과 느낌을 가지는 것은 명백한 사실이고, 그것을 외부로 드러내는 것이 '표현'이라고 본다면 그 자체가 그다지 틀린 말은 아닐 것이다.[6] 그러나 문제는 쓰기가 주체의 행위이기만 한 것은 아니라는 데 있다. 역사적으로 보았을 때에 쓰기에 작용하는 '주체'의 측면을 중시한 것은 시류를 반영하는 측면이 있었다. 사실 '주체'라는 용어 자체가 시대적으로 정립된 용어라고 볼 때, 주체를 포괄하는 더 큰 용어를 상정할 필요가 있을지도 모른다. '주체'는 근대철학에서 개별 인간의 인지 기능이 작용하는 지점으로서 고안된 개념에 지나지 않기 때문이다.

'주체'의 원어(原語) 'subject'는 '밑으로(sub)+던져넣음(ject)'이라는 어원을 가졌으며, 동사로 쓰이면 '높은 자에게 복종시킨다'는 의미를 지닌

---

5) '표현'에 대한 이상의 논의는 배수찬(2007 : 217~226) 참조.
6) '사람들은 글을 쓰지 않을 수 없어서 쓰는 것이다. 돈벌이로 글을 파는 사람도 많겠지만 그보다 훨씬 더 많은 사람들이 어쩔 수 없는 자기표현으로 글을 쓴다. 책이 책방에 산으로 쌓이고 거리에 넘치더라도 현대를 살아가는 우리는 역시 글을 써야 한다. 그것이 우리의 생명을 이어가는 길이기 때문이다.' 이오덕(1992 : 12) 참조.

다. 독일의 종교개혁가 마르틴 루터(1483~1546)는 이 용어를 '신에게 절대 복종함으로써 가톨릭 전통의 중압으로부터 벗어나고 자발적 신앙을 획득한 인간'의 의미로 사용하였다. '주인임을 포기하고 신에게 완전히 복종(subject to Lord)함으로써 인간으로서 '주체 *subject*'를 획득'[7]하게 된다는 것이다. 결국 '주체'란 실체가 아니라 역사적으로 형성된 개념임을 알 수 있다.[8] '주체↔대상'의 관념은 실재하는 것이 아니라 하나의 인식 틀일 뿐이므로, 이를 포괄할 수 있는 더 큰 이론적 틀이 필요해지는 것이다.

물론 '주체가 이성적 능력으로 대상을 인식한다'는 구도가 자명하지 않다 하더라도, 상식적인 차원에서 개인이 어떤 것에 대해 생각을 하고 그것을 글로 옮기는 행위 자체가 존재하지 않는다는 의미는 아니다. 그런 행위는 실제로 얼마든지 일어난다. 문제는 '쓰기'가 그러한 행위로 한정되지 않는다는 사실에 있다. 쓰기 혹은 그를 포괄하는 외현(外現)의 현상은 인간의 힘으로만 일어나는 것이 아니다. 별자리나 지진 또한 무엇인가의 외현이며, 이는 각각 근대 이전에 '천문(天文)', '지문(地文)' 등 분명히 일종의 '문(文)'으로 간주되어 왔다. 특히 문화적 유산에 대한 습득도 충분히 이루어지지 않은 개인에게 창의성을 요구하는 것은 순서가 잘못된 것이다.[9] 현대 교육과정 이론에 따라 목표를 전면에 내세우

고, 생각이 성숙하지 않은 사람에게 억지 글을 쓰게 하는 것보다는, 차라리 어떤 책을 읽고 요약적인 글쓰기를 하게 하는 것이 훨씬 더 유의미하다. 이는 그 자체로 문화적 습득으로 간주될 수 있는 유용한 교육 행위이기도 한 것이기 때문이다.

지금까지 살펴보았듯, '주체가 대상을 인식하여 이에 대한 관념을 언어로 표현한다'는 일견 자명해 보이는 구도는, 매우 역사적이고 시대 제한적인 것이다. 따라서 쓰기와 그에 준하는 현상들을 포괄적으로 설명하고 오늘날의 '쓰기'와 관련된 설명들이 생성된 조건들을 확인하기 위해서는, 쓰기를 포괄하는 상위 현상을 규정하고 이에 입각해 논의를 전개할 필요가 있다. 일단 표현을 포괄하는 개념으로서는 '외현(外現, appearance)'이 적합하다고 본다. '외현'의 개념은 '계시' 및 자연 현상[天文, 地文]까지 포괄할 수 있어 쓰기 및 관련 현상의 역사적 탐구에 적합하다. 본 연구는 '외현(쓰기)'의 개념을 '외현 주체가 의미 표상을 감각 가능한 상태로 드러내는 것'으로 수정하기로 한다.

'주체' 개념이 비록 역사적으로 창출된 것이긴 하지만, 그 개념을 인간으로 한정하지 않을 경우에는 유용할 수 있다. '외현(쓰기)'이 하나의 현상일진대, 그것을 일으키게 하는 일차적 원인[10]이 일어나는 작용점으로서 주체를 설정해 두는 것이 편리하다. '의미 표상'이라는 것은 실제 사물이 아니라 쓰기의 결과물로 산출되는, 실제를 표상(symbol)하는 관념을 가리킨다. 이는 '외현(쓰기)'과 그 밖의 인간 행위 간의 결정적인 차이이다. 예컨대 무엇을 먹는 행위는 먹는 대상을 점유하여 그 대상 사물을

글을 써야 하는 학생들은 글쓰기를 고통스럽고 골치 아픈 것으로 생각하게 될 수밖에 없다." B : "오늘날의 작문교육은 목표를 설정하고 내용을 선정하고 방법을 연구하고 평가하는 일련의 교육과정을 그대로 따르고, 문화적인 측면의 글쓰기·내용적인 측면의 글쓰기는 소홀히 한다. 그저 글을 쓸 계획을 하고 내용 생성하고 조직하고 표현하는 기술된 원리만을 공부하게 되어, 작문의 본질에 대한 공부, 문화적이고 사회 맥락적인 측면을 고려하지 않은 글쓰기만을 하게 되었다."
10) 물론 이는 궁극적 원인은 아니다. 최근 철학계에서는 궁극적 원인의 개념이 위험한 것이라는 의견이 다수 제시되고 있다.

완전히 파괴·변형하는 결과를 초래한다. 그러나 외현(쓰기) 행위의 대상은 실제 현실이 아니라 그러한 현실을 표상하는 '관념(idea)'인 것이다.

외현은 역사적으로 보아 대략 다음의 네 가지 정도로 하위 분류해 볼 수 있다. 각 시대마다 어떠한 외현의 활동이 강조되었는가에 따라 그 시대의 인식 및 감성지평을 확인할 수 있으나, 본고에서는 이러한 분류를 시대 구분의 기준으로 삼아 오늘날의 쓰기가 놓여진 지평을 확인해 보는 데에 집중하고자 한다.

[표 1] 네 가지 외현(外現) 현상의 분류

	외현 주체	외현의 매체	의미 표상의 작동원리	의미 표상의 목적	근거
계시 (revelation)	신, 자연	자연현상	·매체와 계시 내용의 유사성	경고, 암시, 신앙	신의 권위 (신앙의 문제)
재현 (representation)	집단/개인	사물/말/글	·사물화(표상행위) ·객관적 진리 부정	·지각/인지 ·그럴듯함(to eikos) 추구 ·**영혼의 변화(설득)**	재현물과 대상의 흡사한 느낌 (정도의 문제)
모방 (imitation)	개인	행위	·매체와 모방 대상의 유사성	감탄, 설득, 감동	모방물과 대상의 흡사 정도 (정도의 문제)
표현 (expression)	개인	음성	·매체와 표현 대상의 인접성 ·매체와 표현 대상의 자의적 결합 ·객관적 진리 신뢰	·**진리(alethes)의 설명** ·설명을 통한 설득	표현물과 대상의 합치 여부 (사실의 문제)

위의 표는 가능한 '네 가지 외현(쓰기) 현상'을 기준에 따라 분류한 것이다. '계시(啓示, revelation)'는 어떤 사물이 신이나 자연의 뜻을 나타내는 표상으로 드러나는 것을 가리키며, 매체와 의미 표상 사이에 유사성이 성립한다. 예컨대 천둥은 그 자체로는 계시가 아니지만, 그것을 '시끄러움과 섬광'이라는 유사성에 의해 '신의 분노'라는 의미를 나타내는 표상으로 삼으면 '계시'가 되는 것이다. 계시의 속성을 가진 쓰기는 갑골문 등의 점괘 기록에서 찾아볼 수 있으나, 독자적인 쓰기 문화로 성립

했다고 보기는 어렵다.

'재현(再現, representation)'이란 어떤 사물(말/글 포함)이 대상과 흡사하게 여겨지도록 드러내는 행위이다. 재현은 지각된 사물을 다른 어떤 것의 의미 표상으로 삼는 행위다. 예컨대 이순신 드라마 세트장(사물)이 전쟁터(다른 것)를 재현하는 것을 생각하면 쉽다. 어떤 사물을 그 자체로 보지 않고 의미에 오염된 것으로 파악하는 것이다. 그리고 좀더 엄밀히 말하면, 이 세상의 삼라만상으로부터 어떤 '사물(thing)'이라는 것을 두드러지게 지각한다는 것 자체가 일종의 표상 행위이다. 사물은 일종의 분절화를 통해서 생성되는 것이다.11) 예컨대 '허리'라는 사물이 성립하기 위해서는 신체의 일부분을 분절해서 보아야 하며, 그러한 분절적 인식 자체가 이미 신체를 그 자체로 보지 않고 어떤 의도에 입각해서 본다는 것을 의미한다.

사물의 보편적 양태 가운데 하나인 시각적 형태가 유사성에 의해 사물을 표상하는 것으로 작동할 경우 이를 '그림문자'라 하는데, 이는 외부 사물을 재현하는 주요 방법 가운데 하나이다. 중세의 한문(漢文)은 상당한 수준에서 이러한 재현을 통해 성립하고 있었던 관계로, 형식상의 천편일률성에도 불구하고 중세인들의 마음을 사로잡을 수 있었던 것이다.12) 그리고 재현(再現)에는 주체가 개입하기는 하지만, 이때의 주체는

---

11) 초기 그리스 철학자들 가운데 다원론자(多元論者)들은 구체적 현상들을 설명하기 위해 배후의 근원적 '존재'들을 탐색하였다. 엠페도클레스의 4원소설이나 아낙사고라스의 씨(spermata) 이론, 데모크리토스의 원자론 등이 현상의 세계를 설명하기 위해 생겨난 이론들이다. 이들은 원소(씨)는 그 자체로는 변함이 없으나, 그것들이 결합하는 비율의 차이로 인해, 혹은 원자들의 결합 형태에 의해 다양한 현상계의 사물이 생성된다고 보았다. 이는 사물에 관한 인지론과 달리 자연과학의 발달로 이어진다. 거스리, 박종현 역(2000 : 74~88) 참조.

12) "(중세의 사람들이―인용자) 시가미문의 나열에 전혀 싫증을 내지 않았던 것은 실제 풍경보다도 '문(文)' 쪽이 훨씬 현실적이었기 때문이다. 앞에서 나는 '소나무 숲을 그릴 때 산수화가는 소나무 숲이라는 개념을 그릴 뿐 진짜 소나무 숲을 그리는 것이 아니다. 진짜 소나무 숲이 대상으로 보이려면 이 초월론적인 장(場)이 전도되어야 한다'고 말했는데, 그러한 장에서 '소나무 숲'이라는 개념은 알맹이 없는 텅 빈 것이 아니라 생생하고 감각적인 것이었을 터이다." 가라타니 코진, 박유하 역(1997 : 71) 참조.

사물을 그 사물로 인식하게 하는 집단적 주체의 속성을 띠고 있어, 이후에 볼 '모방'이나 '표현'을 하는 개인적 주체와 본질적으로 구별된다. 즉 재현은 무분별하게 이루어지는 것이 아니라 선행 인류에 의해 축적된 지각 경험에 의해 상당 부분 그 방향이 규정된다. 문화적 축적의 압박은 재현(再現)의 경우가 그 밖의 다른 어떤 외현 활동에 비해서도 크다.

'모방(模倣, imitation)'은 외현의 주체가 '개인적 인간'으로 넘어가는 시기의 외현(쓰기) 방식이다. 모방은 '인간의 행위가 외부 대상(위대한 행동이나 뛰어난 모습)을 닮도록 드러내는 활동'으로 정의할 수 있는데, 체육이나 극(劇) 같은 것이 예가 될 수 있을 것이며, 감탄이나 감동을 유발하고 설득하는 것을 목적으로 한다. 개인적 행위를 통해 특정한 외적 움직임을 모방하므로 유사성의 원리에 입각해 있다. 모방은 재현과 매우 유사한 듯 보이나, 행위로 발현되는 것이기 때문에 문화적 축적에 한계가 있고, 재현에 비해 널리 발전하지 못하였다. 모방의 매체인 행위를 일종의 사물로 본다면, 모방은 재현의 일부로도 볼 수 있다.

'표현(表現, expression)'은 외현(쓰기)의 역사에서 가장 후대에 나온 것으로, 재현(再現)의 정반대에 서 있는 외현의 활동이다. 표현은 '눌러서(press)＋밖으로 내보내는(ex)' 것이라는 어원에서도 알 수 있듯이, '개인적 주체가 음성을 통해 내면에 간직된 대상에 대한 앎 또는 느낌을 드러내거나 설득하는 활동'을 가리킨다. 즉 표현에는 반드시 '내면'이 필요하다. 즉 외현의 주체가 내면을 가진 개인적 인간이 될 수밖에 없는 것이다. 그리고 인간의 내면은 관념으로 이루어져 있으므로 그러한 관념을 가장 경제적으로 분출하는 방법은 음성(音聲)을 활용하는 것이다.13) 즉 표현은 음성이라는 매체를 활용해 내면을 드러내는 것으로, 음성은 인접성 내지 자의성의 원리에 입각하여 관념을 표상하게 된다. 또한 그러한 표현의 원천으로는 '내면을 가진 인간'의 '경험'14)이나 '탐구'15)가

---

13) John Locke(1689 : 178).

14) 고백문, 기행문, 실록 등.

제시된다.

　따라서 '표현(表現)'은 지금까지 살펴본 다른 세 가지 외현 방식에 비해 인간 주체의 간여도가 가장 높은 편이다. 표현은 경험 및 탐구로 축적된 인간 내면의 진실성을 근거로 성립하는 외현 양식이다. 근대 계몽기의 철학자 프란시스 베이컨(1561~1626)은 '탐구'와 '발견'을 구별해야 한다고 하면서, 전자는 과학의 과업이며 후자는 수사학의 과업이라고 말한 적이 있다(Bizzell & Herzberg, 2001 : 10). 그가 말한 '탐구'는 인간이 개인적인 감각을 활용하여 외부 세계를 조회하고, 그에 합치하는 관념을 '진리'로 받아들여 이를 주장하는 과정을 거친다. 이러한 '진리(라고 믿는 관념)의 주장'이 이른바 '표현'인 것이다. 표현은 진실성을 주장하지만, 그것이 진실임을 주장하는 만큼 거짓으로 드러날 때의 타격도 크며, 진실 여부에 대한 민감도가 매우 높다.

　21세기 초 한국의 현실에서 주도적인 외현(쓰기)의 유형이 무엇이며, 그러한 외현(쓰기)의 모습이 어떻게 나타나게 되었는지 추적하고, 거기에 나타난 사유의 빈자리를 찾아 보충하는 것은 국어교육, 나아가 언어교육 전반의 급무라 하지 않을 수 없다. 주지하듯이 오늘날에는 개인의 내면적 개성과 창의성을 중시하는 '표현' 중심의 쓰기관이 널리 받아들여지고 있다. 그러나 우리의 전통은 쓰기(외현)를 개인적 '표현(表現)'으로 보는 시각이 상대적으로 미약하였고, 오히려 '계시(啓示)'나 '재현(再現)'에 가까운 것으로 보았다. 물론 이는 우리가 전통적으로 한문문화권이었다는 사실, 한문의 전통과 매체 자체의 그림문자적 속성이 한문 글쓰기를 창의적 표현보다 뚜렷한 지각 효과에 두었기 때문으로 이해된다.

　서양문화사에서도 외현(쓰기)[16]의 하위 분류인 '재현'(再現)과 '표현'(表

---

15) 연구 보고, 실험 보고 등.
16) '외현(쓰기)'는 '쓰기'가 포괄적인 용어가 아님에도 불구하고 '외현'이라는 용어가 널리 받아들여지지 않은 관계로 불가피하게 쓰기를 포괄하는 더 큰 개념을 가리키기 위해 잠정적으로 쓰는 기호라는 점을 밝힌다.

現)의 우위를 둘러싼 논란이 일찍부터 심각하게 벌어지고 있었다. 범박하게 말해 서양의 근대화는 '재현에 대한 표현의 승리'를 향한 점진적 과정이었다고 요약할 수 있다. 그러나 21세기 한국의 경우는 서양화의 영향을 받아 재현의 전통이 급속하게 몰락하고 표현 중심 외현(쓰기)관으로 변모하였다. 따라서 서양문화에서 '재현'과 '표현'을 둘러싼 '외현' 관념의 변천사는 우리에게도 직접적인 관심의 대상이 되지 않을 수 없다. 또한 오늘날 우리가 흔히 '국어(國語)'라고 일컫는 자국어교육의 교과는 바로 이러한 외현관의 변천에서 드러나는 '사물과 언어'·'재현과 표현'·'형상과 음성'이라는 주요 대립이 현재적 관점에서 잠정적으로 해소·소강상태에 접어든 상황을 반영한 지적 체계의 소산이다. 이러한 흐름은 언어교육에 대한 세계사적 접근을 통해서만 파악될 수 있는 것으로, 본 연구는 그러한 전체적인 연구의 한 부분을 담당하고자 한다.

3. '재현(再現)'과 '표현(表現)'의 발생

1) 소피스트와 '재현(再現)'의 발생 — 현실의 잠정성에 입각한 '그럴듯함'의 추구

서양 최초의 교육이 행해진 B.C. 7세기 초의 아테네에는 사립학교가 세워져 있었고, 솔론(640~559)이 교육에 관한 최초의 입법을 한 것으로 되어 있다. 희랍 역사의 태동기인 B.C. 8세기에 희랍인들은 페니키아의 표음문자에 기초를 둔 알파벳, 영웅들의 행위를 재현한 호메로스의 서사시를 가지고 있었다. 단순히 말과 행동이 뛰어난 사람이 되는 것만으로 충분했던 과거와 달리, '문학'이 삶의 필수적인 요소가 된 것이다. 또한 B.C. 6~5세기 '체육'과 함께 '가장 포괄적인 의미의 음악(시와 운율을 포함함)’이 교육되기 시작하였는데, 부모들은 자녀들이 시에 나오는 사람들을 모방하고 그 사람들과 똑같은 사람이 될 열망을 가지게 하였다.17) 즉 문학·체육·음악이 교육되었는데, 그것은 모두 영웅적 인간과 행동에 대한 ‘모방(模倣)’ 내지 ‘재현(再現)’의 형태를 띠었다. 즉 인류 문화사의 초창기에는 외현(쓰기) 현상이 ‘재현’으로 시작되었다.18) ‘표현’보다 중요한 세계의 경이와 영웅들의 행적이 인간의 인식 관심을 온통 그곳에 쏟게 하였던 것이다. 이는 ‘재현’이 ‘표현’보다 시기적으로 앞서는 것을 말함이며, 오늘날의 쓰기 교육에서도 발달단계를 무시하고 ‘표현’ 교육을 우선하는 것이 자연적인 순서에 어긋난다는 점을 보여준다.

언어교육의 차원에서 B.C. 5세기 전반기에 주목할 만한 현상이 일어난다. 이른바 문자(문법)교사(grammatistes)가 나타나게 된 것이다. 이 무렵 아테네는 무역의 발달로 인해 민주주의가 확립되었고, 신교육(新教育)이 시작되었다. 아테네는 페르시아 전쟁의 승리로 국력이 증강되었고, 전쟁기에 성립한 도시국가 연맹을 제국으로 전환시켜 그리스의 맹주(盟主)가 되었다. 이로써 야심찬 젊은이들이 출세의 길을 위해 교육 수요를 창출했고, 소피스트라는 교사들이 출현하였다. 이 시기에는 체육과 음악 등 인간의 신체에 원초적으로 작용하는 교육과 문자교육이 분화되기 시작하였다. 즉 음악교육으로부터 사장교육(문자·시·운율)이 분리되었으며, 음악교사 외에 문자교사가 나타났는데, 이들이 곧 소피스트였다.

소피스트들은 ‘공적인 말하기’에 대해 조직화된 사유를 편 최초의 집단이다. 소피스트들은 연설의 세부 항목을 결정하고, 시를 분석하며, 유의어를 문법적으로 설명하며, 논쟁전략을 개발하고, 실재의 본선에 대해 보론하였다. 이들은 오늘날의 과목으로 말하자면 ‘국어과’와 ‘철학과’를 담당했다. 이들은 학생들에게 수업료를 받고 교육을 했는데, “인간의 탁월성(excellence)은 운명의 장난이나 고귀한 탄생의 결과물이 아니

---

17) 윌리암 보이드, 이홍우 외역(1994 : 25~28).
18) ‘모방’은 매체의 차원을 잠시 보류하고 보면 ‘재현’의 일부로 볼 수 있다고 하였다.

라, 가르치고 배울 수 있는 기술"이라고 하면서 최초의 의식적 교사가 되었다. 이들은 문학·언어기능·문법을 모두 가르친, 서양문화사상 최초의 국어선생이었던 것이다.[19]

소피스트의 등장은 '외현(外現)'의 발달사상 큰 자취를 남겼다. 소피스트들은 흔히 진리의 파괴자나 사기꾼으로 이해되지만, 거기에는 그들 나름의 논리가 있었다. 소피스트들은 진리에 대한 소크라테스나 플라톤식의 진지한 물음에 대해 '사물의 변화, 행위의 선악은 그 사물과 행위의 맥락 바깥에서 판단할 수 없다'는 상대주의적 관점을 갖고 있었고, 이 때문에 '모든 주장은 그에 반대되는 주장을 끌고 와서 대립시킬 수 있고, 결국 주장의 효과는 그것이 청중에게 어떻게 잘 포장되느냐에 달려 있을 뿐이라고 보았다.[20] 즉 세상에 절대적 진리란 없고, 오직 상대적인 관점에 따른 견해만이 존재할 뿐이므로, 자신의 주장을 관철시키기 위한 유일한 길은 끊임없는 연마를 통해 현상을 그럴듯하게 재현(再現)해 냄으로써 상대를 제압하는 것뿐이라고 보았다. 이를 위해 소피스트들은 연설문을 분석하고 논쟁 전략을 개발하는 등 기존의 텍스트를 많이 읽고 공부하는 '암기법'에 의존하였고, 우수한 텍스트의 효과를 '재현(再現)'하여 논쟁의 승리를 추구하였다. 즉 소피스트의 상대주의적 진리관, 정확히 말해 '고정된 진리는 존재하지 않는다'는 인식론은 '그럴듯함'의 추구로 이어져 '재현(再現)'을 중시하는 방향으로 나아가게 된 것이다.

---

19) 소피스트가 시행한 교육과정 내지 교육 내용에 대해서는 윌리암 보이드, 이홍우 외 역(1994 : 35~37)과 조지 커퍼드, 김남두 역(2003 : 65~72) 참조.
20) 소피스트의 상대주의가 필연적으로 설득 장르의 강조로 이어진다는 점에 대해서는 박종현(2001 : 125~128) 참조.

2) 플라톤과 '표현(表現)'의 발생—'내면'에 축적된 '진리'를 언어(logos)로 드러내기

유명한 소피스트인 고르기아스의 제자이자 역시 소피스트였던 이소크라테스(B.C. 436~338)는 스스로 학교를 세워 실무적 말하기 기능을 가르쳤다. 이소크라테스는 본래 법정연설을 쓰는 전문가(연설작가)였는데, B.C. 390년에 수사학을 가르치는 학교를 세워 학생들에게 정치 활동의 준비를 갖추게 하였다. 여기에서 가르치는 주된 내용은 진리가 아니라 설득력 있고 그럴듯한 의견(doxa)을 제시하는 방식이었고, 교육의 목표는 영향력 있는 사람을 만드는 것이었다. 이는 앞서 말한 상대적 인식론에 입각해 있는 것으로, 주체의 생각이나 느낌·체험을 진실되게 드러내는 것이 아니라, 외부 현상에 대한 그럴듯한 '재현(再現)'을 추구하여 상대를 설득하는 것을 목표로 하였다. 그리고 이러한 말하기를 통한 재현 추구의 학문을 '수사학(Rhetoric)'이라 하였다.

소크라테스(B.C. 469~399)는 이러한 소피스트들의 유행에 강력한 제동을 건 인물이었다. 그는 소피스트들이 조롱한 절대적 진리, 즉 '선(善)'에 대한 지식을 강조하였고, '산파술(maieutike)'이라는 진리 탐구의 방법론을 개발하였다. 소크라테스는 소피스트들과 달리 어느 경우에나 참인 절대적 진리의 존재를 확신하고 있었으며, 이것은 오로지 인간의 정화된 주체, 혼(psyche)만이 인식할 수 있다고 보았다. 소크라테스는 이러한 혼의 능력을 이성(logos)라고 하였는데, 이를 통해 가변적 사물이 아니라 동일성을 갖는 존재에 대한 참된 인식에 도달할 수 있다고 보았다. 그는 문답법을 통해 상대적인 사물에 대한 의견(doxa)을 분쇄하였고, 산파술로 진리를 이끌어낸다. 소크라테스는 수사학에 대해서도 그럴듯한 '재현(再現)'의 추구가 목적이 아니라, 연설을 이용하여 영혼을 이끌어가는 것이라고 분명히 밝혔다(양태종, 2007 : 203). 즉 소크라테스의 수사학이 갖는 최종 목표는 '진리를 추구하는 설명', 즉 자기가 내적으로 깨달은 진리를 드러내는 올바른 '표현'의 추구였다.

소크라테스의 충실한 계승자였던 플라톤(B.C. 427~347)은 상대적 의견을 넘어서 절대적 진리에 입각한 교육을 하고자 했다. 그는 교육의 순서를 제시했는데, 20세 이전은 체육, 음악, 문학교육에 주력하고(재현과 모방). 20대에는 이성이 발달한 자에 한해서 수학을 연구—대수, 기하, 천문학, 화성학(和聲學)—하게 하였다. 그리고 30세가 되면 소수 정예만을 선발하여 '철학=선(善)에 관한 학문'을 공부하게끔 하였다(윌리암 보이드, 1994 : 52). 플라톤은 지성(noesis)을 통해 진리, 즉 불변하는 이데아(idea)를 상기하는 것의 중요성을 강조했다고 알려져 있는데, 그러한 주장의 근거로 인간이 현실 세계의 감각적 외양에 유혹되기 때문이라고 보았다. 즉 사물의 세계의 '그럴듯함'에 현혹된다는 것이다.21) 따라서 플라톤은 감각적 세계의 학문이 아닌 관념의 세계에서만 존재하는 학문, 이른바 '수학'을 특히 고평하였다. 플라톤에 따르면 수학은 영혼을 두 가지 방향으로 발달시킨다. 첫째, 수학은 깊은 사고를 유발하여 감각에 입각한 의견(doxa)을 벗어나게 한다. 둘째, 수학은 일체의 학문 및 삶의 목표인 선(善)을 향하여 나아가는 길의 첫 단계에 학생들을 올려놓는다.(윌리암 보이드 1994 : 54)

이에 따라 플라톤은 언어교육에서도 주목할 만한 견해를 내놓는다. 그는 소피스트들이 찬양해 마지않은 '수사학(rhetorike)'을 넘어서서 '변증술(dialektike)'을 학문의 최고 단계로 제시하였다. 이는 '논의, 토론, 특히 사고의 능력이 있는 사람들 사이의 이성적인 논의'를 뜻하는 말로서, '모든 것을 포괄하는 전체적인 진리를 알아내는 것'을 목적으로 한다. 이는 정화된 혼(psyche)이 이데아에 대한 상기를 통해 얻은 진리를 산파술식으로 설명해 나가는 과정이 된다고 한다. 플라톤은 『파이드로스』라

---

21) 플라톤에 따르면, 태어난 지 얼마 안 되는 아이는 인간의 본질적 특성인 이성(理性)이 아직 개발되지 않은 상태에 있으며, 단지 외양(外樣)이라는 그림자의 세계에 살면서 피상적인 지식으로 사물을 파악하며 무지한 충동에 따라 행동한다고 한다. 윌리암 보이드, 이홍우 외역(1994 : 53) 참조

는 저술에서 이러한 외현의 방식을 '참된 수사술'이라고도 하였는데, 이는 '청중의 다양한 본성을 낱낱이 따져, 그것들을 형태에 따라 나누고, 그 각각을 단 하나의 이데아를 통해 포섭하는 능력'을 가리킨다고 하였다.22)

또한 주목할 것은, 플라톤이 이러한 참된 말하기를 위해서는 문자에 의존해서는 안된다고 명시했다는 점이다. 그는 "참된 인식과 함께 배우는 자의 영혼 속에 쓰인 말(logos)은 자신을 지킬 힘이 있"으며, "상대해서 말을 해야 할 사람들과 침묵해야 할 사람들을 가려서 안다"23)고 하여, 내면에서 우러난 음성 중시의 태도를 보여주었다. 이는 앞에서 본 여러 외현 활동 가운데 '표현(表現)'의 장점을 예찬한 것이다. 그 근원이 종교적 깨달음에 의한 것이든, 개인적 체험에 의한 것이든 상관없이, 개인적 주체의 내면에 형성된 관념을 외적으로 드러내는 것은 '표현'임에 틀림없다면, 플라톤은 '표현'의 유용성과 가치를 근거를 가지고 명확히 언급한 최초의 인물이 될 것이다. 또한 내면의 표현이 '영혼 속에 쓰인 말'로 이루어진다고 하여, 표현에 적합한 매체로서 음성을 강조했다는 것도 알 수 있다.24)

플라톤은 지성에 의한 앎을 일찍이 '상기(想起, anamnesis)'25)라는 말로 표현했는데, 여기에는 주체가 감각적 지각에서 벗어났을 때에야 비로소

---

22) 플라톤은 소크라테스의 입을 빌어 참된 수사술의 요건과 목적을 다음과 같이 정리한다 : "청중의 다양한 본성을 낱낱이 따져, 그것들을 형태에 따라 나누고 그 각각을 단 하나의 이데아를 통해 포섭할 능력이 없다면, 그는 아직 연설과 관련해서 사람이 얻을 수 있는 최고의 기술을 가진 자가 아닐 것입니다. 이러한 연구를 해야 하는 것은 신들에게 기쁨이 되는 것들을 말할 능력을 갖추고, 나른 한편으로는 어떤 일을 하던 힘이 닿는 만큼 신들에게 기쁨이 있도록 행동하는 능력을 얻기 위해서지요." 『파이드로스』 273e. 플라톤, 조대호 역해(2008 : 137~138) 참조.
23) 『파이드로스』 276a. 플라톤, 조대호 역해(2008 : 144) 참조.
24) 이는 후일 데리다에 의해 플라톤이 음성중심주의의 원흉이라는 비난을 받는 빌미가 되기도 한다.
25) 새롭게 아는 것이 아니라, 이미 알고 있었다가 잊혀진 진리를 다시금 떠올린다는 의미이다.

진리(aletheia)를 포착하게 된다는 것을 말하려는 의도가 담겨 있다. 인식 주관의 순수화를 거쳐서 순수 사유 내지 직관의 단계에 이르러 그 고유의 대상들을 인식하게 되는 전 과정의 방법적 체계가 이른바 플라톤의 변증술(dialektike)이다. 또한, 이렇게 '순수화된 주관'이 보게 되는 존재들, 즉 지성에 의해서 알게 되는 것들(ta noeta)[존재]은 감각에 의해서 지각하게 되는 현상들[사물]의 진짜 원인이라는 것이다(박종현, 2001 : 138 ~139). 물론 소피스트들은 '사물의 상대성'과 '존재의 불변성'이라는 플라톤의 이원론적 사유를 받아들이지 않았고, 존재의 불변성이란 거짓이며, 오로지 변화하는 감각적 사물의 세계를 '그럴듯하게' 재현하는 수사학의 기술을 포기하지 않았다. 이러한 변증술과 수사학의 대립을 확정한 것이 바로 위대한 아리스토텔레스였다.

3) 아리스토텔레스의 '재현(再現)' 분류-'재현(再現)'의 매뉴얼화

아리스토텔레스(B.C. 384~322)는 그다지 알려져 있지는 않으나 중요한 저술인 『수사학』에서 당대에 논란이 되고 있었던 수사학과 관련된 실천적 문제점들의 종합적 해결을 모색한다.[26] 그는 소크라테스나 플라톤의 절대적 진리관에 입각한 수사학 비판의 논리에 동의하지 않았다. 플라톤은 『파이드로스』에서 거짓된 수사학을 비판하면서, 참된 수사학은 '사람을 참된 지식으로 향하도록 설득'한다고 하였다. 이는 내면적 진리를 드러낸다는 '표현(表現)'관의 초기적 정당화 이론이다. 그러나 아리스토텔레스는 수사학이란 '참된 지식이란 것이 있을 수 없는 문제들'에

---

26) 아리스토텔레스 『수사학』의 국역본은 이상윤 역본(2007)과 이종오 역본(2007)의 둘이 있는데, 번역의 질이 매우 의심스럽다. 두 본 모두 희랍어 원전번역이 아니며, 특히 전자는 영역본을 중역하면서 맥락에 대한 설명을 전혀 하지 않아 우리말 독해가 불가능할 정도로 저질인 졸역이다. 영역본은 Aristotle(2007)이 우수하며, 『수사학』에 대한 대표적 연구서로는 Eugene Garver(1994)가 있다.

대한 결정을 내리는 데에 유용한 학문이라고 정의하면서(Bizzell & Herzberg, 2001 : 170), 그럴듯한 것을 드러내는 방식 즉 '외현(外現)'의 요소들을 분석하고 분류한다.

아리스토텔레스는 『수사학』에서 플라톤적 이데아와 같은 '참된 지식'의 존재를 염두에 두지 않고, 오로지 설득수단(pisteis)의 분석과 분류, 그리고 당대 그리스에서 실제적으로 행해지던 설득적 말하기의 대표격인 연설(speech) 장르의 하위 분류를 시도한다. 이러한 아리스토텔레스의 태도는 근본주의적 시각에서 보자면 매우 미흡한 것이다. 진지한 독자라면 혼의 정화를 통한 진리의 획득이라는 플라톤의 태도에 대한 근거를 갖춘 근원적 비판을 기대할 것이지만, 아리스토텔레스는 플라톤의 이데아론을 비판하기보다는 무시하며, 진리 같은 눈에 보이지 않는 대상보다 현실적 현안인 '그럴듯한 말하기'에 관심을 갖고, 그에 관한 지식을 조직하여 곧바로 활용하려는 장사꾼적 태도를 보여주고 있다.27) 아리스토텔레스의 이러한 태도는 '재현(再現)'과 '표현(表現)'의 거리를 더욱 심화시키고 마침내 분열에 이르게 하였다.

먼저 아리스토텔레스는 설득적 담화의 재료를 구성하는 기술적 요소들(artistic proofs / artistic means of persuasion)을 분석한다. 화법의 3요인으로 알려진 인성(ethos) · 감성(pathos) · 이성(logos)의 분류법28)도 여기에서 기인하는 것인데(Bizzell & Herzberg, 2001 : 171) 이는 설득적 말하기가 호소하는 세 지점을 가리킨다. 즉 화자가 설득을 하는 데 임해서 자기의 인간성(ethos)을 내세워 밀어붙이느냐,29) 듣는 이의 감정(pathos)을 울리느냐,30) 아니면 말하는 내용의 논리(logos)로 승부하느냐가 그것이다. 이 가운데 이성(logos)

---

27) 흔히 아리스토텔레스의 철학의 특징으로 지적 · 비판되는 구체성과 단순성, 그리고 상식의 종합적 나열이 『수사학』에서도 그대로 드러나는 것이다.
28) 교육부(2001 : 131) 참조.
29) 평소에 신망이 있는 사람이 무리한 요구를 하면서 '내가 누구냐, 나를 믿어라' 하는 식이다.
30) 일하지 않는 사람이 '처자식이 있으니 좀 도와주십시오' 하는 식이다.

에 입각한 설득은, 플라톤이 말하는 내면에 축적된 진리의 언어화 즉
'표현(表現)'에 가깝다. 그러나 화자의 인성에 호소하여 남을 설득한다든
지, 청중의 감성에 호소한다든지 하는 것은 말하는 내용이 진리이든 아
니든 '그럴듯하게' 보이게 하여 설득하는 것으로서, 진실을 추구하는 이
론에서는 받아들여서는 안 될 것이다. 아리스토텔레스는『수사학』서두
부분에서는 이러한 태도를 잠시 보여주는 듯하지만,31)『수사학』2권의
2~17장은 청중의 감정(pathos)과 화자의 인성(ethos)을 분류·분석함으로
써 '재현(再現)'의 수단에 대한 미련을 버리지 못하였음을 스스로 드러내
었다.

 아리스토텔레스의 인성(ethos)·감성(pathos)·이성(logos)은 겉보기와는 달
리 어떤 연역적인 체계가 아니라 설득적 말하기에 간여할 수 있는 요소
들을 나열한 것에 불과하다. 이 가운데 인성(ethos)과 감성(pathos)은 말 내
용의 진실성 여부와 전혀 상관없이 '그럴듯하게' 보이게[再現] 하려는
수단에 지나지 않는다. 오직 이성(logos)만이 말 내용의 진실성[表現] 내지
는 논리의 정합성과 관련이 있다. 아리스토텔레스는 '수사학'을 '능력
(capacity)에 관한 학문(rhetoric belongs to the genus as dynamis : ability, capacity, faculty)'
이라고 보았다. 수사학은 연설을 만들어내는 학문이 아니라 여러 가지
종류의 설득이 효과를 발휘하는 방식을 연구하는 학문이라는 것이다.32)
아리스토텔레스는『수사학』전 3권을 다음과 같이 조직해 놓았다.

---

31) Aristotle(2007 : 28)의 역주자 해설 참조.
32) Aristotle(2007 : 37)의 역주자 해설 참조.

아리스토텔레스가 『수사학』에서 말하고자 한 것 가운데 중요한 것이 설득수단으로서 토포스(topos)의 개념이다. 이는 1권에서 주로 서술되고 있는데, 토포스란 본래 '공간'을 뜻하는 그리스어로서 일종의 비유적 개념인 듯한데, 당대에는 쉽게 떠오르는 관념이었던 모양이다. 그러나 오늘날에는 사유의 방식이 달라졌을 뿐만 아니라 용어 또한 달라져 쉽게 와 닿지 않는다. 토포스는 논거의 창고(倉庫), 즉 설득수단을 발견할 때 언제나 참고로 할 수 있는 자리(location / space)을 가리킨다.33) 예컨대 아리스토텔레스는 어떤 사람이 송덕(頌德, eulogy)을 위한 연설을 해야 한다고 할 때, 『수사학』에서 분류한 내용을 조회해 보면 쉽게 연설문을 구성할 수 있도록 『수사학』을 매뉴얼화하였다. 송덕문은 제식적(epideictic) 장르에 속하므로 1권의 5, 6, 9장을 참조할 수 있다. 이 장들에서는 망자(亡者)의 덕행뿐만 아니라 조상의 계보·망자가 받은 교육·부(富)·외모·성공한 자녀들 등의 요소를 활용하여 망자(亡者)를 칭송할 것을 제안하고 있

---

33) Aristotle(2007 : 44)의 역주자 해설 참조.

다(Bizzell & Herzberg, 2001 : 172~173). 이때 나오는 덕행·조상 계보·교육·부·외모·자녀들 등이 송덕문과 관련된 구체적 토포스들인 것이다.

즉 여기서 토포스들이란 특정한 장르에 해당하는 특정 종류의 담화를 구성할 때에 포함되어야 할 내용들을 미리 정리해 둔 것이다.34) 이렇게 되면 담화를 구성할 때에 무슨 내용을 포함시켜야 할지 고민하지 않아도 되며, 정해진 지침에 따르기만 하면 외부 세계를 그럴듯하게 재현(再現)할 수 있는 것이다. 결국 아리스토텔레스의 『수사학』은 주체의 진실된(혹은 진실된 것으로 간주되는) 내면을 드러내는 '표현(表現)'이 아니라, 특정한 '재현(再現)'의 효과를 주는 담화를 구성해 낼 수 있는 자동적 지침을 제시하는 데에 상당히 진력하고 있는 것이다. 2권 2~11장에서 다루고 있는 감정(pathos)에 관한 논의와 2권 12~17장에서 제시하고 있는 화자 특성[ethos]35)에 관한 논의는 이러한 재현(再現)의 효과를 강화시키는 보조 수단에 지나지 않는다. 예컨대 송덕 연설은 젊은 사람보다는 그 공동체의 원로(元老)에게 맡긴다든지, 송덕의 내용을 포함한 담화에서 필요 이상으로 국민의 정서를 자극한다든지 하는 경우 재현(再現)의 효과가 높아져 더 잘 설득할 수 있었던 것이다. 이는 소피스트들이 우글댔던 당대 그리스 사회의 실상을 생각해 본다면 이해하지 못할 것도 없다.

구성해야 할 담화가 어떤 장르에 속하는지 확인하고, 그에 따라 이용할 수 있는 토포스(topos)를 조회하기만 하면, 담화의 내용은 모두 결정된 것이나 다름없다. 이를 오늘날은 '논거 발견' 내지는 '내용 생성'36)이라

---

34) 물론 토포스가 이런 것만 있는 것은 아니다. 2권 19장에서는 어떠한 장르에도 적용될 수 있는 공통적 토포스를 다루고 있다. 여기에는 생략삼단논법(enthymeme), 격언(maxim), 예증(example)의 세 가지 하위 요소가 포함된다. Bizzell & Herzberg(2001 : 171~172) 참조. 그러나 주어진 글을 쓰기 위한 논거를 찾아간다는 실용적 개념의 담화 구성이 전제되어 있다는 점은, 특수한 장르에 기반한 토포스 이해와 다를 것이 없다.
35) 앞서 현행 교육과정에서 '인성(ethos)'이라고 옮긴 요소이다.
36) 현행 '쓰기' 교육과정은 원리부에서 쓰기 과정을 '내용 생성—내용 조직—표현—고쳐쓰기'의 과정으로 설명하고 있다. 그런데 '내용 생성'이 구체적으로 무엇을 가리키

고 일컫는데, 이로써 담화 내용은 완성된 것이다. 그러나 '그럴듯한' 담화가 되게 하기 위해서는 '담화'를 연설문이든 실제 말하기든 구체적 실체로 만들어내는 일 또한 중요하다. 3권 1~12장에서 다루는 내용들은 외형적 스타일, 즉 논거로만 존재하는 내용들을 실체화할 때에 주의할 점을 논하였다. 오늘날의 교육과정 용어로 말하자면 '내용 표현'[37]에 해당하는 부분이다. 3권 13~19장은 발견된 논거의 배열 방식을 논하였다. 오늘날 식으로 말하면 '내용 조직'[38]에 해당한다. 플라톤만 하더라도 내용의 진실성에 대한 믿음이 있다면 형식은 상관하지 않았고, 이 때문에 모든 저술을 대화(對話)라는 다듬어지지 않은 형식으로 구성하였다.[39] 그러나 아리스토텔레스는 내용의 생성뿐만 아니라 그것의 조직[3권 1~12장 배열], 외적 형태화[3권 13~19장 스타일]에 이르기까지 관심을 기울여 다양한 양식·내용의 담화를 포괄하는 이론을 수립하고자 한 것이다. 그리고 이것들은 모두 매체인 언어가 실제 현실을 '그럴듯하게' 드러내는 것을 목표로 하였으므로 '재현(再現)의 이론화'라 할 수 있다.

는지 명확히 규정하고 있지 않다. 고작 '필자는 창의적 사고 활동을 함으로써 주어진 문제에 대해서 자신의 기억 속에 저장하고 있는 생각의 판형을 깨뜨릴 수 있으며, 평소에는 좀처럼 떠오르지 않는 참신한 생각이나 기발한 착상을 포착할 수 있다'고 하여 그것이 세부 쓸거리(설명문, 수필) 내지는 논거(논설문)임을 암시받을 수는 있다. 교육부(2001 : 241) 참조.

37) 7차 교육과정에서는 '내용 표현'에 대해 '내용 생성 및 조직의 결과는 완결된 언어의 모습을 갖추지 않을 뿐만 아니라 매우 유동적이다. 반면에 표현하기의 결과는 완결된 언어의 모습을 갖추어야 할 뿐만 아니라 고정적'이라고 구별하고 있다. 구별이 사실의 기술에 그치고 아리스토텔레스의 경우처럼 실천 가능한 지침을 제시하지 못한 점이 미흡하다. 교육부(2001 : 243) 참조.

38) 7차 교육과정에서는 '내용 조직하기'를 전략의 차원에서 접근하여 '생성한 내용을 글의 조직 원리에 맞추어 전개하는 것'이라고 동어반복적으로 설명하고 있다. 교육부(2001 : 242) 참조.

39) 플라톤의 모든 저술은 대화로 이루어져 있으므로 '대화편(對話篇)'이라고 일컫는다. 대표작인 『국가』 등은 박종현 교수의 헌신적 업적에 의해 번역되었으나, 아직도 『고르기아스』, 『법률』, 『프로타고라스』, 『메논』 등 중요 대화편의 번역이 이루어지지 않고 있다. 개중에는 희랍어 원전번역은 말할 것도 없고 중역조차 없는 경우도 있다.

4. 맺음말

　지금까지의 논의 결과를 요약하고 오늘날의 쓰기 교육이 나아갈 방향에 대해 언급하는 것으로 맺음말을 삼고자 한다. 소피스트들은 외부 세계의 재현, '그럴듯함'을 추구하였다. 소피스트들이 발견한 외현의 방법인 '재현'은 오늘날 거짓을 포장하기 위한 도구로 이해되고 있으나, 그럴듯한 재현을 위해 외부 세계에 대한 방대한 지식과 공부를 필요로 했다는 점은 제대로 인식되지 않고 있다. 우리는 소피스트들이 목적했던 바 '이기기 위한 설득'이 지닌 문제점은 직시해야 하지만, 소피스트들이 설득을 위해 추구했던 자료 수집과 치열한 공부 태도는 기초적인 배경 지식을 소홀히 하는 오늘날의 쓰기 교육에 시사하는 바가 적지 않다.

　소크라테스는 소피스트들의 '그럴듯함' 추구가 상대주의나 회의주의로 떨어진다고 비난하였고, 진리는 확실히 존재한다고 보았다. 그리고 진리를 인식하기 위해서는 주체가 정화되어야 한다고 보았으며, 그렇게 정화된 주체가 이성(logos)의 능력을 발휘하여 대상에 대한 진리를 파악할 수 있다는 것이다. 이때 진리가 발현되는 곳이 외부 세계가 아니라 그것을 인식하는 주체의 능력이라고 보는 점이 플라톤 철학의 가장 중요한 특색이다. 즉 플라톤은 외부 세계에 대한 지식은 보면 사물의 가변성과 관점의 상대성 때문에 확실할 수 없으므로, 눈에 보이지 않는 이데아의 세계만이 유일한 진리라고 주장한 것이며, 이러한 이데아에 대한 깨달음을 바깥으로 '표현'할 수 있다고 본 것이다.

　외부 세계의 가변성과 감각의 상대성에 비추어 볼 때, 최소한 경험 세계에 대해서만 말하자면 소피스트의 주장이 설득력 있어 보인다. 플라톤은 경험 세계를 강조할 경우 소피스트의 주장을 반박할 수 없었기 때문에 인간의 내면이 지닌 추상적 사유 능력을 강조하였고, 이러한 내면적 표현을 강조하였다. 따라서 애당초 소피스트와 플라톤은 의견이 대립하고 있는 것이 아니라 서로 다른 영역을 이야기하고 있었다고 보인다. 소피스트는 경험 세계를 중시했으므로 '재현'을 강조했고, 플라톤은 추상적 사유의 세계를 중시했으므로 '표현'을 강조한 것일 뿐이다.

소피스트와 플라톤의 주장을 오늘날의 쓰기 교육에 적용해 보자면, 소피스트는 대상에 대한 지식을 바탕으로 하는 설명문 쓰기를, 플라톤은 자신의 사유를 논리적으로 전개하는 논설문 쓰기를 강조한 것으로 바꾸어 말할 수 있다. 설명문과 논설문 쓰기는 둘 다 필요하며, 두 가지를 모두 할 줄 알아야 한다. 그러나 실제로 이후 서양의 쓰기 교육사는 소피스트를 상대주의로 배격하고 플라톤의 주체·내면 중심 철학을 받아들이면서 가톨릭·개신교·과학주의 등으로 변모하며 개인적 주체의 지각과 그 결과의 표현을 강조하여 왔다. 재현에 대한 망각은 너무나 심각하여, 이미 2천년 이전에 재현 방식에 대한 매뉴얼을 작성해 놓은 아리스토텔레스의 저술조차 오늘날 잊혀지고 있는 형편이다.

오늘날 주류 언어교육에서 쓰기를 '재현(再現)'으로 보지 않고 '표현(表現)'으로 볼 수밖에 없는 이유도 여기에 있다. '표현'은 주체의 내면에 축적된 관념을 외부로 드러내는 것이고, 그러한 관념의 축적 과정에 대해서는 아무런 의문도 제기되지 않는다. 주체를 무엇으로 채우든 그것은 개개인의 자유에 속하는 일이다. 그러나 이러한 태도가 너무 심해지면 모두가 자기 마음대로 주체를 채우게 될 것이고, 그 결과는 아무도 예측할 수 없는 집단적 표류 상태가 되고 말 것이다.

제임스나 듀이 같은 실용주의자들은 텅 빈 내면을 자신들의 탐욕적 행위의 결과인 경험에서 얻어진 무질서한 관념들로 채웠다. 그리고 오늘날의 학습사들은, 그러한 실용주의에 기반한 교육의 영향을 받아, 문화적 축적을 학습할 수 없게 된 몰역사적(沒歷史的) 사회 환경에서, 황폐한 내면을 TV나 대중문화, 학교 교육과정에서 요구하는 집약된 단편적 지식들 같은 우발적이고 무질서한 관념들로 채워 나간다. 그러다가 고3이 되어서 논술이라도 할라치면, '창의적인 글·내용 있는 글을 쓰라'고

하는 사교육 논술강사의 느닷없고 모순된 요구에 당황하게 된다.

　지금까지의 논의를 통해 '표현' 중심 쓰기의 배경과 그 실제 양상은 어느 정도 밝혀졌다고 본다. '표현'은 주체의 내면을 강조하지만, 표현이 주체를 지키는 유일한 원리는 아니며, 오히려 주체의 발전을 해칠 수도 있다는 점을 명심해야 한다.40) 누차 밝혔듯이 '내면'은 무엇으로도 채워질 수 있다. 플라톤은 오늘날의 표현 편향적 사유의 빌미를 제공한 최초의 인물이지만, 그 자신도 플라톤은 『파이돈』에서 '육체의 요구에 따르지 말고 혼(psyche)을 좋은 것으로 채워야 한다'41)고 강조한 바 있다는 점을 잊어서는 안 된다.

　주체에게 어느 정도의 문화적 교양을 습득하게 하고, 이를 재료로 한 재현(再現)의 글쓰기를 통해 세계에 대한 실감을 높이는 것은, 주체의 온전한 성장(내지 변화)를 위해서 매우 유익한 일이다. 이 시대에 걸맞는 문화적 교양의 목록을 설정하고, 재현(再現)의 쓰기를 통해 학습자의 주체가 세계의 근원적 조화와 아름다움을 느낄 수 있게끔 해 주는 것은, 교육자의 의무이기 이전에 인류의 선배가 후배에게 베풀어야 할 의무인 것이다.

---

40) 예컨대 오늘날의 고3 수험생들이 논술에서 가장 어려움을 겪는 이유가 글을 쓸만한 배경 지식이 부족하다는 것이다. 아이들의 내면은 글을 쓸 만큼의 교양적 배경 지식과 독립적 논리를 구사할 수 있는 힘으로 훈련받지 못하였는데, '표현(表現)'을 중시하는 교육을 받으면서 아이들은 '내면적 자유'라는 미명하에 지적 빈곤에 빠졌고, 그것을 자각할 능력조차 없어지게 된 것이다. 아이러니인 것은, 이러한 문제의 해결로 아이들이 선택하는 것이 글을 외워서 그럴듯하게 쓰기, 즉 왜곡된 '재현(再現)'이라는 점이다.

41) "앎을 사랑하는 이들은 철학이 자신들의 혼을 떠맡아서는, 눈을 통한 관찰은 기만으로 가득하다는 것을, 그뿐더러 귀나 그 밖의 다른 감각들을 통한 지각도 기만으로 가득하다는 것을 보여주는 한편으로, 이것들을 이용하는 것이 불가피하지 않는 한, 이것들에서 물러나도록 설득함으로써 조용히 혼을 타이르며 자유롭도록 해주려고 꾀한다는 것을 나는 알고 있네." 『파이돈』 83a. 플라톤, 박종현 역주(2003 : 353) 참조.

| 참고문헌 |

1. 자료

아리스토텔레스, 김진성 역주, 『범주론·명제론』, 이제이북스, 2005.
아리스토텔레스, 김재홍 옮김, 『변증론』, 까치, 1998.
아리스토텔레스, 김재홍 옮김, 『소피스트적 논박』, 한길사, 2007.
아리스토텔레스, 이상윤 옮김, 『아리스토텔레스의 수사학』, 보성, 2007.
윌리엄 제임스, 정해창 옮김, 『실용주의』, 아카넷, 2008.
조지 커퍼드, 김남두 옮김, 『소피스트 운동』, 아카넷, 2003.
존 듀이, 이홍우 번역·주석, 『민주주의와 교육』, 교육과학사, 2007.
주교회의 성서위원회 편, 『성경』, 한국천주교중앙협의회, 2005.
플라톤, 박종현 역주, 『에우티프론·소크라테스의 변론·크리톤·파이돈』, 서광사, 2003.
플라톤, 조대호 역해, 『파이드로스』, 문예출판사, 2008.

Aristotle, *On rhetoric : a theory of civic discourse*, translated with introduction, notes, and appendices by George A. Kennedy, Oxford ; New York : Oxford University Press, 2007.

John Locke(1689), *An essay concerning human understanding*, abridged and edited, with an introduction and notes, by Kenneth P. Winkler, Indianapolis, Ind. : Hackett Pub. Co., c1996.

2. 논저

교육부, 『고등학교 교육과정 해설-② 국어-』, 대한교과서주식회사, 2001.
배수찬, 「근대적 글쓰기의 형성과정 연구」, 서울대 박사학위논문, 2006.
배수찬, 「표현 중심 쓰기관에 대한 반성적 연구」, 『국어교육』 124, 한국어교육학회, 2007.
박종현, 『헬라스 사상의 심층』, 서광사, 2001.
양태종, 「수사학의 오늘과 내일」, 『독일어문학』 27, 한국독일어문학회, 2004.
양태종, 「수사학, 왜 문제의 명칭인가?」, 『독일어문학』 37, 한국독일어문학회, 2007.
이구슬, 『해석학과 비판적 사회 과학』, 서광사, 1996.
이오덕, 『우리 문장 쓰기』, 한길사, 1992.

가라타니 코진(柄谷行人), 박유하 옮김, 『일본근대문학의 기원』, 민음사, 1997.
이쿠타 사토시(生田哲), 김수진 옮김, 『하룻밤에 읽는 성서』, 랜덤하우스코리아, 2006.
거스리, 박종현 옮김, 『희랍철학 입문-탈레스에서 아리스토텔레스까지』, 서광사, 2000.

윌리암 보이드, 이홍우 외 옮김, 『서양교육사』, 교육과학사, 1994.

Bizzell & Herzberg, *The Rhetorical Tradition : Readings from Classical Times to the Present*, Boston : Bedford/St. Martins, 2001.
Eugene Garver, *Aristotle's Rhetoric : An art of character*, Chicago : University of Chicago Press, 1994.

주요 논설의 내용 정리

① 순국문 및 영문계열 1910년 이전

② 국한문 및 한문계열, 1910년 이전

③ 1910년 이후

부록의 표기에 관하여 : 본 부록의 자료 제시는 본문의 내용을 이해하는 데 필요한 만큼만 제시하였다. 즉 원문에 비해 부분적 축약과 변개가 있다는 뜻이다. 전문(全文)을 제시하는 것은 그 분량의 과도함 때문에 자료집 성격 이상을 띠기 어렵고, 본 연구는 자료집을 표방하지 않기 때문이다. 본 연구에서 부록이 갖는 취지는, 본 연구에서 다룬 핵심적 부분들을 제시함으로써 당대 논설문에 대한 일반 연구자와 독자들의 이해를 돕고자 하는 것이다. 따라서 본 연구는 필자가 원문을 읽고 그 중에서 핵심적이라고 생각하는 부분을 추려 원문을 찾아보지 않고도 쉽게 읽을 수 있도록 변형하였다. 표기 및 종결어미 등 어법적 차원에서도 원문의 형태와 어느 정도 차이가 있는 부분이 있음을 밝혀둔다. 그러나 어법의 본질적 부분은 변형하지 않았으며, 오직 외형의 부분에만 약간의 변화가 있을 뿐이다.

순국문 및 영문계열, 1910년 이전

출전 날짜	주요 내용	문체	내용 전개
[국-1] 독립신문 (96-5-30)	외국인들이 국세를 더 잘아니 분발하여 자국에 대한 정보를 갖자는 내용 (나라마다 집과 인구와 돈과 밭과 논과 지면 광장을 자세히 사실하는데, 조선은 이런 일에 대해 자세한 책이 없다. 조선사람들은 자기나라 일부터 먼저 알 도리를 하는 것이 마땅하다. 내집일부터 알아야 내집 세간도 잘된다. 내부에서 관찰사들과 군수들에게 훈령하여 인구와 전장수효를 사실할 것을 바란다. 외국사람들이 조선일을 더 잘아니 한심하다. 조선은 영국보다 크고 이탈리아와 거진 같고 인구는 서반아와 거의 같다. 이것을 보면 조선은 세계 중에 큰 나라다. 토지를 가지고 잘 써들이기만 하면 조선도 천하에 상등나라가 될 것이다. 조선인종은 동양에 제일이니 잘 가르쳐만 놓으면 동양에서 제일이 될 것이다)	*순국문체 띄어쓰기 시도 *사민필지 식의 서양어 문장 모델(주술관계와 열거법(정보 전달을 위함) *필술체	*계몽의 의도가 농후한 데서 비롯된 부적절한 비유(국세를 집안일에 비유한 것) *주장과 정보 전달이 열거적으로 이루어짐(서-본-결론 구조 미비)
[국-2] 독립신문 (97-9-9)	각국간의 교제관계사는 예측하기 어렵다 (각국간의 교제에서 알기 어려운 것이 구라파 각국의 정치이다. 사십년전에는 아라사가 토이기를 구라파에서 쫓아내고 흑해에 해군본소를 만들고 싸움을 했는데(크리미아 전쟁) 영길리와 불란서가 합력하여 토이기를 도와 아라사 함대를 멸하고 아라사에서 평화약조를 청하여 흑해에 군함을 못 두게 작정하였다. 나파륜이 1812년 아라사 원정때 아라사 군사들이 불란서 군사를 쳐 이겼다. 이후 서로 원수같이 여기더니 이번 크리미아 싸홈에서는 아라사가 불란서에 패하였다. 그러나 근년 불란서와 덕국이 1870년에 싸홈(보불전쟁)할 때는 덕국이 오디리 이탈리와 동맹하자 불란서가 두려워하여 아라사를 달래어 동맹하니 이런 일을 누가 꿈이나 꾸었으리오 또한 아라사는 중간에서 불란서와 덕국 사이에 회호를 붙이는 보양으로 세 나라가 얼마쯤 합력하여 동양 안에 큰 상권을 가진 영길리를 반대하고자 하는데, 시비가 곧 일어날 듯하다. 이에 영국과 일본이 동맹할 듯하다. 청국과 조선은 아무것도 모르고 누구든지 좀 강한 것 같으면 그리로 붙어 살려고 하니 두 나라 자주독립이 불구에 위태롭게 될터이다. 나라 생각하는 사람들은 아무쪼록 조선 대군정 폐하를 상전으로	*순국문체 띄어쓰기 *외보의 번역에서 기원(덕국 신문지들이 운운)	*세계사에 대한 교술적 정보 제시 *서론(세상 일을 알기 어렵다)과 결론(어려운 세상에 독립하여 나라를 지키자)의 형태가 불충분하게 나바 나타나고 있음

출전 날짜	주요 내용	문체	내용 전개
	섬기며 외국 상전을 얻으려 꽁지를 흔들지 말고 인민을 교육하는 데에 힘쓰라)		
[국-3] 독립신문 (97-9-11)	영국외부대신의 한국관 (영국 외부대신이 의회원에서 말하기를 영국서 아라사가 조선을 차지하지 못하게 하겠다 한 것을 전했다. 지금 영국 신문에서 그 외부대신의 연설을 실었은즉 기재한다. 의원 밀기씨가 연설하기를 아라사가 청국을 꾀어 만주와 요동을 뺏었는데 영국 정부는 아무말도 없으니 이는 영국 권리를 아라사에 주는 것이다. 조선일에 당해서도 아라사가 조선군사를 조련하고 아라사 사람이 조선 동북간에 나무를 베고 금광을 허락하였다니 청국 북쪽과 조선 등지에 영국상권이 다 없어질 판이다. 외부차관 커손씨가 대답하되 조선이 자주독립하는 것은 세계각국에 유조함이다. 그런데 조선이 잔약하야 독립할줄 모르고 근일에는 아라사에 의지하려 하는데, 영국정부에서는 조선이 만주와 요동이 아라사에 들어가는 것같이 속수무책으로 보고 있지는 않을 것을 확실히 말해 둔다. 영국이 조선에 관계있는 것은 장사하는 사무다. 영국은 장사를 위해 조선이 독립하기를 바란다. 조선 내치하는 권리를 아라사가 뺏지 못하게 해야 한다. 동양에 제일등 해군 권리를 가져 공평권리가 나뉘지 않게 해야 한다. 만일 아라사가 조선 자주독립을 해롭게 하면 영국이 가만히 있지 않을 것이다. 영국 각처신문들이 외부대신의 이 말을 칭찬한다. 영국이 조선 자주 독립을 위해 주고 양국 사이에 상무가 흥왕케 한다니 이것은 조선에 매우 다행한 일이다. 그렇다고 남만 믿고 있으면 안되니 정신을 차려 나라가 성양되도록 하자.)	*순국문체 띄어쓰기 *영문번역체 (구술문을 기사로서 그대로 전달) (공식적이고 국가와 관련된 사무도 말하듯이 글쓰기로 해결할 수 있다) *원리는 구어이지만 외양은 문어체. 이른바 필술체.	*서론(도입부)의 명확한 구별 *본론의 인과성 *명확한 결론부
[국-4] 독립신문 (97-10-26)	영국신문이 본 대한국의 국제적 지위 (재일 영국인의 영자신문에 우리 신문이 대한을 독립국이라 한다고 흉을 보았으니, 이 신문 기자들은 대한이 독립국이 아니라고 보는 듯하다. 지난십오년간 범사를 재한정부 임의로 목하고 청국,일본,아라사의 지휘대로 내치외교를 했기 때문이니, 이런 독립국은 세계에 없다는 것이다. 대한이 그 사람들의 지휘를 들은 것은 나라에 유조함이 있기 때문일 뿐이며, 대한국이 세계의 다른 나라와 싸울 때 그것은 역란이 아니니 대한은 속국이 아니다. 대한이 약하여 강한 나라이 지휘하는 것을 상지할 힘이 없다는 것은 맞지만 독립국이 아니라고는 할 수 없다. 구라파 각국에서도 여러 나라이 상의하여 자주독립	*순국문체 띄어쓰기 *영문번역에서 비롯된 명확한 주술의 단문구조와 그 병렬로서 복문구조 *영문적 문어체	*의견 소개—반론—반론의 근거—주장의 정리—주장의 강조 및 독자에 대한 당부 *외국 신문에 대한 반론의 형식 *논거에 입각한 주장 *논리적 인과관계의 강조 *사물에 대한 규정과 분별의 의식(약국/속국, 권리/힘)

출전 날짜	주요 내용	문체	내용 전개
	을 시켜준 나라가 많이 있다. 비리시 희랍 하란 포도아 토이기 등이 그러하다. 대한은 인민이 개명치 못하여 자주독립을 보존할 힘이 아직은 없으나, 청국은 이미 대한을 다시는 속국으로 대접하지 않겠다고 했으므로 세계에 매인 곳은 없다. 조선은 청국 일본 영길리 아라사 등과 똑같은 권리가 있다. 다만 힘이 없을 뿐이다. 대한이 독립국이 아니라는 것은 만국공법에 틀린 말이다. 우리 신문사는 우리 힘껏 대한이 독립국이라고 세계에 대해 말할 것이다. 대한 인민들은 자주 권리를 남에게 뺏기지 말고 나라 권리를 조금이라도 남에게 잃지 말아야 하겠다.)		
[국-5] 협성회 회보 (98-3-19)	절영도땅의 일본 대여문제 (시무를 의론하기를 일본에 절영도 석탄고를 허락하였는데 러시아에 허락해 주지 않는 것은 옳지 않다하나 이는 잘못된 것이라 누구는 주고 누구는 아니주냐고 반박할지 모르나 동맹국을 다같이 대접하자면 삼천리강산도 모자랄 지경이다. 땅을 아주 주는 것이 아니라 빌리는 것이니 관계치 않다고 하나 정이 있다고 물건을 달라고 하는 자는 나의 도둑이지 친구가 아니다. 우리가 일본엔 후하고 아라사에는 박하다고 할지 모르나 그때는 정확히 몰랐기 때문이다. 새로 배운 것이 많거니와 일을 알고 보니 진실로 애닯고 원통하다. 당초 우리가 내나라 일을 남의일 보듯 하는 까닭에 이런 일이 생긴 것이다. 우리의 말이 비록 무력해 보일지 모르나 국중의 백성에게 보이자 함이요 대한 백성중에 모슨 거조가 있을지도 모를 일이다. 우리 동포들은 바라건대 대한일은 내나라 일로 생각하고 내집안 일로 생각하여 공론과 시비라도 좀 하여 보자.)	상동	*화제제시-주장과 반론의 연속-주장의 정당성-결론 *시사문제에 대해 본격적으로 다룸 *서-본-결론이 비교적 뚜렷함 *주장-반론의 반복적 구성 및 효율적 전개(서양문의 영향) *주장하는 주체에 대한 의식이 분명(우리)
[국-6] 믹일신문 (98-4-29)	일본과 청국의 비교 (만경창파의 일엽소선을 눈먼 사공이 저어 가는 것을 눈뜬 사람이 말한마디 않고 있다가 파선하면 그 책임은 눈뜬자에게 있다 할지라 우리나라가 지금 이렇게 위급한 지경이니 소경을 시켜 행선하는 것과 다를것이 없다 짐작이 있는 우리 동포들은 소경을 일러 평탄한 길을 찾아가도록 하자 우리 눈앞의 두길이 있으니 하나는 일본이 가는 길이요 하나는 청국이 가는 길이다. 일본은 잔약하였으나 부강해졌고 청국은 그좋은 나라가 저렇게 망했다. 동포들은 어느 길로 가시겠소? 일본서는 새학문을 하고 외국에 가서 공부한 사람을 찾아 새나라를 만들었거니와 청국은 옛법을 버리지	*국한문체 띄어쓰기 *연설체(동포들은 어느 길로 가시겠소?) *구어체적 요소	*문제의 제시-화제제시(청국과 일본)-화제 분석-전환 및 적용(서재필)-반대파에 대한 비판(근거 제시) *화제 분석, 적용, 근거에 입각한 비판은 서양문의 영향 *비유법을 활용한 화제제시(전근대적)

출전 날짜	주요 내용	문체	내용 전개
[국-7] 제국신문 (98-8-27)	이토 히로부미를 위엄을 부러워하지 말라 (본사 신문기자가 일본후작 이등박문씨의 입성하는 위의를 관광하고 마음에 감동함이 잇어 논설하노라. 주한 일본관민이 국가를 달고 나아가 영접하고 관광하는 남녀노소가 가득한지라 도대체 어떤 사람이건대 타국지방에 생소한 자취를 붙이되 위의가 저같은고? 이는 진실로 그 연고가 있음이로다.바로 그 사람의 사업에 잇도다. 구구한 장부들은 그 사람의 평생 애쓰고 분쥬한 일을 보면 불과 자기 몸이나 몇사람을 이롭게 하는 일뿐인데 영웅준걸의 이름을 날리는 자들은 뜻을 항상 민국에 두어 국가에 큰 공업을 이루고 만민에 그 이익을 끼치니 몸이 썩어도 죽지 않았다 할지라 이등씨가 좋은 사업과 큰 공뢰를 많이 이룬 것이니 우리나라에 누가 외국에 가서 이같이 대접을 받을는지? 우리나라 관민들은 일신상 경영들만 말고 길게 영귀할 큰 욕심을 내어 오늘날 이등박문씨에 영귀를 부러울 것이 없게 되어 봅시다)	*논설의 초기 관념 : 신문을 통한 기자의 의견 개진이라는 제도적 장치 *순국문체 띄어쓰기 *구어체에 가까움	*논설의 이유 제시 (논설의 미분화 상태 반영)-기사문-문제제기-문제 분석-제안 및 주장 *보도 기사의 성격 함유
[국-8] 제국신문 (98-10-22)	요동 철도와 신민들의 단결 (아라사 시베리아 철도는 세계의 큰 역사로 동양에 형세를 베풀려 함이로다 청국으로는 만주와 요동지방으로 놓게 되니 아라사의 뜻을 다 이룬지라 근자에 청국신문에 해륙군을 속히 확장하고 학교를 설시하고 항구를 열자 하나 실상 일은 모두 점점 망하여가는 것뿐이라 요동철도로 말하여도 타국이 내땅에 철도를 놓고 병참소를 두어 아라사 군사를 갖다주게 하였으니 그 널은 땅을 모두 남을 내주고 앉은 것이라 그러니 그 나라 백성이 되어 나라 보호할 도리를 생각하는 것은 마땅한 직분이라 청국 황제폐하께서 노력하셨으나 졸지에 완고당이 일어나 권세를 빼앗으니(무술정변) 차라리 쓸데없이 힘쓰지 말고 아조 잊어버리고 마는 것이 나을 듯 한지라 일변으로 생각하면 차라리 개명한 나라에서 나누어 공평한 법률과 밝은 경치로 다스리면 얼마나 편할까. 하루바삐 몸이나 편하면 좋을지라. 백성들의 사정은 어찌 기막히지 않으리오	*순국문체 띄어쓰기 *문어체적 요소(함이로다)와 구어체적 요소(하시오)의 혼재 *남의 말 하듯이 함(특권의식, 분석의식)	*관련 사실 보도(러)-관련 사실 보도(청)-의견 개진(백성이 불쌍함)- *필자의 개인적 느낌을 기술(논설기자의 지위) *기사문의 성격 혼재함

못하고 예악 문물을 지키기만 하여 필경 끝장나는 날 임금조차 보전치 못하게 되었다

이번에 갈린 중추원 고문관 독립신문 사장 제이슨씨(서재필)는 학식이 많으니 우리나라가 한번 일본같이 되어 보자면 그사람 있는 것이 매우 유조할 것이다.

근자에 그사람을 두고 내보내려는 자들이 혹 있다 하니 도대체 우리 동포들이 일본 모양과 청국 모양 두 길 중에 어떤 것이 나을는지 생각해 보시오)

출전 날짜	주요 내용	문체	내용 전개
	대한은 청국 동편에 있으며 요동철도가 놓이니 동양의 힘이 크게 둘러 나뉘인지라 대한 신민들은 분발한 기운을 내어 목숨을 도라보지 말고 국가를 아무쪼록 붙을어들 보시오.)		
[국-9] 독립신문 (99-3-27)	국채 (부강한 나라라도 국채는 있다. 정부에서 경제하는 일에 밝으며 해마다 세입이 늘어가면 국채가 산과같이 쌓이더라도 염려가 없다. 법국은 국채가 많은데 20년전 보법이 싸워 크게 패한 후로(보불전쟁) 법국 백성들이 백배홍왕하여 세계에 웅장한 나라가 되었다. 세계사람이 모두 경탄하는 바이다. 그러나 법국은 국채가 많다. 이는 모두 내채다. 백성이 채주가 되고 백성이 정부를 믿어 이식만 찾아간다. 정부에서는 그 돈으로 해육군을 길러 무역이 홍왕케 하니 자연히 세입이 는다. 이는 국채로 인한 나라의 리함이다. 연전에 어떤 개명치 못한 나라 임금이 서양 부강국의 도성을 구경하고 국채 몇백만원을 구경갔던 나라 정부에 청구하여 그 국채를 다 허비하니 그나라가 거의 위태하게 되었다. 그런즉 그런 이해를 연구하지 않을 수 없는 것이다.)	*순국문체 띠어쓰기 *서양사정을 소개하는 글로서 서양문의 영향	*화제제시-심화-전환(서론,본론, 결론의 일반적 형식은 뚜렷하지 않음)
[국-10] 독립신문 (99-10-20)	*안남의 흥망 (지구는 돌아다니는 별로써 주위가 9만리이다. 1주야와 1년이 되며, 동반구, 서반구에 6대주가 있다. 아시아주가 그중 하나이니 청국, 일본, 면전(미얀마), 섬라(타이), 안남, 인도, 서장(티벳), 파사(페르시아)가 있다. 그밖에 아비리가, 오대리, 아메리가쥬가 있다. 6대주안의 인구는 15억가량이다. 서양에도 어떤 나라는 부유하고 어떤 나라는 쇠미하다. 무슨 까닭인고 경계로 삼을만 하다. 영국, 미국, 법국, 덕국, 일본은 길게 설명할 것이 없으되 면전과 안남의 형세를 잠시 살펴본다. 면전은 서진시절에 불교가 들어와 청국함풍2년에 면전 남방이 영국 속방이 되고 광서2년에 임금이 죽고 아들 졔보라 하는 이가 위를 이었는데 영국의 상인들을 핍박하므로 광서11년에 영국군이 면전북방을 토멸하여 남북이 모두 영국관할이 되었다. 안남은 예부터 청국의 속국이었으나 1610년 법국 신구교인이 전도하더니 법국주교가 임금의 아들을 데리고 법국으로 돌아가니 그때는 1787년이었다. 이후 이 아들이 안남 황제가 되었는데, 안남 정부에서 천주교를 탄압하자 법국서 군사를 내어 안남을 웅거하니 그 지방이 법국의 관할이 되었더라.)	*순국문체 띠어쓰기 *주술구조에 의한 단문의 중첩. 그러나 단문의식은 희박함 *강제종결체	*관련 사항 제시-화제 제시-화제의 구체화①(면전)-화제의 구체화②(타이) *결론이 없음(주장하는 글쓰기가 아닌 정보 전달적 글쓰기)
[국-11] 제국신문	민첩한 일본 사람들 (대한에 대하여 일본과 아라사의 주의할 일을 내외	*번역임을 밝힘(제국신문	*화제 제시-글의 연원 소개(영자신문의

출전 날짜	주요 내용	문체	내용 전개
(99-12-28)	국 신문에 기재하였는데 사람마다 아는 것이 좋을듯 하여 이에 번역하노라. 주한 아라사신문 탐보원이 자국에 편지한 것을 영자 신문이 기재하였는데 그 대강은 다음과 같다. 일본 사람들의 일이 극히 민첩하여 근자에 일본공사가 한국 서울에 일본상무은행 설치허가를 얻었고 전환국 짓는 일에 기계를 들이고 원산철도를 측량하고 의주철도를 놓는 기사를 일본에서 사다 쓰고 인천철도는 금년 십이월에 완공하고 부산철도는 측량이 시작됐고 각 항구에서는 일본사람들이 토지 사는 것이 대단하다 항구 한 곳을 개설하면 일본영사관이 그곳에 즉시 가서 토지를 사고 집을 짓고 학교를 설시하고 신문을 발간한다. 평양에서는 석탄캐는 권리를 얻었고 조선 연해에 고기잡는 이익을 토색하였다. 한국의 일본세력이 지금 더욱 강대하고 한국 인민들은 즐거운 마음으로 일인을 보지 않으니 일인들은 도리어 논박하기를 한국백성이 자기집 이익을 보전하지 못하니 차라리 일인에게 은혜나 끼치는 것이 가타 하니 이러한 일본의 정책은 아라사가 마땅히 용서할 수 없는지라. 이왕 알아주던 한국자주독립조차 지금에는 현연이 알아주지 않는다고 하엿더라)	문체의 서양어 기원) *영어를 문어체 어미로 번역하는 것(어미가 중요하지 않다는 것을 역설적으로 증명)	한국관련 내용) 및 기사문적 내용—기사문적 내용 계속(일본의 민첩함)—실태의 의미 제시 *서론—본론—결론 없음(화제 제시만 나타나 있고 주장하는 글쓰기라 볼 수 없음)
[국-12] 제국신문 (00-10-4)	외국인과 어업권 (나라있는 권리는 털 한 이익이라도 남에게 사양치 않는 것인데 내 나라 토지를 빼앗기면 이는 나라 권리를 잃는 것이니, 어느 나라든지 권리를 보전하는 나라는 야심이 있고 권리를 잃어버리는 나라는 음모가 있는데, 갑의 나라가 한치만한 이익을 얻으면 을국도 그것을 집탈하며 갑국과 동일하게 얻어야 그만두나니 차소위 진지구무이라(이 소위 진실로 그만둘 수 없도다) 내것주고 생색없는 일이니 어찌 가석지 아니하리오 본국이 외국과 통상한지 10여년이로되 처음에는 런숙지 못했는데 수년이래로 세계의 문명을 진취하여야 할터인데 아직까지 외국교제가 익숙지 못하여 나라안에 리구명을 외국인에게 허급하고 인민의 생명과 재산의 손해되며, 뜻밖에 제일 가깝고 친밀하다는 나라(일본)에서 삼남과 동해변 고기잡는 어업기지를 얻어가고 토지를 임의로 매득하고 금광을 본국인과 같이 채굴하고 삼림을 무란히 버히고 경기도 연해 고기잡는 기지를 청구하니 (우리 관리들은) 무엇이 겁나며 무슨 이익이 됨이 있어서 그러한지 소청을 거절하지 못하고 있다. 바닷가 어부들의 근경을 논하건대 조선어선을 조선	*순국문체 띄어쓰기 *한문투의 잔존	*문제제기(장황하여 핵심을 간결하게 서술하지 못함)—현황 제시—실태의 상세한 보고(기사문적 성격)—실태의 다른 측면의 보고—일반적 주장으로 맺음 *서론 처리가 적절하게 되지 않음(전근대적 한학자의 말투)

출전 날짜	주요 내용	문체	내용 전개
	인의 이름으로 차명하여 사가지고 어획고가 높으니 물고기조차 피인에게 사먹기전에는 <u>구지부득</u>이라 당로 제공들은 다시는 외국인의 청구가 없도록 국권을 회복해야 할 것이로다)		
[국-13] 제국신문 (01-4-19)	이젠 천하 근본이 농사가 아니고 상업이다 (옛글에 농사란 자는 천하에 큰 근본이라 했으니 이전 시대에는 통리한 말이라 그러나 그때는 각기 한 지방만 지켰으나 지금은 세계만국이 서로 통상하여 나라 흥망성쇠가 상업 흥왕한데 달려있으니 천하의 근본은 장사라 할 수 밖에 없다. 장사의 이익은 (농사와 달리) 사람이 내는 것이라 한정이 없는고로 영국은 부강함이 천하제일인데 전국 백성들이 상업에 종사하고 자기나라에 곡식이 많지 않아도 돈만 가지면 무엇이든 바꾼다. 부강한 나라들이 개화되지 못한 나라에 찾아들어가 항구를 열고 상민을 보내고 군함과 포대를 두어 진액을 뽑아가니 그나라는 빈핍해 간다. 일국의 재물은 나라의 혈맥이니 필경 점차 쇠약하여 싸우지 않아도 전국 권리가 돌아갈 것이라 이러한 이치를 깨닫지 못한 나라는 어리석게 하는 말이 사람이 많아서 그렇다 하며 장사라 하는 것도 제 나라 사람끼리 서로 주고 바꾸는 (소규모의) 것만 생각하니 나라에 돈이 없고 농사를 지어도 곡식을 찾아볼 수 없다 지금은 상업이 천하의 큰 근본이며 세계의 큰 싸움이 모두 이익과 권세 까닭인즉 당장에 급선무로 장사길을 널리 열어 들어오는 돈을 많게 하기를 바란다.)	*순국문체 띄어쓰기 *읽어서 알 수 있는 쉬운 말로 이루어져 있음	*화제 제시(세계의 현황 소개)-주요 개념 제시(장사와 그 이익)-개념과 관련된 현실 제시(상업 발달 국가)-대조적 현실 제시(상업 없는 국가)-대책 및 주장(상업을 발달시키자) *명확한 논리성에 입각한 내용 전개
[국-14] 제국신문 (02-12-4)	외국인을 인연하여 권세다툼 (1 두 아이가 밤 떨어지는 것을 보고 사로 다투니 다른 아이가 밤을 제 입에 넣고 가더라 2 근래 이 혼돈천지에서 몇푼짜리도 못되는 권리다툼을 하며 외국인에게 붙어서 어찌 벼슬을 하여볼까 하니 근래에는 일아 양국 사이에 승강이 더욱 심하여 (어떤 사람은) 외국공사에게 길을 뚫다가 잘되지 않은즉 외국인의 생명재산 권리에 상관한 일을 꾸며 아모 벼슬이나 한번 따내는 것이 제일 좋은 수단으로 아는지라 (그러나) 남을 억지로 집어넣고 상관시키는 일은 실로 짐승도 아니할 일이라 3 님도를 어떤 나라와 관계되는 일이 있든지 반드시 일본서 먼저 의론한 후에 하리라 하였다 하니 남이 모두 의심하기를 대한서는 남을 주기를 잘하는 줄로 살핀다. 공문중에도 이땅은 일본에 관계되는 것이니 남을 임의로 주지 못한다는 뜻이 담기어 있다. 4 청국의 어떤 관인이 나라를 외국이 다 분파할지라도 조그마한 조정은 남을 것이니 대신 한 자리는 내게 돌아오리라 하였다 하나 땅덩이 조그마한 나라	*순국문체 띄어쓰기 *문단 나누기 시도의 초기 모습(숫자로 구분) *만연체	*구체적 사례 제시를 통한 관심 유발-문제의 소개-사례의 제시(분석은 이루어지지 못하고 있음)-관련 사례 제시(청국의 예)-가치 판단 및 주장(모호한 상태) *서론 본론-결론의 필요성은 알고 있으나 경제적으로 정리하지 못하였음 *자기의 주장을 하지 못하고 하늘에 기원(하여 주소서)하는 전근대성을 보임

출전 날짜	주요 내용	문체	내용 전개
	에서는 무슨 주의로 저러한지 (알 수 없도다) 5 태조 기업하신 이 강산을 돈을 받고 땅을 팔았다고도 하며 전선대를 아무도 모르게 허락하기도 하고 비난을 받고 빼내기도 하니 국제상 혼란을 낳고 있도다 제 나라를 팔고 생령을 해하는 자들은 하루라도 세상에 용납지 못하게 하여 주소서 할 따름이라)		
[국—15] 제국신문 (03-3-23)	은행권에 대한 각국공론 (1 상해 영자신문에 일본 제일은행의 은행권 발행 계획을 한국정부에서 금하려다가 1876년에 정한 통상약조에 방해된다 하여 일본이 심히 반대하는고로 금하지 않았는데 이번에 또 졸지에 금령을 내리니 이용익씨가 (아인의 힘으로) 은행권을 발간하려 일본은행권을 금하니라 일본이 다시 반대하며 일본신문들은 청국 있는 아청은행이 한국에 세력을 확장하려는 경영이니 가통하다 하며 일본정부에서는 해관세무사 백택안씨도 은행권 금하는 것은 불가타 하였고 청국공사도 불가타 하며 동경영자보 2월21일자에 한성판윤은 금령을 거두었고 아라사공사는 시비를 정돈하며 민간공론이 일어나 은행표 바꾸어 달라는 자가 무수하다 일본신문들이 말하기를 배상을 받아야 할텐데 십사일 신문에 일본이 시비하는 말인즉 은행권 금령을 물리칠 일, 한국 정부가 일후는 다시 금하지 못할 일, 일본에 공사를 속히 파송할 일(등을 들었으며) 동경 영자반 관보 2월23일에 한국경부철도회사에서 외국공채를 얻기로 하였다 한다. 2 이상은 외국신문의 공론이라. 우리나라 사람이 이렇게 앉아서 해를 당하는 일이 무수하니 애석하도다 목전에 당한 일만 생각하고 후일은 도라보지 않으면 안될지라 일본은행권은 폐한다 할지라도 아라사나 비국의 차관을 얻어 은행권을 발행한다 하면 이 또한 심산궁곡을 면하고 태산준령을 당하는 일이로다 국권에 손해되는 것은 기어이 통행치 않기로 각자 직분을 삼자)	*문단 나누기의 초기 형태 (숫자로 구분) *기사문체의 간결성 *근대경제용어를 수립하지 못한 애매성이 드러 남(은행권, 은행표, 공채)	*영문신문의 축역 (은행권 문제 전말: 은행권 금지령 소개 —일본의 반발 소개 —은행권 금령의 해제 소개—일본인의 배상 요구—철도공채)+필진의 견해(일본은행권도 러시아 차관도 모두 경계해야 한다)*순국문신문의 한 근원(영자신문의 축역) *애매한 비유법(심산궁곡을 면하고 태산준령을 당함), 대안은 없음
[국—16] 제국신문 (04-11-26)	미국으로 가는 리승만씨 편지 (1 나는 남에게 의심잘받던 몸이라 떠날때에도 작별도 못하고 무심히 왔사오매, 2 양력 이달5일에 미국배 오하요를 타고 인천서 떠나서 십일에 일본 신호(고베)에 도박, 17일에 미국으로 향하는 사이베리아호 륜션을 기다리고 류하나이다 3 하등선가는 신호까지 지폐12원 일인과 청인이 많고 포와(하와이)로 가는 역부가 많고 배에서 일하는 대한사람들이 대접하는데 우리나라 사람들이 의복과 거처를 정결하게 하는것부터 배워야 하겠습	*순국문 떠어쓰기 *구어체를 바탕으로 한 정제된 필술체에 도달(—습니다) *문단 나누기 (기준 불명확)	*필자의 자기소개— 자기의 여정과 현지 위치 소개—배 내부의 정경—한국항구의 정경—일본항구의 정경—일본인의 특성—유학의 권유 (추보식, 열거적 구성) *논설이라는 형식의 미규정성(이승만의

출전 날짜	주요 내용	문체	내용 전개
	니다 4 목포요 부산은 항구인데 높고 좋은곳은 다 외국인의 거처이며 깊고 더럽고 처량한 곳은 대한사람들의 처소라 푸이를 열어 주지 못한 연고라 5 마관(시모노세키)과 신호에 니르러보니 화륜선이 여러십척이고 기계소 굴뚝 철도, 신호 항구 전후좌우의 누락이 굉장하니 일들 많이하는 세상이라 돌한 개 나무한쥬라도 그저 버려둔 것이 없이 기기묘묘하나 질박한 풍조와 천연한 태도가 보이지 않는지라 6 대한사람 하나이 바닷물이 대한바닷물보다 못하다하니 한 일녀가 저혼자 일본물이 더 낫다고 시비가 대단하니 일인들은 비록 미천하여도 제나라것은 기어이 싸워서라도 이기고야 말려는 성질을 기릅니다. 우리나라는 남에게 지는 것을 덕으로 아니 한번 생각해 보기를 바라는 바이로다 미국 상항까지 지전 63원이면 되고 금전 50원이 있어야 하륙하니 합이 지전 200여원이면 미국에 갈만한지라 학문을 잘배와 돌아오면 나라에 유조할지라 총명자제들을 많이 권면하고자 하는 바이로다)		편지를 전재. 이승만은 논설주필이었기 때문)
[국－17] 제국신문 (05-12-23)	국가 흥망이 재산가에게 달렸음 (1 우리나라는 본디 빈국이라 그 중에 몇천석군이라는 자들이 더러있으니 그 부자들의 행위와 장래를 논란해 봅시다 2 우리나라에서 재물있는 자들을 괴롭혀 돈이 있어도 없는 것으로 엄살하는 것이 우리 관습인데 이유가 여러 가지니 처처에 도적이 봉기, 외국인의 수단과 위협, 생재할 도리는 없고 쓰기만 여전한 것 등이다 3 지금 국세 민정을 보건대 학교를 많이 설립해야 하는데 (돈 가진 자가) 수전노 노릇만 하고 (투자를 안하고) 죽으면 큰 문제가 된다 또한 실업이 없으니 회사를 설시하든지 공장소를 창립하든지 농업을 확장하지 않으면 쇠망할 것이다 4 슬프다 나라의 재물있는 자들이여 재물모은자는 모두 나라재물 도적질하여 모은 것이니 (그렇게 모은 돈을 잘 쓰지도 않으니) 아깝도다 무지한 수전노들이여 공익상 사업이나 자선사업을 행하지 않는자는 다만 야만이다 재물가진 동포들은 사업들 많이하기를 천만번 축수하오 일들만 잘하면 더 큰 이익은 사기가 쥐하고 나라일은 자연히 되는것이라)	*순국문 띄어쓰기 *문단나누기	*화제 제시－화제의 구체화(부자에 대한 인식)－심화된 문제 제시(부자의 행태)－문제에 대한 대책 기술(부자들에 대한 당부) *명확한 화제 제시 (서론에 대한 의식), 뚜렷한 결론 (논설이라는 글쓰기 양식이 확립되어 가는 과정)
[국－18] 제국신문 (06-5-23)	대한자강회 통상회에서 윤효정씨가 여자교육이 필요하다는 문제로 연설 (이회의 발기인은 대한의 미약함에 가슴이 아파 자강회라고 이름하였거니와 각국의 부강한 비교표로 의논하건대 더욱 가슴이 아프도다 미국재산은 일천이백억원인데 우리는 오억원밖에	*순국문 띄어쓰기 *문단 불분명 해짐 *연설이라는 말하기 모델	*도입부(주의 환기)－도입부 계속－화제 제시－주제문 제시－배경 개념 설명－주제문의 근거: 긍정적 사례－주제

출전 날짜	주요 내용	문체	내용 전개
	되지 않는다. 서양각국과 일본은 대학교출신 학사와 박사가 많은데 우리나라는 작년부터 시작하여 농학사일인뿐이니 우리나라이 세계중 바닥첫째라 여러분이 나라이 약한 것에 분격하여 본회를 자강회라 한 것을 기뻐하여 오셨으니 스스로 강할 방략은 여자교육하는 것이니 나라의 지각과 빈부가 여자 가르치고 가르치지 않는 데 큰 관계가 있은즉 여자의 교육있는 것은 재산의 큰 자본이요 교육의 큰 근본이라 교육과 식산에 큰 관계가 있음이라 나라에는 백성, 백성은 집, 집은 남녀가 있어 생활 정리를 하되 서로 그 의무를 다하려면 지식이 있어야 하고 교육이 있어야 하니 이것이 남녀의 필요이며 교육의 근본이라 교육있는 부녀는 자선하고 친목하며 평화하고 정결하고 위생을 도모하고 근검 절조하며 학교의 교사와 은행 치부와 우편전보와 미술공업 등은 남자와 차등이 없고 집안일은 안주인의 관리함이 있는고로 가장된 자가 외국에 유람하거나 멀리 갈 수 있음이니 (역시) 재산의 큰자본이라 교육없는 부녀는 생활이 없고 할일도 없고 믿는 것은 가장뿐이고 심하면 가장을 원망하며 사치하고 음란하여 사나이를 자기 공양하는 노예로 알거늘 지아비된 자 또한 탐학을 위주로 하고 부패하기 쉬우니 여자의 교육없는 것이 나라의 큰 도적됨이라)	(여러분, 가슴이 아프도다)	문의 근거 : 부정적 사례-결론없이 끝남 *연설이 논설로 되는 증거(연설은 초창기에는 곧바로 논설이 되기도 하였으며, 이후 논설 형성의 모델이 되기도 함)
[국-19] 제국신문 (06-9-20)	의정부 폐지에 대하여 (1 정부를 폐지한다는 말이 낭자한데 내용인즉 의정부만 폐지하고 각부의 대신들만 두어서 통감의 지휘를 받고 정부회의 명색은 없이한다는지라 2 슬픈 일이다 나라가 정부가 있은 후에야 아문과 지방 정부가 있으니, 정부는 임금을 몸받아 백각사에 행호시령하는 기관이라 정부가 없고 아문만 있으면 장수없는 군사와 같으니 3 나라로 명색하고 정부 없는 나라 없는데 정부 없애는 것은 사람의 목을 없애는 모양이니 이런 말이 생긴 근인은 관민의 일 잘못한 죄라 전국 이천만 민이 모두 머리없는 귀신이 될지니 지금 세계에 하방촌락이라도 정부 명색 없는데가 없고 나라란 것은 정부가 없으면 각부를 통할하는 대신이 없을것이니 필경 통감부가 정부가 되리로다 사실 지금 정부는 십중팔구 그르치지 않는 일이 없었으니 (오늘의 이러한 사태도) 각대신이 서로 말할 권리도 없고 시비할 의무도 없으니 무슨 변이 없기를 바라리오)	*순국문 띄어쓰기 *문단 부분적으로 구분 시도 *한문어구 덩어리 부분적 존재(행 호시령, 하방촌락)	*문제 제기-실태의 제시-비유적 상세화-실태의 단정-미래의 부정적 전망 *서-본-결이 형식은 갖추고 있으나 내용은 미비함. 정부에 대한 전근대적 인식을 보여주고 있으며 정부가 없어지는 것을 국권 상실과 혼동하고 있음
[국-20] 제국신문 (07-2-6)	중추원은 폐지하는 것이 당연한 일 (세상 모든 일은 근본이 있고 중심이 있는데 중앙정부는 전국의 기관이고 정부의 기관은 의정부이고	*순국문 띄어쓰기 *문단 구분 다	*화제 제시(중추원)-화제의 구체화 및 문제 제시(중추원의

출전 날짜	주요 내용	문체	내용 전개
	의정부의 기관은 중추원이라 중추원의 뜻이 곧 중앙 지두리란 뜻이다. 우리나라에는 개국이후 중추부가 있었으나 다만 원로 대신들의 마을이라. 경장 이후에 이름의 참뜻을 취하여 의장이하 관원을 내어 국사를 의논하고 중추원 의결을 시행하고 정부 의견이라도 물어 가부를 평론하되 오히려 옛날보다 못한 까닭이 있다. 근일 중추원은 벼슬잡아먹는 미려관이 되어 벼슬다니는 사람치고 중추원 벼슬 맛보지 않은 자 별로 없더니, 년전부터 폐단을 막는다 칭하고 찬의와 부찬의를 구별하여 찬의는 협판이상, 부찬의는 일반선비라도 다니게(가능하게) 하고 각각 (지방의) 몇사람씩 천보(천거)하게 마련한지라. 나라는 전국인민이 모여 생긴것이오 전국 사정을 알아야 할터이니 각도에서 관원을 천보하는 것이 당연한 일이라 그러나 오래도록 시행하지 못하다가, 한번 시행하여 보지도 않고 지방 사람으로 천보한다는 구절은 발거하고 각사회 약간인을 부찬의로 서임한 후 월급도 마련하지 않았다 하는데, 그 개회 의결하는 것을 들은즉 찬의 부찬의는 모두 벙어리이고 말하는 사람은 수삼인이며 그중 월급높은 몇몇은 아무 말한마디 하는자 없다 하는데 중추원은 그 수삼인의 중추원이 아니며, 월급없는 관원의 의론이 어찌 시행되기를 바라며 나라 지두리되는 마을이 그러하고 어찌 나라일 되기를 바라리오)	시 없어져버림	역사와 실태)–문제 해결의 시도 소개(참의와 부참의 신설)–심화된 문제 지적(참의제도의 변질)–문제 지적 계속(참의의 소극성, 실권없음) *서론은 있는데 결론이 없음 *주장하는 글쓰기라기보다는 기사문에 가까움
[국–21] 제국신문 (07-5-30)	국채보상금 처리의 곤란한 일 (1 국채 보상금 모집이 팔구만원에 지나지 못하고 일천만원을 모집하려면 어느 세월에 외국빚을 청장한다 하리오 2 지방 인민들이 국채보상전은 아니낼 수 없다 하고 노력했는데도 그렇게 부족한즉 장차 모은 돈을 어찌 처치하여야 가하겠느냐. 지금 지방 민정으로 말하면 저마다 돈을 내기만하면 국채가 갚(아지)는 것이고 국채만 갚으면 외국인이 다 물러가는 줄로 아니 국채도 갚지 못하고 인심만 소요케 하면 인민의 사상에 어떠하겠는가? 3 아무리 전국이 떠들고 잔전을 걷어들여도 오십만원을 모으지 못함은 정한 이치라 경성에 소위 고관대작과 재상가들은 그일(국채보상)에 대해 꿈도 꾸지 않고 있으니 비록 백년을 걷어도 국채갚을 기망은 묘연하도다 4 그런즉 안으로 금융곤란의 상태와 밖으로 외인의 비쇼(비웃음)을 면치 못할지니 그 돈 처리할 방법을 미리 강구하는 것이 필요할줄로 생각하노라)	*순국문 띄어쓰기 *문단 정확하게 구성되기 시작 *2음절 개념어 다수 채용(국채, 인민, 사상, 금융, 처리..)	*문제 제기(국채보상운동의 허구성)–실태 제시(민간인의 노력과 오해에 대한 걱정)–실태 및 원인(인민들만의 노력으로는 어려움)–대책(기존의 의연금 처리 방법을 마련해야 할 것)
[국–22]	국문을 경하게 여기는 까닭에 국세가 부패함	*순국문 띄어	* 근대적 논설문의

출전 날짜	주요 내용	문체	내용 전개
제국신문 (07-9-17)	(1 우리가 국문신문을 발간한지 십년에 부식하거나 하등사회에서 많이 보는지라 상등인류에게 권면하면 국문신문은 볼 수 없다 하고 국문의 관계가 어떠한지 글이란 것이 어떻게 된것인지 한문만 글로 알고 어린아이들 초학교부터 한문을 가르치니 나라망하는 큰 근본이다 2 나라마다 말이 각기 다르고 글이 또한 다른 것은 세계 만국에 소연한 일 3 영국에는 영문, 덕국에는 덕국글, 중원에는 한문이 있으니 말을 따라 글이 된 것이 분명치 아니한가 4 일본서 몇백년전 가나를 만들고 우리나라는 세종대왕께서 국문을 만들고 언해와 소설에 쓰되 가르치는 학교도 없고 배우는 사람도 없어 제나라 글을 쓰지 않는고로 내나라 역대사적이 없어 중원역사부터 가르치니 아이때부터 중원일만 가득차고 중국인만 사모하며 우리나라에도 명현달사가 무수하였건만 종순하고 사모하는자 없으니 사람마다 독립사상이 없고 의뢰심만 많아서 오늘날 이지경이 된 것이다)	쓰기 *문단 처리가 완벽하지는 않으나 이루어지고 있음	서—본—결론구조를 지님 *실태 제시(국문천대 풍조 여전함)—이론적 기반 제시(국문의 근대성)—이론에 대한 논거(각국문의 존재)—실태의 구체화(국문교육의 부재, 중국정신에 찌든 교육)—결론(국문을 버려 주권을 잃은 것)

국한문 및 한문계열, 1910년 이전

출전 날짜	주요 내용	문체	내용 전개
[한—1] 황성신문 (98-12-28)	*일본차관 삼백만원 度支는 國家之財寶라 善度支者는 善計量, 調節하고 正稅雜稅가 有限定하고 有豫備金하니라(탁지라는 것은 국가의 큰 재보이다. 탁지를 잘하는 자는 계량을 먼저하여 조절하고 정세와 잡세에 한정이 있고 예비금이 있느니라) 金庫에 常備之資가 有하니 大韓之財政이 本無豫算하야 壬午以來로 一國倉庫가 便作空囊하여 政務全廢하고 民散隨敗니라(금고에 상비의 재물이 있어야 하니 대한의 재정을에는 본래 예산을 짠 적이 없어 임오이래로 국고가 텅비어 정무가 정지되고 백성의 재산이 크게 줄었다) 幸當甲午하야 更張하나 無以資焉이라 乙未에 請日本借款三百萬元하야 <u>六年內償還爲約 而初年度利子</u>가 十五万元야라(갑오년에 당해 경장하나 자금이 없는지라 을미년에 일본차관 삼백만원을 청하여 육년내 상환하기로 약조하고 초년도 이자를 십오만원으로 정하였다) 內營豫算하야 收入이 亦充其數하고 乙未借款中償還者ㅣ爲二伯萬元之多라 遵此約束하면 不過期年에 國債盡報하고 學校擴張하려니(이에 예산을 경영하여 수입이 그 수에 충당하며 을미년의 차관 가운데 상환한 것이 이백만원이니 이 약속을 지키면 몇 년 이내에 국채를 모두 갚고 학교도 확장하리라) 奈之何昨年以來로 財政이 紊亂하여 金庫가 磬竭하고 殘蜂之守空窩하니 生計를 難期라 當此年終하여 決算즉 雖欲經紀나 尙矣라(어찌된 일인지 작년이래로 재정이 문란하여 금고가 다시 마르고 벌이 텅빈 꿀통을 지킴과 같으니 생계를 기약하기 어렵고 이해 말을 맞이하여 결산한 즉 경상하고자 하니 힐 수가 없다) 歲入歲出之豫算表를 頒布於人民하여야 하며 世界各國이 必頒諸民而通曉之하여 必加減而無臨時窘拙하니 此所謂開明지국이라 (세입세출의 예산표를 인민에게 널리 반포하여야 하니 세계각국이 그것을 백성에게 반포하여 통효케 하며 가감하여 임시변통이 없게 하니 이것이 이른바 문명의 국가이다)	*구절현토식 국한문체(한문이라 띄어쓰기가 없고 2음절단어도 무조건 연결됨(六年內償還爲約 而初年度利子, 歲入歲出之豫算表) *사실상 한문체이므로 대구법, 열거법이 자주 사용됨 *한문투의 비유법 사용(벌이 텅빈 꿀통을 지키듯) *'나'를 드러내 편지말투가 포함되어 있음 *관청격조사 '의'는 거의 쓰이지 않고 '之'로 처리함	*화제제시(탁지부) ―과거의 실태제시1(무예산의 폐해)―해결책제시1(갑오예산 편성과 차관)―해결책제시2(차관일부상환)―실태제시2(예산 다시 고갈)―대안주장(세입세출표를 짜고 공개할 것)―결어(겸사로 마무리) *문장 내 주요부가 시간 흐름에 의해 연결됨(기사문적 성격) *서론부는 화제 제시로서 존재하고 결론부가 아닌 결어부. 편지 형식에 근접함.

출전 날짜	주요 내용	문체	내용 전개
	余ㅣ 今次所論은 助聰之萬一云이라 (나의 이 소론은 총명함에 만일이나마 도움이 되고자 함이라)		
[한-2] 황성신문 (99-2-24)	*논설이란 무엇인가? 論說이 무엇인고 (論說은) 盛衰를 邪正을 賢愚를 論說함이며 大旨는 勸善懲惡이니, 直陳其事(일일 직접 진술함)도 하고 諷諭도 하고 見景生情(경치를 보고 정서를 일으킴)하야 風化를 補益함이라 我國이 天下에 同等이 되어 讚美하고 頌揚하기도 不足하려든 近日 各新聞의 論說을 閱覽하건더 岌岌焉(위태로움)하야 艱虞(근심걱정)이 溢目(눈에 넘침)하니 安不忘危하는지는 모르나 (그런 것 같진 않고) 我國 官民이 畏不犯(법을 어기지 않음)하였으면 强大諸國들이 取하야 法을 삼을지니 邪하다 할말이 없을지라, 邪란 官吏가 民을 虐하는 것, 民智를 克剝하는 것, 嚴刑濫罰하는 것이니 이런 사람이 아주 無하진 못한것같고 賢者ㅣ 在位하면 其政이 擧하니 國家의 貧弱함을 化하야 富强한데 至하게함이니 賢愚의 두길로 國의 融替가 在하니 愼戒함이 無하리오 論說이란 吾의 國의 盛衰를 憂하야 盛하기를 願하는 말이오 官人의 邪正을 辦함이며 國民의 賢愚를 論함이니 平心恕氣하여 戒懼心省하면 國安盤泰할지라 可히 我國의 輿論으로 作할지라	*비교적 초기의 꽤 높은 비율로 이룩된 어절현토체 *한문을 그대로 해체하다 보니 1음절의 부스러기 글자(民, 虐, 邪, 無, 至, 在)들이 많이 어절을 구성하여 가독성이 떨어지게 함	*화제 제시 및 설명(논설이란?)−실태 소개(오늘날 논설 내용의 부정적 성격)−원인 추적(사회의 邪)−주장(사를 버리고 현의 길로 가자)−맺음말(논설의 성격 재확인. 논설의 가능성 언급) *논설이 갖추어야 할 구성 요소를 갖추어감
[한-3] 황성신문 (99-3-1)	*청의보의 동아시세론 淸議報에 東亞時勢를 論하기를 (열강이) 淸國을 瓜分(나누어먹음)할 形勢이니 土壤과 圖板뿐 아니라 鐵路,漕運,採鑛,傳敎가 他人의 手에 落하니 俄國은 旅順과 大連,德國은 膠州灣, 採鑛一節로 論하야도 山東一省은 德人, 山西鑛山은 意人, 雲南金鑛은 英法兩國人, 所謂北京天津間의 鐵路는 淮豊銀行이 出資하야 成한바이오 其中俄國은 列國時 西秦과 恰似하야 地中海黑海 間에 遊牧各部落을 攻略하야 西으로 印度까지 至하고 東亞에 致力하여 拓土開疆(토지를 개척하고 국경을 엶)할 意는 印度와 地中海에 比할 바 아니더라 大抵此論을 觀할진대 淸國의 危險함이 一髮에 繫하고 我大韓은 疆土와 物産이 淸國으로 比하면 十分之一도 未及하고 京仁鐵道는 美國人에게 京義鐵道는 法國人에게 京釜鐵道는 日本人에게 許하였을뿐더러 (중략) 淸國에 比하면 무슨 殊異處(다를 것)이 있으리오 韓淸兩國에 國弊本源은 淸國은 兩漢兩黨이 分하(고) 我國은 四色偏黨이 不解하다가 曰守舊曰開化 兩黨이 亦分하야 一國人이라도 秦越과 如하게	*어색한 구투 한자(瓜分,不解) *1음절 한자의 어절현토(手에 落하니, 成한 바이오,髮에 繫하고,鑑을 作하고) *전반부는 청국신문의 번역으로 한문체에 충실하며(어절관념 미숙) 근대어휘는 많이 도입(철로, 토양,은행 등)	*화제 제시(청의보에서 열강의 중국분할 소개)−현황 소개(이권분할의 구체화)−상세화(열강 가운데 러시아의 야심)−유추(한국 상황에 적용, 유사한 상황)−원인 분석(당파의 분할, 상류층의 이기심,하류층의 무지)−결론적 주장(국가일을 자기일처럼 하여야 수치를 면함)

출전 날짜	주요 내용	문체	내용 전개
	相視하고 在上者는 肥己만 暗圖(자기를 살찌울 것만 도모)하고 在下者는 蒙然不覺하니 어찌 有産함을 期하며 富强함을 望하리오 淸國으로 前鑑을 作하고 上下가 猛省自責하여 全國事에 用心을 自己事와 如하야 渴忠盡力하면 今日他國에 牽制되는 羞恥를 免할지라		
[한—4] 황성신문 (99-6-16)	*근대 병력과 군축의 문제 1 兵이란 凶器라 民을 賊하는 事이로되 兵을 好하는 者는 必亡인고로 聖王은 用兵함이 不得已한데 出하니 2 古에는 兵器가 長劍大戟과 强弓利弩에 過치못하되 今에는 機輪風帆과 火砲雨丸이 人民의 受傷減盡함이로다 3 三百年前부터 弭兵義(군축회의)로 萬國平和會議를 盛하였는데 或은 常設仲裁法衙(재판소)를 置하자 하고 或은 軍備制限問題에 異論이 百出하야 結實치 못한지라 人類를 平和하자는 듯하나 (어찌) 姑息의 計로 軍備制限의 目的을 達코저함이리오 4 平和會義에 首創한 者는 俄國이요 贊同하는자는 諸列强이라 淸國같은 膏艦(큰배)의 巨陸을 見하고 自流하는 涎이 還乾할 理는 萬無하니 一大陸塊를 衆虎가 相爭할시에 今日을 試官하라 5 吾人도 武力을 不好하나 但 此希望이 何世紀에나 達할는지	*전근대적 어휘선택(弭兵義(군축회의), 법아(재판소)) *어절현토와 4음절 이상의 한자 나열이 섞여 있음 (과도기적 문체) *어절현토라 해도 한문투인 표현들 (고 척의 거룩을 견하고 자류하는 연이 환건 운운) 이 많음	*문단구분이 생겨남 (황성신문에서는 최초(근사적 표현)) *화제 제시(兵의 본질)─화제의 구체화(근대병기의 특성)─문제 제기(군축회의와 그 지지부진함)─문제의 원인(열국의 탐욕)─감상 *주장을 명확히 하지 못하고 감상에 머무름
[한—5] 황성신문 (99-7-18)	*어절현토체 문장으로 명확한 의미를 전달하자 凡事爲에 關係한 文字는 審詳치아니치 못할지니 基地의 形便과 其事의 顚末을 不知하고 文字로만 擧證한즉 事가 狼狽키 易하나니(무릇 일에 관계된 문자는 자세하여야 하니 땅의 형편과 일의 전말을 모르고 문자로만 증거로 삼은즉 일이 낭패가 되기 쉽다) 日前에 漆原郡守 李秉弘氏가 內部에 報한즉 昌原馬山浦開港은 政府地位로 各國租界를 定했으나 本郡滋福里는 馬山港과 相距十許里인데 俄人이 越其許與之限界하야 廣占於滋福里하니 數百生靈이 政府로 禁止하야달라 하엿더니(일전에 칠원군수 이병홍씨가 내부에 보고한즉 창원과 마산포의 개항은 정부의 위임으로 각국 조계를 정했으나 본군의 사복리는 마산항과 10여리나 떨어져 있는데 러시아인이 허여된 한계를 넘어 자복리까지 점거하니 이에 수백명의 백성들이 정부에 금지하여 달라고 청하였는데) 十許里라고만 記한 것이 未詳한 義라 郡守가 맛당히 地形의 圖本을 精査하고 里數를 尺量하고 說明이 記載하여야 事理에 綜密하고 公文에 審愼일터이며(십여리라고만 한 것이 상세치 못한 말이다.	*쉽다(易), 알다(知), 일(事) 등 기초어휘를 모두 한자로 쓰고 있음(훈독하지 않는한 언문일치는 요원함) *어절의 관념을 자발적으로 수립하고 있음 *안 건 히 지 는 않지만 어절현토체의 선구적 문장(구절현토체가 정보전달에 부적합함을 분명히 지적)(어절현토체는 2음절어	*도입(화제와 관련된 사항 제시)(조사 없이 문자만 증거로 삼는 일)─화제 및 문제 제기(불분명한 서류로 인한 러시아의 조차지 이외 지역 침범 사건)─원인 분석(불분명한 조약문장)─현실 제시(러시아에게 당할 수밖에 없는 모호한 관습)─현실 제시 계속(러시아이 계속된 음모)─대책 마련(설류의 모호성을 제거하기 위해서는 국문을 교용하라) *도입부는 분명한 편. 결론부가 따로 존재하지 않고 간단하게 주장을 언급함

출전 날짜	주요 내용	문체	내용 전개
	군수가 마땅히 지형도를 정밀히 살피고 리수를 측량하고 설명이 적혀야 사리에 정밀하고 공문에 삼가 살펴볼 터이며) 外部에서 俄人과 談判을 開ᄒ고져ᄒ면 地形과 距離의 里數를 確知한 後에야 帳約을 準據하야 違越함을 斥論할진데 今에 該郡守가 模糊의 說로 準據를 未執케하며 民盤民居에 立標設官하니 俄人의 勢力에 逼迫한바 되니(외부에서 만일 러시아인과 담판을 하고자 하면 지형과 거리의 리수를 정확히 안 후에야 정장조약을 준거하여 넘어간 부분을 논할진대 지금 해당 군수가 모호한 설로 준거를 잡지 못하게 하며 백성들 사는 곳에 표를 세우고 관청을 지어 러시아 세력에 핍박한 바 되니)(번역의 과도기) 俄人이 馬山浦에 入하야 三十万坪을 要求하여 土民에게 二十五元式分給하엿다더니 着手하야 素營을 了結하려는지 國制에 攸關(나라간에 관계된 바)이라 地段의 償價與否와 地形을 ——報命함이 可하거늘 地方官은 若是히 疏漏하니 嗟歎치 않으리오 文字가 不贍할진대 國文을 交用하야 語節이 緊詳토록 하라(땅의 보상 여부와 지형 등을 일일이 알려야 하거늘 지방관은 이처럼 소루히 하니 탄식하지 않으리오 문자가 충분치 않을진대 국문을 섞어 써서 어절이 긴절하고 자세하게 하라)	만 확정되면 더 이상 번역을 필요로 하지 않음)	
[한－6] 황성신문 (01-4-26)	*국채를 논함 借款之法은 事業之有利益者를 方欲起야라 其實利가 必倍於利子하고 其力之事且大者라도 必出其國債而着手하니 出債於本國富民이 第一良策이라(차관의 법은 사업의 이익을 일으키기 위한 것이다. 그 실리가 반드시 이자보다 배가 되고 그 사업이 큰 것도 반드시 국채로 착수할 수 있으니, 본국 부민에서 채를 얻는 것이 제일의 양책이다) 利子之外에 本額中으로 百抽幾分하되(…) 政府로 先給證劵하여 償還期限이면 倂利子償還이 借款之槪略이라(이자 이외에 본액 가운데 백으로 나누어(…)정부에서 먼저 증권을 주고 기한이 되면 이자와 더불어 상환하는 것이 차관의 개략이라) 近日我政府ㅣ與法國雲南會社合同하야 借款金은 五百万圓하야 要充用於製造金銀貨하며 敷設鐵道하니(최근 우리정부가 프랑스 운남회사와 합동으로 차관금은 5백만원으로 하여 금은화를 제조하는 데로 충용하며 철도를 부설하니) 浪用이 本無定算이라 財又枯渴이면 又從他國請借하니 此豈非民國之大關憂患也리오(재용을 낭비함이 본래 정산이 없는지라 재산이 고갈되면 또한 타국에게 차관을 청하게 되니 이 어찌 민국의 크게	*구절현토체(사실상 한문체)로 복고하고 있는 양상 *2음절어가 다용되어 근대적 문장의 느낌도 생겨남(차관, 국채, 이자, 이익) *중국문의 의문사 일부 사용(甚麽?) *문체형성에 기여한 바가 적고 기독성만 떨어뜨림	*화제 제시(차관의 필요성)－용어 해설(차관의 개략)－실태 제시(프랑스 차관 도입을 통한 철도 부설)－문제 강조(무분별한 차관 도입의 위험성)－혹자의 물음(국채가 많다고 꼭 위험한가?)－나의 대답(약소국의 국채는 위험하다)－감상 및 정리(외국을 준거하자) *전통적 문답법 활용 *한문체임에도 비교적 논리적으로 내용을 전개하고 필요한 요소를 갖추었음(도입부,용어해설, 결론적 정리 등)

출전 날짜	주요 내용	문체	내용 전개
	우환에 관계된 바 아니리오?) 或曰 外國에 考據其國債多少컨대 英國은 六十二億七千五百有十万圓이라하니 債帳之夥多ㅣ如是로되 我韓이 豈有甚麼大害리오?(혹자 말하기를 외국에 국채의 다소를 상고컨대 영국은 62억여원이라하니 부채의 많음이 이와같은데 아한이 어찌 대해가 있으리오?) 余應之曰 不然하다 國債가 雖至夥多라도 政令이 信實하고 歲入焉巨款이면 據其所借之額하야 校其所利之贏인대 利益이 又爲巨大하라(내가 응하여 말하기를 그렇지 않다 국채가 비록 많더라도 정령이 신실하고 세입이 많으면 그 빌린 액수에 근거하여 이익의 나머지를 비교할진대 이익이 또한 큰것이다) 我韓이 外國規矩하여 以爲民國之大利益이면 豈可爲憂患也리오(아한이 외국을 준거하여 민국의 큰 이익으로 삼으면 어찌 우환이 되리오)		
[한-7] 황성신문 (03-2-22)	*만주문제에 대한 문답 或問曰 滿洲問題에 日俄之情形이 妙解於時局之事狀이로대 何以知俄人之非眞個撤兵이오?(혹자 묻기를 만주문제에 일본과 러시아의 정형이 시국의 사정으로 해독하기 어려우니 어찌 러시아인이 진정으로 철병할 의사가 없음을 알리오?) 記者曰 以其形勢而猜推이라 俄人至於滿洲에 經營布置가 固非一朝一夕之事로 十餘萬兵之越加하니 寧可以談笑而遺棄置之理也아?(기자왈 형세로서 추정한 것이다. 러시아인들이 만주에서 경영하고 퍼진 것이 일조일석의 일이 아니며 십만여병이 국경을 넘어 추가되니 어찌 가히 웃으며 포기할 리가 잇으리오?) 且日政元老之柔濡姑息으로 國民이 焉能白身而格鬪哉아 是不過舌戰舌筆之事而已矣라(또한 일본의 원로들은 유약하고 고식하니 국민들이 어찌 맨몸으로 격투할 수 있으리오 이는 말로만 떠드는 것에 불과하다) (중략) 至於日人하야난 如有眞開戰的主意則 以應聲討不暇오 尙以第三撤兵期로 爲準하야 宜安結於第三回撤兵期以前이 可也어늘 過期之後에 尙此藏尾縮頸하니 豈有眞實主戰之意者歟아(일인들은 만일 진정으로 개전의 뜻이 있었다면 응당 토벌하기에 틈이 없었을 터이오 오히려 세 번째 철병기로 준거를 삼아 철병기 이전에 타결을 봄이 마땅하거늘 기한이 지난 후에 오히려 이처럼 위축되어 있으니 어찌 진실로 전쟁하려는 뜻이 있음이리오) 俄人之意於讓退와 日人之不必於開戰이 暸若觀火아라(러시아인이 물러나지 않고 일인들이 전쟁하	*철저한 구절현 토체(사실상 한문체) *한문적 문법투를 그대로 사용(或問曰, 何以, 固非) *러일전쟁의 전사를 한문으로 기술함(그래서 그런지 내용은 오늘날의 기준에서 볼때 완전히 틀렸음)	*혹자의 물음(화제제시)(러시아의 속셈을 어떻게 아는가?)-기자의 대답(화제에 대한 단정)(러시아의 야욕)-단정적 주장(일본의 나약함)-주장의 부연(일본의 소극성)-결론적 주장(러시아의 우위)-기자의 감상(시국을 주의하라) *문답법 사용을 주된 틀로 삼음(전근대적) *감상을 마지막에 기술(전근대적) *기사문+감상의 형태(명확히 주장하는 글이라 보기 어려움)

출전 날짜	주요 내용	문체	내용 전개
	지 않음은 명약관화하니라) 記者曰 今次時局은 如是延拖하다가 未知變出何等問題니 嗟夫라 亟亟茫然究應變之也夫인져(기자 말하기를 금차 시국은 이와같이 질질 끌다가 어떤 문제가 변출할지 모르니 아, 마연히 응변하는 것을 탐구할지어다)		
[한-8] 황성신문 (05-11-20)	*是日也放聲大哭 曩日 伊藤候가 韓國에 來함에 人民이 曰 今日來韓함이 必也我韓獨立을 鞏固히할 方策을 勸告하리라 하엿더니(며칠전 이토후작이 한국에 옴에 인민이 말하기를 오늘날 내한함은 독립을 공고히 할 방책을 권고하리라 하였더니) 千萬外에 五條約이 何로 自하야 出하엿는고 伊藤候의 原初主意가 何에 在한고(뜻밖에 오조약이 어디로부터 나왔는가 이토후작의 원래 뜻이 어디에 있는가) 皇帝陛下의 聖意로 拒絶함을 不已하셨으니 條約의 不成立함은 自知할바이거늘 噫彼豚犬不若 所謂我政府大臣者가 浚巡然觳觫然 賣國의 賊을 作甘하여 五百年宗社를 奉獻하고 他人의 奴隸를 歐作하니(고종황제폐하의 성의로 거절하셨으니 조약이 성립하지 않음은 스스로 알터인즉 슬프도다. 저 개돼지만도 못한 소위 우리 정부대신이란 자들이 머뭇거리고 두려워하며 매국의 도적질을 즐겨 행하니 오백년종사를 봉헌하고 타인의 노예가 되었으니) 各大臣은 深責할것이 無하거니와 參政大臣者는 否字로 塞責하야 要名의 資를 圖하엿는가 何面目으로 皇上陛下를 更對하며 二千万同胞를 更對하리오(각대신은 심책할 것이 없거니와 참정대신(한규설)은 거부라는 글자로 책임을 피하여 요직의 책임을 도모하였는가? 무슨 면목으로 황상폐하와 이천만동포를 다시 대하리오?) 嗚呼痛哉라 國民精神이 猝然滅亡而止乎아 痛哉라 同胞아(오오 슬프도다 국민정신이 졸연 멸망하고 끝인가? 슬프도다 동포여.)	*과도기적 어절현토체로 주요 어절단위는 1음절 한자어이지만 무질서하게 한문체가 끼어듦 *주요 구문은 한문체로 연결(필야, 하로 자하야 출하엿는고, 하에 재한고, 돈피불약, 오호통재, 졸연멸망이지호아)	*화제제시(이토후작의 내한)-문제제기(이토의 표변과 을사5조약 체결)-상세화(을사조약 체결과 대신의 책임)-대상에 대한 감정 표출(대신들의 책임)-감정의 표출과 정리(애통함) *정리가 거의 되지 않은 문장. 논설이라기보다는 '기사문+감정표출'에 가까움
[한-9] 대한매일신보(06-1-18)	*一進會 1 此會의 組織한 國民新聞이 國民改良의 要點으로 催促하얏으니 別無他言이로다(이 회가 조직한 국민신문이 국민개량의 요점으로 최촉하였으니 별로 달리 할말이 없도다) 2 然이나 官吏黜陟에 此會愛憎이 如日人一致함이니(그러나 관리의 임면에서 이 회의 취향이 일본인들과 일치하니) 3 伊藤候가 如此會로 關係를 享有하면 好意에 極爲損傷인줄을 實認할것이라(이토후작이 이 회와 관계를 향유하면 이토후작의 호의에 극히 손상될	*구절 현토식 국한문체 *단락의 지나친 세분 *한문체를 쓰면서도 문장을 단문화해야 한다는 의식이 존재	*일진회 발행 국민신문의 성격-일진회의 친일성-이토후작에 대한 경고-일진회에 대한 전향적 태도-일진회가 부패한 이유 분석-일진회의 주장에 대한 부분적 인정과 월권비판-이토에 대해 일진회와 거리를 둘

출전 날짜	주요 내용	문체	내용 전개
	줄을 잘 알 것이다) 4 自己方略이 若果公正이면 一進會言之라도 豈不能成就리오(자기의 방략이 만약 공정하다면 일진회가 말한 것이라 할지라도 어찌 능히 성취되지 않으리오?) 5 如一進之會라도 其本意原則이야 豈不美哉리오 因其指導者之誤하야 乃作人之所使로다(일진회와 같은 것이라도 본의 원칙이 어찌 나쁘지 않았으리오 그 지도자가 잘못하여 그런 일을 하게끔 했을 뿐이다) 6 一進會之勸退冗官은 誰不同意랴오마는 才能可堪人에게 公然判決함이 可乎인져(일진회가 무능한 관리를 몰아내도록 권한 것은 누가 동의하지 않으리오마는 재능이 감당할 만한 사람에게 공정히 판결케 함이 옳으리라) 7 本社가 此問題를 不必探究함은 伊藤候가 必使此會로 過越한 政治上自由論을 不得保有케할 것을 愛慕不已함이로다(본사가 이 문제를 탐구할 필요가 없으리니 이토후작이 이 회로 하여금 과도한 자유론을 보유치 못하게 알 것을 애모하고 있기 때문이다)		것을 재차 경고 *무질서하게 주장을 나열하고 있음 *문장의 구성에 대한 관념이 없음
[한—10] 황성신문 (06-5-7)	*賀韓一銀行設立 (1 一國商工業의 改善發達하는 源泉은 金融의 調和와 銀行에 在하나니 幼稚한 商工業으로 하여금 現今世界列强의 商工業競爭하는 場裏에 介在하야 改善發達을 圖코저 하면 銀行이 無하면 不可한지라(은행은 상업의 개선발달에 필수적임) 今聞京城內 有力한 紳商數十人이 韓一銀行을 設立한다하니 歡迎하는바이오 資金主動力의 好機會를 得함으로 我商工業의 發達에 一大奇妙한 對應的顯象으로 慶賀하는 바이라(경성의 상인 수십인이 뜻을 모아 한일은행을 설립하니 경하함) 2 漢城公同倉庫會社와 漢城手形組合과 地方公同倉庫會社와 農功銀行은 實積을 追考한즉 但整備한 外國의 典型을 飜譯하야 我國今日現象에 直接施設코자하니 其主旨와 如히 得達할는지 未解한 處라(한성공동창고회사 등은 외국의 사례를 그대로 옮겨올 뿐이어서 매우 위험함) 日木經濟史를 懲하야 倉庫會社及手形組合이나 農工銀行을 不見하였고 明治八年의 國立銀行條例는 政府의 發行한 公債證書를 保證準備하야 銀行紙幣의 發行權을 有하며 國庫金의 出納處理와 各地方의 金融調和를 圖하고 純然한 商工業의 機關銀行을 成立하얏으니 日本經濟界의 大發展한 原因이라(일본경제사를 보건대 은행조례가 상공업 발달의 큰 원인이다)	*황성신문의 근대적 문단나누기의 효시 (근사적 표현) *논설에 제목 달기 시작(근사적 표현) *어절현토식 문장이나 2음절어를 초과하는 경우가 많아 구절현토문처럼 보임 *한문문법이 부분적으로 없어지지는 않음 (願天下同友의 士는 勉之哉어다)	*화제제시(은행의 필요성)—화제의 구체화(한일은행 설립)—현실 제시(현재 금융정책의 문제점)—논거 제시(일본의 사례)—현실 비판(대한의 잘못된 금융정책)—정리 및 결론(한일은행 설립은 상공업 발달의 기회) *서론,본론,결론 명확함. *하제 제시가 분명함. *비교의 근거를 제시함(일본과 한국) *논리적 연관관계가 명료함.

출전 날짜	주요 내용	문체	내용 전개
	金融機關의 設備는 後하고 最末되는 倉庫會社手形組合의 設備를 先하니 矛盾의 事業이라 何等의 效用이 無한 所以오 現今我農民의 壯態로 可히 其農工銀行의 資金을 運用키 不能한 程度에 在하니) 吾經濟界의 現場을 如何히 調和할가(금융기관을 나중에 세우는 것은 모순이니 대한의 현실은 잘못되어 있다) 3 去年以來의 政府施設한 狀況은 民間의 紳士紳商이 協同一致하여 自强自保의 道를 講함이니 卽今 韓一銀行이 民間紳商의 大用略으로 設立發起하였으니 我國運에 挽回興復을 可期할지라(오늘날 한일은행 설립은 국운을 만회할 기회이다) 我商工業의 改善發達을 圖謀함은 國運의 進運을 啓導하는 唯一의 策이라 願天下同友의 士는 勉之哉어다(천하의 동지들은 힘쓸지어다)		
[한—11] 만세보 (06-6-17)	*發刊辭 (1 萬歲報는 何를 爲하야 作함이뇨 我韓人民의 智識啓發키를 爲하야 作함이라 社會를 組織하여 國家를 形成(하고) 智識을 啓發하야 文明에 進케 (함은) 新聞敎育의 神聖함에 無過하다 近世風潮가 人民의 智識 啓發하기를 第一主義로 하야 新聞社를 廣設하고 人民의 智識도 進步하기를 企圖하거든 未開發한 人民의 敎育이야 엇지 遲緩함이 가하리오 2 新聞의 效力으로 一卽 國際의 關係와 政治의 挽回(..)하는 一機關이오 二卽 善을 創하며 惡을 懲하고 生活之步趣와 開化的 階級이 全國을 啓發하는 (..)處處遒人(명령을 전달하는 벼슬아치)의 一木鐸이라 3 我韓의 現今時代는 二千萬同胞의 文明한 新空氣를 灌注하여도 不足할 時期라 人民敎育의 代表하는 義務로 新報社를 設立하고 記者를 延聘하여 我韓 人民敎育的으로 創設한 萬歲報라 4 吾儕는 細利를 冒取함도 아니오 榮譽를 希望함도 아니오 人民腦髓의 文明 空氣를 灌注하고자 하니 5 且 我二千萬同胞는 奴隷羈絆을 脫할 一指針은 智識啓發에 在하고 新聞中 一指針됨을 覺得하시오 6 二千萬同胞는 牧牧愛讀하기를 不怠하면 人民智識은 自然啓發하기로 斷言하노니 學問이 增進하고 殖産이 發達하여 實力을 養成하여 此萬世報는 永遠光輝하기로 心祝하노라	*정제된 2음절 단어(지식,계발,사회,조직,국가,형성,신문,교육,효력,정치,만회,기관,계급 등)를 체언으로 하는 정돈된 어절현토체로서 한자 노출만 제거하면 근대 언문일치체 논설문에 근접함 *부분적인 한문문법과 한자어 덩어리(노예기반, 차만세보는 영원광휘)	*화제 제시(신문 창간의 목적과 신문의 의의)—구체화(근대 사회에서 교육의 중요성)—화제의 상세화(신문의 효용: 정보전달과 권선징악)—자기 홍보(만세보의 창간 목적)—부연(영리가 아닌 계몽이 목적)—독자에 대한 당부—당부 및 전망(만세보 구독의 효과) *문단이 비교적 연역적으로 나뉘어짐
[한—12] 만세보(07 -6-17)	*社會 (1 社會는 野蠻에 幾年代를 一社會라 稱함도 可하며 列車間에 集合한 若干人을 一種會社의 團結을 形成하였다 함도 可하니라(사회는 여러 가지 의미	*어절현토식 국한문체 *구체어나 동사는 1음절 한	*화제 제시('사회'의 개념)—화제 관련 사항 제시(사회발달과 경제의 관계)—관련

출전 날짜	주요 내용	문체	내용 전개
	를 띤 개념이다) 2 社會發達은 經濟發達에 在하니 古에 人類社會가 生活相困難(…)하더니 農業時代에 至하여 人種이 興旺한지라(사회의 발달은 경제의 발달에 달려 있다) 3 經濟學은 社會의 一部門이오 神學은 宗教로부터 說教함이라 十九世期末葉에 新科學上으로 觀할진대 法律 及 道德은 社會의 基礎를 有하고 國家는 職能을 解하고 家族은 意義를 曉함이(…)라(현대 학문은 사회와 밀접한 관련이 있다) 4 今에 人類社會가 發達하여 文化의 進化가 郁郁하도다(오늘날 인류 사회가 발달하여 문화의 진화가 찬란하다) 5 目을 擧하야 世界上態를 眄하다가 我國民社會를 思하건대 悲感을 不禁하노라 6 政治社會는 徒食하고 人民社會는 愚昧의 徒가 苟活하니 我國民社會는 腐敗로 始하야 絶滅에 至하리니(반면에 우리 국민사회는 정체와 부패를 면하지 못하고 있다) 7 吾人은 警告 (…) 忠告를 아니함이 不可한지라 戒하며 愼하며 輿論은 後日에 附하노라(우리는 충고를 아니할 수 없고 여론은 후일에 부친다)	자(可,知,觀,有,解,曉,擧,思,始,戒,愼,附)로, 추상어 명사(社會,野蠻,集合,形成,發達,經濟,人類,生活,時代,人種,宗教,法律,道德,基礎)는 2음절 한자어로 처리하였음	사항 제시(사회와 학문의 관계)−현실 환기(인류문화의 발달)−실태 제시(아국의 후진성)−주장 및 당부(경고와 충고)
[한−13] 황성신문 (06-7-28)	*商業擴張이 現今急務 1 此時則 比較競爭의 時代라 天産物品이 具備無欠하면 全國이 可以自恃乎아 噫라 不然하다(천연물이 충분하면 국력이 믿을만한가? 아니다.) 2 軍隊夥多에 兵器充足하면 敵國이 可畏我乎아 噫라 不然하다(병기가 풍부하면 그만인가? 아니다) 3 國家交際에 信義必重하면 國權을 可保護아 徒善虛禮면 恐不足賴之며(국가교제에 신의가 있으면 국권을 보호할 수 있는가? 허례에 빠지면 안된다) 4 國民社會에 悲歌憤慨하여 不惜身하면 國勢를 可進乎아 噫라 苟無實力이면 恐不足齊之라(자기 몸을 아끼지 않으면 진보할 수 있는가? 실력이 없으면 안된다) 5 然則何道然後에야 可以自恃며 使人畏我며 無負愛國之血性歟아 善從泰西列國하니 揣想之哉어다(그러면 어쩌면 좋은가? 태서의 사례로 생각해 보자.) 6 東西萬里來仕者에 妨礙通商者하넌 殺人하니 何故오 增强富國 在乎商業이라 商業者는 譬如人身之氣血也라 我國은 一任他人하니 曰獎勵工業이나 曰發達農業이니 苦心獨叫하니(통상을 방해하면 사람도 죽이니 국부증강은 상업에 있다 우리는 (상업을) 외국인에 일임하고 말로만 부르짖는다) 7 天下之事 在人이오 英國이라도 其 上下臣民이 一心戮力하여 萬歲之福基하여 世界商業之國이	*구절현토체이나 근대어(商業,擴張,競爭,比較,近代,兵器,敵國,國權,保護,國民,社會,國勢,通商,工業,農業…)가 많아 가독성이 높은 편(11문단부터 국문문체를 고려하기 시작) *한문조 논설에서 문단이 실현된 첫사례(11문단으로서 논리적 전개와 상응함) *문답법, 설의법, 열거법, 비유법(상업은 기혈이라) 등 한문문체적 속	*화제 제시(1~5문단)(진정한 국력이란?)−구체적 논점 제시(6)(국부의 증강은 상업이다)−예시(7)(영국은 상업이 발달하여 강국이 되었다)−주장(8)(상업국이 되기를 바람)−현실 제시(9)(상업이 부진한 대한)−대책 제시(10~11)(구습혁파, 상업연구)−미래의 전망(12)(조선의 각성) *서론(1~5), 본론(6~11),결론(12)이 명확함 *화제 제시가 분명함 *명확한 논거를 제시함 *주장에 이은구체적 대책의 제시가 보임 *명쾌한 논리 전개

출전 날짜	주요 내용	문체	내용 전개
	니(세상사는 사람 쓰기에 달렸으니 영국은 상하가 합심하여 세계제일의 상업국이 되었다) 8 二千萬腦髓에 俱含競爭之性質하야 商工之富强列國에 同占一座함이 區區之願이라(이천만 백성이 경쟁의 성질을 지녀 상공부강국의 일원이 되기를 바란다) 9 以商業으로 爲之末利라 하야 到任於賤하니 我韓人은 不知商業이 如此其重하니 欲商業之擴張인댄 開發民智하고 發達商利하고 創立銀行하야 行商이 兌換容易케 함이 亦不可緩이라(아한은 상업이 중요한 줄을 모르니 민지를 개발하고 은행을 설립하는 등의 일을 서둘러야 한다) 10 貿易之際에 務去惡習함이 可야오(구습을 혁파해야 한다) 11 利害損益之道를 極力硏磨하여 愛國精神으로 行做하니(이해와 손익의 도를 연구하여 애국정신으로 행하라) 12 我國民이 具有其志면 足以喚醒全國이라(우리 국민이 이러한 뜻이 있으면 전국을 각성시킬 수 있으리라)	성 잔존함	
[한—14] 만세보(06 -9-25)	*天道教와 一進會 (1 本報에 天道教令을 載하였는데 會人에게 通知함이라 2 吾人은 新聞家라 國民에게 廣布하노라(본보에서 천도교령을 게재하였음) 3 宗教는 其 範圍가 極大하니 萬歲에 可히 禍를 被케 하는 者라(종교는 본래 큰 영향력이 있는 것임) 4 其 宗教를 唱導하던 當時에는 反對가 極多하며(…)我國 天道教主도 肉體는 禍를 遭하였으나 教의 宗旨는 後世에 遺傳하여 發揮케 한지라 5 其後 孫秉熙氏가 曰 吾道는 活道라 하니 人種進步的 主義 是也라 國民이 輻輳하는 者가 幾百萬人에 達한지라(종교 창시 당시는 반대도 많으나 이후 영향력이 크니 우리나라의 천도교 또한 그러하였다) 6 然而 多數의 教人이 或 一進會에 傾向하여 氣陷을 吐하니(천도교 교인의 다수가 일진회에 가입한 일이 있다) 7 天道教는 不過 四十七年에 全國에 彌滿한 것이 其 教人이라(천도교는 짧은 시기에 큰 교세 확장을 이룩한 종교다) 8 或曰 天道教가 卽 一進會이오 一進會伽 則 天道教라 하니 且는 菽麥을 不辨하는 訛言이라 9 幾個 教人이 賭博會를 設하였다가 他人과 투공이 起하여 法에 犯하였으면 但 個人의 律을 遭할 뿐이니라 10 一進會가 罪를 犯하여도 天道教의 罪가 아니며(혹자는 천도교와 일진회를 동일시하는데 이는 천도교도 일부의 잘못을 교 전체에 적용하는 것으로	*어절현토식 국한문체 *어절의 구성 단위는 체언은 주로 2음절 한자어(통지, 범위, 육체, 종교, 진보, 주의, 개인, 권리, 위반)이며 용언은 간혹 1음절이 있음(載하였는데,可히 禍를 被케, 達한지라,遭할 뿐,入함을 許하느냐,權利도 無한지라) *문형상으로는 한문문법의 영향을 부분적으로 나타내 보임 *문답법 활용	*화제 제시(천도교령)—관련 화제 제시(종교의 특성)—화제의 상세화(한국 천도교의 특성)—현황 제시(천도교도 일부가 일진회)—화제의 상세화(천도교의 교세)—상대의 견해와 그 반박(천도교와 일진회가 같다는 견해는 잘못된 것)—질문과 반론1(천도교는 정당가입의 자유를 용인)—질문과 반론2(이용구를 천도교에서 출교한 이유)—근거 제시(일진회의 속성)—상황에 대한 판단(일진회는 더 이상 행정에 관여해서는 안됨)—질문과 응답(천도교인은 다른 회 가입의 자유가 있음) *논점과 그를 둘러싼 찬반이 나타남

출전 날짜	주요 내용	문체	내용 전개
	매우 그릇된 판단이다) 11 然則 教主가 敎人의 政黨에 入함을 許하느냐 曰 不許할 權利도 無한지라(천도교주가 교인이 정당에 가입하는 것을 불허하는 것은 아니다) 12 然則 一進會長 李容九氏가 本來 天道敎人으로 今에 何等의 不可한 點이 有하야 黜敎하였는고? 13 記者는 一一이 詳探치 못하거니와 李氏 등이 敎訓을 違反함으로 時居에 不外한지라(천도교에서 일진회장 이용구를 제명한 것은 교훈을 위반했기 때문이다) 14 今夫 一進會의 資格을 論하건대 政府와 往往 衝突도 有하였는데 15 世事가 一變하니 戒懼치 아니함이 또한 不可하도다(일진회는 정부와 자주 충돌하는 문제집단이다) 16 我國行政이 失路한 船과 같이 方向을 不知할 時에는 乘客이 勸하되 船長이 不當한 事를 責지 못하였으나 萬一 方向을 定한 후에 乘客이 再次開口하면 船長의 渴退를 不免할지라 17 行政整理의 萌芽가 長生하니 硏究가 有한 慧眼에는 그 萌이 이미 露見하도다(우리 행정이 정비되지 못한 때에는 잘못된 견해를 나무라지 못했으나 이제는 그런 시기도 지났다) (18, 19 생략) 20 然則 敎人이 會에 入함이 不可한가? 曰 不然하다 進步的으로 何會를 設하든지 可하다 하노라(천도교인이 다른 회에 가입하는 것도 불가능하지 않다))	*문단구별은 상당히 무질서하고 형식에 치우치며 내용의 흐름과 괴리되기도 함	*결론이 따로 없어 구성의 연역성이 나타나지 않음
[한-15] 만세보 (07-2-28)	*國債 償還 義金 募集 (1 國債는 國家에 人民에 利益되는 点이 有함을 張皇키 不可하거니와(국채는 국가와 인민에 이로움을 위한 것이다) 2 本額金 應用에 對하여 殖利的이 無한 則 他日 償渡할 期望이 杳然할지라 政府에서 淸算할 道가 有하리오(국채 본액중 투자가 없으면 후일 상환할 길이 없다) 3 然則 國債는 國民의 擔責이라 我國 人口가 二千萬이라 每人에 六十五錢式이라 但히 政府에서 國債를 增價치나 아니하기를 心祝하였더니(결국 국채는 국민의 부담이므로 우리는 정부가 국채를 증가시키지 않기만을 비겠다.) 4 大邱 徐相敦氏等 國債 償還할 意見을 發起하여 煙草 吸하기를 斷切하고 國中 人民의 愛國誠을 告發하는데 至하야 諾意를 表彰하는지라(대구 서상돈씨 등이 국채상환운동을 전개하여 국중인민의 애국심을 고발하는데 이르렀다) 5 於是에 帝國新聞 社長 李鍾一氏가 義金을 募集하는 中이오(제국신문 사장 이종일씨도 동참하고 있다)	*어절현토체와 2음절로 이루어진 체언의 어절구성 *2음절 한자어 가운데 어색한 것들이 간혹 존재(殖利,償渡,擔責,曾是) *한자어의 구성 : 체언은 2음절 위주, 용언은 1음절 많음(有,達,至,待)	*화제 제시(국채의 이익)-화제의 다른 측면(국채의 위험성)-현황 제시(국채와 관련해 정부에 대해 우려)-현황 제시2(민간의 국채보상 노력)-현황에 대한 감희(민간의 노력에 감동)-전망 및 마무리(국민 행복의 기초가 되기를 바람) *결론부가 없으며 연역적 구성이 아님

출전 날짜	주요 내용	문체	내용 전개
	6,7 생략 8 假令 十三道에서 百萬圓式만 分擔하면 原額에 達하기 容易할지라 國民의 義務에 服從하는 知識이 且에 達함은 果然 曾是 不意하던 바라 (국민이 자기 의무를 자각함이 이에 이르니 뜻밖의 일이다) 9 國家 人民의 大幸福되는 基礎를 待하노라(이로써 국민의 큰 행복의 기초가 되기를 기대한다))		
[한—16] 황성신문 (08-1-30)	*祝賀普成專門學校卒業式 (1 普成專門은 我國 法律經濟의 兩專門이라 光武九年 軍部大臣 李容翊氏가 日本留學生監督 申海英氏를 專託하고 申氏가 學校의 設立方法을 講究할새 法律,經濟,農業,商業,工業의 5個專門科를 併設하기로 定하고 (…) 只法律經濟兩科를 分定設立하고 (…)(보성전문은 이용익씨가 법률경제인 양성을 위해 세웠다) 2 光武十年 第1回卒業試驗을 經하니 合格者 ㅣ五十一人이라(광무10년 첫 졸업생 배출) 3 今에 第2回卒業試驗을 經하니 四十七人이라 全國의 法律經濟學士는 必此學校로 由하여 輩出할지니 國家의 前進함을 爲하야 大聲獻賀(큰소리로 축하를 바침)함을 不已(금할수 없음)하노라(금에 제2회 졸업생 배출하니 국가의 큰 경사) 4 嗟哉(아아!) 普成專門學校여 國家의 基礎요 靑年의 砥礪(숫돌)로다(보성전문은 국가의 기초요 청년의 수련장)	*어절현토식 국한문체로 정리된 양상 *한문투 부분적 잔존(只, 必, 此, 不已, 嗟哉..) *문단처리 분명함(물론 불필요한 경우도 있음)	*화제 제시(보성학교의 연혁)—현황(제1회졸업생51명)—현황과 감상(졸업자를 축하함)—정리 및 전망(보성학교의 의의) *서론,본론, 결론이 명확하지 않고 대체적인 기능적 구별만 됨 *기사문적 성격이 함유됨(미분화적 성격)
[한—17] 대한매일 신보(08-5-14)	*送師範學校卒業生 新任小學校教師之任 1 師範學生諸君이 業을 卒하고 普通學校 訓導를 任하야 各其任所에 赴할새(사범학생제군이 졸업하여 각기 임소로 갈새) 2 記者曰 行矣어다 諸君이여 許多聰明의 幼年들이 新空氣를 吸收코자 愛國思想을 培養코자 新聞見을 廣코자하나 問津이 無路하나니 行矣어다 諸君이여(기자왈 가라 제군이여 허다 총명한 유년들이 물을 곳이 없으니 가라 제군이여) 3 孟氏 有言하되 先知가 覺後知하니 諸君의 地位는 尋常한 地位가 아니며 愼哉戒哉어다 後知覺을 先覺케 하면 彼는 獨立國民이 되며 未來英雄이되며 二十世紀大韓國에 日月이 重光하리니(교사의 지위는 심상치 않으니 삼갈지어다 후지각은 독립국민이 되고 미래영웅이 되리니) 4 現今 敎師라 云하면 下等賤執士같이 視하던 餘風이 尙存하니 此는 一笑에 附할 而已어니와(현금 교사를 천대하던 풍조는 일소에 부치면 그만이려니와) 5 小學校師의 自視도 往往如此하야 高尙한 目的을 懷抱한 者는 十에 一二니 어찌 可歎할 바 아니리	*어절현토식이나 한문문법을 그대로 따르고 있음(영탄법(諸君이여), 반복법(行矣어다 諸君이여),점층법(국민>영웅>일월중광)) *문단을 짧은 호흡으로 나누고 있음 *2음절로 된 근대어가 상당히 혼입(독립,국민,졸업,공기,심상,교사,목적,작문,산술,	*화제 제시(사범학생제군들에게 당부)—감상(기자의 영탄)—화제 구체화(근대국가에서 교사의 지위)—현실 제시1,2(교사 천시)—주장의 근거(몰트케 장군)—주장의 본질(어린이 교육은 국민교육)—정리(어린이들에게 국혼을 주입하라) *문단은 나누어져 있으나 문장의 형식적 연역화는 전혀 이루어지지 못하고 있음(내용은 근대교육의 필요성을 말하고 있어 모순적, 과도기적)

출전 날짜	주요 내용	문체	내용 전개
	오(소학교사 스스로 고상한 목적을 품지 않으니 탄식할 바로다) 6 普魯士 毛奇將軍이 大勝利를 獲하고 小學校를 指하며 發嘆하여 日 今番 戰勝한 功이 彼等 敎師에게 在하다 하였으니(프로이센의 몰트케 장군이 승리하고 소학교를 가리키며 금번 전승의 공은 교사에게 있다 하였으니) 7 此가 作文算術로만 成就한 바인가 余는 以爲하되 外競할 實力을 培養하야 宇宙에 震動케 함은 國民의 品格을 陶冶하여 國勢의 强大를 圖하거든 於是乎 國民敎育이라 云할지니(이는 작문산술로만 성취한 바가 아니로다 외경할 실력을 배양하여 우주에 진동케 함은 국민의 품격을 도야하여 국세의 강대를 도모함이니 이것이 국민교육이다) 8 此時니 아모조록 幼稚腦髓에 國魂을 注入할지어다(교사들은 어린두뇌에 국혼을 주입할지어다)	품격, 국세)되었는데도 문법은 어순 이외에는 전적으로 한 문체를 따르고 있음	
[한―18] 황성신문 (08-9-25)	*湖南鐵道株式募集의 狀況 (1 湖南鐵道會社委員 韓其準氏의 報道를 據한즉 全羅南北道各位員이 巨大한 株主를 募集한 狀況이 如左하니(호남철도회사위원 한기준씨가 보도하기를 전라도각위원이 거대한 주식을 모집하였다) 2 九月五日 全羅南道觀察道廳에서 委員會를 開하니 委員長 林源勝氏와 觀察使 申應熙氏(…)가 鐵道會社의 目的이 國民의 義務가 되며 利益의 享有되는 要儀로 演說하고 株主募集할 事를 議論하매 各郡에 分配한 株數가 六萬餘株에 達하였는데(전라남도위원회에서 각군에 주식을 분배하여 6만여주에 달하였다) 3 全羅北道觀察道廳에서도 委員長(…)이 出席하야 株式募集할 事로 各陳意見하는데, 湖南鐵道는 十分專力하야 多數募集함이 可할지라 各郡株數를 排定하자 함에 滿場一致로 可決되니 十一萬九千七百八十五株에 達한지라(전북위원회에서도 각군 주수를 배정하여 십일만여주에 달함) 4 記者日 湖南人事가 公益義務를 擔着함으로 株主募集이 된 것은 全國人民의 模範이니 一般同胞는 感激於斯할지어다(호남인사가 공익의무를 담당한 것은 전국인민의 모범이다)	*구절현토처럼 보이는 부분이 있지만 사실은 2음절단어의 연속으로 어절현토이다. *한문체 부분적으로 나타남(상황이 여좌하니, 각진의견, 감격어사) *문단처리 정착 *'본기자'라는 말을 사용(취재라는 점을 강조)(논설의 미분화)	*화제제시(호남철도 주식모집)―실태 제시1(전남위원회의 주식모집)―실태제시2(전북위원회의 주식모집)―감상 및 의견(호남인사의 모범성 칭찬) *불명확하나마 문장 앞뒤의 기능에 대한 인식
[한―19] 황성신문(09-3-31)	*學梁啓超氏辨術論하야 痛告全國人士 (1 本記者 社會狀態를 對하야 根本的 改良의 言論으로 累累發表하나 今 社會의 眞相이 旣已綻露하였으니 一層憂慮가 懇切함으로 更히 梁啓超氏의 辨術論槪要를 據하야 頂門一鍼을 下하노라(본기자 사회 상태에 대하여 근본적 개량의 언론을 여러번 발표하였으나 이제 사회의 진상이 탄로되었으니 일층 우려가 간절하므로 이에 梁啓超씨의 변술론	*구절현토체로 환원됨 *한문의 문장 구성법을 그대로 따름 *열거법(애국	*화제 제시(梁啓超의 변술론을 통해 사회 문제를 고민함)―현실 제시(梁啓超의 말: 잘못된 애국의 두 종류)―필자의 견해(일시적 애국에 대한 반성)―원인 분석

출전 날짜	주요 내용	문체	내용 전개
	개요를 들어 정문일침으로 삼는다) 2 梁氏曰 今日의 最急者가 宜莫如愛國이나 (…)曰 爾之愛國이 僞也라 하면 潑然怒者나 試自鞠焉하면 必有兩種人이니 其一은 本無愛國之心이로대 以此口頭禪으로 冒之以爲名高也이오 其一은 其 愛國之心이 渤激於一時하니 果能確實久之與否는 抑未能自信也라(양씨왈 오늘날 최급무가 마땅히 애국보다 큰 것이 없으나 만일 '당신의 애국은 거짓이다' 한다면 발연히 노하리라. 그러나 시험삼아 물어 보면 반드시 두 종류의 사람이 있을지니 하나는 본래 애국심이 없는데 구두선으로만 하여 이름을 높이고자 하는 자요 다른 하나는 애국심이 일시적으로 발격하였으나 과연 능히 확실히 오래갈 수 있는지 여부는 오히려 자신이 없는 자이다) 3 本記者曰 徒爾口頭禪으로 竊愛國之名者는 眞個小人이오 一時風潮의 刺激으로 愛國心이 激發한 者는 未可自信이라 痛自警醒이로다(본기자 왈 다만 구두선으로 애국의 명을 훔치는 자는 진실로 소인이되 일시 풍조의 자극으로 애국심이 일어난 자는 자신이 없으니 아프도록 자성할 일이다) 4 梁氏曰 吾儕朋輩中에 必嘗數有人言하니 愛國志士變其節하고 墮落하나 彼輩가 自是로 非甘爲小人이오 社會의 腐敗가 已極한지라 前此種種之惡根은 卒未能拔이라 所謂此一念之熱誠者가 乃如紅爐點雪하야 銷歸無有니라(양씨왈 나의 벗중에 애국을 말하는 이들이 여럿 있었으나 변절하고 타락하였으되, 그들이 처음부터 즐겨 소인이 된 것은 아니요 사회의 부패가 이미 극한지라. 이런 종종의 악한 뿌리는 발본할 수 없도다 소위 일념으로 열성을 다하는 자가 곧 난로의 눈과 같은 처지가 되니 곧 녹아 종적조차 없어짐이라) 5 本記者曰 一言一字가 皆針一血이니 我韓前途를 思念하라(본기자는 말하기를 일언일자가 모두 바늘로 피를 따는 듯하니 아한의 앞길도 생각해 보라)	의 두 종류),대조법(거짓 애국과 일시적 애국),전통적 비유법(홍로점설) *번역이 없으면 국문만 아는 사람을 읽을 수 없다는 점에서 반동적 문체 *문단인식은 비교적 현대적으로 됨	(梁啓超의 말 : 변절하는 애국자는 사회의 부패 때문에 생긴다)—필자의 감상(반성의 촉구)
[한—20] 황성신문 (10-7-8)	*韓一銀行의 小金貯蓄 1 現二十世紀는 一般人類의 生活이 愉快한 時代오 恐慌한 時代로다 中等以上의 生活은 愉快한 時代라 謂할지며 中等以下의 生活은 資本家의 雇傭을 作함에 恐慌한 時代라 謂할지니라 故로 曰 二十世紀는 富益富貧益貧의 時代라 하나니라(이십세기는 상층에겐 유쾌하고 하층에겐 공황(괴로움)한 시대이다) 理由를 論할진대 過去時代에는 競爭이 甚히 極烈치 아니한고로 資本이 無히 自治巨金者가 有하였거니와 現今時代에는 競爭이 極度에 達하여 資本	*어절현토체로 상당히 정돈됨 *어절의 구성 단위는 간혹 2음절 이상인 경우도 있음(자치거금자, 점차번창) *어절 덩어리에서 한문투가	*화제 제시 및 현실 제시(20세기의 특성)—현실의 원인 제시(경쟁사회)—사례별 분석(학문의 부익부 빈익빈 현상)—현실 극복 대책 제시(저축)—주장 강화 및 행동 촉구(저축에 힘쓰라) *원인 분석, 대책 제시 등이 포함됨으로

출전 날짜	주요 내용	문체	내용 전개
	力이 無하고는 爲富의 方便을 不得하나니(그 이유는 20세기는 경쟁이 치열하고 자본력이 있어야 부유해질 수 있기 때문이다) 實業上에 就하야 言할지라도 過去時代에는 理論的學問이라 雖貧窮無資의 人이라도 獨自硏究하여 文章出於困窮이라 하였거니와 現今時代에는 實驗的學問이라 貧窮生活에는 學士博士의 榮譽를 得할 者도 無할지로다(실업에 관해서 말하자면, 과거에는 학문이 이론적이어서 돈이 없어도 가능했으나 오늘날에는 실험적 학문이므로 돈이 없으면 학위도 따기 어렵다) 2 我韓同胞의 生活은 比較的 極貧者이라 如何한 方法으로 恐慌의 境遇를 得免할가 曰 貯蓄의 方法이라 産業의 資도 可爲요 學業의 資도 可爲라(아한은 비교적 극빈한 편이니 공황을 면하고자 하면 저축의 방법뿐이다) 3 今自韓一銀行에서 小金貯蓄部를 擴張하고 十錢以上의 任置額을 從하야 漸次繁昌의 狀況이 有하다 하니 將來 愉快生活의 資本을 確立하기로 希望하노라(한일은행에서 소금저축을 장려한다 하니 유쾌생활의 자본을 마련해보자.)	나타나는 경우가 있음(여하한, ,수빈궁무자,문장출어곤궁,득면할가) *2음절의 근대 한자어 정착(유쾌,공황,저축,생활,자본,시대,방법,확장,번창,상황,확립,희망)	써 근대 논설문의 꼴을 갖추어 감 *핵심적 대조어구가 2음절어로 정착함 (유쾌 / 공황)

1910년 이후

출전 날짜	주요 내용	문체	내용 전개
[매-1] 11-11-23	*土地臺帳 1 朝鮮 土地의 古制를 考察하건대 舊文記와 新文記의 名稱이 有함으로(있음으로) 經濟界에 不便이 多하였도다(많았도다) 2 是로(이로) 以하여(써) 百弊가 滋生(더욱 일어남)할새 僞造 文券도 有하며(있으며) 所有權이 分明치 못함으로 朝鮮訴訟 七八은 土地로 由하여(때문에) 起하며(일어나며) 3 某人이 某의 土地를 僞造文券으로 賣하였다 하면 官은 但히(다만) 模糊 說去하되 盜行이 此로 從하여 生하며(이에 따라 생기며) 4 當時 官吏는 一毫의 研究가 無히(없이) 擾亂을 任置하였고 反히 此를(도리어 이를) 利用하여 諸般의 野心을 資하여(길러) 5 現今 當局에서 土地를 調査하는 同時에 土地臺帳을 亦爲着手하여(또한 손을 대어) 一定한 所有權을 標示케 하니 官簿에 置하면(두면) 何人이든지 敢히 干涉치 못할지니 疑懼의 心을 去하고(마음을 버리고) 自己의 土地가 此로 從하여(이에 따라) 的確히 自己의 土地가 될줄로 思惟할지어다	*2음절 한자어 위주 어절현토식 국한문체 거의 정착 *어절은 2음절어 중심이지만 기본동사, 대명사, 부사 등에서 1음절어가 많이 보임(일본문의 영향)	*문제 제기(조선 토지 제도의 문제)-부연(위조문권, 소유권 불명)-문제 심화(도둑질이 생겨남)-부연(당국의 작태)-대책 제시(소유권을 장부에 기재할 것) *'문제 제기-대책'의 과도적 설득구조(기사문적) *문단은 나누어짐
[매-2] 11-12-2	*鮮銀 正貨의 準備 1 某 銀行을 勿論하고 正貨의 準備가 完固치 못하면 到底히 信用을 得키 難하거든(얻기 어렵거든) 況(하물며) 朝鮮銀行은 朝鮮全道의 金庫라 2 韓國銀行 開業 當時에는 正貨 準備가 三百九十四萬餘圓에 不過하더니 客月(지난달) 末日에는 實로 九百二十九萬圓으로 增進하였고 其(그) 兌換 準備 幷(와/과) 保證(…) 其(그) 發行 及(및) 還收에 關하여는 特히 監理官으로 하여금 此를(이를) 監督케 함이니 3 韓國銀行 設立 以來로 同行이 朝鮮銀行으로 改稱한 結果로 兌換 準備에 관한 政府의 監督은 上述과 如한即(위에 말한 바와 같은즉) 此는(이는) 正確한 實報라 發行額 及 準備액의 一覽表는 本報에 揭載하였기로 4 近日 不謹愼한 論者가 風說을 利用하여 沒常識한 言論을 唱하나(외치나) 都是(이는 모두) 一笑에 附함에(부침에) 不過하도다 彼 論者 同行의 事實	*2음절 한자어 위주 어절현토식 국한문체 거의 정착 *대명사, 부사에서 일본식 1음절 한자어가 어절을 구성하는 경우가 많음 *일본어휘가 그대로 쓰임(客月(지난달), 手形(어음), 兌換(지폐를 본위화폐와 바꾸는 일))	*화제 제시(조선은행은 조선의 금고임)-화제의 구체화(한국은행의 화폐발행)-화제의 구체화(화폐발행에 대한 정부의 감독)-반론 제시(화폐발행에 대한 오해)-반론의 반박(화폐발행은 정확히 감독되고 있음) *화제제시-반론-반박의 구조(문제에 입각한 주장과 근거 제시가 없음. 기사문적)

출전 날짜	주요 내용	문체	내용 전개
	如何와 發展 如何를 周知치 못하고 徒히(다만) 風說을 誤信하여 杞憂함이라 5 以若 政府 監督下에 在하여(있어) 其 出納 及 還收를 每日 調査(…)하니 此等 論者는 徒히 自己의 淺識만 發表할 뿐 而已라(생략해야 함) 하노라.		
[매−3] 12-3-21	*京城府 土地調査 1 京城 府內의 土地 臺帳은 本月부터 開始하여 遲緩하여도(늦어도) 本年 中에는 完成하리라 2 朝鮮은 自來로 土地의 區域 及(및) 反別이 判明치 못하여 彼는(저것은) 其尺(몇 척)이라 此는(이것은) 其丈이라 하는 文明이 無하고(없고) 3 往往 境界의 問題가 起하면(일어나면) 困難을 不免하여 詐한(속이는) 者가 愚한(어리석은) 者를 欺하며(속이며) 强한 者가 弱한 者를 壓하여(압제하여) 他人의 基址를 偽券으로 放賣하여 司法上에 多大한 障碍를 與하였도다(주었도다) 4 嗚呼라 不動하는 土地를 尙히(오히려) 己有他有(자기 소유와 남의 소유)가 不明하니 其他 動産에 對하여는 其 虛偽가 必(반드시) 十倍나 增越할지라 5 何幸 新政이 普及하여 各種 施設이 一新 面目하여 爲先 京城府 內의 土地에 着手하여 土地調査事業에 多大한 效果를 奏하리라(내리라) 6 土地調査가 畢了하여 區域이 裁然하고 丈量이 昭然하여 臺帳이 成立하면 此가 足히 朝鮮文明의 一分子라 謂할지로다(말할지로다) 7 今日 此 調査가 完成한 後에 此 事業이 土地所有者 及 土地 購買者에 對하여 無前의 大福音을 得하였다(얻었다고) 謂하노라	*2음절 한자어 위주 어절현토식 국한문체 거의 정착 *기본동사에서 1음절 한자어가 어절을 구성하는 경우가 많음 *일본어휘가 그대로 쓰임(幾分(어느 정도))	*화제 제시(경성부 토지 대장)−문제 제기(조선 토지관리의 허술함)−문제의 결과(사기의 극성)−현실 비판(소유권 의식의 불명확)−해결책 소개(신정부의 토지조사사업)−해결책의 효과(조선문명의 발전)−의의와 전망(커다란 복음) *문제의 원인분석은 없음 *일방적 해결책 제시(기사문적)
[매−4] 14-3-13	*國語 普及의 急務 1 嗚呼라 聾啞(귀머거리와 벙어리)는 天下의 廢疾이라 此를(이를) 人造的으로 可免할(면할 수 있는) 方法이 有하면(있으면) 誰가(누가) 不願하리오(원치 아니하리오) 2 3 大抵 語學은 交際의 元素라 隣國의 語라도 通解한 然後에야 能히 其(그) 國의 事情을 知할지라(알지라) 4 況 今(하물며 오늘날) 日本은 朝鮮과 一家를 成하야(이룩하니) 凡百(뭇) 制度가 去舊從新하니(옛것을 버리고 새것을 따르니) 5 然한즉(그런즉) 朝鮮 今日에 處하야 日語를 不知하면 卽 聾者 啞者를 免치 못할지니 隣國 間에 言語를 不通하고 어찌 融和의 情을 得하리오(얻으리오) 6 7 內地語의 普及은 朝鮮 今日의 急務라 學生 以外의 無數 同胞는 何 方法으로 此를(이를) 普及	*2음절 한자어 위주 어절현토식 국한문체 거의 정착 *기본동사, 대명사, 지시사, 부사 등에서 1음절어 *2음절의 한자식 표현들이 부분적으로 등장(不願 하리오, 去舊從新, 最速度, 可免할 方法)	*관련 사실 제시(농아의 비극)−화제 제시(외국어의 필요)−화제의 구체화(외국어 아닌 외국어로서 일본어)−문제 제기(일어 학습의 중요성) 문제의 구체화(미취학자의 일어교육 문제)−해결책 제시(내지어 학습 독려)−현실 비판(내지어에 대한 오해 비판)−의의와 전망(내지어는 문명의 길)

출전 날짜	주요 내용	문체	내용 전개
	케 하리오 8 稍히 事業에 有志한 者는 內地語 學習에 留念치 아니치 못할지로다 9 現狀의 風潮는 不覺하고 或 其 子弟가 內地語를 傳習코자 하면 反히(도리어) 此를 不喜하는 者도 有하니 어찌 可笑치 아니리오 10 內地 文明을 輸入하기에 最 速度(가장 빠른 길)는 內地語 普及에 在하다(있다) 하노니 玆에(이에) 努力할지로다		
[매─5] 14-12-26	*中央政府와 朝鮮 1 現今 東都는 第 三十五 議會의 開會 中이라 (…) 朝鮮에 對하야는 風馬牛不及이라 寺內總督의 戒飭으로 因하야 實業을 談論하는 趨勢에 在한즉(있은즉) 朝鮮을 爲하야 可賀할(축하할 만한) 現象이라 2 日昨에(얼마전에) 東電 所報를 據한즉(의거한즉) 國民黨 豫算 査定案 中 消除 一項에 朝鮮總督府 充當金이라 하였으니 事實이라 할지면 重大한 一問題요 薄情之極이라 世間에 發布되야 朝鮮人의 耳朶(귓불)에 響動하면 朝鮮人으로 하여금 中央 政界에 對한 毁譽의 論을 激起케 하리니 3 朝鮮總督府의 其 財政의 獨立은 自今 四五年에 可期할(기약할 수 있을) 것이요 朝鮮의 財政으로써 朝鮮의 事業을 經營할지니 國民黨이 朝鮮을 若(만약) 日本帝國의 植民地로 認하는(인정하는) 以上에야 어찌 此等 無知의 提案을 敢히 唱導하리오 4 政友會는 二個 師團 增設의 延期를 主唱하고 國民黨은 絶對的 不必要를 主張하는지라 (…)·朝鮮總督府 充當金 削除案도 黨略上이나 感情上에 一時 政爭의 材料에 供코저(제공하고자) 함이 아닌가 5 畢竟 內地에 在한 內地人은 朝鮮의 事情을 不知함에서 由出함이니 我 朝鮮人은 다만 寺內總督의 指導에 服從하면 可하도다	*2음절 한자어 위주 어절현토식 국한문체 거의 완성 *동사구에서 1음절어가 상당히 남아 있음(거한즉, 기할, 인하는2음절어로 발달하기 이전의 상태) *한문식 어구(풍마우불급, 박정지극, 가기)	*화제 제시(일본의 회의 조선논의)─문제 제기(국민당의 조선예산 삭감안)─현실 비판(삭감안의 문제점)─원인 분석(정략적 목적, 무지에서 비롯됨)─대안 및 전망(테라우치 총독의 지도에 따르라) *원인 분석의 명료화 *화제를 시의적으로 선정하고 명확하게 한정한 결과임
[매─6] 18-8-20	*貧民救濟와 貴族富豪 1 國家 民族 社會 共同生活의 觀念이 없이 國土에 居生코자(살아가고자) 함은 是 愚輩(어리석은 무리) 될 뿐이라 畢竟 其(그) 國土를 離치(떠나지) 아님을 不得(얻지 못함)할지오 民族의 排斥을 被치(입지) 아님을 不得할지오 2 鴻濛未剖의 時代에 倫理도 綱常도 道德도 全無하였더니 噫라 我 朝鮮人된 者는 原始時代에 復歸코저 하는가 文明의 進步가 漸漸 不已(멈출 수 없는)하는 時代에 際遇할수록 其 思想과 觀念은 刻刻 退化하여 國家의 休戚, 民族의 盛衰, 社會	*2음절 한자어 위주의 어절현토체가 퇴보한 양상 *기본동사, 기본명사, 대명사, 부사 등의 1음절어구 상당함 *어색한 2음절 한자어 많음	*관련 사항 제시(공동생활 관념의 중요성)─문제 제기(사상이 퇴보하는 조선인)─문제의 구체화(조선귀족 부호의 인색함)─실태 분석(조선귀족의 근원)─현실 비판(조선귀족의 이기심과 반사회적 성격)─주장 및 전망(조

출전 날짜	주요 내용	문체	내용 전개
	公同 生活의 與否는 彼岸의 火와 如히(강건너 불과 같이) 看過하니 3 一例를 擧하야 言할까 米價의 暴騰으로 內地에서는 聖上께서 內帑金을 下賜하시고 政府는 臨時 國庫金을 支拂하고 華族 富豪는 巨額의 金品을 寄附하고 各 府縣市町에서는 救濟金을 募集하(…)는지라. 朝鮮도 京城府 警察署 商業會議所 新聞社 等에서 救濟會를 組織하는데 所謂 朝鮮의 貴族 富豪라 稱하는 者들은 日勺米 一文錢을 寄附함을 見치(보지) 못하겠으니 무슨 廉恥로서 朝鮮의 社會에 擧頭코저(머리를 들고자) 하는가 朝鮮의 貴族 富豪로 言하면(말하면) 倂合時代에 幾十萬圓의 恩賜와 五爵의 榮典에 浴하였으니(혜택을 입었으니) 어찌 朝鮮 赤子의 米價 暴騰으로 因하야 一勺米 一文錢의 寄附도 無하리오(없으리오) 彼等(저들)의 今日의 榮華는 朝鮮 民族의 血과 淚의 凝結體라 今日에 座하여는 一向 覺醒치 못하고 依然히 高樓 巨閣 美姬嬌妾 錦衣玉食의 豪華를 自恣코자 하니 朝鮮의 社會 共同體에서 彼輩를 除外치 아님을 不得하리라 4 朝鮮은 貴族과 富豪의 差別이 無하다(없다) 今日의 富豪된 者 自己의 努力 奮鬪로써 其 富를 致한 者이 아니라 彼輩는 朝鮮 民族의 怨府됨은 姑舍하고 共同의 仇敵됨을 免치 못할지오 所謂 貴族이란 者와 富豪란 者를 一一이 指摘하야 我 同胞의 公評에 訴할(호소할) 바이 有하리라	(거생, 우배, 홍몽미부, 휴척, *한문식 어구의 증가(감탄사(희라),단정 회피식 표현(리치 아님을 부득, 피치 아님을 부득, 제외치 아님을 부득)	선 귀족은 민족의 적이니 토벌할 것을 호소함) *주장하는 형식의 글쓰기 가운데서도 대안 제시가 아닌 주장 강화의 방향으로 나아간 대표적 유형 *필자의 개성이 잘 드러나는 글
[매−7] 19-3-6	*民族自決主義의 誤解 1 美國 大統領 위일손 氏가 歐洲 大戰(세계대전)을 結末하는 方法으로 民族自決主義를 主唱한 以來로 重大한 反響을 波起하야(불러일으켜) 露國(러시아)을 崩壞케 하고 墺匈國(오스트리아-헝가리제국)을 壞裂케 하고 獨逸을 瓦解케 하야 中歐(중부유럽) 以北의 天地는 今에 正히(바야흐로) 混沌中에 在하도다(있도다). 中歐 同盟 諸邦의 民族 及(및) 露國 內 各種의 民族이 戰爭의 終結과 共히(함께) 各自의 自治 又는(또는) 獨立을 行하야 一時는 반드시 現出할 現象되지 아니치 못할지라. 此點(이때에) 美國人統領의 直言은 諸 民族의 心理 狀態에 投合한 것인바(…) 然이나 所謂 民族自決主義라는 것은 今回의 戰爭에 參加한 各國의 諸 民族에 限한 것이오 全世界 各國의 民族上에 適用하는 主旨라 할진대 印度族(인디아 족) 及 布哇(하와이) 比律賓(필리핀) 諸島의 自治 又는 獨立을 許容치 아니치 못할지라 是는(이는) 美國으로 斷然不許하는 바이라(…)	*2음절 한자어 위주의 어절 현토식 국한문체 상당히 정착 *기본동사, 부사, 대명사, 1음절 한자어 많이 남아 있음 *한문시 표현(다언을 불사, 희망치 아니치 못할지로다) *어색한 2음절 한자어(波起, 此點, 地步(치호,일본단어), 知悉(치시츠,	*1 화제 제시(대전종결의 방책으로서 민족자결주의) − 문제 제기 및 근거(민족자결주의의 한정적 속성) − 2 주장(민족자결주의의 오해에 입각한 독립기도에 대한 경고) − 3 부연(민족자결주의는 국가통합임) − 4 수지 및 정리(조선인은 경거망동하지 말라) *논전이 아닌 주장이 강한 글('근거−주장'의 구조 강화) *기사문적 성격 때문에 서론이 상당히 길어졌음

출전 날짜	주요 내용	문체	내용 전개
	2 英國 首相 로이드 쪼지氏도 廣範한 民族自決主義를 否認하였음은 多言을 不俟(많은 말을 기다리지 않음)할지라 萬一 如此한(이와 같은) 思想에 醉하여 無謀의 擧를 企圖하는 者가 有하면(있으면) 容赦없는 高壓 手段을 執하여 絶滅할 必要가 有함을 信하노라(믿노라) 此 分明한 義理는 朝鮮人의 諒解를 希望치 아니치 못할지로다 3 民族自決主義는 一面으로는 同種 同族의 民을 糾合하여 國家를 組立하는 것을 看할지니(볼지니) 同族間 小邦의 分立은 世界에 在한 地步(지위)를 占하는 所以가 아님을 知悉(모두 다 앎)함에 職由(연유)한 事이라 4 本國과 朝鮮 乃至 臺灣과의 連絡을 堅固히 하여 地位에 置치 아니치 못할지라 若 輕擧妄動하는 徒輩가 有하다(있다) 하면 國法이 儼存이라 長谷天 總督의 薰猶末尾를 看하라	일본단어))	
[조-1] 21-2-6	*時間을 浪費마라 浪費라 하면 有用의 事物을 無用에 消費하는 것이다. 人生이라는 問題에 立脚하여 人類에게 最히(가장) 貴重한 것을 擇하여 分別하면 그 意味가 鮮明해질 것이다. 人生에 最히 貴重한 것이 무엇인가. 吾人(우리들)에게 가장 貴重한 것은 生命이며 生命뿐이다. 生命을 永遠히 保全함에 必要한 것이 가장 有用한 것이 되는 것이다. 生命이란 것은 무엇인가. 活動이다. 活動에는 有型的 活動도 있고 無用的 活動도 있다. 機械的 活動도 있고 精神的 活動도 있다. 機械的 生活을 持續함에는 時間에 制限이 있으나 精神的 活動을 繼續함에는 時間에 制限이 없는 것이다. 精神的 永生은 生命을 維持하고 있는 그 동안 그 基礎를 세우지 않으면 얻지 못할 일이다. 될 수 있는 대로 많은 活動을 하고 많은 事業을 하고 많은 사랑을 베풀 것이다. 이 活動, 이 事業, 이 사랑의 多少가 結果의 大少長短을 支配하며, 時間을 利用하여 吾人에게 가장 貴한 精神的 永生에 基礎를 堅固히 하지 않으면 안될 것이다. 時間의 節約처럼 必要한 것이 없는 것도 깨달을 것이다. 時間은 人生에게 對하여 唯一無二하게 有用한 것이오 다른말로 比喩할 수 없는 것이다. 吾人은 時間의 敵이며 生命의 敵이다. 永生의 快樂을 바라는가. 그러면 먼저 時間을 節約하고 偉大한 人格을 養成하라. 個人 間일지라도 時間上 違約을 하지 않도록 主意할 것이다. 남과 같은 地位를 얻고자 하거든 第一로	*지시사의 자국어화, 일반명사(그, 무엇, 일, 이) * 대명사, 부사의 한자활용(최히, 오인) *언문일치 문체에 종결어미 '-다' 사용하기 시작(의사소통의 비인격화) *'-할 것이다'가 '-해야 한다'의 의미로도 쓰임(초기적 소통체계)	*문제 규정(인생에 가장 중요한 것은?)-도입(인생에 가장 귀중한 것은 생명)-인과 및 논증(생명→활동→정신적 활동→무한→시간의 소중함)-주지(시간 절약의 중요성)-부연 및 강조(시간의 절약과 인격 양성)-전망 및 당부(시간을 절약하라) *문제 규정, 개념간의 관계 규정, 추상 논증의 도입 *문체상의 비인격성과 상응하는 내용 구성

출전 날짜	주요 내용	문체	내용 전개
	時間을 節約할 것이다.		
[조-2] 21-5-18	*生存競爭과 能力主義 今後의 世界的 政勢는 一 國際聯盟의 成立에 依하여 安心치 못할 것은(못한 것은 무엇 때문이냐 하면), 世界의 文明 程度는 平等이 아니요 階級이 有하다 (있기 때문이다). 國際聯盟이 비록 成立된 今日이라도 卽 所謂 天則이라 하는 것은 變치 못할 것이라 그럼으로 그 國際間의 生存 競爭은 依然히 繼續코저 함으로 然則 保證기 不得할 現象은 旣히 經濟 方面에 表現된 所以라. 萬若 一國이 關稅政策을 採하면 他國도 亦是 그 關稅政策을 效則하여 畢竟에는 此 猛烈한 經濟戰爭이 惹起한다. 果因은 다름이 아니라 生存競爭에 對한 能力主義를 高唱하는 現代的 急潮의 世界 思潮를 湧出케 함이라 所謂 能力主義라 하는 것은 大抵 人類의 生存 方向을 따라 그 主義의 經路를 開하였다. 假令 世界가 帝國主義의 時代이면 그 時代의 能力으로써 抗爭할 것이요 原始時代에는 原始的 競爭이요 科學的 時代에는 科學이며 勝破에 對해서는 競爭의 原動力이라 할 能力主義가 出現한다. 此 能力은 何를 從하여 求할까 하면, 科學文明이 能力을 審判하는 定秤인즉 科學이 아니면 理想이 없고 物質이 缺如함은 自然의 理法이 아닌가. 그 能力의 作用處는 學校 家庭 社會 工場에서 行할 바요 燦然한 歐美의 物質的 文明은 空前의 繁華를 得하였다. 生存競爭의 가장 直接으로 感觸될 것은 經濟問題가 卽 現代的 緊急政策이라 最小限度의 競爭에도 반드시 그 能力의 主義가 아니면 到底히 그 理想을 實現키 不能하니 (…)能力主義를 絶叫하여 科學文明을 尊崇하는 데 至하리라.	*지시사는 자국어화되기도 하고 안되기도 함(그, 此 *부사, 기본동사 일부 2음절화 안됨(하를 종하여 구할까) *어색한 2음절한자어(果因 과인, *문장 내부의 연결이 매끄럽지 못함(연결 어미의 미발달)	*화제 제시(생존경쟁은 경제력에 입각하여 계속된다)—실태 제시(관세정책을 통한 국제경쟁)—문제 제기(능력주의의 통시대적 성격)—원인 분석(능력주의의 근원은 과학문명임)—대책(과학문명의 발달에 힘써 능력을 기르자) *연역적 설득구조 갖춤 *서론이 길고 추상적인 용어가 많으며 정리가 잘 되지 않은 악문임.
[조-3] 21-8-2	*電車 賃金 均一과 住宅 問題 解決 1 二十世紀의 現代에서 列國의 政治上 苦痛이 人口 膨脹의 處分 問題라. 그 交通 機關에 必要한 汽車와 電車의 敷設에 汲汲하는 것이라. 都市 住民을 地方이나 郊外로 移住케 하는 것에 彼等(그들의) 福利와 便宜에 依하여 合理的 解決을 할 것이로다. 2 現下 京城 市內에만 居住 人口 三十餘萬의 膨脹에 京城의 住宅問題는 至極한 難關에 在하였도다. 殆히 住宅이 貧乏하여 大部分은 賃貸의 關係로써 困惑이 滋甚한데 根本的 問題를 解決코저 할 것 같으면 地積을 伸長케 한다든지 人口를 減少케 하지 아니하면 畢竟 自然의 淘汰를 免치 못할 것이다. 住宅의 膨脹 餘勢를 郊外로 回轉케 하는 唯一의 方策에 存在함은 否定치 못할 것이라 然이나(그러	*대명사, 기본동사, 부사 자국어화 안 된 경우 있음(피 등, 재하였도디 / 존재(과도 기적),태히,자심,연이나,하처,종하여,다하여,가한데) *주술구조의 단문이 많아지기 시작함	*화제 제시(도시 인구팽창과 분산문제는 현대의 급무)—문제 제기(경성의 심각한 주택문제)—실태 제시(경성전기회사의 용산행 전차 운임 인하)—현실 비판과 근거(용산에만 운임 조정한 데 대해 타지역의 소외감)—대책(용산과 균일한 운임 체계를 다른 구역에도 적용하여 주택문

출전 날짜	주요 내용	문체	내용 전개
	나) 實行코저 하면 반드시 交通機關을 完備케 할 것이요 近日 京城電氣會社에서 從來 京龍間에 二區制 車賃을 一區制로 하여 龍山의 繁榮을 企圖한다는 그것에 對하여 어찌 龍山에만 限하여 特別한 一區의 制를 實行한다 하리오 3 纛島(뚝섬)와 淸涼里 麻浦의 附近과 中間에는 繁榮케 될 餘地와 希望이 無하다 하여 然한가? 住宅難을 何處(어느곳)에 向하여 하느냐 하면 (…) 電車의 便宜를 從하여 問題의 三個 場所가 가장 肝要하다 하는 시에 進出하는 條件에 障碍라 할 만한 理由가 付着되는 것은 卽 車賃에 過度함에 在함이라 宜乎 此에서 率先의 改正을 하여 一般의 住宅難을 緩和함이 어찌 適當의 策이 아니라 하리오(뚝섬, 청량리, 마포 방향으로 진출하는 데 어려운 것은 전차값이 너무 비싸기 때문이다) 4 元來 移民政策에도 勞動者와 貧民 救濟의 策에 不過한 故로 現今 龍山같은 處(곳)는 大部分 富饒商人과 或은 工場勞動이 多하여(많아서) 槪 京城 金融集散의 咽喉(목구멍)라 함이 可한데 吾人의 主張할 것은 그 均一制度를 採用하여 住宅問題의 解決에 前提條件이라 하여 그 實現됨을 熱望하노라.	*설의법, 돌려 말하기 등 완곡 표현이 문장 구성에서 나타남 (유일의 방책에 존재함은 부정치 못할 것, 장애라 할 만한 이유가 부착되는 것은 즉 차임에 과도함에 재함이라)	제를 해결하자) *대책이 시사성을 띠고 '근거–대책'을 동시에 포함하고 있음. *화제와 문제가 구별되고 분석이 세분화됨.
[조–4] 23-1-18	*高等普通學校生의 卒業 後 入學問題–學政의 根本誤謬로 發生한 弊害 官立 第一 高等普通學校 學生 何人(몇 명)이 日本 仙台 高等學校에 入學 請願을 하였더니 該校 當局에서 朝鮮高等普通 卒業生을 日本中學校 卒業生과 同等의 資格으로 認定하라는 文部省 通知가 無타는(없다는) 理由로 反却한 契機로 學生까지 前途에 對한 煩悶을 惹起하여 敎育界에 一種問題가 되어 學務局에서 日本 文部省과 交涉하여 大略 解決을 告할 形勢라 今後 進行의 如何나 觀望할 而已(뿐)어니와 우리는 이 問題가 發生하게 된 根本理由를 한번 討論하는 바이로라. 當年 寺內正毅 氏가 差別制度를 絶對로 施行하여 學制令을 頒布하여 朝鮮人에게는 不完全한 普通 敎育(…)外에는 他道가 無하였으니 他人에게 使役할 때에 그 指揮하는 命令이나 奉行하기에 適當한 資格을 養成함이었었다. 長谷天 氏가 遞하고(물러나고) 齋藤 氏가 來하는(오는) 現 政治 下에 學制令이 改定된다 함으로 우리는 以爲호대(생각하되) 學問上 慾望을 慰滿케 되리라 (하였더니) 그 改定된 內容을 考察하건댄 大體가 依舊한지라. 資格問題에 對하여 認定한다는 그것은 곧 形式뿐이요 무엇이 그렇게 煩悶할	*대명사 자국 어화(오인→ 우리, 기→그) *완전히는 안 됨(하인, 종차 이왕, 기년을 신고) *부사 자국어 화 안됨(而已, 無上, 如何) *1음절 기본동 사 자국어화 안 됨(無, 來, 以爲, 有, 易, 思, 施) *한문투 표현 (螢雪, 置之) *구어식으로 되어 총독에게 말하는 식이 되 므로 오히려 '–라'체가 선택되고 있음	*문제제기(조선 고등보통에 대해 일본 중학교의 수준을 인정하는가의 여부)–실태 제시(조선인 보통교육의 속성 : 노예 양성교육)–현실 비판(長谷川 총독의 학제령 개정의 위선과 조선 학생의 낙담)–비판의 논거와 비판 강화(고등보통을 중학수준에 맞추지 말고 중학을 고등보통의 수준에 맞추라)–정리 및 제안(고보 제도를 폐하고 조선에도 중학교를 설치하라) *실태 제시가 원인 분석의 기능을 함 *문제 제기가 시사성 있는 명료한 성격을

출전 날짜	주요 내용	문체	내용 전개
	터인가. 그러나 學生의 心理를 推察하건대 虛名이나마 資格까지 不認한다 하면 進就하는 前途에 無上한(더없는) 障碍가 될지니 失望 落膽의 狀態를 演出함이 어찌 無理由한(이유없는) 行動이라 하리오 學制를 變更하여 年限을 延長하고 日語課程을 增加한 以後에 우리에게 宣傳的으로 說明하되 從此 以往으로는 朝鮮의 高等普通學校를 卒業한 者이면 日本의 中學校를 卒業한 者와 同一한 資格을 得한다 하니, 反問하노니 日本의 中學校를 卒業한 者이면 朝鮮의 高等普通學校를 卒業한 者와 同一한 資格이라고 認定할 수도 有한가(있는가)? 螢雪(형설지공을 하는) 學窓에 幾年을 辛苦하고도 正當한 資格을 不得하(니) 當局者는 한번 朝鮮人 學生의 處地를 易하여 思하라(바꾸어 생각하라). 普通이라는 二個字는 고만 置之하고(버려 두고) 日本人의 子弟를 敎育하는 中學 程度를 標準하여 學生을 敎育하였으면 如何한(어떠한) 弊端이 有할 터이어서 於斯히 差別을 施하(려는)가.		띤 사건으로 한정
[조—5] 23-3-3	*日本人 勞動者가 朝鮮人 勞動者를 排斥 1 比年(근년) 以來로 日本 經濟界에서 産業界의 恐慌이 滋甚함으로 勞動者의 失職한 者가 多數한데 朝鮮人 勞動者가 日本에 渡去하는 數爻가 顯著히 增加하여 日本人의 賃金에 比較하면 若 半額에 相當하나 (…) 感情上 衝突이 多有하며 (…) 將次 排斥運動을 實行하려고 日本全國實業家 大會를 開催하기로 決定하였으므로 吾人의 所料에는 日本 實業家들이 自國의 勞動者를 爲하여 그 要求를 多少 容認할 것은 明瞭한 事實이나 이 報道를 接한 吾人은 在外한 同胞의 慘酷한 情景을 想像하는 一面에 天乎天乎를 連呼하면서 辛酸한 熱漏를 揮하였노라 2 우리 朝鮮이 何를(무엇으로) 因하여 故國에서 安居樂業하지 못하고 異族의 侵魚와 驅迫을 備受(준비하여 받음)하는가. 右述한 勞動問題로 言할지라도 우리의 思料에는 너무 殘忍하고 (…) 十餘年 以來부터 日本人이 赤手空拳으로 朝鮮에 來渡하여 朝鮮人의 膏血을 搾取하여 (…) 殖産銀行과 拓植會社의 勢力을 憑藉하여 安富尊榮을 享하는 者는 幾何人(몇 사람이나 되는)가. 生活의 根據를 顚覆한 朝鮮人이 何術(어떠한 방법)로 그 命脈을 維持하리오? 殘喘을 保하려고(겨우 남은 숨을 지키려고) 日本으로 渡去함이니 此를 不顧하고 排斥을 實行코저 하는 바 無産 二字로 冠辭를 作한(만든) 思想 團體에서 作用을 始(시작)하니 실로 不可思議라 할지로다 大國을 考慮하거	*대명사,부사 자국어화 안됨 (吾人,何,幾何) *한문식 문법 구조(천호천호,잔천을 보함)로 퇴행하며 만연체로 환원(감정적 표현, 명료한 주술구조가 나오시 못함)	*문제 제기(일본경제계에 조선인 이민 매척 기운이 있음)—감상(조선인을 위해 눈물을 흘림)—원인 분석과 비판(조선인 이민은 일본의 식민정책 때문이며 일제는 너무 박정함)—비판과 정리(조선인을 배척하는 곳이 무산자 단체라 하니 참으로 어이가 없음) *원인 분석—비판의 인과적 구조

출전 날짜	주요 내용	문체	내용 전개
	든 反省을 亟圖(빨리 도모)하라.		
[조-6] 24-5-9	*米國 排日案 實施의 決定 去 六日 發 國際 와싱톤 特電은 新 移民法案을 七月 一日부터 實施하기로 決定하였다는 消息을 傳한다. 日本國民 彼等은 크게 戰慄하였을 것이다. 日本 政府의 希望이 오직 米國 大統領 쿨리지 氏의 厚意的 周旋에 一任하였(으며) 쿨리지 氏는 極力으로 이 法案의 成立을 制止하려 하였다. 쿨리지 氏는 最善의 努力으로 周旋을 다하였다. 그러나 極度로 緊張된 排日 氣焰은 決定을 조금도 躊躇치 아니하였다. 그 形勢가 十上 八九의 成熟한 時期에 到達한 것이다. 비록 쿨리지 大統領(은) 最後의 裁可는 與하지 아니한다 하였으나 裁可 如何는 오직 瞬間的인 時期의 早晩을 意味하는 데에 不過할 것이다. 이와 같이 日本人을 排斥하는 傾向은 朝鮮에서도 中國에서도 露國에서도 激烈한 現象이다. 日本은 移民問題의 難關으로 말미암아 莫大한 苦痛을 느끼는 나라이다. 從來 日本 移民의 活動과 生活이 전혀 米國人의 그것에 調和되지 못하여 온 것이 事實이오 自國의 絶對 利權主義로 他民族의 勢力과 他民族의 利益을 侵害하여 온 帝國主義였던 까닭이다. 그 最近의 一例를 擧하면 米國의 排日을 正義가 아니라는 絶叫를 하면서도 目下 中國의 勞動者들을 日本 國內에서 盛히 排斥하는 等 矛盾된 事實이다. 日本 從來의 移民 政策이 오직 自國의 利益만을 眼中에 置하고(두고) 他民族의 利益을 侵害하여 온 侵略的 移民 政策인 까닭이다. 日本이 萬一 解決을 希望한다면 먼저 從來의 侵略的 移民政策을 抛棄하여야 할 것이라 한다.	*근대 언문일치문장에 거의 접근함 *동사의 자국어화 부분적 미비(與하지, 置하고) * '-다'체로 완전히 전환. 언문일치체 어미. *청자가 불특정다수인 진공적 의사소통상황 마련 (청자가 일본인이 아님.비슷한 화자-청자 구조를 띤 [조-5], [조-7]과 비교할 것)	*화제 제시(미국의 배일적 이민법안 통과)-부연(미국의 배일 분위기 팽배)-원인 분석(일본인의 침략적·이기적 이민정책)-분석 및 대안 제시(일본은 침략적 이민정책을 포기하라) *'실태-원인-대안'의 연역적 설득구조 완성됨
[조-7] 24-7-3	所謂 大東亞 建設이란 무엇인가(押) 1 사람이 窮하면 못할 짓이 없노라. 사람의 마음은 異常스럽게도 自己의 保存慾이 强大하므로 因循姑息의 策略을 演出하려 하노라 米國에 몬로主義가 있고 日本에도 所謂 亞細亞主義가 있도다. 2 그것들은 모두 否認되었도다. 우리는 하나도 그것이 誠實한 效果를 거두었음을 認定치 않노라. 日本을 보매 朝鮮을 强壓하였도다. 日本 內地로부터는 中國 勞動者를 내쫓았노라. 東洋의 平和와 兩國의 幸福을 위해서라는 美名아래 日韓의 倂合은 出現하였도다. 3 日本은 이와 같이 亞細亞主義를 일컬어 왔노라. 假面과 虛飾으로써 弱者를 籠絡하려 한 것에 不過하노라. 平和를 외치면서 永遠한 禍根을 남긴 자가 실로 日本 自身이노라. /4 隣邦의 民衆이 日本으로	*근대 언문일치문장에 거의 접근함 * '-라'체를 유지하며 청자를 일본인으로 적시하고 있음 (살아 있는 의사소통구조이며 구어체임)	*화제 제시(일본의 아세아주의와 자기보존 본능)-실태 제시(아세아주의의 허구성은 이미 드러났음)-상세화(일본의 자기중심적 사고방식과 이웃나라들의 배척)-실태에 대한 감상 표출(좌절에 빠진 일본의 현실은 어떠한가?)-감정적 주장(일본은 자신의 잘못을 회오하라)

출전 날짜	주요 내용	문제	내용 전개
	부터 마음이 멀어져 간지는 이미 오래노라./5 오직 東洋의 盟主는 自身으로서 東洋의 强者가 自身인 것만을 알고 있을 뿐이노라. 6 1910年代에 發端한 美洲의 排日法案은 今年에 이르러 急轉直下로 實施되었도다. 그러나 一時 極度로 險惡化했던 兩國의 關係도 日本의 無力과 忍從으로서 漸次 冷却하는 幾微에 있도다. 今日까지 맛보지 못한 悲哀를 體驗한 日本은 그 感慨 어떠한 것인가. 7 誠心이 있으면 自己의 前過를 우선 根本的으로 悔悟하라. 徹底하게 改悛하라. 그러한 後에야 무어라 말할 餘地가 있으리라.		
[동-1] 20-7-13	*朝鮮實業家에게 告함 人生의 存在는 生活이요 形式은 衣食住이요 基礎는 財物이요 源泉은 經濟이니 經濟는 人生 生活의 根底이요 道德이라. 目下 飢餓로 爭奪에, 爭奪로 殺伐에 腥血이 滿地한(비린 피가 땅에 가득한) 露西亞의 慘狀이 吾人에게 敎訓을 與하는도다. (그와) 같은 悲劇이 演出된 原因을 推究하면 暴君貪夫의 無道無義한 所以이니 (…) 저 群衆들은 座하여도 死할 것이요 立하여도 斃할(죽을) 것이라. 그러므로 한번 怨恨을 雪하려는 생각이 骨髓에 박(히니) 最後의 惡感을 最善의 努力으로 그 身體를 鋒頭에 投하니 그들의 眼前에는 貴도 尊도 無한지라. 오직 忿怒가 有하고 怨瞞(원망이 가득참)이 有하고 殺伐이 有할 뿐이니 操船 實業家 諸君이여 諸君은 朝鮮 實業家의 將來를 如何히 思하는고(생각하는가)? 無根의 樹木은 枝葉의 枯(마름)를 可히 立待할(서서 기다릴) 것이요/ 이미 關稅 撤廢로 因하여 朝鮮 産業이 根本으로 破壞됨을 論하였고 萬一 諸君의 事業이 破産한다 하면 이는 곧 朝鮮 社會의 破産이라. 그 將來가 어찌 慘憺치 아니한가? 諸君이여! 諸君들은 忘치(잊지) 아니하리라고 思하노라. 金融 政策의 籠絡으로 朝鮮 産業에서 幾許의 墻壁을 作하였음을. / 그러나 諸君은 柔順하고 溫良하여 그 破産과 그 損害를 堪耐하였을 뿐이로다. 忍耐도 程度가 有하니 服從(민)하면 그 運命을 將次 어찌 卜하려(점치려) 하는고? 關稅 撤廢는 當局의 旣定 方針이라. 財産을 愛하는 事業家 諸君이여. 諸君은 이 朝鮮 産業 興廢의 分岐點에 際하여 如何히 思하는고? / 諸君은 今番 關稅 撤廢問題에 關하여 主策이 無치 못할지니 그 計劃과 經綸을 祝禱 不已하노라(축도하여 마지 않노라).	*2음절 한자어 위주의 어절 현토체의 상당한 발전 *2음절 어절현토라 해서 항상 현대적인 것은 아니다(성혈이 만지,원만, 대립(서서 기다림)) *대명사, 기본동사 자국어화 안된 부분(吾人, 유,무,思, 枯,忘,作,愛)과 된 부분(이, 저)의 혼재 *도치법의 발생 : '생각하노리. 민들있음을'(어순의 자국어화)	*화제 제시(경제의 중요성)-구체화 : 원인(러시아의 탐욕)-구체화 : 결과(민중의 분노)-문제 제기(조선 실업가들은 장래를 걱정하지 않는가?)-실태 와 비판(일제 금융정책에 농락당하기만 하는 한국 실업가)-주장과 당부(조선 실업가들은 관세 철폐 문제에 저항하라) *열거적 구성(형식적 요소의 완결성이 떨어짐) *'실태-주장'의 2단 구조로 과도기적 형식

출전 날짜	주요 내용	문체	내용 전개
[동-2] 20-9-18	*朝鮮 富豪에게 바라노라 1 朝鮮에 果然 富豪라 稱할 만한 富者가 存在하는가. 우리 朝鮮에도 亦 富者가 存在함이 事實이라 그러나 吾人이 質問을 提出한 所以는 그 富者의 富 程度가 他 文明 列邦의 富者를 比較하면 오히려 貧者의 處地에 墮(…)함이니, 吾人은 朝鮮에 무슨 富豪가 存在하랴 하고 反問的 歎息을 漏하노라. 2 3 그러나 致富의 道가 社會의 文野를 따라 差異가 有하며 英國(…)은 大工業이나 大商業으로써 致富의 道를 삼고 朝鮮과 如한 幼稚한 社會에서는 土地의 所出이나 高利貸金으로써 致富의 道를 作하는도다. 事實을 敢히 隱蔽치 못하여 또 스스로 그 不足함을 覺함이 進步 發達의 一 要素라 하노니, 敢히 富者라 稱하기를 難한 處地에 在함은 已述한 바이로다. 4 致富의 態度가 一은 積極的이요 一은 消極的이라 英國은 積極的으로 海外에 活動을 開始하되 우리 朝鮮 社會의 富豪는 覇氣를 持치 못하니 消極主義요 守錢主義를 取하는지라 5 이와 같은 結果는 必然히 富豪의 人格에까지 關係가 되나니 元來 金錢이란 守함으로써 貴하거나 所有함으로써 重함이 아니라 善히 利用하여써 社會文化에 貢獻함으로써 貴 且 重한 것이로다. 6 金錢도 一種의 權力이라 金錢을 所持하는 그 自體도 一種의 快라 할지나 此는 實로 小人의 心法이로다. 民衆과 같이 隆盛하며 社會에 貢獻이 有하기를 바라노니 7 8 現今 經濟組織은 個人이 本位의 組織이라 個人主義라 할 수 있으나 進化의 時代로 論之하면 國民 經濟 時代이니 活動 單位를 個人에 置하되 協同 範圍를 一 國民을 標準하여 團結함을 意味하는 것이로다. 同時에 他 民族 經濟와 競爭을 意味하나니 個人이 財力이 有하다 할지라도 社會가 無力하면 到底히 成功의 機會를 得하기 難한 것이니 / 오직 守錢하여 死를 待하는 朝鮮 富豪의 態度가 어찌 亡케 하는 것이 아니리오 9 10 11 12 一 社會의 興亡盛衰가 어찌 富者의 數에만 在하다 하리오 全部 民衆이 各各 責任을 負擔함이 可하다. 富豪의 責任은 一層 重大하다 하노라. / 朝鮮 富豪는 自己와 民族을 爲하여 社會에 貢獻하기를 바라노니 / 學校와 社會敎育을 爲하여 出資協同하여 積極的으로 産業界에 活動하라. / 民族의 幸福과 個人의 榮華를 致하기 바라노라.	*사를 대하는	*문제 제기(조선에 문명세계와 비교할 만한 부호가 존재하는가?)―실태 제시(조선은 유치한 사회여서 부자의 규모도 작다)―실태 제시 계속(조선 부호의 소극주의)―현실 비판(수전보다 투자가 중요함)―당부(부자들은 돈을 지키려고만 하지 말고 선히 이용하라)―전환 및 논거의 보강(현대 경제조직은 국민경제 단위이므로 개인의 재력은 사회에 투자되어야 한다)―주장 및 전망(부자는 사회에 투자하여 경제를 발전시키고 개인의 영화도 추구하라) *열거식 구성이 부분적으로 남아 있음 *설득구조에 필요한 요소(실태―근거―비판―주장)은 갖추었음.
[동-3] 21-9-20	*朝鮮人 本位 産業 政策의 意義 1 朝鮮人 産業 大會와 維民會에서 産業 調査會에	*지자를 대하여 비로소 지할	*문제 제기 및 주장(조선인 본위 산업정

출전 날짜	주요 내용	문체	내용 전개
	對하여 提出한 建議案 中 朝鮮人 本位의 産業 政策을 確立하기를 要望하(였거니)와 吾人은 이제 朝鮮人 本位의 産業 政策의 意義를 論하여 써 産業 調査委員의 參考에 供하고자 하노라. 2 첫째, 吾人이 主張하고자 하는 바는 朝鮮의 天惠를 利用하여 幸福을 享受하는 機會를 朝鮮人에게 與함이 可하며, 둘째로, 朝鮮人의 經濟的 能力을 觀察하건대 日本人에게 比하여 貧弱(하니) 此 貧弱이 富强한 者와 對等的 地位에 立하여 自由 競爭의 原則에 適用을 受하면 朝鮮人이 慘憺한 失敗를 蒙할 것은 知者를 待하여 비로소 知할 바 아니라. 3 朝鮮人의 經濟的 發達을 企할진대 特別한 保護를 加함이 必要하다 하노니 强한 日本人이나 弱한 朝鮮人이나 共存共榮하기를 希望하는 까닭이라. 國家는 公義를 維持하기 爲하여 存在하며 各 個人의 充分한 發達을 圖謀하기 爲하여 組織된 것이라. 4 5 社會的 公義는 무엇이뇨? 社會는 各 個人이 努力을 合하며 相互 扶助하여 存續하는 것이라. 國家는 此 組成 分子 全部의 生存權을 擴充하며 그 幸福을 確保하여야 되나니 / 社會의 公義는 모든 者로 하여금 充分히 生을 享樂케 함에 在하도다. 人이 能히 力을 制御하고 義에 從하는 所以는 實로 强弱과 貧富의 共存하는 道理를 理解하며 實現함에 在하나니 6 셋째로 吾人이 主張하고자 하는 바는 日本人은 開口하면 朝鮮人의 幸福과 東洋의 平和를 云云하는도다 우리는 그 言을 感謝하노라 그러나 朝鮮人의 幸福 增進을 企圖하는 日本人은 마땅히 朝鮮人에게 對하여 特別한 保護의 途를 講究할 것이 아닌가. 朝鮮人 本位는 朝鮮人 産業 發達을 主要한 目標로 政策을 確立하라 함이로다.	바 아니라, 인이 능히 력을 제어하고, 우리는 그 언을 감사하노라 기본명사의 자 국어화도 되어 있지 않음(일 본문 한자훈독 의 영향)	책의 의의)−주장의 근거1(조선인은 빈약하여 자유경쟁을 해서는 안 된다)−근거의 일반적 정당화(국가는 약자를 보호하고 발달을 도모하는 것)−부연(사회적 공의)−주장의 근거 2(조선인의 행복과 평화를 위해서는 조선인을 보호하여야 함) *서론에서 이미 주요 주장을 제시해 버림 *‘실태−원인−대 안의 인위적 설득구 조를 갖추지 않고 ‘주 장−근거’의 두괄식 구성을 취함 *서양식 열거법
[동−4] 22-3-13	*東洋 拓植 會社 撤廢를 論하노라. 1 本月 六日 東京電을 據하건대 東拓 現下의 財政이 其 極에 達하여 放漫 投資한 結果 貸付金이 回收 不能이 幾千萬元에 達한지 難測이라 하며 世人의 疑雲이 濛濃하도다. 2 吾人은 東拓의 目的과 精神의 不合理됨을 論述하여 그 撤廢를 要求코자 하노라. 東拓의 事業 經營의 內容을 一覽하건대 拓植上 必要한 資金 供給, 土地의 取得 經營 處分, 移住民의 募集 (等으로), 이로 보면 東拓이 日本人 移住에 對하여 如何히 獎勵함을 可知할 것이요, 明治 四十三年으로부터 十一年間의 移民 受容이 人口로 約 二萬人이라. 그 外 個人的 經營(은) 枚擧키 難하도다. 3 朝鮮 人民이 된 者는 如何한 煩悶이 有하겠나뇨? 或者 云 日本 移民의 朝鮮에 對한 現況은 十日年間		*화제 제시(동양척 식회사의 방만한 투 자가 일본 본토에 알 려짐)−문제 제기(동 척의 이민정책의 현 황)−실태 제시(동척 이빈성책이 조선에 미친 영향)−실태와 원인 분석(조선인의 해외 유랑→동척의 토지경작권 장악)− 주지(이민지 정책은 황무지,부요국에 행 하는 일로써 조선에 게는 고통만 안겨 줄

출전 날짜	주요 내용	문체	내용 전개
	에 約 二萬人에 不過하니 極히 僅少한 것이라 하나니, 이는 實際 狀況에 不通한 愚論이라. 日本 本土 人民은 商工業이 發達한 結果 外國의 富를 輸入하여 그 生活이 豊厚하나 朝鮮 人民에 至하여는 所持할 바 農産物이라. 4 南方에 肥沃한 土地를 失하고 北方에 瘠薄한 生活을 不堪하며, 滿洲 塵野에 遊離 彷徨하는 民衆이 그 原因이 何에 在하뇨? 日本 政府가 金融權과 商工權을 純 日本人으로만 獨占케 하고 남은 土地權 耕作權까지 東拓 會社로 掌握케 하는 것은 너무도 苛酷하며 너무도 峻烈하도다. 5 이것이 朝鮮 人民의 幸福을 增進하는 道理인가? 元來 移民 政策은 荒蕪地나 富饒國에 行할 것이라. 幾千年間 開發된 土地와 勞動이 低廉한 朝鮮에 强烈히 土地를 買收하여 無理로 移住를 獎勵하는 것은 朝鮮 人民의 感情을 衝突케 하는 것이라. 6 7 萬一 朝鮮 人民의 反感이 激烈하는 同時에는 兵力으로 威壓하며 鎭服함을 豫想함인가? / 依然히 帝國主義를 實行하며 侵略 政策을 固執하는 것은 取할 바 아니라. 東洋 拓植의 撤廢를 一言하노라.		뿐임]—주장의 강조와 제안)폭압정치를 중단하고 동양척식을 철폐하라] *화제제시와 문제제기의 분리. *인위적 설득구조의 완성 *논설문 형식의 구성 요소 갖춤
[동-5] 23-3-6	*滅亡하여 가는 京城 1 2 3 사람이 살아는 데 職業을 얻어가지고 活動을 하여야 우리의 살아갈 이 모든 材料가 생기는 것이 아닌가. / 살아가는 必要品의 去來는 賣買라는 形式을 通하(고), 그 去來의 媒介가 되는 것은 貨幣라는 것이다. 이 貨幣는 어찌하여 우리 手中에 들어오게 되는가. / 여러분이 모두 알듯이 收入이라는 形式을 通하여 우리에게 오는 것이다. 그러면 그 收入의 源泉이 무엇인가? 첫째는 資本이요, 둘째는 土地요, 셋째는 賃金이라는 果實을 낳는 勞動이로다. 4 所謂 生産事業을 하여야 그 中에서 利潤도 생기고 地代도 생기고 賃銀도 생기는 것이 아닌가. 살아가려면 무슨 일이든지 活動하고 努力하여야 한다는 것이니, 그러면 朝鮮 사람에게 무슨 職業이 豊富하여서 그 賃銀으로 살아갈 수 가 있는가. 5 日本 사람들은 開口만 하면 朝鮮 사람에게 자랑하기를 일삼는도다. 不過 十年에 道路가 如此히 開拓되고, 交通 都市 貯蓄 富力 貿易이 如此히 助長되고 云云 하여 朝鮮 사람에게 感謝하라는 뜻을 表하며 朝鮮 사람이 모르는 체 하면 罵倒 侮辱하기를 始作하는도다. 보라, 우리 朝鮮 사람은 朝鮮의 交通이 道路가 都市가 擴張된 것을 目前에 보노라. 6 그러나 그 擴張된 都市는 뉘 都市며, 그 發達된 交通은 뉘 交通이며, 그 開拓된 道路는 뉘 道路인 것을 잘 아노라. 多少의 便利를 利用하여 朝鮮사람	*피를 빨아먹고, 눈물을 흘릴(자국어화) *구어의 영향이 인쇄에 작용(,아니라,)	*관련 사항 제시(생활을 가능하게 하는 수입의 원청는 자본, 토지,노동이다)—문제 제기(조선인은 어떤 노동을 할 수 있는 여건인가?)—일본인의 주장(일본은 조선을 개발해 주었다)—반론1: 의도의 측면(일본의 조선 개발은 조선을 희생한 것이었다)—반론2: 느낌의 측면(조선은 파멸을 기뻐할 만큼 무감각하지 않다)—실태 제시 및 비판(조선인은 근대 경제에서 소외되어 있음)—주장 및 부정적 전망(조선은 점차 망하여 가고 있으며, 이는 약육강식의 현실상 필연적인 것일지도 모름)

출전 날짜	주요 내용	문체	내용 전개
	의 피를 빨아먹고 주머니를 빼앗아 가는 交通 機關이 아니며 道路의 開拓. 아! 이것은 朝鮮 사람의 立地를 파서 葬地를 만드는 그 道路의 開拓이 아닌가. 7 朝鮮 사람이 設或 野蠻이라 하고 또 未開한 人種이라 하자. 그러나 어찌 그 當場에 破滅을 當하고 死亡을 맛보면서 그 破滅의 慘憺, 死亡의 悲哀를 向하여 感謝의 눈물을 흘릴 그와 같은 未開, 아니라, 無感覺한 民族이랴 朝鮮 사람에게는 收入을 얻을, 돈을 얻고 生活의 必要品을 살 만한 職業이 없도다. 8 實로 살아갈 計劃, 卽 生計가 없도다. 商權이 있는가. 工權이 있는가. 鑛業 水産業 交通業 金融業 甚至於 官吏業 官吏도 生計의 一部라면 이런 것이 있는가. 9 10 京城이 滅亡하여 가는도다. 아니라, 京城은 興旺하여 가는도다. 그러나 그 隆盛하는 京城이 어찌 朝鮮 사람의 京城이랴 / 아! 먹을 것 없는 者가 亡하고 먹을 것 있는 者가 興하는 것이 事理에 當然하다 하면 이 必然한 形勢가 되지 아니할까.		
[동-6] 23-3-17	*直接 行動(押) 1 2 3 4 法律이 없으면 社會 人類生活의 確保와 文明發達은 期待할 수 없다. / 그러나 社會가 發達하고 進化한 만큼 法律도 發達하고 遵守하는 것은 亦是 이와 같은 必要에 의해서이다. / 爭議를 暴力에 의해서 決定하는 것은 完全하다고 하기 어렵다. / 白晝 公路에서 金錢을 强奪하고 人命을 殺害한다면 法律의 權威를 無視하는 者라 하여 嚴罰에 處한다. 5 吾人은 社會가 必要함을 認定하고 法律의 必要를 認定하는 바이다. 그렇지만 生活은 進化하고 發達하는 것이다. 社會의 制度가 서로 一致하지 않고 矛盾이 衝突하는 境遇에는 果然 如何한 方法으로 그 矛盾 衝突을 突破할까(…). 더구나 一民族이 他 民族에게 抑壓 迫害를 當하(…)는 境遇에 있어서는 實로 法律萬能論은 到底히 權威를 維持할 수 없음은 痛感하는 바이다. 6 보라! 그 困窮의 切迫 속에서 어떻게 法律, 秩序에 對하여 愛着 尊敬의 念이 일어나겠는가? 玆에 法律 破壞의 運動이 생겨나게 마련이다. 이는 그 舊 社會 舊 秩序에 對해서는 反逆 行爲가 되지마는 將來의 新 社會를 爲해서는 一種의 崇古한 犧牲이 되는 것이 아니겠느냐 吾人은 반드시 直接行動, 暴力使用을 不可하다고 말하기 어렵고 非難할 理由가 없음을 깨닫는 바이다. 7 金相玉 事件에 對해서 總督府 當局의 所觀은 果然 어떠할지 부질없이 民心 安定 社會의 平靜을	*'이'와 '玆'가 섞여 쓰임.	*관련 사항 제시(법률의 의의와 제재의 필요성)―문제 제기(모순이 일어날 때의 법률만능론은 문제임)―근거 및 주장(곤궁과 절박의 상태에서는 법률에 의거하지 않은 폭력사용도 불가하다고 보기 어려움)―구체적 사안에 적용 및 정리(김상옥 사건의 처리를 바르게 하라)

출전 날짜	주요 내용	문체	내용 전개
	꾸미어 得意然하여서는 안될 것이라 말할 수밖에 없다.		
[동-7] 23-4-18	*可恐할 現狀 辯護 1 2 3 義烈團 爆彈事件이 發表된 後로 日本 輿論이 驚異를 느끼는 模樣이고, 이에 對한 批判을 加한 者 不少하다. / 義烈團이라고 하면 爆彈으로 同一視할 만큼 恐怖心을 抱하게 되었다. 日本 政府가 日韓併合의 趣旨解說을 始作하니 即 '併合은 目的이 아니요, 但히 手段에 不過하다. 眞實한 目的은 東亞 平和에 있는 것이다.' / 그러하므로 日本은 '自己 省察의 힘을 잃어버리고 輕擧暴動을 하는 것은 民族獨立에서 益益 멀게 하는 것이라고 하여 朝鮮의 民族運動을 指導하려고 하는 先覺者에게 鄭重한 忠告를 하였다. 4 이것이 大阪每日新聞이 發表한 長篇 社說의 結論이다. 吾人은 日本의 所謂 輿論이 如何히 現實에 謬着하는가 이것을 보고자 함에 不過하다. 政治家가 現實에 謬着하는 것은 免하지 못할 일이라고 아니할 수 없다. 5 朝鮮은 東洋의 愛蘭(아일랜드)이라고 하여 英·愛 兩 民族에게 그러한 害毒을 造成시킨 者(것)는 英民族의 現實 謬着이 아니었고 무엇인가. 그 責任을 取하게 하고 行하게 한 英國 民族에게 重하다 아니할 수 없다. 6 一方의 利慾心과 愚昧한 爲政者로 因하여 그 關係를 危險하게 하는 것을 먼저 責하여야 할 것이다. 自己는 任意로 橫行하면서 被害者에게 現狀을 讚揚하면 그 效果가 얼마나 될는지 疑心하지 아니할 수 없다. 7 日本 爲政者는 今日 東洋에서 그(英國의) 同軌를 밟고 가는 事實이 自己네의 政治的 行動인 줄을 알지 못하는가. 東洋의 平和를 維持하지 못하게 된다면 그 때에는 如何히 할 것인가. 8 今日의 日鮮 關係를 東亞 平和 云云의 題目 下에서 主張하고 朝鮮人에게 對하여 警戒할 論理的 根據가 있는가. / 朝鮮人의 要求와 行動을 排斥하며 警戒할 知的 根據가 있는가? 實로 可恐할 現狀 固執의 後援者가 아닐까 疑心한다.		*화제 제시(의열단 사건에 대한 일본의 부정적 여론 소개: 독립운동은 독립을 멀어지게 할 뿐)-문제 제기(일본인들의 현실 착오)-유사 사례 제시(영국의 현실 착오로 인한 영국·아일랜드 관계의 해독)-현실 비판: 주장(일본의 일방적 이기심의 부정적 결과 경고)-비판의 계속(일본은 평화를 떠들 자격이 없음)-주장의 정리(일본은 반성을 모르고 자신의 견해와 현상을 고집하기만 한다) *'현실 제시-비판'의 구조로서 근거 제시가 약간 미흡함.

찾아보기

(ㄱ)